凤舞 FENG WU LIAOLUAN 缭乱

vivibear
作品

上册

江苏凤凰文艺出版社
JIANGSU PHOENIX LITERATURE AND ART PUBLISHING, LTD

图书在版编目（CIP）数据

凤舞缭乱 ：全2册 / vivibear著. -- 南京 ：江苏凤凰文艺出版社，2019.3

ISBN 978-7-5594-2174-6

Ⅰ. ①凤… Ⅱ. ①v… Ⅲ. ①长篇小说－中国－当代 Ⅳ. ①I247.5

中国版本图书馆CIP数据核字(2018)第109352号

书　　名	凤舞缭乱：全2册
著　　者	vivibear
选题策划	李文峰　崔　悦
责任编辑	张　倩　王　青
特约编辑	崔　悦
责任监制	刘　巍　江伟明
出版发行	江苏凤凰文艺出版社
出版社地址	南京市中央路165号，邮编：210009
出版社网址	http://www.jswenyi.com
印　　刷	三河市良远印务有限公司
开　　本	16开（700mm×980mm）
字　　数	600千字
印　　张	36.5
版　　次	2019年3月第1版，2019年3月第1次印刷
标准书号	ISBN 978-7-5594-2174-6
定　　价	68.00元（全二册）

影视版权抢订热线　13911704013

目录
CONTENTS

上 册

目录
CONTENTS

下 册

第一章 北秀容

北魏神龟一年，春。

北秀容，契胡部落。

春风催绿，草长莺飞。大片大片的朦胧新绿仿佛轻雾薄纱，层层叠叠笼罩着初春的草原，空气中到处弥漫着清新的草叶香。天空一望无际，如海水洗过的蓝色琉璃般晶莹剔透。在契胡部落居住区前的草地上，一个小女孩正皱眉咬牙使劲拉开一张小弓，瞄准着从天空飞过的一群鸟儿。女孩看起来也就七八岁，原本白皙的肌肤被晒成了浅小麦色，灵动精致的眉宇间略带几分男孩子的英气，配上她此刻张牙舞爪的模样，颇像只桀骜不驯的小兽。

不长不短的箭被射出之后很快就在半空中减势，晃晃悠悠一头栽了下来，惹得旁边的男孩哈哈笑了起来。男孩年纪和女孩相仿，容貌清俊，微眯着眼笑起来的样子显得格外洒脱不羁。

女孩不客气地拿弓敲了一下他的脑袋，愤愤道："阿兆！不许笑！你等着吧，总有一天，我一定能把翱翔于天空的鹰都射下来！"

男孩更加乐不可支，挤眉弄眼地调侃着："好妹妹，就你这射法，别说是鹰了，就算是纸做的鸟也射不下来吧。"

女孩顿时恼羞成怒，再次拉开弓箭，用尽全力射出一箭。谁知这一下用力过猛，那箭居然朝着她的脑后飞了出去。女孩还来不及沮丧，就听见一个再熟悉不过的声音在身后蓦然响起："英娥！"

"阿爹！"英娥兴奋地边叫边转过头，正想朝父亲跑去，却惊讶地看到父亲身边站着一位陌生的少年。少年整个人沐浴在清晨的阳光里，肌肤泛起细碎的金光，晨曦在他的嘴角化为耀眼的笑容，眉梢眼角轻轻往上微挑，勾起的仿佛是草原上永不凋零的盛世繁花。

从未见过的美瞬间直击心灵，完全没有任何先兆。

英娥从小就知道，自己的阿爹尔朱荣是整个契胡部落出名的美男子，这个陌生少年却在一瞬间就夺走了草原上男子所有的风华。

"英娥，你是怎么搞的？差点就射到了爹的朋友身上。"尔朱荣虽皱着眉，眼中却并无愠意，更多的是无可奈何。

英娥这才看清那少年手里还提着一个袋子，她刚才射出的箭正插在上面，雪白的面粉扑簌簌直往下落。

英娥的脸唰一下红了起来，她恨不能找个地洞钻下去。居然让个外人见到自己这么差劲的箭术，这下子丢脸可丢大了。想到这里，英娥顿时看那少年不顺眼了，轻哼一声，颇为傲娇地转过头去。

少年不着痕迹地扬了扬眉。

尔朱荣轻咳一下，对着少年扯出一个无奈的笑容："贺六浑，这是我的嫡长女英娥和侄子阿兆。这孩子被我给宠坏了。"

尔朱兆忍不住插嘴道："叔父，他是鲜卑人？"

贺六浑不等尔朱荣回答就点了点头："对，我是从六镇那边过来的。"

他说着望了一眼英娥，见那女孩正偷偷听这里的动静，不由得觉得有些好笑。英娥和他的目光正好对上，她索性将手一伸，大声道："你把箭还给我。"

贺六浑笑了笑，拔下箭走到她面前："你想射天上的鹰？"

英娥抢过箭，想到刚才射得惨不忍睹的几箭，脸上不禁又有些发热。

贺六浑缓缓半蹲下身子，紧握住她的手拉弓搭弦，牵引着向天，拉满弦。英娥扭头看他，他看起来温雅有礼，那双茶色眼眸却有着相当清冷的质感，焕发着琥珀美酒般清亮的光泽。

还没等英娥反应过来，箭已离弦，如流星般急速朝着目标掠去。只听啪一声，一双中了箭的雀鸟应声坠落。

一箭双雀！英娥和尔朱兆同时震惊地睁大了双眼。

贺六浑微微一笑："看，你射下来的鸟可不是纸做的。"

尔朱荣眼中闪过赞赏之色，在一旁催促道："贺六浑，和小孩子多说什么，来，你嫂子已经准备好饭菜，正等着我们呢。"

贺六浑站起身要离开，衣角却忽然被扯住。他低下头，只见一双清水琉璃般的眼眸正静静看着他。

"你教我射箭。"

贺六浑俯下身来，看着那孩子的手腕在阳光下被蒙上了一层柔和的光芒，不禁伸手摸了摸她的头："我还要回六镇去，我的家在那里。不过相信不用太久，我们又会见面。到那时，我一定会教你射箭。"

他说这话的时候抬头看了看尔朱荣，尔朱荣俊美的脸上浮现出一个了然的笑容。

英娥似懂非懂地看着他们，右手却依然拽着贺六浑的衣角。

"对了，下次见面时，你也可以叫我的另外一个名字。这个名字连你阿爹都不知道哦。"贺六浑的茶色眼眸里含着笑意，"我的汉名，叫作高欢。"

高欢从契胡部落离开时，已是第二天傍晚。英娥并没有机会和他道别，因为那个时候她在父母房中睡得正香甜。蒙蒙眬眬醒过来时，英娥隐约听到阿爹正和阿娘北乡公主低声说着什么。

"刚结识贺六浑时，我曾以修剪烈马鬃毛试之，他毫不胆怯，那烈马在他手中如同没满月的马驹，听话服贴得很。不过更让我欣赏的不是他的胆量和技术，而是他当时说的话。"

北乡公主似乎也有些好奇："他说了什么？"

"他说驭恶人亦如此马。不管好人坏人，善人恶人，总有别人所没有的长处，总有可以被利用的地方。只要找准方法因材使用，任何人都可以为我所用。"

北乡公主沉默了一瞬道："天宝，贺六浑此人，绝非等闲之辈。"

尔朱荣笑了起来："看着吧，阿玥，在不久的将来，他一定会回到这里为我所用。"

元玥点头轻笑："天宝你志向高远，将来只会有越来越多的能人志士投奔到你这里。

尔朱荣又像是想起什么："对了，前些日子从洛阳传来消息，胡太后不久前将高太后秘密处死在武邑郡君的宅邸。之前她已经将高英驱逐到瑶光寺为尼，想不到最后还是要了高英的命。这女人倒是个心狠手辣的。"

元玥掀了掀眼皮："那高英也不是什么好人，先帝原配顺皇后不就是她毒死的吗？恶人还需恶人磨。如今这结局也算是因果报应。"

尔朱荣的口吻中带了几分调侃："听说北乡公主元玥和胡太后结识于少女之时，还差点义结金兰，看来传言倒有几分真。"

元玥含嗔飞了丈夫一眼："那时我还真差点和胡仙真义结金兰。自从嫁给了你，我和她就不曾有来往。毕竟我们所选的路不同，道不同不相为谋。不过我觉得她做得没错。高英隆宠正盛的时候，要不是她运气好心机深，恐怕早就尸骨无存了。"

英娥不耐烦继续听下去，睁开双眼唤了起来：阿爹、阿娘，英娥饿了！

尔朱荣和元玥几乎同时凑了过来，阿娘扶她起身，阿爹则立刻吩咐下人准备她最喜欢的胡麻羹。虽说英娥也有不少弟妹，但作为父母的第一个孩子，宠爱自是有所不同。

就在英娥享受着这份宠爱的时候，下人忽然匆匆前来，禀告洛阳皇宫派了人来，听意思好像是和胡太后有关。

尔朱荣和元玥相互对视一眼，在彼此眼底看到了担忧和疑惑。

尔朱荣和元玥来到堂前，只见一位身着短衣窄袖胡服的男子已等在那里。男子两颊瘦削，眉浅眼明，紧抿的薄唇在看到元玥时微微扬起。而元玥看清来者是何人时明显有些意外。

男子上前两步，含笑行礼："尔朱酋长和北乡公主近来可好？"

尔朱荣手疾眼快地扶住了他，笑容疏离却又不失礼数："没想到太后会让开国公亲自前来。"

这位其貌不扬的男子，正是深得胡太后宠信的宦官刘腾。如今他已被封为长乐县开国公，所谓的妻子魏氏更被封为钜鹿郡君，甚至连两个养子都分别就任郡守和尚书郎，可谓权势滔天。按理说以他的身份根本无须亲自走这一趟。

元玥似是想起什么，面上也露出极淡的笑意："青龙你如今已是今非昔比了。"

听到元玥喊出自己的小字青龙，刘腾的语调也柔和了几分："若不是当初公主伸出援手救我一命，也就没有如今的青龙。这次，我是奉了太后的口谕传召公主入宫。"

元玥笑容微凝："太后怎么会突然想到传召我入宫？"

刘腾半垂下头，脸上的神色显得晦暗不明："太后前阵子忽然就念起了公主，也想起许多旧事，为此唏嘘不已。再过一个多月就是太后的生辰，所以太后希望能借恭贺寿辰的名义，接公主到洛阳小聚。对了，小公子今年也有七岁了吧，太后娘娘也很想见见呢。"

他的话音刚落，尔朱荣和元玥同时脸色微变。不等尔朱荣夫妇说话，刘腾又笑道："北秀容离洛阳还是有些远啊，就怕太后等得急了，不如公主十天后随我一同出发如何？"

他的话语虽像是询问，但口吻中隐藏的强势让人无从拒绝。

尔朱荣正要说什么，元玥突然轻轻拽了一下他的衣袖，朝刘腾露出一个感激的笑容："也好，我也很想念太后。那么这一路上就有劳开国公了。"

刘腾又说了几句话就匆匆告退。目送着刘腾的身影远去，元玥脸上的笑容早已没了踪影。

“天宝，你说太后好端端怎么会突然想起我？而且还要我带菩提同行？这其中必有玄机。”

尔朱荣面色微沉：“菩提是我们唯一的嫡子，也是契胡部落的唯一继承人。或许这是太后的一种警告或是试探吧。”

元玥皱了皱眉，转过脸望向窗外：“正因为菩提是契胡部落的唯一继承人，所以我才格外担心。你也知道那皇宫是什么地方，胡仙真又是何等手段，若是菩提有个闪失……可如果找借口不带菩提去，难免会让她怀疑。到底该如何是好呢？”

尔朱荣伸手将她的脸转回来，对上她的视线：“阿玥，这一趟洛阳之行菩提一定要去，这也是他成长为一名合格继承人所要经受的考验。你听我说，目前太后没有必要和我们契胡部落结仇，她还要利用我们的力量来对抗起义军。这次多半只是她的一次试探，如果不带菩提去反而会证实她的怀疑。我会派出最出色的护卫一路护送你们。对了，让阿兆也陪在菩提身边，他虽然年纪尚小，但机敏过人，武艺出色，也不容易引起别人注意。”

“就听你的吧。”元玥叹了口气，“幸好这次英娥不用去。还记得未出嫁时胡仙真曾和我开过玩笑，说将来若是有了儿女就要结亲。还好也只是玩笑而已。”

尔朱荣笑着将她拥入怀里：“放心吧，将来我一定在北秀容给我们英娥找个好夫婿。”

元玥脸上终于展露笑颜：“要找个最好的男子才行。”

尔朱荣皱了皱眉：“这恐怕有些难。最好的男子已经娶了她的阿娘。”

元玥扑哧笑出声，之前的忧心忡忡似乎也被夫君的话化解了大半。

“阿玥，”尔朱荣轻抚她的秀发，“别太担心了，我会安排好一切。若是连自己的妻儿都无法保护，我还谈什么野心和大计。”

此时，正在门外偷听的一个小小身影站起身来，张开嘴准备打哈欠。哈欠刚打到一半，陪伴在侧的另一个身影吓得跳了起来，将那小小身影连拉带拖拽了出来。

那小小身影不悦地抬起头，在明亮光线的映照下清晰地露出了真容，正是尔朱英娥。她皱起小巧的鼻子，埋怨道：“阿兆哥哥，你怕什么呀。这种偷听的事我也不是第一次做了，你看我哪次被逮到过呀。”

尔朱兆无奈地翻了翻眼皮：“我可不想被你这臭丫头牵连。”

英娥又自言自语道：“阿娘和阿弟要去洛阳啊。听说洛阳好玩得很呢，房子漂亮景色好，还有很多很多好吃的。”英娥说着说着突然兴致高昂地凑过去，“对了，阿兆哥哥，刚才阿爹说让你陪在我阿弟身边哦。”

尔朱兆脸上略有得色："那是叔父的抬爱。"

英娥转了转眼珠："阿兆哥哥，这个家里我最喜欢的人就是你了。"

尔朱兆顿时提高警惕，倒退一步："你是不是又做了什么坏事？"

英娥猛拍一下他的肩，嘻嘻笑道："别把你妹妹想得这么坏嘛。其实啊，我只是想求你一件事。"说着她凑到尔朱兆耳边低声说了几句话。

尔朱兆才听几句，就像被火燎似的跳了起来，一个劲地摇头。

"这怎么行！这怎么行！不行！绝对不行！"

英娥仰起下巴："怎么不行？这个办法可以确保阿弟的安全。刚才你也听到他们说了，阿弟是我们部落唯一的继承人，他绝对不可以出事的。"

尔朱兆皱眉："难道你就能有事吗？"

英娥抓住他的衣袖："我保证这一路上一定乖乖的，不给你们添麻烦。阿兆哥哥，我们可是从两岁起就在一起混了，比亲兄妹还亲，难道你连这点忙都不帮吗？"

尔朱兆摇头："不是我不想帮，这毕竟不是小事，万一被叔父知道非打死我不可！而且，你真是因为担心阿弟才想这么做吗？刚才是谁在说洛阳很好玩东西很好吃？"

英娥一噘嘴："不帮就算了，话还这么多。原来阿兆哥哥胆子这么小，真是看错你了。好吧，就当我没说。"

"胆子小"这三个字直插尔朱兆的软肋，他立刻不服气了："谁说我胆子小，好！我就帮你这一次！大不了被叔父打一顿！"

英娥顿时笑眯了眼："就知道阿兆哥哥最好了！"

十天时间匆匆而过。

元玥和菩提出发去洛阳的那个清晨，天空被一连几天的雨水洗刷得极为暗淡，树梢上的乌鸦偶尔发出几声刺耳的叫声，更为离别添了几分惆怅。

元玥和尔朱荣依依不舍地惜别后，就随刘腾踏上了前往洛阳的旅途。尔朱菩提因为前一天受了寒身子略有不适，所以和尔朱兆同坐一辆马车，紧随在元玥和刘腾的马车之后。赶了整整一天的路，整个车队在驿站停下来歇息时，已是傍晚时分。

元玥刚下马车，就看到尔朱兆将菩提扶下马车。或许是身子不适的关系，菩提低垂着头，将身上裹着的毯子拉得更紧更高一些，毯子将他的脸都遮住了大半。看着两人渐渐走向驿站，元玥忽然觉得哪里不对劲，一个箭步上前扯去了那条毯子，男孩清俊的小脸顿时暴露在她面前。

男孩眨了眨那双清澈若琉璃的眼睛，微笑着坦然叫了一声："阿娘！"

元玥只觉得眼前一阵发晕，伸手指着那"男孩"，只说了一句话："英娥！怎么会是你！"

通向洛阳的官道上，一队马车正不紧不慢地行着，紧随在后还有几十名身手敏捷的护卫。此刻的马车里，一身男装打扮的尔朱英娥正惬意地咬着髓饼吃得不亦乐乎，这种加入了骨髓油和蜂蜜的面食美味又便于携带，正是英娥的最爱。早在出发之前尔朱兆就已为她准备了一大袋。

英娥将最后一口髓饼吞入肚中，笑眯眯地看向横眉竖目的母亲，擦了擦嘴道："阿娘，你就别生气了。反正那些人也不知道阿弟长什么样子，还不如让我代替阿弟跟你们去呢。你也别怪阿兆哥哥，这都是我的主意。"

元玥挑起眉道："你呀！从小到大都是这么任性！如今我们已在路上，也只能如此了。等回了北秀容，看我怎么罚你。"

英娥挤出一个讨好的笑容："阿娘，我也是为了保护阿弟嘛。"

元玥眼波一横，伸出纤指点了点她的额头："别说得这么好听。你的那些鬼心思，难道为娘还不知道吗？"

英娥的心思被揭穿，倒也不狡辩，索性撒娇似的倚到了母亲怀里，嘻笑道："果然知女莫若阿娘！"

见女儿这般模样，元玥的心早软化了大半，无奈地微叹一口气："英娥，你记住，这一路上尽量待在马车里不要出来。刘腾此人心思敏锐，只怕他看出端倪来，横生枝节。"

英娥点头如小鸡啄米："娘，你放心吧。我会很乖很乖的。"

元玥又看了一眼尔朱兆："阿兆，一路上你要好好看着她，千万不要惹出什么麻烦。"

尔朱兆急忙点头："阿婶，我会的！"

又过了二十多天，北乡公主的车队终于到达洛阳。帝都洛阳，北邻邙山，南望伊阙，整个都城由外郭城、内郭城和宫城三部分组成。内城和外城之间，是分区居住的里坊。车队过了宫城正门阊阖门就进入了最为繁华的铜驼大街。阊阖门外两侧安放着一对铜驼，后面依次还摆放着铜马、铜龙、铜龟和麒麟等。铜驼大街有一条主道、两条辅道共三道并行，皆由红砂石板铺成，宽敞大气。道路两侧商贾云集，热闹非凡，太尉府、司徒府等高级官署也都设于此。不时有身穿汉服和胡服的路人经过，更有不少打扮奇特远道而来的西域僧人。绿树掩映下的屋宇层叠，高耸的宫墙后就是皇宫。刘腾为他们安排好的宅院就在大街尽头的宣阳门附近。

英娥睁大眼睛看着外面的一切，完全掩饰不住内心的激动雀跃。原来这里就是洛阳啊，这么多人，这么多房子，和北秀容是截然不同的，果然是只有都城才有的繁华和气派。

瞧着瞧着，英娥忽然眼睛一亮，指着不远处喊了起来：“阿娘阿娘，你看那是什么！”

元玥顺着她指的方向望去，只见一座九层佛塔高高矗立，在蓝天白云的映照下极为醒目。

元玥微微一笑：“那是永宁寺塔，是太后和至尊礼佛的地方。”

英娥惊叹道：“好高啊。我还从没见过这么高的塔呢。要是有一天能爬到最高那层看看就好了。”

元玥笑而不语。

不多时，车队在一个幽静的院落前停了下来。马车还没完全停稳，英娥就迫不及待地先跳了下来。映入她眼帘的是一座精巧又不失大气的宅院，院外绿树成行，枝叶繁茂，院内花卉错落，色泽鲜艳，更有仆人数名，齐齐在门外恭敬行礼。

刘腾笑道：“委屈公主了。公主先歇息几日，三天后我来接公主和小公子进宫。太后可是想早些见着你们呢。”

元玥也笑了笑：“让太后费心了。青龙你一路也辛苦了。”

刘腾面上笑容依然，声音却骤然压低：“阿玥你不用担心，太后这次只是想叙旧而已。”

元玥眼神微敛：“我知道了。你也早些回去吧。”

刘腾点点头，转身离开。

趁着母亲没注意，英娥早就一个箭步冲进庭院。只听哎哟一声，尔朱兆急忙跟了进去，却瞧见英娥已经以一个不雅的姿势五体投地。尔朱兆赶紧扶起她，心疼地揉着她摔红的额头，低声责怪道：“还好没摔破，不然变成丑八怪看你怎么办。”

英娥吐了吐舌，一副毫不在意的样子：“就算变成丑八怪，我也是北秀容最让人喜欢的丑八怪。”

尔朱兆噗一下笑了出来，捏了捏她的面颊：“看来以后若是要打仗，只要将你放在阵前就行了。”

英娥不解：“为什么？”

尔朱兆眯着一双俊目直笑：“因为你的脸皮够厚啊，抵得上铜墙铁壁呢。”

英娥这才反应过来，一脚就踹了过去。

站在不远处的元玥看着这一幕，嘴角不禁微微翘了起来。

三日后，刘腾果然亲自来迎接元玥和英娥入宫，尔朱兆和随行侍卫则都留在了这里。初次进宫，英娥也收敛了不少，一路上始终乖乖地跟在母亲身后，只不过有时还是忍不住偷偷张望打量。

皇宫里重檐抱厦华美富丽，孔雀蓝、乳白、草绿等各色琉璃瓦在金色阳光下散发着耀眼的光芒，宫室垂脊雕有莲座，饰以工艺精美的走兽仙人。晶莹明润的汉白玉和华丽绚美的彩画更是随处可见。英娥从小在草原上长大，第一次走进这样的地方自然惊叹不已。她看了元玥一眼，自己的母亲倒是一脸平静，神色淡然。

英娥悄悄问："阿娘，你是在这里长大的吗？"

元玥似乎愣了一下，一抹意味不明的情绪在眼中转瞬即逝："阿娘只是旁支宗室之女，并不是在这里长大。"

走在前面的刘腾听到这句话，忽然转过头看了元玥一眼。

英娥虽不是太明白，但感觉到阿娘的心情似乎有些低落，也就识趣地不多说话了。

在刘腾的引领下，母女俩穿过几重宫阁，终于到了胡太后所在的宣光殿。进入殿内，英娥还没来得及打量周围，就被母亲拉住衣角一起跪下，接着就听见母亲恭恭敬敬地说道："臣妇元玥偕子尔朱菩提见过太后。"

殿中人默然不语，过了一会儿，才听到一个优美圆润的声音响起来："阿玥，好久不见。快些起身吧。"

元玥这才拉着英娥起身，回礼道："谢太后。"

胡太后再次开口，声音似乎有丝失落："阿玥，你我何时也变得这么客气了？"

元玥微微一笑："太后如今是一国之尊，尊卑上下贵贱有别，任何人不能错了规矩。臣妇身为宗室，更是要谨言慎行，才不辜负太后的厚爱。"

胡太后轻叹一口气："阿玥，如今你也做娘了。当初我们一起在洛阳恣意玩闹的日子是一去不复返了。"她顿了顿，目光落在了低垂着头的英娥身上，"这就是你的长子菩提？快抬起头来让孤看看。"

英娥满带好奇地抬起头来，只见一位年轻美丽的贵妇人正斜倚在织锦软榻上，姿态慵懒却不失优雅。细若白瓷的鹅蛋脸上，一双秀丽凤眼浅浅弯着，顾盼生辉。

此时，胡太后也正细细端详着英娥的面容，浅小麦色的肌肤显示着主人的年轻和活力，抿紧的唇线带着孩子气的英气和可爱，唇角一点微翘的弧度泄露了些许顽皮。最漂亮的是那双清澈如琉璃的眼眸，让人不禁想起了月夜下碧色莲叶上托着的晶莹露珠。

胡太后笑道："听说你那夫君尔朱荣是个美男子，如今见到菩提，孤才知传言不假。"

元玥脸微微一红："太后取笑了。"

胡太后望了身边的侍女一眼："阿玥，到这里来，孤倒是有些体己话想和你好好说说呢。翠芸，带小公子到处去转转吧。"

元玥极快地望了英娥一眼，眼里闪过一丝不易察觉的担心。

胡太后是何等敏锐之人，立刻笑道："做了娘就是不一样。放心吧，翠芸是个可靠的。

这皇宫里，没人敢冒犯孤的客人。”

胡太后既然这么说了，元玥也不好再说什么。英娥却高兴不已，早就按捺不住想要去看看这皇宫里到底有什么好玩的。

出了宣光殿的英娥兴奋不已，犹如脱了缰的小马般在皇宫里蹦跳穿梭，没几下就跑出老远。身为大宫女的翠芸一直在胡太后身边伺候，素来也是养尊处优，才追了一会儿就气喘吁吁。就在她停下脚步调整气息的一眨眼工夫，英娥早就跑没了影。

午后和煦的春风，夹裹着淡淡花香，若有若无地弥漫在空气里。英娥夸张地皱起鼻子汲取着香味，心情大好地打量着周围的一切。宫里的人虽然不知道她是谁，但见她穿着打扮非同一般，也无人敢上前相问，所以英娥在皇宫的一路自由行可谓畅通无阻。在追着一双彩蝶七拐八拐失去了方向之后，她终于意识到一个严重的问题——自己好像在宫里迷路了。

英娥自小在草原上野惯了，此刻倒也不慌张。她站在原地先四下张望了一遍，发现这里还真是偏僻，连往来宫人的身影都没有。她正打算再往前走走，忽然听到不远处传来一阵压抑的哭声。英娥顿时来了精神，也顾不上迷路不迷路，踮起脚悄悄朝着那个方向走去。

绕过一座假山，英娥才看到原来这里别有天地。湖水清浅，波光潋滟。湖边的菖蒲伸展纤长的枝茎，紫色的半卷花瓣亭亭玉立。紫藤盛开到极致，不知何时飘落的紫藤花瓣点点漂浮在湖面上。

与眼前美景格格不入的是坐在湖边将头埋入膝盖哭泣的一个小男孩。英娥见这男孩似乎和自己年龄相仿，不免有些好奇。她走到男孩身边，也大大咧咧地坐了下来。

小男孩似乎被吓了一跳，蓦地抬起了头。

那张青涩稚嫩的面容宛如花朵一般娇嫩，白皙柔软。秀丽的凤眼里蕴含着朦朦胧胧的水雾，浓长的睫毛上沾了点点泪珠，樱色粉唇也因为哭泣变得格外晶莹剔透。

若不是因为他的穿着，英娥差点把他当成个漂亮的小姑娘。

男孩止了哭声，皱着眉幽幽道：“你是什么人？你怎么会在这里？”

英娥答得很快：“我从北秀容来，今日随我母亲进宫见太后。”

“见太后？”男孩眼中飞快闪过一丝古怪的神色，又迅速用长睫掩住了眼底的神色。

英娥点点头：“是啊，太后年轻又美丽，说话柔柔的，很好听。”

男孩忽然冷冷瞥了她一眼。这一眼似利刃般尖锐狠毒，竟和他的年纪完全不符。英娥眨了眨眼，对方的眼神已恢复温软，这让她确信刚才看到的只是错觉。

英娥挨近他几分，颇为关心地问道：“对了，你怎么了？为什么一个人在这里哭？

是谁欺负你了吗？”

男孩并没有回答她的问题，而是抬头打量了一下四周，低声道：“你是一个人过来的吗？”

英娥不好意思地挠了挠头：“是啊，我迷路了，找不到回去的路了。”

男孩擦去眼角的泪水：“我对这里很熟，不如我带你回去吧。”

英娥大喜：“真的吗？你真是太好了！”

男孩轻咳一声：“不过现在我腿有点酸，站不起来，你扶我一下。”

英娥自然是殷勤地扶住了他。就在这时，她看到男孩对她露出了一个极为诡异的笑容。还没等她反应过来，就见他慢悠悠伸出双手，往自己的身上一推——

春天的湖水依然非常寒冷，当英娥意识到这一点时，整个人已经落入湖中。她在水里不停扑腾着，竭力想要将头部露出来。就在她偶尔浮出水面的短短一瞬，她似乎隐约看到那个男孩正面无表情地注视着她，那秀丽无双的眼中只有冰冷的杀意。

英娥心里又是疑惑又是愤怒，不明白这个男孩为什么要这样做。如果自己不识水性的话，岂不是要活活淹死在这里了？好！既然你这么狠毒，也别怪我不客气！她憋住一口气，假装沉入水中，同时偷偷向岸边靠拢。

男孩冷冷看着她挣扎着沉入湖中，正要转身离去，不防她忽然从水里蹿出，一把抓住了他的脚踝，将他也一起拽了下去！

男孩显然不识水性，到了水里一个劲扑腾。好不容易冒出水面，他又惊又怒地大叫：“你知道我是谁——”不等他说完，英娥狠狠将他的脑袋摁入水中。估摸着他喝了不少水，英娥又把他拽出来，让他能及时呼吸空气，接着再将他按下去。如此反复几次，男孩被她折磨得直翻白眼，连声音都发不出来了。

见差不多报了仇，英娥这才停手，将半死不活的男孩推到了岸边。

就在这时，几位宫人神色惶然地跑了过来，见到男孩这副模样顿时吓得面无人色，急忙将男孩连拖带拽拉了上来，口中还尖叫着：“陛下！陛下！您怎么了？”

英娥大吃一惊，知道自己闯了祸。原来这长得像小姑娘的男孩居然就是小皇帝元诩！对了，之前母亲提起过，当今皇上和她年龄相仿，她刚才居然完全没有想到！这下可糟糕了，母亲要是知道一定会生气的。

元诩还处于半昏迷状态，不过内心强烈的愤恨还是促使他挣扎着伸出手指向英娥：“她……是她……”是她推朕下水，赶紧将她抓起来——皇帝想表达的自然是这个意思，只可惜此刻的他说不出更多的话，小脸憋得通红。

还不等宫人们将怀疑的目光投过来，英娥早就一个箭步冲到元诩身边，迅速握住了他的手，一脸激动地打断他的话：“是，是在下救了您！陛下，能够救您一命，实在是在下的荣幸，您不需要感谢在下的！”

宫人们眼中顿时都带上了感激之色。若是皇上出了意外，她们这些人自然性命不保。

元诩听她这么颠倒黑白，竟然气得一翻白眼晕了过去。

英娥忙斥道：“你们还不马上送陛下回去！赶紧宣御医！要是陛下有个闪失你们可担待不起！”

宫人们急忙扶起元诩，匆匆离开。

英娥这才松了一口气。她也知道眼下虽说躲过了，但纸包不住火，那小皇帝肯定要和她秋后算账。现在唯一能做的就是回到母亲身边，如果能早些出宫就好了。

只是，她该怎么找到去宣光殿的路呢？刚才她只顾对付那个小皇帝，忘记问一下那些宫人了。正当英娥苦恼的时候，忽见一妙龄宫人脚步急促地朝这边走来，似是有事要办。英娥眼睛一亮，忙上前拦住了她笑眯眯地问道：“好姐姐，我不小心在这里迷路了，能不能告诉我怎样去宣光殿？”

宫人笑着向她行了个礼，指了方向，又详详细细告诉了她怎么走。

英娥感激不已，道了谢后就欢快地离开了。

宫人望着她的背影，嘴角微微一翘，转身朝着相反方向走去，在一棵花树前停下了脚步。一树繁花静静妖娆，树下一位蓝衣少年负手而立，素袖似空，略显单薄，面容却隐于阴影之下，令人无法看清。

宫人面露恭敬之色：“主子，不知这个孩子是什么人？为什么主子要帮他？”

少年悠悠道：“今日北秀容的北乡公主偕嫡长子尔朱菩提觐见太后，他自称从北秀容来，应该就是尔朱菩提。”

少年的声音极为好听，优美的语调里带着一丝慵懒，每一个字符仿佛在袅袅起舞。

宫人忍不住又道：“主子，刚才那样的情况，为何主子您……”

“你是问我为何不上前相助陛下？”少年似是轻笑了一下，“陛下的性子素来蛮横骄纵，也该让他吃次亏了。能将陛下气晕的人，我觉得还是应该帮一下的。”

按照刚才那个宫人的指引，英娥很快就找到了回宣光殿的路。她快走到嘉福殿时，正好遇上了焦急万分四处寻她的翠芸。翠芸见她浑身湿透，顾不得吃惊，急忙带她先去换了身衣服。英娥怕被看出女儿身，找了个借口将宫人遣开，以最快速度换好了衣服。

走进宣光殿时，英娥看到母亲和胡太后相谈正欢。胡太后一抬眼瞧见英娥，招手示意让她到自己身旁去，顺手将一碗酪浆递给了她，笑道：“玩得累了吧，先喝点这个解解渴。”英娥道谢后接过酪浆就喝，只觉入口香滑无比，干脆捧起碗咕咚咕咚一口饮尽。

胡太后忍俊不禁，调侃道："菩提举手投足倒是更像契胡男儿。"

元玥自英娥入殿时就留意到她的穿着和之前不一样，不由得脸色微变，低声问道："菩提，你怎么换了身衣服？"

英娥有些不好意思地往后缩了缩："阿娘，刚才我掉进水里了。"

元玥脸色更加难看："好好的怎么会掉进水里？你的这身衣服……"

英娥隐约猜测到母亲在担忧什么，忙好声好气地答道："翠芸拿了衣服给我，是我自己换的。"

元玥听了面色稍霁，胡太后笑道："阿玥，不如叫御医来看看，免得孩子落下什么病症就不好了。"

元玥立即摇头："菩提这孩子从小就野惯了，平时在湖里玩耍也是经常有的，太后不必费心。"她顿了顿道，"时间已经不早了，臣妇也该告辞，以免打扰太后休息。"

太后正想说什么，忽听得旁边传来一阵咕噜声。她循声望去，只见英娥正一脸通红地用单手捂着自己的肚子，另一只手还牢牢捧着酪浆碗。

太后不由得失笑，吩咐道："翠芸，传膳。"

元玥的笑容有几分勉强："太后，这如何是好？"

胡太后嗔怪地望向她："阿玥，难道陪孤一起用回膳都不愿意吗？记得以前我们两人可是尝遍了洛阳的大小食肆呢。"

元玥只好讷讷地低头坐下，眼中极快地闪过一丝焦虑。胡太后瞥了她一眼，美目中流动着意味不明的神色。

就在这时，听得殿外宫人抑扬顿挫的声音传来："皇上驾到！"

英娥一听到这个，惊得差点摔了手里的酪浆碗。这小皇帝刚才被她折磨得可不轻，不是应该在自己殿里好好休息吗？怎么会跑到这里来？糟糕，难道他知道自己是谁，特意来治她罪的？要是这样可怎么办？反正无凭无据，她就一口咬定与她无关好了。谁也不会相信一个外来的酋长之子敢欺负一国之君吧。

她还在胡思乱想，元诩已经走进殿来。此刻的他换了一身绛色汉服。自孝文帝推行汉化以来，魏国皇室贵族多喜着宽袖大袍的汉服，小皇帝容貌本就秀美妍丽，这一身绛色汉服更衬出了他的仙姿玉貌。

胡太后似乎也有点意外："陛下，这个时候你怎么过来了？"

元诩扯了扯嘴角，笑容不达眼底："儿臣好久没和母后一起用膳了。"

胡太后笑了笑："那真是太好了。陛下，快些坐在孤身边。对了，这两位都是北秀容来的客人，北乡公主和她的嫡长子尔朱菩提。”

元玥拉起英娥给皇帝行礼。英娥低下头，心里七上八下，不知对方要怎样对付自己。她正走着神，忽听元诩声音带了几分激动道：“原来是你！母后，刚才儿臣已经见过他了。”

完了！英娥脑中飞快闪过这个念头，蓦地抬起头，只见小皇帝双眼似冰，嘴角勾起一抹不怀好意的笑。

胡太后好奇地问道：“刚才陛下已经见过菩提了吗？在哪里？”

元诩紧盯着英娥，英娥索性也狠狠回瞪着他，做出一副“有种你就告状老子才不怕”的表情。

元诩忽然笑了起来：“母后，刚才儿臣不慎落水，就是他救的。”

看到英娥脸上表情仿佛被刀劈般霍然龟裂，他笑得更加灿烂。

胡太后微微一惊：“什么？陛下你刚才落水了？怎么回事？”

元诩垂下眼睑：“母后不必担心，只是不小心而已。现已无碍了。”

胡太后点了点头，望向英娥的眼神更加柔和：“怪不得刚才你换了身衣服，原来是因为救了陛下。看来真该好好赏你些什么才行。”

英娥现在脑袋有些晕，虽然她不明白小皇帝为什么要这样说，但有一点很清楚，那个家伙绝对不会有什么好心思。不管怎样，她还是先拒绝赏赐再说。英娥急忙扑通跪倒在地：“太后，陛下身为天下至尊天命所归，就算菩提不伸手相助，陛下也必然吉人天相。菩提只是运气好罢了，哪里敢受什么赏赐。”

胡太后托腮轻笑：“小小年纪就颇有勇气，难得还不骄不躁。不愧是北秀容未来的继承人。阿玥，你倒是养了一个好儿子。”

元玥脸色微变，微微握紧了手指。

不多时，宫人们将盛放在雕花漆器里的膳食都端了上来。比起北秀容草原，宫廷的饮食自然要精致多了。以獐鹿肉制成的五味脯，色泽如玉脆如凌雪的豚皮饼，浓烂香稠的七宝驼蹄羹，以葱白、姜、花椒、荜拨和胡椒调味的胡炮羊羔肉，以及莼菜中最为鲜美的雉尾莼配上鱼脍炖熬，来自西域的葡萄石蜜……元玥的目光极快地掠过那用琉璃盅盛放的七宝驼蹄羹，心里暗暗吃惊。这道由野驼蹄炮制的菜肴据说一瓯就价值千金，可在胡太后这里只不过是膳食中的一道普通菜，可见太后平时的生活有多奢靡。

被美食吸引了全部注意力的英娥早已忘记之前的不快，心情愉悦地大快朵颐。进食期间她还不忘留意了一下元诩，对方只是安静进食，并未有什么动作，和她也没有任何眼神接触。

英娥逐渐放下心来，看来这小皇帝应该不会折腾出什么幺蛾子了。其实也是嘛，要是揭穿她，他也讨不了好，先推人下水的可是陛下自己！

就在她吃得最为欢乐的时候，小皇帝突然放下双箸，朝着胡太后微微一笑："母后，虽说菩提不愿受赏，但毕竟是他救了儿臣，儿臣身为至尊，更该懂得知恩图报。不如就让菩提这几天住在宫里，也能让儿臣好好表达一下谢意。"

轰！英娥只觉得头上仿若打了一个巨大的惊雷，整个人顿时愣在了那里。

好啊！原来他竟然留了这么一手！若是她留在宫里，还不任他搓扁捏圆，爱怎么报复就怎么报复？这个家伙，实在是太阴险了！

英娥用力咬着自己的双箸，仿佛那就是该死的小皇帝。

元诩朝她露出了一个颇为得意的笑容。

元玥脸色略为发白："菩提性子粗野，又不懂规矩，只怕会打扰陛下。"

胡太后轻轻扬唇："孤就喜欢菩提这不拘小节的性子。陛下从小到大除了有伴读相陪，身边确实也没什么说得上话的同龄人。孤看让这两个孩子相处几天也挺好，阿玥你说呢？不会是不放心将孩子留在孤这里吧？"

元玥忙摇头："臣妇怎会不放心太后这里。既然太后这么说，那么臣妇也没有异议。"

胡太后笑看英娥："菩提，这几天就在宫里好好玩玩吧。有什么需要尽管提出来。

英娥只好强笑着答道："多谢太后，多谢陛下。"

元诩笑道："菩提不用拘谨，朕定会好好答谢你的。"

他那答谢两字咬得格外重，英娥从这两个字上仿佛听出了一股杀气，背脊不由得一凉。

事已至此，也只能走一步看一步了。哼！这小皇帝还能把她杀了不成！

用完膳食，英娥只得告别母亲，硬着头皮跟随元诩来到他的寝宫。小皇帝居住的寝殿自然华丽无双，紫檀木案上的镶金镂花香炉透过镂空的炉盖散发着沉香独有的香味。

元诩斜倚在靠窗的紫檀暖榻上，笑眯眯地看着她，仿佛看着一只被困在笼里的小白鼠。他的语调里也不免带了一丝得意："尔朱菩提，你说，我该怎么感谢你呢？"

英娥知道他成心要报复自己，反正伸脖子也是一刀，缩脖子也是一刀，索性大胆直视着他的眼睛回道："陛下打算怎样处置我？"

元诩弯起眼睛，狠狠道："怎样处置你？就凭你之前对朕做的事，死一百次、一千次都便宜了你。"从出生到现在，身份尊贵的他还从没被这样粗暴对待过。

英娥皱眉辩解道："我当时可不知道你是皇上。难道陛下就没有错吗？人不犯我我不犯人，当时我只是好意询问你，谁知你反而推我下水要杀了我。这也太没道理了，只要是个人都会反抗吧。”

元诩冷哼一声：“那是你自己该死。谁叫你看到朕在……”他似乎意识到什么，忽然闭上了嘴。

英娥隐约猜到了他的意思，不敢相信地瞪大眼睛：“难不成是因为我看到你在哭，所以你才想杀人灭口？

元诩脸色一沉，也没否认：“是又怎样？”

英娥夸张地捂住胸口：“苍天哪，还好我没死，不然就成了天下第一奇冤啊！既然不想被人看到你在哭，那就躲到房间偷偷哭好了，何必跑到外面去连累别人呢？”

“连累别人？”元诩一瞪眼，“你好大的胆子！居然敢这么说！就不怕朕真的杀了你！”

元诩年纪也不过八九岁，做出这副恶狠狠的表情委实和他年纪不符。英娥忍不住扑哧一声笑了出来。

元诩重重哼了一声。

英娥挑了个软软的锦缎垫子坐下来，不慌不忙道：“之前你推我下水，我要死了那真是白死了。可现在我是在陛下宫里，若是出了什么事那你怎么和太后交代呢？之前我确实出手重了些，我在这里向你赔礼了。你可是皇上，就别与在下这个小小臣民计较了好吗？”

元诩刚开始被气得脸颊通红，随即像是想到什么，恼怒的神色渐渐褪去，取而代之的是一抹不怀好意的笑容。

元诩起身，笑着看向英娥：“你说得对，这件事朕就不与你计较了。明早来陪朕一起用早膳吧。”他整了整衣袖，“来人，将尔朱小公子带到暖阁去休息。”

英娥听他这么说，之前悬着的心也放下了大半。虽说她不怕皇上杀了她，可若是使些阴招整几个酷刑那也够她喝一壶的。至少目前看来她不必受什么皮肉之苦了。

是夜，英娥一觉好眠。

她一早起身后就应约来和元诩一起用早膳，还没踏入殿中，她就闻到了一阵阵令人食指大动的扑鼻香气，更觉饥肠辘辘。只见身穿蓝锦金丝便袍的元诩正坐在那里享用早膳，小小年纪已将宽袖大袍穿出了几分潇洒秀逸之姿，举手投足尽显与生俱来的高贵优雅。他面前摆放着各种精致美味的食物，其中还有英娥最为喜欢的截饼。

英娥大喜，三步并作两步跑过去，刚想拿起截饼，只听旁边的宦官咳嗽了一声。她蓦地记起这里是元诩的地盘，不由得讪讪一笑，在案几前跪坐下来。

元诩慢条斯理地喝完最后一口羊肉酪粥，笑道：“菩提，这些食物如何？香吗？”

英娥吸了吸鼻子："香极了，一定非常好吃。"

元诩笑着看她闻了又闻，开口道："对了，我魏国以佛为尊，菩提可读过什么佛法经书？"

英娥笑容滞了一下，僵硬地摇了摇头。射箭骑马她还行，论到读经念书可真是两眼一抹黑。

元诩挑了挑眉："既然你这几天住在这里，就趁此机会好好学学吧。"

英娥自然不想和他再起冲突，就顺着他的话点了点头。反正也就这么几天，无论对方怎样刁难她都要忍受下来。

元诩口中念念有词道："佛经上有云，以禅定为食者，谓诸大菩萨常在三昧，无他食也。彼诸人天若须食时，百味嘉肴罗列在前。眼见色，鼻闻香，身受适悦，自然饱足。"

英娥没怎么听懂，一脸迷茫地望向元诩。

元诩表现出了难得的耐心解释道："这是说佳肴摆在眼前，看过了，也闻到了香味，自然应该感到饱足。既然你诚心学习，就从这个开始吧。来人，先将这些膳食撤下去。"

英娥赶紧吱声："陛下，我还没吃呢。"

元诩敛眉："刚才你不是看过了这些膳食，也说很香很香，那就应该感到饱足了呀。"

英娥的眉拧在了一起，他说了这么大一堆弯弯绕绕的话就是为了让她饿肚子！这个家伙，根本就是曲解佛经报复她吧！

元诩见她小脸皱成一团，不禁心情大好，甩着袖子走出殿门。

接下来的午膳、晚膳，元诩故技重施，将丰富的膳食摆在英娥面前，让她闻完香味后又撤下去，美其名曰洁净身心修习佛法。不知是不是怕真的饿死她，最后元诩给她留了一碗照得出人影的米粥。

一天折腾下来，英娥饿得都直不起身来。要是这样下去，她可真要被饿出病来了。不行，她尔朱英娥可不能这样坐以待毙。既然这家伙不让她在寝宫里吃，那寝宫外他总管不着了吧。英娥暗暗决定趁晚上偷溜出去，到御膳房去找些食物果腹。

是夜，夜色迷离。如水月光似一层薄纱，淡淡地笼罩着皇宫，勾勒出连绵宫室朦胧的轮廓。御花园里的花木在夜色中开得正好，空气中弥漫着一股淡淡香气，随着夜风飘漾开来。幽暗的光影中，尔朱英娥正悄悄行走于御花园中，如果她没记错，穿过御花园一直往北边走，就是御膳房所在。

忽然，不远处传来一阵脚步声，摇晃着的宫灯随着持灯人的走动在黑夜中折射出斑驳光影。英娥忙躲避于树后，只见一位宫人拿着宫灯朝自己这个方向走来，身后还跟随着一位身材挺拔高挑的男子。

就在经过英娥藏身的树旁时，宫人细声细气地开口说道："清河王，您能在太后寿辰前赶回来可真是太好了。太后她可是一直盼着早点看见您呢。"

清河王？英娥在北秀容听父母提起过这位先帝的弟弟，据说机敏聪慧，俊美无俦，宛如明月清风，秀雅无双，如今更是权倾朝野声望极高。

这么晚清河王来觐见太后，难不成是有什么特别重要的大事？

英娥好奇心顿起，忘记了自己还饿着肚子，偷偷跟了上去。

让英娥感到奇怪的是，宫人所引的方向并不是胡太后所在的宣光殿，而是相反的方向，直到行至一处偏僻的宫室才停下来。清河王径直走了进去，似乎对这地方已经很熟悉。英娥更是疑惑，太后怎么会在这种地方见清河王？她轻手轻脚地跑到窗下，只听从室内传来了胡太后的声音："宣仁，你总算回来了。这段时间你不在洛阳，可是想杀我了。"

太后的声音和之前完全不同，多了几分妩媚娇嗲。而清河王的声音听起来像是清泉泠泠："仙真……"

纵是英娥再不知人事，听到这里也觉得有些不对劲了。她隐约感到危险已经接近，而这危险完全是由于自己的疏忽和莽撞惹来的。眼下她只有赶紧离开这里，才能让自己远离危险。

英娥小心地转过身，脚下尽量不发出任何声音。可偏偏就在这个时候，从屋檐下垂落一只手掌大小的黑色蜘蛛，正好掉在了她的肩上。英娥一看之下只觉得浑身汗毛倒竖，手脚僵硬，竭力控制住自己才没有失声大叫，脚下却发出了些许声响。从小到大她最害怕的就是蜘蛛，说是她的克星也不为过。

内室里一下子安静下来，只听胡太后沉声道："来人，到外面去看看。"

正当英娥不知所措时，忽然不知从哪里飞出一根树枝，将她肩上的蜘蛛打落。接着她只看到眼前人影一晃，身子就被拎了起来。一阵头晕目眩之后，她发现自己居然已经在树上了。还没等她回过神来，就听到身边传来一声轻笑。

英娥吃惊地抬起头来，映入眼帘的是一位少年的面容。他的长发简简单单地束起，没有任何装饰，皮肤在黑夜的映衬下显得格外晶莹白皙。精致完美的脸上，那双美丽的眼睛泛着幽幽的蓝光，折射出千姿百态的星光。即使是最华美的辞藻也无法描绘出那双眼睛的一分美丽。

英娥刚想开口说话，少年伸出手指在自己唇上轻轻按了按，示意她不要发出声音。

奉太后之命出来查看的宫人在宫室附近转了一圈，发现没什么动静就进去复命了。

英娥这才轻声开口："你是谁？为什么会在这里？"

少年微微一笑："这句话好像应该是我问你吧。皇宫里可不是你能乱走的地方，不然小命怎么没的都不知道。"

少年优美的声音里带着一丝慵懒，明明是温雅清润的表情，那双深蓝眼眸深处却泛着冷冷的光。

英娥想起刚才被扔上树的一幕，不禁有些讪讪："刚才谢谢你救了我。我也不想半夜出来，只是……"话还没说完，英娥的肚子就不争气地响了起来，她的小脸一下子涨得通红。

少年眼中掠过一丝笑意："难不成是出来觅食的？"

英娥不好意思地揉了揉肚子，算是承认了他的猜测。

少年微微一愣，随即露出了然的表情，忽然伸手拎起英娥，带着她轻轻松松地跳落到地上。

英娥又是羡慕又是崇拜地看着他："你怎么能这么轻松上下树？我猜你一定是位很厉害的侍卫哥哥对不对？"

少年嘴角轻微抽了一下："你说什么就是什么吧。想要吃东西就跟我来。"

一听这话，英娥立即欢快地跟了上去。

少年似乎很熟悉皇宫，左拐右拐一会儿就到了御膳房。看起来他和值夜的宫人也相熟，只相互聊了几句那宫人就走了进去，没多久就端着一个朱红色漆盘出来。

少年接过漆盘，低声对英娥说道："今天正好有贵人想吃胡饭，御膳房多做了些。不过已经冷了，你将就着吃点吧。"

英娥早就饿得前胸贴后背，此时看到食物顿时两眼放绿光，哪还管冷热赶紧夺过来往嘴里塞。所谓胡饭，是将酸酱瓜、炙肥肉和生杂菜纳入面饼中卷起切段，配以醋和细胡芹丝，是相当常见的一道面点。英娥风卷残云般将胡饭吃得精光，这才满足地打了一个饱嗝。

填饱了肚子，英娥也知道此地不可久留，再次和少年道谢后就匆匆回去了。她刚偷偷溜入暖阁，就听见一个令她头痛的声音从黑灯瞎火的房间里传来："尔朱菩提，你好大的胆子，竟然敢半夜溜出去！"话音刚落，案几上的烛台被人用火折点燃，只见元诩正斜倚在那里，好整以暇地看着她。他的身边还站着两个面无表情的宫人。

英娥有点心虚："回陛下，小民睡不着，所以才出去逛了逛。"

元诩站起身，慢腾腾走到她面前，伸手在她嘴边一抹："这是什么？"

英娥定睛一看，原来是一段胡芹丝。她的脸色顿时有些不好看了，吃了东西还留下罪证，这实在太不小心了吧。

元诩得意地挑起眉："没有朕的允许，私自离开朕的寝宫，还擅闯御膳房。这几条罪加在一起，不罚你不足以服众。”

英娥心里来了气：“陛下，要不是您一整天饿着我，我也不用半夜跑出去觅食啊。”

元诩撇了撇嘴：“再加一条，藐视佛法。”

英娥瞪大眼睛：“陛下，您还讲不讲理？”

元诩勾了勾嘴角：“来人，把他拉下去脱了裤褶杖责十下，以儆效尤。”

英娥这下可急眼了，她可是女孩子，要是被脱了裤褶打板子，简直就是奇耻大辱！她怒道：“好啊，其实你就是算准了我会偷偷溜出去吧，这样你就能用冠冕堂皇的借口报私仇了。因为我犯了宫规，被罚的话太后和我母亲也就都不能说什么。对吗？”

元诩冷哼一声：“总算你还不太笨。这次只是给你一个教训。”他皱眉望向两个宫人，“还愣着做什么？还不动手？！”

英娥可不是会坐以待毙的人，不等那宫人的手碰到自己，她就一头将那宫人撞翻在地。那宫人的腰正好撞在案几上，顿时痛号不已。英娥趁着这个空当，又抓起铜烛台，用力砸在另一个宫人肩上，顿时又是一声尖叫响起。

元诩显然被她的战斗力惊吓到，怒道：“尔朱菩提，你竟敢动手伤朕的人！你不怕朕杀了你吗？北秀容的人，还真是一群蛮族！”

英娥竖起眉毛：“你说什么？”

元诩明白戳到了她的软肋，变本加厉地喊道：“朕说什么？朕说你娘、你爹、你们北秀容的人，全是不知礼仪的蛮族！”

一听元诩说到自己的爹娘，英娥可真的发怒了。此刻她好像忘记了对方的身份，如箭一般冲到元诩面前，抓起他的手就咬了下去。元诩惨叫一声，忍痛抓住英娥，两人顿时扭作一团，打得毫无章法，和洛阳城街上撒泼打架的泼皮没什么区别。两个宫人也是看傻了眼，完全不敢相信自己所见到的一切。

论起打架，小皇帝还真不是英娥的对手，眼看着他就渐渐处于下风，最后还被英娥压在身下。处于羞愤中的皇帝终于也使出了撒手锏，直起身子对准英娥的肩狠狠咬了下去。

英娥痛得大叫一声，再一看自己肩头已然流出血来。这一口真是又狠又快！

宫人们也好像才回过魂来，赶紧上前想拖开两人。可这两人偏不依不饶，谁也不先松手，你拽我的头发我掐你的脖子，直到一个优美的声音从不远处传来：“你们这是在干什么？”

宫人们见到来人像是见到大救星，恨不能三叩九拜答谢救命之恩。

来人一看这番情景，也大吃一惊，赶紧上前一手抓住一个，总算将两人分开来。

英娥一抬头，顿时愣在那里——这不就是刚才那个少年吗？

元诩也回过神来，脸上露出讪讪之色：“彦达……”

那被叫作彦达的少年脸色怪异：“陛下，到底发生什么事了？”

元诩一指英娥：“这个家伙竟然敢违抗朕的命令，是他先动手的。简直该死！”

彦达目不斜视，淡淡道：“既然陛下这么说，不如就干脆杖毙他算了。”

英娥吓了一跳，正想说什么，忽看到彦达对她使了个眼色。不知为什么，她好像莫名地信任着这个少年，于是闭嘴什么也没说。

“那可不行。”元诩连忙叫道，“这个人不能杀，要是真杀了他母后一定会怪罪朕的。”

彦达眼中闪过一丝笑意：“那么今天这件事也只能这样算了。不然太后若是追究起原因，恐怕你也免不了一顿责罚吧。”

元诩想到自己故意饿了尔朱菩提一天，心里的底气也没那么足了。只是对方好像完全不把自己放在眼里……他瞄了一眼自己的手指，那里还留着“尔朱菩提”的齿痕。他再一看“尔朱菩提”，对方的肩膀似乎伤得更厉害。这一看，元诩心里顿时平衡不少。其实从小到大，人人都让着他，就算是彦达也相当知礼，哪里有人敢这样对他。这么毫无规矩、毫无风度地打上一架，感觉竟是痛快多过愤怒。

彦达好似看出了他的心思：“陛下您大人有大量，就饶恕他的不敬之罪吧。”

英娥收到了彦达的示意，也附和了一声。

既然有了下台阶，元诩也就趁机教训了英娥几句后拂袖而去。

元诩离开后，彦达指着她被咬的地方问道：“这里怎么有血？”

英娥哼了一声：“谁知道陛下的牙齿这么厉害！不过是看到他哭而已，又是被饿肚子又是被推下水又是被咬，这算什么事儿啊。”

彦达似乎有点好笑：“你把外裳脱了，我给你上点药。”

英娥立即摇头：“不用了。我自己来好了。”

彦达目光微沉：“我给你上药。”

他声音温和却不容拒绝，英娥只好拉下外裳，只见白皙如瓷的肩膀上留下了一个深深的渗血的牙印。

彦达从暖阁的一侧书架上拿出一个蓝色瓷瓶，小心地将药抹在那个伤口上。他的手指带着温暖的触感，细心而缓慢地将药抹开。英娥一侧头，正好看到他密密长长的睫毛仿佛墨蝶轻扇蝶翼，忽听到他的声音传入耳中：“其实陛下那天会哭，是因为他养了五年的犬奴没了。想必是陛下不想让别人知道一国之君这么多愁善感，所以才起了杀心。

英娥一愣："你也看到他哭了？"

彦达笑而不语。

英娥低下头，完全不能想象那小皇帝因为一只小犬而哭得稀里哗啦。

彦达拉上她的外裳："好了，这个伤口很快就会结疤的。幸好你不是女孩子，留这么一个疤痕也无关紧要。"

英娥很是郁闷，她可不就是如假包换的女孩子吗？

郁闷归郁闷，英娥还是向彦达道了谢。要不是他及时赶到，自己恐怕还不能全身而退。

彦达揉了揉她的头发："其实陛下也很孤单，如果你能让他感觉开心一些，就是对我最好的感谢了。"

英娥犹豫了一瞬还是点了点头。

四周似乎一下子安静下来，气氛变得异常柔和而沉静，唯有雕花熏炉里飘出几缕青烟，袅袅地散于空气之中。

出乎英娥的意料，第二天小皇帝竟丝毫没有在晨食上刁难她。两人默默相对跪坐，默默用餐。房间里充斥着一种奇怪的诡异气氛，在一旁服侍的宫人连大气都不敢出，生怕得罪喜怒无常的皇帝陛下。两人的象牙箸同时夹到了一块肉片，惊讶之余两人的筷子又蓦地同时放开，肉片啪的一声掉在了案几上。英娥眼角一跳，像是为了掩饰什么赶紧伸手去拿截饼，没想到元诩也正好来拿这块截饼——两人面色发窘地对视了几秒，忽然就同时笑出了声。

见皇帝心情尚好，英娥轻轻咬了咬筷子，试探地问道："陛下，昨晚的事……"

元诩微掀眼皮，很快打断了她的话："朕出生到现在，还从没这么痛快地打上一架。不是有句话叫不打不相识吗？尔朱菩提，昨晚的事朕不会再追究了。"

英娥对小皇帝的转变感到有些惊讶，但既然对方都不予追究了，那自己当然要抓住这个化干戈为玉帛的好机会。不管怎么说，这家伙始终是一国之主。

英娥的嘴里像是不要钱般迸出了一连串阿谀之词："陛下果然是宽宏大量，心胸广阔，真乃当世明君。菩提多谢陛下！"

元诩弯了弯嘴角，扬起一抹得意之色。

英娥心下哂笑，果然还是个小孩子。此时的她，似乎完全忘记了自己也在小孩子之列。

待两人用完晨食，宫人将未用完的膳食撤了下去，又送上加了蜂蜜的酪浆。宫里的酪浆和北秀容相比，少了几分膻味，更合英娥的口味。

元诩漫不经心地喝了几口，忽然开口问道：“菩提，你在北秀容养过动物吗？”

英娥点了点头：“养过啊，我养过好多呢，有马驹、猎犬，还有兔子！”

元诩沉默了一瞬道：“你养的这些动物都还活着吗？”

她想了想：“四岁生辰时，阿爹送了我一匹枣红色的马驹。我喜欢它喜欢得紧，天天和它一起玩。可是过了两年，它就病死了。”

元诩似是犹豫了一下，低声道：“那，你哭了吗？”

英娥点头：“当然啊，我哭了好几天呢。”

元诩冷嗤一声：“你一个男孩子，居然因为一匹马驹的死而哭，真是没用。”

英娥张了张嘴，忽然想起之前彦达说过的话，不禁暗暗腹诽，好像这位堂堂皇帝陛下还曾为了一只小犬偷偷哭鼻子吧……而且，哭了还不敢承认，更想杀人灭口呢。

“陛下，为什么不能哭呢？难过就要表达出来，我没觉得这有什么不对。虽然我因为马驹的死哭了好几天，但哭完我就不再那么难过了。难过时就要哭，开心时就要笑，不管是难过还是开心，我只听从我内心的想法，不用隐瞒也不用遮掩，对了，我娘说这叫唯心而已。”

元诩似是愣了一会儿，口中低低重复了一遍：“唯心而已。”他蓦地抬起头，幽幽道，“我也养过一只小犬，可惜病死了。在那五年里，只有它始终陪伴着我。”

英娥觉得这小皇帝也怪可怜的，顿时起了同情心，早把两人之前的恩怨抛到了脑后。

“陛下，你这里有刻刀和木头吗？”

元诩虽不知其意，但还是命人拿来了这些东西。

英娥接过东西手起刀落，熟练地在木头上刻起了什么。

看她刻东西的样子还挺有板有眼，元诩不禁有些惊讶：“你怎么还会这个？”

英娥得意一笑：“是我的一位阿叔教的，他雕的马驹就像活的一样。”

元诩没再说什么，凝目看着她的动作。随着木屑纷飞，那块木头渐渐成形。

“好了！”英娥轻轻吹了吹木屑，将那雕好的东西递给元诩，“陛下，这只小犬永远也不会病死，可以一直陪着你。”她手里的那只木头小犬模样实在有些粗糙简陋，小犬的耳朵还一大一小，看起来颇为滑稽。

元诩一眨不眨地盯着那只小木犬，忽然觉得喉头好似有一团湿湿的棉花堵了上来，热辣辣的，堵得他的眼睛直发酸发红，他用力攥紧双拳，才把这种奇怪的感觉压了下去。

他别过头去：“朕……从没见过这么丑的小犬。”

英娥一挑眉：“不要就算了，我拿回去。”

元诩赶紧一把将它抢了过来：“这木头可是朕宫里的。”

英娥眨了眨眼，嘻嘻一笑：“喜欢就要说嘛，唯心而已。陛下忘记这句话了？”

元诩冷哼一声，反驳的话却少了几分底气："朕哪会喜欢这么粗鄙的东西。"他顿了顿，又道，"菩提，你给朕讲讲草原上的事吧。"

英娥顿时来了精神："陛下，以后你来北秀容玩吧，我带你看好多有趣的东西。我们草原可好玩呢，还有各种热闹的节日，全草原的人都一起庆祝。"

元诩听得一脸神往，脱口道："朕以后真的可以去玩吗？"

英娥拼命点头："当然可以啊！对了，草原上打猎可有意思了，我爹他……"

清晨的阳光穿透重重宫阙，洒落在侃侃而谈的女孩身上，将她的脸颊映衬得如明珠般美好，男孩眼睛一眨不眨地看着她，不知不觉嘴角露出了一丝连他自己也没察觉的笑容。

太后寿辰到来的这一天，阳光明媚天气晴好。浅金色的阳光透过绵延伸展的霞云照在各色琉璃瓦上，闪耀着炫目耀眼的光芒。御花园里繁花似锦，草木葱茏。皇宫里鼓乐齐鸣，装饰华美。宴请群臣的明光殿里，即使白昼也是灯火辉煌，各色佳肴美酒香味四溢。

参加寿宴的不仅有朝廷重臣、贵族宗室，还有不少从西北边疆风尘仆仆而来的少数民族部落首领。在筵席上，英娥终于见到了自己的母亲北乡公主，并得以和母亲坐在一席，同一席的还有堂哥尔朱兆。尔朱兆不忘低声追问她有没有受委屈，得知一切无恙才放下心来。

胡太后的寿宴由专门的祝官主持，先由皇帝元诩向太后祝寿，因皇帝还没有成婚，所以接下来是先帝的妃嫔祝寿，接着就是公卿宗室和少数民族首领。当听到清河王的名号时，英娥不免多留意了几分。那果然是个姿容出众的俊雅贵公子，明珠生晕，美玉莹光，宗室贵族中竟无一人能及。清河王不但亲自写了褒扬太后功德的祝词，还亲自唱了祝寿歌。

想到那晚自己所听到的，英娥的眼神中又多了几分好奇。她下意识地偷偷看了一眼元诩，只见元诩正注视着清河王，那目光前所未有地冰冷，甚至隐约带着憎恶厌恨。就在这时，只听宫人高唱道："彭城王元勰携三子前来为太后贺寿。"

话音刚落，只见一穿着朱色织锦大袖衣的中年男子走上殿来，跟随在他身后的是三位着锦服的少年。当英娥看清最后一位少年的容貌时，顿时瞪大了眼睛——那不是彦达吗？

他身着织锦浅蓝色大袖衫，面容有着鲜卑人特有的白皙，如白玉般莹润洁雅，深蓝色双眼折射出璀璨的星光月影，天地间的光华仿佛都集中在他身上，就像是从鲜卑壁画里走出来的人物。

假以时日，恐怕就连清河王都要退避他的光芒。

仿佛感觉到英娥的注视，彦达极快地抬头看了她一眼，眼中闪过一丝笑意。

英娥忍不住小声问道："阿娘，您知道那个穿蓝衣的是谁吗？"

公主笑了笑："那是彭城王的第三子元子攸，字彦达，自幼进宫做了陛下的伴读，和陛下的关系十分亲密，亦臣亦友。"

英娥微愣，想起之前皇帝对待彦达的态度好像是格外随意。这两人从小在宫里一起长大，难怪呢。

宴会在歌舞表演中热闹地进行，除了宫廷音乐舞蹈，少数民族部落也带来了各有风情的表演，其中以龟兹的乐舞为最。太后今日心情大好，索性也当庭高歌，众臣子纷纷高声和歌，将宴会的气氛推上了一个高潮。

寿宴结束之后，元玥就向胡太后提出辞行。出乎她的意料，太后虽好似面有不舍，但最终还是答应下来。

离开洛阳的那一天，英娥心情极为雀跃。倒是尔朱兆，因发现她肩上的咬伤而心疼不已。

英娥倒并不以为然，身手敏捷地跳上马车，笑道："阿兆哥哥，快点上来吧。"

尔朱兆正要上车，忽听不远处传来一阵急促的马蹄声。不多时，只见一辆马车已行至车前。赶车的宫人跳下马来，向元玥拱手行礼："公主，这些是陛下特意为你们在路上准备的吃食，都是御膳房连夜做出来的，还冒着热气呢。"

说罢宫人就将马车里的吃食都搬了出来。一打开漆盒，果然都是热气腾腾的食物，有截饼、髓饼、胡饼和羊肉粥。

英娥一愣，这不都是她和小皇帝一起用早餐时吃得最多的那几样食物嘛。

一瞬间，英娥心里仿佛也如热粥般暖了起来。那个别扭的家伙，原来也有一颗柔软的心呢。

此时，皇帝寝殿。

元诩手里正把玩着那只木头小犬，嘴角微翘，看起来心情似乎不错。

元子攸看向他的目光带了几分笑意："怎么，陛下对这只小犬爱不释手？"

元诩挑了挑眉："这么丑的东西，那家伙的手艺可真差。"

元子攸一笑："听说陛下派人给他送去了吃食？能让陛下这样牵挂的人，微臣还以为这个世上只有臣一个。"

元诩先是失笑，随即沉默了一瞬道："这个宫里，会亲手给朕做礼物的，除了你也只有他一人。"

元子攸的神色变得更加柔和，他将右手轻轻搁在了元诩的肩上。

"彦达，你说以后朕还会再见到他吗？元诩幽幽问道。

元子攸的目光投向窗外，今天的天空蓝得几近透明，连一丝云的影子也看不到。

“当然。”

北乡公主一行人归家心切，一路上除了必要的休息很少停下来，眼看着再过十来天就能到达北秀容了。这天一行人刚在路边酒肆用完午食，忽见一位骑马少女带着一队侍卫大咧咧就冲了过来。少女身穿红色翻领窄袖服，下着波斯条纹裤，足蹬金锦小蛮靴，一身混搭的胡服打扮令她看上去格外娇俏利索。

少女居高临下地望着酒肆中的食客，吩咐手下侍卫：“给我好好搜！我就不信那家伙能从我手里逃走！”

食客们也不愿多管闲事，倒有一位中年男子仗着几分酒意出声调笑道：“哟！小娘子是不是在找你的小郎君，莫再找了，干脆哥哥我跟你走不是更好——哎哟！”

那人话还未说完，少女的鞭子已经落到了他的脸上。这一鞭子劲道不小，男子顿时被打得血流满面，捂着脸哭天喊地。其余的食客也被这一鞭的凶狠恶毒震慑到，赶紧都低下头不再多言。

英娥凑到尔朱兆耳边小声道：“这小姑娘竟然比我还凶。”

尔朱兆忍俊不禁：“现在知道人外有人了吧。”

英娥扑哧一笑，立刻引起了那少女的注意。少女扭头往这边一瞥，目光在尔朱兆和英娥的脸上转了转，怒道：“你们两个，叽里咕噜说我什么坏话？”

英娥压根儿就没把她当回事，皱了皱鼻子：“我们说什么好像不关你的事吧？”

少女冷笑一声，蓦地抬手把马鞭甩了过来，将英娥面前的陶碗砸得粉碎。

尔朱兆霍地站了起来，直指少女的鼻尖：“哪里来的丑婆娘，竟然敢伤我妹——弟弟！”

少女一听“丑婆娘”这几个字，俏脸变得煞白，厉声道：“你说什么？你说什么！你说本姑娘是丑婆娘？！来人，来人，快给我杀了他！”

就在这时，元玥放下碗，慢悠悠地站了起来，微微蹙了蹙眉。

少女见到元玥的容貌先是愣了愣，接着又大声道：“都还愣着做什么！还不将这几个人给我抓起来！”

少女身后的胡人侍卫们气势汹汹而来，其中眉目最为英俊的那个男人态度更是嚣张，骂骂咧咧道：“哪里来的不长眼的，竟敢得罪我们娘子，知道我们娘子是什么人吗？”

元玥连眼角都没扫他们一眼，只看了看身边的英娥，淡淡道：“吃完了，我们该继续赶路了。”

少女见对方这样无视自己，更是气得花容变色，正要一鞭子甩过去，忽见十多名功夫高强的侍卫已闯进酒肆，迅速将元玥等人围了起来，为首一人向元玥行礼："公主，一切都已准备好，可以出发了。"

元玥微微颔首，姿态优雅地步出了酒肆，英娥和尔朱兆也紧紧跟在她身后。待他们离开酒肆，被惊呆的少女才回过神来。

少女喃喃自语："公主？难道是尔朱酋长的妻子北乡公主？"

英娥走到自己的马车旁，和尔朱兆打完招呼就麻利地爬了上去，吃饱喝足了自然是要在宽敞舒适的车厢里好好睡上一觉。她刚爬上马车，忽然一个身影闪过，飞快地捂住了她的嘴。对方开口说话时的声音听起来有几分怪异，似是被人捏住了喉咙："小公子，有人在追我，请别出声好吗？"

眼下情形自然是小命要紧。英娥连忙点头，感觉到捂在嘴上的力量一消失，忍不住就回过了头。原来这位不速之客竟然是个穿着胡服蒙着面纱的少女，虽说遮住了半边脸，依然能看出是个罕见的美人儿。那斜飞的眉微微挑起，狭长的琉璃眸好似没有完全睁开地半眯着，透着一种别有风情的慵懒。

英娥心里一动："难道刚才那些人要找的就是你？"

少女似有些不好意思地点点头。

英娥差点笑出声来："放心放心，我看那婆娘不顺眼，姐姐你就放心躲在这里吧。"

少女含羞垂眸："多谢小公子。"

马车缓缓驶动。英娥悄悄撩起帘子一角，只见那些胡人侍卫还在周围搜寻。待她回过头来，发现少女正双眼发光地看着马车内摆设的东西，口中不停念念有词："哇！这羊脂白玉摆件好像是前朝宫廷里流出来的。啊！那个镏金熏香炉可是出自汉代名家之手，还有这个这个……还有那个那个……"将车厢里的东西都赞了个遍后她又双目炯炯有神地在英娥身上扫来扫去，似乎在飞速计算着她身上的挂饰到底值多少银子。

英娥被她瞧得背上开始冒冷气，干笑道："姐姐你怎么这么了解？"

少女答得飞快："以前我阿爹开过古董铺子，不过后来都赔光了。"她说着毫不客气地掀开面纱吃起了放在旁边的点心。这吃得狼吞虎咽的样子，和她的容貌完全不相匹配，倒像是饿了几天的恶狼。

英娥心里的小八卦开始泛滥，忍了半天还是问出了口："她为什么要抓你？不会是嫉妒你比她好看吧？"

少女震惊地抬起头，一脸"没错你猜得太对喽"的表情。

英娥的嘴角轻微抽了一下，知趣地没有继续问下去。

少女吃光了盒子里的点心，舒爽惬意地打了一个饱嗝，揉揉肚子躺了下来，很快就睡着了。英娥并不习惯和人同睡，反倒是睁大了眼睛怎么也睡不着。迷迷糊糊中，感觉到胸口好像被一块大石头压住了，闷得她差点透不过气来。她定睛一看，原来是那少女的一条腿压着她。英娥这才发现这少女的睡相实在太差，刚搬开她的腿，她的胳膊又绕了上来。

英娥张嘴想咬她一口，没想到少女呢喃了一句："阿娘……"

英娥心里一软，再一想对方也是个比自己没大几岁的女孩子，于是也就让她搂着了。随着马车的颠簸，她也感觉到阵阵睡意袭来，很快就进入梦乡。

不知过了多久，英娥一睁眼就看到那双琉璃眼正笑意盈盈地瞅着自己。她这才留意到马车刚刚停了下来，果然不远处传来了尔朱兆的声音："英娥，我们到了。今晚就住这里的客栈。"

英娥应了一声，又看了看少女："这里偏僻得很，你现在也没法离开。看来，我得带你去见阿娘了。"

少女笑着点点头："好。你先下去吧，我整理一下随后就来。"

英娥掀开帘子下了马车，欢快地跑到元玥身边，在元玥耳边小声说了几句。元玥先是有些惊讶，随即又笑了起来："你现在毕竟是男孩子的装扮，等会儿就让那女孩和我同坐一车吧。"

因为尚未到晚膳时间，元玥和英娥先去了房间休息。英娥等得有些不耐烦了，正打算亲自去催那女孩，忽听门外传来侍卫的声音："公主，有人想拜见您。"

英娥展开笑颜："一定是那位姐姐！"

元玥微微一笑："让她进来吧。"

元玥的话音刚落，一个身影就从门外走了进来。那人不慌不忙走到元玥面前，大大方方行了个礼："见过公主。多谢公主和小公子的搭救之恩。"

元玥微微点头，见此人举止自然大方倒是有了几分好感。

"你，你是谁？"英娥腾地站了起来，连桌上的茶碗都被打翻在地。

一样的眉眼，一样慵懒的风情，一样似笑非笑的嘴角。可是这姐姐身上穿的怎么是男装？谁能告诉她少女转眼间怎么变成了少年？

少年笑了笑："不好意思，借用了一下侍卫的衣服。"

元玥淡淡道："这究竟是怎么回事？刚才菩提对我说他救下的是个少女。"

少年眼波微动，笑容如仲夏时节的微风一般撩人："回公主，我之前不小心中了那女子的算计被她所俘虏，情势紧急之下只能穿女装脱身。还请见谅。"

元玥打量着他的眉眼："看你气质风度，似乎并不像平民百姓。你叫什么名字？

少年眉目间多了两分柔色："在下司马子如，小字遵业。"

元玥似乎有些惊讶："你姓司马？莫非你和晋皇室有些渊源？"

司马子如："在下先祖正是南阳王，先父曾任鲁阳太守。"

元玥的神色柔和了几分："原来是南阳王之后。"

英娥这会儿才回过神来，一想到他居然刚才还紧紧抱着自己睡觉，更是气不打一处来。她忍不住冷哼一声："南阳王之后还被人追得到处乱窜？不会是做了什么坏事吧？"

尔朱兆自然站在妹妹一边，忙帮腔道："也是，不然那女子为何追着你不放？"

司马子如微微一笑，却不做任何解释。他这样无声的应对不但没有任何理亏的感觉，反倒带了几分对小孩子无礼之语的包容。

元玥心里有了几分想法，问道："既然如此，接下来你有什么打算？"

司马子如正要说话，车队里的一位侍卫这时正好来到门边禀告："公主，晚膳已经都准备妥当，请先下楼用膳食吧。"

司马子如的目光在那侍卫的衣领边停留了一瞬，眼神蓦地暗了一下。

第二章 归来

元玥刚起身，司马子如上前两步，低声道："公主请留步，在下有事想要禀告。"

英娥和尔朱兆闻言也停下了脚步，扭头望向司马子如。

元玥心中微讶，面上却丝毫不显，淡淡吩咐道："英娥、阿兆，你们先下去。"

英娥对着司马子如抬起下巴轻哼一声，小声咕哝道："不知这家伙又有什么幺蛾子。"看到对方似笑非笑的神情，她心里不禁又郁闷了几分，拉起尔朱兆就往楼下走去。

"什么南阳王的后代，我看根本就是假的。"英娥想起之前他那副财迷样和完全没有优雅可言的吃相，忍不住又抱怨了两句。

尔朱兆自然是无条件附和英娥："对对，假的，一定是假的。好啦，我们别说那个人了。你也饿了吧，不知这小地方有什么可吃的。"

一说到吃，英娥的情绪很快高涨起来："我想吃肉，好多好多肉！"

尔朱兆拍了一下她的脑门："你呀，无肉不欢！"

两人说笑着来到楼下，只听一个悦耳的女声从不远处传来："两位小郎君，晚饭已经准备妥当，很快就会端上来。请随我来吧。"几乎是同时，一个身材曼妙的胡服妇人挟带着香风步履轻盈地走了过来。

这妇人打扮清爽利落，相貌也算得上是个美人，唇上鲜润艳丽的口脂更为她添了几分妩媚。

她抬头瞧了一眼楼上，笑问："我记得还有位夫人呢，是否……"

尔朱兆打断了她的话："我婶娘一会儿就下来，你是这里的东家？"

妇人眯眼笑了起来："没错，我就是这里的东家。不过我们这家客栈简陋了些，吃食也不算丰富，倒是委屈了你们这样的富贵人家。"

前头侍卫在安排食宿时并不曾透露公主的身份，因此这妇人似乎也只是将他们当作普通富贵人家。

"出门在外，也谈不上什么委屈不委屈。"元玥已经走到楼梯口，正准备下楼，一旁的司马子如殷勤地扶着她。这一幕落入英娥眼中，自然又给他安上了一个马屁精的头衔。

妇人脸上笑容更加灿烂："夫人，快些用完了晚饭好早些休息啊。我们客栈里虽然吃食一般，酪浆却是相当好喝的。"

司马子如的目光在妇人脸上停留了一下，随即低声在元玥耳边说了几句，元玥面色微变，缓缓点了点头。英娥留意到两人极快的互动，不禁更加胸闷。阿娘怎么会对那谎话精这么看重了？

司马子如下楼后就往外走去，英娥挑衅似的拦住了他："喂，这个时候你还要到哪里去？"

司马子如挑眉一笑："在下要去如厕，小公子要跟着吗？"说着他还揉揉自己的肚子，自言自语，"看来刚才吃多了，是得赶紧去给这里腾腾地方了。"

英娥的脸瞬间僵住了，顿时觉得胃口也不好了。什么南阳王之后，绝对是骗人的！

这边，妇人已经让人送上还带着热气的酪浆，一脸热情地介绍着："夫人，先喝一碗热腾腾的酪浆吧。陪同您来的那些护卫，我也吩咐人给送去了。"

元玥接过酪浆碗，微微一笑："闻起来倒是很香。"她似乎沉浸于酪浆的香气里，却并不品尝。她不先喝，其余人自然也不敢喝，英娥尽管馋得不行，倒也守着规矩。平常在家中，一向是父母长辈先动筷，才算正式开饭。

妇人目光微闪，笑道："夫人，趁热喝吧，凉了就不好喝了。"

元玥点点头，忽然手上一动，整个碗啪一声掉在地上摔成了碎片，乳白色的酪浆溅得到处都是。

妇人神色微动，面上笑容不改："不如我再给夫人换上一碗？"

就在这时，司马子如一脸焦急地冲了进来，上气不接下气道："不、不好了，那些护卫侍从喝完酪浆全倒下了！"

元玥面色微变，尔朱兆已吃惊地站起身来，正想有所动作，忽然收到了司马子如的眼色，微愣之后又重新坐了下来。

司马子如指着妇人："你在酪浆里加了迷药？你好大的胆子！"

妇人笑得有几分得意："本来你们喝下什么也不知道了，现在，只好敬酒不吃吃罚酒了。如今你们只有一位妇人、两个七八岁的小儿，最好还是乖乖听我的话。"

英娥赶紧望向司马子如，谁知后者立刻垮下了脸："我的武功弱得很，我不行的。"

没用的东西！英娥狠狠在心里骂了几句，对司马子如恶感更甚。

元玥似乎已经冷静下来："我们也只是普通富贵人家，若是求财，那就拿去吧，不要伤人命就好。"

妇人冷笑："财我要，另外，公主和小郎君的命，我也要。"

门忽然被人推开，一位侍卫神色惶恐地冲了进来。

"阿留，你不就是为了求财吗？你不是说拿了这些财物就和我离开吗？怎么又要公主的命了！"

英娥定睛一看，这正是之前来禀告饭食准备妥当的侍卫。

阿留不等那侍卫近身，一掌将那侍卫打翻在地："我怎么看得上你，我之前勾引你，好不容易布下这局，不过是想置元玥于死地。在北秀容我没机会出手，好不容易等到她从洛阳回来，现在就是杀她的最好机会。自己的爱妻和嫡长子没了，尔朱荣一定会很头痛吧。"

元玥面色依然平静："难不成，你是南秀容的……

阿留笑容越发冰冷："不管我是谁，你都没必要知道了。"

司马子如一扫之前的惊慌神色，微微一笑："是吗？"

他的话音刚落，顿时从门外拥进十几位侍卫，只见他们个个精神矍铄，完全没有中迷药的样子。

阿留脸色微白，望了一眼那个倒地的侍卫："满哥，你居然出卖我？"

侍卫低下头："阿留，我们的计划早被公主的人看穿了。"

阿留眯了眯眼，忽然一扬手，一把锋利的匕首直冲元玥的方向刺去。元玥身边的尔朱兆手疾眼快地拉开了元玥，几乎是同时，阿留和一拥而上的侍卫打斗起来。这些侍卫都是尔朱荣精挑细选出来的，个个功夫高强，就这样居然还和阿留打成平手。直到尔朱兆看准时机攻她软肋，才将她制服在手下。见此情景，英娥背上不禁冒起一股凉气，若是这些侍卫之前真的都被迷倒，光凭尔朱兆一人还真不是阿留的对手。

阿留见大势已去，恨恨瞪了司马子如一眼："是你，是你搞的鬼对不对？你是如何识破的？"

司马子如挑眉轻笑："说起来，问题还是出在你的情人身上。"他忽视了大家不解的目光，走到那侍卫身旁，指了指他的衣领，“你们的计划，就坏在这里。”

英娥随着大家一同望过去，只见侍卫的衣领上居然有一个并不太明显的口脂印。

“这个口脂印很新鲜，并不是以前留下的痕迹。我们一行人一路风尘仆仆而来，无人抹口脂，唯一的可能就是这客栈里的什么人留下的。当我见到东家，就知道这口脂印从何而来了。一个小小的侍卫和一个偏僻客栈的东家有暧昧，这本身就不太寻常。于是我刚才溜到后厨去看了看，除了酪浆外什么食物也没准备。这是为什么呢？因为有人知道喝完酪浆，食物根本就没机会端上来。”他顿了顿，继续道，“酪浆一定有问题。”

英娥忍不住开口：“那你怎么知道酪浆里不是毒药，而是迷药呢？”

司马子如笑笑：“毒药发作起来动静大，若有别的侍卫还来不及喝下，岂不是不妙？再说，分辨毒药和迷药对我来说并不困难。”

阿留冷哼：“所以你和侍卫们通了气，控制了满哥，故意让我中计说出真相？看来元玥摔掉那碗酪浆也不是故意的。”

元玥弯了弯唇：“遵业让我们先不要食用这里的任何东西，只等他安排就好。你现在沦为阶下囚，还是乖乖说实话的好。”

阿留望向司马子如的目光添了几分恨意：“都是你坏了我的事……不过，我就是死也不会说出谁派我来的。”说完她突然狠咬舌尖，瞬间就歪过头断了气。

“阿留！”那叫阿满的侍卫哭着扑了上去。

元玥皱了皱眉，侍卫们立刻将两人拖了出去。

大厅里一片安静，仿佛什么也没发生过。

“遵业，这次多亏有你。”元玥一脸慈爱地看着司马子如，“不知你接下来有何打算？”

司马子如行了一礼：“如今天下各路英雄辈出，遵业早得闻契胡酋长尔朱将军果敢勇毅，善待贤士。遵业愿投奔将军旗下，为将军效犬马之劳。”

元玥脸上的笑容多了几分真切：“好！好！能得到你这样的贤才，天宝他一定会很高兴。”

英娥咬了咬后槽牙，什么贤才，根本就是个财迷吃货加谎话精！

仿佛留意到了英娥的不满，司马子如嘴角微挑，一抹轻笑如夜色中盛开的曼珠沙华，分外妖娆。

英娥哼了一声：“阿娘，我不想再和他坐一辆车了！”

司马子如嘴角挑起的弧度更大：“男女有别，确实不能再同坐一车。”

他话音刚落，在场的几人都大吃一惊。英娥此时年龄尚小，扮男孩子完全没有破绽，不知这司马子如是怎么看穿的。

尔朱兆先忍不住发问。

司马子如看了看英娥："你看看她的小手指指甲，那里还残留着一点染过的凤仙花残迹。没有小郎君会用那个吧。"

英娥赶紧翘起自己的手指，果然看到了一小片橘色残迹。

元玥见此对司马子如更加满意："遵业小小年纪就观察入微，将来一定前途无量。"

英娥再次气到胸闷。

接下来的归程一行人更是加快了速度，大约在五天后终于回到了北秀容契胡部落的领地。司马子如因之前立下了这么大的功劳，深受尔朱荣看重。回到北秀容不久，这边就收到消息，洛阳宫里发生政变，胡太后被囚禁后宫嘉福殿，清河王被诛杀，目前掌权的是胡太后的亲妹夫元叉和宦官刘腾。

夕阳绮丽，将北秀容的黄昏渲染成了橘红色的温暖世界，就连树枝、草叶、水珠上都带着迷人的金红色。不远处的小河边，毛色光亮的马儿正在低头喝水。紧挨着河边的青石上，坐着一位身着翻领小袖胡袍的俊秀汉家少年。他长眉微挑，半眯着琉璃凤眸，神态悠然地手执钓竿，似乎极有耐心地等待着鱼儿上钩。青石下的竹篓里已经装了不少鱼儿，显然很快就能满载而归。

这时，只听得不远处传来几声慌乱的羊叫，紧接着，不知从哪里冒出几头壮羊，像是受了惊吓般直冲着少年所坐的方向而来。

少年轻轻扬唇，那双眯起的琉璃凤眸里闪过一丝了然的笑意。他动作敏捷地站起身，不慌不忙地避过了羊群。只不过那个满满的鱼篓就遭了殃，被这群羊几下就顶落河中，篓口一开，里面的鱼儿纷纷游了出来，眨眼就没了影。

"哎呀，这都是哪里来的羊啊。司马子如，你也太倒霉了，好不容易钓了一天的鱼就这么没了！"英娥笑眯眯地闪出身影，嘴里虽然说着惋惜，脸上露出的却是怎么也遮掩不住的得逞的快意。

自司马子如来到北秀容，转眼间已经住了两年。他在这里颇受尔朱荣赏识，适应能力也不错，唯有饮食方面一直不太习惯。熟悉他的人都知道这位汉家宗室之后不喜牛羊的膻味，一有空就能看到他去河边钓鱼。英娥自然清楚得很，所以今天特地等到他即将满载而归的好时机来搞破坏，让他竹篮打水一场空。

司马子如面色如常地收起钓竿，面上浮起几许慵懒笑意。

"英娥，把这些羊赶到这里很辛苦吧？"

英娥眼皮跳动了一下："哈，我也是碰巧在这里，这些羊才不关我的事。"

司马子如微微一笑："是碰巧吗？我倒也是碰巧知道几件事呢。前几天，你和尔朱兆将那惹是生非的堂弟偷偷揍了一顿，到现在他好像还下不了床。听说将军生气得很，正在四处寻找打人者的下落。你说如果将军知道是自己的女儿……"

"你胡说！"英娥飞快打断他的话，脸上的表情却有些不自然。

"还有啊，之前将军珍藏的白虎皮好像被人不小心划坏了。如果将军知道是谁做的……"他顿了顿，笑容中带了几分促狭，"禁足的惩罚可就免不了吧。"

英娥龇了龇牙，努力平复自己略扭曲的小脸："就算知道这些是我做的又怎样？你有证据吗？我阿爹是信你还是信他自己的闺女？"

司马子如好整以暇地瞟了她一眼："哦？就连公主也赞过我小小年纪观察入微，你怎么知道我就没证据？不然我怎么知道是你做的？"

对于他的这个本事，英娥倒是也不怀疑。一想到被禁足的后果，她心里挣扎了几番还是服了软，冷哼了几声："好！那你到底想怎样？"

司马子如笑得更加灿烂："我可是好不容易才钓到这么多鱼，要不，你重新帮我都钓回来？估计一个通宵差不多。"

英娥的脸顿时垮了下来，让她乖乖坐着钓鱼还不如打她一顿。

司马子如似乎预料到了她的反应，慢条斯理道："对了，前几日公主送了你一对小巧的玉麒麟？听说你很是喜欢，每天都带在身边把玩？"

英娥自然立刻明白了他的意思，犹豫了一下，支吾道："那，那我送你一个当作赔偿。"

司马子如眼睛一亮，垂下眼睫："一对。"

贪心的家伙！刚拿到手还没焐热就被你顺走了！英娥恨恨腹诽着，目光像是刀子在他身上凌迟了好几遍，极不甘心地从嘴里迸出一个字："好！"

她不情不愿地从怀里拿出那对小麒麟，对方极快地接了过去，双眼放光地仔细端详了一番才小心翼翼地收入怀中。

虽然给出了好东西，但他今天也没鱼吃了。这样想着，英娥又觉得心里好受了些。

仿佛又猜到了她的想法，司马子如微微一笑，弯下腰拨开掩盖的草叶，只见那里居然还放着一个竹篓。

"对了，忘记告诉你，其实最大的鱼我已经先放好了。"

"司马子如！你！"英娥气得嘴都歪了，狠狠白了他一眼转身就走。等走出几步，英娥恍然想起，自己手里的好东西似乎已经被他骗了不少。可每次都是她先挑衅他，偏偏屡战屡败又屡败又战。她在他这里不但没占过几次便宜，倒是亏了不少次。

这家伙仿佛有邪恶的天赋，而且非常善于完美地发挥这种天赋。

当英娥愤愤走了一阵子后，才发现自己不知不觉已经走到父母的住处前。父亲低沉悦耳的声音正好从屋里传出来。

“现在洛阳一片乌烟瘴气，自刘腾和元叉控制朝政之后，两人不但到处搜刮财物，还有不少大臣居然一早就去刘腾的住处候着，得到他的训令后依言而行。更有那些寡廉鲜耻之徒，为了飞黄腾达甘愿做一个阉人的义子。”

元玥叹了一口气：“太后和陛下现在的日子想必并不好过。当初我救下刘腾时可没想到他居然有这么大的野心。”

英娥听到这里，脑海里蓦地浮现出那张比女孩还要漂亮的脸。她心里不禁也有些怅然，不知小皇帝如今怎么样了？还有那个叫彦达的少年，他是否还陪伴在小皇帝身边？

尔朱荣沉默了一下，才道：“太后是不会甘心于此的。凭她的智谋，不是没有东山再起的机会。比起洛阳，我倒是更在意六镇。”

“六镇？”

“当初六镇初设时，下属镇民不是鲜卑本族就是中原强宗子弟，日子过得极为顺遂。可如今朝廷重用汉人和汉化族人，六镇镇民不但没有了以前的优厚待遇，六镇反而成了安置充军、流犯和罪囚的地方。为官者也都是能力低下的庸官，只知敛财，连军资也不放过。同为鲜卑子民，在洛阳的就荣华富贵，在漠南的就低人一等，这种矛盾一旦爆发，恐怕……”

“你是说，不久的将来六镇可能会有动乱？”元玥声音略微上扬，显得有些激动，“若是六镇一乱，对天宝你来说可是个绝佳的机会……”

尔朱荣朗声笑了起来：“反正我们现在只要静观其变就好。”

英娥听得有些无聊，正想推门进去，忽听母亲又提起一个名字：“对了，遵业也来了两年了，你觉得他为人如何？”

尔朱荣笑了笑道：“虽说有些爱财，性子过于我行我素，但谋略智慧确实高人一等，也为我解决了不少问题。南阳王之后毕竟是有些底蕴，所谓瑕不掩瑜。怎么？我倒是觉得你对遵业一直颇有好感，难不成想将来招他为婿？”他的最后那句话明显带着调侃之意。

元玥笑出了声：“留待慢慢观察，倒也未尝不可。”

尔朱荣似是也笑了起来，夫妻俩不知又说起什么，声音渐渐低了下去，全然不知在窗外听墙角的女儿已经气得七窍生烟。

英娥磨了磨牙，若是母亲将来真有意将她嫁给那个家伙，她绝对不会答应。不过父亲对那人的评语还真是一针见血。看来她以后得多在母亲耳边进他的“谗言”，把母亲这个荒诞的念头扼杀在萌芽里。

正当英娥绞尽脑汁想着如何进谗言时，忽听一个熟悉的声音从身后传来："英娥，我刚得了一匹好马，要不要来试试？"

她转过头，只见尔朱兆正策马而立笑吟吟地看着她。浅金色的阳光下，胡服少年神采俊秀，笑容飞扬，浑身上下映射出耀目的光芒，就像是夏日里一丛摇曳的新绿，生机无限。

英娥心里的郁闷一下子去了大半，她欢快地奔上前去："阿兆哥哥，我要试我要试！"

尔朱兆伸出手敏捷利落地将她拉至马上，一甩鞭子策马而去。

风将英娥的长发吹到尔朱兆的面颊上，痒痒柔柔又带着一股宜人的清香，让尔朱兆心里也觉得绵绵软软的，胸口某处仿佛有什么小小的萌芽正在生长，在春风的吹拂下忍不住破土而出。他下意识地将英娥护得更紧，就像小心呵护着世上最珍贵的宝贝，生怕她受到一丝一毫的伤害。

"阿兆哥哥，快一些，再快一些！"英娥索性张开双手，尽情感受着风驰电掣般的速度。风夹杂着草叶的清香扑面而来，仿佛能荡涤心中一切的烦闷和滞气。

尔朱兆一手揽着英娥，一手挥动马鞭，将两旁的风景甩在后面……英娥的清脆笑声如银铃般在空气中飘散，就连随着风缓缓消失的余韵也带着种少年不知愁的味道。

也不知过了多久，尔朱兆才勒马停下。英娥灵巧地从马背上跳了下来，舒展了一下身体，一脸满足地深吸了口气："还是骑马时那种风扑面而来的感觉最棒。"

尔朱兆像是忽然想起什么："对了，听说一个月之后要举行赛马大会，到时各地的高手都会聚集北秀容。"

"赛马大会？"英娥眼睛一亮，"阿兆哥哥，我也想参加！"

尔朱兆连忙摇头："不行不行，你阿娘绝对不会同意的。"

英娥一脸乞求："可是，你也知道，我骑马的技术不比你差。上次比试你还输给我了呢。"

尔朱兆笑着揉了揉她的头发："你的骑马技术确实非常不错。"

英娥眼珠一转，扯住了他的袖子，将声音压得又甜又软："阿兆哥哥，人家真的很想参加嘛。要是错过这次大会，我一定会很难过的，说不定还会半夜一个人偷偷掉眼泪哦。"

难得英娥用这种撒娇的口吻和他说话，尔朱兆的心登时就软作一汪春水，他立刻没有原则地点头："好，反正我已经报了名，到时你就用我的名字比赛吧。不过记住，一定要小心，千万别逞能！"

英娥眨了眨眼："放心！"

很快就到了举办赛马大会的日子。敕勒叱列部、鲜卑乞伏部等各个部落的骑术高手纷纷赶到了北秀容，参加这一年一度的盛事。

这一日天气晴好。淡薄如丝絮的云层，若有若无地飘浮在琉璃蓝的天空之上。各种颜色的野花层层叠叠在碧绿如翡翠的草间绽放，仿佛霞云般五彩流光。

比赛的号令一出，上百匹骏马风驰电掣般冲了出去，骑术高手们你追我赶，各展奇技，场面一时热闹非凡，围观的众人更是群情激昂。不一会儿，英娥就凭借着高超的骑术赶超多人，遥遥领先。一袭火红色骑装的她宛如草原上最耀眼的明珠，灼灼光彩瞬间吸引了在场所有人的目光。明媚绚烂的阳光追逐着她跳跃起伏的身影，未及她身，已然黯然失色。

在不远处观战的元玥这才看到自己的女儿，不禁微微变色。她虽然知晓女儿自小骑术高超，但毕竟年纪尚幼，万一有个闪失……

倒是尔朱荣看得哈哈大笑，赞不绝口："这才是我尔朱荣的女儿！好！好！"

他的话音刚落，忽然有一骑从重重骑手中突围而出，娇小的蓝色身影御马驰骋，紧紧追在英娥身侧，仅仅落后半个马身，骑术竟然和英娥不相上下。

英娥只辨出紧追自己的似乎是个少女，更起了几分好胜心，夹紧马腹催马疾驰。那少女也是不甘示弱，挥鞭加速。两人近在咫尺，几乎相邻而行，却各不相让，让其他骑手望尘莫及。其竞争之激烈令在场的男儿热血沸腾，大声为她们呼喝助威。

看着尔朱菩提在一旁兴奋地为姐姐鼓劲，尔朱兆紧蹙着眉，生怕英娥有什么闪失，没好气道："也不知哪儿冒出来的野女人，居然敢和我们英娥抢第一。"

司马子如神色淡淡地注视着某个方向："或许并不是什么野女人。"

尔朱兆顺着他的视线望去，只见不起眼的角落有两三个男子正神色焦虑地望着场内，似乎和周遭的人们及气氛格格不入。

尔朱兆不以为然地冷哼一声："你尽会留意这些无聊的东西。"

两人在追逐一阵子后，到底还是英娥技高一筹，将那少女甩在身后。就在众人以为胜者没有悬念的时候，英娥所骑的马突然长嘶一声，像是被什么惊扰了似的高高抬起前蹄，发了狂般要将英娥颠下马。英娥措手不及，没拿稳缰绳，眼见着就要从马身上跌下来。追在她身后的少女也是大惊失色，想上前搭救却赶不上了。

不等众人反应过来，一个俊秀挺拔的人影如利箭般飞驰而出，稳稳地接住了落马的英娥。英娥只感觉自己仿佛跌入了一个温暖的怀抱之中，她睁开眼，映入眼帘的是一张似曾相识的容颜。那双正注视着自己的茶色眼眸焕发着琥珀美酒般清亮幽丽的色泽，仿佛连轮回的时间都能束缚住。

这一刻，万物仿佛静止。

她几乎是下意识地喊出了那个一直深藏在记忆里的名字："高欢！"

少年凝视着怀里的女孩，他眼前仿佛弥漫开一望无际的琉璃色。女孩眼中映出的光芒，足以使世上最珍贵的宝石黯然失色。

听到女孩叫出他的名字，他的唇边轻轻地荡开一弯美好的弧度。

"我说过，我们还会见面。"

眼角余光瞥见尔朱荣等人已赶了过来，高欢慢慢将英娥放下。尔朱兆赶紧一把接过英娥，被吓白的脸色显然还没缓过来。

尔朱荣亲热地拍了拍高欢的肩膀："贺六浑！你来得可真是及时。幸好这次有你，哥哥和嫂子这次多谢你了！"

高欢还未说话，一旁的司马子如却指着角落里的几人道："将军，立刻将那几人抓起来。应该是他们搞的鬼。"

那蓝衣少女之前一直愣愣盯着高欢看，忽见那几人被抓，面色微变，急忙上前道："他们都是我的人。你不要胡说八道！"

英娥这才看清少女的容貌，只见她十四五岁，肤色雪白光润，形状优美的眼线略往上扬，显得那双漂亮眼睛越发深邃迷人。樱红色的嘴唇微抿，透出几分与生俱来的傲气。

司马子如冷冷一笑："刚才分明就是他们搞的鬼。我亲眼见到当中那人将指环当作暗器投出击中马腿，不然派人去搜查一下，看看附近是否有枚指环。"

那人脸色瞬间变得惨白，扑通一声跪下："小的只是怕主人输了比赛，才大胆为之。请主人饶过小的这一次。"

少女顿时柳眉倒竖，一鞭子甩到了那人的身上："你好大胆子！就算输，我也要输得堂堂正正，以这种卑鄙手段赢了简直就是耻辱。阿桑，你知道我的规矩。"

阿桑垂首，突然毫不犹豫地抽刀砍向自己的右手！只见血光过处，那人的一只断手已掉在草地上。

少女微微颔首："阿巴，给他止血。"说着她又望向英娥，"这次是我的手下做错事，希望能以这只断手表达歉意。"

英娥见这少女这般干脆利落，倒是对她多了几分好感。

少女看了一眼高欢，又很快收回目光，再次望向英娥："尔朱英娥，这次虽然输给了你，下次我一定要胜过你。明年的赛马大会，你等着我！"

少女处事果断妥帖，在场众人无人有非议，眼看着她带着几位随从策马扬长离去。

望着那几人的身影在远方消失，尔朱荣不禁暗暗点头："这少女并非池中物。"

这时，下人匆匆而来，将手中的东西献上："将军，果然在草丛里找到一枚指环。"

英娥瞥了眼嘴角含笑的司马子如，哼了声："不过是蒙对而已，有什么可得意的。"

司马子如笑如清风："英娥说得没错，我可不就是蒙对的。其实我根本没有亲眼看到他投出指环，只是看到他们几人都戴着同样的指环，那人手上却只留有戴指环的痕迹，且还有刚弄破的伤口。我就猜测他可能仓促间将指环当作了暗器，不过是讹他一下而已，没想到真蒙对了。这人运气好起来就是没法挡啊。"

英娥瞪了他一眼，可心里又不得不佩服他敏锐的观察力和判断力。

元玥看清那指环上的图腾时脸色微变："这好像是蠕蠕的图腾。"

尔朱荣目光微闪："刚才那少女可能是蠕蠕皇族的人。遵业，这次你也有功。来人，将我的那只白玉酒壶送给遵业。"

"这次多亏高欢救了我好吧。马后炮谁不会放啊。"英娥朝着司马子如吐了吐舌。

司马子如笑得两眼都眯了起来："多谢将军！"

英娥受不了他这副财迷的模样，目光投向高欢，发现他正若有所思地看着司马子如。

尔朱荣笑容微凝："贺六浑兄这次突然到来，难道是六镇那边……"

高欢点点头："匈奴人破六韩拔陵在沃野镇率众起义了。现在六镇已乱，很快就会天下大乱，唯有投奔真正的英雄才是明智的选择。尔朱兄，天下英雄，舍你其谁。小弟愿为尔朱兄效犬马之劳。"

尔朱荣连忙扶起高欢："贺六浑，我们兄弟之间无须多说。"

两人相视一笑，同时闪现在两人眼底的，是难以再掩饰的勃勃野心。

这次随高欢一同来到北秀容的，还有他的妻子娄昭君和长子高澄。娄昭君容色清秀，谈吐落落大方，处事进退有度，很快就赢得了元玥等人的好感。他们的长子高澄才四岁，眉目神情酷似高欢，却又多了几分妍丽秀美，想必长大之后又是个惊采绝艳的美男子。

英娥非常喜欢这个比女孩还漂亮的小公子，经常让下人做些好吃的带给他。高澄也像个小尾巴似的，有事没事都围着她打转。两人虽然年纪相差了好几岁，可因为对吃的有共同爱好而很快成了形影不离的一对。

"阿惠，猜猜我今天给你带什么好吃的了。"英娥一走进来就献宝似的打开了食盒。放在红色漆盒里的是用蜂蜜腌的梅子，颗颗饱满晶莹，透着琥珀般的光泽，让人一看就流口水。

高澄欢快地低呼一声，嗖一下就蹿到了英娥面前，拈起一颗放入嘴里。

"英娥，先喝碗酪浆吧。"娄昭君面带微笑地走了过来，放下酪碗摸了摸高澄的脑袋，"这孩子，像什么样子。"

高澄连忙又拈了一颗往娄昭君嘴里送："阿娘，你也吃！"

英娥笑嘻嘻地喝着酪浆："师娘，阿惠是个孝顺的好孩子呢。"

自从高欢开始教习英娥箭术后，她就改口叫高欢师父了。对于师父的妻子，她自然也是爱屋及乌。

娄昭君笑了笑："他这是怕我唠叨，所以才赶紧拿梅子堵我的嘴呢。"说着她像是想起什么，"对了英娥，我之前做的那些豆豉已经可以吃了，你今天就带些回去，顺便也带点给遵业吧。"

英娥知道这种豆豉做法并不简单，得先以苦酒浸豆，晒干淋以麻油，反复三遍再拌胡椒粉而成，是佐饭的佳品。娄昭君虽出身富贵，难得厨艺倒也不错，她亲手所制成的豆豉深受大家青睐，尤其适合司马子如的口味。只是……也不知为什么，这司马子如和高欢竟一见如故，相谈甚欢，只差没拜把子结为异姓兄弟了。

英娥一想到那家伙似笑非笑的表情，下意识地就想摇头拒绝。这时，只听一个带着笑意的熟悉声音在她身后响起："晚上我约了遵业来喝酒，到时让他自己来拿吧。"

一听这个声音，高澄也顾不得吃蜜梅了，笑逐颜开地冲过去，嘴里不停叫着："阿爹，阿爹！"

英娥回过头，只见俊秀男子倚立在门外，墨色长发随意梳起，整个人沐浴在夕阳的余晖里，容颜皎皎如玉，那双茶色眸子里流转过一丝清浅柔光，光华四射，仿佛令天上星辰也黯然失色。

"师父！"英娥的声音清脆悦耳，带着小女孩独有的娇憨。她越看自己的师父越顺眼，越看越得意，这么美丽又厉害的师父可不是每个人都能遇见的。

"阿爹，英娥姐姐给我带了好吃的梅子！"高澄一脸兴奋。

高欢一手抱起高澄，朝着英娥展颜一笑："英娥，留下来一起用晚膳吧。我让你师娘做你最喜欢的蜂蜜截饼。"

英娥刚想应下，忽然想起司马子如也要来，她才不想见那个讨厌刻薄的家伙呢，于是干笑了几声："不了，师父，今天我答应了菩提陪他。"

高欢似是猜到了她的心思，笑了笑："那好，明天早些起来，我带你去远些的地方练习射箭。"

英娥大喜："太好了师父！"

娄昭君在一旁笑道："英娥，来拿了你的豆豉再走。"

英娥随着娄昭君走到外间，只见那里除了米粮菜肉外还放着一坛刚开封的酒。她有些好奇地问道："师娘，这是什么酒？"

娄昭君看了一眼，又转过头去拿豆豉："你师父平时喜欢喝烈酒，不过遵业酒量平平，所以昨天他特地和人换了这坛温和些的果酒。”

听到这里英娥心念一动，忽然就有了个捉弄司马子如的好主意。她趁娄昭君不注意，悄悄走到酒坛子旁，将手里捏着的蜜梅扔了好几个进去。

做完这一切，她笑容满面地带着豆豉离开了。

第二天清晨，英娥按捺不住兴奋之情早早就起了床。草地上若有若无的白雾渐渐散去，碧色草叶青翠欲滴，浓浓淡淡的绿色好似织就了一张半透明的纱网，草叶上的朝露在晨曦照耀下折射出温柔和煦的光芒。

英娥来到练箭场时，很意外地看到了一位不速之客。一身黑衣的司马子如策马立于高欢身边，身姿挺拔，柔软的眼波比朝露还要明媚，只可惜半边脸颊上布满了红色疹子，完全破坏了美人本身的协调。

英娥心里暗自发笑，她早就知道这家伙一碰蜂蜜就会起红疹，看来昨天那几个蜜梅发挥作用了。

“哎呀呀，司马子如，你的脸怎么了？怎么破相了？”她一脸幸灾乐祸，迫不及待地想要看对方发飙的样子。

一旁的高欢露出几分抱歉之色：“昨天请遵业喝了酒，没想到就成这样子了。”

司马子如微微一笑：“无碍，或许是我不适合喝那果酒吧。”

英娥不依不饶继续挑衅：“我看是某些人平时行事太阴险，所以才被老天惩罚了吧。不然怎么就你一个人变麻子脸呢？”

司马子如摸了摸下巴：“说得倒也有道理。”

没有如愿看到对方气急败坏的模样，英娥有些失望，连带着语气也变得不善起来。

“今天师父教我射箭，你来做什么？”

高欢笑道：“遵业今日正好无事，所以也来看看。”

这时，几只大雁鸣叫着掠过天际，飞过上空时慢悠悠盘旋了几圈。

司马子如弯了弯嘴角：“我只是来看看而已。莫非有人射术不精，愧于见人？”

英娥高高扬起了眉：“我射术再不精也比你强。有本事你射下一只大雁来，光靠嘴皮子算什么英雄好汉？”

她知道司马子如这样的贵公子对武艺可是一窍不通，所以眼中闪过一丝轻视。

司马子如轻笑出声：“英娥，你可别小看嘴皮子。我能凭着嘴皮子射下大雁来，你信吗？”

英娥愣了一下，随即笑得直不起腰来。

“哈哈哈，难不成大雁是被你唠叨怕了一头栽下寻死？”

司马子如不再看她，右手握起放在唇边，忽然发出了刺耳的利箭出弦的声音。

就在英娥琢磨这家伙居然还擅长口技的时候，不可思议的事情发生了！原先盘旋的几只大雁中，有一只落在后面的大雁竟然扑腾着翅膀往上飞之后直直下坠，然后在英娥的目瞪口呆下啪一声掉到了地上。

她呆呆愣了半晌，终于露出难以置信的表情。

高欢也忍不住问出了口："遵业，你是怎么做到的？"

司马子如翻身下马，捡起那只大雁，察看了一下后露出笑容："兄长可曾听过惊弓之鸟的故事？"

高欢点点头，似是恍然大悟："难道这只大雁也……"

"没错。刚才我已听出这只大雁鸣叫有异，再看它飞得缓慢且偏低，很有可能是受了箭伤。前面那几只大雁在空中盘旋不去，应该是在等这只大雁。所以我就试着发出弓弦之响，它害怕再次被箭射中，就想要往上飞，一使劲伤口更加疼痛，翅膀也飞不动，于是就掉了下来。"

司马子如说着将大雁递了过去："果然不出我所料，它的左翅有箭伤。"

高欢看了看那只大雁，脸上露出钦佩赞赏之色："遵业果真多慧！"

司马子如一笑："也是运气好，正好碰上只受伤的大雁，不然我真不敢在英娥面前夸下海口。"

英娥早就被震惊得说不出话来，虽然想挣扎着表示一下不屑，心里却也佩服不已。

司马子如将她的表情尽收眼底，以一个优雅的姿势又上了马，开口道别："好了，我也不打扰兄长授课了，先走了。"

经过英娥身边时，他忽然弯下身子将一样东西塞到了她的手中。

英娥还没反应过来，就听到夜露般清润的声音低低在自己耳边响起："若不想让你师父知道是你使的坏，明天就把你新得的那座小金佛送到我那里。"

英娥抬头，映入眼帘的是对方那似笑非笑的眼波。不知为何，尽管那张脸被红疹覆盖，可他眼中灼灼的光华比晨染朝露还要灵动璀璨，更透着几分恣意的美。待到那人走远，英娥低头一看，发现放在掌心的是一颗被浸泡过的蜜梅。

她的脸顿时剧烈抽了几下，好啊，原来在这里等着她呢！

六镇之乱开始后，契胡酋长尔朱荣大散畜牧资财，广招天下豪杰。原先居于六镇的有才之士纷纷前来投靠他，其中还有高欢的旧友段荣、侯景等人，尔朱荣借此机会收拢了不少势力。

明亮的火焰在草原的一隅跳跃着，架在火堆上的羊腿发出嗞嗞的声音，金黄色的油脂滴落下来，闷声炸出了好几个火花。空气里弥漫着浓郁的肉香，随着风仿佛要钻入人的五脏六腑之中，将所有的馋虫都生生拽出来。

围坐在火堆边的是几个着胡服的年轻男子。为首的男子年纪略长，肤色白皙容貌俊美，正是契胡酋长尔朱荣。他动作熟练地用铁叉翻动着蘸满胡椒和粗盐的羊腿，一双秀目在火光映照下更显明亮璀璨。

"将军，如今天下大乱，正是群雄逐鹿的时候。我们如今实力大增，不如趁此机会也来个浑水摸鱼。"坐在尔朱荣左侧的慕容绍宗开了口。他是前燕太原王慕容恪之后，父亲是恒州刺史慕容远。慕容家族的人素来好颜色，他自然也不例外，眉目清雅神采俊秀，举手投足一派优雅风姿。

尔朱荣从腰畔抽出匕首，在羊腿上割了几下，匕首一翻，凌空向上一抛，高欢手疾眼快地将肉抄在手里，一块塞入口中，另一块则扔给了坐在身边的司马子如。现烤好的羊肉味道鲜美多汁，就连不喜膻味的司马子如也点头称赞。

司马子如擦了一下手上的油脂，慢条斯理道："自破六韩拔陵起兵之后，关陇地区的匈奴人万俟丑奴很快举兵响应，所向披靡。几个月前，柔玄镇的吐火洛周也聚集了胡人起兵，甚至还建号真王。另外，据说远在定州的葛荣也并不安分。目前天下已乱，我们何必急于一时，先来个坐山观虎斗岂不是更好。"

"遵业说得是。"高欢将装满酒的羊皮酒囊递给了司马子如，"这天下越是乱，前来投奔的英雄豪杰也越多。将军还不如趁此机会招揽更多贤才。更何况，洛阳那边也不会袖手旁观，必要出兵平乱。将军是朝廷钦封的大将军，这平乱之事未来说不定也会落在将军头上，到那时将军以朝廷名义出兵平乱，更是名正言顺。"

尔朱荣微微一笑："遵业和贺六浑所言极是。我们可以再等等。"

司马子如接过酒囊喝了一口酒，没想到这酒极烈，呛得他一下子红了脸，连连咳了好几下。

众人见此窘状哈哈笑了起来，慕容绍宗拍了拍他的肩膀，眼中闪过一丝促狭之色："遵业什么都好，就是酒量不如咱们胡人。这汉人好酒量的还真不多。"

司马子如本就容貌秀美如女子，此刻他白皙的肌肤上透着淡淡的粉红，妍丽至极，就像是在春风里飘落的一片桃花瓣。在场的几位年轻男子俱容貌上佳，却也都看得微微一愣。

尔朱荣轻咳了一声："洛阳那边情况如何？"

慕容绍宗拨弄了几下火堆："自刘腾去年过世后，江阳王元叉一人独揽朝政大权，处事刚愎自用，据说已经有很多朝臣皇族对他不满，其中高阳王元雍最为明显。胡太后那里，倒是没什么动静。"

尔朱荣笑了笑："那胡太后不是寻常人。如今局势已乱，正是她东山再起的好机会。"

慕容绍宗抬起头：“胡太后被囚禁已久，难不成她还能再折腾出什么花样不成？”

司马子如此刻已缓过劲来，插嘴道：“难道你忘了一个人吗？当今陛下。纵然之前有不合，但外敌当前，母子俩或许能冰释前嫌。”

高欢笑道：“若是如此，那倒有一场好戏可看了。”

不知为何，几人大笑之后像是说好了般同时安静下来，各有所思。静谧的草原之上，有微风轻轻吹过，只有火焰发出的噼啪声响在暗夜里。

此刻，洛阳宣光殿一角，黄铜烛台上摇晃的烛火散发着幽暗的光芒，鲜红色的蜡丝丝缕缕滴落下来，在案几上仿佛血泪凝结成形。一个清瘦的少年跪坐于供奉的佛像前，手里正无意识地摩挲着什么。他的一头墨黑色长发懒懒披下，柔软似轻羽。从背后看，整个人轻盈得就好像佛前莲叶上的一颗晨露。

这时，宫门微启，一个挺拔高挑的身影飞快地闪了进来。

少年听见声响，秀丽的凤眼中闪过一丝光彩，脱口道：“彦达，叔父他怎么说？”

来人正是已被册封为长乐王的元子攸，他急步走到少年面前，低声道：“陛下，高阳王说他愿意听从您和太后的吩咐。过几天臣会安排您和他到太后处密谈。”

元诩似乎松了一口气，他的眼底下隐约有一层淡淡的青色，显然这几夜他都没怎么睡好。

元子攸有些心疼这个从小看大的堂弟：“陛下，当务之急就是先解除元叉的禁军统帅之职，同时为了稳住他，陛下要另封他为骠骑大将军，开府仪同三司、尚书令等虚职，将他的权力完全架空。”

元诩咬了咬唇：“这元叉把持朝政好些时候，也该下去了。”

元子攸微叹了口气：“只是臣有些担心太后那里，若是解了禁，是否又会像以前那样干涉政务。”

元诩皱了皱眉：“关了这么长时间，她也该清醒几分了吧。如今朕已不是那八岁小儿，不会由她再来妄议朝事。不管怎么说，她毕竟是朕的亲生母亲，总不能将她关一辈子。只要她安安分分，朕自会给她该有的荣华。”

元子攸没有说话，目光忽然落在皇帝的手上。元诩似乎有些不好意思，下意识地将手往袖下一藏。

元子攸嘴角微微抿起，正想打趣几句，门外忽然传来贴身内侍的声音：“陛下，潘充华说身子不适，想请陛下过去看看。”

元诩面色柔和了一些：“知道了，朕一会儿就过去。”

元子攸忍不住笑了起来：“这个借口潘充华百用不厌，陛下也是甘之如饴。”

元诩无奈地看了他一眼：“比起后宫里那些胡家的女人，朕更愿意宠着小怜。不过朕的恩宠也是把双刃剑，小怜自入宫后已经小产了两次，还有好几回险些被毒死。”

元子攸笑容微敛，沉默了几秒钟才开口：“陛下，太后是个有野心的人。无论如何，等事成后还是请陛下对太后心存戒备。”

元子攸和小皇帝感情深厚胜过亲生兄长，因此才会再次出言提醒。不然这等涉及母子关系的谏言很容易招来上位者的猜忌。元诩也将他当作兄长知己看待，知道他纯粹是关心自己。

“我知道了，彦达。”元诩没有再用朕的自称。此时此刻，他们不是君臣，而是血比水浓的亲人。

元子攸这才点头，转身离开。

眼看着元子攸的背影消失在宫门后，皇帝将袖下所藏的东西拿了出来，那是一只粗糙的木雕小狗。小狗显然经常被摩挲，所以显得格外圆润平滑。

他面露惆怅之色，轻轻叹了口气，喃喃自语：“菩提，你在草原还好吗？”

夏夜的星空格外澄澈，月色徘徊在树影草丛之间，恍若洒下了一层银色的薄纱。

英娥散步往回走时，忽然看到前方不远处的树下站着一个熟悉的少年身影。月华如水，淡淡洒落在他身上，仿佛将他整个笼在了清润透明的美玉之中。清风轻拂着他的面颊，那略显散乱的黑色发丝闪亮如清辉流泻的星辰。此情此景，让她以为自己看到了误堕凡尘的谪仙。只不过下一秒，这位谪仙蓦地弯下腰，以一个夸张的姿势靠着树干发出了奇怪的声音，像是干呕却又没吐出什么，将他之前给人的谪仙形象完全破坏殆尽。

英娥脸上闪过兴味的笑容，三步并作两步走过去，幸灾乐祸地开口：“司马子如，你这是怎么了？”

听到她的声音，司马子如抬起头，恍惚间只见一个娇小的身影踏着月光朝自己走来，脚步带着欣然的跳跃，就像是踩在云层上的草原精灵。

英娥刚走到他身前，就闻到了一股浓郁的酒味。

她捏了捏鼻子，嫌弃地扇了扇风：“你好像喝醉酒了？你们汉人的酒量也太小了吧，我可从没看到我师父、阿爹和阿兆哥哥醉过酒。”

少女眼中流露着揶揄，唇边的笑容促狭却又明媚。

他按了按额，似乎有些不服气：“我没有喝醉。”

英娥见惯了司马子如冷静从容的模样，难得见他流露出几分稚气，不禁大乐。

他看起来似乎头晕得更加厉害了，往前走了两步歪歪扭扭险些摔倒。

“好了好了，我先送你回去，免得你找不着路。你看你看，我真是对你太好了。”

英娥扶住司马子如，殷勤地将他往住处拖。

好不容易能看到他醉酒的窘态，她可不想这样错过！

幸好这里离司马子如的住处已经不太远，英娥将他扶上胡床后就开始打量他的房间。

说真的，她好像还从没仔细看过这里。咦？这不是刚从她那里骗去的小金佛吗？哎？那好像是她曾经最喜欢的白玉麒麟摆件。还有这个描花瓷瓶，才插了一次花就落入他的魔手了……看着这些眼熟的东西，英娥先是咬牙切齿了一会儿，随即眉梢一挑想到了个报复他的好主意。

她提高音量喊了两声："来人，取些醋和生姜一起煎汤，记住，要多些醋不加蜂蜜。"

用醋和生姜做醒酒汤在部落里也很常见，只是通常还需加以蜂蜜调和。她故意多要醋不加蜂蜜，自然是要司马子如吃些小苦。

下人很快就取来了煎好的醋汤。英娥一闻，被那股酸味刺激得连打了两个喷嚏。她两眼弯成了月牙，不怀好意的目光落在了司马子如身上。

他的长发不知何时披散下来，乌色的发丝在床上铺开，仿佛一匹华丽的锦帛。因为醉酒的关系，他的双颊嫣红如朝霞掩映，狭长秀丽的凤眼微闭，卷曲纤长的眼睫轻颤，似乎一睁开就能看到眼中的婉转。

英娥愣了一会儿才发现，自己居然可耻地被他的美色所迷惑，看他看得呆住了！

她赶紧拼命回忆他的那些可恶行径，顿时觉得那张脸没那么顺眼了。稳了稳心神，她扶起司马子如，口中碎碎念着："遵业哥哥，快点喝醒酒汤，这是我特地让人为你煎的呢。"

说着她手上微微用力，捏住了他的下颌，将整碗醋汤一股脑儿灌了下去。司马子如被呛得连连咳嗽，有半碗醋被他咳了出来，英娥的衣服上也溅了不少。她此刻心情极好，倒也不在乎这些，只看着对方似是有些迷茫地半睁开眼，定定地盯住了自己，含糊地开了口："阿姐……是阿姐吗？"

英娥先是一愣，随即想到难道这家伙还有个姐姐？好嘛，他既然把自己当作姐姐，那她就顺水推舟占个便宜好了。

"遵业，我是你阿姐啊。"英娥忍着笑，握住了他的手。

司马子如似乎有些激动："阿姐，好久不见了。你怎么……你怎么……"

英娥好奇地接了上去："我怎么了？"

司马子如一脸伤感："你怎么胖了好多……样子也丑了好多……阿姐，怎么会这样……"

英娥的笑容顿时僵住了，还不等她做出反应，司马子如又闭上眼睛倒在了床上。

“司马子如！”英娥回过神来大怒，用力想把他摇醒，可对方好像睡死过去完全没有任何反应。

英娥将枕头狠狠扔在了他身上，气呼呼地摔门而出。

门关上的一瞬，司马子如悄然睁开了眼睛，他似有些无奈地按了按额，嘴角却勾起了一抹若有若无的笑。

头，还真是痛呢，以后真不能喝这么多烈酒了。

英娥虽说还未到及笄年纪，但对自己的容貌也如寻常女孩般在意，所以司马子如的话让她颇为懊恼了好几天，尤其想到大家总说酒醉吐真言，她就愈加郁闷了。难道自己在那家伙眼中真的又胖又丑？

尔朱兆留意到少女已经反常地在湖边安静地坐了许久，不禁诧异万分。平时让这妹妹安静坐一会儿简直比杀了她还难，今天是怎么了？不过看她的情绪好像有些低落，难不成是受了气？

“英娥，你这小脸怎么鼓得像个蒸饼？是谁惹你了？哥哥替你去揍人！”尔朱兆霍地站起身来。妹妹偶尔皱一下眉他都要心疼半天，真要是有人惹她生气，他绝对不会轻饶那人。

夕阳下，清澈的湖水倒映着少女的面容，未脱去稚气的眉目秀丽如画，双颊微鼓，粉唇嘟起，看起来果然像个刚出笼的蒸饼。

英娥瞪了他一眼：“你才像蒸饼呢，还是带了干枣馅的蒸饼。”

尔朱兆见她开口反击，心也放下了大半，笑道：“对了，刚才我看到遵业在钓鱼。要不我们去和他开个玩笑？”

尔朱兆知道妹妹和司马子如向来不对盘，如果能成功捉弄到司马子如一定能博得妹妹的欢颜。英娥听他提议后果然来了劲，眼珠一转顿时有了个坏主意。她让尔朱兆弯下腰来，在他耳边低语了几句。尔朱兆听着听着嘴角一抽，忍不住笑出了声：“好，好，我这就去！”

英娥露出了一个奸诈满满的笑容，司马子如，你一定会喜欢这份礼物的。

大约过了半盏茶工夫，尔朱兆就笑眯眯地提着个篓子回来了。

“英娥，我一共弄到了三条水蛇，个儿都挺大，你看接下来要怎么做？”

英娥扬起眉：“一会儿阿兆哥哥你去引开他，我就趁机将他篓里的鱼都换成蛇。”

尔朱兆哈哈大笑：“这小子打开鱼篓摸到一条蛇，一定会吓个半死吧！”

两人依计行事。趁着尔朱兆引开司马子如，英娥悄悄地跑到岸边放鱼篓的地方，手脚敏捷地将两个相同的鱼篓调了包。本来做完一切就该离开，可英娥太想看到他被吓到的样子，于是干脆爬到旁边一棵树上躲了起来。

不多时，司马子如就回来了。他面色沉静地坐在石头上，重新放下钓竿。夕阳的余晖落于他身上，更显眉目妍丽。

就在英娥等得快要不耐烦的时候，鱼儿终于上钩了。英娥满怀兴奋地看着他从钓竿上取下鱼儿，准备打开篓盖将鱼放入。

对，对，就是这样！快，快打开鱼篓，然后被吓得跌倒啊！

英娥内心狂喊着，谁知就在紧要关头，司马子如突然停了下来，似乎在思索什么。英娥将身体前倾了几分想要看个仔细，谁知就在这个时候，树枝因为承受不住她的重量而发出了咔嚓一声脆响……

英娥在一阵头晕目眩中着了地，感觉好像还撞翻了什么东西。幸好树还不太高，所以她并未受伤。可还不等她庆幸，一条滑腻腻的东西沿着她的身体爬了上来，停在她的胸口用一对小眼睛阴森森地盯着她。当英娥和那东西对视几秒后，顿时从地上跳起来直往后蹿。

"英——"司马子如刚开口说了一个字，就看到她扑通一声掉进了湖里。

英娥一落入水中就立刻被四面八方涌来的水所淹没，她的水性不算太好，但保住小命应该还是可以的。只是这次不知是不是运气太差，她的脚好像被什么缠住了。她努力挣扎了好几次，却还是没能挣脱。她又是焦急又是恐慌，想开口喊救命，可一张嘴水就灌了进来，根本发不出声音。

就在英娥精疲力竭失去意识的时候，隐约看到有个人影在水中靠近，接着，一双手有力地托起了自己的身子，朝着有光亮的地方游去……

司马子如刚将英娥捞上岸，就看到高欢快步朝这里走了过来。高欢看清眼前情景顿时脸色大变，急忙上前轻轻按压着她的胸口迫使她吐水，口中唤着英娥的名字，神情带着前所未有的焦虑和担心。

司马子如神色不明地看着英娥，直到英娥吐出水他才转身离开。

"英娥，英娥！"高欢轻拍着她的面颊，"没事了，别怕。"

英娥缓缓睁开眼睛，映入眼帘的是那双熟悉的茶色眼眸。此时，这双眼眸里溢满了喜悦，眼神有种令人沉醉的感觉。夕阳余晖自树影下斑驳洒落，映照在他的脸上，原本就俊美无比的容貌更是熠熠生辉。

她感到仿佛有什么在心底深处融化，薄雾般弥漫缠绕，一点一点温软地将她包围。这是她从出生到现在从来不曾有过的奇妙感觉。

她紧紧抓住他的衣袖不放，嘴角缓缓绽放笑容："师父，你又救了我一次。"

北秀容的春天，今年来得格外早。和煦的风吹拂过草原，卷起了零零落落的各色野花花瓣，夹带着清新香味四下飞扬，有的打着旋儿轻舞，有些落在了湖里，搅动一池碧水，荡开层层涟漪。

湖边不远处，一位少女姿态洒脱地斜倚在马背上，微眯着眼朝空中张弓引箭。蔚蓝清透的天空中，有几只雀鸟正在盘旋，鸣叫着在空中划过优美的轨迹，全然不知死亡近在咫尺。

少女秀丽的脸上褪去了孩童时期的稚气，她的肌肤不是洛阳贵女们那种娇弱的白皙，而是细腻光润的小麦色。目光流转澄澈明净，小巧的嘴角微微勾起，草原上所有的鲜花绽放都比不上她此时的笑容。在她身后策马而立的男子风姿朗朗，肤色有着鲜卑人特有的洁白，一双茶眸含着淡淡笑意，深邃得仿佛映出了蓝天浮云。

弓弦渐渐拉满，就在这时，男子忽然开口阻止："等一下。"

不等少女回过头，男子已经策马行至她身旁，侧过身伸手将她弓箭的方向略略往上拨了一下。少女嘻嘻一笑，转过头正好对上男子的目光。两人眼神相交的一瞬，周围的空气似乎也变得柔软起来。

只听嗖一声，箭如流星般离弦而出，仿佛长了眼睛般冲那群雀鸟而去。随着雀鸟的一声悲鸣，被射中的猎物急速坠了下来。少女再也按捺不住，翻身下马飞跑起来，身姿动作轻灵得仿佛林间小鹿。她捡起猎物，只见一支长箭同时射穿了两只雀鸟。

"师父，你看！"她将猎物高高举起，雀跃之情溢于言表。

男子微微一笑："英娥果然进步不小。"

尔朱英娥前些日子刚过了十四岁的生辰，这几年一直随着高欢学习射箭，技艺日渐高超，部落里很多男子都不是她的对手。

听到他的肯定，英娥更是欢喜："过些日子阿爹带部落里的人去狩猎，师父你可一定要带着我。到时我一定不会给你丢脸的。"

高欢眉梢眼角轻轻往上挑："原来这些日子你又是给我送吃的，又是说好话哄我开心，为的就是能去参加这次狩猎之行？"

"当然不是只为了这个啊。"英娥连忙否认，"我可是一直对师父很好的呢。"她指了指高欢腰间佩戴的羊皮钱袋，"除了师父，我就只送过阿爹亲手做的钱袋。"

高欢的目光落在那个针脚粗陋的钱袋上，神色更加温柔了，嘴角的笑容越发深邃。

英娥一见他的神色就知道有戏，笑容更加甜蜜："我就当你答应我了哦，师父！"

高欢轻咳了一声："那你就好好准备起来，不然到时什么都没猎到，我可不承认你是我的徒弟。"

英娥一声欢呼："我就知道师父最好了！"

"行了，别尽给我灌甜言蜜语，到时你得紧跟着我，不能自己乱走。狩猎的地方有猛兽出没，万一落了单遇上就危险了。”

英娥吐吐舌：“我不怕！反正师父会救我！”

自从上次落水误以为自己是被高欢所救后，英娥对他就格外亲热起来。除了发自内心的崇拜之情外，她对这个救了自己两次的人更有一种满满的信任和依赖感，那是一种和对父亲兄族长辈不一样的依赖。高欢虽然在教授她射箭时相当严格，但其余闲暇时也会哄着她、宠着她，两人的师徒之情日渐深厚。

高欢轻弹了一下她的额角：“别狡辩，答应我。”

英娥俏皮地眨眼：“知道了，师父，我一定寸步不离你身边。”

从不远处忽然传来一阵疾驰的马蹄声。英娥抬头望去，只见一位俊朗不凡的胡服少年迎着阳光策马而来，英气十足的五官和野性剽悍的气质完美地相融在一起，比闪耀的艳阳更让人睁不开眼，好一个出类拔萃的契胡儿郎！

“阿兆哥哥，你怎么过来了？”英娥有些惊讶，“今天你不是应该陪阿爹接待其他部落的客人吗？”

尔朱兆哈哈一笑：“英娥，快点跟我回去看热闹！”

英娥愣了愣：“看热闹？”

尔朱兆脸上是掩饰不住的幸灾乐祸：“今天鲜卑侯莫陈部落的族长来见叔父，他的女儿侯莫陈丽见到司马子如就说那是她的逃夫，还有还有，你一定猜不到，原来那侯莫陈丽我们见过，就是上次甩鞭子到处找人那个特别凶的小姑娘！哈哈，这真是太有意思了！”

英娥觉得自己有点晕，这未免也太巧合了吧？不过司马子如现在一定是焦头烂额吧？不趁这机会落井下石就不是她尔朱英娥了。想到这里，她顿时笑靥如花，轻盈地翻身上了马：“师父，遵业有事，我怎么也要去关心一下，先走了！”

待尔朱英娥赶到部落时，正好看到现场还热闹着。一位容颜娇俏的胡服女子手提鞭子拦在司马子如面前，满脸欣喜若狂。当事人依然一派云淡风轻，旁边的尔朱荣等人都有些哭笑不得。

英娥仔细打量那少女几眼，虽然对方眉眼已经完全长开，但她还是一眼就认出来了。果然就是当年那个特别凶的小姑娘。

“据说这侯莫陈丽今年已有二十，但因眼光格外挑剔而迟迟未能嫁出去。我看遵业和她年纪相仿，倒是相配得很。”尔朱兆在她耳边调侃地说着。

听了这话，英娥挑了挑眉，却没有说话。不知为何，看到这两人站在一起的样子，她之前的那些幸灾乐祸好像被一种说不出的奇怪情绪所代替。

“尔朱酋长，我们鲜卑儿郎都喜欢直来直去。既然我女儿喜欢这汉家小儿，不如就干脆做成这桩婚事。从今以后，契胡部落就是我们的好亲家、好兄弟！”侯莫陈部族长笑着开口，打破了此刻尴尬的气氛。

侯莫陈丽脸上顿时露出喜色，脱口道：“他早就应该是我的夫君了。要不是上次他从我手里逃了出去……”

族长赶紧咳了几声，阻止她接下来要说的话。无论草原上风气多么开化，但强抢男子的行为还是太过出格了。众人面色有些发窘，几道同情的目光落在了司马子如身上。

在草原部落上，联姻无疑是巩固联盟最有效的方式。不可否认，尔朱荣也有一瞬的心动。但他很快就清醒地意识到，他无法代替司马子如做出决定。这几年相处下来，他比谁都了解司马子如的才智和能力。一旦对方心中生出嫌隙，那么自己只会得不偿失，但拒绝这次联姻，却又实在有些可惜。侯莫陈实力不弱，假如能和契胡联合，自然更有利于自己成就大事。

族长见尔朱荣犹豫，脸色也不怎么好看了：“怎么？尔朱酋长，我侯莫陈部最珍贵的女儿难道配不上你的一个汉人下属吗？”

侯莫陈丽更是嚣张，用力一跺脚：“阿爹，女儿一定要嫁给他！若是不嫁给他，我就一辈子不嫁人！”

尔朱荣面上飞快闪过一丝不悦，正寻思着该如何回答，却听司马子如慢悠悠地开了口：“遵业多谢族长和姑娘错爱，只是遵业已有心仪之人，早就发誓非她不娶。”

他的话音刚落，英娥就震惊地微张大嘴，什么！她没听错吧？这家伙居然早有心仪之人？是哪个姑娘这么倒霉？！

“你说什么！”侯莫陈丽的声音变得尖锐，她狠狠甩了一下手中的鞭子，“是谁！我不信！我不信！”

族长面色微沉：“年轻人，用这种借口推托是看不起我们侯莫陈部落吗？”

司马子如微微一笑：“遵业不敢，当然不是。”

族长冷哼一声：“那就把你心仪的女人带到这里让我们看看。如果没有你说的这个女人……”

侯莫陈丽咬牙切齿道：“对！把这女人带来！我倒要看看谁敢和我抢男人！”

不知不觉中，英娥已经没了看热闹的心情，莫名为司马子如担心起来。她心里猜测到这心仪的女子多半是他胡诌出来的，可问题是到哪里找这么一个女人呢？这件事如果处理不当，影响到两个部落间的关系，必然是阿爹不想看到的。

就在她胡思乱想时，却见司马子如不慌不忙地笑道：“这个女人，已经在这里了。”

英娥一愣，心里忽然涌起一种不祥的预感。接下来，她看到司马子如悠然地朝着自己走来，站定在她面前，一双眼眸柔情似水地凝视着她。

“我心仪之人，就是尔朱酋长的长女尔朱英娥。”

轰！英娥只觉得头上炸开了一道雷，脸上的肌肉都不受控制地抽动起来。什么？她听到了什么？

司马子如这话一说出口，其他人的反应也是各不相同。尔朱荣脸上飞快闪过一丝诧异，很快又恢复平静。尔朱兆则脸色黑沉，眼神颇为不善地望向司马子如。侯莫陈丽脸上瞬间失去血色，目光如利刃般刺向莫名躺枪的英娥。

“那又如何！”侯莫陈丽冷哼一声，“如今你们尚未定下婚约，一切都作不了数。尔朱英娥，有本事你就和我比上一比，若是我输了，我再也不会打扰你们。若是你输了，就干干脆脆将你的情郎拱手相让！”

族长拊掌大笑：“不愧是我鲜卑儿女，你想怎么做阿爹都支持你！”说着他回首望向尔朱荣：“尔朱酋长，这些小儿女之间的事，我们做长辈的就别掺和了吧。就看看他们能折腾出什么花样来。”

尔朱兆心头发急，插嘴道：“叔父，英娥……”

尔朱荣用目光阻止了他继续说下去，笑着用征询的眼神看了看司马子如：“遵业，你觉得如何？”

司马子如笑若暖风：“我相信英娥。”

尔朱荣点点头：“既然遵业也不反对，那我们做长辈的就拭目以待吧。好郎君，是要抢回来的！”

族长笑得更加响亮：“没错！好郎君是要靠抢的！”

英娥有些发蒙，直到尔朱兆连喊了几声她的名字她才回过神来。这算是怎么回事？莫名其妙地她怎么要和人抢男人了？而且那个男人好像还一直和她不对盘！

她意识到现在的处境很不妙，刚想开口拒绝，忽听司马子如的声音低低传入耳中：“英娥，你不必答应她。若是你输了的话，整个契胡部落可就被外人小看了。”

英娥心里顿时就不舒服了，原来这家伙这么小瞧自己，算准了自己一定会输吗？

“这已经不是你和她两人的比试，而是两个部落的角逐，听说侯莫陈丽的射术在部落里也是数一数二的，英娥你还是放弃吧。”司马子如又是摇头又是叹气。

英娥抿唇不语，一股子火气却是从心口慢慢聚起。偏偏在这时，侯莫陈丽又挑衅道：“如何？尔朱姑娘是怕了我不成？要是你没胆子比，那么以后就不要再和我抢人！”

英娥终于按捺不住火气，冷笑道：“谁怕了你不成？比就比！”

司马子如唇边的笑意一闪而过："好英娥。"

英娥这才意识到自己中了激将法，但此时已骑虎难下，只好狠狠瞪了司马子如一眼，硬着头皮接了下来。

侯莫陈丽显然是被那句"好英娥"刺激了一下，柳眉扬起，冷哼道："那我们就比射箭！"

英娥对自己的箭术颇为自负，朗声道："那好，何时比赛？怎么比？"

"就现在！"侯莫陈丽一甩鞭子，"比赛规则我来定。"

英娥自然也不示弱："好！来什么我都奉陪！"

侯莫陈丽思索了一下，便对手下低声吩咐了几句。没过多久，那名手下拎着一个鼓鼓囊囊的口袋走了过来，里面不时传出雀鸟尖厉的叫声。

"尔朱英娥，这里一共有九只雀鸟。当雀鸟飞出时我们一起射箭，谁在最短时间内射下最多的雀鸟就算胜出。"侯莫陈丽指了指口袋。

这不仅仅是比箭术，还要比速度和反应能力，对射箭者的要求也更高。

众人纷纷散开，将足够大的空间让于两人。下人刚一解开口袋，得到自由的雀鸟就扑棱着翅膀四下乱飞，拼命挣扎着想找出一线生机。说时迟，那时快，两位少女极为迅速地朝着目标搭弓引箭，动作仿若行云流水，令围观者看得眼花缭乱。

被射中的雀鸟重重跌落下来，在半空中划过一道道诡异的弧线。两人的箭术速度显然不相上下，短短几息过去，她们各自脚边的雀鸟数竟一模一样，每人射中四只。唯一幸存的那只雀鸟竭力朝前飞着，仿佛只要飞到云端之上就能逃脱这一次劫难。

英娥这次的动作却略微一顿，待侯莫陈丽的箭先射出后才有所动作。

只见侯莫陈丽的箭准确无误地朝着雀鸟飞去，就在箭尖即将接近鸟身的一瞬间，从后方极为刁钻的角度忽然有一箭如流星闪电般追来，夹带着凌厉气势，于电光石火间劈开前一支箭，破箭而出，结结实实地插入了雀鸟的腹部！

四周有片刻的沉寂，随后人群中爆发出了一阵高亢的欢呼声。

尔朱荣神色温和地望向女儿，眉目间是掩饰不住的骄傲和欢喜。尔朱兆先是大喜，随即像是想到什么，又迅速沉下脸。倒是司马子如，依然一副悠然自得老神在在的模样，仿佛英娥的胜出就在他的意料之中。

侯莫陈丽脸色不悦地扔下手中的弓箭，倒也干脆地认了输："这个男人，是你的了。"

英娥面色有些尴尬，下意识地抬眼望向司马子如。那人正眼含笑意地看着她，笑容中隐隐有一丝温柔、一丝慵懒，就好像明媚的阳光映照在清浅溪水上，折射出淡淡光华。

英娥心底某处仿佛被小猫的爪子轻轻挠了一下，麻麻痒痒的，说不清的感觉，却又不让她感到讨厌。

尔朱兆留意到两人之间细微的互动，不禁皱起了眉。这两人一直以来不是都不对盘吗？怎么感觉从这一刻开始，有什么不受控制的东西好像要发生变化了？他不知道那是什么变化，但他确定自己并不乐于看见这种变化。

侯莫陈部落的人不久之后就离开了。慕容绍宗用力拍了拍司马子如的肩，促狭地笑道："原来你这家伙喜欢将军的女儿，难怪这些年从不沾女人。"他刚说完，其余几人也围住司马子如嬉笑起来。

英娥听见这些调侃的话语，又恼又羞，想要反驳却又不知说些什么。倒是尔朱兆脸色变了几变，冷哼一声插嘴道："英娥未来的夫君可不是什么阿猫阿狗都能当的。有的人别太把自己当回事，过得了小爷这关再说！"

"尔朱兆，你说谁是阿猫阿狗！"慕容绍宗冷了脸色。

"在下确实也有话要说。"司马子如拨开围住他的那几位，向一直静默不语的尔朱荣行礼，"方才一时情急，在下借了尔朱姑娘的名义脱身，请将军责罚。"

尔朱荣神色复杂地看着他："无妨。我们胡人不拘这些礼节，英娥也不会怪你。"

英娥转了转眼珠："阿爹，侯莫陈丽现在可是和我结下了怨，这都是拜司马子如所赐。至少也要让他拿出点诚意，我才能原谅他吧。"

尔朱荣眼中有笑意一闪而过："就你鬼点子多。我也不管了，你们自己商量去吧。"说完他起身朝居所走去。

司马子如微笑："英娥要我拿出什么样的诚意？"

英娥眨眨眼："这样吧，你要答应为我做三件事。至于什么事，反正不是让你杀人放火。而且我现在一时想不到，等想到了自然会告诉你。"

司马子如摸了摸鼻子："听起来好像有些不妙。"

英娥笑得有些奸诈："那你是答应还是不答应？要知道在你们汉人那里，你那样说心仪一个女子后果可是很严重，说不定要娶我过门呢！"

司马子如像是受了巨大惊吓般夸张地连退了好几步，忙不迭地说："我答应！我答应！"

英娥不禁有些郁闷。自己就真的这么吓人？一听要娶她过门就吓成这样子，至于吗？气人！

"那你听好了，第一件事就是把从我这里讹去的古董全部还来！"英娥气势汹汹地放下这话，看到对方脸色明显不善时才感到出了一口闷气，得意离去。

在英娥转过身的一瞬，她并没有瞧见司马子如嘴角溢出的一丝轻笑。

是夜，月色凉薄如水。银白色的月在层层云雾间浮动，时隐时现。

房间中央的烛火跳动着，映在部落酋长尔朱荣的脸上，他的表情被半明半暗的阴影所笼罩，模模糊糊令人看不真切。围坐一旁的高欢等人面色各异，目光俱落在尔朱荣手中的东西上——那是两个时辰前从洛阳送来的太后亲笔诏书。

慕容绍宗有些沉不住气，先打破了一室沉寂："将军，这太后也实在糊涂了些！"

尔朱荣缓缓放下手中的诏书，目光深邃如暗夜海水。自从胡太后联合皇帝及高阳王扭转颓势后，几乎把持了整个朝政大权。虽说借助柔然的兵力暂时平息了六镇之乱，但年初时柔玄镇吐火洛聚集胡人再次起义，并建号真王，开始攻打燕州。同时，六镇军民的新首领葛荣更是不断攻城略地。为此，他特地上书朝廷，向太后建议让柔然国主发兵至下口，攻击起义军背部，同时令北海王攻击起义兵正面，然后由他带兵攻击左翼，成三面夹击之势，必能成事。没想到胡太后非但不采纳这个建议，还下了这么个不知所谓的诏书，说什么北海王两万兵力就能击退起义军，所以不需要皇上相助。简直可笑！区区两万兵力又怎能挡住葛荣的野心。

高欢冷笑一声："太后的一大半心思在她的那些宠臣身上了，又岂能不糊涂！"

比起之前和清河王半遮半掩的私情，大权在握的胡太后如今行事更加肆无忌惮。她甚至还将最受宠爱的郑俨和徐纥分别任命为谏议大夫和光禄大夫。

尔朱荣微叹一口气："至尊毕竟还是太年轻了。"

高欢点头："更不妙的是，至尊子嗣似乎有些艰难，至今为止只有潘嫔所出的一女。"

"所以目前这样的状况还会持续很长一段时间。"司马子如淡淡道，"听说太后选了不少世家女入宫，像是范阳卢家、博陵崔家、陇西李家等，看来她也清楚要联合这些世家门阀的势力。至于这些嫔妃到时能不能生出孩子，也都在太后的掌控之内。"

几人沉默了片刻，慕容绍宗忍不住道："将军，你打算接下来怎么做？"

尔朱荣嘴角边忽然勾起了一个笑容："接下来，先好好准备狩猎的事吧。"

窗外的月，不知何时已完全隐入云层之后，只余下一片黑暗。

草原狩猎，是契胡部落每年都要举行的活动。今年的狩猎地点选在了草原的南边，距离契胡部落有两天左右的路程，并不算太远。狩猎素来是男人之间的竞争，尔朱荣虽宠爱女儿，但之前几次也不曾允许她参加，倒是今年因了高欢的关系，才让尔朱荣松了口。

出发到南边草原的那一天，天气格外好。天空碧蓝如洗，万物沐浴在明媚阳光之下，野花开放得更加热烈，连空气里都弥漫着清新的香气。草原之上茫茫如野，一眼望不到边际。可以想象，其中潜伏着多少数不尽的兽类，等待它们的将是一场惊心动魄的杀戮。

英娥侧眼看了看身边换上骑装的高欢，他身姿挺拔如碧竹，散发着一种凌厉却又优雅的美感。那双茶色的眼眸，因折射着阳光而呈现出迷人的浅金光芒，仿佛能将世间的一切寒冷融化驱逐。

高欢察觉到了她的注视，对她微微一笑："英娥，记得到时要跟着我，别一个人乱跑。"

英娥点头："知道了，师父，我答应了阿惠要猎只漂亮的野鸡送给他！"

高欢嘴角含笑："好，那就别让阿惠失望了。"

英娥的眼珠骨碌骨碌转了一阵又落在了自己老爹身上。但见他眉目俊美，意气风发，果然不负契胡第一美男的盛名，在慕容绍宗、高欢、司马子如、尔朱兆等"美人"的环绕下竟不逊色半分。

"又不懂骑射，来了也不知做什么。"英娥的目光在司马子如身上多停留了一瞬，小声嘀咕了一句。当然，这个小声程度足以让司马子如听见。

司马子如倒不以为意，反而露出一副"猜对了我就是来看热闹"的表情。他这样的反应让英娥觉得有些无趣，只好哼了两声又转过头去。

在嘹亮苍茫的号角声中，今年的第一次狩猎开始了。从小就善骑射的胡人男儿群情激昂，大喝着挥鞭冲进了草原深处，有几个心急的已经挽弓搭箭射向被惊起的飞鸟小兽。杂乱的马蹄声卷起了层层雾尘，一时间竟遮住了半边天空。

英娥按捺不住兴奋，紧紧跟随在高欢身后也策马冲了出去。南边的这片草原广阔辽远得出乎她的意料，这么多人拥进来，竟好似石子落入大海之中，转眼之间就没了影。当高欢放慢速度时，英娥才发现原先紧随她身后的尔朱兆已经不见了。

她看向高欢，对方向她做了个噤声的手势，目光却落在了不远处。英娥顺着那个方向望去，只见一只身形矫健的野鹿正隐藏在草丛中。

她顿时来了精神，小声道："师父，这个交给我。猎到了它我用它的皮子给你、阿爹还有阿兆哥哥各做一双护膝。"

高欢笑意温软，语气里却带了几分促狭："英娥亲手做吗？不知能不能穿啊。"说着他还轻拍了拍腰间针线蹩脚的羊皮钱袋。

英娥气咻咻地瞪了他一眼，凝神弯弓引箭。就在那野鹿似乎预感到危险准备逃离的那一瞬间，英娥的箭已如流星般射了出去，只听噗一声响，那箭准确无误地扎进了野鹿的腹部！

英娥还来不及得意，却见那受伤的野鹿竟然没有倒下，反而狂性大发，朝着英娥的马直直冲了过来！英娥显然也被野鹿的这股疯狂劲吓到，一时竟有些反应不过来。

说时迟那时快，一支利箭从她身侧射出，带着凌厉的劲道狠狠穿透了野鹿的脑袋！野鹿的身体摇晃了几下，砰一声重重摔在了地上。

“英娥，我告诉过你，捕捉猎物时，一定要射中它们的要害。”高欢神色微冷。阳光洒落在他的脸上，勾勒出优美的轮廓。他那悠远深邃的眼眸微微发沉，仿若午夜时分的夜幕，又好像月光下看不到底的深海，有着一种难以接近的倨傲和深沉。

这是英娥从未见过的高欢。

她觉得这样的师父有些陌生。

“你看，刚才这种情况多危险。若是惊了马，你就要吃苦头了。”只是一瞬间，他的这种状态就消失不见。他的语气虽然还不太好，但其中的担心显而易见。

“师父，是我轻敌了。”她嬉笑一声，“不过有师父在，我才不担心呢。我可比别人幸运多了，因为我有个最好最好的师父！”

高欢眼中闪过一丝笑意：“油嘴滑舌。”

“那师父，我们把这鹿带上，赶紧再去找找有没有漂亮锦鸡吧！”

将近黄昏时分，英娥和高欢才从猎场折回。除了之前猎的野鹿，还收获了不少野兔和飞鸟。临时驻扎的地方搭起了不少白色帐篷，早先回来的人已经开始处理猎物。剥皮的、切肉的、生火的，人人脸上带着笑容，热烈而愉快地交谈着，好一番热气腾腾的景象。

英娥刚下马，就见尔朱兆脸色焦急地迎了过来：“英娥，我骑到一半就见不着你的人影了，后来怎么都找不到你，你和贺六浑去哪里了？”

英娥不好意思地吐了吐舌：“我也不知道，只顾跟着师父了。好了，不说这个了，阿兆哥哥，你看你看，我猎了一头野鹿！”

尔朱兆也看到了那头鹿，笑着夸赞道：“好英娥，真是能干！”

英娥得意万分，眼神忽然瞟到了不远处一个熟悉的身影。她心里一动，更加大声道：“阿兆哥哥，我第一次狩猎的成绩还不错吧！若是来这里什么也没猎到那才是丢人呢。”

那身影似乎微微一顿，果然朝着她的方向走来。英娥也不知为何自己的心情越发好了：“咦？那不是司马子如吗？对了，你这次猎到什么了？啊，我想起来了，你好像只是来看热闹的哦，哈哈！”

司马子如慢悠悠地晃了过来，左手还拿着一个果子在咬。这样的动作却丝毫无损他优雅的气度风华。他先是看了看那头鹿，嘴角笑意更盛：“果然射得好。尤其是这支穿透脑袋的箭，没这一箭，能不能射下猎物还真难说。这神武至极厉害无比命中要害的一箭，不用说，一定是英娥你射的吧。”

英娥的脸有一瞬间的僵硬，她清楚地看到了对方眼中一闪而过的狡黠。

这个家伙，绝对就是故意的！

就在这时，高欢忽然发出咦的一声。英娥赶紧趁这机会转移话题：“师父，怎么了？”

高欢蹙眉：“那个羊皮钱袋好像丢了，可能是刚才狩猎时丢的，我回去找找。”

“一个钱袋里放不了多少贯钱，丢了就丢了。”尔朱兆不解道，“钱袋再叫人给你做一个不就行了。”

高欢没有说话，神情有些不悦。

英娥忙道：“对啊，我再给师父做一个钱袋好了。你别去找了，眼看着天都要黑了，很危险的。”

高欢思索了一下：“那我先去将猎物放好。”

高欢才离开，英娥就听到尔朱兆委屈的声音幽幽响起：“我是你哥，你都还没亲手给我做过钱袋呢。”

英娥讪笑了下：“阿兆哥哥，我的针线活真的见不得人。你就饶了我吧。对了，我用这鹿皮给你做双护膝可好？这还是我亲手打来的不是？”

尔朱兆这才高兴起来：“这还差不多！那说好了！我这就去帮你剥鹿皮！”

英娥望着他的背影，嘴角浮起了一丝笑容。

“那个钱袋我见过，原来是你亲手做的。其实挺不错的，尤其适合狩猎时戴着，我都想要一个。”司马子如的声音在她身后响起。

英娥这才想起这家伙还在这里，听他这么说倒有些摸不着头脑。他是真的在夸自己吗？怎么感觉那么不真实？

她不禁哼了一声：“这世上可不是人人都有资格戴我做的钱袋的。”

司马子如笑如春风：“我只是想说，戴着这个钱袋狩猎有一个好处，再凶的猎物也不敢靠近，因为都被丑晕了。”

“司马子如，滚！”

夜间的篝火熊熊燃烧着，已经洗净剥皮的野猪、野鹿在铁叉上不停翻动着，嗞嗞作响的油脂从金黄的皮肉里溢出，滴落到篝火里倏然带起一股混合着肉香的白烟。腾空扬起的烟雾渐渐飘散，令人垂涎三尺的香味则随风弥漫在营地里的每一处。

英娥陶醉地深吸了几口飘过来的香气，肚子同时不客气地咕噜咕噜鸣叫起来。尔朱兆眉眼间飞扬起了然的笑意，熟练地用匕首割下鹿身上最鲜嫩的鹿肩部分，利索地切成片撒了粗盐送到英娥面前。

英娥忙接过来，迫不及待地用手拿了就往嘴里送，结果被烫得轻呼了一声。

“怎么了？烫着了？”尔朱兆适时地递过来一碗冷酪浆，“你慢些吃，小心噎着。”

英娥毫不在意地摇摇头：“没事，没事！”她狼吞虎咽地咀嚼了几口，连连点头，“好吃好吃！阿兆哥哥你烤的肉就是好吃！整个部落里你要是第二，就没人敢说自己是第一！”

尔朱兆笑看着她，笑容中带着一丝宠溺：“那就多吃点。我再给你切点腿肉。”

英娥笑眯了眼：“多撒点盐，阿兆哥哥！”

连着两盘肉下肚，又喝了些酒，英娥只觉得胃里暖暖的，整个身子都松快起来。她这才有时间打量一下四周，看到小高澄正和慕容绍宗待在一起，热火朝天地吃着烤肉。

“咦？师父呢？好像从刚才开始一直没看到他。”英娥很快留意到高欢并不在这里。

尔朱兆不以为然地切着鹿腿肉：“叔父还在帐中，他可能和叔父在一起吧。”

英娥似乎有些失落：“这么好吃的鹿肉，也不知师父有没有吃到。”

尔朱兆抬头瞧了她一眼，语气里不禁带了几分酸味：“我到现在也没吃上一口啊，你就不心疼心疼哥哥？”

英娥嘻嘻一笑，抓了一片鹿肉就往尔朱兆嘴里塞：“阿兆哥哥，我喂你！”

尔朱兆赶紧张口咬住这片鹿肉，只听英娥哎哟一声叫，龇牙咧嘴地抽出自己的手：“阿兆哥哥，我的手指不是鹿肉！”

身后忽然传来一声意味不明的轻笑。英娥转头看去，只见司马子如端着一小盘野猪肉正细嚼慢咽地品尝。他素来不喜欢这些膻味太重的肉类，因此也只是浅尝辄止。

英娥明知这一点，却还是忍不住出言挑衅：“大家那么辛苦猎来的东西，有人偏偏还吃不惯呢。也难为这人在我们草原住了好几年，这么挑剔还真是少见。”

不知为什么，她一见到司马子如那万事不惊的表情，就控制不住想破坏这种看似虚伪的平静。

司马子如淡淡瞥了她一眼，动作优雅地吃完剩下的野猪肉。

“那些汉人或许就是把太多心思用在饮食上了。”尔朱兆自然是帮着英娥，“难怪没能守住这江山。”

司马子如也不恼，只是看着英娥笑而不语。

英娥被他看得有些羞恼：“你看什么？”

司马子如摸了摸下巴：“我知道英娥无肉不欢，只是近来好像越来越找不到……”他略微停顿了一下，居然还卖了个关子。

英娥脱口道：“找不到什么？”

司马子如勾起嘴角：“找不到英娥的腰在哪里了。”

英娥下意识地捏了捏自己有些肉肉的腰，咬了咬唇嘟哝了一句：“有那么夸张吗？”

尔朱兆瞪了司马子如一眼：“女孩子就是要有点肉才好看。瘦得像个猴子有什么好？腰上多点肉怕什么！要我说，最好再结实点，就像我们那个三堂婶，一手能拎一只羊，两头牛都扑不倒她！

英娥的脑海里立刻出现了那位三堂婶的模样——身壮体健，那宽阔的身板抵得过寻常的两个成人。

英娥小声地问了一句：“阿兆哥哥，我会变成那个样子吗？”

尔朱兆没察觉到她语气里的担心，反而安慰地拍拍她：“只要再多吃点肉，有一天你也会那么强壮的！”

英娥听到自己心里好像有什么咔一声裂开了。她再看看盘子里那些香喷喷的肉，忽然就觉得什么胃口也没有了。

“我吃饱了。”

“什么！你的胃口可没这么差啊！平时你起码还得再吃上半只鹿腿！”

“真的饱了！我不吃啦！”

“你别听那家伙胡说！”

“我，我才不要成为三堂婶！”

听到这里，司马子如目光微闪，嘴角含笑，慢条斯理地将最后一片猪肉放进了嘴里。

酒过三巡，众人的兴致越发高昂，慕容绍宗、侯景等人更是索性上场跳起了鲜卑舞。这几人本就容貌清俊身材高大，跳起舞来更是赏心悦目。为首的慕容绍宗立于当中，扬臂踢腿，反手叉腰，以快速的腾踏舞步环绕急行，或是张开手臂做飞翔状，在几个优美有力的腾跳起落后，用一个单腿跪地的动作做了个停顿。因舞姿激烈，他衣襟敞开胸膛半露，隐隐泛着汗水的光泽，在烛火映照下仿佛也被染了一层妍丽色彩。

尔朱家的男儿们看得热血沸腾，纷纷忍不住也上了场，一阵踢踏跳跃之后，一众胡家儿汗水淋漓，精疲力竭地坐在了地上，脸上俱是痛快至极的笑容。

英娥在一旁看得过瘾，倒是忘记纠结于腰的问题，这时只听尔朱兆一声大喊：“英娥，你不是新学了西域的舞吗？你也来跳一个！”

英娥倒也大大方方站了起来，走到中央，以右腿下跪，一扬手合起掌开始起舞。和男子的舞蹈相比，女子的舞少了大幅度腾跃的动作，踢踏的节奏却更快，舞姿的变化也更繁复。随着英娥舞姿的加快，一旁弹着胡乐的族人忽然失手弹断了弦，乐声戛然而止，英娥下意识地也停下了舞步。

场内顿时一片安静，英娥也有些无措，不知是该继续跳下去还是顺势下场。

就在这时，一阵悠扬的横笛在不远处响起。绵长的乐声催眠了听者的神思，仿佛将他们带去了幻境之中的西域，那里阳光温暖明媚，成熟的葡萄掩映在层层叠叠的绿叶间，红石榴的汁水盛放于透明的琉璃杯中，如宝石般灼灼发光。笛声流淌着飞扬欢快的旋律，让每一个听到的人忍不住心生喜悦。

随着乐声渐近，英娥也看清了那吹奏者是谁。风姿朗朗如日月入怀，茶眸流转光华，唇间的一点笑意若隐若现。正是之前不曾出现的高欢。

英娥心头一阵欢喜，足下发力，跳得更加姿态风流。

月色恍若细碎的银子般洒在地上，透着晶莹的亮光。沐浴在月光下的俊美男子持笛横吹，微笑凝视着少女。少女轻盈地旋转着身体，踏着独特的舞步。噼啪的烛火跳跃着，映在她的脸上，透出了淡淡的粉红色，仿佛月夜下开得最美的那一朵花。

此情此景，像是置身于妙手丹青所绘出的画中。

众人皆眼睛一眨不眨地看着，更无人发出声音，惊扰这出神入化的笛声。

司马子如的目光落在了英娥身上。浓墨般的瞳仁恍若一潭深水，带着看不到底的深邃厚重。

第三章 受罚

当最后一声婉转的笛音飘散在空气中时，英娥也以一个优美的轻旋结束了这支舞。众人似乎还沉浸在舞与曲的完美结合中，迟迟没有回过神来，还是尔朱兆头一个打破这片寂静。

“英娥，你跳得可真好！”他一脸自豪，双眸在火光下跳动着明快的笑意。

英娥略带得意地抿嘴一笑，将目光投向了正朝自己走来的高欢。她略侧着头抬起脸，眼中的光彩比平时更加明亮绚丽：“师父，没想到你箭射得好，笛子吹得更好！以后也教我好不好?

高欢习惯性地揉了揉她头顶的发，笑道：“那就要看你听不听话了。”

英娥连连点头：“我听我听，我最听师父的话了！”她又像是想起什么，“对了师父，你之前去哪里了？我找了你好半天呢。”

高欢还没来得及回答，尔朱兆指着他的腰间问道：“这就是英娥亲手做的羊皮钱袋吗？”

如果仔细听来，那“亲手”两字上似乎带了几分咬牙切齿的味道。

英娥低头一看，只见高欢腰间悬挂的果然是自己做的那个钱袋，只是看起来沾了一些泥土，有一两处也被擦破了。

她惊讶地抬起头："师父，难道你刚才是去找这个钱袋了？"

高欢笑着点了点头。

师父这么重视这个钱袋让英娥感到欢喜，可欢喜过后她又忍不住担心起来："我不是说了会再做一个给你吗？你一个人去那里多危险啊，万一碰到什么野兽怎么办？以后再不许这样了！"

她的双颊染上一层薄薄的绯红，小巧的鼻尖微有汗意，绾成细辫的长发略散了开来，有几缕因汗湿贴在额前，琉璃般清澈明净的双眼圆睁着，眸中是无法遮掩的担心和关切。这样的眼睛，让高欢忽然想起之前被捕获的小鹿。

他心里忽然漾起一层轻微的波动，仿佛此时才意识到，那个理直气壮让他教射箭的小姑娘不知不觉已经长大了。

虽然她的语气里全是埋怨，甚至有些无礼，他的心情却不知为何异常喜悦。

"好，我答应你，下次再不会这样。"高欢弯了下腰，轻轻刮了一下她的鼻尖，"等回去我就教你吹笛子。"

英娥脸上绽放出笑容，亲热地挽起高欢的手臂："我就知道师父最好了！师父，你一定饿了吧？快去坐着！我这就去给你切鹿肉！"

不远处将这一切收入眼底的司马子如垂眸喝了一口酒，心底不知为何生出模模糊糊的不悦，就好像被极细小的尖刺扎了一下，那奇异而陌生的感觉让他喉头有些发涩，一口酒下去竟不小心呛了一下，连着轻咳了几声。

"子如哥哥，你怎么了？你还好吧？"一个稚嫩的声音从他身边传来。

司马子如抬头看，捧着乳酪的小高澄正一脸关心地看着他。他微笑着摇摇头，不动声色地朝着高欢和英娥的方向一指："阿惠，你阿爹刚才正喊你去吃鹿肉呢，快去吧。"

高澄一听，顿时笑逐颜开地朝着那个方向飞奔过去，紧接着就听到英娥清脆的嗓音响起："阿惠你慢点吃！阿惠那些是师父的！阿惠快，快喝几口水，不然噎死你……"

"英娥姐姐，你答应了要送我只活的野雉！可别忘了！"

"好了好了我记着呢！"

司马子如垂下眼眸，轻轻勾了勾唇，将杯中剩下的酒一饮而尽。

尔朱荣看着热火朝天的营地和众多的猎物，心情甚为愉悦。在整个尔朱家族的年青一代中，他最为看好的就是侄子尔朱兆。阿兆自小在他身边长大，不但精于骑射，性子更是勇毅过人，只是有时行事过于冲动，若是再历练几年必成大器。而另外几人如尔朱世隆、尔朱天光等今日的表现也不错，假以时日，也都将成为尔朱一族的中流砥柱。想到尔朱家族的未来，他唇边不禁露出笑容。

正在此时，不远处传来一阵急促的马蹄声。众人抬眼望去，只见一骑人马踏着月光孤身疾驰而来，眼看着即将闯入营地时那人却及时勒马而停，接着姿态潇洒地翻身下马，手执马鞭快步朝着尔朱荣走来。但见他年龄和尔朱荣相仿，仪容俊美，肤色有着鲜卑人独有的白皙。如果说同为鲜卑男儿的慕容绍宗兼有优雅俊秀以及与生俱来的傲气，那么他的美却带着一种令人难以接近的锐利和强悍。

当看到尔朱荣已然激动地站起身疾步而来，他的眉目间隐隐显出一丝柔和神色。

“天穆，你从洛阳回来了？我以为至少还要再等上三五日。这可真是太好了！”尔朱荣笑着上前给了他一个拥抱，又上下打量他一番，见一切安好才放下心。

看着阿爹毫不掩饰的笑容，一旁的英娥不禁莞尔。这位元天穆据说是高凉王拓跋孤的后代，自从一年前在北秀容认识阿爹后，两人竟格外投缘，索性还结拜为异姓兄弟。

元天穆露出些许笑意：“天宝兄，我也来凑个热闹。”

“好！我们今晚不醉不归！”尔朱荣大笑着揽着他的肩往席间走去，走到一半似是想起什么，转头问道，“今日猎物中可有野雉？”

有人立即回答：“酋长，今日所打野雉并不多，刚才已经被大家分食完了。”

“天穆最喜食野雉。”尔朱荣的目光落在了尔朱兆身上，“我看这大晚上的正适合猎野雉，阿兆，你且先去猎上两只。记住，除了这两支箭，其他什么都不许用。”说完，他从身后的箭筒里抽出两支雕翎箭，放在身前的案几上。

元天穆似是想说什么，但看到那两支箭后就不再开口。尔朱兆倒是立刻上前领命，拿起那两支雕翎箭就往外走。尔朱荣注视着他的背影，眼神微微一闪，旋即又和元天穆走进内帐之中相谈。

英娥转了转眼珠，趁着高欢没留意，也偷偷起身追了上去，几步就纵到尔朱兆身旁。

“阿兆哥哥，你带我一起去吧，我一定不会给你惹麻烦的。”

“这不行！夜猎有危险，万一被叔父知道非打死我不可。”尔朱兆一口拒绝。

“我保证我会很乖，就带我一起去吧。”英娥睁大那双小鹿般柔软黑亮的眼睛，那种期待的眼神令人根本不忍心拒绝。

尔朱兆对她本就纵容，被她求了几句也就心软了，再三叮嘱后还是带上了她。

英娥随尔朱兆来到一处低矮的灌木丛旁，但见他随手揪下一片树叶，凑在唇边吹出了类似母野雉的声音。果然不多时，一只公野雉借助着灌木的遮掩小心翼翼地靠近，几步一停，极为谨慎。英娥清楚此时是最考验耐心的，因为一旦野雉发现不对劲就会立刻飞走。野雉似乎放松了警惕，在灌木间来回找着发出声音的雌野雉，翅膀还发出了啪嗒啪嗒的声音。

就是这个时候！

尔朱兆用手肘轻轻碰了一下英娥，英娥接到说好的暗号，迅速打开火折子，用乍然明亮起来的火光将野雉牢牢照住。趁着野雉见光呆住的习性，尔朱兆的箭已离弦，准确地穿透了它的胸膛。

英娥兴奋地跳了起来，冲过去捡起野雉，朝尔朱兆笑得一脸灿烂："阿兆哥哥，下一只交给我好了！"

尔朱兆故技重施，果然又引来了一只寻偶的公野雉。但见这只野雉的羽毛在月色下艳丽非常，英娥忽然想起答应过高澄要送他只活野雉的承诺，怕伤了野雉性命手下一犹豫，结果一箭射出只伤到了野雉的脚，最终还是被它带着箭挣扎着飞离。

看着英娥沮丧的面色，尔朱兆安慰地拍拍她的肩："没关系英娥，偶尔失手没什么大不了。"

"对不起阿兆哥哥，要不是我犹豫不决就不会失手了。"英娥垂头丧气道。

尔朱兆拎起仅有的一只野雉，笑道："不过是只野雉而已，别太在意了，我们还是先回去吧，别让叔父和天穆叔他们久等。"

此时尔朱荣和元天穆已经密谈完毕出得帐来，与高欢、司马子如和慕容绍宗等人围坐在一起继续饮酒相商。

"如今青州流民作乱，此次洛阳一行至尊有意让天穆领兵平乱，"尔朱荣的目光落在了高欢身上，"贺六浑，你也一同前往如何？"

高欢一愣，随即一展笑颜："必不会让兄长失望。"

"天穆兄，洛阳如今情形如何？那太后依然如此猖狂？"慕容绍宗出声问道。

元天穆点点头："太后如今变本加厉，只要稍和至尊来往过密的臣子，就会被她借故谋害，据说就连当初相助太后再度临朝的高阳王元雍对她也有诸多不满。"

一旁的侯景忍不住将酒杯一摔："此等恶妇！"

众人一时也是无语，面色各异地沉默下来。

司马子如倒是神色平和地喝了几口酒，抬起眼时正巧看到英娥和尔朱兆一同朝这个方向走来。尔朱兆上前将沾着血的野雉放下，垂手立在一旁。

尔朱荣见到猎物脸色微沉："我给了你两支箭。"

"叔父，侄子一时失手，只猎得一只野雉，甘愿受罚。"尔朱兆立刻跪下，一脸坦然。

尔朱荣沉默了几秒道："既如此，就自去领三十军棍。"

英娥大惊，忙开口相劝道："阿爹，你别怪阿兆哥哥，其实是我……"她的话还未说完就被尔朱兆高声打断。

"叔父，这都是侄子的错，和旁人无关。"尔朱兆斩钉截铁地说完后霍然起身，头也不回地转身朝外走去。

英娥急切地还欲上前辩解，却被司马子如扯住了衣袖，二话不说将她拉了出来。英娥想要挣脱他的手，无奈对方的力道竟超出她的想象，直到带她到了帐外才停下来。

“司马子如，你到底要做什么！”英娥恼怒地甩开他的手，“这次阿兆哥哥被罚完全是因为我的错，是我没有射中第二只野雉，为什么不让我对阿爹说清楚？”

司马子如淡淡扫了她一眼：“你以为你解释了尔朱兆就能免去这顿责罚吗？身为酋长的女儿，你难道还不了解你阿爹的性子吗？”

英娥微微一怔。

“记得去年围猎之时，其中一位部众因贪功心切，贸然违命稍稍脱离了阵势，结果就被酋长当场斩杀于剑下。今次酋长之前下令时可是说得清清楚楚，让他猎取两只野雉。不管是什么理由，你堂兄没有完成命令是事实。这三十军棍，已经是酋长手下留情。”

在司马子如的提醒下，英娥也记起这件往事，不禁悚然一惊。阿爹治军素来严明，用“苛刻”二字来形容也丝毫不为过。要不是她一时任性非要射第二箭，也就不会让堂兄平白受这皮肉之苦了。想到这里，她不禁又是后悔又是懊恼，忍不住朝司马子如抱怨。

“你平时不是最睿智多谋吗？那你刚才为什么不想个办法让阿爹免去阿兆哥哥的责罚？”

司马子如似笑非笑地弯了弯嘴角：“我确有办法让酋长改变主意，但是我不会那么做。”

英娥一时气结：“为什么？”

司马子如敛去惯有的笑，深不见底的眼眸闪着幽幽的光，被云层投下的阴影遮住的半边俊秀面容，散发着一种奇特的魅力。

“只要犯了错自己勇于承担就可以被原谅，这种理直气壮的认知只会让你一次又一次继续犯错。而相反，明明是自己的错误却偏偏让别人承担了，并为之受到责罚，你才会因内疚、后悔真正认识到自己到底错在什么地方。”他顿了顿，声音不由得低沉了几分，“人可以犯错，但不能一错再错。英娥，未来的道路很长，但允许你犯错的机会并不多，你明白吗？”

英娥愣愣地看着司马子如，眼中闪现诧异之色，心中更是因为他的话泛起了层层涟漪。

这好像还是她第一次看到他的另一面。有些陌生，有些认真，有些让她感到——不安。

四周仿佛一下子变得安静下来，两人间的气氛似乎也随之变得微妙起来。

正在这时，不远处传来尔朱兆的一声闷哼。英娥心头一跳，拔腿就想往那个方向奔去，只听司马子如在背后轻唤了一声她的名字。

英娥脚步一缓，也不转身，抬起下颌傲然道：“司马子如，我要去看阿兆哥哥，你别想阻止我！”

司马子如微微一笑，又恢复了惯有的神态，不慌不忙道：“我只是好心提醒你一下，男子受棍刑是要脱去裤褶的。你确定要此时去观刑吗？”

看到英娥的背影像是中了定身法般瞬间僵住，司马子如不由得轻笑出声，心情莫名地好了许多。

子时过后，热闹了大半夜的各处营帐也渐渐安静下来，疲惫不堪的众人纷纷进入梦乡，唯有几处营帐内还透着光，这其中也包括今日刚受过棍刑的尔朱兆。此刻，他正以一个不太雅观的姿态趴在榻上，皱着眉龇着牙让侍卫倒水过来。

英娥偷偷溜进来见到的正是这一幕，忙几步上前。

“阿兆哥哥，你的伤怎么样了？还疼吗？”

尔朱兆听到英娥的声音，下意识地想起身，却因为忘记伤势痛得一哆嗦。但他还是强做无事状，回头朝英娥挤出笑容。

“我没事，一点小伤而已。真的！我现在还能去猎头恶狼呢！”

“你就别逞强了！”英娥从那侍卫手中接过碗，俯下身来小心翼翼地用勺子喂他喝水。

从尔朱兆的方向看过去，她那密长的睫毛微颤，就像是蝴蝶在水面扇动双翼，清浅的波纹在他心中层层荡漾开来，仿佛有什么无比柔软的东西，随着水纹迅速蔓延……

“对不起，阿兆哥哥，其实阿爹应该罚我才对。”她饱含歉意的声音顺着夜风传入他的耳中。

尔朱兆望着她低垂的脑袋，不禁有些好笑。

“我是你兄长，当然得替你担着。再说你也只是一时失手，根本谈不上什么犯错，快别胡思乱想了。”

英娥蓦然抬起头，清水琉璃般的眼眸笑意流转：“阿兆哥哥，你对我最好了！当然，我对你也很好哦！”说着她从怀里摸出一个纸包，凑到他眼底晃了晃，“我让他们做了你最喜欢的鹿肝炙，快点趁热吃吧！”

打开纸包，英娥捡起一块塞进尔朱兆的嘴里。尔朱兆面带笑容地嚼了几下，忽然面色变得有些古怪。英娥一脸疑惑：“怎么了？不好吃？”说着她也捡起一块放进了自己嘴里，顿时面色一变，忙不迭地吐了出来。

“呸呸呸！这怎么回事！怎么会这么苦！糟糕！难道我不小心把苦胆给弄破了？”

看着反应强烈的英娥，尔朱兆却又拿了一块放进嘴里，慢慢咀嚼着吞咽下去。苦涩的食物入腹，胸口竟仿佛涌起一阵温暖的风，这阵暖风吹拂他的身体，包裹住他的心脏，渐渐地，伤口也好像没那么痛了……

"英娥，将来无论发生什么事，记得都有我给你担着。"

"知道啦，阿兆哥哥，你就快睡吧，不许再睁开眼睛了。"

英娥从尔朱兆的帐中出来时，隐约听到了小儿的哭泣声。她循声觅去，在不远处看到高澄正手足无措地哄着自己的幼弟高洋。高洋是娄昭君去年生下的次子，长相和父母并不相似，和妍丽秀美的高澄更是差之甚远。

英娥急忙上前，从高澄怀里将小高洋抱过来，哄了几下倒是让孩子安静下来。高澄这才松了一口气，举袖轻拭额头的薄汗。

"阿惠，你们怎么在这里？师娘呢？阿进的奶嬷嬷呢？其他的人都去哪里了？"英娥轻摇着小高洋问道。

高澄面上露出几分羞涩："奶嬷嬷忽然腹痛，让我在这里帮她一会儿，即刻回转。我阿娘正忙着帮阿爹准备出行前的必备之物，免得到时手忙脚乱。"

英娥一愣："出行？师父要去哪里？"

高澄似乎也有些惊讶："阿姐还不知道吗？我阿爹很快就要和天穆叔去青州平乱了。"

英娥更是一惊，正要说话，忽见一高挑挺拔的人影匆匆而至，虽步履急促，却依然风姿朗朗。

高澄看清来人，不禁面上一喜，出声叫道："阿爹！"

高欢冲他微微一笑："阿惠，你阿娘正在找你，你先过去吧。阿进有我看着。"

高澄如释重负地点点头，缓步离去。

此时，一轮明月自云层后探出，银色月光如轻雾般弥漫开来。英娥抬起头，看到高欢的面容在月色下如美玉般白皙清冷，周身似乎浮动着淡淡的月华。

"师父，你要去青州了？"她不死心地又问了一遍。

高欢点点头："七日后就走，从这里到青州也需些时日。如果一切顺利的话，或许半年之内就能回来了。"

英娥鼻子有些发酸，眼眶微微泛红："师父，你要答应我，千万不能受伤，好吗？"

一片细小的叶片随风飘来恰好落在了她的鼻尖上，英娥耸耸鼻尖，打了个喷嚏。高欢不禁莞尔，伸出手拂去了那片叶片，旋即手一抬，轻轻揉搓了几下她的头发。

"放心，我一定不会受伤的。我还要回来教你吹奏笛子，不是吗？"

英娥重重地点点头，忽听怀里的小高洋发出呓语，低头一看，发现他正在睡梦中吐着泡泡，不由得有些兴奋地招呼高欢来看。

"师父，师父，你看！阿进会像小鱼一样吐泡泡呢！"

她笑起来的瞬间像是有千万朵花同时绽放，耀眼绚丽。高欢有一瞬间的愣怔，心底深处仿佛有一缕心弦，被这笑容轻轻拨动了一下。恍惚间，他似乎感觉有无法抗拒的命运之轮开始缓缓转动起来。

英娥见高欢并无反应，不觉讶异地抬起了头。只见他正目不转睛地望着自己，眼神柔和蒙胧，仿佛有什么复杂难辨的情绪氤氲其间。

那是她从未见过的神情。

就在这时，一个懒洋洋的声音从一侧传来："贺六浑兄，此去青州尽管放心，我和绍宗他们一定会照顾好嫂子他们。"

这句话就好像一盆冷水兜头浇下，高欢迅速从瞬间的失神中清醒过来，看了看一脸懵懂的英娥，不觉有些懊恼又自责地轻轻摇了摇头。

英娥也循声望去，不远处，身穿窄袖胡服的汉家少年神色平静地站在那里，晚风翻卷起他的衣袂，更显俊秀不凡。

空气中仿佛凝了层若有若无的雾气，清浅月色浮动，映得司马子如的容颜皎皎如玉。

"遵业，你怎么在这里？"高欢脱口问道。

司马子如脸上慢慢露出一抹惯有的笑容，缓步走了过来。

高欢和他的目光在半空中极快交会了一瞬，对方的眼神明明平静无波，却偏偏让他有种被这眼神刺透内心窥探到某些秘密的错觉。

司马子如轻拂去飘落在身上的草叶，慢条斯理道："过几天贺六浑兄就要去青州平乱，兄弟们想和你再喝上几杯，特地让我来找你。"

高欢也早已平复了内心深处那点细微的悸动，神色朗朗地笑了笑。

"好！是该和大家好好醉一场！遵业，我不在的日子，昭君和两个孩子就请兄弟们多看顾了。"

英娥立刻应道："师父你放心吧！我一定会经常去陪师娘说话，帮着照顾阿惠和阿进！"

"是帮着去吃嫂子做的吃食吧。"司马子如神色淡然地嘲笑了她一句。

英娥侧过头气咻咻地瞪了他一眼，又朝高欢眨眨眼："说不定师娘的肚子里已经有了一个小公子，等师父回来又能当爹了！"

高欢哈哈笑了起来："那我倒希望能有一个像英娥那样的小娘子！"他弯下腰，顺手将熟睡的高洋抱了起来，轻轻拍了几下，"遵业，我先把阿进送回去，一会儿就过去。"

司马子如含笑颔首，目光落在英娥脸上时挑了挑眉，一脸嫌弃："刚才说什么？像英娥那样？"

英娥顿时竖起眉毛："喂，你那是什么表情？"

司马子如再不发一言，只是摇了摇头，转身离开。英娥像是被踩到了尾巴的兔子般蹿起来，朝着司马子如追过去，嘴里还不服气地念着："你那到底是什么表情？你倒是说话呀！像我一样有什么不好吗！啊？司马子如，你回答我！"

望着两人远去的背影，高欢收回了目光，温和地看了看怀中的小高洋，旋即转身朝着自己的营帐方向走去。

花开依旧，四季更迭。春有百花秋有月，夏有凉风冬有雪，等他凯旋的时候，必定是草原上最美好的辰光吧。他很想，再看一次那在笛声下翩然飞扬的灵动之舞。

他忘了告诉她，那是他此生见过的最美的舞，那是月夜下开出的最绚丽的花。

高欢离开北秀容之后，英娥倒是经常和司马子如结伴前去探望娄昭君。娄昭君出身富贵之家，最是擅长做各种吃食。这一天娄昭君正在做蜜姜，那股香味顺着风儿飘出很远，惹得刚踏进门的英娥直咽口水。

蜜姜做起来其实并不复杂，将生姜刮皮，煮沸去沫，再与蜜同煮，沸腾再去沫，装碟即可食用。但娄昭君做出来的就是特别美味一些，就连不喜食甜食的司马子如都用了不少。

英娥陪着娄昭君聊了会儿家常，娄昭君忽然像是想起什么，连忙起身从壁柜里取出一支玉笛，递给了英娥。

"英娥，这是郎君临走前嘱咐我给你的，你看我差点给忘记了。"

英娥一愣："这不是师父的笛子吗？可是现在给我也没用，我还根本不会吹啊。"

正说着，一旁的小高洋跌跌撞撞走了过来，吐字不清地在那里喃喃自语，眼看着小嘴一撇就要哭起来。

司马子如忽然低低说声失礼，利落地拿起那支玉笛放在唇边娴熟地吹奏起来。与高欢悠远绵长的笛声不同，他的笛声明净纯粹如天空坠下的透明雨滴，落入湖面荡起一层层涟漪，带着挥之不去的淡淡惆怅。

一曲终了，娄昭君微微颔首称赞，就连小高洋也难得地安静下来。英娥更是难掩心中的讶异，忍不住追问起来。

"遵业，你怎么也会吹笛子？你什么时候说过你会吹笛！"

司马子如浅笑如风："我什么时候说过我不会吹？"见英娥被噎得无语，他放下了笛子，眼神微微闪动，"怎么，想学吗？"

英娥似乎有些纠结，犹豫了一会儿还是摇了摇头："可是我想跟师父学。"

但司马子如接下来只说了一句话就让她下定了决心。

"难道你不想等他回来时给他一个惊喜？"

"我学！我立刻就学！"

从娄昭君家出来后，司马子如就将英娥带到了他平时经常钓鱼的河边，找了树下一处干燥的地方坐下，倒是颇为认真地教了起来。

“遵业，刚才你吹的是什么曲子，好听得很。我就要学那支曲子。”英娥笑眯眯地挨近他，略带讨巧地弯起眼睛，“师父回来之前，你可一定要教会我！”

司马子如放下笛子：“那是乐府里的曲子，幼年时曾在府中听过，原先是琴曲，我就将其改成了笛曲。当时记得还有伶人唱词，唱的是……”

“唱的是什么呢？”英娥好奇地问道。

司马子如沉默了一瞬，就在英娥以为他不会开口的时候，却听到他的声音响起。

洛阳城东路，桃李生路旁。
花花自相对，叶叶自相当。
春风东北起，花叶正低昂。
不知谁家子，提笼行采桑……

洛阳城东的小路上，桃树李树生在路旁相对开花，美丽极了。春风从东北方而来，花叶也随风飞舞飘扬，不知远处来了谁家的女子，提着竹笼在采桑。

在司马子如低柔的嗓音中，英娥的思绪仿佛也飞到了千里之外的洛阳城，许多深藏在脑海里的记忆一一随着笛声浮现出来。

她心中不禁生起一丝怅然，那个脾气别扭的小皇帝，还有那个蓝眼睛的俊美少年……不知他们怎么样了。平日从父亲及他人的只言片语中，她也能隐约感觉到小皇帝的日子并不好过。思及此，英娥下意识地抚上了自己的肩膀。虽然已经过去很长时间，但小皇帝留在她肩上的齿痕还是清晰可见。

英娥收回思绪，望向司马子如。不知为何，她觉得今天的遵业和平时有些不一样。他的表情温和柔软，仿佛陷入了某种遥远的回忆之中。在他的眼底，她甚至还看到了转瞬即逝的伤感和怅然。

司马子如唱到一半忽然不再继续下去，顺手将笛子递给了她：“刚才我已经说了很多了，英娥，现在你来试试。”

英娥试着将笛子放在唇下吹奏，不料却发出了有些刺耳的声音。她不服气地还要再试，结果用力过猛，吹出一声尖锐的破音，惊飞了树上的几只乌鸦。

司马子如掩住眼中笑意。

草色新新，山色连绵，清风徐徐，此时此刻，或许就是一年中最美的辰光吧。

此时的都城洛阳。

姿容秀美的年轻男子匆匆走进西昭殿，掀开内室帷幔，只见汉白玉石铺就的地面上已然有一堆瓷器碎片。身着金织盘龙纹饰常服的少年背对着他站在窗前，仿佛一尊冰冷的石雕，有细细的鲜血从他紧握的指缝里蜿蜒流出。

“陛下！”男子脸色微变，疾步上前，“您怎么弄伤自己了！来人——”

“彦达！你告诉朕，母后是否同意放过谷士恢？”元诩焦躁地打断了他的话。

元子攸脚步一顿，神情黯然：“就在刚才，谷士恢已经被处斩了。”

元诩呆立片刻，忽然失控地大笑起来：“彦达，你看到了！堂堂一个通直散骑常侍，就因为朕想将他提拔为禁军统领，母后说杀就杀！凡是和我亲近的，她都不放过！”

他神色颓废地弯下身子，双手抱住了头，声音哽咽：“彦达，我好后悔，我不该不听你的，我不该对自己的母亲还有妄想！什么母子情分，在她眼里还不及那两个佞臣！这辈子我只会活在她的阴影下！”

元子攸轻叹一口气，弯腰扶住了他。

“陛下，振作一点。并不是完全没有办法的！”元子攸拿起案上的帕子摁住了皇帝受伤的手，“当今天下群雄四起，北有尔朱荣，东有葛荣，西面更是乱成一锅粥。这几人中要数北秀容的酋长尔朱荣面上和朝廷最为交好，或许我们可以借助他的力量除去太后的势力。”

元诩精神一振：“那我立刻发密诏给尔朱荣。”

元子攸急忙阻止：“陛下，现在万万不可！此事要谨慎行之，一不小心反而引狼入室。”

“那朕，我们该如何做？”

元子攸沉吟一瞬道：“听说那尔朱荣有一女，疼爱非常。”

元诩似乎有些明白过来：“你是说……”

元子攸点点头：“如果先将尔朱荣的女儿纳入陛下的后宫，那么之后再利用他也可名正言顺。比起专权独断的太后，想必尔朱荣更愿意扶持女儿的夫君。”

元诩似乎想起了什么，抬起头望向一直放在榻上的小木犬。由于时常摩挲，小木犬的表面变得光滑无比。

如果是那个人的姐姐，或许，或许也可以相处……

“但是，太后未必会同意。”元诩的语气松动了几分，显然对这个建议不反对。

元子攸深蓝色的眼中闪过笑意：“或许我们可以让人考虑吹吹枕头风。”

春有百花秋有月，夏有凉风冬有雪——无门慧开禅师。

蜜姜——出自《齐民要术》。

宣光殿内殿。

微风偶尔吹起流水般的层层纱幔，隐约可见里面弥漫着热气的汉白玉浴池。缥缈的水汽在空气中蒸腾，化开阵阵入骨的幽香。一位只穿白色单衣的绝色男子一手托腮斜倚在池边，姿态优美地往池中撒着熏了香的花瓣，含笑的双眼毫不避忌地望着池中美人在水中若隐若现的玉肤。

只听一阵悦耳的水声响起，美人缓缓抬起一只白色莲藕般的手臂，似是一副娇弱无力的模样。她虽然年纪已经不轻，但肌肤细嫩面色红润，一双秀丽的凤眼含娇带媚，举手投足充满诱人的成熟风情。

绝色男子动作娴熟地拿起一旁的香巾替她擦拭手臂上的水珠，指尖还颇具挑逗意味地在她的肌肤上摩挲了几下。

美人娇嗔地瞪他一眼，又很快笑了起来："季然，如今孤身边最贴心的人就是你了。"

这位小字季然的绝色男子正是深受胡太后宠信的中书令郑俨，几乎夜夜宿于太后寝宫，与另一位宠臣金禄紫金大夫徐纥共同把持着当今朝政。

郑俨展颜一笑："能做太后身边最贴心的那个人，微臣就是死也无憾了。"说着他又殷勤地帮着太后揿揉头部，手势轻缓恰到好处。

太后惬意地闭上双眼："季然你总是知道怎么逗孤开心，"她顿了顿，笑容微敛，"只可惜，孤唯一的亲生儿子总是让孤头疼。"

郑俨双手微微一顿："太后平时操劳政事已辛苦万分，若是陛下能体谅您一些就好了。"

太后似是想到了什么烦心事，皱了皱眉："孤前些天又驳回了尔朱荣的二次上书，他想名正言顺奉诏出兵征讨作乱的葛荣，可孤也担心，万一他除去了葛荣后掉头扑向洛阳如何是好？更何况，据说那葛荣拥兵近百万，也不是那么好对付的。"她轻叹了一口气，"当初我也是小看了尔朱荣的野心，要知道那时就该将他的嫡长子留在洛阳。"

郑俨目光微闪，像是不经意般说道："微臣听说那尔朱荣有一女，颜色姣好聪慧伶俐，尔朱荣和北乡公主都对她爱若珍宝。若是太后此刻下旨让她进宫伴驾，那尔朱荣或许会有几分顾忌？"

太后眼睛一亮，但很快又摇摇头："女子嫁夫随夫，若是她到时帮着皇帝对付我们，岂不是弄巧成拙？"

"太后，那我们只要想办法让皇帝厌弃她不就行了。当她狠狠从高处跌落时，太后您及时伸出援手，还怕那小娘子不乖乖在您的掌握之中吗？"郑俨眼中闪过一抹阴狠之色。

太后默然不语，似乎还在思索。

"太后，恕微臣失礼了。"郑俨嘴角微勾，忽然身体一动，在太后的惊呼声中直接将她从池水中捞了出来，横抱在身前，大步朝着内室寝榻走去。

纱幔外的随侍宫女们听到从里面传来的两人的嬉笑声，似已见怪不怪，纷纷神情平静地退了下去。

第二天，太后召见传旨官员的消息就传到了西昭殿。

刻有仙山神兽的琉璃博山炉中升起氤氲白烟，颇有几分仙气缭绕的意境，伽罗沉香的香味清凉香甜，随着云烟在房间里缓缓弥漫开来。

年轻皇帝脸上难得露出了几分喜意，双目灼灼地看着眼前的男子："彦达，母后果然同意了？"

元子攸微微一笑："如果不出意外，太后的旨意很快就能传到北秀容了。"

"幸好彦达你想到了通过郑俨去说服太后。"元诩在窗前踱了几步，神色黯淡了几分，"在母后看来，区区一个佞臣的话也比朕有分量。"

元子攸眼神微动，上前几步，走到元诩身旁："那郑俨生性贪财，几乎来者不拒，让他在太后面前说上几句无关痛痒的话，就能得到一大笔钱财，何乐而不为。"

"那郑俨若知道是我们的主意……"

元子攸给了他一个安心的眼神："那郑俨只道是北秀容的人托他美言，欲送女为妃以获朝廷信任，并不会怀疑到你我身上。"说着他停了一瞬又道，"所以等尔朱荣之女入了宫，陛下一开始也不可表现得太过亲近，以免引起太后他们的怀疑。

元诩点点头，心里竟有了一丝莫名的期待，也不知她和菩提是否有几分相像呢……

元子攸望向窗外，脑海中也浮现出那个男孩撒泼打架的情景，不觉微抿着唇笑了起来。

离洛阳百里之外的北秀容，尔朱荣为太后驳回第二次上书的事召集了众人，共商对策。性子急躁的段荣先沉不住气，拍案而起："大哥，没有朝廷诏令，我们的军队就只能待在这秀容川，岂不是英雄无用武之地？"

慕容绍宗皱了皱眉："如今我们在洛阳无人说得上话，也探听不到最有利的消息，实在是有些被动。"

司马子如的目光落在尔朱兆身上，只见他低着头正在捣鼓着一个针线粗糙的钱袋，嘴角还有隐约的笑意，心思显然并不在这里。看清那个钱袋的一瞬，司马子如唇边的笑容浅了几分。

"阿兆，你可有什么好提议？"

尔朱兆还沉浸在妹妹终于给他做了一个钱袋的喜悦中，冷不防就被点了名。他抬起头，司马子如正笑吟吟地看着他。不知为何，尔朱兆的背上忽然飘过一种凉飕飕的感觉。

"索性我们也别管那恶妇，就像葛荣那样直接起义，然后找个由头往洛阳去就是了！"他没好气道。

"万万不可。"司马子如摇了摇头，"如今我们还需借助朝廷的力量，出兵可以，但一定要出得名正言顺。在朝廷的掩护下，逐步扩大我们的力量才是目前保存实力的最好方法。"

慕容绍宗赞同地点点头："遵业说得没错。眼下最要紧的，是在洛阳安插一些我们的人。"他顿了顿继续道，"至尊还未到弱冠之年，后宫空虚，膝下仅有一女，如果在他身边有我们的人……"

尔朱荣立刻明白了他的意思，似也有意动："只是眼下并未有合适人选。"

慕容绍宗犹豫了一下，缓缓地开口："其实也不是没有……"

司马子如突如其来的咳嗽声忽然打断了他的话，司马子如缓了缓后才开口道："大哥，安插人这件事就交给我了，我必会挑上几个机灵的。"

慕容绍宗看了他一眼，蓦地像是想到什么，终是没有再说什么。

就在这时，侍从前来禀告北乡公主已经到了门外，众人见状也识趣地纷纷告辞离开。

慕容绍宗正想和司马子如说上一两句，但见他已经头也不回地疾步离开。

尔朱兆走出一段路，才发现匆忙之中将钱袋落在了尔朱荣那里。他可是缠了英娥好久才让她做了这个钱袋，自然是珍视万分，即刻就往回走去。

外面守卫的人见是尔朱兆，自然也没有任何阻拦。他径直走到门口，正想出声，却听到里面传来北乡公主的声音："再过不久英娥就要及笄了，该准备的我已经都吩咐下去了。"

尔朱荣发出一声轻叹："时光过得太快，眨眼间那个满地乱跑的小姑娘也快要嫁人了。"他又笑了笑，"记得当初你好像还挺喜欢遵业。"

"其实遵业这孩子不错，若是他们两人真有心，这倒是一件好事。"

听到这里，尔朱兆的心紧了紧。

"遵业睿智冷静，但太过聪明未必是做夫婿的上选。况且他毕竟是个汉人，若是阿兆……"尔朱荣说到这里又停了下来。

尔朱兆心口猛跳，接着又听尔朱荣说道："阿兆自幼疼爱英娥，其实他是我大哥的养子，和英娥也并无血缘关系，若是他做了英娥的夫婿我倒更放心一点。"

北乡公主微叹口气："可阿兆自己并不知道，他对英娥疼爱多半也是出于兄妹之情吧。"

尔朱荣笑了笑："反正我们还要多留英娥几年，有的是时间慢慢为她选个合意的夫婿……"

尔朱兆不知自己是如何离开的，再回过神时已经身在疾驰的马背上了。

原来英娥和自己并无血缘关系，她不是他的妹妹。

尔朱荣的那些话在尔朱兆耳中如电闪雷鸣一般，强烈地刺激着他的神思，让他不由得有些心浮气躁，只好更紧地抓住缰绳加速驰骋。他感到一种前所未有的情感在体内冲撞翻滚，难以控制……

一望无垠的碧色天空中，几只羽色美丽的雀鸟正在盘旋低鸣。风姿俊朗的胡服少年在马背上拉弓引箭，但见一支长箭如流星般袭去，却堪堪擦着鸟身而过，直直从空中坠下来后不知所终。

“阿兆哥哥，今天你这是怎么了！这已经是第三次了！”眼见群鸟被四下惊飞，尔朱英娥懊恼不已。

尔朱兆似乎什么也没听到，只是定定地看着她。

他的眼眸深处，荡漾着她看不明白的情绪，有些压抑，有些兴奋，有些煎熬，有些喜悦……还有些许难以掩饰的期待和希冀。

尔朱英娥不禁有些疑惑，这几天阿兆哥哥好像一直古里古怪的，先是莫名其妙地失踪了几天，接着今天又非要把她叫来这里练习箭术，可他明显心不在焉，屡屡失手，大失水准。

“阿兆哥哥，你是不是有什么心事？如果有的话，大可以和我说。我的嘴可是比老猎人的网还要牢呢！”英娥说着做了一个夸张的闭嘴动作。

尔朱兆眼神变得柔软，策马行到英娥身边，伸过手随意揉了几下她的头发，语气中充满了怀念：“一转眼，小英娥已经这么大了。小时候你可总是跟在我身后到处乱跑，还吵着要和哥哥在一起永远不分开。”他顿了顿，注视着她的目光变得格外明亮，“要是——你能一直留在哥哥身边就好了。”

英娥眨了眨眼，飞快地摇头：“那可不行，我将来可是要嫁人的！”

纵然是满腹心事，尔朱兆也被她逗得笑了起来。

“可真不害臊。”他的口吻带着几分宠溺，几分试探，“那英娥将来想找个什么样的郎君？”

英娥倒也不扭捏，果然认真地想了想，半天才迸出一句话：“反正，肯定不是司马子如那样的！”

尔朱兆心念一动，正要再说些什么，忽然见到英娥的表情变得有些古怪，目光飘忽不定地投向他的背后。他一愣，下意识地回过头去。

不远处，身穿大翻领窄袖胡服的汉家少年静静立于浅金色的阳光之下，身形显得有些单薄，隐约散发出几分清冷。他俊秀无双的面容上没有任何表情，眼波低垂，看上去竟似乎有些淡淡的悲伤。

英娥有些心虚地侧过脸，心里不知为何有几分忐忑。

这个家伙该不是正好听到她说的话了吧？她这样明晃晃地嫌弃他是不是有点下他面子？不！他听到了才好呢，她本来和他就是冤家对头，不是吗？！哎呀，好端端地提起他的名字做什么呢！

英娥纠结了好一会儿，还是面色讪讪地开了口："遵业，你怎么在这里？"

司马子如不发一言地向她走来，直到她面前才停下脚步，嗓音微微嘶哑，不复平时的清朗："适才将军收到了来自洛阳的旨意。"

尔朱兆先是一喜，还以为是朝廷同意叔父出兵的旨意，但看着司马子如平静如水的表情，心里却滋生了一丝不祥的预感。

英娥似乎也感受到了不同寻常的气息，唇边硬挤出的笑容凝了凝："到底是什么旨意？难道对阿爹不利吗？"

司马子如目光沉静地看着她，眼里看似一丝波澜也无，却有着让她在他的目光中溺灭的可怕力量。

"太后传旨，册封契胡酋长尔朱荣之女尔朱英娥为淑仪，位列上三嫔，即刻启程入宫。"

一瞬间，英娥只觉得天旋地转，眼前猛地一阵发黑，险些从马背上摔下来。

尔朱兆更是索性将弓箭对准了他，怒道："司马子如，捉弄人也不能太过分了！你吓着英娥了！"

司马子如神色依然平静，可这种平静让尔朱兆几乎骇得颤抖起来。

只听啪嗒一声，尔朱兆手中的弓箭掉落在地上。

英娥反常地保持了缄默，紧紧握着手里的缰绳，掌心被粗糙的绳子磨得生疼，可这种疼痛根本无法遏制住她那种心脏即将爆裂的烦乱。她忽地扬起鞭子，狠狠抽打着马身，如箭一般飞驰而去。

她不甘心，真的不甘心。

"英娥！"尔朱兆大叫一声，急急拍马追了上去。

司马子如站在那里依然一动不动，宛如一尊石化的雕像。

天边的落日缓缓西沉，所有的光明都将被一望无际的黑暗所吞噬。

此时在尔朱荣的住处，众人还在为这道突如其来的旨意争论不休。除了提早离开的司马子如和在青州平乱的高欢、元天穆，尔朱荣所倚重的部下几乎都在这里了。

慕容绍宗仔细看了几遍懿旨，难掩激动之情："将军，前些天我还在愁洛阳无内应，这道旨意堪称及时雨，还有谁能比英娥更适合呢！"

高欢的连襟段荣素来性子谨慎，看了看一言不发的尔朱荣，开口道："可英娥也是我们看着长大的，将军爱她若珍宝，又怎么忍心将她远嫁到那等是非之地？"

“是啊！那什么淑仪又是个什么玩意？太后也是太小气，我们英娥就是做个皇后也行！”侯景不耐地插嘴道。

慕容绍宗笑了笑，站起身来。虽然已在契胡族久住，但他的举手投足间依旧保留着世家公子的做派。

“大家或许有所不知，自孝文帝改内宫之制后，设左右昭仪、三夫人、九嫔、世妃和御女。其中嫔分上下，淑妃、淑媛和淑仪为上三嫔，位比三公。而至尊最为宠爱的潘充华也不过是位列下三嫔。可见，太后对尔朱家还是想要拉拢的。英娥以此高位进宫，已是一个好的开端。”

侯景听得嘴中啧啧作响：“乖乖！这么多女人！难怪那么多人要抢着做皇帝了！”

尔朱荣低垂着眼，沉沉道：“这道旨意接不接，我自有定夺。”他站起身来，欲往外而去。

慕容绍宗脸色微变，大胆拦在了尔朱荣身前：“将军，此时并不是我们和朝廷交恶的好时机，这道旨意我们违抗不得。”

尔朱荣脸色变得越发难看：“此事我自有定夺！”

慕容绍宗猝不及防地重重跪倒在他面前，眼神无比坚定：“将军，若要成就大业，牺牲不可避免！”

在他的鼓动下，其余几人对视了几眼，也纷纷跪了下来，异口同声地重复着慕容绍宗刚才的话。

“将军，绍宗说得对！若要成就大业，牺牲不可避免！”

“将军三思！”

“将军，自古成大事者不拘小节！”

“将军！”

尔朱荣双目充斥着血丝，神情复杂地看着自己最为信任的下属和兄弟们，仿佛正处于极度的纠结和挣扎之中，最后终是长叹一口气，缓缓从齿缝里挤出一句话：“这道旨，我接了。”

他的话音刚落，门外忽然响起有什么倒地的声音，接着就听到侍女惊慌的声音传来：“公主！公主！”

尔朱荣脸色大变，也顾不得那么多，疾步出了房间。

英娥紧咬着唇策马狂奔，辨不清东西南北，仿佛有什么东西就要从她的胸口迸发出来，要将她熟知的一切击个粉碎，瞬间崩塌为一片无人问津的废墟。她感到自己像是站在冰雪悬崖的边缘，一种刺骨的冰冷从她的周身蔓延开去。

周围的一切仿佛在不停倒退，她好希望就这样不顾一切地离开这里，离得远远的……

那在记忆中逐渐模糊的都城洛阳，那不得志的小皇帝，那专权擅势一手遮天的胡太后，那诡谲多变充满阴谋的宫廷……这一切的一切都和她没有任何关系！

突然之间，一只小兽从林中疾速窜出，惊得她座下的马一个趔趄，前足高高扬起，整个马背倾斜着往后倒，若不是她骑术高超及时勒住马，非被它摔下来不可。

英娥定了定神，正要挥鞭策马继续前行，却好似听到了什么声音。她凝神倾听，传入耳中的是由远及近传来的马蹄声，同时还隐约伴随着尔朱兆时断时续的喊声。

英娥朝四周环视一圈，发现不远处有较为隐秘的藏身之处，便安抚地拍拍马的脑袋，牵着它走了过去，隐入愈来愈浓的暮色之中。

不多时，尔朱兆果然急匆匆地如一阵旋风般飙马而过，并未发现任何异常，更未在这里有任何停留。

英娥刚松了一口气，却又听到另一阵马蹄声接踵而至。她心里一紧，急忙拉着马往里退了退，将自己和马匹隐藏得更深一些，希望对方也能如尔朱兆般马不停蹄地离开这里。

可让英娥失望的是，那马蹄声竟然就在此地停了下来。她忐忑不安地探出半个脑袋，借着月色正好看到司马子如翻身下马，修长的身子在月光下恍如风中秀竹，周身涌动着一层银白色的光晕。不知为何，那背影看起来似乎有几分淡淡的伤感。

英娥不由得在心里哀叹一声，有这个家伙在，她一定藏不住了……难道真要逼她用武力制服他？不管了，实在不行她也只能对这个小白脸出手了！

司马子如转过身，一步一步朝着英娥躲藏的地方走了过来……英娥艰难地咽了口口水，正打算跳出去先下手为强，却看见他轻轻将一个青色包袱放在地上。接着他抬起头，朝着她的方向深深看了一眼，英娥下意识地缩了下身子。

司马子如驻足，但很快就转过身再次上了马，竟头也不回地离开了。

英娥有些不相信他就这么轻易离开了，一动不动继续待了一阵子才从躲避的阴影里走出，弯腰捡起那个青色的包袱打开来。

包袱里放着几件小巧的金银饰品、一些零散的五铢钱和几块充饥的糕点，另外还有一套男子胡服，甚至还有她来不及带上的玉笛。英娥打开胡服，却见掉下了一封信件。她拆开一看，映入眼帘的是再熟悉不过的属于司马子如的字迹——晋州苍岩山，我有故友居于此，可暂避。

只是他写的时候可能时间过于紧迫，因此字迹显得有些潦草。

英娥的脑海中闪过些许画面，忽然回忆起刚才看到这个包袱挂在他的马颈上。

这么说来，这个包袱是他一收到消息就为她准备好的。这么说来，他一开始打算让她离开……这么说来……

她的眼前仿佛瞬间蒙上了一层雾气，胸口像是被什么堵住，钝钝地难受。

林间起了风，月亮也不知何时隐入了越来越厚重的云层之中。她抬头望天，有稀稀拉拉的雨点落在了她的脸上，滴入她的眼中，隐隐有轻轻的刺痛。

她没有流泪，只是雨水流进了眼中而已。

只是这样而已。

而在尔朱荣的住处，北乡公主元玥好不容易醒了过来，还没从女儿即将入宫的噩耗中平复，又立刻被告知女儿私下逃走的消息。元玥愣了愣后倒是大笑起来：“好！走得好！这下我看那老妇还怎么让英娥进宫！”

尔朱荣见她无恙，心也放下大半，接过侍女手里的水，亲手喂给她喝。

夸完之后元玥还是很快冷静下来，立刻又询问自己的夫君。

“天宝，接下来你打算怎么做？既然英娥不在这里，索性我们就让她走吧！”

尔朱荣目光深邃地看着她：“阿玥，我必须找她回来。”见到元玥面色变得惨白，他按捺住了心中的不忍，“我答应了兄弟们接下这道旨，就不能出尔反尔。”

元玥沉默了几秒，神色哀伤地垂下眼睑：“我知道，天宝你心怀大志，成大业者很多时候也是身不由己。”

她说着话的同时，眼泪不停从她的眼眶里滚落下来。

尔朱荣长叹一声，紧紧拥住了她：“阿玥，如今正逢乱世，北秀容外流离失所者多如牛毛，若是英娥一人流落在外岂不是更……”

元玥将头深埋在他的胸前，突然失态地大哭起来：“你不用再想法子安慰我，我知道，我知道……该有的大义道理我都知道、我都明白……可那是我的女儿啊，那是活生生剜了我的心肝啊……”

尔朱荣心痛不已，面上却什么也没有表露，只是竭尽全力地抱紧了痛哭流涕的妻子。

这一刻，只有他们明白彼此的痛。

听到从房中传来的哭声，在不远处伫立了很久的慕容绍宗和段荣对视了一眼，段荣微叹一口气，低声道：“若是贺六浑在就好了……”

慕容绍宗望了一眼映在窗格上相拥的人影，沉着地开了口：“传令下去，无论如何也要把英娥找回来。”

此时的青州，刚刚打了一场决定性胜仗的将士们正在夜色中把酒言欢。一想到或许很快就可以回到家乡，众人更是兴致高昂，纷纷向这次的领兵将领高欢和元天穆邀酒。

高欢微醺间，看到有士兵匆匆而至，在元天穆耳边低语了几句，后者的脸色立刻微微一变。

高欢捏紧了酒盏，不知为何，心里忽然有种奇特的预感，就好像是要失去什么重要的东西了……

元天穆看了看他，压低声音道："从洛阳宫里传来的消息，太后之前下了旨册封英娥为嫔，旨意如今应该已经到了北秀容。"

高欢的手指轻轻抖了一下，面上表情不变，心里却瞬间被某种异样的情绪淹没。那是胸口某个地方空了一块的怅然若失，那是珍视的东西被硬生生夺走的心疼……这些复杂的情绪交织在一起，闷闷地堵在胸口，想要宣泄却怎么也找不到方向。

趁着些许醉意，兵士们在一旁已经大声地唱起各种调子，更有人脱去了外衣，索性在场中跳起了舞。

"都督！不如你也来唱一个吧！"有士兵壮起胆子向高欢邀歌。

高欢唇边挤出一抹笑容，以箸击筑，用鲜卑语唱了起来："敕勒川，阴山下，天似穹庐，笼盖四野。天苍苍，野茫茫，风吹草低见牛羊。"

在他苍凉高亢的歌声中，众人眼前仿佛看到了一望无际的草原，蓝天白云下成群的牛羊，在毡帐前等待孩子归来的母亲的笑容……

在场兵士们多半是出生于草原长于草原的鲜卑人，听到这支《敕勒川》无不热泪盈眶，纷纷低声和之……

高欢唱毕，将盏中酒一饮而尽，那呛口的酒水裹着一抹苦涩，在腹内狠狠灼烧起来……

英娥整夜未眠，快马加鞭不敢有丝毫停顿，终于在天明时分赶到了北秀容和南秀容相交之地。自从之前北乡公主一行险些被南秀容人所害后，尔朱荣先是隐忍不发，用了几年时间耐心运筹谋划，终于在去年一举夺回了南秀容的控制权，并派出族兄尔朱天光暂时接管。如今的秀容郡，已尽在尔朱家族的掌握之中。

只要一直往南走，就能到达晋州了。

她不知道自己为何要听从司马子如的安排，只是很自然地就那么照做了。或许在她的内心深处，那个人其实一直是可以信赖的吧。

吹了一夜冷风，英娥倒是比之前冷静了许多。她放慢速度，边行边打量起四周的情况。因天色尚早，路边行人稀少，偶有几人经过也是行色匆匆。

忽然，一阵诱人的羊肉酪粥的香味顺着风袅袅飘了过来。英娥赶了一夜路，早已饿得前胸贴后背，按捺不住立刻闻香而去，没行多少路就在前面不远的地方看到一处简陋的驿站。驿站旁支着一个摊子，有四五旅人围坐在旁，香味就是从这个摊子上散发出来的。除了羊肉酪粥，摊子上还有白饼和胡饼，一个个分量十足，饼上撒了些胡麻，被烤得焦黄焦黄的，越是靠近，那股子香味越是浓郁，一阵一阵往人的鼻子里钻。

英娥将马在一旁拴好，要了一碗热腾腾的羊肉酪粥，就着司马子如为她准备的髓饼大口吃了起来。虽然她早换上了男装，但因容色姣好，还是引起了另几人的注意。这其中只有一位戴着黑色幂篱的年轻胡服男子根本没有抬头，静静坐在那里，全身散发着一种阴暗又颓废的黑暗气质，仿佛周围的一切都与他毫无关系。英娥的目光在他身上停留了一瞬，很快收了回来。

几口热粥下肚，英娥顿时感觉舒服了许多。或许是吹了一夜冷风的关系，此时的她倒是冷静了很多，一旦冷静下来想得也就更多了。她这样任性地离开，必然给阿爹阿娘惹上了麻烦，到时交不出人就是抗旨……也不知阿爹阿娘现在担心成什么样子了……一想到这里，英娥原先要去晋州的心不禁动摇了几分。

就在英娥纠结地喝着酪粥时，忽见有五六衣衫褴褛之人由远及近踉跄而来，似是筋疲力尽纷纷在树下七歪八倒地坐下，但见他们面色暗黄憔悴，直勾勾地盯着摊子却又不敢上前，显然是饿得不轻，尤其是其中一对母女，女孩看起来有七八岁，容貌倒有几分清秀，似是被香味所惑，眼巴巴地望着这个方向吞咽着唾沫。

摊主似是对这些人的出现习以为常，出声解释道："都是从西面逃过来的流民，每天都有不少，不必在意。"

英娥拿碗的手微微一滞。她也听阿爹说过，如今天下大乱，秀容在阿爹的统治下尚算平稳，东面和西面却乱成了一锅粥，纷争不断，之前阿爹也已经安置了不少从各处来的流民。如果不是生存受到了威胁，谁又愿意抛弃家园背井离乡呢?

英娥放下碗从怀里拿出几个钱币，朝着摊主道："大叔，给他们送上几碗羊肉酪粥和几张白饼吧。"

摊主大叔愣了愣，立刻笑眯眯地收了钱，将食物给他们端了过去。那小姑娘接过食物，似是知道这是英娥所送，冲着她露出了一个甜甜的笑容。英娥也回之一笑，心情却并不轻松。

"这位小郎君还真是善心，但是帮得了这几人，却帮不了那成千上万流离失所的流民。"在一旁默不作声的一位食客突然开口。

英娥抿了抿唇："我一个人是帮不了那么多，但只要唯心而行，就算不尽如人意，我也问心无愧了。"

"只要唯心而行，就算不尽如人意，也问心无愧。"那食客下意识地重复了一下她的话，似乎若有所思。谁也没有看到，风将角落那个年轻男子的黑色幂篱轻吹起一角，露出了他微微弯起优美弧度的嘴角。

就在这时，不远处的树下突然发出凄厉的哭喊声。英娥转头望去，不觉骇然，只见不知从哪里来的一只大狗正扑倒了那女孩的母亲，凶狠地撕咬着。女孩哭得撕心裂肺，拼命想要拉开大狗，却无能为力。而其余的流民只是瑟缩地躲在一旁，根本没人上前相助。

英娥只觉一阵气血上涌直冲脑门，蓦然起身一个箭步上前，重重一脚踹在大狗身上。因力气过猛那只大狗竟被踹飞几米，正巧撞在石头上，顿时只剩出气没有进气。

那摆摊的大叔脸色大变，急忙道："小郎君，你可惹了大祸了！这可是驿站里那位官爷的爱犬！"

"官爷？"英娥有些疑惑。

大叔点点头："听说是从洛阳来的官爷，都是有刀有剑的，小郎君你还是快点离开吧！"

"那正好！管他是什么官爷，他的爱犬伤人本就不对，我也是为了救人才一时情急杀了那恶犬。"

大叔摇着头叹气："唉，这世道，人不如犬啊。小郎君，你还是听我一句劝，再晚就来不及了！"

英娥并不以为然，反倒快步走到那妇人面前查看伤势，只见脖子一侧有个血窟窿，鲜红的血正汩汩往外冒，眼见是活不成了。

女孩哭得上气不接下气："阿娘，阿娘……都是为了救我……"

英娥见那妇人似已经说不出话来，却还是双目圆睁死死盯着女儿，顿时明白她的不甘，弯腰凑近她的耳边，一字一顿道："放心，我会妥善安置她。你放心去吧。"

妇人这才松了一口气，忽然不知哪里来的力气，一把扯住英娥的衣袖，声嘶力竭地发出了含糊不清的声音："来世……来世……宁做太平犬，不做……不做……乱世……人！"

话音刚落，妇人的手颓然垂下，完全没了生息。

英娥愣愣地看着她，心里是从未有过的沉重酸楚。女孩的哭声撞进她的耳中，每一声都像是在蹂躏着她的胸口，令她的心脏隐隐作痛。

她正想安慰那女孩几句，突然间背后一支冷箭如流星般朝她的要害射来，其速度之快让她几乎没有可能躲开。

说时迟那时快，不知从哪里突然飞来一粒小石子，以不可思议的闪电之速硬生生撞飞了这支即将射中英娥的冷箭。

只听啪嗒一声，箭斜斜地直插入地下，可见之前的杀气腾腾之势。但在场的这么多人，包括英娥，根本没看清是谁出的手。倒是放冷箭的人按捺不住，从驿站里大步走了出来，恶狠狠道："你这龟小儿！杀了本官的爱犬，就别想从这里活着离开！"

英娥抬头望去，但见那人身材魁梧面目平常，只是眉宇间浮动着一层狠戾之气，右手还提着一副玄铁所制的大弓，可见臂力过人。

英娥扫了一眼他身上的官服："那么你的狗咬死那个妇人又怎么算？杀狗偿命我没听过，杀人偿命这个道理我还是懂的。"

那官爷像是听到了什么大笑话似的露出鄙视的眼神，连眼角都没扫一下那妇人的尸体，满脸不屑道："一条贱命而已，又怎么能和本官的爱犬相比！"他拉起弓箭再次对准英娥，"今天我就要你为我的爱犬偿命！"

话音刚落，第二支离弦之箭疾速袭来，顿时惊起了旁人的尖叫声，连那小女孩都一时忘记哭泣，惊恐地看着眼前这一幕。这次英娥早有防备，还未等到箭近身，就敏捷地跃身躲开，几乎是同时，那支箭落在了她之前的位置上，狠劲未去，箭尾还在猛晃。

那官爷显然有些吃惊，面色顿时变得赤红，目中狠戾之气更盛，咬牙切齿迸出了两个字："找死！"

英娥心里明白眼下情况十分不妙，如果一直这样被动躲避下去总不是个办法，只可惜手边并没件称手的武器。她目光飞快一掠，突然在那戴黑色幂篱男子的旁边看到了一样东西，顿时眼睛一亮。趁着那官爷准备射第三支箭时，英娥就地一滚，虽说姿态不雅但还是准确落在那黑色幂篱男子身边，手疾眼快地抄起放在地上的一副弓箭，只仓促地丢下一句："借用一下！"

英娥一拿到自己最擅长的弓箭，整个人的气势都变得不同了。她将箭筒往背后一甩，熟练流畅地抽箭，拉弓，引箭，射出。

以迅雷不及掩耳之势射出的这一箭，恰好迎上那官爷射出的第三支箭，竟直接将对方的箭生生剖成了两半，挟带着逼人的余势擦着那官爷的耳边而过，凌厉的箭气甚至断了他的几根发丝，从半空中晃悠悠飘落下来。

那官爷明显被吓了一大跳，但面上显露更多的是难以置信。

"此事可以到此为止吗？"英娥脸色平静地开了口，如果他还不肯罢休那么她也不会退让，但对方似乎还沉浸于巨大的挫败感中，完全没有太多反应，唯有握紧的双拳在微微颤抖。

众人看英娥的目光都变了，小女孩也抬起挂着泪痕的脸，嘴巴微张，呆呆地看着她。

英娥走上前，摸了摸小女孩的头："我们先找个地方安葬了你阿娘好吗？"

小女孩抹了抹泪水，抽抽噎噎："我没有阿爹，也没有阿娘了。"

英娥弯下腰，双目含笑地看着她："你的阿爹和阿娘，都在一个很美的地方生活着呢，在很久很久以后的一天，你会再遇见他们的。"

小女孩似懂非懂地点了点头，目中露出些许亮光，正要说话，一支箭猝不及防地穿透了她的胸口，小女孩因惊骇而睁大双眼，口吐血沫倒了下去。

英娥简直不敢相信自己的眼睛，目眦欲裂地盯向箭射来的方向。只见那官爷依然保持着射箭的姿势，见英娥望去，对她露出挑衅一笑。

英娥只觉脑袋里轰的一声响，全身的血液逆流而上，整个人仿佛都要燃烧起来了。她不假思索地将箭对准了那人的胸口。那人先是面色略变，随即又像是想到了什么，冷笑起来："难道你敢杀害朝廷命官？这可是全家杀头的大罪！不过是两条贱命而已，本官就算是杀光这些流民，你又能奈我何？"

他的话音刚落，几个侍卫就从驿站里冲了出来，举起明晃晃的长剑摆好了架势，打算大开杀戒。众人这才知道大难临头，纷纷痛哭流涕，求饶不止。

那官爷对着英娥笑得有几分狰狞："你看，本来这些人是可以活下去的，是你多管闲事害死了他们。"

那些流民一听，不禁怨恨上了英娥，纷纷大声咒骂她，甚至有几个胆大的拿起手中石头砸向了她。英娥的背上和肩上挨了好几下，但她似乎感觉不到疼痛，只是双目充血地死死盯着即将断气的小女孩。

官爷见她如此，深觉出了刚才的郁气，不禁得意地哈哈大笑起来。突然，那笑声戛然而止，官爷惊恐得几乎爆出眼球，迟缓地低下头，难以置信地看到了那支从他的咽喉穿过的利箭。他的喉咙发出了咯吱咯吱的响声，只含糊发出了别人难以听清的声音："你，你知道我是谁吗……"他双手向前伸出，像是不甘心地想抓住什么，但挣扎了几秒还是重重栽倒在地上。

英娥双目微滞地看向手中的弓，有些茫然，有些伤感，有些无措，似乎不敢相信刚才自己到底做了什么事。

她杀人了，杀的还是位朝廷官爷。

她闯下大祸了。

侍卫们这才从突变中反应过来，纷纷上前来捉拿英娥。就在这时，那戴黑色幂篱的男子突然起身袭向侍卫，但见他手中匕首银光闪过之处，血光飞溅，对方皆被割喉而死。几乎是一眨眼的工夫，所有侍卫都倒在了血泊中。

英娥震惊地看向他，发自心底的恐惧如流水般迅速漫过身体的每一处，她完全猜不透对方到底想做什么。

"既然要杀，就杀个干净，免留后患。"那男子的声音就像是开了刃的利器，带着一种单调的冰冷。

众人都被他的杀意所慑，明明想赶紧逃走，却都双腿发软压根迈不开步子。

男子的目光似乎透过幂篱落在了那些人身上，漫不经心道："至于这些人……"

"不要杀他们！"英娥立即打断了他的话。

就在英娥一筹莫展之时，忽然从远处传来了一阵马蹄声。英娥眼中闪过希冀之光，深吸一口气，正要大喊，却不想太长时间不曾喝水的关系，嗓子竟一时哑了。

听着逐渐远离的马蹄声，英娥努力发出了嘶哑的声音，却根本没什么用。

她绝不能放弃这个得救的机会！

英娥的手触摸到了包袱中的玉笛，瞬时激动前来，连忙用尽全力吹起了笛子。这样的笛音自然不复往日的悠扬动听，甚至还带着一丝尖锐的破音，却如刀刃般刺穿了林子里的寂静，听起来格外突兀响亮。

马蹄声果然朝着这个方向急促地行了过来，英娥大喜，更加卖力地继续吹笛，直到马终于在陷阱旁停了下来。她满怀希望地盯着坑口，思索着怎么让对方出手搭救。

“英娥，是你吗？”急切熟悉的声音从上方传来，英娥简直不敢相信自己的耳朵，直到那里出现一张俊秀的脸。那种俊秀，会让人想起月色下摇曳的眠竹、轻风中融化的细雪，让人心软让人不知不觉深陷其中。霍然间，他仿佛一道阳光出现在眼前，划破此刻全部的阴霾愁云，仿若神一般向她伸出了拯救之手。

他忽然冲她一笑，斜飞的眉微挑，琉璃眸中微光闪动。

“英娥，我来了。”

英娥一动不动地保持着抬头的姿势，因为只有这样，才不会让涌出的眼泪掉下来。

“你先等等，我做条结实的绳子把你拉上来。”他转身离开去寻找合适的藤蔓。英娥这才悄悄擦去了眼泪，缓缓平复着激荡不已的心情。

英娥被拉上来后，接过司马子如递过来的水，一口气喝了大半才缓过来。

“遵业，怎么是你！你怎么会知道我在这里？难道你知道我会有危险？”英娥刚能发声说话，就迫不及待地问道。

司马子如淡淡道：“只是路过而已，算你运气好。”

路过？英娥显然不相信这个借口。

“好了，我倒是想知道，你为何又回来？我不是让你去晋州找我的故友吗？”司马子如打断了她的话，明显不想继续这个话题。

英娥沉默了一瞬才道：“因为我决定了，我会去洛阳。”

司马子如神情微变：“为何？”

“我现在才知道，原来在乱世中，做一个人比做一条狗还要难。”英娥沉默了一会儿，声音听起来带了几分难得的沉稳，“既然我生于乱世之中，身为酋长的女儿，也应该做些什么而不是永远生活在大家的庇护下。我不懂什么大道理，我只希望母亲不再失去自己的孩子，夫妻不再生死相离，老人可以有子送终，稚儿能无忧无虑地成长，大家都能好好地生活下去。而这一切，唯有乱世的终结才能实现。而我的阿爹，就是可以实现这一切的人。我必须帮他。”

司马子如像是直到今天才第一次看清她，只见少女面色平静，目光坚定，透着一股子令人怜惜的坚韧。

“英娥，你长大了。”他似是感叹地说了一句，“可是你真的已经决定了吗？在你做出选择的一瞬，可能再也不能回头了。”

英娥唇边漾出了一抹笑容：“无论遇到什么，我都会一直前行，永不回头。”

她说完刚想朝马走去，却忘了脚受了伤，险些摔倒。

司马子如脸上又恢复了如常的笑容，再次伸出了手：“我背你。”

仿佛被他的笑容所惑，英娥将信将疑地爬到了他的背上。他的背比她想象的更有力、更结实，一股暖意隔着衣衫传了过来，让她竟有点留恋起这样的温暖。

司马子如，有时也不是那么讨厌呢……

“谢谢……”她轻轻地开了口。温热的气息喷在他的耳边，一瞬间她好像有种对方滞住不前的错觉。但立刻，她发现那真的是自己的错觉。

“英娥，这次我救了你的命，你要怎么谢我？”

“啊？”

“反正你也决定去洛阳了，索性将你的那些宝贝全送给我吧，这些东西换你一条命还是划算的！要不，就当我帮你保管好了——哎哟！”

司马子如腾出手揉了揉被英娥拉疼的耳朵，痛心地摇了摇头，唇边有一丝笑意闪过，但这丝笑容很快消失殆尽，唯有微垂下的眼角隐藏着无法言说的伤感。

回去的路上，他们正好遇上了到处寻找英娥的慕容绍宗一行，于是一同结伴而行很快就回到了北秀容。看到她出现在眼前，尔朱荣心情复杂，北乡公主心底侥存的希冀破灭，自是失望不已，可听了她要去洛阳的理由，还是不免有些震动唏嘘。

即便身为父母，却也是在这一刻才发现从小呵护在手心里的孩子真的长大了。

“叔父！英娥回来了？”尔朱兆人还未到，声音就急切地传了进来。看着他闯进来时险些趔趄摔倒，英娥心中不禁有些感动。

尔朱兆也来不及问英娥为何回来，面色难看地冲着尔朱荣道:“叔父！刚刚传来消息，朝廷派来接英娥入宫的官员李楚被人杀死在了驿站之中！”

尔朱荣面色一沉：“什么！知道是何人所杀？”

朱尔兆摇了摇头：“凶手出手极其狠辣，除了李楚被一箭射死外，他的手下皆是被一刀割喉。”

司马子如明显感觉到身边的英娥身体瑟缩了一下，她的面色看起来也不太好，半张脸隐入了光影之中，令人看不清她的表情。

尔朱荣皱了皱眉，沉默了一瞬后习惯性地将目光投向了司马子如，像往常一样想听听他的看法。不料司马子如竟然在此刻走了神，倒是一旁的慕容绍宗先发出了声音："那李楚的家世颇有渊源，据说是西凉武昭王之后。其祖父李冲官至尚书仆射，更被封为开国侯，爵位世袭罔替。其祖母出自世家荥阳郑氏，其父李延实为光州刺史，还有一位姑母嫁于彭城王为正妃，如今常伴至尊身侧的长乐王元子攸就是这位正妃嫡子。李楚从小就备受宠爱，性子颇为骄纵。"

听到李家与宗室之间密切错综的关系，尔朱荣神情更加深沉。

"既然性子骄纵，死于非命有什么大不了的！"尔朱兆不以为然地冷哼一声，"如今天下大乱，有什么意外不能发生？"

"他死是没什么大不了，但死在这里就是个麻烦。"慕容绍宗的余光讶异地扫了默然不语的司马子如一眼，"朝廷派来的人死在了我们的地界上，若是有心人在太后面前挑唆造成误会，情形将对我们非常不利。现在东面葛荣未除，我们还没到和朝廷撕破脸的地步。更何况，李家和宗室还是姻亲……"

"和宗室有姻亲又如何！彭城王前几年就已经死了！我们何必怕他们！"尔朱兆又转向英娥，一脸怒其不争，"你也是真够笨的！你跑回来做什么！既然走了就走得远远的！这天下大事难道还要你一个小女子操心！当我们男人都死光了吗？！要夺天下，那就由男人们明刀明枪地去抢！"

"阿兆，你给我住口！"尔朱荣终于忍不住厉声喝道。

尔朱兆对叔父还有几分忌惮，不便再反驳，沉着脸走到英娥面前想带她离开这里。不料刚触碰到她的手就是一惊，脱口道："英娥，你的手怎么这么冷？"

众人闻言朝英娥看去，这才发现她面色苍白如纸。

北乡公主一脸焦急："英娥，你怎么了，来人——"

"阿娘，不用了！"英娥摇了摇头，扯出一丝笑，"我可能只是赶路太累了。"

"那我送你回去休息。"尔朱兆不由分说地拉起了她的手往外走去。

走到门外时，英娥忽然听到司马子如的声音低低响起："将军，而今只有一个办法，就是由我们的人立即护送英娥到洛阳，以示北秀容与宗室联姻之决心。"

英娥下意识地停下了脚步。

慕容绍宗笑道："好主意！"

尔朱荣双目沉沉地盯着司马子如："那么依你之见，派谁前去最为合适？"

英娥侧耳倾听，不知为何她对他的回答竟然莫名有些在意。

尔朱兆一跺脚，刚要再冲回去，就听到了司马子如平静无波的回答："遵业愿亲自送嫁。”

英娥呆了几秒，仿佛有什么情绪从心底缓缓漫上来，堵得她心口直发紧。她足下骤然发力，拔腿就往外飞奔而去，就连尔朱兆在身后大声喊她的名字也充耳不闻。

从尔朱荣的房间出来时，慕容绍宗颇有意味地看了看司马子如：“没想到你会提出亲自送嫁。”

司马子如微微扬眉，面色沉静：“这几年都是由我来往于北秀容与洛阳之间，和朝廷的各色人等也打了不少交道，自然是由我送嫁最为合适了。”

慕容绍宗只是笑了笑，看司马子如往前走了几步，才突兀地说了一句：“遵业，有时舍弃一些东西，才能得到一些东西。”

司马子如身形略一凝。

“你这么聪明，应该明白我的意思。”慕容绍宗经过司马子如身边，轻轻拍了拍他的肩，越过他继续往前走。

司马子如胸口微微疼起来，自从父母过世后这个部位好像很久没有感到任何疼痛了。原来一旦再次疼起来，也是令人难以忍受的。

他静静站了许久，才幽幽吐出三个字：“你错了。”

午后和煦的暖风，夹杂着花叶的清香，弥漫在半旧不新的小院中。一位身穿胡服的年轻男子斜卧在庭前的鹿皮褥上，手捧着乳酪不紧不慢地喝着，但见他眉目清雅气质温和，左侧脸上随着他开口说话还有笑窝若隐若现。

“这件事我倒是有所耳闻，听说葛将军的侄女见过你一面后，便求着葛将军将她嫁给你这艳绝天下的独孤郎。”

站于他身旁衣着妍丽的男子转过头来，露出一张令世间最美女子看了都会羞愧的美丽脸庞。

“唉，这天下人皆为美色所惑，我也是无可奈何啊。”

笑窝男子闻言刚喝到嘴里的乳酪直接喷了出来，此人正是宇文部落的首领宇文洛生，因善战果决，被葛荣封为南阳王，备受葛荣器重。而那位满脸无奈的男子亦是葛荣手下一员大将独孤如愿，比他的绝世箭术更出名的是他的绝色容貌。

“对了，听闻三哥前几日劝葛将军驻扎于冀州，种桑麻，收人心，却并未被他所纳。”

宇文洛生点了点头：“如今尔朱荣手下人才济济，实力日益雄厚，将来我们与他一战在所难免。若是一味急行征兵，不免人心惶惶，不如趁现在笼络更多人心，稳固根基。”

独孤如愿神色复杂：“三哥之才实在不该屈居葛荣之下。”

宇文洛生连忙喝止他：“如愿，隔墙有耳！”

独孤如愿点了点头，即刻转移了话题：“阿獭已经出门多日，也不知他何时回来。”

他的话音刚落，就见一个戴着黑色幂篱的年轻男子风一般走了进来。他也没摘下幂篱，只是对着宇文洛生叫了一声：“三哥！”

“三哥，你看，说他来他就来，我和阿獭真可谓心有灵犀了！”

阿獭轻嗤一声：“那是我的三哥。”

独孤如愿丝毫不以为意，笑容不羁：“你的三哥不就是我的三哥嘛！对了，这次你偷偷跑去北秀容见你的旧友贺拔岳，可曾见到贺六浑那小子？

阿獭冷冷看他一眼：“他还在青州平乱，尚未回来。”

独孤如愿笑了两声：“当初那贺六浑在我们这里时就混得如鱼得水，听说葛荣还想重用他，不料他转眼就投到尔朱荣旗下了。等将来我们将尔朱荣打个落花流水，看他后悔不后悔……”

阿獭冷声：“我看未必。”

独孤如愿眯起了眼睛，忽然说道：“三哥你看，阿獭身边连个体贴人都没有，也该给他娶妻了。”

阿獭霍然起身，利刃般的眼神透过幂篱刺向独孤如愿：“阿兄，我如今并无娶妻生子之意，大丈夫何患无妻，待成大业后再论亲事也不迟。”

宇文洛生笑了起来：“好！待大业功成之日，必要那宗室公主才配得上吾弟！”

就在这时，有士兵匆匆前来禀告，前往北秀容迎接酋长之女入宫的朝廷官员一行全被杀死在驿站，不知是何人所为。

独孤如愿听闻哈哈一笑：“不管是谁做的，给朝廷和尔朱荣添些堵总是好的。这样一来，恐怕他们联姻也没那么顺利了。”

阿獭垂下眼眸，顺手扯下了罩在脸上的黑色幂篱，朝着房内大步走去。

第四章 送嫁

英娥一行离开北秀容那天，天色有些阴沉，空中低浮着层层叠叠的乌云，仿佛随时会坠落下来。

喝下了阿爹阿娘特地为她准备的祈运酒，英娥只觉得胸口都好似要灼烧起来，火辣辣地钻心疼。她不敢再多看阿娘的泪眼，不敢再多听弟弟们的哭声，不敢再面对族人们的殷殷叮嘱，急急忙忙地朝着准备好的马车走去。

“英娥！”身后忽然传来了尔朱荣的一声喊。

英娥停下脚步回过头，只见尔朱荣大步走了过来，像小时候一样将她紧紧搂在了怀里，微微低下头，用只有她能听见的声音低低说了一句。

“英娥，是阿爹对不起你。”

心里的无措、紧张、感动、眷恋……五味杂陈的各种情绪一起翻涌上来，堪堪堵在了胸口，却难以抑制地从眼睛里漫了出来，最终还是被英娥硬生生忍住了。

她像幼时那样搂紧了阿爹的腰，将脑袋整个窝在他的胸怀里，听着他的心跳声。

不知从何时起，或许是从她长大开始吧，她和阿爹的关系渐渐疏离了，她不再让他高高抱起，也不再让他肆意亲吻她的脸蛋，甚至不再让他随意摸她的头顶……

原来，她和阿爹的距离，不过是一个拥抱而已。只要伸出手，他就一直在她的身旁。

“阿爹，那就早些接我回去。”她坚定又轻柔地说着，“等这乱世结束之时，再将女儿风风光光接回家去。”

尔朱荣喉头一阵收缩，发出的声音有些哽咽，“阿爹答应你。”

英娥咬咬嘴唇，露出了一抹纯粹如朝露的笑容，“还有阿爹，等师父回来，告诉他不要担心我，我不会被任何人欺负的。”

尔朱荣双眼微红地点了点头。

“英娥，我们该出发了。”司马子如一手掀起了帘子，阴暗的光线照在他憔悴的面容上，有一点冷锐的味道。

英娥转头看了看四周：“阿兆哥哥呢？”

“几天前他就不知所终，可能是不想和你当面告别吧。”尔朱荣似乎对尔朱兆的缺席并不意外。

英娥只能失落地放下了车帘。

司马子如翻身上马，朝尔朱荣及其他众人行了行礼后，转过头朗声吩咐道：“出发。”

送嫁车队朝着洛阳的方向缓缓行进，英娥的心仿佛也随着马车不停颠簸着，前路漫漫，等待着她的是不可猜、未可知的命运。

就在这时，忽然一阵马蹄声由远及近，随即传来的是尔朱兆急促嘶哑的声音：“英娥！英娥！”

英娥大喜，急忙掀起帘子，只见尔朱兆正追赶马车而来，但见他单手执缰绳，另一只手则托着一个不大不小的木箱。

“阿兆哥哥！”英娥朝他用力挥着手。

尔朱兆加快马速，待几乎与马车平行时，他将木箱从窗口递了进去，英娥伸手正好接到，打开一看，里面竟然全是大大小小颜色不一的石子。

“英娥，这是北秀容不同地方的石头。无论去哪里，都不要忘记你生长的故土！不要忘记这里的人！”

英娥心神一震，这才看清尔朱兆面色憔悴双目充满血丝，原来他这几日只是去搜集这些了……英娥攥紧了石子，手心被石子的棱角硌得生疼。她想对他说些什么，却一个字也说不出来。仿佛只要一开口，所有的情绪都不复控制……

尔朱兆紧紧不舍地追在马车旁，就像是在追逐着自己的青葱时光，所有的梦想，此生最美好、最留恋的回忆……直到尔朱荣在他身后吹起了呼哨声他才不得不停了下来。

“英娥，你记住，不管是谁欺负你，就算是皇帝，哥哥我也照样找他算账！”尔朱兆望着渐行渐远的马车，声嘶力竭地大喊着。他僵硬地拭去了眼角的泪痕，心里暗暗发誓，下次再见到她之时，就是接她回北秀容之日！

只要能够在她身边，就算一辈子以哥哥的身份守护着她，他也——心甘情愿。

英娥像被抽去了全身力气般靠在了车厢上。她知道自己离家乡故土越来越远了，有那么一瞬间，她很想回头再最后看一眼留恋的地方和人，可是心里有一个声音在大声告诉自己，不要回头，不许回头，不可以回头！

因为一旦回头她就会失去离开的勇气，一旦回头就会背弃所有的理想，一旦回头就会后悔自己的决定……父母兄弟、朋友族人，再也没有比他们更重要的人。为了守护这些重要的人，她必须做些什么，绝对不可以回头。

绝对不可以。

不知车子行了多久，她才掀起帘子，回头望去，只见远处的一切已被掩映得一片朦胧。

她终于忍不住掩面哭了起来。

哭声细细碎碎钻入司马子如的耳中，好似一把钝刀不停磨着他的每一根神经。

终究……她，还是被卷入了命运的黑色旋涡中……

洛阳城。

夕阳余晖将含章殿的前庭染成了一片暖橙色。年轻的皇帝元诩斜卧于树下，随意地把玩着一只刻工粗糙的小木犬。因多喝了两碗醴酪，原就俊俏的脸颊更是面若桃花。此时他秀丽的凤眼微合，正面色不耐地听着侍中李彧的哭诉。

“陛下，臣的阿弟死得实在是冤枉！这分明就是北秀容的人下的死手！那尔朱荣分明就是看不起陛下，根本就不想将女儿嫁给您！”

元诩皱了皱眉，眼中闪过一抹戾气。

李彧一见皇帝没反应，又转向与皇帝几乎形影不离的长乐王元子攸：“彦达，阿楚可是你的亲表弟，难道就这么算了？”

元子攸目光微动：“不这么算了又如何？如今由司马子如亲自护送尔朱女前来洛阳，太后已经不予追究了。”

“那我们阿楚就这么白死了吗？！陛下！臣的家人都已经伤心欲绝，阿娘更是病倒在榻上。臣实在咽不下这口气！”

“咽不下也得咽！”元子攸警告地看了他一眼，“李彧，你最好不要轻举妄动坏了陛下的事！”

李彧气恼地瞪着他，半天才挤出了几个字：“臣告退！”说完他便恨恨地一甩袖子，转身离开。

元诩神情晦暗不明：“其实他说得没错，那尔朱荣的确没把朕放在眼里。”

元子攸还是保持着温雅清润的表情：“陛下，不管尔朱荣是怎么想的，在这桩亲事中，您和他都是各怀目的，就看到时谁能更占上风了。所以，他的女儿尔朱氏是你们博弈的一个关键，如果利用得当，说不定能起到意想不到的作用。”

元诩的目光落在了那小木犬上：“朕会善待她就是……”

元子攸眼睛里泛着幽幽的深蓝：“陛下，您可以善待她，但是绝对不能对她动心。”

元诩沉默片刻，自嘲地扯了扯嘴角：“如今的我，又有什么资格对别人动心呢？我连最起码保护自己女人和孩子的能力都没有。”

元子攸神色变得柔软了几分，低低道：“陛下……属于您的时代，很快就会来临。”

皇帝不置可否地微微笑了笑，不再言语。

此时，李彧没有直接出宫门，而是去见了正等在殿后的某位宦官。

“侍中大人，一切都已经办妥，那话已经传到潘充华耳中了。”

李彧冷哼一声：“做得好。要不是去接那尔朱女，我阿弟也不会死。就算她进得宫来，我也不介意给她添些麻烦。”

他抬头望向天边，暖红色的夕阳已经完全没入地平线，黑暗来得那么猝不及防，仿佛一眨眼就吞噬了这里仅有的小小的光亮。

在司马子如的悉心安排下，送嫁队伍一路上倒是走得相当顺利。英娥开始几天还有些不适，但她素来就不是娇养的姑娘，没过两三天就不药而愈，恢复了往日生龙活虎的样子。趁着这段时间，司马子如给英娥恶补了朝廷里错综复杂的关系，令她受益匪浅。不知不觉中，洛阳城终于还是近在咫尺了。

到达洛阳的前一晚，司马子如和英娥一行人投宿于离洛阳城不远的景宁寺中。前来引路的是个双眼灵活的小沙弥，还殷勤地捧了寺中所种的细叶梨给英娥吃。从北秀容出发后，司马子如一路谨慎小心，每一顿饭食都要让人仔细检查后才让英娥入口，这次就算是寺庙的梨也不例外。

确认没有问题后，英娥一口气吃了五六个梨，连晚饭都没用就回房躺下了。或许是因为太疲累的关系，头刚挨着硬枕她就睡着了……

几乎看不到光亮的漫长甬道中，微弱的烛光忽明忽暗，甚为诡异。一个高大魁梧的黑色身影低着头踉踉跄跄朝她走了过来，仿佛随时会跌倒……天边忽然响起一道惊雷，一道闪电劈开甬道，将那男子的脸照得清晰无比，他的喉咙正中赫然插着一根利箭！她想要往后退，双脚却好像被钉在地面纹丝不动。但见那男子抬起头，在半明半暗的光线下对她露出一个狰狞的笑容，殷红的血瞬间从他的双眼里流下……

英娥从梦中惊醒时，发现自己出了一身的冷汗。自从她亲手射杀了那个李楚后，这个相同的噩梦已经反复出现过好几次了。

扉窗半开，夜风乍起，将一阵悠远的笛声送入她的耳中。

那熟悉的曲调并无寻常的缠绵悱恻，笛音明净纯粹，却又带着挥之不去的惆怅，流转着红尘轮回的无奈……

英娥侧耳倾听片刻，披上衣帛推门走了出去。

庭院中的菩提树下，司马子如懒懒地席地而坐，手中的笛子折转出一月浅光，映在他俊秀的脸上，更显得眉目脱俗。菩提树的枝丫在他头顶交错，仿佛织就一张柔软的网，将他与尘世的一切隔绝。

英娥悄无声息地走到他身边坐下，环抱双膝，轻轻随着曲调哼唱起那首他教过的词。

洛阳城东路，桃李生路旁。
花花自相对，叶叶自相当。
春风东北起，花叶正低昂。
不知谁家子，提笼行采桑……

唱到这里，她忽然忘了词，还在回想时，只见司马子如放下了笛子，轻声和着唱起了下半阕。

纤手折其枝，花落何飘扬。
请谢彼姝子，何为见损伤。
高秋八九月，白露变为霜。
终年会飘堕，安得久馨香，
秋时自零落，春月复芬芳
何时盛年去，欢爱永相忘……

少女伸出纤手折下花枝，花儿低问为何要伤害它，少女笑说等到深秋季节，花儿终会凋零，怎么可能永远芳香，早些折下来又有什么关系呢。花儿幽幽回答，就算现在被折下，来年它还会再次绽放，可是少女你呢，待盛年一过，青春不再，曾经相爱的男子就会忘记你……

一曲终了，两人沉默了片刻，却是同时开了口："你怎么出来了？"

话音刚落，两人就笑了起来，之前那种惆怅哀凉的气氛顿时一扫而尽。

"我只是做了个噩梦……"英娥顿了顿，因为正在犹豫到底要不要告诉对方真相，所以语速显得格外缓慢，"遵业，其实我，其实那天在回来前，我……遇上了那个李楚，我……"

“李楚是你杀的。”他打断了她的话，语气是肯定而不是疑问，脸上露出的是毫不意外的平静。

英娥惊诧地瞪大眼睛，但很快就像是想通了似的无奈摇头，这世上又有什么事瞒得过他呢？

她索性将当时的情形详细说了一遍。

司马子如越听眉头皱得越紧，一下子就抓住了其中关键：“这么说来，当时还是有不少人亲眼看见了？”

英娥立刻明白了他的意思，点点头：“那些只是普通百姓，若是把他们也灭口了，那我和禽兽有什么区别？”

司马子如忍不住用笛子轻敲了一下她的额头：“凡事都有万一。”

“可我不想因为一个不知何时会出现的万一，伤害那些无辜人的性命。”

司马子如的眼神变得温软了一些：“听说那李彧性子狭隘，恐怕就算不知道你动的手也把这笔账算在你身上了。”

英娥不置可否地掸去肩上的落叶，眉宇间透出几分与生俱来的洒脱：“兵来将挡，再怎么说我的身份也是皇帝的老婆，呃不，小老婆，他明面上总不敢对我做什么。”

“明枪易躲，暗箭难防。”司马子如凉凉地给她泼冷水。

英娥嘻嘻一笑，拍拍自己的胸口：“放心吧，不管明枪还是暗箭都伤不了我！”

月亮不知何时躲入了云层之中，庭院四周瞬间被一望无际的黑暗笼罩。她抬头望去，只依稀看见子如的轮廓，却看不清他的表情。忽然，她听到他的声音低低响起：“我的阿娘，曾是王府里的一名歌姬，这首《董娇娆》就是她所唱，打动了父亲的心。之后阿娘也备受父亲宠爱，于是天真地以为可以天长地久，但不过两年时间父亲就另有新欢了。”他顿了顿，又道，“阿娘心碎欲裂，自尽而亡。那年我才一岁。”

英娥有些惊讶，这好像还是司马子如第一次说起自己的家人。听到他幼年失母，她不禁心疼起他。

“就像这词中所唱，冬去春来，花还会盛放，可女子盛年一过，大多就会被无情抛弃。英娥，无论你身在何处、身临何境，记住一定要守住本心，不要轻易付出。因为一些看似有生命力的东西往往是很脆弱的，比如你的心，所以千万不要让你的心被轻易践踏摧毁。”

云层渐渐散开，银色如钩月又探出半边，正好映照在司马子如的脸上。他的双眼深邃如海，在月色下荡漾着莫名的情绪，

英娥感到心口蓦地一跳，下意识地避过了他的目光。

“任何人吗？”

“对，任何人，这样你才能保护自己不受伤害，更不会让别人拥有可以伤害你的利器。”

英娥似懂非懂地点了点头，又忍不住小声反驳道：“可是，这世上还有很多值得我付出的人吧，比如爹娘，比如兄弟族人，比如师父，比如你……”

司马子如的心仿佛被狠狠扯了一下，他目不转睛地看着她，嘴角边缓缓浮起惯有的笑容：“我怎么忘了，你就是这样的英娥啊……”

她对着他俏皮一笑：“我可不是那么容易被攀折的花，我是草原上的一株小草，即使被火烧尽，来年还会从灰烬中重生。”

司马子如的眼眸在月色下闪着潋滟光彩，里面仿佛有连绵的春风细雨。

“我知道了，一定是狗尾草吧。”

“什么？”

“要不就是癞痢草？癞蛤蟆草？”

“司马子如！”

第二天的近晌午时分，英娥一行人终于进入洛阳城，暂时在城南白象狮子二坊附近的四夷馆安顿下来，等待着宫里的宣召。这里离皇宫的宣阳门并不太远，周围就是国子学，也有不少食肆坊户，算是个热闹地方。

大约过了两个时辰，宫里派来了两位梳着双螺状高髻的宫女，伺候英娥沐浴更衣进宫觐见。

随着身上的胡服一件一件被脱下，英娥有些惊慌地感到仿佛什么重要的东西正在远离自己而去。那不仅仅是衣裳，也是一层一层缠绕在她心底对故土亲人的眷恋。落在地上的衣裳，好像隔绝了她和故土的最后一丝联系。换上了这身衣服，也许她就永远也回不到北秀容了……英娥忽然控制不住自己的情绪，也不顾自己还半裸着身子，蹲下身子抱紧自己的衣服大哭起来。房内伺候的宫女面面相觑，不知所措。

不远处，司马子如靠在屋檐下，嘴角微翘笑了笑，随即闭上双眼，微微叹了一口气。

也不知过了多久，哭声渐渐停歇，房门缓缓打开。

英娥的乌黑长发被绾起，换上了一袭浅碧色短襦长裙，衣缘和袖边都绣着精致的郁金纹，那由浅入深的间色裙裾随风微动，仿佛蝴蝶展翅，说不出地灵动活泼。虽然此时她的眼睛、鼻尖还是通红的，却难掩天生丽色。

司马子如心里蓦然有了一种吾家有女初长成的欢喜和酸涩。

“淑仪，该是时候进宫了。”宫女维持着面上的恭敬，“太后吩咐过了，您从北秀容带来的东西都不必带进宫，宫里什么也不缺。”

“其他可以不带，但这个我必须带入宫。”英娥捧起了尔朱兆送她的一盒石子。宫女还想说什么，不料被她的眼神一扫，一时竟说不出话来。

走到四夷馆门外，英娥的脸被冷风一吹，顿时觉得有点痒。她顺手抓了抓，痒意却并未减轻，反倒从面颊蔓延到整张脸乃至脖子。

“啊！淑仪您的脸！”宫女的目光落在英娥的脸上，突然面色大变地惊叫起来。

只见英娥光滑如玉的脸上和脖子上竟密密麻麻布满了细小红疹，一眼望去简直触目惊心。

司马子如皱了皱眉，之前宫里送来的衣裳和四夷馆里的饮食他都让人仔细检查过，确认了没有问题，怎么还会出现这种情况？

见英娥的脸忽然变成这个样子，两位宫女虽吃惊不小，但还是记得此行目的，本想先奉命将英娥带进宫里再说，不料司马子如一口拒绝，并让她们立刻回宫复命。两位宫女自然也不敢做主，只得先行离开。

司马子如神色复杂地看了看面目皆非的英娥，目光微闪，欲言又止。

“不过是出了一些红疹而已，没关系的。”英娥倒安慰起他来，“想当初我还故意害得你长红疹呢，想不到现在风水轮流转了。”

司马子如心中原本有些焦躁，可听她这么一说不由得感到有点好笑：“什么风水轮流转，你以为长红疹是什么好事吗？！”

英娥讪讪笑了笑：“可能只是水土不服吧。”

“绝非什么水土不服。”司马子如打断她的话，语气里带了几分自责，“想不到他们的手伸得这么长……这次都是我的疏忽。”

英娥一脸困惑：“他们？你的意思是说有人故意要害我？”

司马子如微微颔首：“世上根本就没有这么凑巧的事。一路上我已万分小心，无论是入口的食物或是换洗的衣物，我都会让人检查直到确认无碍后才让你食用或使用，没想到终究还是百密一疏。”

“到底是什么人处心积虑要害我呢？”英娥托着腮，“我都还没进宫呢。”

司马子如冷冷一笑：“自然是那些不愿看到你入了陛下青眼的人。”他眼中飞快闪过一丝不屑，“若是陛下聪明些，就该知道接下来怎么亡羊不牢。”

英娥下意识地往后退了几步：“既然有人害我，万一这病会过人就糟了，你还是离我远一点吧。”

司马子如脸上一抹不悦一闪而逝，他故意叹了口气，幽幽道：“你说得没错，我这等相貌若是长了这些反差过于明显，倒是你，长不长红疹其实差别都不大呢——哎哟！”

虽然脑袋上挨了一记英娥扔过来的匣子，他的嘴角却微微弯起。

显阳殿里，两位宫女也向元诩回禀了尔朱英娥忽患疾病的消息。元诩显然大吃一惊，倒是身旁的元子攸俨然一副意料之中的表情。

待两位宫女离开，元诩就迫不及待地开口问道："彦达，这如何是好？淑仪这病来得奇怪，多半是宫里的人动的手吧？"他一顿，似乎想到了什么，面色变得古怪，"难道又是那位？"

元子攸沉吟一瞬，道："淑仪尚未进宫，按理太后应该不会这么快下手。但不论是谁下的手，北秀容那边必定将账记在陛下身上。何况这次送嫁的又是素来难缠的司马子如，如果我们不及时做出回应，不但难以达到目的，恐怕将来还会失去北秀容的助力。"

"那依彦达之见，朕该如何做呢？"

"之前为免太后猜忌，我们打算低调接淑仪入宫。但既然事已至此，我们索性反其道而行之，让北秀容的人看到陛下对淑仪的重视。"元子攸微微一笑，"不如陛下先派御医前往诊断，微臣亦随后而去，亲自接淑仪入宫。"

元诩反应还算快："那么淑仪进宫之后就赐住嘉福殿吧。"

嘉福殿离元诩所住的显阳殿较近，算是除了太后和皇后外离皇帝最近的位置了。

元子攸赞许地点了点头。

此时的宣光殿里，身穿胡服的几位年轻男子排成一列弹奏胡乐，两卧坐者吹横笛弹箜篌，另一人以站姿打着手鼓，乐声欢快奔放，正中央的男子长得深目钩鼻笑容惑人，着敞领宽袖的花丝绸袍，一手举在头顶，一手放在背后，左腿跨步，右腿提起，跳的正是最近宫中盛行的胡腾舞。

胡太后和自己的宠臣郑俨依偎于席前，饶有兴致地欣赏着舞蹈。郑俨的心思显然并不在舞蹈上，而是时不时地将剥出的水果喂入太后口中，以博佳人欢心。

这时，有侍从匆匆入内来，在胡太后耳侧轻轻禀告了几句。胡太后先是有些讶异，随即扑哧笑出了声。

"孤还没出手，想不到已经有人心急如此了。"太后弯了弯唇，"也罢，那尔朱氏人还没进宫，心里对皇上就有了芥蒂，这人也算帮了孤的忙。"

郑俨笑了笑："既如此，太后不如派御医去瞧瞧，以示您的慈爱之心。"

太后还未回答，侍从赶紧低声道："陛下已经派御医前往了，另外，还吩咐长乐王亲自去接淑仪入宫。"

太后笑容微凝。

郑俨最是善于察言观色，宽慰道："太后放心，等尔朱氏进了宫，您要做些什么不是更易如反掌？这世上最经不起磋磨的就是人心。"

太后这才又展颜一笑："来人，挑些库房里的珍补药材赐给淑仪。"

太后的赏赐和皇帝派去的御医几乎是同时到了四夷馆。御医不敢有丝毫懈怠，仔细诊看了英娥脸上的红疹，暗地里松了一口气：“淑仪怕是用错了什么东西，才会引发此种症状。若是用上一段时日的药膏，应该就能恢复正常了。”

司马子如将之前英娥穿过的衣裳递了过去：“你看这有何不妥？”

御医接过衣裳查看了一番，回道：“这衣物上熏的是来自龟兹的依兰香，如今宫里或是达官贵族家中有时也会熏这种香，并无什么不妥。”

“那是否有何物与此香相克？”司马子如不依不饶地问道。

御医想了想，还是摇了摇头。

司马子如的脸色有些难看，英娥还未入宫就已经被卷入旋涡之中，接下来她又该如何应付宫中层出不穷的阴谋？

“遵业，你别担心了，除了生死无大事。只要不死，什么事都是可以解决的。”英娥对他露出一抹明快的笑容，“说不定顶着这张脸可以少很多麻烦事呢。”

司马子如正要说什么，只听门外传来带着笑意的声音：“除了生死无大事！说得好！”话音刚落，一个华服男子便从门外走了进来。但见他身穿乘云绣纹的蓝色大袖衫，白玉般莹润洁净的面上带着浅笑，深蓝色双眼折射出星光月影，天地间的芳华仿佛都集中在他身上，令人不敢直视，相较当年宛如明珠美玉的清河王更是有过之而无不及。

司马子如目光微动，面上又恢复了往常的浅笑，上前行礼：“见过长乐王。”

元子攸也是一笑：“彦达不用多礼。”

两人的目光在半空中交接，谁也没有丝毫躲避。一个若明月清风，竹尖清露，眉宇间隐约有慵懒之态和不把什么放在眼里的洒脱。一个如芝兰玉树，仿佛深藏于宫中的华贵水晶，带着与生俱来的优雅与谨慎。

从元子攸一进门起，英娥的目光就落在了他的身上。和少年时的他相比，如今的他风华更盛，就连星光月影在他面前也要黯然失色。曾经封存的记忆仿佛奇迹般解开了封印，在脑海中渐渐清晰起来。可不知为什么，她记忆里印象最深的竟然是他递给她的那盘加了酸黄瓜和炙肥肉的胡饭。

虽然已经过去好些年，但那股鲜美酸爽的滋味令人难以忘怀。想到这里，英娥忽然觉得有点好笑，忍不住扑哧发出了一声轻笑。听到笑声元子攸几乎下意识地朝她看去，那布满了红疹的脸上已看不清原本的面容，唯有一双眼睛格外清亮灵动，带着点淡淡的琥珀色调，隐约竟有点似曾相识的神韵。

元子攸有一瞬间的愣怔，恍惚间，脑中却浮现了一句不知出处的诗词——与君初相识，如是故人归。

“见过长乐王。”英娥先行过来大大方方见了礼，“菩提儿时随阿娘来洛阳时，承蒙长乐王出手相助。”

元子攸笑了笑，心里莫名释然。他差点忘了，既然是菩提的姐姐，眼睛有几分相似又有什么好奇怪的。

“淑仪客气了，菩提是个乖巧孩子，陛下至今还挂念着他。”他客套地回道。

乖巧孩子？英娥回想起当初她和小皇帝犹如泼皮般扭打在一起的情景，脸上的表情立刻变得古怪。元子攸的目光不经意地从一旁默不作声的太医身上扫过，太医立刻明白了他的意思，上前两步将英娥的病情简单禀告了几句。元子攸听罢面色微微一沉，再开口时语气里带了几分愧疚：“这件事我们必会查个水落石出，绝不轻饶始作俑者。”

司马子如抿了抿嘴角：“这样自然是最好。如今是害得英娥几乎毁容，下次恐怕就要害人命了。英娥即刻就要入宫，若是不尽快找出那始作俑者，让平原公知道了这件事，恐怕对陛下也会有微词。”

元子攸余光看到对方唇边微挑的笑容，心里有些发堵。他自然听得出对方话里的警告和威胁，但这宫里大多是太后的人，想要尽快查出一切也不是件容易的事。

元子攸还是颇有风度地一笑：“我们一定会给北秀容一个交代。”

“三天。”司马子如忽然说了个天数。

“什么？”元子攸一时还没反应过来。

司马子如不慌不忙道：“三天内我会查出是谁所为。至于我的条件只有一个。”他看了看正想询问自己的元子攸，风轻云淡地扬扬眉，淡然的声音却隐藏着一抹狠厉。

“我要那个人死。”

元子攸定定看了他几秒，忽然笑了起来：“好。”

杀一儆百，这个道理他也是懂的。

英娥的胸腔里仿佛被什么填得满满的，这还是她第一次看到司马子如露出明显的杀意，即使是一闪而逝。简简单单的一句话、一个要求，即使是那么简短，却能让她有流泪的冲动。

“时辰不早了，陛下已经令人收拾好嘉福殿，就等淑仪进宫入住了。”元子攸委婉地催促道。

司马子如还是那副淡淡的表情，但当他转过身背对着元子攸时，看着英娥的神情发生了变化。他幽深的眼睛深处，神情不断变换着，有些痛苦，有些烦躁，有些惆怅……他牢牢盯着她，迫切地想将她的每一个表情深深印在脑里，不再遗忘。

“我走了。”英娥不舍地与他告别，跟着元子攸慢吞吞地移动到门口。

司马子如终是忍不住说道：“英娥，无论你将来遇到什么事，别忘了北秀容永远是你的家。”

英娥咬咬嘴唇，扯出一抹笑，转头看向他：“好好帮我看着我的那些宝贝，要是将来少了我一定找你算账！”

司马子如笑着点了点头，目送着她跨出了门。

一到门外，元子攸就从袖中取出一块柔软的纱巾：“外面有风，对你的红疹恐怕不好，先戴着这个。”

英娥接过纱巾，低低道了句：“多谢。”

她的眼角不知何时早已经湿了一片，风轻轻一吹，有点凉。

看着英娥的身影渐渐远去，司马子如转过身，一阵莫名其妙的疼痛直刺心脏。

“大人，我们现在回北秀容吗——”一旁送嫁的侍从小心翼翼地问道。

“不，先去景宁寺。如果四夷馆这里没问题，那么问题多半出在景宁寺。这个害英娥的人，我必要将他揪出来。”

司马子如说着望向窗外，天边血色的夕阳依依不舍地挣扎落下……漫天的绛紫橙红如打翻了的美酒，在半空中渐渐蔓延开，消失……令人觉得世间的一切，都是这般短暂无常。

一辆两驾马车穿过宜阳门，进入洛阳城，转上了直通皇宫的铜驼大街。

车内位置不大，英娥坐在软榻上，没有控制住自己的好奇心，掀起帘子一角朝外瞥去。但见街道两边寺庙林立，柳槐成荫。来自四面八方的不同国家人在此汇集，热火朝天地做着各种生意，有西域的良马、倭国的特产、南方的丝绸……她甚至还看到了来自北秀容的牛羊。虽逢乱世，洛阳却依然一派繁荣景象。路边行走的人更是形形色色，有不少奇装异服的异国人士，也有人数繁多的比丘僧人……

英娥放下帘子，闭上眼睛靠在了车上。

这是一条无法回头的路。从这一刻开始，她就与她的过去告别了。

在一段时间的轻微颠簸后，马车终于在阊阖门前停了下来。元子攸让宦官抬来软轿先将英娥送去嘉福宫，自己则匆匆前去显阳殿复命。

显阳殿明亮的殿内，元诩正盘坐在紫檀方榻上看着奏章，但明显心不在焉。拿着奏折的左手衣袖上，用金线绣成的祥云龙纹在烛光下微微闪动着光泽。

一见元子攸，元诩显然有些激动，脱口第一句就是：“她和他长得可像？”不等元子攸回答，他又像是自嘲般笑了笑，“她还没进宫就被害得差点毁容，现在又何尝看得出什么。”

元子攸将和司马子如的对话禀告了一番，元诩露出一抹苦笑，却没有说什么。

“陛下，虽说淑仪现在不能侍寝，但今天她初来乍到，陛下是否应该前去探望一下，以示关心？”元子攸提醒道。

元诩一愣，点了点头：“朕一会儿就过去。”

英娥到嘉福殿时，一众宦官宫女早已恭恭敬敬地等候在那里。为首的宫女唤作阿素，看模样就是个聪明伶俐的。她笑语盈盈地带着众人上前行礼，对英娥的满脸红疹也并未露出半分惊讶之色。

宫室内地方不算大，布置得却很是雅致。榻前、窗下都垂挂着金丝纱幔，案几上的博山香炉散发着袅袅青烟，镂出灵芝形空洞地独坐榻旁，一个青釉卷草纹瓶中斜插着几枝当季盛开的鲜花，更为这里添了几分生气。

英娥刚在榻上盘腿坐下，阿素便眼明手快地先端上了一盏温热的酪浆。英娥的手还未碰到陶盏，肚子却已发出一阵咕噜咕噜的响声。她的脸一下子变得火烫，赶紧拿起手边的酪浆，连喝了几口以掩饰尴尬。

“淑仪，奴婢这就让人去准备饭食。您想要用些什么？”阿素机灵地出声道。

英娥眼睛一亮，顿时忘了之前的尴尬，几乎是不假思索地回答：“胡饭！记得要多加一些炙肥肉和酸黄瓜！”

阿素忍住笑应声退了出去。

明月未央，清亮的月光轻柔地倾洒在宫阙楼台之间，几位身形窈窕的宫人提着宫灯小心翼翼地在花园中穿行，生怕有什么惊扰到随行在后的皇帝。元诩一路上似乎有些心不在焉，不知为何，当年和那小男孩撒泼打架的一幕最近总是浮现眼前，想起曾经的年少轻狂任性妄为，他清俊的脸上不禁露出了淡淡的笑。

走到离嘉福殿不远的地方，元诩忽然听到了从宫门前传来的宫女嬉笑声，他微微皱了皱眉，下意识地停下了脚步。

“刚才你听见没，淑仪的肚子饿得咕咕直叫呢。”

“怎么没听见，隔了这么多红疹我都看见她脸红了。”

两个宫女聊得正欢，突然看到出现在她们眼前的元诩，顿时大惊失色，忙不迭地跪下请罪。

元诩的目光落在了漆盘上：“给淑仪都准备了什么？”

两名宫女面面相觑，显然有些惊讶元诩的反应。其中一个宫女大胆些，将漆盘举得更高了些：“回陛下，这是淑仪亲自点的胡饭。”

元诩目光闪动：“淑仪喜欢胡饭？”

宫女点点头，目中闪过笑意：“淑仪还特别要多加酸黄瓜和炙肥肉呢。”

元诩的脸色柔和了许多，昔时记忆又涌上心头。还记得当初和好之后，他让人将宫里的佳肴都端上来，可那傻孩子只认准胡饭吃个不停，唯一的要求就是要多加酸黄瓜和炙肥肉。

果然是亲姐弟，连口味都那么像，就不知性子是否相同……见不到那个人，见见那个人的姐姐也是好的。

元诩脚下不由得加快了几步，正要踏进嘉福殿时，却见一身形熟悉的年轻女子匆匆而来，正是潘充华身边的宫女阿鸾。但见她慌里慌张地跪下开了口："陛下，公主她身子有点不好，您赶紧去看一看吧……"

元诩膝下唯有潘充华所生一女，今年才两岁，自生下来就体弱多病，元诩对她也是相当怜惜疼爱。一听阿鸾所言，元诩脸色微变，立刻转身朝着潘充华住的长宁殿行去。阿鸾站起身，掸掸膝上的灰尘，对嘉福殿露出了一抹略带得意的讥讽笑容，转过身头也不回地追着元诩而去。

此时的长宁殿里，烛火飘摇，十几名宦官宫女皆战战兢兢地跪伏于地，承受着主人潘充华的怒气。不远处，一位着白色寝衣的美人背对众人而坐，腰肢纤细盈盈一握，一头如瀑青丝仿若最上等的丝帛，在烛光下闪耀着令人炫目的光泽。

"还不都滚下去！"正在替美人梳理青丝的宫女兰芝边斥责边给他们使了个眼色，众人如释重负，几乎是连滚带爬地跑了出去。

"充华，您消消气，气伤自己可就不好了。"兰芝软言相劝道。

美人微侧过头，肤色白皙光彩动人，下颌微抬的姿态相当美妙。眉眼虽算不上绝色，却秀美宛然，自成风韵。

"怎么能不生气！那北秀容来的蛮女子，一进宫就被赐住嘉福殿，那是除了皇后的昭阳殿外离皇上最近的地方，她凭什么！"潘充华余怒未消。

兰芝笑了笑："充华，您是这宫里唯一的孩子的母亲，也是陛下最疼爱的人，就算那蛮女子进了宫来，也掀不起什么风浪。"她顿了顿继续道，"更何况，她的脸已经……"

潘充华嘴角微微一勾，正要说话，只听得门外传来了皇上驾到的通传声。潘充华迅速往脸上扑了点白粉，让自己的脸色看起来更糟糕一些。

元诩进来时看到潘充华的脸色，险些吓了一跳。得知她是因为衣不解带照顾身子不太好的公主后，更是感动。潘充华借机靠在他的怀里，打听起了尔朱英娥的事情。

"她是朕的故人之姐，朕也不想亏待了她。"元诩倒没有掩饰对英娥的特别照顾。

"听说淑仪的脸上长了红疹，这可如何是好？要不然让宫里的太医去看看……"

元诩对她露出了赞赏的表情："太医已经看过了。只要坚持擦药，半个多月后就可以恢复正常了。"他显然对太医的话深信不疑。

潘充华眼中闪过一丝狠戾，但脸上还是保持温温柔柔的神情："要是这样就最好了。"

元诩笑了笑，将她拥入怀里。两人映在墙上的影子随着烛火闪烁而微微晃动着……仿佛此刻两人各自不同的心思。

离洛阳不远的景宁寺旁一间小屋中，一个捆绑住手脚的小沙弥被推搡着扔了进去。小沙弥咬着牙抬头一看，但见居于上位的年轻男子眉目俊秀、神态慵懒，正是上次随北秀容送嫁队伍曾来寺中借宿的司马子如。小沙弥似乎想到了什么，整个身体仿佛都僵住了。

“大人，这小沙弥嘴硬得很，什么都不肯交代……”一同进来的护卫回禀道。

司马子如的目光淡淡扫过那小沙弥，仿佛看到的只是一堆死物。就在这时，另一位护卫也匆匆踏进门来，面上有隐隐的喜色。

司马子如微微勾起嘴角：“查到了吗？”

那护卫连忙复命：“卑职奉大人的命令前去查探，原来这小沙弥本姓肖，剃度前是邙山脚下肖家村人，目前家中还有父母及幼弟。”

小沙弥听到这里脸色变得惨白无比，挣扎着爬到了司马子如脚下，连声恳求：“大人，请不要伤害我的家人！”

司马子如扬眉一笑：“那就把你知道的都说出来。”

宫里的太医令出手就是不一般，英娥连擦了两天药膏，脸上的红疹果真消了一点。她乐得以养病为借口躲在嘉福殿里，吃吃喝喝之余不忘将宫里情形打听了七七八八，收获的各种八卦更是不计其数。这偌大的后宫里有品级的妃嫔并不多，加起来不过十余人。皇后和左昭仪都是出自胡太后的母族，其余则多来自范阳卢氏、陇西李氏等各门阀世家。至于皇上最为宠爱的却是宦官成轨的义女潘外怜，当初不知怎么就入了圣尊的眼，以卑贱出身被册封为充华，更是诞下了唯一的皇嗣。有她在，其余妃嫔包括皇后在宫里几乎都没什么存在感了。

英娥对这位潘充华格外好奇，却不知道那晚皇上到了嘉福殿门口却又折转去了长宁殿的事已迅速成为八卦在宫里传开来，更有人添油加醋说是因为淑仪的丑陋相貌吓跑了皇帝，这个理由让她立刻成为宫里最令人同情的对象。

英娥听到这则关于自己的八卦时正在享用夕食，刚喝进去的一口肉羹汤差点喷了出来。不过她也只是哈哈一笑，没把这件事放在心上，因为此刻她的注意力全在从膳房那里陆续不断送来的食物上。

加了花椒末的五味脯，将羊肉装进羊肚内，再佐以荜拨、胡椒调味的胡炮肉，文火焖了几个时辰的来自辽东的狸头瓜……很多都是英娥在北秀容不曾见过的。

英娥不禁咂舌：“我一个人吃，这么多食物未免也太奢侈了……”

阿素微微一笑："这都是长乐王吩咐送来的，还请淑仪再多用些。"

说起长乐王，英娥的脑海里立刻浮现出那双秀丽异常的蓝色眼眸。

另一位年纪较小的宫女桃姜则一脸兴奋道："淑仪，这还不算奢侈呢。据说高阳王家有仆从六千，一顿饭值几万钱，差不多是平常人一千日的生活费用。还有河间王，他家的马槽都是用银子做的，盛食物的器皿不是玛瑙碗就是赤玉杯，这才是真正的奢侈呢。"

英娥听了心里有点沉重。一路而来饿死街边的流民随处可见，父母被迫卖了自己的孩子，子女狠下心遗弃含辛茹苦抚养他们长大的老人，恩爱夫妻如林中飞鸟各自背叛，逆反伦常的惨事比比皆是，可这宫廷宗室还是如此肆无忌惮，挥霍成性。

这样的一切，的确需要改变了。

用完夕食，阿素怕英娥一直待在房间里闷出病来，硬是将她劝到御花园里散散心。园中花团锦簇，各色鲜花次第绽放，交织在一起的香气淡淡弥漫在空气里。只要一抬头就能看到远处胡太后亲自主持修建的九层永宁寺塔，高高矗立于碧空之下，气势非凡，不愧为洛阳千寺之首。

"淑仪您看，那里就是徽音殿，陛下有闲时也会在那里赏乐听音。"阿素一边介绍，一边引着英娥朝左侧的水榭长廊走去。

快要走到长廊的弯角时，英娥忽然听到从另一侧传出女子冷冷的声音："夫人，我不知道你是用了什么办法混进宫来，这宫里可不是你该来的地方。"

另一位女子声音嘶哑地哀求着："郎君和我唯一的孩子如今突发急病昏迷不醒，城中大夫来看过了都束手无策，如今只有让郎君请太医前来诊治才有一丝希望！求求你，让我见郎君一面！"

英娥听得不解，那女子要见自己的郎君又为何要求别人？

阿素低声解释道："那是中书令的夫人。"见英娥还是不明白，她只得再次提醒了一句，"是郑俨的夫人。"

听到郑俨这个名字，英娥一下子就反应过来。之前司马子如给她恶补宫中事时自是提到了此人。那是胡太后最为宠爱的臣子，日夜形影不离，如同夫妻。

英娥脸上的表情一下子变得奇怪。

"另外那个是胡太后的心腹宫女满愿。"阿素压低了声音，"说起郑夫人也是个可怜人。那郑俨偶尔休假回家，太后都派宦官随时随地跟着他，只允许他和自己妻子谈论家事，不许同床共枕。他夫人也是逆来顺受，这次恐怕也是为了独子急昏头了。"

英娥瞪大了眼睛："简直不可理喻！"

不等阿素说话，那里传来了郑夫人的失声低呼，接着就是什么倒地的声音。

"夫人，你再纠缠不清就别怪我不客气了。"满愿不耐烦地说道。

英娥心火顿起，正要走过去，却被阿素一把扯住了衣袖。

“淑仪，您初来乍到，千万别为了无关的人得罪太后。”

英娥沉了沉气道：“我做不到袖手旁观。”说完她甩开阿素，大步转过弯角，出现在那两人面前。只见那郑夫人果然被推倒在地，但她立刻挣扎着又跪倒在满愿身前。

满愿吃了一惊，打量了一下她戴的面纱：“你是那个新进宫的淑仪！”

英娥看都没看她一眼，扶起了被推倒的郑夫人：“你先回去，找太医的事交给我。相信我，”

郑夫人显然呆住了，直直地盯着英娥。不知为什么，看到那双琉璃般清澈的眼，她忽然就有一种眼前人可以信赖的直觉，几乎是浑浑噩噩地就起了身。满愿一看急了，不顾仪态地挡在英娥面前：“淑仪，你好大的胆子！这种闲事你也敢管！”

英娥冷冷看她一眼：“我只知道人命大于天！”

“你不怕吗？！”

英娥微微仰起下巴：“我尔朱英娥还真不知怕是怎么写的。滚开。”

她力气本就不小，只轻轻一推，那满愿顿时就摔了个四脚朝天。

看着英娥等人离去的背影，满愿气恼地大喊：“尔朱英娥！你等着！你给我等着！”骂了一阵子她也累了，只好挣扎着起身朝太后的宣光殿去告黑状了。

当这里的一切回归平静后，一个高挑人影从花树后走了出来。夕阳余晖斜斜射在他的浅蓝锦衣上，折射出耀眼的光华。他的蓝色双眼内，仿佛融入了月光碎片，灼灼其华，隐约闪动着点点笑意。

送走了郑夫人后，英娥思来想去，这宫里除了太后，也就只有皇上能让太医听命了。她也顾不得什么八卦，趁着天色还未全暗悄悄来到了皇上的显阳殿前。

此时在显阳殿内，皇上正饶有趣味地听元子攸说了之前发生在御花园里的事。

“朕本来听说她在进宫前大哭了一场，还以为是个性子弱的。”元诩看起来心情极好，眼中闪过一抹温柔之色，“果然不愧是他的姐姐。”

元子攸笑了笑：“那股天不怕地不怕的泼劲和菩提倒是有几分像。”

元诩的目光落在了案几上的小木犬上，脸上浮现出怀念之色：“不知菩提他……是否已经忘记朕了……”

“当时陛下好像还重重在他肩上咬了一口吧，”元子攸的容颜在烛光下更显丰神俊朗，“只要这个伤痕一直存在，他就永远忘不了陛下。”

听到这句话，元诩年轻的面容上露出了笑颜，秀丽无双的凤眼微微上挑，风华无限。

就在这时，有宦官前来禀告尔朱淑仪正等在殿前，恳求皇上派太医给郑夫人之子诊治。

元诩先是惊讶，随即脸上的笑容更盛：“知道求到朕这里，倒是个机灵的。”他顿了顿，语气又带了几分鄙视和不屑，“那郑俨竟然连自己亲子的死活都不管，实不堪为人父。还有母后她……”他不便评价自己母亲，只是冷笑了几声。

元子攸提议道：“不如就让诊治淑仪的周太医令前去吧。”

整个太医院里，能得到他们信任的人并不多，周太医令就是其中一位。

“明天就是和司马子如约定的第三天了，不知他是否找到了那幕后人。”元诩忽然提起了这件事，语气显得有些沮丧，“朕也让人在宫里查了，却毫无头绪。唯一能肯定的，这一定不是母后的手段。”

元子攸定定看了元诩几秒：“陛下，查出来不论是谁，你都会严惩不贷吗？”

元诩苦涩地笑了笑：“既然在司马子如面前承诺过，朕自当守诺。”

元子攸嘴唇轻轻动了动，终究没有再说什么。

元诩沉默了一瞬，忽然又开口道：“今晚朕就去嘉福殿。上次朕到了门口没有进去，让她受委屈了。”

受委屈?

元子攸眼前浮现出那少女睁着亮晶晶的眼睛笑着说除了生死无大事的模样，不禁莞尔。

洛阳城外的景宁寺中，烛光如豆。司马子如神情淡淡地看着随从送上来的供词。

“大人，那小沙弥能招的都招了，那宫里的人在您和淑仪一行借宿前就已经找上了他。”随从禀告道，“似乎是笃定你们会借宿于景宁寺。”

司马子如眯了眯眼：“以往我来洛阳时多借宿于景宁寺，看来这幕后之人对我的习惯也是相当清楚，最清楚这点的应该就是每次来景宁寺带我进宫的小黄门。”

随从一惊：“大人的意思是？只可惜那宫里人始终未露真容，声音也伪装过，就算是小沙弥也辨认不出到底是哪个小黄门。”

司马子如微微一笑：“那来找小沙弥的人恐怕并不是小黄门。”

随从一脸不解。

司马子如抖了一下手中的供词，声音里带着一丝冷意：“我已经知道是谁要害英娥了。”

随从先是一喜，随即又犯愁：“那大人在陛下面前该怎么证明呢？若是那人抵赖又该如何？毕竟小沙弥认不出人。”

司马子如的目光落在了窗外庭院中的梨树上，一树的细叶梨长得正好，不少已然掉落在了泥土上。

他霍然起身。

“大人，您去哪里？”

“我有件事要和那个小沙弥确认一下。”他说着推开房门，大步走了出去。

另一厢在宣光殿里，自认受了委屈的满愿也对胡太后添油加醋地禀告了这件事。胡太后用余光打量了一眼身边的郑俨，见他一脸毫不在意，这才满意地弯了弯嘴角。

“季然的孩子得了病，你为何不早来禀告。”胡太后故作生气状。

满愿察言观色，立刻扑通跪倒在了地上，连声认错。

郑俨伸出手，将胡太后额角垂落的发丝轻柔地别到耳后，风轻云淡地笑道：“哪个孩子不生病，微臣的孩子还没那么金贵，吃些药就是了。倒是那蠢笨妇人擅自进宫，实在该责罚。”

胡太后笑得更加愉悦：“念在她一片慈母之心，孤不予追究就是。”

郑俨露出感激的神色，充满怜爱地将太后拥入了怀里。两人轻声调笑了一阵，郑俨才不得不因为要去恭房暂时起身离开。

趁着郑俨离开，满愿急切出声：“太后，那个出言不逊对您不恭的尔朱氏……您就不责罚她了吗？”

胡太后面色一冷：“孤如何责罚她？这不过是你的片面之词。她是主子，你是奴，别说打了你，就算杀了你又如何？”

“可是太后，她偏要帮那郑氏，分明就是不把您放在眼里！”满愿声音尖锐了几分，“在她眼里，只有皇上才是这一宫之主！得罪了您也不过是小事一件！”

这话显然戳到了胡太后的痛处，她冷笑了几声：“不过是个小小淑仪而已，要收拾她，将来有的是机会。”

满愿闻言脸上这才露出了一抹狠戾的笑容。

郑俨从恭房出来时，旁边随侍的小宦官殷勤地递上了绣着金纹的帕子。他接过帕子擦拭手，似是漫不经心问了一句：“情况如何？”

小宦官用只有他能听到的声音说道：“周太医令已经替公子诊治过了，一切无碍。”

郑俨的眉眼似乎松了一下，随手扔了帕子，步履轻缓地往回走去。

待到周太医令来换药时，英娥也得知了郑家公子好转的消息，一时心情大好，在阿素等人的撺掇下，拿出高欢送她的那支玉笛，连着吹了几首，到后来索性击箸和声唱了一首她在部落里最喜欢的歌。

李波小妹字雍容，
褰裙逐马如卷蓬，
左射右射必叠双。
妇女尚如此，

男子安可逢！

元诩走到英娥寝房门口时正好听到她在唱这首歌，他阻止了欲开口通报的人，静静站在那里。但听那声音清亮柔和，如玉珠入银盘声声悦耳，偏偏又带着一股潇洒利落的气韵，细细听来还有几分天阔云舒的自由自在。他眼前不知怎么就浮现出一幅曾想象了许多遍的画面——在草原上策马奔驰的少女，她的衣裙随着疾风翻飞如蓬草，不论是朝左边射还是朝右边射都百发百中一箭双雕。那少女回过头来对他嫣然一笑，赫然就是菩提的面容……

一曲终了，侍女们一脸神往地想象着少女骑射的英姿，终是按捺不住好奇心，顾不得尊卑七嘴八舌地问了起来。

"淑仪，这世上真有如李雍容那样的女子吗？"

"若有那样的女子，真想亲眼一见她的马上风采……"

"淑仪您可曾见过……"

英娥随手拿起盘中的细环饼咬了一大口，咀嚼了几下吞落肚后才慢悠悠道："当然有啊。"

将众人期待、激动的目光收入眼底，她眨了眨眼："远在天边，近在眼前，就是我啊。"

侍女们的表情几乎同时僵在了脸上，阿素的目光在英娥唇边的饼屑上停留了几秒，嚅动了下嘴唇还是强忍住没说什么。

"怎么？不信吗？我们草原上长大的小娘子可是个个精于骑射，我告诉你们啊……有一次我和我阿弟偷偷溜出去玩，谁知半路遇上了一头狼……那年我十岁，我阿弟才八岁。那狼的个头老大了，要是站起来，比你们都高得多呢！"英娥索性在软榻上盘起腿，兴致勃勃地向她们说起了惊险的往事。

月色静谧地笼罩着嘉福殿，勾勒出门外少年清瘦颀雅的身姿，但见他微微勾起嘴角，眼眸中似乎闪过淡淡的光芒，足下一动，已然踏进了房间。

背对着他的英娥还在眉飞色舞地说着她的"英雄事迹"，丝毫没察觉到异样，而其他侍女也因为听得聚精会神，并没留意有其他人走进来。

"我和阿弟当时就想，与其逃跑，不如先下手为强！我一箭先射中狼首，阿弟手疾眼快射了第二箭，那狼就中箭倒了下去。我们走近想看看狼是否死了，不料那狼竟然睁开眼睛猛地直扑过来——"

英娥说到这里故意提高了音调，侍女们本就听得脸色发白，神情紧张，被她这么一吓都不禁叫了起来，惹得英娥一阵大笑。

“那么后来呢？”

忽然听到这个突兀的声音，英娥还没反应过来，转眼间就见到所有侍女纷纷跪下，口中慌里慌张地齐呼万岁。英娥刚吃进去的一口细环饼就这么噎在了喉咙里，一时憋得脸色发紫，完全说不出话来。正当周围一片慌乱时，她忽然感到有人上前用力地将手拍在自己的背上，连着拍了几下终于迫使她吐出了卡在喉咙里的饼。

英娥咳了一阵才平复呼吸，她转过身想道谢，映入眼帘的是位头戴着紫金冠、眉目如画的少年帝王。他那微抿的薄唇如春天的花瓣般娇柔美丽，精致贵气的下巴显出了几分与生俱来的傲气，紫色织锦盘龙纹大袖衣更将他的肌肤映得如白瓷般璀璨透明。和孩童时代相比，他已然褪去了那时的稚气和锐利，多了几分成熟的气质。

与此同时，元诩也紧紧盯着面前的少女，仿佛要从她的脸上看出些什么。虽因红疹未褪看不清容貌，但那双敢于直视君王的眼睛倒让他寻觅到了几分相似感，让他恍惚想起当初那双桀骜如小兽的明亮眼眸。

“多谢陛下拔刀，呃不，出手相助！”英娥忙行了礼。

元诩微微点头，径直坐到了英娥的身边，开口道：“继续讲下去。”见英娥还没反应过来，他有些不耐地提醒道，“那狼后来伤着你们没有？”

英娥一愣，清了清嗓子又道：“我和阿弟几乎是同时射出了两箭，一箭射穿狼眼，一箭射穿狼的咽喉，那狼呜咽了好久才毙命……”英娥边说边偷偷看了几眼元诩，但见他眉间轻锁，听得很是认真。如今的他，好像和儿时那个狠毒刁蛮的小皇帝完全不同了，锐利戾气已经被磨得所剩无几，更多的是一种疲倦和抑郁。

“你的阿弟，菩提他如今还好吗？”元诩忽然问道。

“好！好极了！别看他年纪轻轻，草原上爱慕他的女子比天上的星星还多呢！”英娥说起自己的弟弟自然是骄傲满满。

元诩脸上的神情似乎有些奇怪，过了一会儿他站起身吩咐道：“替朕更衣。”

英娥还未反应过来：“更衣？”

元诩扫了她一眼：“朕今晚留宿在这里。”

英娥蒙了好一会儿突然就跳了起来，大声道：“你，你说什么！留宿？”

与嘉福殿相距不算太近的长宁殿内，潘充华面色苍白地攥着手中的帕子，一脸难以置信地看着前来通报的阿鸾。

“你说什么？皇上今晚留在嘉福殿了？”

阿鸾气喘吁吁地点头：“奴婢在嘉福殿门口亲耳听到，所以就赶紧来禀告充华了。”

潘外怜紧咬着嘴唇，好一阵才放开：“皇上不能留宿在那里。”她顿了顿，又道，“阿鸾，你现在去嘉福殿，就说公主又不舒服了。”

“充华，这个理由之前您已经用过几次了。”兰芝敛眉阻止道，“若是再这么说，恐怕会引起皇上不满。”

潘外怜霍然起身：“那我就亲自过去找人！我倒要看看，在皇上心底谁才最重要！”

阿鸾和兰芝对视了一眼，看到了彼此眼中的担心。

兰芝忙劝道：“充华，那尔朱英娥不过一个胡女，性子又蛮得很，皇上又怎会对她动心思，就算有所亲近也是因为她父亲的关系吧。更何况，她的脸现在又是那个样子。”

潘外怜似乎想到了什么，脸色更加难看：“你还说她的脸！我可是听说她的脸有所好转！”

兰芝并未否认，惹得潘外怜更是恼怒，她眼中闪过一抹阴狠的神色：“既然如此，那么你应该懂得接下来该怎么做！”

兰芝扑通一声跪了下来：“奴婢明白，奴婢只是担心……”

潘外怜打断了她的话：“我知道你担心什么，不需要。”

兰芝微叹了口气。

阿鸾上前帮潘充华换了案几上的点心，又笑道：“充华实在是无须担心，皇上心里只有您一人。自从您进宫后，其他嫔妃可是连皇上的面都见不着了。”

潘外怜冷冷一笑：“她背后的倚靠权势这么大，若是还有副花容月貌，难免皇上不动心。只有她的面容永远丑陋如鬼，才能让我放心。”她顿了顿道，“我不会后悔自己所做的任何事。”

此时的嘉福殿，英娥也是愁闷不已。尤其在看到元诩更完衣随意地躺在软榻上，并示意她过去一起躺时，英娥终于忍不住，义正词严道：“陛下，我还没及笄呢！在此之前我们最好不要同榻而眠！”

元诩扑哧一下笑了出来，眉眼舒展，比起之前更美丽了好几倍。他微弯下腰，露出半敞的胸膛：“再和朕说说草原上的习俗，还有你和你弟弟之间有趣的事。”

他的话音刚落，忽然贴身宦官匆匆忙忙在门外禀告：“陛下，陛下！急报！信阳已被葛荣大军团团围住！”

元诩一下子就愣在了那里，脸色变得极其难看。他匆匆起身披衣，走到门口时倒还不忘对英娥说了句：“你先好好休息，朕改天再来。”

看着皇帝仓促离去的身影，英娥在松了口气的同时又不免有点担心。葛荣这个名字，她曾在阿爹口中听过无数次。此人本是怀朔镇守将，起义后自立为天子，一路屠杀掳掠，短短时间内兵力已达数十万，手下也聚集了不少能人志士，其中最为出色的就是人称洛生王的宇文洛生。她的师父高欢在投奔北秀容之前也曾在葛荣旗下待过一阵子，而且还颇受赏识，但最终他还是选择了离开。

想到这里，英娥不由得抿了抿嘴，师父他一定不会后悔自己的选择。

“这都已经打到信阳了，那叛军不会很快就打过来吧。前阵子青州的叛乱才刚平息，如今又……”阿素忧心忡忡地看着窗外，叹了一口气。其余几人也是一脸对未来的迷茫和无措。

听到“青州”这两个字，英娥眼睛倒是一亮，这次信阳告急对阿爹说不定是次机会呢。

元诩踏进显阳殿时，长乐王元子攸已然等在那里了。除了长乐王的爵位，元子攸还身兼给事黄门侍郎之职，为侍从皇帝左右之官，长期值守禁中，有时也像今夜那样歇息在侧殿之中，因此一收到消息就直接赶过来了。

“彦达，这可如何是好？先是殷州失守，现在又轮到了信阳。葛荣这一路简直是势如破竹，拦都拦不住！”少年君王衣冠华美，脸上却是掩饰不了的疲惫和忧愁。

元子攸有些担心地看了他一眼，出言劝道：“陛下，那尔朱荣手下的高欢和元天穆不是刚从青州平叛凯旋吗，或者可以再一用他们。相信尔朱荣也会明白陛下的一番好意，就算没有投桃报李，至少也能分辨站在哪一边对他更有利。”

元诩不禁眼睛一亮，这两人确是合适人选。但他很快又叹了一口气：“可是就算朕选了人，最后还是需要太后定夺。朕虽为皇帝，却无丝毫权力。”

他低着头，双手紧紧握拳垂于身侧，神情伤感。

“陛下，目前朝中无人，太后也无更多人选，既然青州平叛让高欢他们去了，这次也未尝不可。没到最后，我们始终有机会。”

元子攸的平静影响了元诩，他的脸色渐渐好转，脸上也露出了隐约的笑容：“彦达你说得没错。”他顿了顿，又忍不住道，“淑仪她……和他确有几分相似。”

房间内的烛火明明灭灭，跳跃的烛光斑驳地映上了元子攸的脸，令人看不清他的表情。

“陛下，其实臣还有一事禀告。之前司马子如遣人来报，说是已经找到了幕后指使者，并于明日巳时将人证送进宫来。”

元诩显然有些吃惊：“他真的找到了？”

元子攸点点头：“司马子如此人不易应付，又是在这种要紧的时候，若是证据俱全，陛下明日务必不能轻饶过幕后指使之人。”

元诩叹了一口气：“这个朕自然是明白的。”

元子攸神情复杂地看着他，欲言又止。

窗外，黑沉沉的夜空中并无半点月色星光，唯有层层厚重的乌云，压抑得让人几乎喘不过气来。他们所能做的，或许也只是在竭力抗争后，静静等候着命运的光临。

此刻的两人都没有发现，随侍在外的一个黑影，趁着夜色往长宁殿的方向掠去。

或许是经过了一夜雨水的洗涤，第二天倒是个晴朗又湿润的天气。英娥对着铜镜理妆时，发现脸上的红疹果然又褪去一些。

阿素替她梳了个娇俏的十字髻，再配上风格雅致的襦裙，看起来越来越像个汉家小娘子。正当阿素找了支簪子准备插入她的发髻时，忽见一小侍女慌张地跑了进来，语无伦次道："不，不好了！淑仪！救命啊！桃姜她要死了！"

英娥吓了一跳："你说什么！桃姜她怎么了？"

阿素皱眉道："大呼小叫胡说什么。你冷静一下，说得清楚一点。"

小侍女咽了口口水，神色依然惊惶："桃姜去西游园想替淑仪摘上几枝新鲜的花更换，不料冲撞了公主，现在……现在潘充华要命人活活打死她呢！"

英娥一下子站了起来，连面纱都没戴，毫无半点犹豫地就如同一阵风般直冲了出去。阿素等人忙不迭地跟了上去。

西游园中景致正好，几排枫树错落掺杂于花木之中，微染霜红，交织着还未褪尽的绿以及其余树间斑驳的黄，犹如一幅写意的画美不胜收。可此时，从某个角落中却传来与此景格格不入的棍棒击打声和呜咽声。不远处，几位宦官围在高高的树下，跳跃着想去引起停在枝杈上的一只羽毛斑斓的鹦鹉的注意。另一边，潘充华一脸厉色地坐在胡椅上，身旁的嬷嬷则不停哄着正在哭泣的公主。

桃姜已经痛得快失去知觉，什么声音都发不出，什么都无法思考，只是内心深处还有点不甘心……

她不想死，真的不想死。

突然之间，神佛仿佛听见了她的哀求，加诸于身上的毒打竟然真的消失了，紧接着，有人轻轻地将她扶起，她硬是睁开眼睛，透过模糊的视线，看到了一张带着怜惜和愤怒的面容。

原来，来救她的不是佛祖，而是……

"淑仪……"她微弱地低唤了一声，余光看到那两个行刑的宦官已然倒在地上哀号。

"有我在。"对方只说了三个字，却让她感到了前所未有的安心。

英娥将昏迷过去的少女交给旁人，站起身来冷冷地看着潘外怜，眼睛就像凝了一层薄冰。圆脸少女的灿烂笑容仿佛还在眼前，一眨眼的工夫却已经成了这副样子。

"尔朱英娥，你简直无法无天，我的人你也敢打！"潘外怜回想起刚才她如旋风般冲过来，一脚踹倒行刑宦官的狠劲不由得心有余悸。

兰芝悄悄拉了拉潘外怜的衣袖，上前几步先行了礼才开口："淑仪，刚才桃姜冲撞公主吓走了她的鹦鹉，惹得公主到现在还大哭不止。公主体弱多病，这一哭自然是对身体不利，也难免充华伤心气愤重罚那宫人。"

尔朱英娥倒也听出了几分话外音，这明显就是指责她护短，顺带还用公主威胁了她一下。她抬头看了看树上的鹦鹉，忽然身子一动，竟以极轻盈熟练的动作攀爬上树，趁着鹦鹉还没反应过来就迅捷地一把抓住了它，又下得树来交给了公主身边的人。

看到鹦鹉失而复得，小公主破涕为笑，而其他人则瞠目结舌，压根儿还没回过神来。

“潘充华，桃姜冲撞公主确有不对，但因为这件事就要将她活活打死，实在不是人做出来的事。”英娥毫不客气地说道。

潘充华气得浑身发抖：“你说什么？那低贱的婢女冲撞了公主，难道不应该严惩吗！”

英娥振振有词道：“洛阳城里千座寺庙，人人都在烧香拜佛，难道充华就是这样理解佛经的吗？身为母亲，充华不是更应该具有怜悯之心，善于宽恕吗？虽然我看的佛经不多，却也听过什么一切恶莫作，当奉行诸善，还有什么远离杀生于诸众生得大慈心，还有还有放下屠刀立地成佛……”

潘外怜几乎被气得吐血：“你不懂就别胡扯！来人！给我上前狠狠掌她的嘴！”

那两个宦官还在抱腿哀号，潘外怜带来的宫人们都脸色发青，根本就不敢靠近英娥。

“够了！”元诩实在忍不住，率先从树后走了出来。

众人纷纷跪下呼万岁。

英娥悄悄一抬头，正好看到元诩身后的元子攸对她露出一抹明媚笑容，恍如千百朵梨花瞬间开放。

“陛下！”潘外怜带着哭腔迎了上去，“您要给我做主，淑仪她羞辱妾！”

元诩还未开口，又有小黄门急急忙忙跑来，跪倒就禀告：“陛下，有人欲毒杀司马子如带来的人证，已当场被擒。”

元诩一惊，并未察觉怀中的潘外怜身体亦是一僵。

没过多久，但见一行人朝着这个方向走来，为首的年轻男子正是司马子如。这还是英娥第一次看到子如穿汉家的衣服，他一袭石青色大袖衫，修饰精美的衣带在轻风中微微飘动，狭长的眼眸浅浅弯着，嘴角的笑容透出几分慵懒。此时的他犹如一抹清澈的光出现在这里，在阳光的照射下更显风华绝代。

英娥的惊艳只是一瞬间，很快又被震惊所代替。因为她看清了司马子如带来的人竟然是潘外怜身边的心腹侍女阿鸾。

元诩的脸色瞬间变得铁青，他推开怀里的潘外怜，直视着她的目光深邃复杂，有难以置信也有怀疑。

倒是他身后的元子攸露出了并不意外的表情。

潘外怜脸上霎时失去血色，委屈的泪水立即落了下来：“陛下，妾什么也不知道……”

司马子如微微一笑，上前行礼后道：“今日臣带了那人证小沙弥进宫，正在侧宫等待时，有宫人送来了酪浆。幸好臣多留一个心眼，发现了递给小沙弥的那碗酪浆中加了毒。”他顿了顿，继续，“说起来都亏了陛下的庇佑，竟让臣抓住了还来不及逃走的下毒人。臣自然是不敢决断，特地将人带来，请陛下定夺。”

不等元诩说话，潘外怜突然扑通一声跪在他的面前，凄声道：“陛下，阿鸾是个老实孩子，这其中会不会有什么误会？”她说着又转头看阿鸾，美目圆睁一脸难以置信，“阿鸾，这到底是怎么回事？你别怕，如果是误会说出来就好。我绝不会让任何人将脏水泼到你身上！”

原本一脸木然的阿鸾听了她的话，目光微动，忽然就跪爬到元诩脚下流泪大呼冤枉：“陛下、充华，奴婢冤枉！奴婢只是恰巧经过那里，好奇去看了眼，不料就被这位大人命人抓了起来，奴婢完全不知是为什么！奴婢真的冤枉啊！”

潘外怜眼睛一亮，柔柔道：“陛下，这宫里人多眼杂，阿鸾出现在那里并不能说明她就是凶手啊。”

元诩皱了皱眉，面上似乎也有了几分犹疑。他望了一眼司马子如身后面色憔悴的小沙弥，开口道，“这小沙弥不是有证据吗？让他直接说就是了。”

小沙弥瑟缩地往后退了一步，好像还惊魂未定。

司马子如叹了一口气：“臣先要向陛下请罪，因为这小沙弥只知是宫里的侍女，却并未看清那人的样貌。臣昨天传出消息说有了证据，也不过是诱那指使者上钩而已，只是没想到钓到的是潘充华的人。”说着他又意味不明地看了潘外怜一眼。

潘外怜嘴角勾起了一抹一闪即逝的冷笑：“既然没有证据，司马大人也不能随便找个人就说是幕后指使者啊。”

司马子如不慌不忙地又开了口：“其实证据，臣或许还是有的。”

在场众人表情各不相同。元子攸多看了司马子如几眼，隐隐倒有几分欣赏之色。英娥则是一脸担心，但看到子如投过来的目光后又稍稍定了心。这世上很少有子如解决不了的事，不是吗？

司马子如的目光落在阿鸾的鞋子上，朝小沙弥问道：“这双鞋履你有印象吗？”

小沙弥仔细看了看，连连点头：“小僧记得这双鞋履！那天来找小僧的姐姐就是穿的这双，鞋履上绣着青鸟，当时小僧觉得好看还多看了几眼。”

阿鸾的脸唰一下就白了。

潘外怜忍不住辩解道：“穿这种鞋履的宫女又不是只有阿鸾一个，这未免太武断了。”

司马子如从怀里拿出一个透明的琉璃瓶，瓶里装着一些泥土。在场众人都不解地看着他，不知他拿出这个意欲何为。

潘外怜眼中闪过一丝嗤笑："大人若是再拿不出切实证据，还请放了我的侍女吧。"

英娥忍不住呛声道："司马大人这么做自然有他的道理，你不懂就别多嘴了。"

潘外怜被她一堵，倒也没有生气，只是目带讥讽地看着司马子如。

司马子如也不理潘外怜，又示意下人拿来一碗化开的醋水，直接就倒进了玻璃瓶。接下来的一幕令大家目瞪口呆，只见那泥水竟然迅速变成了蓝色。

元子攸脸上露出愕然之色："本王曾听过那景宁寺庙里栽种细叶梨的泥土有些特别，难道这……"

司马子如笑着点点头："长乐王所猜极是。景宁寺的细叶梨如此出名，和栽种泥土也很有关系，很多人并不知道其实这种泥土有一个特质，就是遇酸水会变成蓝色。偌大洛阳城内外，唯有这景宁寺才有此泥。"

"这和阿鸾又有什么关系？"潘外怜不耐地说道，而阿鸾似是想到了什么，手脚顿时变得冰凉。

司马子如扫了阿鸾一眼："小沙弥告诉我，那天和他密谈的女人就是站在细叶梨树下，脚下踩的正是这种泥土。虽说过去了好几天，但履底或许还遗留着一点泥土。如果这位宫女问心无愧，不如就将鞋履放进醋水中试试。"

阿鸾脸上露出了挣扎的表情，这都过去几天了，说不定当时沾来的泥土已经蹭光了，但万一还有遗留呢，万一呢……

"陛下，依妾看司马大人不过是危言耸听。"潘外怜嘴角一扬，"阿鸾，你就把鞋子给他！"

阿鸾似乎还在犹豫，司马子如又笑着开了口："陛下，臣还有个建议，若是那履底并无泥土，自然是臣担责，若是鞋底有半点泥土，那就坐实了罪名。还请陛下下令杖毙此侍女，再将她的亲族抓捕入狱，男子流放，女子入贱籍……"

他的话还没说完，阿鸾便凄厉大叫一声："不要！"

元诩倒是点了点头："就依卿言。"

司马子如上前几步，站在浑身发抖的阿鸾面前，声音平静却又好似有种奇特的蛊惑力："那么，你要不要用你的所有亲族来赌一次？假如你输了，那么你的一切都会被摧毁。假如你现在说出真相，或许不用累及你的家人……"

阿鸾轻颤着身子抬起头，却不知为何看不清对方的面容，只看到他的身影仿佛遮挡住了所有的光线，沉沉压了下来，让她几乎难以呼吸，眼前的世界一片黑暗。她忽然有种奇怪的直觉，如果再不说些什么，她，还有她所在意的一切，都会被这片黑暗吞噬殆尽。

"那日去寺中的人的确是奴婢……"阿鸾无力地瘫倒在地上，她知道她彻底完了，她赌不起，也不敢赌，她甚至预感她一定会输。她敢舍弃的也只有自己的一条命。

潘外怜嘴唇轻颤，却什么也说不出来。

“奴婢听到小宦官们闲聊时提起淑仪这次多半会宿在景宁寺，就回来禀告了充华。正巧之前因为一个偶然的机会，充华得知若是食用了细叶梨，在十二个时辰内接触到依兰香就会诱发红疹，于是就计划了这一切。”

元诩眼神复杂地看着潘充华：“阿怜，你太让我失望了。”

潘外怜痛哭流涕：“陛下，是妾一时糊涂，请陛下饶了妾这一回。”

英娥默默地看着这一切，虽说找出了指使者，可她心里还有好多疑问，总觉得还有哪里不对，只想等会儿私下里再好好问问司马子如。司马子如给了她一个安抚的眼神，朗声道：“陛下，您曾答应过臣必会严惩幕后指使人，不知您打算怎么处置潘充华？”

“陛下，要是杀了臣妾，公主就没有亲娘了……”潘外怜惊慌失措地跪下扯住元诩的袖子不放。

毕竟是宠爱多年的女子，元诩心有不忍，但想到元子攸的提醒又不得不硬下心肠，一闭眼，一字一顿道：“将长宁宫里的宫人都杖毙，至于潘充华，贬为庶人……先打入冷……”

“等一下。”一个婉转清润又不失威严的声音突然响了起来，打断皇上接下来的话。众人循声望去，只见一位身穿金丝火焰凤尾纹饰宫服的妇人在宦官的搀扶下款款走了过来，墨发绾成的发髻上戴着高贵的马头鹿角金步摇冠饰，步摇上片片薄如蝉翼的金叶随着她的走动轻轻摇曳，更衬得她容色倾城。

岁月，似乎没在太后脸上留下任何痕迹。

第五章 又见太后

众人纷纷行礼之后，元诩微皱着眉，语气生硬地先开了口："不知母后为何来这里？"

胡太后并没回答他，而是径直走到了英娥面前，眼波微转透出几分温和的笑意："这就是英娥吧，你阿娘她还好吗？"

英娥正在心里暗暗感慨太后的不老容颜，乍被问到还愣了愣才回："阿娘她挺好的，就是前几年生五弟文略时亏了身子，大不如从前了。"

胡太后低不可闻地微叹一口气："花开花谢，流年依旧人不复。当初她带着你阿弟菩提来洛阳为孤祝寿时，整个人可是精神奕奕呢。"她又定睛看了英娥几眼，笑道，"这红疹虽未褪去，但孤看得出这双眼睛倒是和你那阿弟一模一样。"

听到这句话，元诩和元子攸几乎同时向英娥的眼睛望了过去，元诩的目光一时不舍离去，眼中涌动着几分淡淡的光彩。倒是元子攸很快收回目光，再望向太后时眼底隐约多了几分警惕之色。

"太后来此可是要和淑仪拉拉家常？不如让淑仪到显阳殿去陪陪您？"元子攸面带极为自然的关心之色。

"如若母后只是路过，那么朕要继续处理家事了。"元诩被元子攸的话一提醒立刻回过神来，没好气地催促道。

胡太后此时才像是刚发现倒在地上的潘充华，面露诧色："这是怎么回事？"

元子攸上前将整件事简单有条理地禀告了一遍，胡太后听罢秀眉微拧地轻叱道："简直胡闹！"

从胡太后出现开始，司马子如就一直冷眼旁观，直到听到胡太后的"胡闹"两字，他面色微微一变。如果以胡闹给这件事定性，那么……连潘外怜也从这两个字中听出了端倪，原本暗淡的眼眸微微一亮，哀哀发出了一声低呼："太后……"

胡太后连眼角都没瞧潘外怜一眼，反而轻轻握住了英娥的手，柔声道："这件事潘充华一时冲动确实做得不对，母后一定替你好好罚她。只是公主年纪尚幼，还离不开亲娘，孤实在不忍看到母女分离。幸好英娥的脸还能治愈，没有酿成大祸，不如就先罚潘充华禁足一年如何？"

不等英娥回答，司马子如轻轻一笑已接过了话："太后此言差矣。潘充华计划周密，绝非一时冲动，就连微臣也是费了不少工夫才发现真相。如果这次轻轻放过，谁能保证下一次她不再犯，谁又能保证她下次对付的会不会是皇后、皇上甚至太后您？更何况，她的品级远低于淑仪，依大魏律以下犯上按罪轻重判死徒宫流鞭杖六刑，就是没听过禁足。"

胡太后脸上神情略有凝滞，但她还是再次含笑又问了英娥："英娥，依你看，到底该如何处置才好呢？"

英娥看了看司马子如，接收到对方鼓励的目光时顿觉有了不少底气："太后，虽说潘充华是公主的亲娘，但其身不正又如何能好好教导子嗣，公主还不如交给您或是皇后暂时养着。至于其他，无论是谁，只要在魏国，就应该遵从魏国律法。犯了错，就要接受相应的惩罚，这么简单的道理我一个胡女都懂得，在座各位熟读礼法，更是应该清楚才对。"

胡太后看着英娥的目光幽深了几分，英娥丝毫没有躲避，而是大大方方地看着她。

元子攸看着英娥的眼神中似乎多了些什么，见惯了规规矩矩的世家女，像英娥这样的女子他还是第一次见到。大胆却又不失礼节，爽朗却又不粗鲁，和这样的人相处一定很轻松吧……不知为何，他心中竟生出了一丝期待。

"好了！母后既为我魏国太后，更应守法，岂能任性而为。"元诩忽然出声道，

胡太后显然对皇帝的反抗大吃一惊："你说孤任性？"

"难道不是吗？朕的妃子，朕的家事，朕自然会处理。"元诩顿了顿，道，"母后的建议朕也会酌情考虑。来人，将潘充华贬为宫人，杖责三十，即刻搬出长宁殿。小公主则暂时交由皇后照顾。"

胡太后冷笑了一声："皇儿的翅膀现在是越来越硬了。好，那么孤也不管了。"她转身欲离开，忽然想到什么又转过身，"之前递的奏请高欢、元子穆平叛的折子孤已经否了。人选孤已经定好了，就让裴衍和源子邕同去。此事你不必再管。"她看了眼潘外怜，

“来人，等她行刑完毕再带走！”

元诩大惊：“那两人皆是纸上谈兵之人，何来作战经验。母后，国家大事并非儿戏，您怎能如此！”

胡太后不置可否地拂袖而去，元诩双手紧握成拳，根根青筋几乎要暴出来。

“皇上……”元子攸担心又无奈地唤了他一声。

“听说那两人平时关系也不算好，到时各自发号施命，让士兵们怎么办……不行，朕要再去找母后说个清楚。”

元诩说着疾步向前走去，元子攸看了看英娥，又对司马子如点了点头，即刻追了上去。

英娥看着这样的皇上，心里不免有几分同情。在太后眼中，他或许已经不是儿子，而只是穿着儿子皮囊的傀儡吧。

眼看事情终于有了个了断，司马子如脸上却并无笑意。英娥走到他身边，笑眯眯地猛夸了几句：“遵业哥哥，那潘充华已经受到惩罚了，为什么你看起来好像还有心事？”

司马子如本想伸手摸摸她的头顶，但还是忍住没动：“听闻胡太后和潘外怜关系并不好，潘外怜因为胡太后的关系还滑胎几次，这次胡太后竟然出手相救，一定有什么目的。”

英娥笑了笑：“不管是什么目的，总之我还是要谢谢你这么快找出真相。就知道这世上没事情难得倒你！”

司马子如半眯起眼睛：“我以为你从认识我那天起就知道了。”

“夸你你还真喘上啦。”英娥眨了眨眼，“不过我有个疑问，这都已经过去好几天了，万一阿鸾的鞋底没沾上泥，她又死不承认呢？”

司马子如展颜一笑，目光一扫，落在不远处地上的一只鞋子上。那是阿鸾被拖下去行刑时因挣扎而掉下来的。

司马子如拎起鞋子扔进旁边的池水里，接着又倒入剩下的醋水，只见原本清澈的池水慢慢泛出了蓝色。

司马子如眨了眨眼：“确认她和来景宁寺的是同一人后，刚才在带她来之前我就悄悄将这种土撒在地上让她踩到了，所以无论怎么样，她的鞋底都会有这种泥土啊。”

英娥一呆，张大了嘴：“啊，这也可以！”

司马子如失笑：“只要结果是对的，过程如何又有什么关系。我要的是万无一失。”

英娥似是松了口气：“幸好景宁寺的泥土遇到酸水会变成蓝色，才让我们抓住这次机会呢。”

“这种泥土遇到酸水是会变成蓝色，但并不是景宁寺的。”司马子如不经意间又甩出意外之辞。

英娥再次蒙住，发现自己好像消化不了他的意思。

“大家只听说景宁寺的土有特别之处，但谁也不知是何特别之处，包括我。所以我就在土里加了点东西，让它有了遇酸能变蓝的明显特点了。”

英娥啧啧摇头：“你也太大胆了，若是以后被揭穿了呢？”

司马子如毫不在意：“那又如何，反正我们已经得到了想要的结果。那幕后的指使人却是作不了假的。”

英娥抿着唇摇了摇头，眼中却有笑意：“你还是一样狡猾。”

“是不是越来越欣赏我了？”司马子如大言不惭道。

“司马子如你的脸皮可越来越厚了。”英娥抬头，正好看到对方温和的目光，那双狭长的琉璃眸深邃不见底，仿佛月光下瞬息变化万千的海面。当他扬起嘴角露出一抹坏笑时，她突然感到自己的心被莫名轻轻拨动了一下。

“好好照顾自己。记住，杀机可能隐藏在任何地方，怀着险恶用心的人无处不在。千万要谨慎行事。”他终于还是轻拍了下她的头顶，硬生生忍住了揉几把头发的冲动。

英娥笑得灿烂：“放心吧，我不会中招的。”

少女眼中的笑意让他感到一阵惆怅，还有轻微的刺痛感。等再次见到这个笑容，已不知是何夕何年了。

“总有一天，我会带你离开这里。这一天，不会太远了。”他说完后利索地转过身，朝宫外的路走去。

英娥静静看着他的背影，在一片色彩层次不同的花叶之间，那个影子显得越发单薄，仿佛随时随地都会融进去。轻风吹起他的衣袖，似乎在与周遭的一切做无声抗争，只是，太过于单薄了……

潘外怜是在一阵剧烈的疼痛中苏醒过来的。她缓缓睁开眼睛，发现自己身处一间阴暗湿冷的狭小屋室。空气里散发着一股晦涩难闻的霉味，唯一一扇透出光亮的窗口被一个纤细的身影所遮挡住。因为逆着光源，她看不清那个人是谁，但不知为何感觉到了一种同类的气息。

“这是宫里最下等的宫人居住的地方。你一定从来不曾来过这里。”

潘外怜一听这个声音，顿时一惊，脱口道：“太后！”她似是想到了什么，忍着疼痛挣扎着半支起身子，睁大眼睛竭力望向那个身影。

“妾多谢太后，这次多亏了太后出手相助……”

胡太后在黑暗中扯开一抹幽幽笑颜：“孤并没有帮到你什么。况且，原本陛下也并不想要你的命。”

潘外怜轻轻摇头："太后让我免于被打入冷宫，已经是最大的帮助。一旦进了冷宫，那才真的再没机会可言。如果有人想在冷宫里取妾的性命，也是易如反掌。"

胡太后嗤笑一声："你的意思是你如今还有机会了？难道你还想对付谁不成？"

潘外怜因一时激动碰到了伤处，顿时疼得深吸了一口气："那胡女害得妾如此凄惨，妾不会就这么算了的！妾一定也要让她尝尝这种滋味！"

"潘充华你还真是记仇呢。不过，孤就喜欢你这个性子。"胡太后的声音透出几分柔媚，让人几乎能想象到美人轻遮半面巧笑嫣然的模样。

潘外怜一愣，随即又悟到了什么，眼睛一亮："从今以后，但凡太后不喜的，无论是什么人，就算不惜任何代价妾也要将她们拉入到阿鼻地狱之中！"

胡太后沉默一瞬，继而笑了起来："好，潘充华，你要记住今天说过的话。"她垂下眼帘，"眼下就有一个对付尔朱氏的好机会。不过，就看你舍得不舍得了。"

潘外怜突然浑身一个激灵，背部无端端沁出密密的冷汗。

不多时，胡太后从宫人房中走了出来，等在门外的郑俨笑吟吟地迎了上来，目光无意中扫过房间，正好看到了面色比死人还要苍白几分的潘充华。

"太后之前不是还想拉拢那尔朱氏吗？怎么现在不想再留她了？"郑俨有些不解地问道。

胡太后似笑非笑地瞥了他一眼："孤倒是忘了，她还救过你儿子一命。"

郑俨却浅浅一笑，秀丽的眸中漾出温柔："太后这是在吃味吗？在臣心里，这世上无人越得过太后去。太后做的一切，即使没有任何理由，臣也毫无异议。"

胡太后一笑，却没有回答他，而是打开挂在檐下的鸟笼，逗弄起笼里的雀鸟。平时乖巧的雀鸟一见笼开，根本无心讨好主人，扑扇着翅膀想往笼外飞，不料刚到笼门口，就被一只白皙如玉的手握住了喉咙，生生捏断。

看着雀鸟浑身哆嗦着断了气，胡太后取出帕子擦了擦手，笑着一字一顿道："但凡不能掌握在孤手中的，哪怕是一只鸟，都不能留下来。"

自从司马子如离开之后，英娥情绪低落了一阵子，还好身边几位善解人意的宫女陪伴在侧，倒是减轻了她的思乡之情。这一天气候晴朗，天空碧蓝的颜色好似水洗过的蓝琉璃，阳光更是和煦，连带空气里仿佛也多了温暖干燥的味道。

英娥在阿素的陪伴下来到西游园散步，经过回廊时听到了一阵孩子的哭声。

这整座皇宫里，好像只有一位孩子……而且还是位极为尊贵的孩子。

阿素脸色有些不好："淑仪，不如我们还是先离开吧。"

英娥知道阿素是怕惹麻烦，刚点了点头，就见一个小女孩跌跌撞撞地大哭着跑了过来，果然正是潘外怜所出的小公主。英娥手疾眼快地赶在她摔倒前一把接住了，随后跟跄赶来的奶嬷嬷吓得面无人色，连忙将公主接了过去，连声道谢。

公主边哭边重复着一个字："鸟，鸟……"

英娥终是没忍住，开口问道："这是怎么了？"

奶嬷嬷慌张答道："公主养的鹦鹉今天早上没了，所以伤心得很，哭着非要把鸟找回来。这潘充华不在，不，不，潘庶人不在，宫里没人哄得住小殿下。"

英娥看那小公主哭得上气不接下气，小脸蛋通红通红，显见是伤心极了，想到她小小年纪从此就和亲娘分开，不由得也生了几分复杂的情绪。

阿素小声催促道："淑仪，我们还是走吧。您最好还是别管这事。"

英娥还在犹豫着，那小公主留意到英娥的面容，像是认出了她正是那天爬树帮忙抓鹦鹉的人，忽地挣脱了奶嬷嬷的手，冲到英娥面前用一双大眼睛瞧着她，兴奋地叫着："鸟，找鸟！"

英娥的心一下子就软下来了，她先朝四周看了看，双足一点轻盈地跃到了其中一棵比较高大的树上，沿着树干攀爬到了中间，上看下看、左挑右拣选中了一根粗细适宜的结实枝条，接着从怀里抽出一柄小刀将枝条连叶子一起砍了下来，又翻身下来，如一朵云般飘落到公主面前。

这一串动作如行云流水，公主看得都呆了，乌溜溜的双眼睁得比桂圆还大。

英娥盘腿坐在地上，麻利地用刀在枝条上切切削削，不一会儿在她的手下就出现了一只几乎活灵活现的小鹦鹉。公主接过小鹦鹉爱不释手，破涕为笑。

"这就对了嘛，如果你乖乖的，我会变出更多的小动物！"英娥轻轻摸了摸公主的发顶，那柔软的触感令她的心也酥酥的。

"这么快让她止住哭的，宫里你还是第一个。"身后忽然传来一个似曾相识的声音。英娥回头，秋日阳光落在芝兰玉树的优雅男子身上，映得他的面容比白瓷更璀璨明润，微蓝的眼眸闪动着细碎的光泽，仿佛天地间最为耀眼的光华都集中在他身上。正是美玉明珠般的长乐王元子攸。

公主见到元子攸，亲热地高举起那鹦鹉叫道："看，看！我的鸟！"

元子攸的目光落在了那鹦鹉上，忽然觉得那雕刻的风格有几分似曾相识，他下意识便想上前看个仔细。

元子攸正想看个仔细，公主已将木头鹦鹉藏入怀里，咯咯直笑。一旁的奶嬷嬷也显然松了口气，再三道谢后才抱了小公主离开。在临走前，小公主还将自己心爱的小铃铛送给了英娥。

英娥将小铃铛顺手放入怀里，情不自禁笑了起来，但想起公主的母亲潘充华，笑容又不免微微一滞。

就在这时，头顶上方忽然传来一阵奇怪的咔嚓声。英娥下意识地想要躲开时，却只见对面的元子攸身形一动，接着自己就被一股大力蓦地拉了开去，几乎是同时，从树上掉下来的一根枝条不偏不倚擦过元子攸的脸侧，粗粝的断枝将他那白皙如瓷的脸生生划出了一道血痕，立时沁出一串血珠子，看起来有些触目惊心。

英娥吓了一跳，忙凑上前查看他的伤势。

“糟糕，流了这么多血！”

她说着想从怀里拿出帕子，不料却摸了个空，索性将衣袖撕了一小截下来替他擦拭血迹。

元子攸想要阻止已来不及，只得浅浅笑了笑：“淑仪，只是小伤而已，不必介意……”

“怎么能不介意啊！你都是为了帮我才受伤的，再说了，伤什么也不能伤到你的花容月貌……啊不不，我是说你长得这么好看，有伤痕就不完美了。”当看到对方略显僵硬的表情时她又急忙改了口。

元子攸有些好笑地扬了扬眉：“我是个男儿，就算脸上有点伤也没关系。”

英娥不再废话，直接就踮起脚替他擦起血迹。因为离得近，元子攸几乎能数清她的睫毛，一股不同于脂粉味的香味隐隐随风传来，竟莫名地好闻。

“把血擦了，然后你找太医给你上点药，尽量别沾水，也别吃太咸的……”

听着她的嘱咐，不知为何，他的脑海中忽然浮现出幼时摔倒，母亲也是这样替他擦拭受伤的地方，嘴里更是念叨个没完。那时他只觉得烦人，可如今懂得珍惜了，那个叮嘱他的温柔女人却再也不会出现在他面前了。

他稳稳心神，一时也忽略了对方的身份，语气里带了几分温和的笑意：“你对各种禁忌还真熟啊，看来流血受伤的事没少做。”

英娥动作一滞，圆溜溜的眼睛里满是惊讶，脱口道：“你怎么知道？”

说完她才发现有点不妥，和元子攸对视了几秒后，两人突然同时笑出了声。此刻秋风旋舞，落叶纷飞，空气里明明透着一股寒凉，却偏偏有种温暖的气氛在他和她之间蔓延开来。

元子攸自己也没察觉到，他的笑容比平时多了几分真挚。

“淑仪，我们也该回去了。”一直默不作声的阿素忍不住开口提醒道。

还不等英娥说话，元子攸飞快瞥了阿素一眼，敛了几分笑意：“对了，陛下找臣有事商议，臣先走一步了。”

在与英娥擦肩而过时，他忽然低低说了一句：“小心太后，她不会就这么算了的。”

英娥微微一愣，面上露出几分感激之色。

就这样平平静静地过去了两天，什么事也不曾发生。直到第三天，英娥一早起来时发现自己脸上的红疹又莫名多了起来。这次的红疹明显和之前的不同，又痛又痒，分分钟让人忍不住想伸手去狠挠几把，着实让人难忍。

阿素脸色苍白，喃喃道："这是怎么回事，无论是吃食，还是熏香或是衣饰，都细细检查过了，并无任何问题……奴婢这就去找太医令！"

她刚走到门口，只见桃姜惊慌地跑了进来："淑仪，太后她……她带着太医令过来了！"

英娥面色微变，太后一起过来，显然事情没那么简单。看来她的这次红疹，多半也和太后有关系。

"别慌张，除了生死无大事。既然太后咄咄逼人，我们就见招拆招。"英娥宽慰着她们。阿素咬了咬唇，干脆一转身飞奔出去了。

不多时，胡太后带着太医令和一堆宫人浩浩荡荡到了这里。自打太后一行人进来，英娥就感觉到房间里的气氛变得奇怪压抑。宫人们的面上显然有惧色，太医令面色十分憔悴，在看到英娥时微微偏头避过了她的目光。留意到这个细节的英娥不由得心里咯噔一声。

太后也不看英娥，面色铁青地开口道："太医令，你倒是看看，她脸上这红疹是怎么回事！"

英娥忍不住反驳："太后真是神机妙算，这都能算到我的病情，还特意请了太医令过来。"

太后侧过头，目色冷冷地扫过英娥："前几天你是不是抱过公主了，还送了她东西……"

英娥的心陡然一沉，一种不祥的预感瞬间席卷了全身。

"公主她……怎么了？"

太后却不回答，只顾催促太医令："太医令，还不快些！"

太医令上前替英娥诊断，当触到她微凉的手时不禁一顿，沉默了半晌，才缓缓开了口："公主多半是从淑仪这里过的病，两人得的病一模一样。最初都是脸上起红疹，接下来会好一段时间，然后再次复发。"

桃姜着急地辩解道："可是您之前诊断时也没说这病会过人啊！怎么说过人就过人了！"

太医令面露愧色："之前是臣的疏忽，臣该死，不知道原来这种病在一段时间后是会过人的。"

桃姜还想说什么，英娥阻止了她，只问了一句："公主她现在情况怎么样了？"

她话音刚落，胡太后身边的满愿突然上前狠狠甩了她一个耳光。这个耳光来得气势汹汹，英娥又因为担心公主有些心神恍惚，结果一时没反应过来被打了个正着。

"要不是你，太后唯一的孙辈又怎么会危在旦夕！那可是皇上唯一的孩子！若是她有什么好歹，你尔朱氏有何颜面见陛下！"满愿借势报复，眼中露出得意之色。

"满愿，你太大胆了……"太后也只是不轻不重地告诫了一句。

太医令眼皮一跳："这是要过人的病，太后还是尽快将淑仪隔离开来吧。"

"既然我和太医令一样并不知道这病会过人，又怎会故意害公主？况且这病的来源大家也心知肚明，无颜面见陛下的人难道不应该是潘庶人吗？"英娥听到涉及尔朱氏，不顾脸上火辣辣的疼痛反驳道。

太后一时语塞，语气也缓和了几分："孤当然知道这不全是你的错，只是太担心孙儿才紧张了些。这样吧，你就暂时先离宫去白马寺养病。什么时候好了再回宫。"

"不行！"门外忽然传来一个坚决的声音。英娥抬头望去，只见元诩面色微红地站在那里，微微喘着气，显见是来得急了。而在他身后，一身蓝衣的元子攸面色沉静地看着她受伤的面颊，眼中极快地掠过一丝恼意。

胡太后似乎并不在意元诩的到来，淡淡道："陛下还是先离开吧，万一被过了病就麻烦了。"

元诩略带恼意地看了太医令一眼，上前行了礼道："母后，白马寺太过偏僻，淑仪在那里养病未必合适，还请母后另选地方。"

他太了解自己的母亲，英娥这一去必定是有去无回。他虽贵为帝王，手下可用的人却屈指可数，若是去了那么远的地方就算想护住她也并不是容易的事。

若是知道自己的姐姐出了事，那个人……一定会很难过吧。

太后神色有些不耐，连眼角都未抬："孤掌管六宫，这后宫的事孤自会处理，陛下就不必操心了。"

元诩气极反笑，说的话也多了几分刻薄之意："前朝的事已经轮不到朕插手了，难道这点家事朕也做不了主了？母后这是要连朕作为丈夫的权利都剥夺吗？"

太后这才诧异地抬眼看他，似是有些意外元诩的反应。但她素来强势惯了，一时反而怒多于惊，谁也不肯再多说一句，母子之间就这样僵持住了。

英娥正想说什么，却见元子攸对她轻轻摇了摇头，随即朝着那两人开口道："太后、陛下，其实淑仪只是需要一个妥善养病的地方，又何必非去白马寺呢？"

元诩见元子攸开了口，忙收起身上的戾气，语气里带了几分恳求："母后，就让淑仪暂时禁足嘉福殿中吧。这毕竟也不是致死之症，若是没有好转再另想办法也不迟。"

元诩这样求情，英娥自然不能无动于衷，她神色复杂地看了一眼元诩，正好对上他专注的视线。他定定看着她的眼睛，神情似喜似悲，像是想要透过她看到什么人……

太后面色有些僵硬，正要否决元诩的提议，却见一位衣着华贵的女子在一群宫女的簇拥下匆匆而来。

元诩皱了皱眉："皇后，你怎么来了？"

胡皇后顾不得行礼，焦急道："太后、陛下，公主身上的红疹越发厉害了！如今正闹个不停，妾也不知如何是好了。"

英娥一惊，脑袋里仿佛听见了蜜蜂扇动翅膀时发出的嗡嗡声。

元诩脸色一变，担忧之情溢于言表。

胡太后也变了脸色："太医令，还不速速随皇后去！"她又转头对元诩道，"陛下，你也看到了，她已经将病过给你唯一的孩子，难道还要留着她祸害别人吗？"

元诩一咬牙："母后，这恐怕……和英娥并无关系。"

他话音刚落，忽见一个身形柔媚的宫女从人群中飞奔而出，竟扑通跪倒在地，哭道："陛下！万万不能再将此女留在宫中了！若是公主有个三长两短，妾也不活了！"说完，那宫女霍然起身朝着旁边的树撞了过去！虽然太后的人拦住了她，她的左额还是撞到了树，鲜血登时从她的额角流了下来。

此时众人才看清这女人竟然是扮成宫女的潘外怜。

英娥心头一紧，难道公主真的出了意外？否则又何必这样大动干戈呢？

元诩也是一惊，下意识地上前扶起潘外怜，眼中闪过无奈："小怜，你这是傻了吗……"

潘外怜趁机抱紧了元诩，抽抽泣泣道："陛下救救公主，公主是陛下唯一的孩子……"

元诩艰难而缓慢地点了点头。

胡太后面色稍缓："陛下，任何人都比不上你的皇嗣重要，她是万万不能留了……"

元诩暗地里握紧了拳，一字一顿打断胡太后的话："朕不会将她送出宫。"

胡太后正要发作，元子攸又及时开了口："臣认为或许可以让淑仪移居到北边的瑶华宫，这样既和后宫隔离开，万一有什么事也能及时医治。"

除了英娥外，在场的人俱是一愣，连太后也眼神复杂地看向元子攸。瑶华宫虽然名字好听，却是人人畏惧的冷宫。

太后还未说话，元诩就眼睛一亮："对！彦达说得对！就搬到瑶华宫！

这样也好，这样至少还是在宫里。

冷宫啊……胡太后冷冷一笑："那就如你所愿。来人，即刻请尔朱淑仪入住瑶华宫，若无好转永远不得出宫。"

桃姜已经流下泪，惊慌地用哭腔叫着："淑仪！淑仪！"

英娥对她微微一笑："不用担心。只要我还活着，一切都会有希望。在这里等着我回来。"

桃姜想了想，又重重跪倒在地："太后、陛下，奴婢愿去冷宫伺候淑仪！"

元诩立刻就答应了，太后也并不在意多一个人进去，这种小事上也就顺了元诩的意思。"等一下！"在英娥被带走前，元子攸又开了口，"臣想问刚才是谁打了淑仪？"

太后脸色有些不好看，倒是满愿满不在乎道："回王爷，是奴婢。"

"是太后命你打的？"元子攸刚问出口，元诩的目光立刻利箭般射向太后。

太后看了一眼元诩，否认道："自然不是。"

"没有太后的命令以一介卑贱奴婢身份对淑仪动手，后宫的规矩就是被这种人破坏的。有错就要罚，太后既为六宫之主，自然是最明理的，不是吗？"

太后有些堵心，可当着这么多人的面还是不得不附和道："长乐王所言有理，来人！将满愿掌嘴二十。"

满愿瞬间觉得天都塌了，满脸仓皇地求饶，却还是被拖下去硬生生掌了二十下嘴。待掌完嘴，她那脸高高肿起状若猪头，恐怕是她亲爹亲娘都认不出了。英娥虽正处艰难处境却还是忍不住笑出了声。她看向一脸沉静的元子攸，心中微动，对他无声道了句谢谢。

元子攸会意一笑，再次用眼神宽慰了她。

之前还在哭泣的潘外怜举袖擦拭着眼泪，用衣袖半遮住了眼中流露出的恨意。

"朕去看看公主……"元诩见这里的事情暂时解决，急忙去询问公主的情形了，其余人也跟着纷纷离开。

元子攸却驻足于窗前，询问双目微红的阿素："将那天淑仪和公主在一起发生的每个细节都告诉我。"

阿素点头，说了起来。元子攸听得很认真，当听到公主送了个小铃铛给英娥时，表情稍稍起了变化。

此时在百里之外的驿站，司马子如刚推开陈旧的木窗，刺耳的咯吱声惊得栖息在院子树上的昏鸦们尖叫嘶鸣着四下飞散，没头没脑地冲进天空之中。

他面色微微一变，忽然有种不太好的预感。

"大人，您是在担心淑仪吗？"身边的随从小心翼翼地低声问道。

"是啊。也不知道她能否应付接下来的各种陷阱。"司马子如坦率承认后又微叹一口气，"我倒是想帮她，可是她总要学着自己长大……这个世上最靠得住的人，就是自己。"

随从犹豫了一下还是说道："大人，其实将军和北乡公主对您都颇为欣赏，若是大人早些……或许现在就不必这样烦恼了。"

司马子如默了几秒，眼波一转："难道你没听过那句禅语吗？无论发生什么事，那都是唯一会发生的事。命运安排下的每一件事，都不会以其他方式发生。你之前说的‘若是怎么样，或许结果就会怎么样’是不存在的，因为无论发生什么事，那都是唯一会发生的事，而且一定会那样发生，才能让人吸取教训继续往前走。”

随从似懂非懂地望向司马子如，但见浅浅的阳光照在他的脸上，缥缈而遥远，无人能看清他的表情，唯有眼底深处，仿佛浮动着一丝淡淡的落寞……

瑶华宫的院子里除了几棵半死不活的榆树外，四周角落皆杂草丛生，一看这里就是久不居人的荒芜之地。房间里充斥着古旧家具的腐朽味道，令人闻之作呕。这个被称之为冷宫的地方从来就是残酷而森冷的，因为积聚了漫长岁月中最深重最浓郁的怨气，无论何时四周都显得那么压抑阴沉。

英娥和桃姜两人打扫了半天，才算勉强整理出休息的地方。桃姜扶了英娥在一旁坐下，轻声道：“淑仪您是贵人，何必和奴婢一起动手呢？”

英娥一笑，用力地也将桃姜拉到身边坐下：“都这个时候了，还说什么贵人不贵人的。你愿意陪我一起来这冷宫，我感谢你还来不及呢。”

桃姜嘴唇嚅动了几下：“要不是那日淑仪救下奴婢，奴婢早就被打死了。淑仪的救命之恩，奴婢愿以性命相报。”

英娥连忙摆手：“别别别，你的命是你自己的，千万要珍惜。好好活着就是对我最大的报答，懂了吗？”

桃姜抿着嘴点了点头，心中却暗暗下定了决心。

不多时，一位年老微胖的宫人送来了夕食。食物非常简单，几个粗麦面饼外加一些葵菜和蜀芥腌制而成的咸菹，没有半点荤腥，和以前的膳食自然是天壤之别。

桃姜看了那老宫人一眼，从自己发髻上取下银簪细细验了一遍。

英娥见状笑了笑：“一入冷宫就下毒，这未免太心急了吧。怎么也该等上一阵子再说。”

桃姜正色道：“淑仪，还是小心一些才好。”她说着将验完的食物递给英娥，“只可惜这些东西粗糙难以入口，淑仪受委屈了。”

英娥倒是不以为然：“这里是冷宫，不是馊饭剩菜就已经很好了。来，桃姜你也多吃一点，吃饱了才有精力想别的事。”

桃姜也被英娥的乐观感染，露出笑容，重重点了点头。

主仆两人凑在案前一起吃了起来，时不时响起的说话声和轻笑声为这幽暗冰冷的地方添了几分暖意。

老宫人缓步走出瑶华宫，刚和守在宫外的几位侍从说了几句，待要转身时却见侍从们眼神不对，接着就纷纷跪了下来，齐呼陛下。她一回头，见年轻的帝王只身前来，连忙也跪了下来。

元诩的目光在那老宫人身上停留了一瞬，挥了挥手让众人起身，他抬脚正要跨过宫门，却被刚刚起身的侍卫们齐齐拦了下来。

“大胆！”元诩脸上露出恼色。

为首的侍卫毕恭毕敬道：“陛下，太后有令，除了这位送食的宫人，其余人一律不许入内，包括陛下您。”

元诩顿时被气笑：“那如果今天朕非要进去不可呢？”

侍卫们索性再次跪在他身前：“陛下！就算您杀了我们，我们也不能让您进去。”

元诩眼中闪过一抹狠戾的杀意：“难道朕不敢杀了你们吗？”

为首的侍卫面上露出苦涩之色：“如果违背太后的命令，我们也是难逃一死。同样死罪难逃，陛下若是要动手就动手吧。”

元诩微微一愣，随即冷冷自嘲地笑了起来：“倒是朕忘了，朕这个皇帝根本没人会放在眼里。”

说完，他一转身快步离开了。

老宫人看着他的背影，不禁微微叹了一口气。

瑶华宫内，英娥丝毫不知元诩被阻在门外，稍稍梳洗了一下便打算入睡。正准备换衣时，忽然听到窗棂外像是被什么东西重重敲了一下，在寂静的夜里听起来格外瘆人。她拦住想要出去查看的桃姜，披了件衣裳推开门走了出去。

刚走到院子，只见一颗石子又不偏不倚地落在她的脚前。英娥抬起头，竟然看到从高墙那里探出一人的半个身子，月色照在那人的脸上，映得那张秀美的面容更是熠熠生辉。

“陛下！”她大吃一惊。

元诩一只手攀在墙上，另一只手则从腰间利落地解下匕首，扔到英娥面前，命令道：“这个你拿着。”

英娥依然处于震惊之中，高高在上的帝王怎么转眼成了翻墙小贼，这是怎么一回事？

“快拿着！要不是为了菩提，你以为朕费这个劲儿做什么！”

英娥这才回过神来，正巧在入冷宫前她随身携带的匕首被搜走，这把匕首看起来更为锋锐漂亮，用起来应该更称手。她几乎是没犹豫地立刻捡起那把匕首，口中还不忘赞了几句。

“陛下，没想到您翻墙的本事这么高。”

元诩脸上略有得色：“这算什么，小时候我连更高的树都爬……”说到一半他像是意识到什么，急忙刹住了话，没好气道，“你管这些干什么！”

英娥望着他，脑海中忽然闪现过不同的记忆碎片，幼时和他打架的情景、他为了小犬死去而偷偷哭泣的情景，还有他故意以佛经捉弄她的情形……原来，这么多年过去了，他从来就不曾忘记过那个她。

“你是菩提的阿姐，朕不会让你死的。”元诩顿了顿道，“也不会让你在这里待太久的。”

英娥似是蓦地想起什么：“陛下，若是可以，请想办法先让桃姜出了这冷宫吧，她实在不必和我一起被困在这里。”

元诩有些惊讶也有些犹豫：“那你在这里不是更孤单了吗？”

英娥眨了眨眼：“陛下不是说了不会让我在这里待太久吗？”

元诩一笑：“伶牙俐齿的劲儿倒是像他，难怪是亲姐弟。”

房门口，桃姜站在那里一动不动，月光照在她的脸上，依稀可见眼角的泪光。

就在这时，不远处传来巡逻侍卫的呵斥声：“什么人！”

元诩脸色一僵，却还勉力维持着帝王的面子：“时候不早了，朕也该回去了。”

说完他迅速沿着墙边的大树爬了下去，只是快要到地面时，墙内的英娥听到了扑通一声，接着又响起一声哎哟，很快又听到脚步声匆匆远去。

英娥嘴角不自觉地弯了起来。

就这样在冷宫里平静度过了两天。第三天深夜，待英娥和桃姜睡下后，有几个身形矫健的黑衣蒙面男子迅捷解决掉宫外的侍从，悄然溜了进去。

睡在床榻上的英娥突然睁大眼睛，似是感觉到了某种危险的来临。

暗黑天幕中，一轮弯月在厚厚的云层后若隐若现。忽明忽暗的月光下，依稀可见潜入瑶华宫的几个鬼祟人影打了暗号后悄悄分散开来，倏忽不见人影。

不多时，其中一个小个子的蒙面男子熟练地用剑刃拨开了英娥的寝房木门，悄然无声地溜进房中，蹑手蹑脚一步一步朝着英娥所睡的床榻走去。月色闪烁，映照出他手中所持长剑的森然寒光。

小个子男人走到床前，看到隆起的被褥，眼中闪过凌厉的杀意，毫不犹豫地举起剑朝正中刺了下去！就在剑刺入被褥的瞬间，他暗道一声不好。几乎是同时，一股凌厉的风已至脑后，还不等他做出反应，一件重物已然重重砸了下来。他双眼一翻，闷哼一声就栽倒在了地上。

站在他身后的，是神色微冷的英娥。她手里还紧紧握着凶器——那是件玉石雕成的骏马摆件，上面沾着鲜艳的血色。

英娥还来不及松口气，但见又一男子破窗而入。男子看到躺在地上的同伴有一瞬的震惊，接着拔剑直刺她的要害。英娥反应极快，将手里的玉石狠狠朝他扔了过去，趁着男子躲避的空当，如猴子般从窗口灵巧无比地蹿了出去。

那男子恼恨不已，也紧追了出去，一个飞转封住了英娥的去路。

英娥倒退两步，摸到了腰间那把元诩所赠的匕首，心中稍安。就在那男子朝她袭来时，她突然用力扯断了手腕上的珊瑚珠手链，只听哗啦啦一阵响，浑圆的红色珊瑚珠顿时滚落一地。那男子收势不及，脚底正好踩在珊瑚珠上，身子失去平衡一阵乱摇整个人摔在了地上。不等他起身，英娥抓住机会如小狼般一个跃步直扑上去，手中的匕首利落地扎入了他的后背，接着拔出，再一刀，拔出，又是一刀……直到那个男人抽搐几下，再也不能动弹分毫。

英娥精疲力竭地仰面躺在地上，大口大口呼吸着，冰冷的空气大量涌入肺里，缓解了一些紧张的情绪，心还在剧烈跳动着，提醒她刚才又亲手杀死了两个人。

微叹一口气，她疲惫地闭上了双眼。

刚刚赶来的桃姜恰巧看到了这一幕，整个人瞬间软了软，但还是强撑着来扶她："淑仪，淑仪，您没事吧，这脸上身上都是血……"

英娥笑笑："这都是别人的血，我没事……"她话还没说完，却见桃姜看向她身后眼神一变，不知从哪来的力气竟然一把推开了她，挡在她身前。跌倒在地的英娥这才看到不知哪里又冒出个蒙面男子，此时他的剑离桃姜的胸口不过几寸。英娥目眦欲裂，想扑上去相救却已来不及。就在千钧一发之时，一柄长剑不知从哪里横出，恰恰挡住了那蒙面男子的剑。

英娥抬起头，有些不敢相信地看着眼前如芝兰玉树的年轻男子，脱口道："长乐王……"

那蒙面男子也是震惊不已，转身就想逃离，不料离门只有咫尺之遥时，一把长剑从后面急速掷来，不偏不倚穿透了他的后心。男子不甘地倒在门边，挣扎了几下就断了气。

元子攸走上前，抽出自己的剑，一脸平静道："这个人，不能活着出去。"

英娥难掩脸上的惊讶："长乐王，你怎么会……"

元子攸微微一笑，打断了她的话："我知道你一定有一大堆问题。我在瑶华宫附近也布有眼线，因此很快收到有人要对你不利的消息。本来我还有些担心，没想到……"他的目光落在了之前的那具尸体上，"出乎我的意料。"

英娥一愣："长乐王你也出乎我的意料……我一直以为你们宫里的人只喜欢诗书琴画，重文轻武。"

月色下，元子攸俊秀的脸庞仿佛笼上了一层明亮的光，显得沉静柔和。他望着她，深邃的眼睛里仿佛有微微的光芒流转。

“自孝文帝推行汉化以来，我们一直学汉人的诗书礼仪，学汉人的服饰文字，和汉人通婚，我们的外表或许越来越汉化，但骨子里流的始终是来自鲜卑的血。我们是草原的狼，终有一天会完全苏醒。”

英娥沉默了一瞬，道：“不管怎么样，今天还是要多谢你。”

元子攸漫不经心地擦拭着剑上的血迹：“其实我今夜来，还有件事要告诉你。那个小铃铛我已经让人看过了，分明是在某种特制的药水里浸过，一旦沾染，就会起这种又疼又痒的疹子。”

此时在宫中最为偏僻的下人住处，躺在床榻上的潘外怜突然跳了起来，双眼发直地盯着那个禀告的宫女：“你说什么！那几个人进了瑶华殿一直未出？”她面色苍白，神情惶惶，“糟糕了，一定是凶多吉少了！”

她用力攥紧被子，心中恨意更甚，到底还是小看了那蛮女……

就在这时，门被重重推了开来，一股冷风猛地灌进来，惹得潘外怜连连咳嗽。待看清趁着夜色到这里的人，她顿时吓得一个激灵，连滚带爬地从床上下来，跪倒在地，颤声道：“太后，您怎么来了？”

胡太后也不回答，更没看她一眼，只是沉着脸往屋子正中一坐，沉默了半天才开口。

“她才入冷宫，你就买通人下死手，还是用这么明目张胆的方式，潘外怜，你究竟是有多蠢！”

潘外怜一脸诧异：“太后，您怎么知道的，这也太快了……”

胡太后冷笑两声：“这个宫里哪里有孤不知道的事情。”

潘外怜脸色变得也是极快，顿时眼眶一红，哽咽道：“妾也是……忍不住了。”

胡太后无奈地看了她几眼：“现在她已经进了冷宫，你还担心什么？”

潘外怜眼中已有泪光：“太后，您也知道，她是进了冷宫，可妾也付出了好大代价，妾的公主她……况且皇上又很是喜欢她，妾也是怕夜长梦多，先解决了她才能彻底放心。”

胡太后不以为然地开了口：“民间不是有句俗语，舍不得孩子套不到狼，她现在已经入了冷宫，就是最好的落井下石的机会。其实一个宫里女人最常见的死亡方式，就是病死。让她在冷宫里慢慢病死不就好了。”

“可是万一她病好了呢？”

胡太后笑出了声，笑容冷艳不失妩媚：“她永远好不了。”

而在瑶华宫，英娥也是瞬间白了脸，难以置信地摇摇头。

“怎么会这样……公主可是她亲生的女儿，是陛下唯一的孩子……为了陷害我连女儿都可以利用，我真的不能相信……”

“这也是她的大胆之处，即使有这个铃铛在手，我和陛下说，陛下也未必相信，因为没有人会相信亲生母亲会害自己的孩子。这也是她敢下手的原因吧。”元子攸也有点无奈。

“那老宫人明为皇后的人，其实是我们的人，所以送来的食物尽可放心食用。”他顿了顿道，“从明天开始，治疹的药也会一起送进来，只是太后必然是要你死在冷宫里，若是被她发现你有好转……”

英娥眨了眨眼：“那我们就来一招瞒天过海吧。”

元子攸用询问的目光看向她。

英娥踮起脚，在他耳边轻轻说了两句话。

元子攸的眼睛瞬间明亮起来，唇边的笑容更是加深了几分。

第二天一大清早，老宫人如往常那样送来了晨食。英娥想起元子攸的话，细细搜寻后果然在面饼中找到夹带的药，另外还在食盒的底层发现了她向元子攸提过的东西。

“这下可好了，有了这个药，您脸上的红疹很快就能消失了。”桃姜欣喜不已，“这次幸好有长乐王帮忙。等出了瑶华宫，奴婢得替淑仪备上份厚厚的谢礼。”

英娥点了点头，下意识地将手按在腰间匕首上，低声道：“除了长乐王，还有一个人需要感谢。”

桃姜并未听清她的话，又颇为纳闷地指向食盒底层的东西：“不过奴婢有点不明白，如今我们身在冷宫，为何淑仪还需要这个呢？”

英娥只是俏皮地一笑，拿起这样东西轻轻一晃：“这个，我自然是有用。”

桃姜听英娥这么一说，再没有任何怀疑。自昨晚亲眼见到英娥手刃强敌后，桃姜对英娥又怕又敬，更多的是发自肺腑的崇拜，对英娥所说的任何话都深信不疑。

英娥将东西放入怀里，神色朗朗地望向瑶华宫的高墙外，那里有一望无际的蓝天无限伸展着。

她的人生，绝不会终止于这座冰冷的宫殿。

显阳殿内，秋日和煦，层层转折的长廊上时有悠悠凉风拂过。站在池边的年轻皇帝身穿绣着金色龙纹的华贵锦衣，动作优雅地喂着池子中的鱼。阳光下，他的皮肤显得晶莹剔透，微仰的下巴形成优美的弧线，精致美丽得仿佛从壁画里走下来的一般。当听到内侍通报长乐王前来觐见时，他那花瓣般柔软的嘴唇立时弯了弯。

身穿蓝色大袖衫的元子攸匆匆而来，如同一阵柔和的春风掠过，行礼时绣着祥云纹的衣袖微动，风雅无比。

看到元子攸时，元诩脸上已有了笑意：“彦达，今日怎么这么早过来？”

元子攸神色微敛：“陛下，昨日瑶华宫遇袭了。”

“什么！”元诩脸色顿时一变，焦急地问道，“淑仪她怎么样了？”

元子攸随即向元诩详细禀告了昨晚发生的事情。元诩聚精会神地听着，时而紧张，时而恼怒，时而讶异，时而释然，尤其当听到英娥凭一人之力连诛二贼时，他情不自禁地微笑起来。

这就是那个人的阿姐……这才是那个人的阿姐……

元子攸看着年轻皇帝的笑容，脑海里不禁也浮现那个举着匕首，脸上、身上溅满鲜血的少女。那样狼狈不堪的少女，却偏偏散发着比阳光还要炫目的光彩。那是努力想要生存的坚持，那是拼命想要保护自己的勇敢……

他从未见过这样的女子，就像开在悬崖峭壁上的花，迎着阳光不顾一切地生长着。

“那些人可是太后派去的？”皇上的话及时拉回了元子攸的神思。

元子攸摇了摇头：“臣觉得按太后的性子不会在这个时候出手。不过在处理尸体时，臣发现都是行过宫刑之人，看来这主使者应该还是宫里的人。”他似无意道，“潘庶人的义父成轨在宫中倒是一直颇有势力，臣觉得……”说到这里，他停顿了一下，没再说下去，但言下之意已足够元诩领会。

元诩脸色僵硬，最终无奈地微闭上眼：“等公主病好了，朕就将她送到冲觉寺出家为尼。”说完他叹了一口气，“彦达，朕是否过于心软？明明小时候朕还因为被菩提看到偷哭想要杀人灭口呢。”

元子攸笑了笑，望着元诩的眼神带着宽慰怜惜：“您不是心软，而是太过寂寞。所以，那些曾经给过你温暖的人，哪怕只是一点点，都让您铭记于心。潘庶人在您被囚禁时最孤单的日子里陪伴过您，还为您生下公主，您对她心软也是情有可原。当有一天，您不再为这些情感束缚时，就能成为一位最合格的帝王了。”

元诩沉默几秒，神色柔和了一些：“多派些人盯着那里，切不可再让她陷入危险了。”元子攸有些无奈道：“今晨太后也抽调了人手守在那里，如今想要进入瑶华宫怕是困难了许多，不过倒也无人会在这时加害她了。”

元诩神色不明：“那些药，已经送过去了？”

元子攸点点头：“还有太医令那边……听说他刚出生的孙子前几日被白马寺的住持断言三岁前有大灾，需送到寺中住到三岁才能消灾解难。”

元诩冷笑：“白马寺？这必定是母后的诡计。还好那老宫人是我们的人，并不是所有人都会倒戈于她。”

就在这时，内侍面带喜色疾步来禀：“陛下，公主用了药后已经醒过来了。”

元诩脸上露出了笑容：“好极，朕这就过去瞧瞧。”他随内侍走了几步，又似是想起什么，回首道，“过了这个冬，英娥就满十五了。朕要菩提知道，他的亲人朕都会善待。”

元子攸目送着皇帝的背影，怔怔地站在原地未动。英娥就要满十五了，过了冬，她就可以侍寝了。

不知不觉，一种微凉而怅然的淡淡涩味瞬间在他的胸口弥漫开来……

过了六七天后，小公主脸上的红疹都消了，只是脸颊上有两处挠破的地方结了浅浅的疤。潘外怜得知后心痛不已，可想到英娥因此被打入冷宫再无翻身之日，报复的快感还是超过了对女儿的怜惜。

胡太后走进宫人住处时，正好看到潘外怜略带扭曲的面容。

“母后！您来了！”潘外怜见到太后，急忙下跪行礼，“这次多亏了母后的计策，才让那蛮女有此下场。”

胡太后眼中闪过一丝厌憎和不屑：“你别高兴得太早了。世间事瞬息万变，更何况，陛下有心救她。”

潘外怜眼底掠过阴霾：“那蛮女如今无药可用，瑶华宫内外又都是太后的人，就算陛下有心救她，也是心有余而力不足。”

胡太后冷笑一声：“你义父派去的人怎么消失的，你都忘记了？”

潘外怜脸色蓦地一变：“难道是陛下的人在帮她？”

胡太后淡淡道：“孤已经多派了一支禁军守住瑶华宫，这下就算是一只苍蝇也休想飞进去。不管是什么人在帮她，她只能死在瑶华宫。”

潘外怜还是不太放心：“太后，那蛮女如今病况如何？”

胡太后轻轻一笑：“昨日孤问了那老宫人，那尔朱氏脸上的疹子是越来越厉害了，最近好像都下不来榻了。不过，孤自会让人再去确认。”

一旁的满愿立刻开口道：“太后，奴婢愿意前往。”

太后随意地点了点头，满愿扯嘴一笑，笑容看起来似乎有几分狰狞。

满愿带着人迫不及待地踏进瑶华宫，触目所及皆是一片萧条荒芜，空气里还充斥着一股潮湿晦涩的霉味，让她忍不住用手在鼻子前猛扇一气，才勉强觉得呼吸通畅了些。

“满愿姐姐，听说那病可是会过人的呢。”跟去的小侍女战战兢兢地打量着四周。

满愿皱了皱眉，也有几分后悔自告奋勇接下这个差事，但转念想到自己生受的二十记耳光，一股愤恨顿时涌上心头。

她冷笑一声，以面纱遮住口鼻，疾步朝着内室走去。

还没到门口，她就听到有断断续续的抽泣声从里面传来，隐约还夹杂着几声焦灼的惊呼。

满愿心情甚好地静静听了一会儿，这才慢悠悠地推开门。

映入她眼帘的是被层层幔帐围住的床榻，不时传来死死压抑着的咳嗽声。守在一旁的桃姜面上犹有泪痕，神情戚戚。

满愿紧盯床榻几眼，毫不掩饰脸上幸灾乐祸的神色："奴婢奉太后的命令，前来探望淑仪的病情。"

过了一会儿，尔朱英娥半死不活的声音响了起来："多……多谢太后了。其实……我的病已经好多了……不知何时我才能离开这里？"

等到死那天吧。满愿在心里暗暗回了一句，上前几步，故作好心道："淑仪已经好多了吗？那就容奴婢看看，等会儿也好回禀太后，让淑仪你早一些离开这里。"

话音刚落，满愿用尽全力猛地扯下帷幔，一张遍布红斑的脸霎时映入她的眼帘，吓得她手一抖，立刻后退两步。英娥在一瞬的失措后已飞快地以袖遮面，又惊又怒道："放肆！给我滚出去！出去！"

满愿只觉心情舒畅，但也不愿在这里多待，冷笑道："看来淑仪还得在这里多待一阵子了。"

她转身欲走，不料一旁的桃姜突然扑到她的脚下，伸手拉住了她的衣角，垂泪哀求道："满愿姐姐！求求您让太后派太医过来吧！再这样下去，淑仪她支撑不了几天了！求求您了！"

满愿低头，正好看到桃姜手腕上的红疹，立时吓得魂飞魄散，忙不迭地一脚踢开桃姜，慌不择路地逃了出去。

待四周重新归于平静后，桃姜面色平静地擦去脸上的泪痕，转过头，和刚扯下面纱的英娥对视几眼，忽然同时笑了起来。

英娥伸手在脸上轻轻一抹，指尖顿时沾上一点红色。

桃姜扑哧笑出声："奴婢终于知道淑仪为什么要长乐王送口脂进来了，刚才可把那满愿吓得半死。"

英娥微微一笑，将指尖上的口脂往唇上轻轻一扫："我想太后会满意她的回禀。"

回到宣光殿的满愿依然惊魂未定，向太后禀告英娥的病情时更是夸张了好几倍，只差将她说得几乎还剩一口气了。

太后斜倚在软榻上，嘴角含笑地逗弄着笼中的雀鸟，对这个结果似乎也在意料之中。虽说世间事瞬息万变，但在她胡仙真这里，绝不允许有任何意外发生。

"差不多，淑仪得病的消息也该传到北秀容了。"

满愿神色惴惴道："太后，若是那尔朱荣得知女儿死在宫中……"

太后笑得妩媚："他的女儿可不是死在孤手里，而是死在皇上最为宠爱的妃子手里。"

满愿一愣，随即又笑起来，殷勤地凑上前："爱女死在皇上的爱妃手里，恐怕皇上想再得到他的支持，就没那么容易了。到时太后再杀了潘外怜替淑仪报仇，那尔朱荣若是个知道好歹的，就该知道怎么做。太后果然想得周到。"

太后心情甚好地关上鸟笼，随意问道："对了，今日上朝时孤看皇上心情郁郁，退朝后他去哪里了？"

另有侍女小心翼翼答道："回太后，皇上到皇后那里探望小公主了。"

太后也不以为意，看了看窗外的天色："这个时辰了，阿俨怎么还没进宫？满愿，你去看看。"

满愿应下正要出去，只见胡太后的心腹宦官匆匆进来，面色不好地低声道："太后，郑大人的独子昨晚去了。今日他恐怕不会进宫来了。"

太后的笑容凝在了脸上。

因着小公主的关系，这些天元诩来胡皇后的建始殿的次数比往常一年还要多。这位胡皇后是胡太后堂兄翼州刺史胡盛之女，容色比起另一位被选为左昭仪的太后侄女要逊色不少，只是因为性子软弱温婉才被胡太后看中选为中宫。元诩对于出自胡家的女人全无好感，来建始殿的次数自然也是屈指可数。

此刻，胡皇后正端坐于一旁，含笑凝视着哄小公主睡觉的年轻皇帝。平时老气横秋的少年人在这个时候表现出了几分难得的稚气，还有她从来不曾奢望过的温柔。

安抚完小公主，元诩站起身来，神色复杂地看了皇后一眼，开口温言道："这些天皇后你也辛苦了。"

胡皇后整个人愣在了那里，似是有点不敢相信，随即笑容便在嘴角慢慢绽开。

"这都是妾应该做的。"

元诩一时也不知再说什么，只是点了点头后就转身离开。皇后脸上闪过失落，又自嘲地笑了笑，起身替公主盖好被褥后又坐回案几旁拿起翻了一半的经书，面色平静地轻轻诵念起来："此有故彼有，此生故彼生；此无故彼无，此灭故彼灭……"

元诩走得有点急，在回廊那里与人撞了个满怀，被撞之人哎哟叫了一声摔倒在地，手中篮子中所装的东西也落了一地。元诩打眼一看，原来是公主的奶嬷嬷。

奶嬷嬷挣扎着起身行礼，弯腰将散落的东西一一捡起来。

元诩目光一扫，正好看到她捡起一样东西。就在看清那样东西的瞬间，他忽然觉得全身莫名发热，心跳急速加快，一股强烈的酸涩之气直冲脑门，迫得他鼻尖酸胀，双眼模糊……

他上前几步一把夺过那样东西——一只木雕的鹦鹉。

这手法、这雕工、这风格……都是他再熟悉不过的。

自从那一年之后，他都是摩挲着这样的木头小犬才熬过无数个难眠的夜晚。

他的痛苦、他的烦恼、他的泪水、他偶尔的小小快乐，都是和它相关，那是在漫长暗夜里他唯一可以倾诉的对象。

“陛下……”奶嬷嬷显然被元诩的反应吓到了。

元诩目光如刃般盯着她：“说！这个东西是哪里来的？”

奶嬷嬷急忙跪下来，惊慌道：“这是之前淑仪送给公主的，奴婢刚刚整理时发现这个东西，想着淑仪得了病，再留着这些也不好——”

“你是说，这是淑仪给公主的？”元诩眼睛微红地打断了她的话。

“是，是淑仪亲手做给公主的——”奶嬷嬷话还未说完，就看到皇上拿着那木鹦鹉一阵风般冲了出去，瞬间就没了影。

元诩本想直接冲至瑶华宫问个清楚，走到半路恰好遇到尚在宫中当值的元子攸。

不等对方行礼，他就赶紧将那木鹦鹉拿出来，急切地问道：“彦达，你对这个可有印象？”

元子攸神色微敛，仔细看了看，觉得好像有点眼熟。他的脑海里忽然浮现那天小公主藏起东西的情形，不由得脱口道：“臣想起来了，淑仪似乎做过这么个东西送给公主。”

元诩神情更加激动，连忙又掏出日日不离身的小木犬，眼中带着一丝期待：“你再看看，这两个东西是不是出自同一人之手？”

元子攸凝神垂眸望去，觉得两者确有相似，正要点头，却忽然好似想到什么，颇为惊讶地抬头看元诩：“陛下这是什么意思？难道你怀疑英娥和菩提……是同一人？这怎么可能！”

“朕也觉得匪夷所思，可是这种手法和风格实在是太像了！难道你不觉得吗？这根本就是出自一个人之手！”元诩忽然变得莫名固执，像是钻入牛角尖里不肯出来。

“陛下！”元子攸提高音量，双眼紧锁住对方的视线，一字一顿冷声道，“他们本来就是两姐弟，或许师从一人，风格相同不是很正常的吗？”

元诩愣在那里，像是被人泼了一大盆冷水，在片刻的混沌后才慢慢清醒冷静下来。

他疲乏地摇了摇头：“朕这是怎么了，竟然会有如此荒诞的念头，小郎又怎么可能会变成女郎……”

元子攸微松一口气：“陛下，比起这件事，如今让淑仪尽快从瑶华宫离开才是最重要的。免得夜长梦多，出现我们无法掌控的事。”

元诩点点头，面上稍有焦虑：“只是如今太后在瑶华宫外又增加了不少侍卫，那老宫人也被盯了起来，我们不能轻举妄动，必须等待一个最合适的时机。”

元子攸笑了起来：“陛下，现在就有一个合适的时机。”

此时的显阳殿内乐声悠扬，浅金色帷幔下一位年轻俊美的男子束着高冠，着翻领敞胸紧身衣正在合掌起舞，只见他时而单腿跪下，时而站起，每一个动作都优美有力，舞姿美好却又不失男子的阳刚之气。宫殿一侧，五位乐工分别以螺、横笛、鼓、琵琶和小铃五种乐器演奏出了充满诱惑的西域风情。

太后懒洋洋地斜坐于紫檀方榻之上，却没什么心思欣赏这乐舞，而是满目含笑地端详着手中精致无比的水晶佛像。

“太后，据说这水晶佛像珍贵至极，郑大人可是找了很久才找到这么一尊，就急巴巴给您送来了，真是太有心了。”满愿讨好地凑上前去。

太后嘴角弯弯，看起来心情甚好。但在下一刻看到心腹宦官阿礼慌慌张张进来时，她的好心情瞬间就消失殆尽。

“太后，皇上不知怎么非要闯进瑶华宫，门口的侍卫们就快挡不住了！”

胡太后脸上闪过怒意，一下子站起身来：“孤倒要看看，他又有什么新花样！”

胡太后匆匆赶到瑶华宫前时，正好看到脸色铁青的元诩狠狠将一位侍卫踹倒在地，抬起脚就要进门。而他身旁的元子攸只是冷眼旁观，毫无劝阻之意。

“陛下！”太后的一声呼叫及时阻止了元诩。元诩停住脚，缓缓地转头，神色似乎有些懊恼：“母后？”

“陛下，这又是怎么了？孤不是说过淑仪病好了就能出来吗？”太后皱眉。

“母后，她的病已经好了。”元诩迅速说道。

太后脸色一沉：“怎么可能！”

“真的！她的病已经好了。”元诩急切地又加了一句，“是朕昨晚做梦梦到的！”

太后的脸僵了一下，她仿佛有点想笑，又生生忍住，随之而来的是恼怒：“做梦梦到的岂可当真！陛下，胡闹也要适可而止！”

元诩道：“母后，此话不妥。这说不定是佛祖特意托梦来提醒朕呢！今日无论如何，朕都要亲眼见英娥一面。”

太后气极反笑：“好，好！来人，将淑仪请出来，让陛下看个清楚死了心！”

太后话音刚落，宫人们就吓得齐齐往后退了一两步。满愿更是连退好几步，虽疑惑为何太后不担心将病过给皇上，但想到英娥那张惨不忍睹的脸即将出现在大家面前，又不免有些幸灾乐祸。

元诩露出一抹得逞的笑容：“多谢母后！”

太后在盛怒后渐渐冷静下来，隐隐觉得好像哪里有点不对劲。但不容她再多想，只见一位蒙着面纱的少女在桃姜的搀扶下缓缓走了出来。

元诩眼睛一亮，忍不住唤了声："爱妃……"

英娥身子明显歪了一下，但还是立即维持着仪态继续款款而来。在和众人有适当距离的地方，她停下脚步，默默行了个还算标准的礼。

太后微侧过头皱着眉，一脸嫌弃："尔朱英娥，你将面纱摘下吧，让皇上看一眼就立刻退下。"

英娥大大方方地伸出手缓缓扯下了面纱。

但见她秀眉弯弯，仿佛吸纳了天地间所有灵气的双眸里闪动着笑意，动人的脸庞散发着暖玉般的莹润光泽，找不出半点瑕疵。唇边笑容轻灵，纤细的腰肢充满了柔韧的力量，美好得犹如早春枝头最初萌发的一点绿意，生气勃勃得令人嫉妒。

这空中所有的星辰汇聚在一起也比不上她的眼睛明亮，这世上所有的鲜花同时绽放也比不上她的面容美丽。

元子攸静静望着她，仿佛有一颗石子投在了他心房的最柔软之处，漾起了密密匝匝的波纹。

"母后，朕没说错吧！英娥她真的没事了！"元诩得意地笑了起来。

到此时此刻，太后就算再后知后觉，也明白是中了皇上设下的套。这中间到底是哪里出了岔子，她自然会好好查一查，但现在在众目睽睽之下她也只能悻悻道："既然没事了，就回嘉福殿好好休养，没事就不要随意出入了。"

胡太后说完后便拂袖而去，英娥看向元诩和元子攸，露出了真挚的笑容："这次真的多谢你们了，要不是你们，我都不知道什么时候才能离开这里。"

元诩走到她面前，似是极为自然地将她的手握于自己掌中，柔声道："英娥，你我之间何必言谢。"

英娥有些局促，但转念一想眼前的少年是自己的郎君，也就任他牵着了，只是脸颊两边微微热了起来。她有些不好意思地朝元子攸的方向瞥了一眼，却发现不知何时他已经离去。

此时在百里之外的北秀容，高欢才替自己的爱马换好饲料，就见姐夫尉景脸色晦暗地走了过来。

高欢神情微凝，低声问道："出什么事了？"

尉景叹了一口气："洛阳的情形不太好。"

高欢的心不知怎么莫名一跳："洛阳？"

"淑仪病重，被打入了冷宫。"

字字入耳，却仿佛刀刀入心。高欢将手里的缰绳握得死紧，只觉得心口一凉，随即猛地往下一坠，扯得生疼。

“贺六浑，你——”尉景见他面色苍白神情异常，有些担心地欲言又止。

高欢勉强扯动了一下嘴角：“我没事，只是乍听到这个消息有些意外。”

尉景伸出手安慰似的拍拍他的肩膀：“英娥自八岁后就跟着你学习箭术，你们之间的师徒情谊素来深厚，一时难以接受这个噩耗也是人之常情。”他叹了一口气，“你也别太难过了，我还要去把这消息告诉将军。”

尉景说着抬腿欲走，却被高欢一把拉住了衣袖：“姐夫，能不能暂缓将这消息告诉任何人，包括将军。”

尉景大吃一惊：“贺六浑，不是我不想帮你，只是来自洛阳的任何消息我都要禀告将军。”

“姐夫，这个消息你能确定完全无误吗？万一这是洛阳那边故意传来的假消息呢？你也知道将军有多疼爱英娥，若是他一怒之下无诏上京，岂不是正好被朝廷抓住把柄？”高欢此时已经恢复往日的冷静，“不如等消息确实后再禀告将军也不迟。”

尉景听了之后果然犹豫了：“遵业刚从洛阳那里回来，对宫里的情形比较清楚，要不要去问问他？”他又加了一句，“只是探探口风，不告诉他这消息。”

高欢摇了摇头：“子如太过聪慧，还没探出口风他就能猜出大概。姐夫，我决定亲自前往洛阳探个究竟。”

尉景闻言立刻皱起眉：“贺六浑，若是将军知道你擅自离开北秀容，必定重罚。”

高欢似乎并未听到他的话，只是低低说道：“那孩子，不会这么容易就放弃自己，所以我也绝对不会放弃她。”

尉景目光微闪，动了动嘴唇：“三天。我只给你三天。三天后不管你有没有回来，我都会禀告将军。”

他刚说完就看到高欢微微笑了起来，宛若星辰的茶色眼眸中闪动着光芒，如幻海生波般让人心生迷离。这一瞬间，尉景以为看到了浮生界的优昙婆罗在眼前慢慢绽放……

“多谢姐夫！”

高欢不再多停留，翻身上马一拉缰绳，如旋风般策马而去，一会儿就没了踪影。

看着一人一骑消失在自己的视线里，尉景这才转身离开。就在他离开后不久，一个人影从角落里走了出来，重重一拳砸在树干上，鲜血从拳缝里渗了出来，在惨白的月色下显得格外触目惊心。

英娥从冷宫出来的当晚，皇上留寝于嘉福殿的消息就在宫中传遍了。宫人们私下里纷纷议论，恐怕这位尔朱淑仪将来要有大造化了。

但此时的嘉福殿并不像众人想象的那般旖旎香艳，英娥正神色郁闷地对着满案的美食佳肴，肚腹中不时传来咕噜咕噜的叫声。她忍不住朝自己最喜欢的截饼伸出手，刚沾到一点，那盆饼就被无情地移开了。

她气恼地瞧向那始作俑者——年轻的皇帝一言不发，就那样定定看了她许久，仿佛要从她的脸上看出朵花儿来。

“陛下，您将我从冷宫里救出来就是为了变着法儿折磨我吗？”她一拍案几站了起来，“让人饿肚子如杀人父母，有多严重您知道吗？！”

当初这家伙利用佛经让她饿肚子的事她还牢牢记着呢。

“想吃可以，只要你先好好回答几个问题。”元诩嘴角微翘，伸手探入衣内，从里面取出那只木鹦鹉。

“这是你刻的？”

英娥点点头：“是我送给公主的，怎么在陛下这里？”

元诩眯了眯眼睛，又将小木犬拿出来：“这个你还记得吗？”

英娥一愣，脱口道：“这个你居然还留着？”

元诩目光一闪，眉宇间难掩狐疑之色：“你知道？”

英娥脑中飞快闪过幼时帮小皇帝刻这只小木犬的画面，一瞬的恍惚后立刻笑嘻嘻道：“我当然知道啊，阿弟曾和我说过给皇帝刻过个小木犬，不用说！肯定就是这个了！”

元诩神色复杂地盯着她，幽幽道：“为何这两样东西像是出自一人之手？”

英娥心里咯噔一下，难道皇帝在怀疑她的身份？要是让人知道那时她以阿弟的身份进宫，说大了也算是欺君之罪，若是被胡太后等人抓住把柄，或许会对北秀容不利。

她哈哈笑了两声，露出惊喜的表情：“真的吗？不枉那时我逼着阿弟天天教我啊！”她拿起那两个雕件，又摇摇头，似乎有点嫌弃，“真的一样吗？明明是我的好很多啊。”

留意着她的表情的元诩眼中却掠过一丝失落之色。

英娥用余光瞥了元诩一眼，一个没留神手上一滑，失手掉下了小木犬。元诩脸上霎时变色，他立刻捡起小木犬，紧张地查看了一下，小心翼翼地擦拭干净后才重新放入怀里。

“陛下，你很喜欢这个小木犬吗？”英娥的心情有点复杂。

元诩的脸部线条顿时柔软下来，眼中含着淡淡温情：“无数个不眠之夜，都是它陪朕一起度过。也唯有它，见朕笑过、哭过、难受过、委屈过、愤怒过……它对朕的重要性，并不亚于彦达。”

英娥一愣，心潮起伏不定，一时柔软一时又难以置信，原来当初的一时即兴之作，却被人这样满心珍惜着、重视着。

“陛下，谢谢你，若是菩提知道，一定会很高兴。”

元诩抬起头，伸手撩起一缕她的秀发，轻轻亲了亲：“以后的每个不眠夜，有你和它一起陪朕度过。英娥，好好在这里陪着朕吧。将来，我们还会有孩子，无论男女，眼睛都要像……你。”

他温柔的目光如柔滑的丝缎，充满眷恋地缠绕着她。在这种目光的注视下，英娥的脸微微发热，但不知为什么，她总觉得他的目光似乎穿透自己，投在遥远的未知之处。

窗外飘起了零星的雪花，带着寒意的冷风夹杂着碎雪，卷入窗子半阖的房间。她隐约听到耳边传来了充满着压抑的怀念的声音：“你生气的样子……最是像他。”

显阳殿内的长廊中，元子攸面色平静地跪在太后面前，身姿秀逸挺拔，竟让人莫名想起了佛经中那句“青青翠竹，尽是法身，郁郁黄花，无非般若”。

太后冷眼看着他：“这主意是你出的吧？陛下他可没你这么多心眼。”

元子攸不慌不忙地开口道：“太后，臣也是为了大魏基业着想。如今信阳那边还未有消息传来，若是信阳再败，葛荣大军可直指邺城，逼近洛阳，朝廷几乎无人再可用，到时势必要尔朱荣出兵平叛。若是此时淑仪出了什么事，只会破坏我们与尔朱荣之间的关系，他一怒之下直接率军攻到洛阳也不是不可能。

太后冷笑了一声：“长乐王最为擅长的就是狡辩。害淑仪的人可是皇上最宠爱的妃子，最该担心的应该是陛下自己吧。”

元子攸微微一笑：“听闻太后曾读过汉家的《左传》，其中辅车相依唇亡齿寒的故事您应该最清楚不过了。”

他抬起头，俊秀的脸上一片诚挚坦然。

太后眼中闪过一抹幽恨恼意，随即又想到什么轻笑起来：“长乐王对淑仪似乎一直另眼相待。不过可惜了，她始终是皇上的女人。”

元子攸淡淡道：“太后谬言了，彦达对淑仪不敢有半点非分之想。彦达在意她不过因为她是尔朱荣之女。”

太后冷哼一声：“也罢！你就在这里跪足两个时辰再走吧！”

元子攸应声遵旨，双目低垂，密长的睫毛掩住了眼中的所有神色。

第六章 刺杀

信阳城外，天气阴沉，乌云密布。由裴衍和源子邕带领的大军刚急行而至，还没来得及休整，就被宇文洛生和宇文泰率领的军队前后夹击，打了个措手不及。再加上主帅缺乏实战经验，两人意见相左，结果整支大军很快处于下风，伤亡惨重。

倏忽间，雨水从乌云的裂缝里钻了出来，冰冷无情地砸下来，模糊了众人的视线，也令双方的战况更加混乱。

源子邕为人倒是神勇，索性举刀冲入敌军阵中乱砍，浑身伤痕累累，硬生生杀出了一条血路。他抢过一匹战马突围而出，朝着洛阳的方向狂奔而去，眼看着就要逃离此地，说时迟那时快，一支利箭如流星般从身后疾射而至，狠狠地穿透了他的后背！源子邕一下子失去平衡掉下马来，不等他起身，四周已迅速被敌人围起来，闪着银光的尖锐矛头齐齐对准了他。他挣扎着坐起身抬起头，只见远处，一位年轻的戎装男子隔着雨帘策马而立，如同杀戮场里的再世修罗，虽看不清对方的面容，却能感受那种扑面而来充满压迫感的冰冷杀气。

源子邕惨然一笑，心知必死，笑骂道："快动手去领赏，本将军只求速死！"

话音刚落，十几把矛尖同时戳进了他的身体。源子邕口吐鲜血，立时气绝。为首的士兵在争抢中率先用匕首割下了他的头颅，狂喜而去。

宇文洛生策马到年轻男子身旁，夸赞道：“阿獭，干得好。没了援军，我们攻下信阳指日可待！”

阿獭望了一眼不远处的信阳：“这次若是由高欢领军，我们也不能赢得如此轻松。比起援军，倒是那守城的刺史元孚更难对付。”

宇文洛生眉目间隐约有欣赏之色：“若朝廷中多些如元孚之人，也不会落得如此地步。”

阿獭嘴角微扯了一下：“不过就算再有十个元孚，也守不住这信阳了。”

越接近洛阳，天气也变得越发寒冷。高欢策马在一条小河边停了下来，翻身下马，蹲下来掬起水就往嘴里灌。因连夜赶路的关系，他俊秀的面容苍白憔悴，嘴唇发干毫无血色，眉宇间是难掩的焦急和忧虑之色。忽然，他似乎察觉到什么，抬起头半眯起眼睛望向来时的路，不多时，只见一人一骑出现在他的视线之中。

马上那位昔日英气勃发的青年看起来比他还要狼狈许多，头发乱成一蓬草，下巴上胡子拉碴，左手和左脚上还有残留的血迹，显然是摔伤过。他看到高欢，眼睛一亮，立刻勒住了马。

“阿兆？你怎么在这里？”高欢脸上闪过一丝诧异神色。

尔朱兆翻身下了马，一瘸一拐地走到高欢面前：“贺六浑，总算追上你了，我要和你一起去洛阳。”

高欢沉下脸：“谁告诉你我要去洛阳？”

“我听到你和尉景说的话了。”他的眼眶迅速红了起来，“无论死活，我都要把她接回来。”

高欢目光微闪了一下，也不理他，转身去解开马的缰绳。不料手刚碰到缰绳，忽然听到背后传来一阵哭声。他惊讶地回过头，看到尔朱兆蹲在河边双手捂住自己的脸低声呜咽着。

高欢垂下眼眸，握紧了双手。此时此刻，同样的心痛或许也只有这个人能和他感同身受了。他眼神慢慢软化，缓步走到尔朱兆身后，轻轻拍了拍他的肩膀：“英娥，她不会有事的。”

尔朱兆一听这话却更是情绪失控，反身牢牢抱住了高欢的手臂，像是在寻求着什么安慰。

“她要是真出了什么事，老子……老子一定把那狗皇帝和老妖婆大卸八块！呜呜！”他边说边抱得越发紧。

高欢想挣脱出他的手臂，奈何对方死活不放。他无奈地抬头望天，轻轻嘘出一口气。

在宣光殿与嘉福殿之间的湖上有一灵芝钓台，夏日是消暑之地，到了冬天在钓台的亭子周围挂上厚厚的帷幔，再往烧得热气腾腾的铜笼里投入伽罗沉香，整个亭内温暖如春，暗香浮动，这里也是元诩最为喜欢的地方。

此时元诩读完奏疏，揉了揉眉心，温柔地望向对面正在削木箭的英娥。英娥身前还摆放着一把刚刻好的小弓和几支木箭，看得出手工极为精湛。

元诩静静看着，脑海中又出现了菩提刻小木犬的画面，恍然间，两幅画面仿佛重叠在了一起。他的眼眸里氤氲出柔软的笑意，仿佛透过她看到了记忆里那个不打不相识的小男孩。

“好了！大功告成！”英娥欢快地举起弓和箭，“陛下，把这个送给公主玩好不好？我可是从小就玩这个了，所以现在才这么健健康康。”

元诩笑着点了点头：“她一定会喜欢的。”

英娥拿着弓箭端详了一番，又道：“若是再涂上颜色她一定会更喜欢。小孩子嘛，都喜欢鲜艳的颜色。”

元诩放下奏疏，嘴角噙着笑：“等将来我们有了孩子，到时你教他们射箭骑马，朕就教他们汉家诗书。”

听到“孩子”两个字，英娥一下子卡了壳，有些不好意思地侧过头，故作若无其事地摆弄起那把小弓。小麦色的面颊上被热气蒸腾出一点淡淡粉红，仿佛初春时飘落的第一片花瓣。

“陛下，长乐王来了。”亭外传来了侍从的通禀声。

元诩眉目舒展，看起来心情不错：“彦达，进来再说吧，反正都是自家人。”

他的话音刚落，元子攸就掀开帷幔，挟带着一股冷风大步走了进来。他下意识地朝英娥的方向看了一眼，又迅速收回目光，行了行礼道：“见过陛下、淑仪。”

元诩笑道：“彦达不必多礼。对了，你来看看这个。”他说着将手中的奏疏递给元子攸，“这几年洛阳城中的年老病残贫困死者日益增多，朕打算下诏让洛阳及各部曹将七十以上、孤寡贫困不能自养、年老病残者核查清楚以后一一上报，根据具体情形再酌情处理。”

元子攸点点头：“陛下此议甚好，只是有些地方还需详议，依臣所见，不如……”

听着君臣两人认真商议着，英娥的心情也慢慢变得平和起来，还夹杂着一丝欣慰。若是没有胡太后，掌握大权的元诩应该会是个好皇帝吧……母亲不再失去自己的孩子，夫妻不再生死相离，老人可以有子送终，稚儿能无忧无虑地成长，大家，都能好好地生活下去。他……可以给百姓们一个这样的太平盛世吗？

此时，钓台下的湖面上突然出现一圈一圈不正常的水纹。还没等守在钓台上的侍卫们发现，从湖下猛地蹿出几个黑衣人，手法利落地解决了那些侍卫，为首的黑衣人和同伙打了个手势后直扑向亭子。就在他掀开帷幔的一瞬间，急速而来的木箭猝不及防地射穿了他的眼睛，他捂住眼睛才哀号了一声，胸口就已被长剑刺了个透心凉。

元子攸收回剑，回头看了看英娥，对她露出一抹赞赏的笑容："射得好！你和陛下在这里待着，我去对付他们！"

元子攸说罢就提剑冲了出去，英娥只是稍一犹豫，也拿起弓箭跟了出去，元诩想要拦已经来不及，他从未像此刻这么懊悔为何不习武……

那一边，元子攸已经连斩两人，自己身上也受了点轻伤。正当他和其中一人缠斗时，另一个小个子黑衣人欲从背后偷袭，不料刚举起剑，就被凌厉的一箭射伤了手腕，剑哐当掉落在地，发出尖锐的响声。

元子攸无法回转身，但见英娥身形一晃，已经和他背靠背地站在一起。就在这一瞬间，他的心不知为何忽然放松下来，在面对敌人的时候，能让他放心露出背部的人也只有她了。

那被射中手腕之人却突然转身朝亭子跑去，英娥心里暗叫糟糕，急忙也冲了过去。那人直接闯进帷幔内，抽出匕首刺向元诩，元诩往后躲闪，拿起手边的东西砸向那人后朝亭子跑，谁知脚下一滑摔倒在地上，一时竟爬不起来。

眼看那人的匕首就要刺下来，元诩双目一闭，以为命绝于此，不料眼前人影一晃，那匕首竟扎在了挡于他身前的英娥胸上。他一时肝胆欲裂，脑中顿时一片空白，整个人都僵在了那里。

元子攸进来时看到的正是这一幕，脸上血色瞬间消失。他一剑刺死了那黑衣人，顾不得那么多，慌张地冲到元诩面前抱起英娥轻轻放在一旁，焦急地查看起她的伤势。

英娥想要开口，却被他捂住了嘴："不要说话。"他轻声在她耳边低语，接着，就是前襟被撕开的声音。

元子攸在扯开她的衣服的一瞬间就完完全全僵住了，但见一摞截饼从里面扑通掉了出来，还在地上滚了几滚，截饼上赫然有个大洞。

"我想说我没事，你不让我说……"英娥睁着无辜的眼望着他。

他忽然伸手一把将她拥入怀里，喃喃道："没事，真是太好了……"

英娥一脸发蒙，还没反应过来。

元子攸似乎察觉到自己的失态，放开手时却看到了她肩部有一个清晰的牙印。那个牙印的形状他很熟悉，他的脑袋里轰一声响，仿佛想到了什么，有什么东西就要呼之欲出……

"英娥！"元诩此时终于缓过神来，大叫一声跌跌撞撞地冲了过来。

元子攸也不知为何自己下意识地将英娥的前襟拉紧，在元诩伸手将她夺过去之前把那个牙印遮了个严严实实。

“臣一时心急做出无礼举动，请陛下和淑仪责罚。”他跪倒在地，神色平静地请罪。

英娥用眼角余光看了他一眼，想到刚才他紧紧抱住自己的瞬间，以及焦灼的眼神，有些后知后觉地脸热，但更多的还是不解和惊讶。

元诩却好像根本没听见他的话，只一眨不眨地望着怀里的人，连声问着：“英娥，你感觉怎么样？还有哪里不舒服？有没有其他地方伤到了？”

英娥收回神思，摇了摇头，露出一抹俏皮的笑容：“放心啦，我这么善良可爱的人，老天还不忍心收走呢。”

元诩闻言神情越发温柔：“也对，你还要长长久久地陪着朕，继续我们之间的今生缘分。”他顿了顿，继续道，“英娥，朕的命是你救的。”

英娥眯了眯眼睛：“那我以后是不是可以在宫里横着走了呢？”

元诩笑出了声，又听到英娥道：“这次幸好有长乐王在，若不是他，我和陛下只怕都已经没命了。”

元诩这才看了元子攸一眼，目光意味不明：“彦达，你起来吧。今日也多亏了你。”

元子攸这才谢恩起身，再没看英娥一眼，而是向外望了望，只见禁军侍卫们正纷纷赶过来。他心下微沉，那些刺客趁着皇上在钓台时偷袭，显见是对宫里极为熟悉的。

“彦达，依你所见，今日这些刺客到底是什么人？”元诩也是心存疑惑。

元子攸微皱眉：“那些刺客明摆着是冲陛下来的，一旦陛下有什么不妥，又尚无子嗣，到时朝廷一片混乱，能从中获利的……难道是南边梁国的人？但这些刺客又太过熟悉宫里，臣怀疑他们有内应。请陛下容臣去查个清楚。”

元诩点点头：“好，这件事就交给你了。彦达，无论何时，你都是最值得朕信任的人。”

元子攸转过头微微一笑：“臣会守护着陛下，也会守护着陛下所珍惜的一切。”

元诩定定看了元子攸一会儿，目光渐软，又低下头来看英娥：“淑仪护驾有功，即日起晋封为右昭仪。”

英娥心里一个激灵，想要阻止，忽然感到眼前一黑，在元诩的惊慌呼喊中晕了过去。

也不知过了多久，英娥终于慢慢睁开眼睛，映入眼帘的是再熟悉不过的嘉福殿房顶。她侧过头，这才发现元诩正倚着她的床榻而眠。昏黄的烛光中，年轻帝王秀美的面庞显得有些模糊，浓长的睫毛在眼睑下透出一片朦胧淡影，令他整个人散发着一种奇特的颓废美。

仿佛是感受到她的视线，还在小憩的元诩突然睁开眼，在看到她醒来的瞬间，眼中闪过的灼灼光彩竟好似让整个房间都变得明亮起来。他惊喜地打量着她，像是怕惊扰到她，压低了声音："英娥，你终于醒来了，刚才吓死朕了。"

英娥想说话，却只觉唇干舌燥发不出声音，还好元诩及时将一盅水递了过来。

英娥一口气连喝了三盅水才缓过来，忙不迭问道："陛下，我刚才是怎么了？"

元诩接过瓷盅，眼中露出一点促狭的笑意："太医说你只是饿过了头。"

"啊？"英娥顿时面色发窘，脱口道，"这也太丢人了。不过还好还好，我还以为自己受了内伤呢。"

元诩轻笑出声："虽然没受伤，但还是要好好调养一段时日。朕已经让人给你准备了点粥食，一会儿就送过来。"

说着他很自然地往英娥用过的瓷盅里斟了水，就着她的唇碰过的地方轻轻啜了几口水。

英娥点点头，又像是想起什么，忍不住道："陛下，刚才您说封我为右昭仪，能不能收回啊？我怕太惹眼了，就好比一个猪圈里，必定是宰最肥的那头对不对？"

元诩刚喝进嘴里的一口水噗一下全都喷了出来。

"你把朕的后宫比作猪圈？"他又好笑又好气。

英娥也知自己失言，讪讪道："我只是打一个比方嘛。"

元诩有些无奈地看着她："行了，你不必担心，刚才彦达已经劝过朕了，他说的意思和你差不多，不过人家用的是树大招风。"

英娥笑眯眯道："对，对，就是这个意思。"

元诩嘴角噙着笑静静地看着她，房间里一片静谧，空气仿佛也变得温柔起来。忽然他身形微动凑了过去，双手轻轻捧起她的脸，两人距离近在咫尺，他甚至清楚地看到了她眼中倒映的自己……这好像是第一次，他认认真真切切实实地看清她的容貌……她和他，真的很像，但此刻他再清楚不过，她不是他。就在这时，只听门外传来了小黄门的声音："陛下，太后请您立刻到显阳殿去。"

元诩面色不变，低下头迅速在她的额上印下一吻，绵长而柔软："朕去去就来，别忘了把粥喝完。"

说完他起身朝着门外走去，推开门又回头看了一眼石化中的英娥，笑了笑才大步踏出门。

英娥整个人仿佛已经被定住，唯有眼珠子还在惯性转动。她缓缓伸出手摸了摸自己的额头，望着元诩离开的方向，神情却有些迷茫。

元子攸回到长乐王府时，听到宫中传闻的兄长元劭和三弟元子正早已心急如焚地等在府中，见他只是受了些轻伤这才放下心来。

元劭看了看这冷冷清清的长乐王府，不禁有些心疼弟弟，忍不住道："彦达，我们双亲没得早，你的婚事也没个着落。过几日我就让你嫂子留心一下，也该是成家的时候了。”

元子攸想都没想就一口拒绝了：“大兄，不必担心我，一切都是由因缘和合而生，我的夫妻缘未到，只要顺其自然即可。”

“就算夫妻缘未到，也该先找个人心疼心疼你。”元劭皱起眉，“你看你身边连个知冷知热的人都没有，这怎么行！”

元子正在一旁插话道：“阿兄，难道你就没中意的女郎吗？”

元子攸脑海里忽然浮现之前和英娥背对背共同退敌的情形，心头蓦地一热，仿佛有极为微妙的东西在他心里一点一点生长、膨胀、蔓延开来。

还有那个牙印……当初还是他帮那个人擦的药，他绝不会看错。

想不到……她就是他，皇上心心念念的人就在他自己的身边。

他到底……要不要告诉皇上？

元子攸想到这里突然有些胸闷，一时心乱如麻。

元劭和元子正见他神色不好，便不再继续打扰，叮嘱他好好休息后就离开了。他们前脚刚走，元子攸的表哥侍中李彧随后就至。

在关心了一番他的伤势后，李彧神色凝重地又问道：“彦达，听说那尔朱女擅用箭可是真的？”

元子攸顿时警觉起来，语气不善道：“表兄，我知道你不喜欢她。当初潘外怜害她，别说你没掺和过。她毕竟是皇上的人，就算在人后你也要避忌一些。”

李彧冷笑一声，眼神中流转过凌厉的寒意：“那彦达你知不知道，当初有人看到，是位少女杀死了我的阿弟，”他顿了顿，一字一顿，“一箭封喉。”

元子攸霍然抬头。

不知为何，元子攸忽然有种强烈的直觉，那个杀死李楚的少女多半和英娥有关系，不，或许就是英娥！他心底极快地掠过一丝说不清的烦乱，但还是克制住了自己波动的情绪，一脸淡漠道：“那又如何？”

李彧迫不及待地说出了自己的猜测：“我怀疑这尔朱氏就是杀死阿弟的凶手！”

“简直荒谬，”元子攸皱眉，立刻否决了对方的猜测，“北秀容素来尚武，善于骑马射箭的女子不计其数，难道是个会射箭的女人就是淑仪？”他顿了顿，似有相劝之意，“我知道因为李楚的事你迁怒淑仪，但是切记，凡事祸从口出，没有证据的胡乱揣测只会给自己和家族惹来麻烦。”

李彧还不甘心：“可是——”

“这件事不许再提了。”元子攸冷冷地封住了他的话，“今天你说的话，我就当作没听过，但如果让第二个人听到这种话……”他没有说下去，但未尽的意思再明白不过。

李彧双目微红地瞪着他，虽有不甘却也无奈：“我不会就这么算了的，我一定要找出杀死阿弟的那个女人，然后将她碎尸万段！”

说罢他一甩衣袖，气恼地冲了出去。

元子攸注视着他离开的方向，抿紧薄唇，目中流露出淡淡的担忧。

嘉福殿内，青瓷博山炉里升出袅袅轻烟，散发着伽罗沉香独有的香气。桃姜在一角往火笼里加着新炭，让整个房间始终暖融融的，熏得那香气更加浓郁。

“淑仪，您这次可是也把奴婢们吓坏了。这万一有什么好歹让奴婢们怎么活。”阿素替英娥放下了一头如瀑青丝，小心翼翼地梳理着。

桃姜却满脸兴奋地转过头来：“淑仪，现在宫里都在谈论您奋勇救主的事呢，还说您一箭就射死了三个歹人！”

英娥忍俊不禁：“你以为是烧串吗？还一箭射死三个！就算是串蚱蜢也没这么利索！”

“可外面都是这么传的啊。”桃姜眼中是满满的崇拜和得意，“奴婢可是亲眼见识过您的厉害的，别说一箭射死三个，就算七个、八个奴婢也信！”

英娥一乐，哈哈笑出了声。

阿素却有些担心，敛着秀眉：“只怕到时众人将淑仪传得凶神恶煞，陛下心里起了嫌隙就不好了。”

“阿素姐姐你就别担心了，我看陛下疼淑仪还来不及呢！”桃姜笑嘻嘻道。

“桃姜，我看你是越来越大胆了。”英娥无奈地摇摇头，伸手摸了下自己的肚子转移话题，“对了，膳房怎么还没把粥送来？”

她的话音刚落，就见从门外走进来一位手上端着食盒的小黄门，弯腰低头道：“禀淑仪，这是皇上吩咐送过来的肉糜粥。”

英娥忽地心底一震，这声音……她抬眼望去，但见这小黄门身材修长，弯下腰时显得有几分不自然，身形姿态却像极了——不，怎么可能呢，此刻他怎么可能出现在这里？她一定是花了眼模糊了耳朵。

英娥的手轻轻抖了一下，随即她哑声道：“你将粥拿过来。”

小黄门托着食盒往前走了几步，缓缓抬起头。

那风华绝代的面容此刻憔悴泛白，优美的唇毫无光泽，眼底下有淡淡的青痕，看起来整个人疲惫不堪，唯有那双茶色的眼眸，依然流转着仿佛能穿透一切黑暗的月华星辉。此刻，他正深深凝视着她，眼神中带着怜惜、欣喜、心痛、担忧……

英娥微张着嘴深吸了几口气，只觉心中酸胀难忍，仿佛有什么要从眼底夺眶而出。她竭力忍住泪意，故作冷静地吩咐道："桃姜，你去膳房那里，让他们再做一些点心送过来。阿素，你到显阳殿附近，打探一下皇上什么时候出来。"

阿素和桃姜应声后立刻毫无异议地转身出去了。

英娥翕动了下嘴唇，眼中泛起湿意，刚说"师父"两个字就哽咽了。高欢放下粥碗，像往常那样对她笑了笑："英娥，我来了。"

这句话如同有神奇的力量，令英娥一直撑起的坚强全部瓦解崩塌。自入宫遭遇的所有委屈在这瞬间全部释放，她猛地抱住高欢，哇的一声哭了起来，不再顾忌任何事，不再强装无事，任凭自己的泪水肆无忌惮地流下来……

高欢身子微微一僵，心口仿佛被人重重捶了一下，突然间痛得几乎窒息。他也缓缓伸出手揽住了英娥，静静站在她面前，任由她发泄。

毕竟，这不过是个不到十五岁的小女孩啊……

英娥的脸紧贴在他的衣服上，感觉到对方的体温，耳边传来他清晰的心跳。不知为何，她的心却渐渐安定下来。时间仿佛静止了一般，烛光照映在两人身上，构成了一幅恍若水墨画的情景。

英娥很快意识到自己失态，连忙放开手："对不起，师父……"

高欢并不以为意，眼中还有几分怀念之色："你以前受委屈了不也是这样抱着我直哭吗？"

"以前是以前，如今我都已经为人妻了。"英娥抬起亮晶晶的眼睛看着他，"我长大了，不能再那样依赖师父了。"

对了，那个总是跟在他身后叫师父的小姑娘已经是别人的妻子了……高欢有一瞬的失落和怅然。

房间里忽然安静下来，唯有炭火偶尔爆发出一两记噼啪声。

"师父，你怎么会来这里的？还穿了这么一身衣服？"英娥打破了这份沉静。

高欢立刻将收到她病危的消息说了，又道："其实一进洛阳我就打听到你没事了，但既然来了，还是想亲自来看看你。"

英娥没好气道："一定是太后传的假消息。这个太后实在让人讨厌，平时她就只知道享乐，还堂而皇之地霸占别人的丈夫，在皇上那里更是专权霸道，皇上提出的许多利于百姓的建议也都被她一一否决了。"

高欢笑了笑："那么你希望皇上重新夺回属于自己的东西吗？"

英娥不假思索地点点头："当然了！皇上是个好皇帝，不但有很多利于百姓的好点子，平时也经常批改奏折到大半夜呢，如果他能拥有权力，一定会让百姓们的生活好起来。"

“你对他就这么有信心？”高欢目光意味不明地看着她。

英娥眨了眨眼：“我该对自己的夫君有信心的，不是吗？”

高欢没有说话，目光中仿佛有什么一闪而过。

“那么你有没有想过，或许——你可以帮他。”

英娥一愣，抬头望去，只见微晃的光影笼罩着他的面庞，半明半暗，令人看不真切。

“我倒是想帮他，可是该怎么帮？”她低声问道。

“如今太后擅权乱政，皇上身边根本没有可用的人，唯一夺回自己权力的方法就是借助外力。”高欢目光灼灼，仿佛带着某种蛊惑的光芒，“如果将军带领大军前来洛阳，支持皇上夺权，那么一切就会不同了。”

英娥眼睛一亮：“我阿爹？”

她那时决定入宫，不也因为坚信阿爹会是那个改变现状的人吗？如果阿爹能帮皇上将大权从太后手中夺回来……

“但现在将军无诏不能入洛阳，只能按兵不动。”高欢眼中光芒更加明亮，“英娥，假如你能劝皇上写下让将军入洛阳的诏书，那么一切都可以迎刃而解了。”

英娥一脸凝重地皱着眉：“皇上未必会听我的话，而且……”她犹豫了一下，还是说出自己内心的担忧，“阿爹……他会成为第二个胡太后吗？”

她说完之后没听到对方的回应，一抬头看到高欢若有所思地看着她，眉宇间流转着淡淡的讶异和怅然。

“英娥，你真的长大了。”高欢伸手过来轻柔将她掉落的发丝撩到耳后，微微叹了一口气。

离开北秀容前她还是个无忧无虑的少女，不料进宫才这么短的日子成长就如此迅速，可见她在这段时间都遭受了些什么。

柔软的发丝从他的手中滑过，仿佛也纠缠着从他的心尖上轻扫过，悄然溢出满满的怜惜。

“就算没有外力介入，皇上和太后之间的平衡也很快会被打破。到了那时，皇上别说夺权，恐怕就连性命都岌岌可危。将军虽不满朝廷，却始终维护正统。何况有你在中间斡旋，至少能维持平衡，如果……”他顿了顿，语气微涩，“尽快再生个继承人，将军自然会全心全意辅佐外孙。两权相利取其重，两权相害取其轻，英娥，你这么聪明，应该知道如何帮他选。”

英娥难掩眼中的愕然和伤感：“如果连母子之情都靠不住，岳父和女婿之间的关系不是更加薄弱吗？”

高欢脸部的线条变得柔和起来："英娥，那是你还不够了解你阿爹。他爱你若珍宝，你在意的人他一定不会伤害。"

英娥眼神纠结地侧过头，沉默不语。

"遵业送嫁回来时，我也问过他，为何有逃跑的机会你却同意进宫。"高欢仿佛在回忆什么，"他告诉我，你希望母亲不再失去自己的孩子、夫妻不再生死相离、老人可以有子送终，稚儿能无忧无虑长大……英娥，无论如何，最重要的是结束乱世，你所有的这些愿望都可以实现，不是吗？"

英娥心头一震，霍然抬头："师父，你说得对，我险些忘了自己的初衷……"

高欢欣慰一笑："好了，我也该走了。阿兆还在等着我。"

英娥露出惊喜之色："阿兆哥哥也来了？"

"出来时被他发现了，没办法只好带上他。只是进宫两个人目标太大，所以就由我冒充小黄门进来了。"

就在这时，门外不远处忽然传来宫女跪倒齐呼至尊的声音。英娥一惊，但见高欢对她做了个不必担心的表情，迅速退到了后面。

元诩裹挟着一阵冷风走了进来，他哈热自己微冷的手，才过去亲热地握住英娥的手："外面可真冷，你还是乖乖待在屋里最好。"说完他才看到低垂着头的高欢，不禁皱了皱眉。

"陛下，他是来送粥的。"英娥忙解释道。

元诩看了眼那碗一口未动的粥，脸色更加担忧："怎么一口没吃？不对胃口？朕让他们重新做。"

英娥连忙摇头："刚才有些烫嘴，现在应该正好。"

说着她挥了一下袖子，示意高欢离开。高欢缓缓往后走去。

元诩也没再在意高欢，坐到了英娥的床榻边，拿起那碗粥，柔声道："朕来喂你。你这么瘦，要多吃点东西才好。"

走到门口的高欢听到这句话，脚步略微停顿了一下，又迅速朝外走去。

高欢出了宫门来到约定地点就脱下那身小黄门的衣服，嫌弃地扔到一旁。等在那里的尔朱兆迫不及待上前问道："如何？英娥她还好吗？她瘦了吗？精神怎么样？哭了吗？难过吗？想家吗？"

高欢麻利地换着胡服，也不看他一眼："她比我想象的更坚强，也成长了许多。"

尔朱兆先是一喜，随即又是一阵心疼："要是可以，我宁愿她是个不谙世事的女郎，快快活活没心没肺过一辈子。"

高欢这才看了看他："在这个乱世中，我们谁也不能决定自己的命运。迅速成长，也是为了继续更好地生存。"

尔朱兆沉默了一会儿，又恼道："要是老子刚才没猜错钱币，进宫去见英娥的就是我，哪像你这个家伙，三棍子都打不出个屁来！"

高欢一笑，翻身上马，挥动马鞭策马而去。尔朱兆骂骂咧咧也急急忙忙骑马追了上去。

为了在约定时间前赶回去，两人在回程的路上没有片刻休息，在第二天黄昏时分终于到了秀容郡的郊外，饶是身强力壮的尔朱兆也面色憔悴疲惫不堪。

"阿兆，你要不要休息一下？"高欢及时勒了马。

尔朱兆立刻挺起精神，一脸不屑："笑话，我再跑个三天三夜都没问题！"

高欢抬头看了看天色，脸上闪过一丝释然，如果能及时赶回去，应该就连累不到姐夫了。

尉景今日从早上开始就一直心不在焉，不时看着天气目露焦虑。眼看着天都黑了，他更是焦灼万分，索性到离开秀容必经的路口等了起来。

"元真兄这么晚是在等什么人吗？"一个熟悉的男子声音突然响起。

尉景回过头，只见从天穹洒下的月光下，静静站立着一位男子，全身浮现出柔和的银色光芒。

他连忙否认："没有，我只是散个步而已。"

司马子如也不说话，只是侧过头望向远处，忽然冒出一句："高欢该回来了吧。"

尉景大惊，差点就脱口说出"你怎么知道"，但他素来不擅长扯谎，虽是没有回答脸却已涨得通红。

"果然是在等他。"司马子如脸上掠过一丝了然，"除了他，这两天我也没看到阿兆。"

尉景心头一跳："难道阿兆他听到我们的话跟着去了？这也难怪，毕竟——"他突然意识到自己的失态，连忙闭嘴。

能让高欢和尔朱兆同时私自离开的……司马子如的心陡然一沉，冷冷地逼视着尉景："英娥她出事了？"

尉景还想隐瞒，不料司马子如却欺身上前，紧紧盯住了他，眼瞳中的冷冽冰寒入骨。

"元真兄，让一个人保守住秘密的方法就是让他也参与到这个秘密中来。"

尉景无奈地叹了一口气："洛阳有消息传来，说是淑仪病重还被打入冷宫。贺六浑当时就急了，非要去亲眼看看。"

病重？打入冷宫。司马子如心底滋生出几分痛楚，犹如浸染于纸上的墨痕般慢慢扩散弥漫到全身。

"不可能，"他咬着牙又重复了一遍，"不可能。"

他静立片刻，忽然走到一旁的树边坐了下来。

"遵业你？"尉景不解。

“我和你一起等。”

也不知坐了多久，凛冽的风逐渐刮起，令人身体都冻得僵硬起来，手指麻木早已失去了知觉。可他还是一动不动地坐在那里，宛如一尊没有生气的石头雕像。

从黑暗中传来了疾驰的马蹄声，司马子如目光一闪，尉景则欣喜万分：“他们回来了，一定是他们回来了！”

果然不多时，只见两骑人马疾驰而来，为首的正是高欢。

高欢到路口时停下了马，见到司马子如却并不意外，反倒是一笑：“果然瞒不过你。”

司马子如一看高欢的神色，这才松了口气。如果英娥有什么好歹他绝对不会是这种表情。

“英娥她无事就好。”

尔朱兆下了马兴冲冲地跑了过来：“遵业，你怎么知道我们看英娥去了？英娥不但没事，还救了圣驾，现在好得很。贺六浑，你不是都看到了？是这样吧？”他边说还边看了看高欢。

司马子如目光微微一动。

高欢走过司马子如身边时安慰似的拍拍他的肩，尔朱兆扯了扯缰绳，也准备离开，忽听司马子如问了声：“你这次去没看到英娥？”

“是啊，你怎么什么都知道！贺六浑让我猜钱币，结果我输了。”尔朱兆倒也洒脱，“愿赌服输，就让他混进去了。”

司马子如弯起唇促狭一笑：“原来你不知道贺六浑有枚两面相同的钱币吗？”

尔朱兆愣了一下，蓦地就跳起来，气急败坏地追了上去：“贺六浑，你个浑球儿！老子也敢骗！”

司马子如弯了弯嘴角，若有所思地望向那遥远的天际，一种孤寂忧心的气氛在他身边慢慢弥漫开，仿佛迷雾般将他牢牢包围其中。

冬日的天空中布满了阴霾，充斥着令人窒息的压迫感。信阳城下，葛荣旗下的宇文兄弟率领的大军和守城魏军展开了一番生死血战。失去了援军的守城军节节败退，有的士兵被一箭射穿喉咙，喉骨断碎的声音犹如来自地狱的索魂之音，有的士兵被爬上城墙的敌人一刀砍劈了脑袋，脑浆四下飞溅，更有惨叫着不时跌下来的士兵……每一滴鲜血、每一声惨叫，都是通向阴界之路的夺命符，城楼中更是堆满了鲜血淋漓的尸体，连空气里都弥漫着一股浓重的血腥味。

随着一个又一个魏人倒下，城头还在顽强抵抗的人唯剩下信阳刺史元孚一人。但见他浑身浴血地斩杀着攀爬上来的敌人，清秀白皙的面上沾满着血污，一双眼睛却亮如星辰。

城下众兵士也为他的神勇所慑，眼中流露出来的敬佩之色显而易见。

这时，只见一位穿着明光铠的年轻男子面色沉静地张弓搭箭，对准元孚利索地一箭射了过去，锐利无比的箭一下子穿透了元孚的胸口，他只是身子摇晃了一下，却手执旌节再次昂首而立，犹如磐石般岿然不动。

宇文洛生眼中不禁闪过一丝惋惜，侧头望向那年轻男子，低低唤了一声："阿獭——"阿獭对他摇了摇头，手一挥一声令下，眨眼间数十支箭齐齐飞向元孚，顿时将他射成了刺猬，其中一支正中他的面门，瞬间血流满面，模样甚是狰狞。再也支撑不住的元孚终于从城墙上如枯叶般落了下来。

宇文洛生眉宇间闪过哀戚之色，正要说什么，却看到阿獭一脸平静地走到了元孚身边，弯下腰合上了他圆睁的双目，面上似有怅惋之色，口中竟低低念起了超度世人前往西方极乐世界的无量寿经："设我得佛，十方无量，不可思议，诸佛世界，诸菩萨众，闻我名字，寿终之后，常修梵行，至成佛道……"

天空不知何时又下起了雪，纷飞的细雪中，他如置身于无人之境，身穿血迹斑斑的铠甲闭眼轻诵佛经，鲜红的血沿着他的剑尖滴落，在雪上一点一点绽放。杀戮与慈悲同存，形成了一种极为奇诡的气氛。

忽然，他睁开双眼，目光灼灼地望向了城门。

"大兄，我们进城吧。"他起身利落地上了马，轻启薄唇，"传令下去，城中百姓若有抵抗，格杀勿论。"

洛阳城在连下了十来天的雪后，终于放晴。房檐下透明剔透的冰凌在阳光的照射下，流转出绚丽的光芒，几只喜鹊在枝条上蹦来跳去，叽叽喳喳叫个不停，树枝上的晶莹雪粉簌簌往下落，飘飘扬扬煞是有趣。

英娥此前一直被勒令在房间里休养，今日才在元诩的陪同下出来放风。园中的梅花很多还没开，唯有枝丫高处零零落落开了一些。

英娥皱着鼻子使劲吸了吸，深深陶醉在这若有若无的梅香之中。元诩不由得笑了笑，伸手折下一枝半开的梅花，递到她的手里："回去让阿素帮你插起来，等全开时整个房间里都是梅香味。"他注视着她的眼神温柔了几分，"英娥你很喜欢梅花吗？"

英娥愉悦地接过梅枝，点了点头："当然喜欢啊，我听说用梅花做的糕点、用梅花做的佳肴、用梅花酿的酒都是很好很好呢。"

元诩轻轻笑出了声："等再多开一点，朕吩咐膳房做来给你。"

英娥目露喜色："好，那我就等着了。"

元诩看着她被风吹红的脸蛋，心里一动，忽然将温热的双手捂在了她冰冷的面颊上。

英娥被这突如其来的举动惊了一下，面上微热，抬起眼望向他，心情有轻微的波动。这笑意吟吟的少年帝王是她一生的良人，也许再相处一些时日，她真的会喜欢上他……她会努力喜欢上他……想到这里，她露出笑容，也伸出手捂在他微凉的脸庞上，他身体微微一颤，似乎有些不相信，但笑意瞬间从眼眸里满溢出来……

在簌簌飞扬的雪粉中，两人以这样暧昧的姿势相互凝视，仿佛这一刻的空气也因为他们而变得柔软起来。

忽然，元诩眼角的余光似是看到什么，一下子敛了笑意，脸色变得阴沉无比。英娥顺着他的目光转身望去，只见不远处胡太后正和郑俨两人相依赏雪，似乎并未留意到他们的存在。郑俨还摘了一朵红梅簪在太后的发髻上，胡太后竟然像个少女般娇笑着倒在他的怀里。

英娥寻思着是避开还是上前请个安，忽见一个瘦小纤弱的身影冲到太后跟前，举起锐利的匕首就要往她身上扎下去。说时迟那时快，郑俨一把拽过花容失色的太后，顺势一脚将那行刺之人踢飞好几丈远，恰好滚到了英娥的脚下。

英娥低头看清那人的面容时，顿时大惊，那行刺之人竟然是郑俨的正室夫人，只是看起来消瘦憔悴了许多。英娥对郑夫人素来同情，几乎是下意识地将她扶了起来。但见她神色痛苦地捂住胸口，哇一声吐出了一大口血。急忙赶来的宫中侍卫想要上前拿住她，却被皇上的眼神暂时阻止了。

“郑氏，你可知罪！”太后面色铁青地看着她，显然惊魂未定。

郑夫人一扫往日的懦弱，冷冷笑了两声：“如果要论有罪，难道不是太后您吗？霸占人夫、祸乱宫闱、害人子嗣，不仁不义不慈，哪一条都够得上是大罪了！”

太后一时气结：“来人，来人，将这个以下犯上意图谋害宗室的女人给孤抓起来！”

郑俨连眼角都没瞧自己的夫人一眼，而是安慰似的轻拍太后的肩膀：“不过是无知妇人，太后切勿和她一般见识。”

郑夫人浑身一颤，目露绝望地盯着郑俨：“郑俨，你还有没有心了？你知道自己都在说什么吗？这个高高在上的女人杀了我们的孩子，我们唯一的孩子！”她忽地轻蔑地笑了起来，“我险些忘了，你早已不配做丈夫和父亲，你也只配做别人的玩物而已。”

说着她突然挣脱英娥的手，用尽全力朝一旁的假山石撞去！只听沉闷的砰一声响，她满脸鲜血地倒了下来。

四周的人惊呼着散开，英娥也顾不得那么多，急忙上前查看郑夫人的伤势。但见她黑色的发丝如扇子般铺开，鲜血从额头不断流了出来，染红了纯白的雪地，红与白，此时看来是那么触目惊心。郑夫人霍然睁开双眼，挣扎着用最后残余的力气说道：“死后必化为恶鬼，寻你索命！”

说罢她才气绝而死。

太后吓得面无人色，竟呆坐在那里一动不能动。

就在这时，有小黄门慌里慌张地跑过来，声音里带着哭腔："陛下！太后！急报来传，信阳失守了！"

元诩身子微微晃了一下，还是强撑着斥道："现在信阳情形如何？刺史元孚何在？城中百姓是否有伤亡？说得详细点！"

小黄门跪倒在地，哽咽道："回皇上，刺史元孚坚守到城破一刻，身中数箭而死。叛军攻入信阳城内曾劝降，可城中军民无一叛逆，就连女子和孩子们也和敌人生死相搏，最后全城老少……尽皆殉难！"

小黄门说到这里，终于忍不住伏地大哭起来。

英娥将这字字听在耳中，下意识地死死捂住自己的嘴，强忍着不让眼泪掉下来。她担心地看了眼元诩，只见他面无表情地僵立在那里，仿佛一尊没有生气的雕像，甚至连眼珠也停止了转动。

太后也有些惊慌，整个人虚脱般靠在郑俨身上，喃喃道："这可如何是好？叛军是不是很快就要打到洛阳了？"

郑俨温言安慰："太后放心，叛军一时半会儿还打不到洛阳。我大魏还有其他将领，下次再派他们去就是了。"

他话音刚落，只见眼前白光一闪，等他回过神来一把利剑已经架在自己的脖颈上。郑俨微微一惊，抬头看去，映入眼帘的是元诩那双涌动着杀意的微红眼眸。

太后吓了一跳，激动地扑上前阻止："陛下，陛下，刀剑无眼！阿俨他是朝廷重臣，切勿冲动！"

元诩目中含泪，心痛道："母后，曾几何时你也英明睿智，亲理万机受理冤讼，为何如今变得如此糊涂！你还记得外祖父临终前曾拉着你我的手，要我们母子好好治理天下，争得万民拥护吗？可是如今，朝政疏缓，文武解体，你看看这大魏成了什么样子！"他狠戾地看了一眼郑俨，"让你改变的就是这些人，就是这些为了攀龙附凤不惜出卖尊严的小人！"

太后手一颤，眼中也渐渐浮上泪光，似乎被他的话打动，回想起了什么。郑俨目光微动，忽然大喊一声："太后，不必为我为难！能陪伴在您身边，臣死而无憾！"说罢他身子往前一倾，喉咙的表皮瞬间被剑刃割破，立时渗出血来。太后大惊失色，再也顾不得那么多，伸手去夺元诩的剑，元诩收手不及，剑尖在太后手臂上划过，顿时留下一条长长的血痕。

元诩脸上的血色一下子消失殆尽，他重重将剑掷在地上，转身疾步而去。

英娥微叹一口气，捡起那把剑也急忙追了上去。

太后无力地跌坐在地上，神思恍惚，浑然不觉手臂上的伤痕。倒是郑俨心疼万分地替她擦拭起来，还大声地让宫女去寻太医来。

太后缓缓回过神，用指尖轻抚他脖颈上的伤痕，低低道："没事就好……刚才真的吓到我了。"

郑俨叹了一口气："臣倒是无碍，只是陛下对太后太过无情了。今日敢对您动刀，明日说不定就……"他不再说下去，只是万分担忧地看着她，"不过就算陛下杀了臣，臣也绝不会后悔陪伴太后。"

太后看着自己手臂上的伤，眼中闪过一丝阴霾，之前被打动浮现的泪光仿佛只是昙花一现。

"孤绝不会让陛下再伤你。"

英娥追着元诩进了显阳殿，却四处都找不到他，最后还是在极为偏僻的一间杂物房发现了他的身影。年轻的帝王背对着她跪坐在案几旁，纹丝不动，从窗棂漏进来的光线恰好笼罩在他身上，竟恍然有种烈日灼身的疼痛感。

"陛下……"英娥担心地走到他的身后，伸手扶住他的肩，"心里难过哭出来就好了，千万别憋着。"

元诩却沉默不语，也丝毫未动。

英娥见他不说话，一时情急手上用了劲。就在将他扳过来的一瞬间，英娥整个人愣住，手僵在原来的位置完全动不了。

原来不知何时他早已泪流满面。

英娥的眼睛立时就湿润了。

元诩紧紧捂住自己的胸口，哽咽着喃喃道："英娥，朕这里好疼，真的好疼啊……整整一座城的人，那些都是朕的子民啊，就这么没了，没了……"

他的声音就像一把利刃肆无忌惮地扎向她那颗被酸楚包裹着的心，从破裂的伤口处涌出来的是满满的怜悯。

英娥忍不住伸出手握住他的手，试图安慰他："陛下当以信阳百姓为荣，生死有度，他们已经做出了无愧于心的选择，请陛下切勿哀痛过度，因为，大魏还有很多百姓需要他们的皇上。"

"需要朕？朕连自己的臣民都保不住，还算什么皇帝！"元诩嗤笑道，"也是，朕手里什么都没有，就算想做什么也是心有余而力不足。"

英娥脑海中突然想起高欢曾说过的话，不由得试探地问道："陛下难道就甘心一直如此？或许有什么办法可以改变现状……”

元诩抬起眼，定定看着她，似乎想从中窥出几分端倪。

“当然不！”他极快地否认，意有所指地说道，“你说得没错，朕手下是没有人，但是别人有。”

说完这句两人都没再说话，空气仿佛也变得安静起来。

英娥先开了口：“陛下，这里实在闷得慌，我们还是先离开吧。”

她说着站起身往门外走，就在即将到门口时，却被元诩从背后猛地抱住，温热的气息直扑在她的后颈上，引起肌肤的一阵阵战栗。她有些不习惯这样的亲密姿势，正想说些什么，却听到他的声音从耳边传来。

“英娥，朕打算下密诏让你父亲带大军进洛阳。”

英娥身子蓦地一僵。

“朕不能让祖宗的大好基业都断送在母后手中。”他的声音听起来有些淡淡的忧伤，“如今，只有你父亲能帮朕了。”

英娥沉默片刻，终是忍不住低低说道：“难道陛下就不担心我阿爹……”

他轻笑了一下：“朕明白你的意思，但是，朕已经无路可走了。”

说着元诩手臂收得更紧，倒更像是寻求着某种安慰，仿佛只有这样才能祛除内心的不安。

英娥闭了闭眼睛又睁开：“阿爹不会让陛下失望的。”

他似乎有些疲惫地将头搁在英娥的肩上：“谢谢你，英娥。还有，千万不要让彦达知道这件事。”

元诩对尔朱荣自然也有几分戒备之心，因此在起草密诏时小心斟酌推敲语句，一连写了几份都不甚满意，全揉成一团扔在了脚下的瓷篓中。就这样改改写写，直到第二天凌晨他才将密诏完成，并立刻委托可信之人悄悄送往北秀容。

做完这一切元诩才稍微松了口气，顺便在书房的卧榻上睡了个囫囵觉。一觉醒来时已是正午，刚睁开双眼，守在殿外的小黄门就前来禀告皇后将小公主送了过来，让他们父女相聚片刻。

元诩想起这段时间也冷落了女儿，心里不免有些愧疚，忙让人领了公主进来。

公主一进门就笑眯眯地喊着阿爹扑进他的怀里，像只小猫般在他身上使劲蹭来蹭去。元诩的心顿时软了下来，将她带到案几旁，铺开纸质洁白细腻柔软的左伯纸，提笔在纸上画了一只憨态可掬的小猫。

公主高兴极了，连声道：“鸟，鸟，要好多好多鸟！”

“好，阿爹这就给你画好多鸟。”元诩揉了揉依旧困乏的双眼，又提笔在纸上画了形形色色的鸟儿，其中也有小公主最为喜爱的鹦鹉。

小公主看了半天，终于也忍不住抢过笔在纸上胡乱画了起来，一边乱涂抹还一边乱扔，将地上扔得到处都是。

元诩无奈地摇了摇头，眼中满是溺爱，也不曾阻止她。忽然，不远处隐约传来争执声，似乎还有女子的声音夹杂其中。他起身走到门外，就见小黄门正神色为难地急急跑来，一见他就迫不及待地禀告道：“陛下，潘庶人不知怎么只着单衣就跑了出来，说是思女成狂，想见公主一面，现在正跪在门口磕头呢。”他顿了顿，小声道，“奴婢看她磕得挺实在，都出血了。”

元诩脸上神情略有波动，脑海中慢慢回忆起他被软禁的那段时间，有一次得了病几天还不见好转，她也曾这样磕头跪求佛祖。那一次，她额头上磕出的血鲜艳无比，永远留在了他的记忆中。

“陛下？”小黄门见他脸色变幻不定，试探地问了一句。

元诩微叹了一口气：“你去告诉潘庶人，一会儿就将公主送到她那里，一个时辰后再送走。”他想了想又道，“还有，以后每隔三天，都允许她见公主。若是一直安分守己，自会让她们早日母女长聚。”

小黄门应声后连忙朝门外跑去。

元诩静静站了一会儿，才重新进了房间，只见公主早已扔了笔，蹲在地上将画过的纸往自己怀里使劲塞，还一个劲嘟哝着：“这是我画的，这也是我画的……”看到元诩进来，公主还对他露出了一个灿烂甜美的笑容。

这个笑容立刻消融了他内心郁积的烦闷，甚至让他产生了一点期待。如果一切顺利的话，以后，他或许会有更多这样可爱的孩子。对了，眼睛一定都要像那个人才好。

他探手入怀，摸到了那个被摩挲得光滑无比的小木犬，眉眼变得越发柔和。

在皇宫偏僻处的一间下人房中，潘外怜对着铜镜擦拭着额上残余的血迹，神色极为冷漠。她的手渐渐下滑，落在了憔悴瘦削的面颊上。

“今天庶人辛苦了。不过总算辛苦没有白费，陛下答应让您见公主了。说不定假以时日，陛下心软，会恢复您的位分。”说话的是太后身边最受信任的宫女满愿。

潘外怜嘴角浅浅一勾：“还要多谢太后的出言提醒，若不是有这出苦肉记，我或许一辈子都见不到自己的孩子了。”

满愿微微一笑：“只要庶人一切以太后为尊，昔日的荣光自然都会回来的。这偌大的宫廷，又岂能让一个蛮女子翻了天去。”

潘外怜叹了一口气："只是如今陛下一心都在尔朱女身上，朝廷平叛又需倚仗她的父亲，想要从她那里争夺陛下的一点青睐又谈何容易。"

"只要这个宫里做主的人是太后，陛下就无法随心所欲。"满愿牢牢盯着她的眼睛，"只要太后大权在握，等在你面前的就是一条光明大道。"

潘外怜手微微一僵，缓缓点了点头。

满愿这才满意地笑了笑："公主很快也该到了，我就先去回禀太后了。"

潘外怜站起身来相送，满愿对她的举动颇为受用，心情大好地离开了。见到她的背影消失在自己的视线里，潘外怜顿时沉了面色，眼中满是不甘。当初她深受帝宠时，谁见到她不是恭恭敬敬，可现在连一个太后身边的宫女都能轻视她……

不能再这样下去了，她潘外怜绝不会这样认命……

不多时，小公主果真被送到了潘外怜身边。见到娇憨可爱的女儿，潘外怜也露出了久违的真心笑容。虽然有些日子不见，毕竟母女天性，公主在最初的生疏后就对潘外怜亲热起来，将藏在怀里的画纸都掏了出来，像是邀功般叫道："阿娘，我画的！都是我画的！"

潘外怜将画纸一张张整平，仔细地看着她的画作，毫不吝啬地夸奖她，直乐得公主笑成一朵花。看了几张后，公主又摸索出一团纸，欢喜地喊道："阿娘！还有！"

潘外怜接过纸慢慢展开，只见上面没有画只有几行字。她草草扫了一眼，突然瞳孔微缩，难以置信地将纸捏在手里又细细看了一遍，终于脸色大变，差点就要跳起来。幸好理智尚存，她深深吸了几口气，慢慢收起这张纸，心里顿时起了惊涛骇浪。

陛下他……竟然要借助尔朱荣之力对付太后。

如果陛下成功的话，必定更加倚靠尔朱荣，那尔朱英娥的地位只会步步高升，说不定到时连皇后的位置都是她的。那么她、她的公主，又算是什么？当初陪他一同受过的罪、遭过的难，还有那些从未有机会来到世上的孩子，又算是什么！

想到这里，她整颗心好像都绞在了一起，那从心底疯狂涌出的嫉恨仿佛地狱业火要将她全部吞噬……

夜凉如水，明月皎皎。清浅的月光洒落在宣光殿的雕花窗棂间，在地面上折射出优美的花纹，犹如洒落一地的星辰碎片。

窗台前镶嵌了宝石的镏金香炉里飘出袅袅轻烟，优雅地消散于无形，丝丝缕缕幽香弥漫在空气之中。

刚刚沐浴完的胡太后手持绿松石金耳杯喝了几口美酒，有些上脸，更显得她面色红润妍丽无双。她斜睨了一眼正在床榻上看着书卷的郑俨，挑了挑眉。郑俨本就姿容清丽，肌肤鲜润白皙如玉，此时看书的安静模样更是有几分远离尘世之美，让人莫名有种将他强拉入这浊世红尘的冲动。她借着酒意欺身上前，促狭地用指尖挑起他的下巴，口吻里带着些许醋意和挑衅："怎么？那些书卷比孤更好看吗？"

郑俨抬起头，看着她微微一笑，"谁更好看，你看看臣手里的书就知道了。"

太后闻言定睛一看，这才发现他的书竟一直是倒拿的。

"有太后在眼前，臣又哪有什么旁的心思。"他淡淡说道。

太后勾唇笑了起来，笑得妩媚无比，仿佛春天百花的娇艳都同时绽放在她的脸上。

郑俨目光闪动，忽地一把将太后扯到自己怀里用力亲了下去，顿时惹得她发出了一阵娇笑声。

就在两人情浓之时，满愿的声音不合时宜地打破了这里的气氛："禀告太后，潘庶人在门外求见。"

太后笑容微凝，脸上闪过一丝不耐："今日她不是才去过皇上那里吗？告诉她别忘了自己还在禁足中，还是小心谨慎些好！"

满愿默了默，似乎有些为难："可是——她说有很重要的事要亲自禀告太后。"

太后皱了皱眉。

"太后，潘庶人这么晚来求见你，想必这件事真的很重要，你还是见见她吧。臣稍作回避。"郑俨说着下了床榻，识趣地走到了屏风后。

太后揉了揉额，无奈道："让她进来。"

潘外怜一进房间就跪了下来："母后，妾有重要的事要禀告您，是关于陛下的。"

太后原本还懒洋洋地斜倚在床榻上，心不在焉地不时望向屏风后。忽听潘外怜说的"陛下"两字，顿时警觉地坐起身来："说！"

潘外怜深深吸了口气："多亏太后的建议，今日妾才得以见到公主。公主来时将她自己的画作给我看，结果在夹杂的画纸里，妾发现了这个。妾看了后惶恐不已，思来想去还是要禀告太后。"

她探手入怀，取出一张带着褶皱的纸，小心翼翼地递给了太后。

太后怀疑地看了她一眼，接过纸打开一看，才看了两行字，脸色霎时大变，右手紧紧攥住，指甲深深嵌入掌心，疼痛的感觉清晰无比地传到身体每一处，心底深处更是涌起了无尽的怒意。

在某一瞬间，她有种将这张纸扯成碎片的冲动。

毕竟是做了多年的上位者，太后暗暗吸气强自冷静下来，压抑着所有的情绪，冷冷问道："潘庶人，你做得很好。孤都知道了，你先回去吧。"

潘外怜似乎对她的反应感到有些意外，嗫嚅道："太后，如今妾背叛了自己的夫君，恐怕再难以立足于世，将来……”

太后一下子打断她的话：“你想要什么，孤再清楚不过。”她顿了顿道，“孤不会亏待你和公主。”

潘外怜脸上露出喜色，应声之后忙起身离开。

见她离开，郑俨才从屏风后转出来，看到太后背对着他静静站在窗前，有些凌乱的发丝随风轻扬着，一张揉皱的纸正从她的掌心落了下来。

郑俨上前捡起那张纸，看了几眼后脸色也是一变，脱口道：“陛下真是糊涂了！”

他见太后并无反应，又试探地开口问道：“太后，您打算如何做？”

太后冷冷笑了几声：“如今我大魏群敌环伺，人人都盯着这块肥肉恨不得咬上一口，没想到最想要孤死的，却是孤的亲生儿子。是孤不惜赌上自己性命十月怀胎生下的儿子。”

郑俨叹了一口气：“如果没有猜错，这封密诏应该已经送往北秀容了。相信不久之后尔朱荣就会凭借诏书入洛，名正言顺地以支持陛下为名，从太后您手中夺回大权。到时太后运气好的话，说不定只是被软禁，至于臣等对陛下而言，自然是除之而后快了。”

风似乎越来越大，吹得窗棂微晃，发出了轻微的撞击声。

太后沉默片刻，语气中隐约透着一种萧瑟：“尔朱荣等的就是‘名正言顺’四个字，所以才一直不轻举妄动。如今依你所见，孤该怎么做？再追下一道懿旨不许他们来洛阳？”

“当然不是。陛下那道密诏一旦发了出去，就覆水难收。”郑俨低声道，“但我们也不是没有办法应对。他们支持的不是陛下吗？若是他们发现陛下不在，那么又要支持谁去，又有何理由入洛？”

太后似乎一愣：“你是说，将陛下囚禁起来？”

郑俨在背后勾起了一抹稍纵即逝的狠戾笑容：“不，臣说的是，索性一不做二不休，从此一劳永逸。”

太后猛地转过身来，脸色比死人还要苍白。

“不，不可能！”

郑俨两眼深切地看着她：“仙真，你冷静点，听我说！”他一急之下叫了她的闺名，“如果皇上还在，无论他是不是被囚禁，对尔朱荣来说依然是可以利用以改朝换代的倚仗，只有让皇上彻底从这个世界上消失，让尔朱荣再无可利用之人才是万全之策。”

太后虽然没说话，但还是下意识地摇了摇头。

“郑俨死不足惜，但是仙真您愿意再经历一次被囚禁的日子吗？无话可说无事可做无人可谈，在日复一日的监视中失去所有的生命力，在那个令人窒息的三寸之地逐渐枯萎，直至死去。”郑俨握住她的双肩，又大声说了一遍，“你愿意吗？！胡仙真！你愿意就那样放弃一切吗？你以为陛下被利用完就能活下来吗？我告诉你，不可能！他只会死得更惨，既然如此，早点晚点又有什么区别！”

太后身体一震，全身就像被抽去了所有力气，眼眶里涌出泪来，难得地露出了女子的软弱：“阿俨，不要逼我。”

郑俨伸手将她揽进怀里，低头将唇凑在她的耳边，一字一顿道：“你对他尚有舐犊之情，他却一心只想要你死。”

一连几天过去，往日雷厉风行处事果断的胡太后却迟迟没有动静。郑俨一时摸不透太后的心思，难免也有些焦虑起来。他寻思许久，趁着夜色去寻了同样深受太后宠爱的中书舍人徐纥，将密诏一事详细告诉了他。徐纥出身寒门，因样貌秀丽才思敏捷入了太后的眼，爬到如今的地位实属不易。一听此事关乎自己身家性命，他当下重视万分，留了郑俨在府中，两人密谈了半夜还真想出一计。

从中书舍人府上出来已是深夜，郑俨抬头看看漆黑夜幕，神色是从未有过的凝重。他的心腹随从小心翼翼道：“大人，若太后还是犹豫不决……”

他冷冷一挑眉：“虎毒尚且不食子。让一个女人杀死自己的亲生孩子，谈何容易？太后就算再心狠，有所犹豫也是人之常情。”

随从一愣，惴惴道：“那大人和中书舍人刚才所定的计策是否有用？”

郑俨侧头朝他一笑：“当然。虎毒虽不食子，可一旦这幼虎沾染了其他动物的气息，让母虎感觉到侵犯和危险，她可是会毫不留情地吃掉幼虎呢。”

随从露出恍然大悟的神情。

郑俨收了笑，回过头束手而立，久久未动。

风乍起，吹得低低的云层不停翻涌，浓重中透着一股诡谲。

此时在北秀容，尔朱荣也接到了这份密诏，一众人等自然欣喜不已，恨不能立刻就出发前往洛阳。

“恭喜将军！有了这份诏书，将军终于可名正言顺拨乱反正，肃清帝侧！”高欢笑道。

元天穆也是欣慰地拍拍尔朱荣的肩：“天宝，总算是等到了这一天。”

尔朱荣肃了肃神色：“胡氏听政以来，宠信佞臣，淫乱宫闱，苛税加重，穷奢极侈，民不聊生，如今我们是奉旨勤王，铲除奸邪，还陛下亲政天下！”

司马子如站在墙上的牛皮地图前，指着上面几个地点道：“将军，我们先到上党郡，然后从那里渡过黄河，直达洛阳城下。”

尔朱荣仔细看了看，笑着点头：“果然这条路线是最为合适的。”

正说着，贺拔岳和侯景抱了硕大的酒坛子进来，替大家一一斟满酒，肆意喝了起来。这里除了出身世家的司马子如和拥有皇族血统的元天穆，其余人大多是不太讲究礼仪的草原汉子，喝多了酒就更加口无遮拦。

慕容绍宗看了一眼正在浅酌酒水的司马子如，目光微动，忍不住开口道：“看来当初将英娥嫁过去是走对了一步棋。”

司马子如还没什么反应，尔朱兆已经不客气地横眉相对：“你说什么！谁是棋子！”

尔朱荣神色略微一黯。

元天穆连忙打圆场：“当初英娥也是自愿为将军分忧，将军有这样至纯至孝的女儿，实在是可喜可贺。”

尔朱兆素来敬重元天穆，遂退到一旁，猛灌了几口酒。

侯景在一旁大笑道：“此番若是将胡氏一族打压下去，小皇帝必定会更加倚重将军，到时英娥坐上皇后这个位置也不是不可能！”

司马子如冷冷瞥了他一眼：“万景兄慎言。”

尔朱兆突然跳起来，大声道：“要我说，索性叔父自己坐了这个位置！到时英娥想和离就和离！想嫁谁就嫁谁！”

他的话音刚落，刚才还热闹万分的气氛顿时冷了下来。

尔朱荣二话不说，将手里的酒碗重重砸了过去：“胡说什么！”

尔朱兆的脑门被狠砸了一下，立时流下血来，他也顿时清醒许多，当下倒是痛快地跪了下来：“侄子胡言乱语，这就去领罚！”

说完，他立刻起身，大步走了出去。

尔朱荣神色微凝，环视周围，朗声道：“如今陛下信任我，视我为亲人为倚靠，才传密诏于我，于公于私，我都不能坐视不理。”他顿了顿，“传我令下去，贺六浑从今天起就是前军都督，召集士兵，先前行上党郡！”说着他又高举起一个新的酒碗，“此去洛阳，愿与众兄弟共成大业！”

众人也是群情激昂，又喝了一阵子酒才慢慢散去。司马子如是最后一个离开的，他不经意间回头，却看到尔朱荣摇摇晃晃站起身差点摔了一跤。他下意识地回转，及时扶住了尔朱荣，只闻得浓重酒气扑面而来。

“是遵业啊……”他睁着那双和英娥一模一样的琉璃眼，看得司马子如心神微晃。

“将军，你要喝点醒酒的汤吗？”

尔朱荣摇摇头，沉默了一会儿面露怅然之色：“遵业，我实在是欠了英娥太多。”

司马子如神色更加柔和：“正因为进了宫，英娥成长得很快，也变得很优秀。但是我知道，一个真正在意她的人，不在意她有多优秀，而只希望她能快乐地生活。”

尔朱荣抬头看向司马子如，眼中微有湿意："遵业你说得对。我只希望接下来的日子她快快乐乐就好。若是陛下真心对待英娥，我也不介意他一直坐在这个位子上。到时如果英娥生下继承人，血肉至亲，我这做阿爹的必定是要给他们母子搏一个前程的。"

司马子如笑着点点头，胸口却泛起一阵酸楚，他深吸了一口气，却始终无法缓和那种揪心的感觉。

洛阳城里这几天天气转暖，积雪融化，沿着房檐滴落下来，犹如下着淅淅沥沥的雨水。

在微暖的阳光下，元诩侧身将头枕在英娥的腿上，闭着双目，密长的睫毛微颤，俨然一幅活生生的美人春睡图。英娥则拿着一把精致的银镊子，小心翼翼地在他头顶找着什么。忽然，她眼睛一亮，迅速用小镊子一夹，顿时夹起了一根细长的白发。

"陛下，原来您真的有白发，您可只有十九呀！"英娥惊讶道。

元诩背对着她露出促狭的笑容，口吻却哀戚万分："人未老，头先白，看来朕的寿限也不远了。"接着他的双肩就轻微抖动起来，似是在强忍着什么。

英娥连忙斥道："呸呸呸童言无忌！不过是有根白头发，哭什么——"她说着将他的身子扳了过来，却见他笑得正灿烂。

"好啊，你故意骗我！"英娥伸手拉扯了一下他的头发。

元诩赶紧坐起身，握住她的手："朕故意这样，还不是想让英娥心疼心疼？你也看到了，朕的白发可不是假的，就心疼朕一下好不好？"

英娥第一次见到少年撒娇无赖的模样，一时倒有些呆住，傻傻地脱口问了声："怎么心疼？"

看到对方笑着慢慢靠近，到了几乎能感觉到彼此气息的距离，她霍然睁大眼，看到对方眼瞳里那个小小的自己。

忽然，她明白他想要什么样的心疼了。

她本该闭上眼睛等待即将到来的温存，可不知为什么，她却下意识地往后一躲，手中的银镊子当一声掉在了地上。

元诩一愣，眼中掠过一抹失落。

两人沉默了片刻，还是元诩先打破了寂静："北秀容那里应该也收到朕的密诏了。再过不久，你就能见到你阿爹了。"

英娥的手顿了一下："陛下，您打算怎样安顿太后？"

元诩叹了一口气："自然是将她软禁在显阳殿里，难道还要杀了她不成？她是朕的生母，就算犯了大错朕也不能对她怎么样。只希望这一次她能安分守己。"

英娥见他情绪有些低落，赶紧转了话题："陛下，那等您真正自己主政时，您最想做什么呢？”

一听这个话题，元诩果然眼睛一亮，兴致勃勃地讲了半天，末了，他还不忘加了一句：“对了英娥，朕还要带你回北秀容省亲！”

看着眉飞色舞有了几分少年人模样的元诩，英娥也愉快起来：“好！草原上可好玩了，有很多有趣的节日，我们也可以去打猎，然后围着篝火吃烤肉……”

元诩听着听着神情变得古怪起来，这些为何听起来好像都似曾相识……

就在这时，门外传来小黄门的声音：“陛下、淑仪，刚才听宫人说，太后身子似乎不太好。”

元诩和英娥对视一眼，同时在对方眼中看到了怀疑之色。

显阳殿内异乎寻常地安静，仿佛连在场所有人的呼吸声都清晰可闻。案几上博山炉的袅袅熏香蜿蜒升起，缓缓在半空中弥漫消散，显现出坐于一旁的太后的面容。她仿佛在一瞬间苍老了许多，美丽的凤眼中闪着冰冷的光。

太医惴惴不安地看了一眼身侧的郑俨，却还是不敢开口打破这种几乎令人窒息的气氛。

“你说，孤是被下了药？”太后微抬眼，一字一顿地问道，眼神却越发冰寒，令太医不禁微微打了个哆嗦，忙答道：“回太后，这种药并不会要人性命，却会让人变得越来越愚笨，最终成为一个任人摆布的——傻子。”

太后沉默一瞬又开了口，声音仿佛从很远的地方传来：“无论是吃食还是熏香，孤一直极为小心，这毒到底是怎么下的？”

太医起身在房里开始搜寻有无可疑之物，找了半天却一无所获。就在他一筹莫展时，太后身边的宫女满愿不小心撞倒了旁边的雨过天青色瓷瓶，瓶中的两枝梅花也跌落了些许花瓣。

满愿吓得立刻跪地请罪，太医眼睛蓦地一亮，三步并作两步冲了过来，拈起花瓣放在鼻端细细嗅来，顿时脸色微变。

“这梅花是谁折来的？”他肃容问道。

“怎么？这梅花有问题吗？不会吧，这些可都是清晨新鲜折来的梅花，”郑俨轻轻嗅了嗅梅枝，“梅香也没有异常，难道这还能做什么手脚不成？”

“所以说下毒的人就聪明在这里，这种毒在制作时混入了梅香，因此沾在新鲜梅枝上常人根本就觉察不出来。若不是今日太后身体不适来请脉，恐怕短期内是发现不了的。”太医顿了顿，神情有些复杂，喃喃道，“到底是何人心思如此细密又狠毒？谋害太后，当诛九族。”

满愿似乎犹豫了一下，小声道："陛下每天清早都会派人折了园中的梅花送来，以表孝心。今日……也不例外。"

她的话音刚落，太医的神色瞬间变得惶恐，双腿一软，竟扑通一声晕了过去。

郑俨轻拍双掌，门外立刻进来两名侍卫，将太医拖了出去。满愿和郑俨对视一眼，随即她也知趣地退了出去。

太后面无表情地拿起梅枝，指尖过去，娇艳的花瓣纷纷零落。忽然，她垂眸笑了起来："这就是孤的好儿子，竟然想出这样的法子。虽然碍于天伦不敢取孤性命，却要孤生不如死，再也不会给他造成麻烦。"

"太后！"郑俨重重跪倒在她面前，双目含泪，"臣说过，您对他尚有舐犊之情，他却一心只想要你死。天家又何来亲情！太后，您醒一醒吧！等尔朱荣大军到来就来不及了！臣死不足惜，可太后您真的愿意重回那被囚禁的地狱中去吗？"

太后用力闭了闭眼睛，再度睁开。眼中一丝光亮也无，黝黑得仿佛深不见底的悬崖尽头，隐隐散发着冰雪的彻骨寒意。

"孤也好久没和皇上一同用膳了。明晚，就让皇上过来陪陪我这老婆子吧。"她神色平静，语气中却透着一股狠厉绝情。

这深深宫阙，最终总会摧残人心中的最后一丝柔情，兄弟姐妹如此，父母子女亦然。

在太后看不到的角度，郑俨勾唇，露出了一抹诡异的笑容。

"一切都交给臣来安排吧。"

郑俨踏出房门，对守在门外的满愿含笑微微颔首，似乎对她适才所为甚是满意，满愿抿了抿唇，眼睛也倏忽明亮了几分。她低下头，却没看到对方嘴角的一丝不屑和讥笑。

元诩和英娥前来显阳殿探望太后时，被满愿拦在了门外。满愿对他们行了行礼："回陛下和淑仪，太后并无大碍，只是有些许头疼，现在正睡着呢，怕是不便见人。"

元诩一脸平静："既然母后无事，那朕稍后再来。"

元诩正要转身离开，忽听满愿又道："陛下，太后适才还吩咐，若是见了陛下就和您说一声，明晚太后想请您来显阳殿一同用晚膳。"

元诩眼中闪过惊讶之色，但还是点了点头："朕知道了。"

满愿飞快扫了英娥一眼，将愤恨压在眼底，扬起笑又道："恕奴婢无礼，还是要提醒陛下，太后说了只是和您母子两人。若是见到其他闲杂人等，太后可是会心生不悦的。"

元诩脸色一沉，眸中流转出锐利锋芒："既然知道无礼，就自掌十下吧。"

满愿的脸一下子就扭曲了，她还要反驳些什么，却被元诩的凌厉眼神所慑，不得不咬着牙掌起自己的脸。

元诩也懒得多看，拉起英娥的手转身就走。

满愿看着他们的眼神阴毒无比，恶狠狠地低语道："尔朱英娥，很快就没人能再护着你了。"

英娥回头望了眼一脸狰狞的满愿，心里隐生不安。

"陛下，太后和您的关系一直不好，怎么会突然邀您一起用膳？这其中会不会有什么阴谋？陛下还是小心为好……"

元诩冷哼一声："朕就是要看看她又要折腾出什么幺蛾子。"

英娥有些担心地看了看他，压低声音："陛下，太后她会不会发现那封密诏了？"

元诩颇为肯定地摇了摇头："不会，朕用的那人非常可靠，绝对不会泄露出去。"他低头看了看英娥，少女眼中是满满的关切，在阳光下折射出如琉璃般璀璨澄亮的光泽，一股由肺腑而生的柔情，不知不觉侵入了他的心底，如花开般渐渐弥漫开来……

神情瞬间变柔软，元诩忍不住握住了她的手："朕知道你是担心朕，但是太后毕竟是朕的亲生母亲，就算她有什么阴谋也没什么可怕的。"

"可是……"英娥哑然无语。

"可是什么？难不成她会杀了朕不成？"他微微一笑，似乎觉得有些好笑。

英娥没再说什么，可那种忐忑的感觉始终挥之不去。

第七章 诛帝

第二天傍晚，元诩只带了个小黄门就去了显阳殿。离开前他还特地叮嘱英娥，说是不会在那里久待，大约一个时辰后就回嘉福殿。

自元诩走了之后，英娥心里那种不安越来越强烈，虽说太后是皇上的亲生母亲，可是毕竟天家情薄，万一太后脑子一热做出对皇上不利的事就来不及了。眼下她进不了显阳殿，唯一能做的就是派人去告知正在当值的长乐王元子攸。

此刻的建始殿中，一位年轻的素衣女子正跪坐于案几旁认真地抄着佛经，眉宇间的秀丽和胡太后有几分相似，却又略显寡淡，在烛光下看起来颇为温柔，正是平日里很少出建始殿的胡皇后。

她的心腹女官阿月脚步急促地走了进来，脸上带着欣喜之色，迫不及待道："皇后，奴婢刚才打探到消息，今晚陛下会到显阳殿和太后一同用膳，这可是您见陛下的好机会啊。"

胡皇后手中的笔一顿，迟疑道："可姑母并未请我过去，这样贸然前去是否有点不合规矩？"

阿月焦急道："哎呀皇后，您也说了，那是您的姑母。您就当是去陪姑母，正巧遇到陛下不就行了？”

胡皇后不禁哑然失笑：“这么巧合的事，你当陛下猜不到吗？”

“猜到又如何？反正大家不说穿就是了。再说您愿意为陛下花心思不也是因为在意他？”阿月不以为然道。

胡皇后似乎还有点犹豫：“可是我的佛经还没抄完……”

阿月大胆地伸手将佛经放在一旁：“我的皇后，您就是顾虑太多，才让那蛮女子勾了陛下的心去！”

胡皇后轻嗔道：“阿月，慎言！”

阿月嘻嘻一笑，手脚麻利地帮她梳理起头发。

元诩一进显阳殿就闻到了一股极为熟悉的香味。他顺着香味望去，只见紫檀几上摆放了几道菜肴，每一道都是他喜欢的，这股香味就来自其中的一道酸菜鹅鸭羹。幼年时母亲经常亲手为他做这道菜，只可惜父皇过世后就只有膳房做给他吃了，久而久之他就不再点这道菜，因为里面少了一些记忆中最重要的调料。

“阿诩，你尝尝看。”太后亲切地笑了笑，“我记得你小时候最是喜欢这道菜。”

听到她没有用孤称呼自己，元诩目光微动，拿起木勺盛了一口放进嘴里，不料下一秒就噗地吐了出来。

太后脸色微变，急忙起身走过来，弯下腰用他的木勺也盛了口喝下去，谁知动作也是如出一辙。

她的脸一下子涨红，带着罕见的窘色：“好久不做，我的手都生疏了，竟然放了这么多盐。”

元诩终于露出吃惊的神色，眼中闪动微芒，脱口道：“是母后亲手做的？”

太后颔首，似乎有些不好意思：“我这就让人撤下去倒了。”

“不用。”元诩出声阻止她，神色缓和了几分，“其实，也不是那么咸。既然做了就不要浪费了。”

说着他低头闷声一口一口喝了起来，白皙如瓷的肌肤在满室的融融烛光下，仿佛也染上了些许温度，不似平常那般难以接近。

太后一眨不眨地凝视着他，像是要将他的一举一动都牢牢印刻在脑海里。她的指甲深深陷入案几，传来一阵一阵痛楚，痛得让她几乎要放弃自己的计划。

就在此时，满愿在门外低声道：“太后，奴婢有事禀告。”

太后看了一眼正在喝羹汤的元诩，缓步走到门外。满愿弯腰在太后耳边轻语：“皇后也来了这里，应该是听到了陛下来用膳的消息。要不要让她先离开？”

太后思索了一瞬，摇了摇头，轻声道：“先带她到另外的房间等着，免得她起疑心。”

满愿应了一声，迅速转身离开。

太后回到房中倒也没有隐瞒：“皇后听闻你在这里也赶了过来，不过今天我只想我们娘俩好好用顿膳，所以就不让她来打扰我们了。”

元诩并未多言，几不可见地点了点头。

满愿随即将胡皇后领到殿内靠近花园的一个房间，并请她再稍等片刻。

胡皇后虽然觉得有些奇怪，但还是安安静静地坐在窗前等着。从她的角度望出去，正好看到窗外大半个花园的景致。园中的雪几乎融尽，花木萧条，一片冷寂，唯有太后所养的那只雪猫闲庭信步，给这里添了几分生气。

胡皇后唇边露出笑容，不禁留意着它的一举一动。

忽然间，一队禁军侍卫神色肃然地匆匆而过，他们身上所携带的兵器在月色下闪着森然的光。

胡皇后心里猛地一跳，一种不祥的预感在心底油然而生。为何这些人此时来显阳殿，难道是有什么事情发生？

紧接着，几位宫女端着酒水和更多膳食急急穿园而过，其中一位端着酒水的宫女被突然蹿出的雪猫吓了一跳，身子晃动时酒水也倒出了些许。雪猫低头嗅了嗅，便伸出舌头舔了起来。

胡皇后看着它可爱的样子，心里的紧张不觉舒缓了些。可就在不久之后，那雪猫突然发出一声凄厉的惨叫，口鼻同时喷血，四爪乱挠了一阵后蓦地就断了气。

这一幕发生得这么猝不及防，这么惨烈，胡皇后要不是捂住了自己的嘴，一定会恐惧地叫出声来。

食物中有毒、禁军匆匆而来、太后反常地不让自己进去……这一个又一个疑点只说明一件事，太后想对陛下做些什么……

胡皇后倒抽一口冷气，脚下像是失去了重心，眼前一黑险些栽倒，但她还是竭力扶住墙，争取让自己清醒一些，只是身体像是不再受自己控制，抖个不停，一股森森寒意从脚底直冲脑门，几乎将她整个人都要冻结成冰。

当下，她毫不犹豫地忽然撞开门，跌跌撞撞朝着太后那里跑去。

与此同时，英娥终于费尽力气从外墙的一处爬进来，悄悄朝同样的地方溜了过去。

显阳殿内依然温暖如春，在某一瞬间元诩甚至有种奇特的错觉，他和母后从来不曾离心过，他就和世间大多数孩子那样，被自己的母亲深深爱着。这种错觉竟然令他有想流泪的冲动。

既然身在天家，他实在不该奢望更多了。

“阿诩，这些桑落酒是从河东送来的，你浅尝即可，不要多喝了。”太后指着宫女刚送进来的酒温和地说道。桑落酒酿于桑落之时，香美异常，稍微多喝些就容易沉醉不醒，因此太后还不忘提醒了一句。

元诩笑了笑，难得地开了句玩笑：“若是醉在母后这里，也是没关系的。”

宫女将酒斟满，恭恭敬敬地递到了元诩面前。元诩接过酒，轻轻一嗅，不觉眉眼舒展，赞道：“果然是好酒。”他说着就要喝下去，太后心里一个激灵，忍不住脱口道：“等一下！”

元诩手一僵，有些狐疑不解地望向太后。太后僵硬地扯出一个笑容，无力地解释道：“我是想说，空腹喝酒对身子不好。”

元诩不以为意：“刚才我不是已经喝了好多羹汤，应该无碍。”

说着他又缓缓将酒杯放到唇边，只要再挪动一点，他的唇就能沾到酒水了……

太后瞳孔微缩，双手轻颤，正要再次开口阻止时，却见门一下子被推开来，皇后正脸色苍白地站在那里，被风吹乱的头发毫无方向地飞舞着……

太后脸色一变：“皇后，你怎么过来了？不是让你好好等着吗？等会儿孤自会召见你。”

皇后一反常态地没有理她，目光落在元诩斟满的酒杯上，几不可见地松了口气。元诩看起来心情尚好，对素来无视的她也露出了一点吝啬的笑容。

皇后忽然笑了起来：“姑母，我这就回去。不过在这之前，我还有件事要做。”说完她径直走到元诩的案几前，背对着太后对他用唇语说了四个字——她要害你。

还没等元诩回过神，她又极快地夺过他手中的桑落酒，笑道：“姑母，我敬您一杯就走。”话音刚落，她就将整杯酒倒入了口中，冰冷的酒水穿喉而过，到达腹部时却是一阵火烧火燎的灼热感。

“不要！”太后一声惊叫却已为时太晚。

只见皇后的眼睛、鼻子和耳朵里很快涌出鲜红的血来，好像怎么也停不下来，浸湿了衣裳、软榻，大片大片的鲜血触目惊心。

元诩这才明白原来她是用命给自己示警，他愣愣地抬起头，茫然地望着那个被称为母亲的女人，难以置信地喃喃道：“为什么？为什么？”

太后避开他的目光，偏过头去不再看他。

“为什么？我是你十月怀胎生下的儿子啊！这个世上只有你我血脉相连！我们是唯一的亲人啊。”元诩悲怆地低喊着，仿佛感觉自己的心脏碎成了一片一片，被血脉至亲狠狠践踏于脚下，永不得复生。

“陛下……”皇后微弱的声音从一旁传来。元诩的心猛地一揪，他忙将她抱在怀里，几欲落泪：“令婉，你真是傻。朕从来没对你好过，你这样值得吗？”

皇后微微弯了弯唇，有了几分精神，似是回光返照：“阿诩，还记得小时你帮我赶走恶狗吗？我从那时起就认定你了。只可惜，再见面你却已经忘记我了。”她眷恋万分地看着他，低低呓语，“只缘感君一回顾，使我思君朝与暮。原来念再多的佛经，还是……还是……”她的声音戛然而止，双手无力地垂下，咽下了最后一口气。

元诩将她抱紧，哽咽道：“慈悲无量寿接引阿弥陀佛，胡氏令婉往生西天极乐净土！”

胡太后颓然坐下，眼角微湿，似乎已经不想再做什么。但见旁边的屏风后闪出一人，正是郑俨，他双手击掌，顿时冲进来几位禁军侍卫。

“太后，箭在弦上，不得不发！切勿妇人之仁！”郑俨冷然发出命令，“将毒酒全部给他灌下去！”

胡太后抓住他的手：“不！不要继续了！”

郑俨双手握住她的肩，神色凝重：“太后，你认为这次我们若是放过他，下次他会不会放过我们？不会，不可能！他的报复只会更残酷！仙真，我们已经没有回头路了！”

太后身子一颤，眼中流下了泪水。有多久了？流泪的感觉，她好像已经忘了。上一次是为了生下自己的男人，这一次却是为了自己生下的男人。

几位禁军侍卫将元诩按住，元诩像是知道自己的生命就快走到尽头，只是冷冷一笑，那双秀丽无双的眼里带着嘲讽，似乎在鄙视着她的泪水。

当冰凉的毒酒落入喉间的一瞬，他的脑海里浮现的却是那个男孩眉飞色舞的笑脸。

他还是不甘心啊，还以为这辈子总有机会再见到的……

“陛下！”一声发抖的喊叫将他涣散的神思拉回少许，他抬头望去，视线中出现了少女的身影。英娥几乎难以相信自己所看到的一幕，不顾一切地奔到他的身边，眼泪簌簌落下，呜咽着：“怎么会这样，怎么会这样……”

他的七窍涌出大量鲜血，她无措地伸手去捂，可那些血并没有因为她的阻挡停下来，而是无情地穿过她的指缝，在手背上画下道道血痕，仿佛在嘲笑她的无能为力。

“英娥，最后再帮我做件事吧。”

英娥重重点了点头。

元诩吃力地从怀里拿出一只沾了血的小木犬：“把这个交给菩提。”他叹了一口气，笑得有些凄凉，“要是能再见一面就好了……”

英娥心里酸涩无比，她突然扯开自己的衣衫，露出肩膀上的牙印：“陛下，你见过了！

你已经见过了！我就是菩提！你看看这个牙印，当初还是我们打架时你留下的……”说到这里，她已泣不成声。

元诩难以置信地瞪大了眼睛，一眨不眨地看着那个牙印，突然有些失控地笑了起来，直到笑出眼泪。

原来，原来，佛祖还是眷顾着他的。

英娥哽咽道：“我应该早一些告诉你的，我不该瞒着你，对不起……对不起……”

元诩缓缓伸出手擦拭她的泪水：“不要哭，不要这样……”在临死前能知道真相，已经很好了。他低低的声音里全是怜惜和心疼。

虽然无法再实现对她的承诺，无法再和她继续在一起，无法陪她走到最后，但是，短暂幸福过就行了，看到她为自己流泪就行了，在漫长的黑暗里被温暖过就行了。

这样，已经很好很好了……

他眼前渐渐模糊起来，但他知道现在自己还不能死。

郑俨发出了几声讥笑：“真看不出，陛下还是个情种。既然如此，就让你最心爱的女人陪着你走吧。也算是微臣的最后心意了。”

说着他朝禁卫们使了个眼色，那些禁卫立刻朝英娥动起手，英娥反应奇快，当即抽出随身携带的匕首还击，但对方都是高手，缠斗一会儿英娥不小心露出破绽。眼看着对方的剑就要劈落在英娥身上，忽然斜地里一剑刺来，及时格开了那把剑。

英娥抬眼望去，只见来人身姿轻灵如隔空之月挡在自己面前，正是长乐王元子攸。他望向元诩，脸上充满了痛楚和难以置信，双目仿佛也被怒火燎烧得变成了红色。

元子攸一脚踢开正冲向他的禁卫，又冲上前给了对方狠狠一剑，借着反手一剑刺死想要从背后偷袭的另一名禁卫，颇有几分不要命的劲儿，一时还真镇住了这些禁卫，暂且无人敢上前来。

元子攸趁着这个机会，冲到元诩身前握住他的手红着眼道：“阿诩，不要怕，有我在！”

元诩闻言似乎松了一口气，嘴角泛起一丝笑意，低低道：“朕知道，每次都有你在呢。”

元子攸眼中已有泪意，线条优美的薄唇不受控制地轻颤着。

郑俨眉头一皱，面露狠戾决然之色，大声对那些禁卫道：“今天若是让他们从这里活着出去，你们和你们的家人都别想活命了！”

禁卫们一听顿时变了脸色，硬着头皮再次围了过来。

元子攸敛了哀戚之色，神色肃然，手指郑俨，斥道：“奸竖专朝，贼臣乱纪，古往今来这些奸竖贼臣都没有好结果！而今你更是犯下弑君这等大罪，当夷九族！”

郑俨听了这话却冷冷一笑：“反正我早已是孤家寡人了，又怕什么夷九族！”他顿了顿，又看了一眼太后，“只要是为了太后，就算是被打入修罗地狱臣也无悔！”

胡太后似乎什么也没听到，只是双目沉沉地注视着前方，目光落在没有焦距的远方，仿佛在回忆什么往事。

或许是因为自己家人的性命受到了威胁，再次交上手的禁卫们比之前更加难缠，同时也有更多禁卫涌上前来，很快，元子攸和英娥两人渐渐处于下风，还不慎受了些轻伤，眼看着也支持不了太长时间……

元诩重重咳了起来，口中吐出一口黑血。胡太后望过来一眼，却立刻转过头去，唯有身子在微微颤动着，紧握着暖炉的双手指尖发白，全无血色。

“阿娘……”他忽然很轻地唤了一声，不是母后，而是牙牙学语时第一次开口唤的阿娘。

太后的背影颤抖得更加厉害，郑俨双手扶住她的肩，一字一顿道：“离弦之箭，一弦一发，永不回头。”

胡太后紧咬住唇，刚要点头，却听到背后又传来元诩微弱的声音，她侧耳倾听，才听出他是在念诗。

“化光造物含气贞，恭已无为赖慈英……”

胡太后听清这两句诗词后双目瞬间涌上泪来，竟不顾郑俨的阻拦跌跌撞撞冲到了元诩身旁，将他拥入怀里，哽咽道：“对不起，阿诩，娘对不起你……”

元诩低垂的眼中飞快地闪过一丝悲哀的讥讽，他突然睁开眼睛，极快地伸手拔下太后发髻上的金钗，用尖锐的一端抵住了她的脖颈。

因事发太过突然，直到脖颈间传来一阵凉意，太后才堪堪反应过来。

“全部住手！”元诩用尽力气喊了一句，手中却不敢放松半点。

郑俨见此情形也是大吃一惊，忙让禁卫们都停手。

“陛下，有话好好说，你别冲动！”

“让他们走！”元诩说完这句话的同时又吐出一大口血。

“陛下！”元子攸和英娥同时急切地唤道，想要冲上前来却被元诩凌厉的眼神所阻止。

郑俨见元诩精神有些不支，正想提醒一旁的禁卫偷袭，却见元诩警告般手中加了劲，太后白皙如玉的脖颈间顿时流下一道殷红的血线。

“朕说了让他们走！”元诩几乎是吼了出来。

郑俨看了看被制住的太后，不得不咬牙道：“好！只要你不伤害太后，我就让他们走！”

他一声令下，禁卫们果然纷纷向两边让开。元子攸痛心地望着强撑的元诩，心知他就快到极限，若是再不走怕是就没有机会了。如果连自己也死在这里，又还有谁能为他报仇？又还有谁能将这残忍的真相告诸天下！

“彦达，好好保护她！她不该属于这里！”元诩用尽力气说出了最后的请求。

元子攸重重点了点头，拉起英娥的手就往外走去，再也没有回过一次头。

英娥忍不住含泪频频回头看向元诩，对方一眨不眨地盯着她，像是要将她的容颜深深刻入最后的记忆之中，就算轮回转世千万次，也永远不会忘怀。

就算是一场美丽的幻梦，他也要牢牢记住这一瞬间，就算所有珍贵的东西都将消失，他心中也永远拥有这一刻她为他流泪的记忆。

这样于他，足矣。

见到两人的背影消失在面前，元诩终是再也撑不住，噗地吐了几大口血，直直地往后倒下去，唇边却露出个欣然的笑容。

在呼吸停止的前一刻，惊惧苦痛皆灭，心情竟分外宁静，模糊的眼前仿佛也变得清晰起来——

三月初春的华林园里，百花盛开，暖风渺渺，一地绯红落英的曲水旁，母后宴请群臣，令众人赋七言诗，联吟为乐。母后先吟出了那句“化光造物含气贞”，当时年仅六岁初登帝位的他随即就续了一句，“恭己无为赖慈英”。母亲心花怒放，众臣更是大赞，其中还有人出言道：“至尊小小年纪有如此孝心慧思，将来必为明君，振我大魏。”

母亲欣慰含笑地望向他，那笑容里有最温暖的柔情，最殷切的期望……只是他没想到，这一切会失去得这么快。

既为母子，又为何要同在帝王家？

这辈子，差不多也该到尽头了。

一切行无常，生者必有尽，不生则不死，此灭最为乐。

郑俨伸手在元诩鼻下一探，低声道：“太后，陛下驾崩了。”

太后用力闭了闭眼睛：“陛下膝下唯有一女，先立公主为女帝，到时群臣自然反对。临洮王元宝晖的嫡长子元钊是高祖后裔，今年正好三岁，你再派人将他接来，由他继承大统。”

郑俨不解道：“为何我们不直接立元钊为帝？”

太后深深吸了一口气，让自己冷静下来：“陛下是因病暴毙，你我皆没有料到，最直接的反应自然是立陛下的子嗣为帝。如若现在提出立元钊，必然会引起反对，但有女帝做比较，自然就无人反对元钊为帝了。”

郑俨恍然大悟：“还是太后深思熟虑，微臣佩服，但是眼下长乐王和尔朱英娥两人……”

太后眼中流露冷厉狠绝神色：“自然是不能让这两人活下去。你速速派人前去追击，生要见人，死要见尸。”

郑俨立即应下，匆匆往外走去。

太后低下头，静静地看着双目紧闭的元诩，一滴眼泪缓缓从眼角滑了下来。

房间一角的蜡烛烛火跳亮了几次，终于熄灭所有的光华，坠入深深的黑暗之中。无边无际的黑暗仿佛一张巨大的网，将她围得密不透风。

武泰元年，魏孝明帝元诩驾崩于显阳殿，时年十九岁。

月明星稀的夜晚，一骑快马正疾驰在树林之中，偶尔有栖息的飞鸟被惊起，张开翅膀扑簌簌冲向天际。除此之外，林子里再听不到其他声音，极致的寂静里似乎隐藏着未知的危险和形形色色的魑魅魍魉。

虽然已经离开洛阳城，但元子攸丝毫不敢放慢马速，还不时回头留意着后面的动静。坐在他身前的英娥清楚感觉到他整个身子都是紧绷的。

就在这时，从后方遥远之处隐约传来了凌乱的马蹄声。元子攸面色微变，低声对坐在身前的英娥道：“有追兵，坐好了！”

话音刚落他重重一挥马鞭，但见那马更是撒开蹄子狂奔起来。

追赶的声音越来越近，越来越清晰，甚至还能听到金属利刃的出鞘声，以及弓箭上弩拉开弓弦的声音。一瞬间，几支箭矢已经近在咫尺，元子攸反应神速地一手抽出长剑，背后犹如长了眼睛般反手准确无误地击落箭矢。

几个禁卫趁此机会已然策马追到身侧，执刀朝元子攸和英娥砍去，元子攸长剑一扬，顿时穿透为首那人的胸膛，只见那人身子一晃摔下马去，还来不及起身就被后面收不住速度的马踏碎了头颅，顿时鲜血脑浆四溅。紧接着两侧各有一人包抄上来，元子攸挡住左侧，右侧就露出了弱点。就在对方趁元子攸无法顾及右侧欲挥刀相向之时，一把锐利的匕首如流星般掷入他的咽喉。他不甘地睁大眼睛，不敢相信那狠厉的一刀竟是出自那个美丽少女之手……

同伙接二连三地毙命令追赶的禁卫们心有忌惮，不知不觉放慢了速度，元子攸抓紧时机夹紧马腹加快速度突围而出……

英娥睁大眼睛望着前方，耳边不时传来箭矢擦过的呼啸声。突然她敏锐地感觉到元子攸身体晃了一下，不禁担心地唤了一声他的名字：“彦达！”

元子攸闷声答道："无妨！别担心！"

英娥微侧过头，落入视线的正是他线条优美的下颌和紧抿的薄唇，再往上看，是他那双寒星似的深蓝眼眸。在昏暗的光线里，他的双眼却明亮得恍如能灼伤万物的地狱之火。

似乎察觉到英娥的视线，他低下头，眼神变得柔和了一些，什么也没说又全神贯注地望向前方。

风冷冷吹过，两侧的树木黑影不停倒退，她从不知道原来路途可以这样漫长，原来时间可以这样难熬……

也不知过了多久，马速终于减缓，英娥正要回头和元子攸说话，却不料他竟然一头重重栽下马来，随即陷入了昏迷。英娥急忙扑到他身前，这才发现他的背后和腿上竟然一共插了三支箭！英娥大惊失色，忙伸手探他的鼻息，确认尚有呼吸才稍稍松了一口气。

不管怎么样，此地不宜久留，她必须和他离开这里。

她不敢轻易挪动他，脑中回想起以前在草原上高欢曾教过她编缚辇的法子，于是从旁边的树上用力地掰下粗枝条，又扯了不少藤蔓，很快编成一个简单的缚辇。她再小心翼翼地将元子攸拖过来，让他以面朝下的姿势趴在缚辇上。

英娥拖拽着缚辇行了很长一段路，发现一棵中间被天雷劈空的大树，于是心下一喜，将元子攸扶了进去，打算暂且在这里休息片刻。一切安排妥当，英娥累得瘫倒在地喘了几大口气，当她的目光落在元子攸身上，才后知后觉地发觉对方不知何时已经睁开眼睛，正静静地望着她。

"彦达，你醒了？你不要乱动！你的后背和腿上都中了箭！"她神色紧张地冲了过去，生怕他一个翻身压到伤处。

元子攸轻咳一声，语气微弱地问道："你有没有受伤？"

见英娥摇了摇头他面露欣慰之色："你没事就好……我答应了阿诩要保护你……"想到元诩，他不禁心中一痛，喃喃道，"薤上露，何易晞。露晞明朝更复落，人死一去何时归。"

英娥纵然读的诗文不多，却也理解这几句诗的意思。朝露干枯了明早又会落下，人死了什么时候能再回来呢？

她目中一阵发酸，强忍住泪将手放在他的肩上，两人相对默默无言，唯有一种哀伤低落的气氛弥漫开来。

元子攸忽然侧过头，口角边渗出了血丝："你走吧，回到北秀容去，那里才是属于你的地方。"

英娥愕然皱眉：“你在说什么胡话！你救了我，我怎么可能丢下你一走了之！”

元子攸闭上双眼，面色淡然：“我眼下受了重伤，只会拖累你。至于救你，只是我答应阿诩应该做的事。你快走吧！”

英娥只觉得一股郁卒之气从心底涌出，她伸出手硬是将他的脸扳了过来，盯着他微愣的双眼，一字一顿道：“陛下拼尽生命才让我们赢得一线生机。除了生死无大事，人只要活着，还可以做很多事。难道你不想替陛下报仇？难道你就眼睁睁看着奸人得不到报应？难道你就愿意这样窝囊地死去？元子攸，我要你活下去！我不许你死！”

元子攸身子一震，双目中隐有湿意，喃喃唤了一声：“英娥……”

就在这时，远处再次传来马蹄声。元子攸脸色一变，急切道：“英娥，听我的话，你快点先走！不然我们谁也走不了！”

英娥仔细听了听：“这马蹄声是从相反的方向过来的。我去看看。”

英娥也不再看他，转身走出树洞。元子攸想要追上去，不料刚起身就眼前一黑晕了过去。

英娥悄然走到靠近林中道路的一侧，娴熟地利用树枝做了一把大型的简易弹弓，静待着目标接近射程范围。

随着马蹄声越来越近，英娥看清远远驶来的竟是一驾马车。她心里一松，本想回转，忽然转念一想又改了主意。待到那马车进入范围内，她控制着力度松了手，树枝反弹出去正好砸在车夫身上，顿时将他扫下了马车。马儿受惊扬起蹄子，英娥纵身上前，及时地勒住了马匹。

她先去探了一眼车夫，发现他只是昏迷并无大碍，于是跃上马车，一把拉开帘子：“得罪了！在下绝无伤人之意，但借马车一用！日后必有重谢！”

但见马车正中坐着一个十七八岁的俊秀少年，面色惊惶地看着她。突然，少年眼睛一亮，难以置信地出声道：“淑仪？尔朱淑仪！”

英娥定睛一看，这才看清车内的公子竟是汝阳县公元修。他的父亲广平武穆王元怀和先皇都是文昭皇后所出，算起来他应该是元诩的嫡亲堂弟，之前在宫中也见过一两回。元修本人则和洛阳城的纨绔公子无异，吃喝玩乐无一不精。

既然是回洛阳，那么他对城中发生之事必然丝毫不知……英娥脑中一转，忽然就想到了一个救元子攸的好主意。

浓浓夜色中，一驾马车缓缓在一座偏僻的宅邸前停了下来。不等车停稳，驾车的锦衣公子就迫不及待地从马车上一跃而下，冲着前来相迎的两位仆从道：“快将车里的人抬到里面去，小心些！”

接着他又转过身伸手掀开帘子，颇有得色道：“这里只是我众多府邸中的其中一处，虽然偏僻却什么也不缺，平时只有两个老仆人管门，到了狩猎季节我们才会在这里歇息。”

他的目光扫过元子攸身上插着的箭矢，脸颊微微抽动了一下，迅速转过了头。比起刚才第一眼见到这一幕时的冲击感，现在他已经算是冷静不少。

英娥轻轻道了声谢谢，也身手敏捷地跳下马车。

两位仆从见到受伤的元子攸自然也是一惊，但也不敢说什么，小心翼翼地抬起他往宅子里走去。

英娥微微松了一口气，头脑有些发晕，身子才晃了晃就被元修及时扶住。她一抬头，对方正弯着那双狭长的眼睛笑吟吟地看着她：“淑仪，现在该告诉我到底发生什么事了吧？”

英娥不着痕迹地避开他的手往前走去，随口问道：“你这里可有止血的药？”

元修一愣，点了点头：“我这里什么也不缺，自然是备着的。不过长乐王的伤势……是不是该请个大夫来看看？”

“不必了。”英娥干脆地拒绝道，大步走进了宅子里。

元修丝毫不恼，反倒意味深长地一笑，急急追了上去：“等一下，淑仪，不，小嫂子，你们幸好是遇到了我，要不然这荒郊野外的可就惨了……”

英娥疾步走到床榻边，担忧地看着还在昏迷中的元子攸，但见他双目紧闭脸颊通红，看起来情形极为不妥。如果不及时将箭拔出，恐怕只会越拖越糟……

元修挑了挑秀长的眉：“小嫂子，你别怪我乌鸦嘴啊，这样下去他可能都熬不到天亮就要去西方极乐了。”

英娥伸手摸了摸元子攸的额头，转头看他：“你不是有止血的药吗？全拿过来。还有，给我找把锋利点的匕首。”

元修大吃一惊，狭长的眼睛瞪得浑圆：“小嫂子，你不会是想……”

英娥也不回答他，哗的一声双手撕开了元子攸背上的衣裳。

元修接下来要问的话全卡在了喉咙里，整个人已经完全蒙了，唯有眼珠子还不停转着。

“我先把箭取出来。”英娥一脸平静地说道。

元修终于缓过劲来，脸都白了：“小嫂子！你可不能胡来！这弄不好是要出人命的！”

英娥斜睨他一眼，手下的动作却丝毫未停：“以前在草原上我又不是没拔过箭，想要救人就快点去拿来！别磨蹭了！”

元修被她这一眼看得心头猛地一跳，反驳的话却怎么也说不出口了，转过身默默地去照做了。

数十盏烛火微微摇曳着，将床榻周围映照得一片明亮。英娥换了一身便于行事的男子胡服，先是小心地用剪子剪去箭羽，再将匕首在火上烤了又烤。

元修见她动作娴熟，忍不住问道："小嫂子，你以前真的拔过箭？这真的没问题吗？”

英娥手一顿，胸有成竹地点了点头。

元修略松了口气，接着又听到她冷声道："以前是给马拔的箭，人，应该也差不多。”

“啊？”他的话音未落，就见英娥手起刀落，匕首尖端已经利落地顺着伤口剜了进去……

元修嘴角一抽，五官都在一瞬间皱在了一起。果然是蛮族女子，下手也够狠！

元子攸被疼痛惊醒，四肢顿时抽搐起来，额角流下大滴大滴的冷汗。英娥一手按住了他的身体，低头在他耳边一字一顿道："元子攸，你要不要和老天赌一次？”

元子攸紧咬着唇，被汗水眯住的眼睛一片模糊，可那耳边传来的声音仿佛迦陵频伽的妙音，从极乐净土而来，充满安抚和蛊惑意味。

他用尽力气点了点头。

他要和老天赌这一次，他还不能死。人只要活着，还可以做很多事……

元修在一旁看得心惊胆战，可不知为何，他的目光始终离不开那个女人。她的手上、身上都沾满了鲜血，模样明明是吓人的，更没有那些世家美人的风流温婉，但被烛光笼着的侧脸似乎笼着一层暖金色的光芒，晕染变化出一种静谧神圣的美丽感，令人不由得屏住呼吸，生怕呼吸重了就会破坏这份美。

平时在宫里他也只见过这位淑仪一两次，除了觉得她容貌确实美丽外，也已经听了不少关于她的事迹。从冷宫绝地逢生扳倒潘嫔，又和长乐王一同救了皇上……那些世家贵女说起尔朱淑仪总是带着种嫉妒又轻蔑的口吻，他倒是有些明白，为何堂兄对她与众不同了……

就在她睫毛上的汗珠要落下时，他突然冲上前去，飞快地用锦帕帮她拭去了汗珠。

英娥有些惊讶，用眼神表示了一下感谢，又埋头继续处理伤口。当她将最后一个箭头取出时，元子攸终于支撑不住再次昏迷过去。

英娥迅速将止血药粉撒在伤口上，折腾了好一阵子才将几处伤口的血都止住了。做完这一切，英娥也几乎虚脱地倒在了软榻上，连开口说话的力气都没有了。视线里，忽然出现一盅冒着热气的酪浆，英娥一愣，顺着持酪浆的手望去，落入眼中的是元修那张笑吟吟的脸。

她接过酪浆却并没有喝，只是道了一声谢谢。

元修脸色顿时有些不好，露出委屈之色："怎么？小嫂子是怕我害你吗？虽然我太过聪明发现了你们的秘密……"

英娥一惊，手下一动已经悄悄捏紧匕首柄："什么秘密？"

"就是你和长乐王私奔的秘密啊。我认得这箭是宫中禁卫的，宫里的人追杀你们，八成就是因为你和长乐王私奔啊……想到那老妖妇的儿子被戴绿帽，老妖妇气歪鼻子，我高兴还来不及呢。"他眉飞色舞地轻拊双掌。

英娥眼角轻微抽了一下，这位汝阳县公还真是口不择言百无禁忌……不过，她倒是想起好像听宫人提过，元修的母亲是位妾室，曾因一件小事得罪胡太后而莫名暴毙。也难怪他对胡太后深恶痛绝了。

她沉默了几秒道："有些事，或许不知道会更好。"

元修盯着她，忽然又没心没肺地笑了起来："反正我对宫里的事也不关心，长乐王受了这么重的伤不能随意移动，你们就暂且在我这宅子里住上一阵吧。"他顿了顿，又问了一句，"他……会没事吗？"

英娥的目光落在元子攸苍白的脸上："能熬过今晚就没事了。"

到了半夜时分，元子攸身上忽然炽热如火，整个人就像是一块烧着的烙铁，在床榻上翻来覆去，口中喃喃呓语着不成句的断词。英娥一直守在他身侧，不停地帮他擦汗宽衣，好不容易才让热度降下去，可不多时他的身体又渐渐发冷。英娥伸手探去，只觉触手冰凉，不禁心头一沉。她试着低唤他的名字，可对方只是露出痛苦挣扎的神情，仿佛坠入了再也醒不过来的噩梦之中。

在一道白色光芒的牵引下，元子攸发现自己仿佛来到了一片灰茫茫的无边之境。在远方的尽头，一道白色人影若隐若现。他下意识地走近，这才看清那身着白色衣袍的少年正是元诩，一如初见时那样俊秀清丽，他背后是虚无强烈的大片白光，似乎随时会被吞噬到背景里去。

他心头一颤，泪如泉涌："对不起，阿诩，我该早些告诉你的，我该告诉你她就是菩提……"

元诩看着他，眼中透出悲悯之色，缓缓露出了非常温暖的笑容："彦达，好好照顾她。"

不等他有所回应，元诩转过身往那白色光芒里走去。

元子攸心中大急，想要追上去，双腿却像是被钉在原地动弹不得。

"阿诩，你要去哪里？回来！"他大叫一声。

元诩停下脚步，笑容仿佛摩诃曼陀罗花千年一回盛开在佛前。

"生何处来，死何处去。"

说完这一句，他再无留恋义无反顾地往前走去，直到完全消失在白光之中。

元子攸捂住胸口，只觉得一股浓浓的悲怆之意从心底涌出来，寒彻心扉，令他几乎撕心裂肺地大喊了一声少年的名字："阿诩！"

英娥惊见昏迷的元子攸忽然大叫了一声阿诩，接着眼角滑下泪来，浑身更是颤抖个不停。她连忙将其他被褥盖在他的身上，却不起什么作用。

脑海中浮现出之前他带她脱离追杀的一幕，英娥不禁心头一软，俯下身将他拥在怀里，像是在鼓励他，又像在安慰自己："活下去，活下去，一定要活下去……"

元修在窗外驻足看了片刻才转身离开。此时的他早已收敛了之前的玩世不恭之色，只是因为生来嘴角弧度微微上扬，看起来依然似笑非笑。

老仆人担心地看了那房间一眼，压低声音道："县公，宫里人正在追杀他们，收留他们会不会给我们惹麻烦？到时若是至尊怪罪……"

元修轻嗤一声："难道你不知道长乐王和陛下的关系吗？长乐王遭到追杀，显见至尊也是危在旦夕了。"

老仆人吓了一跳："这怎么会？宫里不是还有至尊的太后亲娘吗？"

元修不屑地冷哼："那老妖妇为了权势有什么做不出来的，要不然那个时候也不会冒死生下至尊了。我们暂且静观其变，多给自己留条后路也不是坏事。"

老仆人应了一声不再说话。

元修抬头望了望天色，无星无月的苍穹之上一片漆黑，仿佛将整个混沌世界笼罩其间。

他双手负于身后，极轻地叹了一口气。

无论如何，漫长的黑夜总会过去，太阳终将升起。

而与此同时，追杀元子攸和英娥的禁卫们也回到了宫中，前来显阳殿向胡太后禀告。

胡太后依然端坐于元诩的尸体前，小心翼翼地替他擦拭着唇边的血迹，帮他整好刚换的新衣，面色极其温柔，和一般慈母无异。郑俨则疲惫地靠在案几旁，眼神复杂地看着太后。

听了禁卫的禀告后，太后手一顿，淡淡道："尸体呢？带回来了吗？"

为首的禁卫心里咯噔一声："那两人几乎被射成了刺猬，肯定是活不成了！所以……"

“所以你们就没追下去？”太后眼神一厉，抓起一旁的烛台就砸了过去，斥道，“蠢货！孤要亲眼见到他们的尸体！”

为首禁卫丝毫不敢躲避，硬生生挨了这一下，顿时鲜血直流。他低下头遮住含怨的眼神，应了声即刻退了出去。

太后沉默了一瞬，忽然双手捂面失声哭了起来。

郑俨起身，从身后轻轻搂住她：“太后，请节哀。这大魏江山，还有臣，都需要您。”

太后的哭声戛然而止，她红着眼抬起头来，眼中的哀伤被涌动的野心所代替：“传孤的令，由中书舍人李神轨任大都督，即刻带领虎贲军前往河桥，由镇北将军郑先护驻守河梁，武卫将军费穆屯兵小平津。”

郑俨展颜一笑：“太后这几道令下得妙，通往洛阳的几个要处都守住了。”

太后缓缓站了起来：“另外还要再下一道懿旨，让尔朱荣速回北秀容。如今陛下已经驾崩，看他们还有何理由入洛阳！”

郑俨扯了扯嘴角，露出一抹不易为人察觉的森森笑容。

当东方的天边浮起丝丝霞光时，元子攸终于悠悠醒转过来。他睁开眼静静盯了一会儿空气中飘浮的尘埃，这才缓慢地侧过头，赫然看到英娥靠在床榻边睡得正熟。她睡颜恬静得像个孩子，面色憔悴，眼睛下面有淡淡的青痕，显见昨晚为了照顾他几乎一夜没睡。

回忆起昨夜梦中听到的那仿佛来自天际的声音，他神色温柔地伸出手拂开她额前的发丝，轻轻握在手里，从手心传来的柔软感觉让他不禁想到某种小动物。在这一刻，他由衷地感谢佛祖，虽然从一出生到现在他就在不停失去重要的东西，但至少现在，还有能握在手里值得珍惜和爱护的……

在高欢率军一路奔袭来到上党郡先行驻扎后，尔朱荣也带着尔朱兆、司马子如、贺拔岳及慕容绍宗等人赶到此地会合，准备休整几日后前往洛阳。

此时的上党郡依然寒风冷冽，沙石满天，只要一开口说话准会吃一嘴巴沙子。但即使是这样恶劣的天气，还是挡不住众人热忱的心。

“叔父，不如我们今日动身，免得夜长梦多。”尔朱兆迫不及待地建议道。

“这皇上亲下的密诏，难道还会有变不成！看你这么着急，难不成是想快点让那小皇帝封你个官儿当当？”贺拔岳笑着调侃道。

尔朱兆立刻重重呸了一声：“那小官儿还不在我尔朱兆眼里！我着急是想早点见到英娥，也不知道她现在是胖了还是瘦了？若是瘦了，就算是皇上，我也对他不客气！”

慕容绍宗微微一笑：“那你尽可放心，淑仪在宫中颇为受宠。”

提到最心爱的女儿，尔朱荣俊美的脸上也露出一抹温柔的笑容。

慕容绍宗下意识地看了一眼司马子如，但见他面色如常，仿佛置身事外，全然不关心别人说了什么。

就在这时，帐外士兵匆匆来报："将军，洛阳有急报传来！"

还不等尔朱荣说话，但见有人连滚带爬地闯进帐来，一言不发伏地大哭，正是之前前来传皇帝密诏的宦人。

司马子如看到此人的装束，瞳孔不禁一缩，波澜不惊的声音里有一丝罕见的紧张："宫里谁出事了？"

众人这才发现此人竟然全身缟素，顿时大惊。

该宦人好不容易止了哭，哽咽道："皇……皇上——驾崩了！"

宦人将皇上驾崩的噩耗相告之后，整个营帐内一片死寂。众人惊骇万分，就连平时最是不动声色的司马子如也露出难以置信的神色。

尔朱荣先按捺不住大叫起来："到底发生了什么？皇上是怎么驾崩的？你快点一一道来！"

宦人垂泪答道："那日皇上到显阳殿和太后共进晚膳，去的时候还好端端的，谁知之后不久就传来皇上急病暴毙……"他哽咽着说不下去。

尔朱荣怒极："简直胡说八道！陛下年纪轻轻，身体一向安康，哪会轻易得急病暴毙！我看必然是被人所害！"

"除了太后那妖妇，还能有谁！"尔朱兆重重啐了一口。

"将军所言甚是……"宦人悲愤地抬头，"不瞒将军，奴婢曾偷看过一眼陛下的尸身，陛下七窍流血面颊青黑，多半……多半是中了毒！"

尔朱荣气得拔出剑重重砍在面前的案几上，竟一剑将案几劈成了两半。

"将军，息怒！"高欢上前一步，又问那宦人，"眼下宫内情形如何？陛下膝下只有一女，如果以皇女为继承人，必定难以服众，不知太后最后选了谁？"

宦人一惊，悄然打量高欢一眼，暗暗将他记在心里："当日皇上暴毙，太后确立皇女为皇帝，大赦天下。但在众人的反对下再下诏书，择临洮王之子元钊为帝。"

高欢的神情顿时变得很古怪："如果我没记错，元钊只有三岁吧？"

"什么？"一旁的贺拔岳大怒，"立一个话都说不全的三岁小儿为帝，这妖妇野心不小！再这样下去，这魏国就要改姓胡了！"

"荒唐，简直太荒唐了！"慕容绍宗直摇头。

尔朱荣正要说什么，忽听一直沉默的司马子如开口问道："宫里出了这么大的事，淑仪如今处境如何？”

他的话音刚落，高欢和尔朱荣立刻朝宦人望去，面上有掩饰不住的紧张和担忧。

宦人稍稍犹豫了一下，尔朱荣等人的脸色也沉了下来，尔朱兆更是急切地拍了他一把：“你倒是说啊！”

宦人吞吞吐吐道：“淑仪和长乐王好像一同失踪了……听说生死未卜……”

尔朱荣手中的剑哐当一声落在地上，身子晃了晃，强撑着缓缓坐了下来。

“将军！英娥并不是那种手无缚鸡之力的柔弱女子，假如她逃出皇宫，未必没有活下去的可能。”高欢急忙相劝。

尔朱兆干脆扑通一声跪了下来，双目赤红：“叔父，侄子愿意领军直攻洛阳，找到英娥，亲手擒了那妖妇！”

众人的声音轮番在耳边响起，司马子如却在听到“生死未卜”几个字时脑中一片空白，他不得不狠狠掐住自己的指尖，一股钻心的疼痛仿佛潮水般漫上来，也让他慢慢冷静下来。

高欢说得没错，英娥一定会努力活下去，她绝不会那么轻易地死去……

就在这时，又有士兵进帐来跪倒在地，双手高举起一封诏书，高声道：“将军请过目，刚刚从洛阳传来的懿旨。”

尔朱荣一把夺过诏书，才看几眼就恼得将这诏书狠狠扔在了地上。

高欢弯腰捡起诏书，粗略一看，神情有些不可思议，太后竟然要将军立刻回北秀容？他立刻想到重点：“看来陛下传密诏于将军的事已经被太后知晓，或许这就是太后下毒手的原因。”

慕容绍宗皱眉道：“既然皇帝已经不在，那封密诏自然也失去价值。我们现在的确进退两难。”

尔朱荣站起身来，环视身边这些最为信任的伙伴，沉声道：“当初陛下出于信任传密诏于我，就是希望我能助他拨乱反正，重振纲纪。可如今妖妇弑君夺权，立三岁小儿为帝，必会引起天下大乱。我们现在非但不能退半步，还应尽快攻入洛阳剪除奸佞，为皇上报仇！”

“将军所言极是！”高欢道。

“好！”尔朱荣将诏书撕成两半扔在地上，豪气万丈道，“尽起大军，横渡黄河，攻入洛阳！”

“等一下！”司马子如忽然开口阻止，“洛阳有三十万虎贲军驻守，将军打算硬闯吗？”

“不然呢？汉家小儿你若怕了就回去吧！”尔朱兆眼中闪过轻蔑神色，“别说是三十万，就算五十万我也不会眨一眨眼！”

司马子如用看熊孩子的眼神瞥了他一眼，淡淡道：“如今天下动荡，葛荣危机未除，南边更有世敌萧梁，若是我们双方两败俱伤，只怕让别人渔翁得利。”

尔朱荣目光微闪，显见是听了进去，颇为在意地问道：“难道遵业有别的好主意？”

司马子如嘴角略微上扬：“我倒是有个兵不血刃的方法。”

尔朱荣大喜：“说！”

司马子如不慌不忙地说道：“想必将军也听过前朝挟天子以令诸侯的故事。只要天子在我们一方，万事就对我们有利。”

“可太后已立三岁小儿为帝。”尔朱荣有些失落。

司马子如挑了挑眉：“幼儿为帝，人心不服，只要我们及时立新帝，到时奉旨入洛尽除奸邪，就是天经地义名正言顺。”

高欢眼睛一亮，忍不住称赞道：“好一个名正言顺奉旨除奸！”

尔朱荣兴奋了一阵，但又突然想到什么，很快眼中闪过一丝难色：“皇室宗亲这么多，我们该选哪个才最为合适？”

毕竟这不是集市里买东西，他们所要扶持的乃天下最尊贵的天子。

司马子如倒也没急着回答他，而是望向那宦人：“你可知守住黄河河桥的是谁？”

宦人想了想才道：“据说是镇北将军郑先护！”

司马子如眼中闪过一抹幽深的光：“文帝之弟彭城武宣王之嫡三子元子攸，和先帝血脉极为相近，素有贤明之名，又和不幸过世的陛下感情深厚，看起来是最合适的新帝人选。”他顿了顿，“另外听说郑先护和他的关系十分亲近，如果知道挚友为帝，河桥一关我们必定过得会轻松一些。”

尔朱荣展颜：“听起来果然是合适人选。”

尔朱兆这时似乎才绕过弯来，脱口道：“什么啊，这么一大串都把老子听晕了！原来就是元子攸，可刚才不是说他已经失踪了吗？”

司马子如这才郑重其事地跪了下来，抬起头目光坚定地望向尔朱兆：“将军，请您在此先等上几天，由我带领二十位精卫前往洛阳，必定找到长乐王与英娥。”

尔朱荣神色微动，考虑了一会儿才缓缓说了一个字：“好！”

冬末春初的空气里还弥漫着万物复苏前的清冷寒凉，就连阳光也淡得几乎感觉不到它的温度。位于郊外汝阳县公的偏邸内一片幽静，只闻鸟语不闻人声。

燃着淡淡熏香的房间里，元子攸神色苍白地倚靠在胡床上，双目温和地望着正给他喂药的少女。

“英娥，这两天你整晚守在我身边，辛苦了。”

英娥唇边露出一抹浅笑：“比起你为了救我受的伤，我少睡几晚又算得了什么？还好，你总算是过了这一关。”

元子攸脸上闪过黯然之色：“只可惜阿诩他……过不了那一关。”

英娥想起元诩生前的音容笑貌和两人相谈甚欢的情景，心里也涌起一阵伤感。

“我该早一些告诉他我就是菩提……他对我这么好，其实一直是因为菩提吧。”她垂下眼眸，似是有些怅然，“怪不得每次他看我，我总觉得他在透过我看着别人。”

元子攸幽幽叹了一口气：“当初看到你肩上的牙印，我就知道了当年的那个男孩是你。因为怕阿诩太念旧情失去原则，所以我也始终瞒着他。”他定定地凝视着英娥柔软的面颊，“其实，告诉他真相也不重要了，难道你没发现，自从和你在一起，他越来越少提起菩提。如果再给他一点时间……只要再多一点时间……”

英娥沉默了片刻道：“彦达，我不懂什么大道理，但是我曾听遵业说过一句话，不以生为生，不以死为死，也就是说活着时好好珍惜每一个因缘相合的相聚，死亡时也不因为分离痛苦地失去理智，而是向前看，将逝去的人牢牢记在心里，永不相忘。”

她眼睛里闪烁的光芒，令他眼前有一瞬的眩晕，仿佛只听见自己心跳的声音……直到一个玩世不恭的声音突兀地打破这里的气氛。

“不以生为生，不以死为死！小嫂子，说得好！”

话音刚落，元修就大步走了进来，只见衣着向来华丽的他却换了一身素衣，脸上虽笑意盈盈，深邃的眼中却翻滚着浓黑的雾气。

元子攸瞳孔微微缩了一下，英娥也感觉到了对方的异常，下意识地握紧药碗，挡在元子攸的身前。

“我刚刚收到了消息，皇帝几日前急病暴毙。”他紧盯着两人，“如果我没记错，正好就是长乐王受伤的那天。小嫂子，怎么说我也是你们的救命恩人，到现在还瞒着我，你们的良心不痛吗？”

元子攸深吸了一口气：“好！那我就告诉你到底发生了什么。”

元修连忙选了个舒适的位子靠了下来，双眉一扬：“那么我就洗耳恭听。”

“那日淑仪派人传信于我，我心知不妙，稍作安排后就赶往显阳殿……”

初时元修听着还有点漫不经心地玩着自己腰间所挂的玉坠，可听到胡太后弑亲子时他的神情终于变了，有惊怒，有震惊，更多的是难以置信。

“我以为这妖妇淫乱后宫委用非人已是极致，想不到还有如此丧尽天良之举。”元修唇边扬起嘲讽的笑容，“难怪她新立了临洮王之子元钊为帝。”

元子攸一震："元钊只是个三岁小儿……"

"所以才倒了八辈子霉被她选中啊。"元修察觉自己嘴快，不以为然地一笑后又说道，"虽说现在朝内混乱一片，但太后一定还会派人追杀你们。"

元子攸眼中一黯："是我们连累了汝阳县公。多谢你这几天的相助，我会尽快离开。不过，我有个不情之请，是否可以让英娥留下……"

"你说什么啊！那天受伤我没有丢下你，以后我也不会丢下你的！"英娥气恼地打断了他的话，站起身来，"要走一起走。"

以后我也不会丢下你的。

这句话让元子攸心神一阵激荡，眼眶竟微微酸了起来。

元修皱起眉，重重咳了几声："我说你们到底有多无视我啊？我还什么都没说呢！"

英娥转过头看他："那你的意思是我们不必离开？"

元修笑眯眯地看着她："当然要离开。"

"你！"英娥气得翻了个白眼。

"我的意思是……"元修转了转眼珠，"我们一起离开这里。"

"一起离开？"英娥有点转不过弯来。

元修伸出纤长的手指，轻轻点了一下她的额头："我这里离洛阳也不是太远，他们很快就会寻到这里的。"

"那你为何要帮我们？"

"我不是帮你们，而是帮自己。"他笑看着元子攸，"长乐王，我略懂面相，你将来是有大造化的。"

元子攸闻言抬起头，正好对上了他的视线。对方眼中浓重的黑雾已经散去，却好似又蒙上了一层轻薄的纱，令人看不真切。

就在这时，只见老仆人沉着脸走了进来，也不避忌元子攸和英娥，开口道："县公，老奴探得有宫中禁军正朝这个方向行来，再过小半个时辰就能到这里了。"

元子攸和英娥神色微变。

元修却不慌不忙地笑了起来："小半个时辰，足够我们离开了。"他转头对仆人道，"快点去准备吧。"

不多时，两位仆人就将几具尸体拖了进来，其中有男有女，看起来死去已经有一段时间。

英娥一惊："这是要做什么？这些尸体是哪里来的？"

元修微微一笑："这年头别的没有，死人可多的是。这次索性就做个假象，省得他们总是穷追不舍。"

元子攸似乎闻到了一股什么气味，目光闪动："这里一股火油味，难道你想将这里一把火给烧了？

英娥瞪大了眼睛："那么这些尸体也是……"

"没错没错。"元修拊掌笑道，"这个毁尸灭迹的法子怎么样？"

"可是这么大一个宅子烧了不可惜吗？你舍得吗？"英娥脱口道。

元修微眯起双眼，好整以暇地看着她："舍得舍得，有舍才有得。本县公可从不做亏本的事。"

元子攸直到现在才认真地打量他几眼，低低道："传闻果然误人，汝阳县公的救命之恩，彦达记在心里了，若是有机会必当相报。"

元修嘻嘻一笑："长乐王痛快！对了，我这不算挟恩求报吧？"

英娥鄙视地睨了他一眼，脸上顿时写满了"这不算吗这还不算吗这要不算我头给你当球踢"的表情，引得元修扑哧笑出了声。

英娥懒得理他，望了望窗外："但是离开这里我们又该往哪里去？我父亲如今应该正在前往洛阳的路上，不如去找他们？"

元子攸摇了摇头："现在时局不稳，我们最好是以静制动。"他想了想道，"不如到我父王修建的明悬尼寺暂避，就在洛阳城的建春门外。"

"好主意！最危险的地方就是最安全的地方。"元修眉飞色舞地赞道，"那老妖妇一定想不到转了个大圈子我们会绕回洛阳。"

他看向元子攸的眼神更多了几分光亮。

稍后禁卫到达这里时，入眼的是一片熊熊燃烧的府邸。好不容易等到火熄灭，房间里的几具焦尸也暴露于人前。一位眼尖的禁卫发现了其中一具男尸上所佩戴的玉饰正是长乐王所有，而另一具女尸手指上的金指环看起来也像来自宫中。

为首的禁卫令人摘取了这两件信物，准备打道回宫。倒是另一位年纪较轻的禁卫忍不住道："长乐王身上应该还有箭伤，可这尸体……"

为首的禁卫不耐烦地打断他的话："长乐王和淑仪俱已死在火中。管他到底是不是真的，难道真想累死我们兄弟不成！"

其余禁卫纷纷应声，更有人大胆道："以后这江山还说不定是谁的呢！我们何必为那妇人如此卖命！"

众人听了哈哈一笑，纷纷策马往回赶去。

葛荣是在前往攻打沧州的路上听到魏帝暴毙的消息的。他当即大喜过望，认为这是上天赐予的大好机会，顾不得全军休整加紧赶路，打算一鼓作气攻下沧州。渔阳王宇文洛生因前些时候染上风寒身子还未康复，被特许延后几日再行上路。

帐子被撩开一角，一位身材高挑的少年端着水盆踏着阳光走了进来。在阳光的照射下，他整个人仿佛被笼在一层朦胧的光晕之中，原就浅淡的发色隐约带了点琥珀色调。

宇文洛生不禁心生感慨，当年扯着衣袖跟在他身后的孩童，眨眼间已经变成强悍勇猛的战士了。

看着少年放下水盆娴熟地绞了巾子帮自己洗脸，他又是欣慰又是心疼，忍不住道：“阿獭，这次阿兄拖累你了。”

阿獭冷眼一瞥，手上却轻柔了几分，没好气道：“知道拖累我下次就别逞强少穿衣了。”

宇文洛生扬了扬眉，幸亏他早习惯了弟弟这面冷心软的性子，不然非得被呛死不可。

“真想不到魏帝会在这时暴毙。那胡氏立了三岁小儿为帝，实在是自取灭亡。”说到这里，他忽然想考考弟弟，于是问道，“阿獭，你说接下来葛将军会如何做？”

阿獭再将巾子绞干，薄唇微启：“攻下沧州后，如果我是葛荣，下一个目标就是邺城，一旦得到邺城，就在整个河北立稳根基，”他的声音低沉了几分，“接着，就能渡过黄河，直取洛阳。”

宇文洛生忍不住拊掌而笑：“阿獭聪慧！”

少年面上微微一红，刚要开口又听得兄长说道：“只不过，这过程未必会这么顺利。且不说南朝萧梁虎视眈眈，最大的变数就是契胡的尔朱荣。”他顿了顿，继续道，“不知为何我总有种直觉，在不久的将来我们终会和尔朱荣一战。”

阿獭冷哼一声，有杀气迅速在眼底一闪而过：“阿兄未免太看得起那蛮族酋长了。”

宇文洛生含笑不语，眼中却闪过一抹深思。

差不多的时候，司马子如也赶至洛阳郊外的树林附近，搜寻着英娥他们可能留下的痕迹。经过几天日夜兼程地赶路，这位平日里丰神俊秀的年轻公子看起来面色颇为憔悴，眼底还有浅浅青痕。

“大人，我们为何在此处寻找？”身边的士兵不解地相问。

司马子如淡淡道：“他们从宫中逃出来，后有追杀，很有可能受了伤。这片树林是离开洛阳的必经之路，或许留下了些许蛛丝马迹。”

就在这时，有人在不远处喊道：“大人，您快来这边看看！”

司马子如循声快步走了过去，映入眼帘的是一棵中间被劈空了的大树。他探头进去，看到了一大片暗红色的血渍。他用指尖沾了点血渍轻轻一拈，脸色微沉。

“大人，这血渍时间好像并不太长。”旁边的士兵善意提醒道。

司马子如低低唔了一声继续保持沉默。见他脸色不太好，另一位士兵又赶紧说道：“这也未必是人血，说不定是什么野兽的血呢！”

他的话音刚落，就见司马子如目光一闪，迅速从角落里捡起一丝被钩破的沾着血迹的布条，蓝色朱雀锦上是由莲花、半身佛像和天王字样组成的天王化生纹。司马子如心头猛地一跳，他清楚地记得，英娥进宫前，北乡公主曾给她赶制了不少新衣。因洛阳信佛者众，公主特地为英娥选了这个纹样，穿在她身上是再美丽不过。

这血……难道是……

他不敢再想下去，只觉得一下子透不过气来，胸口更是剧烈疼痛起来，仿佛无数尖刺同时猛扎进心脏，瞬间鲜血淋漓。

“大人，长乐王他们是不是凶多吉少了？”身旁士兵的声音里带着一丝颤抖。

司马子如回过头，面无表情地看着那人，目光深邃如井，带着一种无形的压迫力。那人从未见过这样的司马大人，吓得脖子一缩，再也不敢多言。

“如果真的受了这么重的伤，应该不会离开太远。”他深深吸了一口气，尽量保持着应有的冷静分析着，“我记得西边有不少王公贵族狩猎时居住的偏院吧？先往那个方向搜搜看。”

关心则乱，或许只是他多虑了，或许受伤的人并不是她……或许她和他早已经远远地离开洛阳了……

在沉闷的气氛下，众人默默策马疾行，谁也不敢开口说话。随着离西边越来越近，空气里渐渐弥漫起一股奇怪的焦味。因着味道越来越重，司马子如目光一凛，忽然像是意识到什么，一甩鞭子朝那个方向疾驰而去，其余人也急急忙忙地追了上去。

当看到眼前那座烧得只剩断壁残垣的宅子时，众人都大吃一惊。为首那士兵不敢相信地开口道：“我曾和阿兄来过洛阳，如果没记错，这里是汝阳县公的宅子，怎么会被烧成这样？”

司马子如一言不发地翻身下马，急急走到门前却又停下了脚步，那脚是怎么也迈不进去了。

这一刻，他竟然感到有些害怕，害怕即将看到的场景。虽然告诉自己事情不会这么凑巧，那种深深的不安和发自内心的哀伤却挥之不去。

“你们先进去搜寻一下，再来禀告我。”

不多时，他就见进去的士兵又神情慌张地跑了出来：“大人，屋子里有几具焦尸！看不出是什么人！”

司马子如心头陡然一凉，抬脚就进，却忘了尚未烧毁的门槛，身子顿时失去平衡摔倒在地上。他也顾不得身上的擦伤，连忙站起身来大步朝屋子里走去。

被烧得一片狼藉的屋子里放着几具焦尸。司马子如眼尖，一眼就看到其中一具焦尸身上还有半缕未完全烧尽的衣料，正是和之前一模一样的蓝色天王化生纹朱雀锦。他跌跌撞撞地冲到尸体前，扑通一声跪了下来，双目怔怔地看着那残余的花纹，忽然捂住胸口喷出一大口血。

从天边云层里透出的第一束光照入明悬尼寺殿内，恰巧落在正中间那座用珉玉所造的佛像上，仿佛为其镀上了一层金光，在缭绕的檀香中更显宝相庄严。

香案前，一位素衣少女低头跪于蒲团上双手合十似乎在祈祷着什么，柔软的黑色长发在阳光下仿佛锦缎般闪着琉璃光泽。从背后看去，她身姿挺拔灵巧，轻盈得就像是随时会振翅飞向高空的凤凰鸟。

元修在门外驻足静静看了一会儿，这才扯起嘴角一笑，大步走了进去。

“小嫂子，一大早就在求神拜佛了？放心吧，这几天长乐王恢复得不错，一时半会儿是死不了的。”或许是刚起来的缘故，他的声音听起来有些沙哑，似乎还带着一点蒙眬睡意。

这几天相处下来，英娥也习惯了他说话行事不羁的风格，于是保持着原有的姿势并没有理他。

元修不以为然地嘻嘻一笑，索性也在英娥旁边跪了下来，睨了一眼高高在上的佛像，用亲昵的口吻问道：“不知小嫂子求的是什么？”

英娥抬起头，但见眼前的佛像低垂着双目，面相柔和，微微扬起的嘴角透着充满慈悲的笑容。

“我只是希望佛祖怜惜陛下一生命运悲怜，将来能许他一个平安顺遂的来世。”

元修目光微动，面上笑意倒是凝固了几秒，怅然之色一闪而过。

“这世上一切本就因缘而聚，因缘而散。你和陛下的缘分也到此为止了。”

英娥听到这句话这才侧头正眼看了看他，只见翩翩郎君身穿绣着祥云纹的素衣，显得格外玉树临风，微微笑起来时仿佛空气里掠过一阵温柔的春风，可这郎君接下来的话又立刻现出原形。

“俗话说旧的不去，新的不来嘛！小嫂子年纪还这么轻，守寡岂不可惜，将来自然是要再找一个好郎君的！”

英娥皱了皱眉：“汝阳县公，我夫君新丧，你说这话简直是找揍！”

元修扑哧一下笑出声来。

她当即站起身想要离开。因跪得有些久，双脚发麻身子顿时失去平衡，要不是身边的元修及时伸手相扶，恐怕已经跌倒在地。

之前还说要揍人，现在却幸得他伸手相助，英娥有些尴尬地道了声谢。元修并未松开手，而是语气促狭地说了句："小嫂子，将来若是再嫁人不妨考虑一下我？"

英娥愕然，简直无法相信对方会轻易说出这么无赖的话。她抬起脚就踹了过去，不料对方却生受了这一脚，还嬉皮笑脸道："被小嫂子这样的美人再多踢几脚也是无碍。"

"如果我没记错，孝则你府内好像还有个所谓的百美园吧？"一个略带疲惫的声音从他们身后传来。英娥立刻转头，只见元子攸正倚靠在门边，目光不善地看着元修，他的脸色在阳光下隐约透出一种透明的苍白。

"彦达，你怎么出来了？你的伤还没好，不能随意乱动！"英娥连忙跑过去，伸手扶住了他。元子攸低头看了看她，那双深蓝的眼眸温煦悠远，仿佛沉浸了万千柔情的深海汪洋，令英娥的心不禁跳快了几分。

元修眯了眯眼睛，哈哈笑道："没想到堂兄对百美园这么清楚，不如下次来见识一下，喜欢哪个美人，我就送到你的床榻之上。就算是十个八个也没问题！"

元子攸面色一僵，正要说什么，忽听寺外传来一连串急促的马蹄声，以及纷乱嘈杂的人声。他心里微沉，只见寺里的小尼神色慌张地跑了过来，急声道："殿下，不好了，有一队人马正要闯进寺来，拦也拦不住。你们先去住持那里躲一躲吧！"

元修不慌不忙地整了整衣襟："小嫂子，你先带长乐王过去，我且去看看到底是什么人。"

元子攸意味深长地看他一眼："小心些。"

英娥扶住元子攸正要往里走，只听寺门外响起几声压抑的咳嗽。

她心头一震，下意识地停住了脚步，

"英娥，怎么了？"元子攸见她反常，连忙问道。

英娥只是一言不发地听着。接着那咳嗽的人又开了口："进去搜看一番即可，切勿伤到别人。"

那人话音刚落，英娥忽然放开了元子攸的手，三步并作两步飞奔到门前。元子攸低头看了看自己被放开的手，心中竟是说不出的失落。

英娥不顾众人的惊讶，用尽力气推开了门闩，门外所站之人显然也是微微一惊地转过头来。

风华绝代的世家贵公子如今却憔悴不堪，昔日一尘不染的衣衫上沾染了血迹和污渍，玉色光润的下颌上更是冒出了点点青色胡楂，唯有那双晦暗的眼，却在看到英娥的一瞬间变得明亮无比，仿佛冉冉升起的北极星点亮了整个黑暗的夜空。

他目不转睛地盯着她，身体轻微颤抖，这些天他日夜牵挂着她的生死，不停告诉自己她一定还活着……此刻她好端端地就在眼前，他脑中紧绷的那根弦似乎一下子断了，连着整个人都眩晕起来……他忍不住伸手将她拥入怀里，用力地抱紧，就像是抱住了失而复得的珍宝，仿佛要用尽自己的所有，护她一世平安，为她抵御住人生中全部的狂风骤雨。

“英娥……终于找到你了。”

英娥心底最柔软的地方好像被狠狠刺了一下，她抬起手却摸到了自己的一脸湿润，原来不知不觉她的泪早已夺眶而出。眼前那人的面容时而模糊，时而清晰，虽不是血缘亲人却胜似亲人。

她环抱住他的腰，将头埋在他的怀里，哽咽道：“遵业哥哥，你怎么才找到我呢……”

司马子如苦笑：“对不起……我应该更早一点，再早一点……”

元子攸在不远处看着相拥的两人，双手慢慢握起，眼神依然平静无波，眼底深处的冷意却渐渐凝结。

元修斜睨了一眼元子攸，挑唇一笑，忽地上前两步扶住他，大声叫道：“堂兄，堂兄，你怎么了！是不是伤口又裂开了？”

元子攸看到他眼中的一抹戏谑之色，正要开口否认，却见英娥已经一脸担心地冲了过来，急切地问着：“彦达你哪里不舒服？还是快点回房里躺着吧！”

元子攸一眼看到司马子如神色复杂地望着这边，心情忽然好了起来，想要否认的话顿时全部咽了回去，反而顺着英娥的话支吾着嗯了一声。

元修嘴角微扬，带着洞悉人心的戏谑暗暗笑了起来。

回到房间之后，被英娥扶到床榻上的元子攸看了一眼站在门边的司马子如，顿觉有些碍眼。司马子如感觉到他的目光，便上前来大大方方行礼：“下官司马子如见过长乐王。”

元子攸垂眸：“不知司马大人是怎么找到这里的？”

“对啊，遵业，你怎么知道我们在这里？”英娥也好奇地插了一句。

司马子如将之前的事情及猜测说了一遍，当谈及发现那些焦尸时他神色微微一黯，那种撕心裂肺的疼痛仿佛历历在目。

“明悬尼寺是殿下的父亲彭城武宣王所建，所以我猜想你们是否会反其道而行之，于是来碰碰运气。看来是佛祖为我指明了这条路。”

“那你怎么知道那不是我的尸体？”英娥没有留意到司马子如微妙变化的神情，反而更加疑惑。

“还记得十岁那年你从石头上掉下来吗？”司马子如低低问道。

“当然记得！我左侧的牙都被磕了个豁子，到现在还没好呢！”若不是有旁人在场，英娥还真会张开嘴让他瞧瞧。

司马子如微微一笑：“那具尸体没有一颗牙齿有豁子。”

英娥这才恍然大悟：“原来是这样！”她似乎想到了什么，又露出奇怪的神色，“那你的意思是每一颗牙齿你都确认过了？”

见司马子如点点头，想象到当时他无所顾忌地探手入焦尸口中的情形，英娥的心不由得一窒，有些莫名地感动。

元修端着药进来，正好见到两人相谈甚欢，于是笑嘻嘻地将药碗一搁：“小嫂子，还是你来吧，这几天都是你喂的药，我手生怕打翻了。”

若是在平时，元子攸一定会逞强，可此刻他心里有些发堵，所以没有反驳元修的话。

英娥倒是立刻接过药碗，坐在床榻边小心翼翼地给他喂药。见她动作娴熟，和元子攸之间不时有目光交流，司马子如心里蓦地涌起一股酸涩。

元修打量着司马子如，笑道：“对了，司马大人是不是还有别的事呢？”

司马子如看了看他，正色道：“下官到这里，确实是有要事向长乐王相禀。”他说着上前两步走到床榻前，竟单膝跪了下去，“殿下，如今大魏无主，天下必然大乱。下官这次来，就是恭迎您前往河阳即位为帝。”

第八章 劝服

元子攸大吃一惊，喝到嘴里的那口药险些喷出来。英娥也差点没拿稳碗，震惊万分地望向司马子如，唯有一旁的元修半眯起眼睛，弯唇露出了似笑非笑的神情。

司马子如似乎预料到元子攸的反应，抬起头眼神清明地看着他，再次朗声重复了一遍："殿下，下官恭迎您前往河阳即位为帝，将军则会奉新帝之旨攻入洛阳，替惨死的皇上讨回公道。"

英娥心中一喜："你是说我阿爹他们要为陛下报仇？"

元子攸目光轻闪，似是想到了皇帝临死前的情景，眉宇间极快地掠过一抹哀戚和压抑的悲愤。

他很快冷静下来，低声问道："为什么？宗室有这么多人，将军身边的元天穆就是高凉王拓跋孤的六世孙，为什么偏偏选了我？"

司马子如微微一笑："自然因为殿下就是最合适的人选。殿下和皇上从小一起长大，相信比任何人都要了解他。故人之志，也唯有殿下你有资格继承。"他顿了顿，意味深长道，"殿下，选择你的并不是我们，而是无常之命运。"

元子攸神情微震，唇边弯起略苦涩的笑容，喃喃道："无常之命运……"

英娥眼睛亮亮地看着元子攸："彦达，不管是谁选择了你，我相信你一定会成为一位好皇帝。”她的脑海里已经开始想象元子攸穿上天子冕服的风姿。

元子攸望向她，心中的某个地方变得柔软起来。

看着这一幕，司马子如心里头的那股酸涩又冒了出来，他脸上神色不变，眼神却微冷地瞥了元子攸一眼。元子攸似有所感，抬起头，目光正好与司马子如的视线在空中交会。他目光微动：“我需要时间考虑。”

司马子如露出恰如其分的笑容：“此事事关重大，又来得突然，殿下一时心乱也是人之常情。只是事态紧急，留给殿下考虑的时间并不多。那么今天就请殿下好好考虑，明天再告诉下臣也不迟。”

说完他行了一礼，转身朝门外走去，还不忘淡淡提醒仍沉浸在想象中的某位少女：“英娥，将军有话要我带给你。”

英娥欣喜地站了起来，对元子攸做了个抱歉的神情就赶紧追了上去：“等等我，遵业，喂喂喂，你脚底抹了油吗？！别走那么快！”

望着两人的背影消失在视线里，元子攸缓缓收回目光，只见元修对他挑眉一笑：“我早说过的，堂兄你是有大造化的。”

寺庙的庭院里一片宁静，风吹过，只有树枝轻轻摩挲的声音。有浅橙色的日光洒落在院中的池塘上，泛起层层波光。空气里透着一股寒凉，一开口说话还能看到淡淡白雾。

司马子如走到池边一块平坦的摆石旁，掸了掸尘坐了下来，又轻拍旁边的位置，笑道：“英娥，过来。”

英娥快步跟了上去，挨着他坐下，急切地问道：“我爹说了什么？”

司马子如斜睨她一眼：“收到先帝暴毙的消息，将军自然是担心你的安危。现在看你活蹦乱跳生龙活虎的，将军也该放心了。”

“我才没那么容易死呢，”英娥嘻嘻一笑，“不过这次多亏了彦达，要不是他，我可能会被射成刺猬呢。你都不知道，当时他为护着我中了三箭，血流得到处都是……”

看着她眉飞色舞地讲述着和元子攸的惊险逃亡，司马子如的心情复杂难辨，他既感激对方保护了英娥，心里却又总有种莫名的不安，和未能及时出现在她面前的愧疚和后怕。

“所以啊，是谁建议立长乐王为新帝的？简直就是旷世难遇的大天才！”英娥发自内心地夸道。

司马子如哑然失笑，一时心情大好：“多谢夸奖。原来我在英娥心里居然是旷世难遇的大英雄。”

英娥顿时卡壳：“啊？是你？”她很快缓过劲来又兴奋地伸手重重拍了拍他的

肩膀，“好眼光！”

司马子如被拍得身子一晃，又笑了笑：“只是我看他似乎无心再入宫廷，对权力之争也有些厌倦……并不是每个人都愿意坐上那个位置，尤其是在这么麻烦的时候。可如今魏国四周强敌环绕，如果再不解决内患，恐怕有亡国之祸。长乐王无论从哪方面来看都是最为合适的新帝人选。”他压低了声音道，“我打算入夜再去劝劝。”

“我去。”英娥打断他的话，“我去劝他。”

司马子如犹豫了一下还是点了点头。

转眼就到了夕阳西下之时，英娥娴熟地在元子攸房内的博山炉内添了新香，一缕清淡柔和的香味若有若无地弥散在房中。微凉的风夹杂着湿润的气息从窗外徐徐送来，吹得元子攸的神思也清醒了几分。

“彦达，你是怎么想的呢？”她轻手轻脚地刷着案几上的灰尘。

他微叹了口气：“鸟为食亡，人却为欲望和权力而疯狂。一旦进入皇宫，迎接我的就是无穷无尽的明争暗斗。我的父王、陛下，都已经成了这权力之下的牺牲品，这天底下，还有比皇宫更黑暗的地方吗？”

英娥索性走到他面前，伸手倒了一杯带着热气的酪浆。白色轻雾冉冉而上，模糊了眼前男子的俊秀面容。

“我记得小时候每次还不到狩猎季时，总有部落的人偷猎，阿爹并不把此事放在心上。有一次有人猎了带着幼崽的白狼，幼崽全部活活饿死。我气得不行，要阿爹下令禁止偷猎。自阿爹下了明令之后，几乎就没再发生过偷猎的事。”她顿了顿，又说，“就是那件事，忽然让我发现，原来拥有权力也不是坏事，虽然有时得到它要用黑暗的手段，却可以用它来争取心中的光明。”

元子攸有些讶然地看着她，忽然苦笑起来。

“英娥，其实你知道的，我早就没选择了。从皇宫逃出来那一刻，就注定了我已无后路。”

“可是已无后路的人救了我的命。”英娥反应也不慢。

元子攸似乎犹豫了一下，才说道：“倒是你，有什么打算吗？若是你愿意继续留在宫里……”

“好不容易我才离开皇宫，怎么可能再回去嘛，你是去当皇帝那不一样。虽说我现在是守寡的身份，但出去谁还知道。”她眼中闪闪发亮，“我想回草原，我想踏遍大江南北……”

“那……你还会嫁人吗？”

英娥一愣，忽地展颜一笑："如果缘分到了，我也不会拒绝。"

他心头泛起一阵轻微刺痛，明知是这个答案，为何还偏偏要去相问？她就算再嫁，也不会再嫁回那个牢笼里。

"我答应你，英娥，无论将来怎么样，我都会尽力去做一个好皇帝。"

驻留在上党郡的尔朱荣这日收到了司马子如传来的急报。他迫不及待地展开一看，顿时大笑起来。

"好！好！英娥和长乐王都平安无事！传我的令下去，全军立刻出发前往河阳，在那里恭迎新天子！"

众人眉宇间皆是一片喜意，尔朱兆已然按捺不住跳了起来，咧嘴笑道："汉家小儿这事办得好！"

高欢亦眉眼舒展："遵业做事一向最是令人放心。"

尔朱荣和其余几人也颔首赞同高欢的话。

慕容绍宗略一思忖道："据闻长乐王的兄长和弟弟尚在洛阳，不如我们派人将他们也接到河阳，新帝见到亲人心安，对我们行事也更有帮助。"

"绍宗说得有理，就这么做！"尔朱荣当即称赞道。

"那我这就去告诉他们立刻拔寨起营！"尔朱兆兴冲冲地快步走到门口，又忽然像是想起什么，转过身抓了抓头皮道，"叔父，这次英娥回来就不用再回宫了吧？她可是受了不少苦呢。"

他这话问出口，高欢眉梢微动，下意识地望了尔朱荣一眼。英娥是元诩的嫔妃，按理说先帝驾崩后她该以太妃的身份继续留在宫里。

尔朱荣脸色一黯，眼底隐约有心疼之色闪动："有我护着，她想去哪里就去哪里。我尔朱荣的女儿可不给那小皇帝守一辈子寡！"

尔朱兆大喜："叔父果然英明！"

高欢心里骤然一松，嘴角隐约浮现一抹笑意。

在场大多是草原汉子，对礼教的观念素来淡薄，自然都认同尔朱荣的话。女人死了夫郎后再嫁那是天经地义，这样才能生出更多的娃，让部落的力量更加强大。

贺拔岳爽朗地笑出声来："没错没错！到时我北秀容遍地的好男儿任英娥选！阿兆，你这大舅子可要把好关！"

尔朱兆忽地就红了脸，随即冷哼一声："这世上哪有男人配得上我家英娥！"扔下这一句他便面色不善地转身离开。

贺拔岳更是乐不可支："看来将来谁想把英娥娶回家，大舅子这关最是难过。"

高欢注视着尔朱兆离开的背影，眼底深处翻涌着一抹复杂的神色。

待众人纷纷离开之后，尔朱荣看到唯有高欢还留在这里似乎欲言又止，不禁惊讶地问道："贺六浑，你还有什么事？"

高欢俊美的脸上一片肃色，忽然上前两步直接跪在他的面前，朗声道："将军，恕我直言，不可立长乐王为帝！"

尔朱荣先是被他的举动吓了一跳，再听到他说的话，更是大惊："贺六浑，这是为何？"

"将军，殷商时的伊尹、汉时霍光，都是选择了年纪较小的储君为帝。之后匡扶幼帝，得成大业。可长乐王今年二十有一，已然成年。有史为鉴，立年长君王后患无穷！"高欢一口气都说了出来。

尔朱荣脸色微沉："胡氏立三岁孩童为帝，已成为天下笑柄，若我们再选幼君，那和她有什么区别呢？这样只会动荡国之根本，让旁敌有可乘之机。更何况，长乐王不过一黄口小儿，谅他也翻不出什么花样。"

高欢一咬牙："将军为何不自己称帝？"

尔朱荣霍然抬头，眼神森冷如冰："贺六浑，你知道你在说什么吗？！"

"将军志向远大，心系天下。当初因元诩是英娥的夫君，顾及血脉亲情愿意辅佐相助，可那长乐王只是个外人而已，将军如今已无顾忌，为何将江山相让？只要天下太平国家昌达，谁来坐这个位子又有什么关系！"

"贺六浑，你今天的话太多了！"尔朱荣打断了他的话，"现在立刻给我出去！"

"阿兄！"高欢忍不住用上了两人初认识时的旧称。

尔朱荣眉宇略有松动，语气柔和了些："回去准备一下，今天的话我就当你没说过。"

高欢无奈，只得转身郁郁离开。

望着高欢离开的背影，尔朱荣垂下眼，遮掩住了眼底全部的风起云涌。

司马子如等人连日坐船行水路，终于到达河阳，尔朱荣带着众人早已等候在那里。英娥和司马子如扶着还未伤愈的元子攸走出船舱，见到前来接驾的父亲顿时湿了眼睛。站在尔朱荣身后的尔朱兆激动地欲上前，被身边的高欢及时一把拉住。

英娥迫不及待地从甲板上一跃而下，如一只飞鸟般直扑进尔朱荣的怀里，将脑袋埋于他的胸前，低低道："阿爹，我好想你！"

尔朱荣眼眶微红，轻拍着她的背，低语道："没事就好，没事就好。"他的失态也只是一瞬间，随即轻轻推开女儿，朝着刚下船的那年轻人跪了下去，堪堪行了个大礼。

"臣，尔朱荣拜见皇上。"

尔朱荣话音刚落，就见在场所有人同时跪了下来，行叩首礼三呼万岁。

元子攸深吸一口气，忙弯腰将尔朱荣扶起："如今我只是个王爷，将军何须行此大礼？"

"自您踏上河阳这一刻，就是大魏的天子，这天下的主人。"尔朱荣恭恭敬敬道，"君臣有别。请陛下前往营帐休息，天穆已将一切准备就绪，陛下明日即可更衣登基。只是时间太过匆忙，未免有不足之处，还请陛下见谅。"

元子攸面上露出恰到好处的笑容："无妨，辛苦你们了。大魏有你们这样的忠臣良将，实在是万幸。"

高欢眯了眯眼睛，换作常人若是知道自己即将为天下之主，早就激动失态了。这位长乐王年纪轻轻却依然冷静自处，倒是有点意思。

英娥眼尖，看到元子攸藏于袖下握得发白的指尖，知道他心中并不像面上那般冷静，便含笑朝他眨了眨眼。元子攸抬起头，映入眼帘的是她温暖澄亮的目光，就像是春日里的第一道阳光，柔和又坚定，轻轻地洒满他那有些紧张不安的心。

元子攸嘴角微扬，折射出一种无声的柔软，眼波微转，极快地回给她一个暖暖的笑。

在场自然有人留意到英娥和元子攸之间的微妙互动。司马子如胸口微窒，垂首而立的身影显得有些僵硬。慕容绍宗则是若有所思地扫了他们一眼，神色里颇有思量。高欢却微微沉了脸，望向元子攸的目光多了几分不善。

当英娥在自己的营帐里躺下休息的那一刻，才觉得浑身都好似散了架，疲惫得只想睡上三天三夜。这些天发生的事太混乱也太哀伤，让她应接不暇，连日来的逃亡更是令她一直紧绷着神经，直到现在才放松下来。

阿爹、遵业、阿兆、师父……此时此刻，大家都在她身边，就好像从来不曾分开过……

咕噜咕噜……一阵腹鸣声忽然不合时宜地打断了她的感慨。她摸了摸瘪瘪的肚子，饿得有些难受，可是又懒得动弹。

要是有谁把吃的端到面前就好了……她刚转过这个念头，就听到有熟悉的声音在帐门外响起："英娥，你在里面吗？我给你拿了点吃的。"

她一骨碌起身，欢快地应道："在在在！遵业，快进来！"

但见司马子如掀开帘子走了进来，上前几步将手里端的东西放在她的面前。

"营寨里没什么可吃的，这里有些胡饼，你先垫垫。"

"遵业，你可真是及时雨、雪中炭！"英娥刚夸完，肚子又很不争气地叽里咕噜一阵叫。她微微一红脸，连忙拿起一张肉饼往嘴里塞。

司马子如眼中带笑地看着她："慢些吃，小心噎着。"他似是想到了什么，唇边笑意越发深，"还记得你九岁时偷吃我的鱼，吃得急结果被鱼刺卡着的事吗？"

“当然记得啊！”英娥没好气地甩了个白眼，“你用个再简单不过的土方子帮我取出鱼刺，却骗了我刚得的一对金兽摆件，对了，还有一个白玉瓶！简直就是心黑手狠坑人没商量！”

司马子如忍俊不禁地轻笑出声。

英娥转了转眼珠：“我可是很记仇的哦。等回了北秀容，你要好好补偿我。”

司马子如眼底流转着一抹柔情，脱口道：“补偿你一辈子，够不够……”

因他放低了声音，英娥并未听清，自然又问了一遍：“遵业，你说什么？”

司马子如怔了一下，意识到现在还没到最合适的时机，于是不着痕迹地转移了话题：“英娥，将来你有什么打算？”

英娥咬了一大口饼嘟囔道：“等世道太平下来，当然是要出去看看大江南北的风光呀。”

司马子如微微一笑，在她身边坐了下来：“这么巧？我也打算之后到处去走走呢。听说西域风光不错，那里的西戎校尉府里还有我的友人。”

“真的？！”英娥激动地一拉他的衣袖，“那我们可以一起去！”

“一起去啊……让我想想。”司马子如慢条斯理地重复了一遍，嘴角弯弯似月，笑而不答，只是用指尖轻轻地抚去她嘴角残留的一粒胡麻，宛如三月春风拂过湖面般不留痕。

“好啦好啦，大不了我大人有大量，不记你的仇就是了。”英娥一挥手，抬眼时正看到对方笑吟吟的琉璃眼眸，闪着灼灼的清浅星辉，明亮不可方物，竟看得她心脏跳快了几拍，忙低下头来暗暗腹诽他的模样太过招人。

“英娥？”忽听到帐外有人喊自己的名字，英娥心中雀跃，站起身一个箭步冲到门边掀起帘子，只见俊美青年立于月色下，笑起来的样子令人想起草原上永不凋零的盛世繁花。

“师父，你怎么也来了？”

高欢看到帐内的司马子如，目光微微一闪，笑着边说边走了进来：“遵业也在这里？正好，我拿了英娥最喜欢的豆豉，一起来尝尝。”

“师父你还记得我喜欢这个！”英娥迫不及待地拿起竹箸尝了尝，欣然笑道，“还是那个味道！一点也没变！”

高欢满眼宠溺地看着她，茶色眼眸里全是她的倒影。

司马子如的目光在高欢脸上停留了一瞬，笑道：“这是阿嫂亲手做的吧？等英娥回到北秀容，就能见到阿嫂和孩子们了。”

高欢笑容微敛。

“对对对！师娘亲手做的豆豉天下第一！师父，阿惠和子业他们好吗？子业该有两岁了吧？”英娥一连串地问道。

高欢似乎已经缓过神来，笑容里多了几分年长者的亲切：“他们都惦记着你。尤其是阿惠，总是问起你——”

他话还没说完，忽又有人挟带着一股浓郁的烤鸡香味冲进来，叫嚷道：“英娥，我刚给你猎了只野鸡烤了，快趁热——”在看到帐内的人时，尔朱兆的声音戛然而止，音量提高了几分，“你们怎么也在这里？”

英娥嘻嘻一笑：“怎么你们好像说好了一样，都给我送吃的。难道在你们眼里，我就是个离开吃就活不下去的人？”

然后，她就看到三人同时默默点头。

英娥一下子郁闷了。

正好这时，慕容绍宗找了过来，一见这情形不由得笑了起来：“原来你们三个都在英娥这里，正好，快随我到将军那里去商议要事吧。”

三人连忙起身跟着慕容绍宗而去。英娥见天色已晚，阿爹他们还要继续商议要事，这一谈恐怕要通宵，便打算给他们煮点简便的酪浆当作夜宵。

慕容绍宗几人到军帐之中时，尔朱荣和其他几位心腹元天穆以及贺拔岳等人都已经等在那里了。

“如今一切都已准备妥当，只要新帝一登基，我们就写下申述先帝冤死的檄文，然后让人抄上个千百遍，在洛阳城里到处分发，将胡氏杀子夺政的事大肆宣扬。”尔朱荣一脸意气风发。

元天穆颔首：“这倒是个迷乱人心的好方法。只是这写檄文的事……”

司马子如微微一笑，探手入怀，取出一卷东西：“这两夜我闲来无事，就先草拟了一份。”

尔朱荣大喜之下立刻夺过来展开来，才看了开头，便神情大振，忍不住大声念了起来：“伏承大行皇帝，背弃万方，奉讳号踊，五内摧剥。仰寻诏旨，实用惊惋。今海内草草，异口一言，皆云大行皇帝，鸩毒致祸……”

众人都聚精会神地屏息听了起来。

当听到最后几句：“然后更召宗亲，推其年德，声副遐迩，改承宝祚，则四海更苏，百姓幸甚……”元天穆忍不住称赞，“妙极！言辞犀利如刀！遵业此文当抵十万大军！”

高欢看着司马子如的目光更多了几分深意和毫不掩饰的欣赏。

在场几人传阅着这份檄文，讨论起还应该再补充些什么。

英娥煮好酪浆来到军帐外。守营帐的士兵见是她，也就没有阻止她的靠近。英娥正要伸手去撩帘子，却听得里面传来高欢的声音。

“不过将军，我还是那句话，立年长君主必会酿成大祸。”

“贺六浑，都什么时候你还在说这个？皇上已经到了这里，没有转圜余地了……”

“怎么没有，他不是还未登基吗？只要一天不登基，他就只是长乐王。”

元天穆皱了皱眉：“贺六浑说得也有道理。虽说我们是打着挟天子的主意，但如果长乐王脱离了我们的掌控……不可不防。”

尔朱荣断然否决：“我之前已和贺六浑说过，绝不会立幼君。”他望向司马子如，“遵业，这个主意是你出的，你怎么看？”

“依我所见，立长乐王是我们目前唯一的选择。”司马子如淡淡开口道，“如今葛荣大军逼近洛阳，我们先要速战速决处理内忧，才能有时间解决外患。与胡氏相比，长乐王为新帝必然是人心所向，先以新帝之名解决洛阳的麻烦，再调动朝廷兵马解决外患。至于之后的事……”

“之后若是皇帝听话，那就再留他几年，待到时机成熟，将军取而代之也是……”高欢不慌不忙地开口道。

“贺六浑！”贺拔岳立刻阻止他继续说下去。

英娥听不到他们之后说了什么，她只觉得浑身发冷，胸口好似有什么在慢慢扭曲膨胀，几乎撑破胸膛，紧得她喘不过气来……

司马子如从尔朱荣的军帐中出来时，抬头望了一眼天空，但见主星暗淡，星象还不甚明朗。他微叹一口气，心里没来由地滋生出一股淡淡的倦怠。

这个季节夜晚的风吹在身上还有点寒凉，他拉了拉衣襟，正要往住处走，却忽然听得有人叫他的名字。

“遵业。”

熟悉的声音里带着一丝微颤的波动。司马子如朝声音的方向望去，只见英娥从树后缓缓走了出来。昏暗的光线里，依稀可见她线条优美的脸部轮廓，尤其那双琉璃眼眸，闪烁着明暗不定的光芒。

司马子如面上仍保持着常色，眼底却泛起一道暗痕。

这样的英娥让他感到有点不安。

他大步走了过去，眉眼微挑，流转出点点笑意：“英娥，这么晚还不睡？是来找将军的吗？”

英娥抬起眼，目光明亮地直视着他，一字一顿道：“我听见了。”

他面色微微一僵，想轻扯一下嘴角却不知为何并没做到。

“刚才你们的话我都听见了。原来让彦达来做这个皇帝，不过是利用他宗室的身份罢了。”她脸上浮起恼意，“既然如此，那这皇帝不做也罢！”

说着她转身欲走。

司马子如一把拉住了她：“你想要做什么？”

“自然是带他离开！”她气呼呼地将头扭到一边。

“带他离开？然后呢？继续被胡太后的人追杀？或是不慎丧命于盗匪难民争斗中？再或者有一天无声无息地死在某个地方？”司马子如目光微冷，“英娥，这是人命如草芥的乱世，一点大意都可能让你们万劫不复。你明明知道的，对于他来说，这是唯一的选择。”

英娥深深吸了一口气，紧抿着嘴唇没有说话。她自然也明白现在离开根本不是明智的选择，那只是气话而已，否则她也不会就这么对着他喊出来了，但心里的那股郁结堵得她几乎喘不过气来。

“除了生死无大事。这不是你说的吗？”他弯了弯唇，“只要活着，什么都有可能。在这个乱世中，多的是死如蝼蚁的人，他能有这个机会已是比很多人幸运。”

英娥沉默了片刻道：“我爹……会杀了他吗？”

司马子如有一瞬间的迟疑：“洛阳朝廷树大根深，世家门阀势力盘根错节，将军必须借助长乐王的血统和宗室地位。只要长乐王安分守己，将军并非无情之人……”

“好了！”英娥有些粗暴地打断他的话，“我真是后悔劝彦达来做这个皇帝，从皇宫逃出来时他为了救我差点身死，我绝不允许有人伤害他！”

司马了如脸色　白，心脏陡然一坠，疼痛、酸楚和失落夹杂在一起齐齐扑面而来。

那个记忆中任性骄傲的小姑娘终于长大了，也开始知道保护别人了，可是那个人不是自己……

说完想说的话，英娥转过身快步朝前走去，再没回头看他一眼。

惨淡月色下，司马子如静静地站在那里凝视着她背影消失的方向，投射下的影子如同一团黑色的云，掩藏于最深的夜色之中。

第二天倒是个晴朗的日子。准备登基典礼一切事务的元天穆等人一早就等在行礼的高台下，守在两边的皆是铮铮胡骑，气势非凡。

不一会儿，一驾由四匹高头大马相拉的戎车徐徐而来，车身披着十二道彩旗，另有象征身份的金鼓和弩架等相饰，一看就不是等闲座驾。

马车停下后，立刻有人上前撩开帘子。下一刻，一位身穿帝皇冕服的青年姿态优雅又不失敏捷地下了马。但见他头戴黑色通天冠，垂到前额的白玉十二旒微晃，遮住了所有眼神。冕服上绣画着日月星辰、山龙花虫等图案，腰间佩挂着秦皇以来象征着皇权的鹿卢剑，脚蹬赤舄，就这样一步一步地向前走去。

每走一步，两边的人就纷纷跪下来，恭迎着他的到来。英娥也跪倒在人群中，抬起头神色复杂地朝他那个方向望了过去。正好在这个时候，他的目光也转到这边，两人的视线在一瞬有短暂的相交，英娥像往常那样轻眨下眼，他紧握着的双手微微放松，唇边的笑容更真切了一些，走向高台的脚步也越来越坚定。

当他最终登上高台，俯瞰着远处的树林山脉，以及远处汹涌奔流的黄河时，不由得心神激荡，无语哽咽，眼里蒙上了一阵温热的湿意。

他的祖先拓跋氏，和汉人同为黄帝后裔，放弃了逐水草而居的生活，付出了多少鲜血和代价才得以入主中原。自文帝开始力求革新，开创盛世……可如今，江山依然如此多娇，天下却叛乱四起，分崩离析……就连他自己，也不得不借助异族的力量苟延残喘……

恍然间，跪倒在地的上万士兵齐呼万岁，声势惊天动地。

苍茫穹庐，唯他一人独立。他看起来面色平静，心里却翻江倒海，涌起了从未有过的雄心壮志。

他不甘心，不甘心就这样将先祖基业拱手相让。

既然命运给了他这个机会，他为何不牢牢抓住？

英娥抬头望着高高在上的年轻新帝，想起了昨夜听见的那些话，心口猛然一阵紧缩。

一直留意着英娥的司马子如忽然发现有一道阴冷的眼神落在她的身上。他冷冷回望过去，只见是个相貌阴柔的青年男子。他记得这男子是随元子攸的两兄弟一起前来的，好像是元子攸的表兄李彧。

如果没记错，他就是英娥亲手射杀的李楚的嫡亲兄长。

司马子如微蹙起眉，有种强烈的直觉，这个人恐怕会给英娥带来不小的麻烦。

武泰元年四月十一，尔朱荣奉立长乐王元子攸为帝，于河阳登基，即为孝庄帝。元子攸册封兄长元劭为无上王，弟弟元子正为始平王，以尔朱荣为持节、都督中外诸军事、大将军、开府、尚书、领军将军、领左右、太原王。

长乐王登基为帝的消息连着千百份讨伐太后的檄文很快就传到了洛阳。朝廷内自皇帝暴毙后就人心涣散，如今好像找到了救命稻草，不少贵族大臣趁此机会纷纷逃离洛阳，前来投奔新帝。河桥守将郑先护和元子攸是相识许久的挚友，听得此消息当下就欣然打开城门迎接尔朱荣的契胡大军。而驻守孟津渡口的费穆将军出身武将之家性子刚直，对世家贵族的奢靡无度早已深恶痛绝，在高欢的劝说下也很快率军投降。

胡太后费尽心力才建立起来的强大势力竟在朝夕间土崩瓦解。

黄昏时分，昭阳殿。

身穿华服的胡太后背对着门跪坐于铜镜前仔细地描画着黛眉，明净镜面里映出一张美丽却憔悴的面容，在忽明忽暗的光线中显得阴晴不定。她那一头又黑又直的长发软软披散下来，如华丽的锦缎在夜风中荡漾。

就在这时，郑俨神色紧张地直冲进来，急切道："太后！这洛阳是守不住了，您还是快离开吧！"

胡太后动作有一瞬间的僵硬，咬牙道："李神轨呢？他可是立下了军令状的，要死守城门！城在人在！"

郑俨一脸鄙夷："什么死守城门，他根本就没和尔朱荣的军队交手，一早就弃军逃得不知踪影！"

啪嗒！胡太后手里的画笔一下子掉落在地，断成了两截。

"是孤看错人了。"她垂下眼睑，掩住了眼底最后一丝希望，"那么徐纥呢？"

郑俨犹豫了一下，吞吞吐吐道："徐纥他……昨晚假传圣旨，牵了养在骅骝厩中的十几匹御马也逃得不知去向……"

胡太后沉默了一瞬，忽然低低笑了起来："想不到我胡仙真也有这众叛亲离的一天。其实从我对皇儿起了杀心那一刻起，就该预料到这样的结局了不是吗？"

郑俨走到她身边，双手抚上她微抖的双肩，温言道："你还有我。"

胡太后抬眼望他，目中微湿："阿俨……孤唯一没有看错的人就是你。"

她深吸了一口气，将泪意生生逼了回去："孤不会就这样坐以待毙。"说着她从妆盒里取出一把剪子，眼中闪过挣扎，随即被决然和厉色所代替。但见她手起剪落，一缕缕乌黑的青丝不断飘落……

"太后！不要！"郑俨震惊地大叫一声，欲上前阻止却听得太后冷冷的声音响起："传孤的命令，宫里所有妃嫔即刻落发为尼，前往永宁寺出家。"她又顿了顿，冷哼道，"孤就不信那尔朱荣连佛寺里的女尼都不放过！"

此时留守在河桥军营中一座营帐内的新帝元子攸正与关系亲近的兄弟们在营帐里说着话。这次除了被封为亲王的嫡兄元劭与嫡弟元子正，新帝的表兄李彧也被封为东平郡公兼左光禄大夫，李彧之父更是以元舅之尊超授太傅，封濮阳郡公。

"阿兄，我如今可算明白什么是一人成仙，鸡犬升天了！"始平王元子正眉飞色舞地说道。

"不学无术的家伙！什么鸡犬升天，还鸡犬不宁呢！"无上王元劭好气又好笑地瞪了弟弟一眼，“陛下若是成了仙，我们岂不都是鸡犬了？有这么类比的吗？”

元子正这才发现自己说错了话，不由得咧嘴一笑，转移话题：“如今胡氏那里溃不成军，看来阿兄重回洛阳指日可待了！”

“子正，这阿兄两字不能再挂在嘴边了。毕竟君臣有别，这个皇帝本就不好做，别让陛下为难了。”元劭敛了笑，正色说道。

元子正一怔，随即点头：“我知道了。我要为陛下分忧解难，绝不随便添乱！”

元子攸轻笑出声，看着他们的眼神更柔和了。他们三兄弟一起长大，自小感情异常深厚，这两人是他的血缘至亲，也是这个世上他最为信任的人。

“只是太原王此人，陛下还是要防。”一旁的李彧皱了皱眉，“臣看他的野心并非仅限于此。”

兄弟几人同时沉默下来。

元子攸微叹口气：“眼下朕也没有其他的选择，只能走一步算一步。”他挑挑眉，表情透出几分苦涩，“想必一个懦弱无胆的帝王对他来说暂时是无害的。”

元劭心疼地握住他的手：“无论如何，我们都永远在你身边。”

元子正和李彧对视一眼，也将手坚定地覆了上来。元子攸只觉一股热意从手上传来，接着就在全身每一处弥漫开来，暖胀得让人有种流泪的冲动。

离开营帐时，元子正上前一步先掀起帘子，似乎看到了什么，整个人呆了一呆。

元子攸顺着他的目光望去，只见金红色的夕阳余晖下，着红色骑装的少女策马归来，眼睛璀璨明亮若星辰，面色绯红如初绽的娇花，身姿挺拔秀丽，轻盈灵动得仿佛不属于这个尘世。那种鲜活又明朗的气韵，好似穿透无穷黑暗为人们带来最后希望的一线光亮。

他眼底有惊艳的神色一闪而过，随之又有些许怅然。

“淑仪！尔朱淑仪！”元子正笑着叫道。

英娥也看到了他们，似是迟疑了一下，随即下马上前弯腰行礼。

元子攸赶紧扶住她，看着她的目光有些深沉：“你我之间，经历生死，何须如此？”

他的手纤长优雅，温暖中透着不加掩饰的关怀。

英娥不着痕迹地往后一退：“陛下，虽然我念的书不多，但也是懂道理的。这世上可以不对皇上行礼的，恐怕没几个人。”

元子攸眉心一跳，不知道是不是自己的错觉，自他登基以来英娥好像就一直避着他，每次相遇也只是客气行礼，让他颇为郁结。其实只要他仔细留意，就能看出英娥眼底的愧意。

元子正哈哈一笑，欢脱道：“对了！说起来淑仪你还是陛下的长辈呢！将来是不是要称呼你一声尔朱太妃？”

英娥的脸一瞬间有些扭曲，目光如利刃般唰唰刺在元子正身上，她几乎是咬牙切齿道："谁要做那劳什子太妃！姑娘我年纪比你还小好吗！"

元子正被她那目光吓得瑟缩了一下，心里哀叫这美人好可怕。

元子攸的心情倒是一下子好转起来："好了，英娥以后见到我不必再行礼，不然的话我可也要行对长辈之礼了。"

英娥气得倒仰，顿时就装不下去了："好！彦达！这可是你说的！"

她气鼓鼓地翻身上马，挥鞭朝着马厩奔去。上马的一瞬间，她面上的气恼已消失无踪，眼中闪过一点笑意，但又被怅色所代替。

元子攸静静站在原地，含笑望着她的背影，并未留意到一旁的李彧也正蹙眉瞧着他，目光闪烁不定。

尔朱荣几乎是兵不血刃就率领军队顺利进入了洛阳，但也明显感觉到宗室贵胄对他敬畏又排斥的态度。这天深夜他正在营帐内和高欢等人商量两日后迎新皇入洛阳的事宜，忽听得武卫将军费穆前来求见。费穆虽为汉人，脾气性子却直率得很，颇合尔朱荣的喜好。尔朱荣懒得与那些宗室朝臣打交道，便都交予了费穆。

但见一位身形中等的男子撩开布帘大步走了进来，沉着脸冲着尔朱荣行了个礼。

尔朱荣见他面色不好看，心里隐约猜到了几分："怎么了朗兴？"

费穆沉声道："末将探得丞相元雍和那些宗室好像正在密谋什么，似是对将军您有所不利。"

他的话音刚落，尔朱兆已然拔出剑，怒道："那些狗屁宗室一开始就看不起我们，老子已经忍很久了！叔父，这些人都轻饶不得！"

高欢微微皱眉："听说那元雍生性奢靡，家中童仆六千、妓女无数，一食必以万钱为限，为官者如此，只苦了百姓。"

费穆咬牙道："没错！这好好的大魏就是毁在这些人手里！若是再留着这些蛀虫，那和以前又有什么不同！"

尔朱兆恶狠狠道："那还废话什么！干脆就全杀了好了！"

尔朱荣静静听着，始终没有说话，眼底却闪过野狼般的狠戾之色。

"不可！"贺拔岳连忙阻止，"如今正是动荡之际，若是大开杀戒，恐怕失了人心，让萧梁和葛荣都有可乘之机。再说了，上党王也是宗亲……"

尔朱荣的挚友知己上党王元天穆，正是平文帝后代。

听到元天穆的名字，尔朱荣狠戾的目光不知不觉柔和了几分，似是在思索什么。

"将军，朝廷百官都不服您，洛阳世家大族和朝廷势力更是盘根错节，深入到各地州镇。如今我们兵力有限，若是任由这样下去，恐怕后患无穷。"费穆毫不掩饰脸上的担忧，直截了当地说道。

尔朱荣看向高欢：“贺六浑，依你所见呢？”

高欢正色道：“当初六镇之乱追溯起源也是因为朝廷太过腐朽，如果不肃清源头，就算我们暂时控制了局势，也难以平息日后此起彼伏的叛乱。这个毒瘤，一定要除。”他说着扑通一声跪了下来，“贺六浑愿为将军手里那把最锋利的剐骨刀，除毒瘤，还清明！”尔朱荣动容地看着高欢，起身弯腰相扶，“好！好兄弟！”

众人之后讨论了许久，但对于如何处置那些世家宗室又产生了分歧。贺拔岳建议只处置为首几人或是将他们囚禁起来，但费穆和高欢觉得根本起不到震慑的作用。最终尔朱荣还是没有做出决定。

出营帐时已是半夜，月高风黑，四周寂静无声，高欢和费穆颇有默契地行到了一处。

“将军终究还是有所顾忌。”费穆皱了皱眉。

高欢微微一笑：“将军心里很清楚，不动则已，一动则必然以雷霆之势不留任何隐患。宗室连同朝廷重臣有上千人，也难怪他很难决断。”

费穆冷笑：“若是这上千人的势力联合起来，到时新帝再和他们联手，将军可能应付？”

“所以，我们要帮帮他。”

费穆一怔，望向高欢，只见他那双茶色眼眸深不见低，隐隐有旋涡生成，仿佛酝酿着未知的风暴。

英娥暂时放下了对元子攸的心结，倒是和他的三弟元子正相处得颇为融洽。在文弱的元子正眼里，这位善骑射还挺能打的太妃和洛阳世家女子完全不同，一不小心就成了她的迷弟，一早就缠着她要学骑马。

英娥得意之下，吹了一声响亮的口哨，干脆轻盈地立于马鞍之上，策马在场内转起圈来。阳光下她笑容灼灼，恍如初春的第一朵花迎风绽放。

元子正连声叫好，元子攸却压根没心思欣赏她的美丽和娴熟马术，只觉得心惊肉跳。忽见她身形一晃，竟像失去了平衡立时就要摔下来。他当下脑中一片空白，下意识地冲上前，一手拉住她的脚踝，硬是将她扯到了自己怀里。因为用力过猛，两人又一起跌倒在地，元子攸及时垫底护住了她，自己的背却被石头重重硌伤。

当确定那温暖柔软的身体安然无恙时，他才松了一口气，再望向趴在自己身上的人，只见她有点蒙有点意外，怔怔看着他，好像还没反应过来。

“英娥，摔疼了没？”他顾不得自己受伤，急切地问道。

英娥一时也没动弹，只是摇了摇头，嗫嚅道：“我只是想吓吓你们……没有真的摔下来。”

他无奈一笑："其实我早该猜到的，只是看到你有危险就……身不由己。"

他的声音柔和如月光，带着一些压抑的情愫。英娥看着他的眼中荡漾开温柔的光，如水波般缓缓弥漫，那一瞬，她仿佛听见了花开的声音。

不远处，奉令而来的司马子如正静静站在那里，面无表情地看着这一幕。他漠然地伸出手拢紧衣襟，仿佛只有这样才能让自己感觉不到那彻骨的冷意。

最先留意到司马子如的人是元子正，他的一声招呼也让英娥同时回过神来，英娥这才意识到刚才两人的姿势有多暧昧。她连忙慌手慌脚地站起身朝司马子如走去，迅速堆起笑容掩饰自己的窘意。

"遵业，你怎么来了？阿爹和师父他们都还好吗？洛阳那里一切顺利吗？"

元子正也插嘴道："是啊是啊，司马大人，什么时候将阿兄，不，皇上迎到洛阳？"

司马子如连眼角都没扫英娥一眼，径直走到元子攸身前行礼："臣司马子如参见陛下。"

英娥一下子呆在那里，完全摸不着头脑。

元子攸笑了笑："免礼。遵业匆匆前来，是否洛阳有事？"

司马子如点点头："两日后，文武百官将会带着印玺和绶带在河桥亲迎陛下入洛阳。到时留守这里的上党王和绍宗会和陛下直接到河桥与将军会合。"

元子正大喜："阿兄，这太好了！"

英娥飞快地看了元子攸一眼，又低下头，心里说不出是什么滋味。

元子攸蹙眉道："那将军可有说如何处置太后？朕听说她带着那三岁废帝逃到永宁寺了。若是入寺抓人，恐怕——"

司马子如淡淡一笑："陛下放心，先帝的仇将军不会忘。入寺抓人确有不妥，但到时自有办法让她从寺里出来。"

"遵业是不是想到了什么好法子？"英娥好奇地问道。

司马子如似乎没听到，等她又问了两遍才惜字如金地答了两个字："尚未。"

"那一路赶来累了吧？我去给你准备点吃的？"

"不必。"

"好吧，还是先休息休息。对了那你什么时候回去？还是从这里直接去河桥？"

"不知。"

"司马子如，你到底怎么了？"英娥终于失去耐心，这个家伙从刚才开始就阴阳怪气的，也不知道哪里招惹到他了。

司马子如也不理她，往歇息的营帐走去，英娥正要追上去，忽听元子正叫了一声："陛下，您的后背。"

只见元子攸背后被石头硌到的地方渗出了淡淡血迹。英娥又连忙飞奔回去。

司马子如眼神变得更加晦暗，快步走了开去。英娥抬头望了一眼他的背影，心里莫名也有些烦躁。

司马子如本打算两日后一起护送元子攸到河桥，没想到一日后就收到了尔朱荣遇刺险些受伤的急报，且行刺者身份被怀疑是来自宗室的暗卫，令尔朱荣大为恼怒。

司马子如心知有蹊跷，和元子攸匆匆告别后就赶了回去。

随着雷声隆隆作响，黑压压的厚厚云层后银光闪烁，少顷便下起哗哗大雨。而此时在尔朱荣的营帐里却好像与外界隔绝了一般，众人神色肃穆，寂静无声，不约而同将目光投向坐于上首的尔朱荣身上，似乎在等待他做出什么决定。但见他双目低垂，若有所思地望着手臂上已被包扎好的伤口——之前所谓的暗卫看起来更像是做戏，只是稍微划破了他的手臂就迅速逃走了。

“将军，不能再犹豫了！”费穆率先出声。

“正是！末将曾说过愿为将军手中的刀，只有剔去旧朝陈朽腐肉，才能换来一个新的帝国！”高欢索性大胆走上前。

一旁的贺拔岳大喝了一声：“贺六浑！”

素来和高欢不对盘的尔朱兆这回也按捺不住跳了起来：“叔父，明天朝廷百官在河桥恭迎新皇一起祭天，不如就趁这个机会将他们全解决了！”

尔朱荣缓缓抬起眼，琉璃眼底半点光亮也无，一片暗沉深不可测，他说出的每一个字都裹挟着令人心寒的杀气。

“明日祭天之处，就是动手之地。”

他话音刚落，费穆和高欢飞快交换了一个旁人几不可见的眼神。

“将军！不可！”贺拔岳还要阻拦，却听得尔朱荣斩钉截铁道：“我意已决，为免除后患，明天这些人一个都不留！”

慕容绍宗等人倒是更偏向于高欢，唯一可能反对的司马子如人还在路上。贺拔岳也知道自己无法改变尔朱荣的决定，只得叹气不语。

“立刻派人前去告知天穆，明早让新皇等人暂缓前往河桥。”尔朱荣似是犹豫了一下，“先不要告诉天穆实情，等一切尘埃落定再说也不迟。”

从营帐里出来，雨几乎也停了。众人默然无语地四下离开，倒是贺拔岳在回去前忍不住拦住高欢，怒气冲冲地甩下一句：“贺六浑，还有你费穆，你们会后悔的！”

望着他的背影，高欢唇边漾起一抹讥笑。

“贺六浑好计谋，将军果然下定决心了。”费穆看着高欢的眼中多了几分欣赏。

高欢看了他一眼，眼底有淡淡嘲色一闪而过："难道你真以为将军信了那些人是宗室派去的？"

费穆露出了不解之色。

"将军只是需要一个借口，一个可以除掉那些世家贵胄的借口。"高欢微微一笑，那笑容仿若繁花盛开，看得费穆也不禁恍了神。

营帐外的火光在鲜卑青年的茶色眼眸里投下明明灭灭的光影，令人完全看不明其中的情绪。

前一晚还是惊雷急雨，到了第二天新皇祭天的日子天气倒是好转了，柔和的金色阳光暖照着大地，似乎预兆着这是个万事皆宜的吉日。

半掩的帐内，一缕阳光顺着缝隙漏了进去，落在正靠着软榻打瞌睡的英娥身上，只见她手上捧着一个小罐子，梳着双髻的脑袋随着呼吸一点一点，清丽又略带英气的小脸在浅金色光华下显得纯净轻灵。

走进帐的元子攸看到这一幕下意识地放轻了脚步，屏住呼吸，静静地凝视着她的睡颜，心中的某一个地方变得异常柔软起来。

是从什么时候开始，他的目光越来越多地停留在她身上呢？一直以来，在这个晦暗残酷的宫廷里，他都在奋力生存着，期待着有一天能划破笼罩的黑暗，重新见到光明。他以为会等很久很久，可是，她忽然出现了，带着光的温暖、光的明亮，让他无法不被她吸引。即使明知使君有夫，她的夫君还是自己的亲人挚友，那些微妙的情愫却还是在他心里一点点滋生、发酵，失控地蔓延开来。

山有木兮木有枝，心悦君兮君不知。

他眼中压抑着刻意的波动，慢慢伸出手想帮她撩开垂在面颊上的发丝。甫一靠近，对方清新如莲的气息隐隐传来，令他心神微乱。就在他的指尖刚触碰到她的面颊的一瞬间，她突然睁开双眼，猝不及防的他显然吓了一跳，像被什么咬到似的收回手，心怦怦直跳，竟比即将以新皇身份祭天还要紧张几分。

英娥倒是完全没在意，看到他顿时展颜一笑："陛下，你来了。"

看到她这样自然又不拘谨地对待自己，元子攸心中一松，笑道："英娥，你让人找我过来有什么事？"

英娥晃了晃手里的罐子："其实也没什么事啦。这种草药对伤口愈合很管用，我以前见阿爹用过。今天早晨正好在附近见到了，就顺便采了来捣成药汁，想让你敷上，应该会好得快一些。"

元子攸只觉得整颗心仿佛浸泡在温水之中，浮浮沉沉。这恐怕不是顺便，而是她特地寻来的吧。

“陛下，你今天感觉还好吗？背上还疼吗？”英娥关切地打量着他的脸色，“一会儿你可是要去祭天呢，听人说整个仪式下来要很长时间的。”

元子攸笑笑：“我哪有那么弱，不过是点小伤而已。只要你没受伤，这就值得了。”他顿了顿，语气带着些许调侃，“反正也不是第一次了。”

英娥蓦然抬头，对上他温柔含笑的双目，脑海里蓦地浮现那日他为了她身受重伤鲜血淋漓的情景，心仿佛被什么重重揪了一下，一股酸酸涩涩又带着微甜微暖的滋味悄然涌上心头。

这样为了她而受伤的人，她一定会永远记在心间。

或许是感觉到她态度的变化，元子攸心神一动，情不自禁地大胆地再次伸出手，但忽然之间又像是想起什么，手微微一僵又慢慢放了回去。

她是元诩的淑仪，是兄弟妻。冤死的先帝仇还未得报，太后并未得到惩罚，他如今竟然想这些，实在是不应该。

就在这时，门外忽然响起元子正的声音：“英娥，英娥，我阿兄在你这里吗？”

在英娥应声之后，只见元子正和元劭一脸春风地撩起厚帘走了进来，行礼称万岁。

元子攸理了理心绪，对他们笑道：“快快起来。”

“阿兄，不，陛下，今日祭天之后您就是真正的一国之君了！”元子正难抑心头的激动。

元劭看着面前的年轻帝王，也是一脸感慨：“陛下，虽说前路茫茫，荆棘重重，但是今后不管发生什么，我们始终站在你身后。”

元子正连连点头：“对对，人家是上阵父子兵，我们可是坚固难摧的亲兄弟！

元子攸眼睛微湿，握住他们的双手：“今生有你们做兄弟，是彦达的福气。”

元劭轻轻拍了拍元子攸的手背：“时候不早了，差不多也该启程了吧？”

元子攸点点头：“上党王之前确实说了大约是这个时辰出发。”

他的话音刚落，忽听得元天穆的声音在帐外响起：“陛下，将军刚才有令传来，祭台还有些许未准备好，因此暂缓前往。请陛下在此等候，待一切就绪臣自会陪同陛下前往。”

元子正和英娥倒还没觉出什么，元子攸和元劭对视一眼，看到了彼此眼中的疑虑。

当今胡太后亲自主持修建的永宁寺，规模之宏大为洛阳十寺之首，连百里之外都可以看到。从高九层的塔顶俯瞰，整座洛阳城的千余座寺庙尽收眼底，仿若梵天佛国。

此时在寺中某间厢房内，胡太后正神色郁郁地坐在窗前，手中的半盅热水早已变得冰冷。她放下瓷盅，习惯性地想伸手摸一下自己的秀发，指尖触到光滑的头皮才想起入寺时就和其他妃嫔一同剃去了三千青丝。

房门忽然吱一声响被推开来，一身青衣的郑俨轻轻推门而入，脸上带着激动难耐的神情。

“太后，今日新皇在河阴郊外祭天，洛阳的所有王公贵族、文武百官都要去那里亲迎新帝。尔朱荣也一定派出了全部兵力，不如趁此机会我们离开这里，走得远远的！”

太后眉宇间有些许茫然，喃喃重复道：“离开这里？”

“待新皇入主洛阳后一定会清算旧账，这永宁寺也未必是安全的地方。”郑俨走到她身边，轻轻环抱住她，“仙真，我们可以去西域或者大梁，在那里做点小生意，就像平常夫妻那样生活，说不定还能再生两个孩子，你说好吗？”

胡太后果然动容，抬起头仔仔细细凝视着面前的俊秀男子。就是这个男人，无论何时何地何种情形，始终不离不弃。原来将天下玩弄在手中的权势、极尽奢靡的生活、享用不尽的美色，都比不上一个真心人。

“阿俨……”她哽咽着低唤了一声他的名字，在他殷切深情的目光下重重点了点头。

郑俨顿时眉开眼笑：“事不宜迟，仙真，你去稍作准备我们立刻出发。马车我已经安排好了，就在寺外等着。”

胡太后正要先回房，忽然又像是想到什么：“那元钊呢？这孩子留在这里必然碍新皇的眼，不如我们带他一起离开吧。”

经过这些天的共患难，太后和三岁的元钊倒也相处出了一些感情。

郑俨应得干脆：“也好，我看这孩子眉眼也有几分像先帝。”

他的话音刚落，太后的脸色瞬间变得惨白，她抖了抖嘴唇，说了句先去准备就匆匆离开。

望着她有些仓皇的背影，郑俨眼中掠过一抹意味不明的神色。

位于河桥元子攸的营帐内，时间一分一秒地过去，元天穆却始终未再来告知何时出发。

元劭越发焦虑起来，在帐内来来回回走了好几遍，蹙着眉小声道：“这，不会是有什么不妥吧？”

元子攸神色依然冷静，反而相劝道：“阿兄，少安毋躁。既然已经在这里了，我们就静观其变吧。”

英娥正想说什么，忽见元子正挑起眉给自己使了个眼色，接着就快步走出了营帐。英娥接到他的暗示，心想可能是有什么事要商量，也随即找个借口匆匆离开。

一出帐，她果然看到元子正在不远处使劲对自己招手。

“小太妃，快，快过来！”

英娥脸一沉，大步走了过去，没好气道："再叫我太妃，我就立刻走人！"

元子正赶紧拉住她，好声好气道："别生气了英娥，我知道那太妃你也不稀罕做。对了对了，我有事要和你说。"他微敛笑容，"你也看到了，祭天处那里不知是个什么情况，我想过去看看到底准备得怎么样了。"

英娥心里一动，这么长时间没动静她确实也有点担心。

"你的意思是偷偷去？"

元子正点头："当然啊！咱们一起过去，探完消息就立刻回来。"

"咱们？"英娥可不觉得有好事这家伙会叫上她。

元子正的笑容有几分讨好的意味："若是我一个人，必定会被阿兄责骂。有你一起就不同了！阿兄是绝对不会骂你的！"

英娥一撇嘴："好啊，原来我就是个挡箭牌！"

"不，不，你可是那金光闪闪的护身符！"

英娥破功笑出了声："好了！我和你一起去。事不宜迟，我们立刻出发！"

此时在河阴郊外，日光不知何时已经被厚重的层云所蔽，空气中弥漫着一种阴冷压抑的气氛，令人莫名生出焦躁不安的情绪。

两千余名王公大臣已然在黄河边恭候着新帝的驾临。他们个个衣冠整洁，风度文雅，但因为平时养尊处优惯了，如今才等不久就难以保持之前的仪态，软脚者有之，头晕者有之，抱怨者有之，还有的人干脆让仆从上前伺候。

就在这时，只见不远处尘土飞扬，数千士兵策马而至，为首的将军身穿玄色明光甲，身披的玄色披风在风中猎猎作响，甫一出现就让在场所有人感觉到了几乎窒息的压力。但见他策马来到百官前，缓缓摘下兜鍪，露出的面容却俊美非凡，就连唇边那抹嘲弄的笑也妍丽之至。

"吾乃太原王尔朱荣。"他冷冷俯视了周围一圈，"丞相元雍何在？"

一片寂静之后，一位身材有些发胖的华服男子从队列中缓步走出，对尔朱荣扯出个勉强的笑容，行礼道："太原王此番助新帝讨伐胡氏，立下大功了。"

尔朱荣唇边讥色更重，正要说话，忽见一驾普通的蓝布马车缓缓驶了过来。车夫见到如此情形却不慌不忙地跳了下来，朝尔朱荣行礼道："将军，人到了。"

众人目光齐齐投向那马车，只见一只妍白秀美的手突然伸出，狠狠将帘子扯了下来，一个怀抱着孩童的素衣女子顿时出现在众人眼前。

有人震惊万分地叫了起来："是太后！是胡太后！"

胡太后回过头，面无血色地望着车内被阴影笼罩的身影："阿俨，糟了！我们被那车夫骗了！”

郑俨一脸平静地看着她，忽地笑了笑：“太后，是你被骗了。”

胡太后愣愣望着他的笑容，身子微微颤抖起来，一股森森寒意蓦地从脚心直冲到头顶，整个身子仿佛浸入冰窖之中，从内到外甚至每一滴血液都被冻结起来……

“为什么……”她在挣扎着问出这句话时只觉得唇齿都在打战。

他脸上的柔情一扫而尽，取而代之的是令人心悸的沁寒，总是含着温柔笑意的桃花眼冷凝如冰，眼角微翘，带着明显的嘲讽。

“为什么？”他忽然露出邪恶的一笑，“太后，亲手杀死自己儿子的感觉如何？”

胡太后一听此话更是如遭五雷轰顶，整个身体不受控制地颤抖起来。

“郑俨，你……”

郑俨扭过头却不看她，神情里多了几分惘然：“我和阿妃自小青梅竹马长大感情甚笃，膝下唯有一子。为了保护她与孩子我不得不和你虚与委蛇，可没想到最终他们母子还是因我而死。”说到这里他转过头狠狠盯着她，眼中布满了恨意，“从阿妃撞死的那一刻起我就发誓必定也要你遭受同样的痛苦！”

胡太后难以置信地瞪大双眼，双手猛地收紧，怀抱的孩子因她太用力而哭了起来。

郑俨又是一阵大笑：“没想到你比我想象的还无情，竟然真的动了杀子之心，既然如此我很乐意助你送他一程！”

他话音未落，胡太后再也忍不住扬起手狠狠扇了过去。

只听啪的一声脆响，郑俨的脸顿时肿了起来。他不以为意地舔了舔唇边的血迹，对着马车外大声道：“太原公，我已经按照约定将人带到！要怎么处置都是你们的事了！”

尔朱荣微微示意，立刻有两位身强力壮的士兵过来想将胡太后拽下车。

胡太后突然笑了起来，笑得无比妖娆妩媚，仿佛一瞬间春天的百花齐齐绽放在她的脸上，看得众人俱是一愣，就连尔朱荣也不禁在心里暗暗赞叹她的美貌。

“郑俨，你真的只是为了保护妻儿才委身于我吗？我胡仙真虽然爱美色，却也深知你情我愿才是情趣。你若真严词拒绝，我也不会勉强。可是，你拒绝过吗？”她笑得凄然又不屑，“你没有！因为你和我一样，最爱的不是亲人，不是爱人，而是这掌控天下的权势！一言生死予夺，一诏封侯下狱，这样的权力谁不为它着迷、疯狂？我是，你亦是！只是你比我更虚伪！为了权力，你可以放弃任何人！包括你自己！”

郑俨脸颊轻微颤动抽搐着，好不容易才挤出一句：“还不把她带出去！”

两个士兵上前正要动手拉她，却听见她大喊了一声：“住手！孤自己会走！”

但见太后抱着孩子慢慢下车来，仪态依然风雅万分，浑身散发着久居上位者的凌厉气质，令在场的文武百官不禁有些瑟缩，但没有一个人敢在此时为她求情。

尔朱荣用一种复杂的目光注视着她，冷声道："胡氏你秽乱于朝，鸩杀皇帝，实在罪不可赦，今日饶不得你。"

说完他一挥手，立刻有几位士兵拥上前去抢夺她手里的孩童。

胡太后眼角微湿，突然扑通跪倒在他面前，哀求道："将军，稚子无辜，还请将军饶他一命！"

尔朱荣眼神冰冷，说出的话更是冷酷："稚子确实无辜，要怪就怪你选他做了皇帝。这个位置不是谁都可以坐的。"他垂下眼睑，再无犹疑，"动手。"

胡太后拔下银簪狠狠刺在前来夺孩子的士兵的手腕上，目光如刃地看向尔朱荣，一字一顿道："孤说过，孤自己会走。"

在尔朱荣的默许下，几位士兵退了下去。胡太后低声温柔地哄睡了孩子，裹紧自己的披风，一步一步朝着黄河边走去。

郑俨忽然在她身后唤了一声她的名字："仙真……"

胡太后脚步微顿，深深吸了一口气，没有回头看他一眼，径直往前走去。

黄河之水波涛如怒，即使望上一眼也令人生畏。胡太后静静站在黄河边上，耳边响起的是惊涛骇浪的奔腾声，脑中却浮现她以为早已遗忘的点点滴滴。

那些曾经在她生命中出现过的人，那些她爱过的男人，先帝、清河王、郑俨……模糊的画面仿佛在眼前飞旋，最后定格在她的脑海中的，却是元诩七窍流血死在她面前的画面……

她闭上双眼，眼角缓缓流下一滴泪。脚下一蹬，如断了线的鹞子般落入了奔腾不息的河流，转眼就被滚滚波涛吞噬。

落入水中的一瞬间，所有的冷水朝鼻子、嘴巴直灌进来，挤满了胸腹，她初初还有窒息的痛苦，但渐渐地，痛苦被麻木所代替，触目所及之处，是一片混沌……

巍峨秀丽的宫殿中，年少的她面色平和地抚摸着微隆的腹部。因着大魏去母留子的传统，宫里无人敢生子，进宫的母亲更是哭着求她堕掉胎儿，以保性命。她却断然拒绝。

在佛祖前，她虔诚许下重誓，即便子生母死，所不辞也，如果侥幸能活下去，她一定会用尽一生好好爱这个豁出性命才得来的孩子，一定会。

胡太后苍白的唇边漾出淡淡的笑容。

原来，她也曾如此期待这个孩子的到来，她也曾经那么那么爱过这个孩子……

此有故彼有，此生故彼生，此无故彼无，此灭故彼灭。

在河阳的营帐内，元子攸也发现了英娥和元子正已经偷偷离开，他心里隐隐有不祥预感，告知元天穆准备好马车，他要立刻前往祭天处。

元天穆虽不知尔朱荣为何推迟祭天，但心里也明白显然是出了大事。他本就心神不定，正好元子攸坚持要去，圣命难违，便答应了陪同他一起前去。

元子攸吩咐表兄李彧留在营地，带着元劭随元天穆匆匆离去。

虽已是初春，河阴郊外却依然乌云蔽日，冷风瑟瑟，寒意逼人。

眼看着胡太后落水身死，王公大臣们倒也松了一口气，只待新皇前来结束祭天仪式，接着归家继续欣赏家中伎子起舞弄乐，大快朵颐洛阳美食，至于皇帝嘛，谁爱当谁当，只要他们的生活照旧就无所谓了。

见众人渐露不耐之色，丞相元雍上前一步，小心翼翼问道："太原公，不知皇上何时会到？这都过去一两个时辰了。"

尔朱荣以一种奇怪的目光看着他，明明美丽至极的琉璃双瞳中却透着一种狠绝之色。即使离他较远的官员们也清晰感觉到他身上渐渐漫出的飒飒杀意，骇得他们心惊肉跳。

沉默片刻，尔朱荣终于开了口，每一个字听起来都仿佛来自地狱最深处。

"胡氏固然犯下重罪，但说到底她不过是个女人，仅仅凭她一人就能祸乱天下吗？"

元雍愕然抬头，不等他辩解，但听尔朱荣的声音如雷霆霹雳般在头顶上方响起："你们这些宗室大臣，骄奢成俗，身在其位不尽其职，不能辅助皇帝，只顾自己贪图享乐，助纣为虐，于社稷无半分功劳，全部该杀！"

元雍被他的气势吓得倒退两步，一时还未能分辨出对方到底是气话还是要动真格，但转念一想此刻聚集在河阴的宗室大臣少说也有两千余众，尔朱荣总不可能在此丧心病狂大开杀戒吧。

在场的这些人也抱着和元雍相同的想法，只盼着尔朱荣赶紧撒完怒气，待皇帝祭天完毕可以早些回家。

元雍作为宗室之长，只得再次赔笑开口道："太原公，其实胡氏——"

话还没说完，他忽觉心口一凉，几乎是难以置信地低下头，只见一支乌黑长槊从前胸穿出，锋利的槊尖还不停往下滴着鲜血，似乎也预示着他的生命即将流逝。

元雍惊惧地抬头，映入眼帘的是一双仿若闪耀着霓色的琉璃眼，明明有着最为妍丽的颜色，却带着最冷彻人心的寒意。

这一刻，元雍才如醍醐灌顶，终于明白对方是要将他们一网打尽。他张了张口，像是要说什么，却只是狂吐几大口血便颓然倒了下去，立时就没了气息。

宗室大臣们都被这一幕惊呆了，直到尔朱荣再次下令剿杀时众人才惊慌失措地四下逃散。可这些人毕竟只有两条腿，再加上一直以来养尊处优，只喜谈论诗词歌赋，早已不是当初善骑善射的鲜卑男儿，如何跑得过快如闪电的骑兵？当下只见数百铁骑直冲入人群，长槊乱舞，鲜血如红叶般飞溅，惨叫连连，凄厉哀绝。

司马子如和慕容绍宗对视一眼，看到了彼此眼中的无奈。司马子如那日连夜赶回后也曾劝过尔朱荣三思而行，但如今事情的发展已经不是他个人之力所能阻止的了。

英娥和元子正行至河阴附近，就听得离这里不远的祭天之处哀号四起，心知不妙，急急挥动马鞭加快速度赶过去，却不料映入眼帘的竟是这样如修罗地狱的一幕。

还不等他们反应过来，只见已有几位骑兵冲过来，袭击的目标明显就是元子正。元子正虽习过马术，武艺却不精，见那些人气势汹汹而来不禁惊骇失色。

英娥催动马匹挡在元子正身前，怒道："这到底是怎么回事？你们是要反了吗？我爹呢？"

为首那骑兵粗声道："这是将军的命令，今日这些人都要死！"

英娥忽然只觉一阵寒气直冲头顶，难以置信地骂道："你胡说！你们瞎了眼吗？！这是皇上的亲弟弟！我阿爹怎么可能下这种命令！"

骑兵头领脸一沉，说了声得罪就冲着元子正杀过来。

英娥只好抽剑相挡，对方不敢伤她，却也不停找机会袭击元子正，几十个回合下来，英娥也有些支持不住，咬牙一个转身，举剑冲着元子正的坐骑一刺，大声道："子正，快跑！跑得远远的！"

元子正一个激灵，当下就夹紧马腹朝着来时的方向奔去。而英娥因用力过猛身子失去平衡朝下栽去。就在她以为自己要狠狠摔在地面上时，却不料有条身影如飞鸟般扑了过来，恰巧在她落下的一瞬间垫在她的身下。因为有了身下的缓冲，英娥几乎没受什么伤，她睁开眼睛，看到的是一张再熟悉不过的俊秀面容。

"遵业……"她低低叫了一声。

司马子如忍着全身的痛楚，对着她露出一抹安慰的笑容。在看到她出现在这里的刹那，他脑中一片空白，丝毫不受控制地赶到她身边，幸好，幸好还来得及。

"英娥！救我！"元子正的求救声忽然传入耳中。英娥心一跳，抬头望去，只见元子正的坐骑已然气绝倒在地上，马身上还中了好几支长箭，元子正本人则跌倒在地，惶恐无助地望着出现在他面前手持长槊的骑兵们。

英娥望着为首那个英俊明朗如草原朝阳的玄甲男子，瞳孔乍然放大，厉声道："阿兆，不要！！"

她的话音未落，几支长槊几乎是同时插进了元子正的胸口，顿时鲜血如泉涌般喷了出来。

尔朱兆冷冷拔出长槊一扬，血顺着槊尖滴落，在半空中划出一道优美的弧度，落于地上溅起一连串殷红的血花。

“子正！”英娥浑身发着抖，一把推开司马子如，飞奔至元子正身边。元子正脸上无丝毫血色，双目无神地看着她，嘴里喃喃道：“救我，英娥，救我……”

英娥握住他越来越冷的手，只觉五脏六腑仿佛焚着熊熊火焰，让她无法再冷静下来。

尔朱兆看向她时眼神瞬间转柔，弯下腰想来扶她：“英娥，你怎么来这里了？”

英娥愤怒地打开他的手，怒道：“为什么，阿兆，这到底是为什么！这真的是阿爹下的命令？阿爹为什么要杀这么多人？”

尔朱兆还未回答，只听紧跟上来的司马子如沉声道：“没错，这是将军的命令。”

英娥难以置信地抱住自己的头：“我不信，我不信！”

尔朱兆看了一眼司马子如：“遵业你看好她，等一切结束后再说。”

司马子如点了点头，望向英娥的眼神深邃如千丈高渊。

这场屠戮还在继续，宗室大臣们狂呼大喊着踉跄奔逃，有的满脸涕泪下跪求饶，却还是被长槊狠狠击碎头颅；有的眼看着要逃出生天，却被无情的箭矢当胸穿透；有的仓皇躲到角落，却被硬拖出来乱槊插毙；有的被逼到了黄河边，不得不步胡氏后尘，纷纷跌落于奔腾的波涛中，尸骨无存……到处是哀叫，到处是鲜血，那些衣冠楚楚的官员早失去了雅致的风仪，那些面貌俊俏的世家公子如牲畜般随意任人宰杀，屠戮殆尽。

尔朱荣冷冷看着这些人在临死前的各种丑态，双眸里闪着讥诮。

看着那些危害着大魏的蛀虫在眼前一一被摧毁、被杀戮，真是残忍，真是冷酷，真是绚烂。

英娥看得只觉双退发软，想做些什么却什么也做不了。

司马子如忽然伸出衣袖挡在她眼前，阻断了她的视线，也仿佛隔绝了一切人世间的惨痛。

她木然地站在那里，他就一直维持着这个姿势分毫未动。

也不知过了多久，已近黄昏。残阳如血，映红了半边天空。冷风萧瑟，静默无声，所有一切归于一片死寂，如果不是尸横遍野血流成河，之前的屠戮仿佛只是一场幻觉而已。

就在此时，一驾马车从不远处驶了过来。驾车的人正是上党王元天穆，看到这修罗地狱的一幕他震惊万分，就连车内元子攸的问话也没有搭理，整个人僵在了那里。

元子攸纳闷地掀开帘子，元劭已先他一步跳下车，眼前的惨状顿时映入眼底，他惊骇万分地回转身疾呼：“陛下，走！快走——”

第九章 殇逝

还不等元劭说完，只见一支羽箭自空中呼啸而至，立时将他射了个对穿。元劭双目圆睁，口喷鲜血，却挣扎着紧紧抓住车辕，声嘶力竭地吼道："陛下！快走啊！"

元子攸衣裳前襟上全是元劭的点点血迹，看着刚才还言笑晏晏的兄长在自己面前软软倒了下去，他的心刹那间直坠深渊，冰冷碎裂。所有的感觉仿佛都已经失去，只剩下一片空茫。眼前发生的这一切对他来说太过突然、太过可怖，让他完全没有任何准备。

他四肢僵硬地下车来，脚下虚浮好似踩在软绵绵的棉花上。就在众人以为他会跌倒的时候，他扶住车辕深深吸了几口气，弯腰将元劭还温热的尸身紧紧抱在怀里，痛苦地闭上双眼，眼角缓缓沁出泪水。

很快，他再次睁开冲斥着血色的双眼，如负伤的狼般望向正纵马上前的尔朱荣等人，声音嘶哑地开口道："为什么！为什么要这样做？"

满身血迹的尔朱荣居高临下地冷眼望着他，眼中是腾腾杀气，紧按在剑柄上的手微微一动。站在他身侧的高欢微微眯了眯眼，露出一抹捉摸不定的神色。

贺拔岳看在眼里，心里一紧正要上前，却见一旁的尔朱兆已经按捺不住举起血迹斑斑的刀，肆无忌惮地大喊道："叔父，都已经到这一步了，我们没退路了，索性一个也别留！”

他的话音刚落，忽见一个娇小的身影横冲出来，张开双臂挡在元子攸面前。

尔朱兆定睛一看，发现那正是英娥时脸色顿时有些不好，皱紧眉又是担心又是烦躁。

“英娥，你怎么来了？你在那里做什么？”

英娥沉着脸斥道：“有我在，看谁敢伤害他！”

她身后的元子攸听到这句话，眼中似乎有微弱的光闪了一下，但很快就泯灭于深不可见的黑暗之中。

“英娥，快过来。到师父这里来。”高欢眉宇里隐含一丝担忧，唇边却还是保持着温和的笑容。

英娥看了看他们，最终还是固执地摇了摇头。

尔朱兆已然恼了起来：“英娥，你再不过来老子可动手了！”

他纵身下马，刚往元子攸的方向走两步，就见英娥利索地拔出匕首，顶在自己的胸口，横眉冷声道：“你再过来一步试试！”

尔朱兆勃然变色，连忙往后退去，因退得急脚下一绊差点摔倒在地上。

“英娥，你快放下，我不过去就是！”

“英娥，将军怎么会伤害陛下，今日将军所为不过是清君侧除奸佞罢了。”高欢微微一笑道。

英娥咬着牙：“清君侧？需要杀这么多人吗？真的有这么多奸佞吗？难道陛下的阿兄和阿弟也算奸佞？”

高欢还未回答，却见元子攸像是忽然想起什么，放下元劭站起身，跌跌撞撞就往外走去。

尔朱兆正要有所动作，却被尔朱荣的眼神阻止。

元子攸每一步都似行在修罗场上，环顾四周，唯有成堆的尸首、肆意漫流的鲜血、残缺的肢体、破碎的衣料……这里躺着的人有的和他是血缘至亲，有的是儿时一同玩闹学习的伙伴，有的是他尊敬的长辈，有的或许只有几面之缘……他们每一个人，永远也无法再睁开眼睛了……

有一种悲伤在心中猛然滋长，顺着血脉流淌到全身，让他想痛痛快快地大哭一场。

可是，他还不能，至少，现在还不能。

他最疼爱的幺弟，还没有找到。

忽然，他的视线落在一块沾满了血迹的玉佩上，那是子正行冠礼时他送的礼物。他几乎是颤抖着朝旁边那具尸体望了过去。

深褐色的发丝散落在地面上，胸口几处致命伤口的鲜血几乎已经流尽，结成一块块暗红。他那总是言笑晏晏的俊俏脸上一片灰白，那是死亡独有的颜色。他的表情狰狞恐惧，可见生前遭受了多么残忍的事。

元子攸跪倒在他身前，双手温柔怜爱地抚上他的脸，满手沾满了血的颜色，仿佛黄泉三途河旁彼岸花连绵一片，朵朵凄艳绝丽。

年轻的帝王低垂着头，看起来是那么无助、那么悲伤、那么绝望，就好像一抔尘土，被风轻轻一吹就会消散无踪。

“陛下，此地不宜久留，请先随臣离开。”尔朱荣策马上前，一脸平静地开口道。

元子攸小心翼翼地放下尸首，慢慢站起身来，昂首大步走到尔朱荣的坐骑前，倒是将那坐骑逼得有些不安起来，低鸣着往后退去。

尔朱荣及时勒住了马，看向元子攸的眼神中多了几分复杂意味。

元子攸冷冷盯着马背上的尔朱荣，虽处于下方，可隐约已经有了几分帝王的气势。尤其那双深蓝色的眼眸，仿佛翻滚着惊涛骇浪，竟让人不敢直视。

“自古以来帝王迭兴，盛衰无常，将军起兵所向披靡，这是天意。我逃出洛阳保住性命已是不易，这天子之位本就不该妄想。将军如今杀死我至亲，将我逼到绝境，如果天命有归，将军何不自己坐上这天子之位！”

尔朱荣心里一个激灵，几乎是下意识地否认道：“胡说！我从未有此想法！”

元子攸冷笑一声：“如果没有这种想法，即使朝廷有蛀虫，捉去就是，再另选贤良，何须滥杀至此？事情已经到这个地步，将军好自为之！”

尔朱荣脸猛地抽搐了一下：“来人！先将皇上带回营帐！”

元子攸断然拒绝：“朕不能让他们就这么躺在这里！”

说着他捡起一支长槊，不顾一切地就在地上掘了起来，因用力太猛身子往后一倒险些摔跤，幸好跟在身后的英娥及时扶住他，

当回头看清楚是她时，他只稍稍愣了一下，几乎是不假思索地狠狠甩开了她的手。

英娥被一股大力推到了地上，摔得生疼，她抬头看着那双变得全然陌生的眼睛，那里面不再含着温柔笑意，唯有刻骨的仇恨。

司马子如离得最近，立刻过来扶起英娥，随即尔朱荣和高欢都围了上来，关切相询。

元子攸身子摇晃了几下，似乎再也支撑不住一下子晕了过去。

尔朱荣微叹一口气，又重复了一遍命令。

英娥正要跟上去，司马子如拉住了她，低声道：“放心，将军暂时是不会动陛下的。如果连君也除了，这清君侧的旗号还有意义吗？！”

在此次惨绝人寰的河阴之变中，包括丞相元雍、司空元钦、仪同三司义阳王元略、

北平王元超等元氏宗室尽皆遇害，大魏的高门士族几乎被屠戮七七八八。噩耗传到洛阳之后，一时之间人心惶惶，不少人索性趁乱携家带口弃宅逃离，京城昔日的繁华荡然无存。

在尔朱荣的营帐内，除了尚留在河阴郊外替族人收尸善后的上党王元天穆外，一众将领幕僚都聚集在这里，个个面色冷凝沉重。尤其是之前反对过这次屠戮的慕容绍宗、司马子如和贺拔岳几人，始终未发一言。

昏黄的烛光下，尔朱荣脸上也不复白日时的冷冽，看起来情绪并不太高，倒是多了几分憔悴和疲惫。

"将军这次杀伐决断清洗了朝堂，其震慑之威自不必说，定会让接下来的一切顺利无比。"在一片静寂后，提议这次河阴之变的费穆先开了口。

"是啊，就连天子的亲兄弟都被清洗了……"贺拔岳忍不住小声嘟哝了一句，但他嗓音本来就响亮，所以在场每一个人都清楚听到了这句嘟哝。和他交好的慕容绍宗忙轻扯了一下他的衣袖，示意他不要再多嘴。

尔朱荣的脸颊不易察觉地微抽了一下："皇上他，现在怎么样了？"

慕容绍宗应道："回将军，皇上他尚未醒来……"他顿了顿，犹豫了一下又说道，"淑仪她一直守在帐外，不肯离开一步，似乎很担心有人对昏迷的皇上不利。"

众人的目光顿时变得有些奇怪，神情也各不相同。尔朱荣想起之前女儿那失望不解的眼神，不由得微叹一口气。

司马子如也微微发着怔，心里隐约涌起几分担忧。

那边尔朱兆已然跳了起来："这孩子真是不要命了！我这就去把她带回来，让她好好休息！"

尔朱荣皱了皱眉："阿兆，你先坐下！这冲动的性子怎么改不了了。"

"皇上曾经救过英娥，英娥这么做也算是有情有义。有恩报恩，有仇报仇，这才是我草原上长大的女郎！"高欢笑了笑，不动声色地为英娥找了个极好的理由。

尔朱荣也赞许地看了一眼高欢，吩咐道："多派些人看着那里，以免有任何闪失。"

"叔父！"尔朱兆霍然站起身来，因用力过猛连带着案几也翻了去，"皇上亲眼看着他的亲兄弟死在我们手中，心里必定将我们恨到骨子里。如果继续让他当这个皇帝，将来必定是大患！"

尔朱荣有些讶异地看了看自己的侄子，想不到一向粗莽的他会说出这样的话。

慕容绍宗似乎有些踌躇："如果另立新君，恐怕仓促之间也没有合适人选。毕竟元氏一脉……已经剩下不多……"

"元氏皇族这次和我们结下了死仇，选谁都不合适。"高欢忽然打断慕容绍宗的话，环视着四周，一字一顿道，“元氏既灭，尔朱氏兴，自古乱世出英雄，将军何不自己来当这个皇帝！”

元氏既灭，尔朱氏兴。

高欢一言如轰天惊雷劈开长空，令在场众人面上遽然变色。

贺拔岳反应最为强烈，跳起来指着高欢的鼻子质问：“贺六浑，你个浑人知道自己在说什么吗？”

“贺六浑说得没错！”尔朱兆哈哈大笑起来，目光灼灼地望向尔朱荣，“叔父来当这个皇帝是再合适不过了！”

“将军当初是打着清君侧的旗号前来洛阳的，也正是因为这个旗号才得到了众多支持，毕竟元氏皇族对大魏的影响已根深蒂固。若是废了皇帝改朝换代，恐怕难掩天下悠悠众口。”司马子如出言相阻，他深知一旦尔朱荣登基，必定会以胡代汉，先前孝文帝所推行的胡汉民族融合都会前功尽弃。

高欢虽和司马子如私下里关系亲密，此刻却不慌不忙地反驳道：“先人曾说过王侯将相，宁有种乎，这帝位同样也是能者居之。古往今来，以草莽之身登基者不是没有，末将相信若是将军成为一国之君，这大魏又会有一番新气象。”

尔朱荣嘴角微挑，眼神比往常明亮了几分，那是一种叫作野心的火焰在熊熊燃烧着。

“贺六浑！你这是陷将军于不义！”贺拔岳三两步走到高欢面前，伸手扯住他的衣襟，司马子如见此情形忙上前阻止。

高欢丝毫不惧，目光直视着尔朱荣：“将军，我们已经没有退路了！”

眼见两派争论不休，尔朱荣心里也是纠结万分。眼看万里江山唾手可得，说不动心是不可能的，但他绝非愚笨之人，自然知晓如今天下大乱，一旦登上这天子之位，就会成为众矢之的。

司马子如留意着尔朱荣的神色，目光微闪了一下，开口建议道：“既然将军自己也不能决定，那不如就交给上天吧。”

尔朱荣眼睛一亮：“你的意思是……”

司马子如微微一笑：“按老规矩，手铸金人。”

这手铸金人的传统是拓跋皇族还未改姓元氏时定下的死规矩，以铸造金人的成败来占卜吉凶窥探天意，当时包括羯胡、鲜卑等许多北方少数民族都惯用这种占卜方法，而且深信不疑。当时大魏立皇后也必令皇后人选亲手铸金人，不成者不得立。

众人一听，都觉得这主意靠谱。

尔朱荣沉吟片刻，也点头吩咐道：“那就连夜铸金人，以通天意！”

司马子如垂下眼睑，嘴角微微勾起一抹清浅的弧度。

在营寨的偏僻处，一座不起眼的营帐内一片死寂，唯有烛火燃烧时偶尔发出细微的噼啪声。

也不知道意识在黑暗中飘荡了多久，元子攸才悠悠醒了过来。还未睁开眼睛，白日里那些残忍的情景又涌入脑中，撕心裂肺的疼痛就这样从心口铺天盖地地席卷而来，眼睛却干涩得没有一滴眼泪。

“淑仪，您都在这里守了好久了，还是先回去休息吧。”

“没关系，我再待一会儿。对了，派人去请李彧过来了吗？皇上如今备受打击，或许见到幸存的亲人会有少许安慰。”

“淑仪您对皇上真是关心备至。阿宁已经奉您之令去请李彧了，应该很快会过来。”

“再关心又有什么用，皇上失去的那些亲人再也回不来了……”英娥的声音明显带了几分隐忍的哽咽。

元子攸听着从帐外传来的声音，伸出手暗暗用力按住了自己的胸口，似乎这样才能让锥心的疼痛缓解一些。

那熟悉的声音曾是他最欣喜听到的，此刻却令他的世界更加黑暗悲凉。

忽然，随着一阵冷风灌入，有轻柔的脚步声响起，一步、一步，直到在他背后站定。

一瞬间，帐内安静得几乎只能听到彼此的呼吸声。

元子攸闭上双眼，竭力控制着自己微颤的身体，就在他快要坚持不下去的时候，一张毡子从天而降盖在他身上，接着那熟悉的声音再次在他耳边响起：“活下去，陛下，无论发生什么都要活下去。”

脚步声渐渐远去，元子攸睁开双眼，缓缓抬起手，摸到了一脸不止的泪水。

年轻的皇帝在心底暗暗发誓，这会是他人生中最后一次流泪。

月半未央。

惨白色的月光从天际洒落，在交错的枝丫间如轻雾般萦绕。

英娥从元子攸的营帐中出来时，正好一阵微凉的夜风迎面吹来，她拢了拢自己的衣襟，觉得今夜格外寒冷。

明明他只是安静地躺在那里，她却能感觉到那种仿佛要和整个世界隔离的绝望悲伤。本该是高高在上的帝王，命运却在短短一天内被完全颠覆，失去了至亲，失去了族人，失去了臣子，甚至现在连皇位和生命都要失去……

她深深吸了口气想让自己冷静些，却按捺不住内心的跌宕起伏。越是不去想，那一幕幕如修罗地狱的画面却偏偏在脑中挥之不去，令她胸口阵阵发闷。一股悲凉的郁结之气堵在心头，无从发泄。她脚下加快疾走几步，扶住一侧的树木，捂住胸口干呕了几下。

“英娥……”熟悉的声音忽然从背后传来，仿佛一道微暖的光撕开黑暗的天幕。英娥转过头，但见风华绝丽的俊秀男子正一步一步朝自己走来，看似有些漫不经心却瞬息就到了她面前。他年纪虽然尚轻，却已经有了和他的年龄不相称的成熟内敛的优雅气质，仿佛那些年代已经久远的古器沉淀着年华之美。

看到他的一瞬间，她就好像一个迷路的孩子终于找到出口，一股说不出的委屈涌上心间，英娥瞬间就红了眼睛。

“为什么，为什么阿爹要这么做？之前不是都好好的吗？遵业，我不明白，我真的不明白！”她神情茫然地摇着头，就像是一只受了伤的小动物。

司马子如强忍住拥她入怀的冲动，神色复杂地看着她，担忧中夹杂着心疼、无奈、伤感……

“英娥，你看史书上的那些记载，古往今来，每一个朝代的更迭推动，往往都伴随着鲜血与战争，总有大量无辜的生命不可避免地消逝。我知道，这听起来很残忍，可是这个世界需要有人牺牲，才能不断地改变，继续前行。”

英娥抬起头来，那双明亮的琥珀眼眸润着水雾，她好像有些明白，又好像什么都不明白。

“那为什么不前行得慢些呢，也许这样就不用牺牲那么多人了……”

这句听起来颇为幼稚的话却令司马子如心里蓦地一痛，他再也忍不住，双手微颤却有力地抱紧她。

英娥并未挣扎，口中还是喃喃道：“我一闭上眼睛，就看到子正满身是血地向我求救，他还这么年轻，都还没娶亲……在去的路上他还和我说笑，可是一转眼……我救不了他，我真的救不了他……”

她哽咽着说不下去，司马子如抱着她的手收得更紧：“这不是你的错，英娥，这不是你的错……”

不远处，有个高挑颀长的身影静静站在那里，将这一幕尽收眼底。他秀长的眉微微蹙起，茶色双眸里有微光闪过，弧线优美的嘴角往下略沉，随即转身大步离开。

英娥发泄了一会儿，心里的郁结倒是去了七七八八，情绪也慢慢平稳下来。她这才意识到自己整个人几乎窝在司马子如怀里，急忙后退一步，却见对方不慌不忙地一笑，月光下脸色柔和得像是能让人融化。

她的心不知为何突然猛地跳快了几拍，胸口似乎荡漾着一股奇特的暖意，令脸颊两侧也微微热了起来。

“现在好些了吗？不用太感动的，只要把你最喜欢的这个玉环当作答谢送给我就好了。”他眼波一转，竟漾出几分桃花落雨的风情。

英娥一怔，那些说不明辨不清的情绪瞬间消失无踪，她几乎是下意识地伸手捂住腰间的玉环，这个动作毫不意外地惹来了对方的一阵轻笑。英娥略恼地瞪了他一眼，想说些什么奚落他的话，却忽然又想起另一件更重要的事。

“对了，阿爹到底是怎么打算的？他会不会对皇上……”她的声音充满了忐忑。

司马子如笑容微敛：“将军今晚会亲手铸金人通天意。”

英娥的眼睛瞬间睁大，一丝慌乱和恐惧浮现在脸上，身为羯胡人，她深知铸金人的意义所在。

“难道我阿爹他……”

“将军他，确有称帝之心。”

英娥的眼睛一下子失去了光泽：“如果阿爹做了皇帝，那么现在的皇帝，不，不，彦达一定会没命的。”她焦躁地来回踱步，口中低低念着，“阿爹不能做这个皇帝……”

司马子如眼神深邃地凝视着她：“如果将军做了皇帝，英娥你就是长公主了，你可以过随心所欲的生活……”

英娥飞快打断了他的话：“我不要做什么公主。在入宫之前，我也以为阿爹会是拯救天下的那个人，但是当我看到阿诩那样努力地想要做一个好皇帝，我忽然就明白过来，原来每个人在这世上都有自己正确的位置，而阿爹的位置就是成为一个最好的臣子，助天子守住这大好江山、千万子民。若是选错了位置，最终可能会万劫不复。”

司马子如眼中闪过惊讶和赞赏：“英娥，如今你能说出这一番话，可见你的眼界已经不同。”他顿了顿，继续道，“只是人和自己的欲望之间，永远有着不休不止的争斗。当被欲望蒙蔽双眼时，就看不清自己正确的位置了。”

英娥却并未因他夸赞自己的话而露出欣然之色，反而神情一黯：“彦达那样舍命救过我，我不能眼睁睁看着他死，我没能救下他弟弟，我一定要救下他……”

司马子如还是第一次见她为别的男子如此忧心，心头好似被什么猛刺了一下，但很快调整了自己的情绪，正要说什么，却又见她双手握了握拳道：“我不能让金像铸成。阿爹比谁都更信天命，如果金像不成，他一定会有所忌惮。”她抬头看着他，眼睛一如既往地明亮，只是多了几分坚定的光彩，“遵业，帮我。”

司马子如几乎没有任何迟疑地点头：“无论你要做什么，英娥，我都会帮你。”

我会帮你，无论付出什么代价，甚至，我的命，你也可以拿去。

英娥终于露出一点笑容：“那我们商量一下该怎么做吧。”

司马子如脸上微微带笑：“将军极为重视这次的铸造金人，直等铸造完毕后，待凌晨查看成品。我们唯一可以利用的时间就是刚刚铸造完毕还未定形的时候。”

“但是阿爹一定会派人看守，恐怕很难溜进去。”

司马子如看了看她：“将军下了令，待金人铸造完毕后，由贺六浑带人负责守到天亮。”

英娥眼睛一亮：“师父？这太好了！我引开师父的注意力，你去破坏还没定形的金像。”她似乎想到什么，又有点纠结，“可若到时阿爹迁怒师父怎么办？”

“放心吧，这金像铸得成铸不成都是天意，”司马子如笑了笑道，“营帐顶上有个通气的小窗，到时只要你引开贺六浑的注意力，我就能爬上去从那小窗进入营帐破坏金像。”

英娥脸上似乎又恢复了神采，她重重点了点头：“好！那我们到时就分头合作！”

尔朱荣亲手将滚烫的铜汁倒入铺了精砂的模具后，手铸金像的最后一道工序就算完成了，接下来只需静待至天亮金像成形即可。除了高欢奉命带人留下来看守金像，其余人都暂且回营帐休息。尔朱荣心里纵然如煮沸的水般翻腾不已，但还是尽量做出平静的样子和大家一同离开了放置金像的营帐。

时至半夜，驻守在营帐外的几位士兵俱已困乏不堪，高欢索性让他们就在篝火旁小睡一会儿。他在军中人缘素来极好，因此士兵们欣然奉命躺下，心中对高欢更觉亲切。

不一会儿，四周就响起了此起彼伏的呼噜声。高欢不禁一笑，走到篝火旁暖了暖手，又取下随身的皮囊喝了几口酒，但那股寒意还是挥之不去。

若是现在能有一碗热腾腾的酪浆……高欢心里刚冒出这个念头，竟隐隐约约真的闻到了一股酪浆特有的香味。

他惊讶地抬头循香望去，只见不远处，少女手拎着篮子正踏月而来，皎皎月光在她周身笼上一层朦胧的银白色光晕，似虚若幻，映得她原本就秀丽无双的面容平添了几分灵动之气，让人无法挪开目光。即使是那拥有千眼的因陀罗，就算再幻化生出万眼也看不够。

一瞬间，高欢以为看到了汉人本子里描写的会幻化为美人的精怪，直到少女走到面前，用清脆的嗓音唤了一声师父，他才蓦然回过神来。

“英娥，这么晚你怎么过来了？是不是哪里不舒服？”高欢在惊喜之后又有些担心，之前趁着尔朱荣铸造金人时，他曾悄悄地去看她，本想宽慰她几句，不料却正好瞧见她和司马子如相拥的那一幕……不知为什么，那一瞬间他胸口有着说不出的郁卒。

“我没事，只是睡不着而已。”英娥边答边从篮子里拿出一个瓷罐，小心翼翼地递了过去，“师父，我知道今晚你要守夜，所以特地给你带了这个。快点趁热喝了暖暖身子。”

高欢心头一跳，眼睛里仿佛被点燃了烟火般蓦然明亮起来。他伸手接过瓷罐，只觉得那股暖意从指尖一直蔓延到了心底深处。

“到底还是徒儿最贴心了。”他微微一笑，“师父没白疼你。”

因为带着“不可告人”的目的而来，英娥不免笑得有些心虚。

高欢喝了几口酪浆，浑身都暖了起来，他看了看似乎正在走神的英娥，又忍不住问道：“英娥，若是你有什么心事，也可以和我说。我知道，现在你心里一定不好受……”他顿了顿道，“这一切，不该让你亲眼目睹的。”

“放心吧，师父，我没那么脆弱的。”英娥小声道，还朝他露出一抹安慰的笑容，虽然那笑容看起来虚弱得很。

她这种明明受伤却故作坚强的模样看在高欢眼中，却更觉心疼。他几乎是下意识地伸出手想像司马子如一样拥住她、安慰她、保护她，可一想到自己的身份，手微微一僵又放了下来。他早已成家立业，是她名义上的师父……他对她，不能、也不该再生出更多的念头……

英娥一边说着话，一边用余光偷偷打量着帐顶的动静，忽然见到一玄色身影已爬到天窗旁，正轻手轻脚地打开天窗，轻巧地从那里钻下去，转眼不见了踪影。

英娥心里暗喜，悄悄收回目光时，正巧对上了高欢凝视着她的视线。她吓了一跳，见对方只是眼神微闪却并无异常反应才松了一口气。

高欢确实没发现她的异样，因为他忽然发现自己隐藏在心底的某些隐秘情感，心神不宁，神思飘浮心念翻覆，一时之间竟有些空茫。

“师父，你怎么了？”英娥见他脸色不好，担心地问了一句。

高欢回过神，为了掩饰此时的心绪紊乱，起身道：“英娥你也快回去吧，我到帐内去看一下。”

见他起身就往帐内走去，英娥骤然惊出一身冷汗，此时司马子如还在帐内，若是被发现……不行不行，一定要阻止他才行！

英娥也顾不了那么多，凌厉眼神掠过那瓷罐，忽然伸手拿起瓷罐摔在地上，并极快地用碎片在指尖划了一下，顿时一道殷红的鲜血流了下来，同时她嘴巴也不闲着，配合地发出一声惊叫。这一连串动作一气呵成，等高欢回过头来，就看到她捧着流血的手指扁着嘴一脸委屈。

高欢转身一个箭步冲到她面前，着急地抓起她的手，竟不假思索地含住了她流血的指尖。

英娥愣了一下，脑海里忽然浮现小时候练习射箭时指尖受伤流血，师父也是这样帮自己止的血。只是在她满十岁以后，每次手指受了伤，师父再没用过这种方法。这样充满温情的亲密，似乎又让她回到了在草原上无忧无虑的孩童时光……

“好些了吗？英娥？”高欢的声音将她拉回了现实之中，见她确实无碍他不免又有些气恼，“这么大的人怎么还这么不小心！”

英娥讪讪一笑，目光往帐顶飞快一扫，正看到那玄色身影在天窗露出半个身子。

“我进去看一下，再让人送你回去休息。”高欢说着又要往帐内走去。

英娥心急如焚，却又想不到再用什么借口阻止他，看到地上的瓷片，突然叫了一声：“师父，小心脚下的碎片！”

说着她就伸手想拽住高欢，不料高欢猝不及防被猛一拉，整个人往后跌倒在地，而英娥自己因为用力过猛，身体完全失去平衡，整个人朝着高欢扑了过去，不偏不倚正好将他压在身下。

两人四目相对，英娥心里暗叫一声完了，高欢却并没有为她的莽撞而动怒，眼眸深邃悠远宛如最漆黑的夜空，有不为人察觉的恍惚心思缭绕其中。

英娥抬头朝帐顶一望，看到司马子如的身影已消失在营帐后，顿时一颗心才落下来。她手忙脚乱地想起身，不料双手失去支撑力，又一下子落在高欢的胸口上，她只好抱着那种死猪不怕开水烫的厚脸皮心态，索性用手撑着他的胸口，借力狼狈地爬了起来。

“师父，对不起啊……啊，时间不早了，我就先回去睡了……”英娥神色讪讪地开了口，不等高欢回答就赶紧转身如一阵烟般溜走了。

高欢缓缓坐起身，伸出手捂在自己的胸前，刚才两人身体紧贴的一瞬间，他脑海中竟有短暂的空白，心底有种跃跃涌动的暗潮，灼得胸口一阵发烫，仿佛情人的呓语一般，炙热、柔软，带着若有若无的暧昧。

半明半暗的月色下，他周身仿佛也被笼了一层薄雾般的光晕，令人无从看清他此刻的表情。

当天边出现第一缕浅紫色的朝霞时，尔朱荣和一众心腹神色凝重地出现在营帐中，所有人的目光都集中在那尊决定命运的金像上。尔朱荣神情还算平静，但憔悴的面色和布满血丝的双眼显示着他几乎通宵未眠。

当细砂壳被敲开的一瞬间，众人几乎齐齐屏住了呼吸，但见那金像双目栩栩如生，鼻梁高耸，双耳完整，只是下巴那里裂了开来，看起来就像豁了一个口子。

金像，未铸成。天意，不可违。

尔朱荣恍如受了重击，一下子失去全身的力气，颓然跌坐在地上。

“叔父！”尔朱兆一个跃身抢先扶住他，“我们何必管什么狗屁天意，只要您登上天子之位，老子倒是要看看到底谁敢不服！”

贺拔岳皱眉道："阿兆，慎言！这手铸金像仪式从孝文帝开始沿用至今，历来以此通天意。你那样诋毁神明实在是大不敬。"他看了一眼尔朱荣，"既然天意如此，将军不该再逆天而行。元氏继承天子之位才是天命所归。"

尔朱兆不服气地瞪着他，反驳道："既然一次不成，那么就再铸第二次、第三次，谁也没说过只能铸一次吧！"

"这似乎太过玩笑了吧。"慕容绍宗也忍不住开了口，"既然金像未成，将军也应早做打算。"

"重铸金像怎么是玩笑了！贺六浑，你说呢！"尔朱兆一看形势不好，急忙寻求同盟的支持。

高欢目光微闪，在看到尔朱荣跌坐下去的一瞬，他就知道大事难成了。

一直以来，是那股熊熊野心和奉天命而为的信念驱使着尔朱荣平叛、入洛阳、弑太后、屠大臣、囚新帝……甚至，成为一代平定天下开拓疆域的新帝王。但现在，秉承天意的手铸金像失败，就好像被重重泼了一头一脸的冷水，原来所做的这一切竟然都是逆天而行……也难怪尔朱荣一时承受不住这个打击。

一鼓作气，再而衰，三而竭，一旦气竭，整个人自然会清醒过来。

就在高欢思索如何回应时，但见身旁的司马子如上前一步出了声："将军，如今天下一片混乱，葛荣横行河北，南边萧梁虎视眈眈。将军如若在此时称帝，头一个对手不是葛荣也不是萧梁，而是洛阳城内拥立元子攸的朝廷军队。固然将军手下人马个个善战，但两军相斗必有损伤，即使惨胜，也会成为各方势力的标靶。到最后反而让别人坐收渔人之利。如今天意已有显示，还望将军三思而行。"

他的话音刚落，除了尔朱兆和高欢外的其余人也齐声劝阻道："将军三思而行！"

贺拔岳更是跪在他身前："将军，我们不能再失人心了！"

尔朱荣神色复杂地看了看众人，心里只觉得一阵虚乏脱力。之前的河阴之变已有不少部众对他心怀不满，如今在称帝一事上人心更是不齐，一旦他强行称帝后果可想而知。

就在这时，有人忽然掀开厚帘挟带着一股寒风大步走进来。只见那人身材高大体态修长，面容硬朗英气十足，行走间却偏偏有股世家贵公子的风雅气度。

尔朱荣一见此人脸上罕见地多了几分局促之色，气势也不知为何弱了三分："天穆，你终于忙完了……"

话问出口他又觉不妥，元天穆之前可是替族人去收尸的，从晚上一直忙到清晨，可见现场之惨状。

元天穆抬起赤红的双眼，冷冷看了他一眼，只说了几个字："跟我出来。"

尔朱荣一怔，毫不犹豫地起身跟了上去。

到了帐外，还不等尔朱荣开口，元天穆忽然一个转身狠狠一拳砸在他的嘴角上，尔朱荣的嘴角立时迸裂，鲜血直流。

“天宝！你是要将我们元氏一族都杀光吗？那好！我也姓元，你干脆把我也杀了！”

尔朱荣顾不得擦拭嘴角的血迹，脸上隐现内疚之色，嘴唇嚅动了几下：“你我是同生共死的好兄弟，我怎会杀你。”

“现在群敌环伺，谁都想扑上来咬我们一口，你居然做下这样失尽人心的蠢事！如今洛阳一片大乱，内外交困，你知不知道大祸就要降临！”元天穆见尔朱荣神情怔怔，心软了一下，但想到那些惨死的亲族又硬起心肠，“我一回来就听说你还连夜手铸金像妄想称帝！天宝，你昏头了！”

尔朱荣被骂得有些蒙，下意识辩解道：“金像没有铸成……”

“还好没铸成，不然你就成了篡位的乱臣贼子！”元天穆说到气头上又忍不住踹了他一脚，“我们本是肃清帝侧拨乱反正的正义一方，可如今你大肆屠戮欲取而代之失尽人心，与那只手遮天的胡氏又有什么区别！别说是世家百官，这天下又有谁服你！难不成你要杀尽天下人！”

尔朱荣呆愣片刻，忽然双目一闭，竟流下了孩子般委屈的泪水：“阿兄，我犯下大错了……可是我已经走得这么远，这么远了！”

两人再次走进营帐时，大家都看清了尔朱荣嘴角的血痕，不约而同地都错开了目光。这世上敢对尔朱荣动手的人，也唯有元天穆一人。

尔朱荣坐回胡床上，揉了揉疲惫不堪的眉眼：“好了，你们都来说说接下来该怎么做。”

“既然金像未成，还请将军亲自迎回皇上，以安天下。”司马子如面色平静地先开了口。

贺拔岳连连点头。

尔朱兆立刻跳起来反对：“不行！元子攸的亲兄弟都是死在我们手里，要让他继续当这个皇帝，将来等他有了实力，一定会报仇的！”

“那就让他永远不具有这样的实力好了。我们需要的也不过是他的身份，如今元氏皇族被屠戮了七七八八，眼下也只有让他继续为帝才能缓和洛阳那边的怒怨。”慕容绍宗顿了顿道，“只是将军……”

“将军应当亲自到皇上面前请罪。”元天穆眼神凌厉地看着尔朱荣，“毕竟这么多王公大臣命丧于河阴，我们该给天下人一个交代。”

“如果将军需亲自请罪，那么挑起这一切祸事的人是不是更该重责？”贺拔岳在一旁恻恻开了口，眼中极快地掠过一阵杀意。

尔朱荣有些惊讶地看了他一眼：“阿斗泥，你这是何意？”

“将军，当初是谁想出反客为主挟天子之计？是谁第一个鼓动将军称帝？是谁赞成对那些王公贵族大肆屠戮？”贺拔岳突然手指一旁面色沉静的高欢，“这一切的始作俑者，都是贺六浑！”贺拔岳说着扑通一声跪了下来，“将军，贺六浑罪无可赦，理应杀之，慰君心，平众怒，以谢天下。”

贺拔岳的话恍如一石激起千层浪，令在场众人俱惊愕不已。高欢平时在军中人缘颇好，一时间慕容绍宗、侯景、段荣等人纷纷开口替他求情。反倒是当事人自己依然坐在那里一动未动，神情平静地望向上座的尔朱荣。只见他半敛着眼眸，微垂下颌，紧抿嘴角，让人丝毫猜不透他的心思。

高欢思索了一下正要开口，忽见司马子如对他几不可见地摇了摇头后，接着就跪了下来，正色道：“将军，遵业愿以性命担保，贺六浑一心为将军谋划，从无二心，绝不该杀！”

高欢眼角微微一热，沉默地低下了头。

尔朱兆平素虽和高欢关系一般，但在拥帝这个目标上是一致的，因此也难得开了口求情：“叔父，就算贺六浑有罪，那也罪不至死吧。”

贺拔岳见众人都帮着高欢说话，不由得气结，越发不依不饶道：“将军，贺六浑此人非杀不可！只有杀了他，才能给天下一个交代！”

“怎么！我师父什么时候成了十恶不赦的罪人，得杀了他才能给天下交代？”一个压抑着熊熊怒气的声音忽然在帐外响起，紧接着只见帘子被用力掀开，面容绝丽的少女寒着脸大步走了进来，目光如刀子般剜了贺拔岳一眼。

“英娥，你怎么来了，快，快点回去。”尔朱兆伸手想将英娥拉出去，之前尔朱荣曾下令不许任何人擅闯军帐，违令者重罚。即使英娥是他的女儿，一旦违反军令也免不了被责罚。

英娥原本溜到营帐外是想确认金像是否真的没铸成，不料一来就听到贺拔岳叫嚷着要杀了高欢给天下交代，顿时又怒又骇，脑子一冲动就抬脚闯了进去。

她一手将尔朱兆的手打开，径直走到了贺拔岳面前，眼瞳内寒光闪烁，那种冰冷的压迫感竟让贺拔岳不由自主地后退了一步。但这一退他又很快回过神来，振振有词地将高欢是始作俑者的罪名嚷了一遍。

英娥冷笑一声:“当初要不是师父想出反客为主的计策,能兵不血刃地得到洛阳吗?

真是站着说话不怕腰疼！至于那些罪名更是可笑了，你们倒是扪心自问，尽全力阻止过吗？最后还不是都妥协了！你们都无能为力的事，关我师父什么事！事情发展到这个地步，你们难道没一点责任吗？你们每个人都有责任！”她说着还瞥了眼始终未发一言的尔朱荣，虽然没说出口，但那眼神只代表一个意思——阿爹你也有责任！

尔朱荣眼神微敛，隐在面容阴影下的嘴角，却浮现一抹不易为人察觉的笑意。

“要说有罪，你们统统有罪！凭什么就把我师父一个人推出来当替罪羊！”英娥噼里啪啦爆了一大堆，这才觉得怒气发泄了大半。她下意识地向高欢望去，正好对上了他的视线。他神色复杂地凝视着她，有感动，有探究，有莫名的情绪，眼眸里闪动着压抑的波动，掩住了眼底涌动的急急暗流。

司马子如看着两人短暂的对视，眼神微微流转。

“其实英娥说得也有道理，这错不能让贺六浑一个人担。”元天穆先开了口，“再说目前也正是用人之际，将军不可错杀良将。”

司马子如立刻点头附和：“若是将军要治贺六浑的罪，那么请治所有人的罪。”

贺拔岳正着急要说什么，只见尔朱荣终于站起身来，环视了一圈众人，不紧不慢道：“我已经决定了，今晚亲自去向皇上请罪。”

“将军！”贺拔岳脸上勃然变色。

“若我没有丝毫这样的心思，就算贺六浑再怎么劝说也没用。说到底，罪魁祸首还是我自己。谁犯的错，谁认。”尔朱荣说着上前亲手扶起高欢，安慰似的拍了拍他的肩，“我怎能让自己的兄弟来背这个黑锅。”

高欢双目微红，语带哽咽地唤了一声：“将军……”

司马子如微微一笑：“将军英明。”

英娥更是暗暗松了一口气，不自觉露出一抹灿烂的笑容。

笑容落入贺拔岳眼中，他不禁觉得有些刺眼，不假思索地开口道：“将军，英娥她擅闯军帐，违反军令，按理也应该受罚吧？”

他的话音刚落，立刻有无数道犀利的目光扫了过来。

“阿斗泥你还是不是男人！”尔朱兆怒目相对。

贺拔岳话说出口已然有些后悔，但不想丢了面子，反倒梗着脖子道：“怎么，我说错了吗？这不是将军亲口下的令吗？！当时还特地让人写下来贴在那里，让大家时时谨记，难道我记错了不成！”说着他还指了指帐内一角。

尔朱荣看着贺拔岳的眼神中有戾色一闪而过，而后他缓缓道：“你没记错。这是我亲自下的令。凡是违令者重责五十军棍。”

英娥听了顿时脸色一白，乖乖，这五十棍可是会死人的，就算不死也残废！

尔朱兆更是急得直跳脚："叔父，这五十军棍打下去英娥哪还有命！"他冲到贺拔岳面前揪起他的衣襟就是一拳，"要是英娥有个什么好歹，老子非打死你不可！"

贺拔岳脸色忽白忽青，有些后悔为了一时之气贸然开口，他推开尔朱兆，立刻跪下来想说几句弥补一下："英娥她也不过是一时情急，还请将军……"

"如果人人都这么求情，那军令还有什么用。"尔朱荣打断了他的话，这让贺拔岳反倒更觉得惶惶。

那边厢高欢扑通一声重重跪了下来："将军，英娥是为了我才闯的军帐，我愿意替她受这五十军棍。"

尔朱兆见状也赶紧跟着跪下："叔父，我也愿意替她挨！"

司马子如蹙着眉还未表态，走到那记下军中十忌的军令前，紧紧盯了好一会儿。忽然，他像是发现了什么，竟然轻轻笑了起来。

"将军，您看这十忌中的第四条，凡有士兵擅闯军帐者，重责五十大板。"他笑得越发明丽，"英娥不是士兵，所以也不算违背军令。"

"对对！"尔朱兆兴奋地拍了下司马子如的肩，"还是你小子眼神好！"

尔朱荣暗地里似乎也松了一口气："虽说如此，但责罚还是不能免，就跪上一个时辰吧。

尔朱兆顿时垮了脸："叔父，怎么还要罚啊！这跪上一个时辰英娥也吃不消啊！"他挪动身子凑上前去，一双俊目露出心疼的神色，"万一落下了什么病症，您怎么舍得！"

"将军，我愿意替英娥受罚。就算再多跪几个时辰也是无碍！"高欢还跪在地上尚未起身，见此情形也急切地开口恳求着。

"没错没错！贺六浑这家伙是该受点罚！他身子骨受得住！"尔朱兆迫不及待地欲祸水东引。

英娥偷偷打量了一下父亲沉沉的脸色，心里不由得咯噔一下，看来这次是挨罚没商量了。她伸手揉了揉自己的膝盖，暗暗后悔，早知道就穿得厚一点！

尔朱兆转头对司马子如使了个眼色，让他也帮着求情，不料司马子如只是抬头朝打开的天窗看了看，随即恍若置身事外地微合上了双目。

"装什么死！"尔朱兆见他如此反应立刻翻脸，用所有人都能听到的声音重重刺了他一句。

英娥飞快瞥了一眼司马子如，心里也有些发堵。明明刚才他还在想方设法帮她免去责罚，怎么一转眼就不闻不问了呢？其实自己受罚也是应该，只是，为什么看到他无动于衷的那一瞬，她就有点莫名的失落呢……

“叔父……”尔朱兆还想死缠烂打，却被尔朱荣冷冷打断了求情的话。

“英娥这孩子也该受点教训，谁若是再求情，就加倍责罚于她。”他顿了顿，眼神凌厉了几分，“连同求情者一起罚！”

他这话一说出口，熟悉他性子的几人立刻闭上了嘴，尔朱兆忍不住还想说什么，英娥连忙制止了他，利落地跪了下来：“阿爹，我擅闯营帐确实不对，甘愿受罚。”

尔朱荣脸色缓和了几分：“好！这才是我尔朱荣的女儿。”

就在英娥打算找个角落跪下时，司马子如不慌不忙地开了口：“将军，我倒是有个更好的建议。”

“刚才让你求情你不作声，现在再出声有什么用！”尔朱兆大咧咧讽刺了两句。

尔朱荣也蹙起眉，声音里带了两分冷厉：“遵业，我说了不准再给她求情。”

“将军，我可不是求情。”司马子如微微一笑，忽然话锋一转，“这帐内垫着毡毯，就算跪上一个时辰也没什么感觉吧？”

尔朱荣有些不解：“那依你之见？”

“既然是责罚，那就索性让她跪在帐外，这样才更能警醒其他人。”

尔朱荣低垂的眼皮重重一跳，脸颊抽动了几下，难掩惊讶之色。

尔朱兆愣了愣，忽然破口大骂：“司马子如你是疯了吧！”

高欢蹙着秀长的眉，一时也不明白他为何这么说。他凝目注视着司马子如的表情，却看不出半点端倪。

听到司马子如那句话的一刹那，英娥的胸口急速涌起一种说不清的委屈，又被她生生按捺下来。不等尔朱荣说话，她就抬脚往帐外走去，一撩胡袍跪在了沙石地上，细碎的疼痛感立刻透过膝盖传了过来。

这点疼痛，比起师父的安危根本就算不了什么。只是——心底的那股委屈好像就要按捺不住，不停地翻腾着……

忽然之间，她感觉到面前的光线被什么遮住，蓦然抬头，原来是高欢修长的身影挡住了光亮。他眼睛一眨不眨地凝视着她，眼底最深处透着点点忽明忽暗的光。

“英娥，为何这么傻……”一声似喜似嗔的轻叹从他的口中逸出。

英娥灿烂一笑：“师父，你没事就好了……”

你没事就好了……

一瞬间，高欢的整颗心又是酸涩又是柔软，一股难以名状的暖流从心底涌了出来，沿着奔腾的血液弥漫到身体的每一处，仿佛汇聚在眼底随时就要满溢而出……

看到高欢眼圈微微发红，她调皮地伸手轻轻扯了扯他的衣角，眨了眨眼：“只是跪一跪而已，没关系，我皮粗肉厚受得起！”

高欢正要再说什么，忽见尔朱荣也走到了帐外，开口道：“贺六浑，你随我来。其余人都先回去吧。”他吩咐完毕又看了一眼英娥，一抹心疼在眼中一闪而过，接着就头也不回地朝着不远处的马厩走去。

高欢也只好快步跟上去。

尔朱兆见他们远去，蹲下身子摸摸英娥的头，悄悄在她耳边道：“英娥你再忍忍，一会儿我给你取两块垫子，你塞在膝盖那里，到时就没那么疼了。”说着起身时他看到司马子如正站在一旁，更是气不打一处来，恼道，“也不知道你抽什么风！你给我等着，要是英娥有什么好歹看老子不扒了你的皮！”丢下这句话他便愤愤离开，忙着去给英娥拿垫子。

司马子如走到英娥身前，弯下腰嘴角噙着笑：“你呢？是不是也要扒了我的皮？”

英娥一甩头：“扒不动，你的皮太厚，尤其是脸上的。”

他的嘴角弯的弧度更深，笑意也更浓，他伸出手用指尖点了点她的额角：“等会儿一下雨，你就晕过去，知道吗？”

英娥很是纳闷：“好端端怎会下雨？”

司马子如笑而不语，只是指了指上方。

英娥抬头望天，惊讶地发现不知何时天色已然转暗，铅灰色的云层堆积聚集在天边，仿佛一不小心就会铺天盖地倾压下来。几乎就是一转眼的工夫，豆大的雨点就从天而降，瞬间灰暗了天地。

“遵业，你怎么知道会下雨？”她的声音夹杂着几丝兴奋。

“你忘了我擅观天象吗？要不是看到快下雨，我怎么会让你跪在帐外。要没有这场大雨，你哪来晕倒的好借口？”司马子如冲她一眨眼，“还不快晕倒。”

英娥赶紧闭上双眼，司马子如顺势一把抱起她就往帐内走。大概是之前太紧张的关系，骤然松懈下来英娥只觉得头有一点眩晕，她不由得闭上眼睛，下意识地将头靠在他的胸前，那有力略快的心跳声就在她的耳边响起，温热的呼吸近在咫尺，她的心不觉恍惚起来，仿佛有什么东西像是雨后的新草，悄然萌动钻出了心底……在某一个瞬间，她忽然有种这个胸膛可以挡住任何狂风暴雨的幻觉……

大雨一直下到四更时分才慢慢转小。

在营寨最偏僻的一处营帐内，年轻的男子身披凌乱的单衣，神色憔悴地坐在角落，跳跃的烛光在他周身笼着一层苍白的光晕，更显隐晦冷涩。若不是地上摔裂的冠冕珠旒昭示了他的身份，谁也看不出他正是当今圣上元子攸。

此刻他身边唯有表兄侍中李彧相伴，劫后余生的李彧自己也好不到哪里去，两人相对无言，看起来不像是君王宗室，倒更像是一对难兄难弟。

忽然间，帐外似乎骚动起来，响起凌乱的步伐声和甲胄兵器相击的声音。紧接着厚厚的帘子被掀起，几名身着重铠的士兵走了进来，为首那位朝门外一指："陛下，请出帐！"

李彧惊惶失色："你们要把皇上带到哪里去！陛下，别去，他们会杀了您的！"说着他扑上去想要阻止，却被为首那士兵一脚踢在腰腹上，顿时痛得起不了身。

元子攸倒是一脸平静地起了身，高昂起头随着那些士兵大步走出军帐。就算眼前只剩下死路，他也要充满尊严地走下去，绝不能辱没先祖之灵。

死，他也要死得像个真正的君王。

帐外灯火通明，黑压压地围满了军容肃穆的士兵。只见身着单衣的尔朱荣从人群后急步走到元子攸身前，竟直接跪倒在地，痛心疾首道："陛下，臣尔朱荣，悔铸大错，叩求陛下赐臣一死！"

天地一片空茫，四周肃然无声，唯有冷风吹得衣袂猎猎作响。

元子攸瞳孔微微一缩，凝目望向尔朱荣，心里已然千回百转，不知对方到底是搞什么花样。

见他没有任何反应，尔朱荣伏首于地，再次恳求道："陛下，臣唯求一死！"

元子攸闭了闭眼，脑海里又立即浮现兄长和幼弟惨死的情形，他紧紧攥着拳，指尖深陷入掌心，疼痛的感情清晰地传到身体的每一处。

他比任何人都希望这个男人去死，如果可以，他更愿意亲自动手。

但是，至少现在，他不能。

耳边仿佛又响起那个熟悉亲切的声音："活下去，陛下，一定要活下去……"

他不知道尔朱荣为何改变了主意，但眼下最重要的就是活下来，不是吗？无论如何，就算尊严被他人无情践踏也要努力活下去！只有活着，才有无限可能。既然对方惺惺作态，那么他所需要做的就是配合而已。

元子攸苦涩地扯了扯嘴角，急行两步走到尔朱荣面前，弯腰伸手相扶，从口中发出的声音好像不再是自己的："将军快请起，没有你，先帝的冤仇如何得报。如今正是朝廷用人之际，朕又怎会自毁城墙？"

尔朱荣自然知道皇帝不敢杀他，但也做好了被责罚的准备，倒是没料到对方就这样轻轻放过不提了。他有些意外地抬起头，两人的视线在半空中有瞬间的交接。被那冷空般净透的深蓝眼眸静静凝视着，尔朱荣身上却莫名有点发冷，他再次伏地顿首："罪臣，多谢陛下宽宥。吾皇万岁，万万岁——”

几乎是同时，在场所有人俱跪了下来，齐齐高呼万岁。一时间山谷里的回声亦排山倒海不住回响着同一句话：“吾皇万岁，万万岁——”

元子攸深深吸了一口气，只觉冷冽夜风直灌到肺腑之中，泛起一阵凄凉哀痛。眼中酸涩难当，但他体内流着的高贵血脉不允许他落泪。沉重的心痛挤压着胸腔，口中已尝到了些许腥甜的滋味。

他裹紧了衣襟，后背却挺得更直。

天似苍穹，笼盖四野，苍茫大地中唯有他孑然而立。

他要活下去，连着元劭、元子正的那一份好好活下去。

武泰元年四月十四，新帝入洛阳正式即位，接受百官朝贺，改年号为建义，封赏了一大批有功之臣，并且追封两位兄弟分别为无上王和始平王。而一直陪伴在他身边的表兄李彧也被封为东平郡公，成为他最为信任的心腹。

那些幸存的王公大臣中，城阳王元徽的王妃是元子攸外祖的孙女，因为这个关系君臣之间也变得亲近起来。

当英娥随着父亲再次回到这座皇宫时，已是四月末了。她独自漫步在曾经走过无数回的园中，不禁也有几分物是人非的唏嘘。

春天润九野，卉木涣油油，红华纷晔晔，发秀曜中衢。此时正是春光盛时，层层叠叠的花丛开得妍丽无双，碧绿湖水边掩映着浓密茂盛的紫色菖蒲，亭亭立之，一如她八岁那年初入宫时。

轻风敲枝，几片细碎的花瓣飘入潋滟湖水中，泛起了淡淡的涟漪，也让她想起了初次见到元诩的情形。那个在湖边偷偷哭着的孩子，成了她的夫君，如今也长眠在了地底之下……

扑通！一颗不小的石子突然从她后方射出，重重落入她面前的水中，顿时溅起了点点水花，有几点还不偏不倚地溅到了她的脸上。英娥伸手抹了下脸颊，有些愠意地转过头，却见一位十七八岁的俊秀少年正站在她身后，弯着那双狭长的眼睛笑看着她。

“小嫂子，连救命恩人都不记得了？”

“元修！是你！”忽见故人，英娥也有些欣喜，“怎么会忘记你！上次寺中一别，就不知你去向，我还以为你早就离开了。”

“没错，我是离开了一段时间，这不，听到皇上刚到洛阳我就赶紧马不停蹄过来领赏了。”他倒是将领赏说得理直气壮。

英娥扑哧一声笑了出来，不禁也有了几分调侃之意：“那么请问县公大人你领了什么赏呢？”

元修略带得意地挑了挑眉：“如今我已不是县公，而是皇上钦封的平阳郡王了。”

英娥很是惊喜：“厉害了！连升好几级呀！”

元修嘻嘻一笑：“那是当然，可不是谁都能救皇上的！”他眼波一转，笑容多了两分轻佻，“小嫂子，难不成你真要在这宫里终老？咱们不是汉人，可没有从一而终的说法，不如跟着小王吃香的喝辣的去。”

英娥毫不留情地给了他一个白眼：“郡王殿下，知不知道你现在很像欺男霸女的恶少。”

元修笑得越发夸张，抛了个风情万种的媚眼给她：“如果能抢得美人归，就算背上恶少的名声也值了。”

英娥无奈地叹气：“好啦，你呀，总有一天要被你这性子害了。”

两人正谈笑着，不知这一幕被不远处楼阁上的两人收入眼底。年轻的君王站在窗前，凝视着少女脸上浮现的笑容，眼神晦暗复杂难辨，冷凝的眉梢间带着一点怅然。

他自小相伴元诩，几乎也是在这座皇宫里长大，对这里的一景一物都了如指掌。只是万万没想到，有一天，他会成为这里的主人。

就好像做了一场很长的梦，梦醒时，整个天地都变了。

“陛下，如今总算是尘埃落定了。”李彧递过来一盏温热的酪浆，“想必那尔朱荣也知道自己名不正言不顺……”

“尘埃落定……”元子攸脸上露出了浅浅的讥笑，“朕不过是一个傀儡而已。如今尔朱荣还需要朕来稳定大局，待一切尽在他掌握之中，他必定会另选新的帝王。朕的命，还捏在他手中呢。说不定，他现在已经开始物色更合适的人来代替朕了。”

李彧脸色一变：“那陛下不是随时有性命之忧？”

元子攸沉默不语，眼中的冷意渐盛。

李彧的目光在不远处的英娥身上一扫，忽然眼睛一亮，随即他便迫不及待道：“其实要让那尔朱荣有所顾忌，臣倒是有一计。”

元子攸微微扬眉。

李彧压低了声音：“陛下当向尔朱荣求娶他的女儿。”

听到李彧说的这句话，元子攸眼神微凝，持盏的手微微一晃，盏中的酪浆立时溢出少许。

“阿彧，你知道你在说什么吗？”他开口的同时有微凉的空气涌入肺中，在喉咙里摩擦出轻微的疼痛。

“臣知道尔朱英娥本是先帝的妃子，陛下可能会有些在意。但成大事者不拘小节，我们也不是那汉人，没那么多讲究。”李彧压低了声音道，“据说那尔朱荣可是十分疼爱这个女儿，之前也放言同意她自行另嫁，无须为先帝守节。”李彧小心翼翼地看了看元子攸的脸色，“对陛下来说，她比护身符还管用。”

元子攸沉默着望着窗外，不知元修说了什么，少女忍俊不禁地笑了起来。阳光透过树枝缝隙洒落下来，将她的发丝染上了一层琥珀色的光泽，在风中轻柔飞扬。他心底百种情绪交迭翻转，紧抿的双唇似是将他自己完全封闭，不可说，不可述。

李彧见此反应，不禁有些焦急：“陛下，若是陛下和尔朱荣联姻，怎么说他也会顾忌几分，这样就给了我们喘息的时间。不然我们现在全无准备也无实力，根本就没有招架之力！您难道还要再次眼睁睁看着悲剧重演吗？您难道不想保护重要的人和东西吗？”

元子攸蓦然抬头看他，眼神犀利仿佛盛满了冬日冰雪。李彧心里猛一个激灵，下意识地跪了下来：“请陛下恕罪，是臣失礼了。臣也只是心疼陛下，更心疼我那两位无辜惨死的表兄弟……”

元子攸眼底一紧，眼眶渐渐变得湿润，他深深吸了几口气，可心中依然怆恸难平。

“你说的道理朕都懂，可朕又怎能日日面对着杀兄仇人之女……”他的声音里带着不易为人察觉的哽咽。

“陛下，难道您就甘心这样坐以待毙！”李彧忍不住提高了音量，“不过是一个女人而已，陛下可先与她虚与委蛇，待我们万事俱备后即可弃之，甚至还可利用她来挟制尔朱荣……”

“好了！不要再提这件事了。”元子攸轻斥一声，明显不愿再听下去。他也不知道自己是怎么了，明明他和她已经相隔血海深仇，可一旦遇上她的事还是陷入了情感与理智的纠缠中。这样作践她的话语仅仅是听在耳中，心就像是被刀刃割裂般疼痛。

他微叹一口气，狠狠闭了闭眼睛又睁开，再不看园中一眼，快步走到了里间。

李彧紧闭着嘴，眼中却极快地闪过一抹不甘心的寒意。

园中的英娥丝毫未留意到这边的动静，和元修聊得正在兴头上。尤其当她听到元修曾偷偷游历过南梁后，又饶有兴致地问他关于南梁的风土人情。

“难道你想去南梁？这可不行呃。如今天下这么乱，南梁和我们大魏不久后必有恶战。”元修笑眯眯地斜倚在树旁，眼波微转，“本王在平城倒是有一私宅，每到春夏之时花果蔚茂，芳草蔓合，不如小嫂子到我那里小住一段时间可好？”

英娥轻哼一声："我怎么觉得你的邀请不怀好意啊。"

元修哈哈一笑，忽然大胆地伸手撩起她垂落在面颊边的发丝，半挑着眉笑容肆意，声音里仿佛也带上了几分玩世不恭："若是可以，我倒是想学学汉武帝金屋藏阿娇。"

英娥哪能忍受这明晃晃的调戏，正要一脚踹出去，只听不远处已有压抑着怒气的声音响起："平阳郡王，你太放肆了！"

英娥一听这声音不禁莞尔，抬头望去，只见司马子如沉着脸正朝这边走来。

元修不慌不忙地侧身，刚要说话，目光却落在了司马子如身后，脸上闪过微讶，脱口道："明月，你怎么和司马大人在一起？"

英娥一怔，只见一位提着竹篮的美貌女子从子如身后款款走了出来，她有着少女般温婉的气质，却又不失成熟女子的妩媚和柔美，清丽绝伦的眉眼间隐约带着几分娇弱之色，明亮璀璨的眼神中却不乏英气，这种糅合在一起的美让人无法移开眼睛。

英娥脑中忽然想起了司马子如曾念给她听的那首董娇娆，

不知谁家子，提笼行采桑，

纤手折其枝，花落何飘扬。

她心里仿佛被什么堵了一下，一种说不清的烦躁如藤蔓般盘旋着爬上她的胸口。

元修笑着对英娥道："这是我的堂妹元明月。"

元明月上前行礼，举手投足尽显皇族的高贵优雅，声音更是如珠玉般温润："明月见过尔朱太妃。"

英娥被这个称呼狠噎了一下，一旁的元修已经笑出了声。

元明月又对元修落落大方道："适才去探望高太妃，正好遇到了司马大人，所以就顺路一同出来了。"

元修略一想就恍然道："高太妃的姑母是宣武帝的第一贵嫔夫人，这位贵嫔夫人好像就是姓司马，难道……"

司马子如这才不紧不慢地开口："不错，算起来高太妃和我也是远亲。"

英娥心里的烦躁感更盛，那高太妃之前也是元诩的其中一名嫔妃，和她应是同辈。这么说起来的话，她好像和眼前的这几人都隔了辈分……她明明比这些人年纪都要小好吗！

司马子如极快地看了英娥一眼，低下头时嘴角微微翘起。

元明月看向司马子如的眼更是明亮了几分："今日和司马大人寥寥数语，才知自己学识依然短陋，望大人下次不吝赐教。"

司马子如微微一笑："郡主太谦虚了。郡主博学多才，远胜多数女子。"

英娥在心里暗暗翻了个白眼："你们慢聊，本太妃还有事，先行一步了。"

她故意加重了"本太妃"的咬字发音，一转身甩袖离开。没走几步，就听到那元修说道："司马大人，若是无事不如现在我们到明月府上一聚，尝尝她的手艺……"

英娥终于忍不住转过身来打断他们："司马子如，阿爹不是找你有事商议吗？！还不去？！"

司马子如眼中露出欣然笑意，对元修兄妹道了一声抱歉就匆匆跟了上来。

英娥憋着一股浊气往前走，直到差点撞到树才停下来。树上桃花开得正盛，犹如粉色的华盖流云，缭绕出云霞一般的绚丽灿烂。

她回头一看，司马子如正静静站在那里好整以暇地看着自己，嘴角噙着轻笑。

"奇怪了，我怎么不知道将军找我有事相商？"

英娥没好气道："难道你不谢谢我把你解救出来？"

司马子如笑如春风："解救？不是吧？有美人相伴，求之不得。"

英娥脸色微沉，扭过头不再看他，凉凉道："这么说起来，还是本太妃坏你的好事了。好好好，那你现在赶紧回转，应该还来得及尝尝美人的手艺。"

司马子如差点笑出声："英娥……其实……"

英娥不等他说话，拔腿就想走。司马子如见她真恼了，急忙上前一把拉住她。英娥却还是偏着头硬是不转过来看他。司马子如微眯了下眼，索性伸手将她的脸扳了过来，让她不得不看着自己。

英娥像是被针扎了一下差点跳起来，恼道："大胆！大胆！司马子如你要对本太妃做什么！本太妃的武力可是不比你弱！"

司马子如微垂着眼深深看她，眼里隐约闪烁着清浅星光，嘴角却是怎么掩也掩不住的笑意。

"英娥，再等等。"

英娥一愣，顿时摸不着头脑："什么？"

"等局势稳定下来，我陪你看尽天下的繁花似锦。"

她所有的话一下子都被堵在喉咙里，微微张着嘴，不知如何应答。一瞬间，世间万物仿佛静止，风停伫，就连花开的声音也刹那凝固……近在咫尺的距离，他身上的竹叶清香与桃花的甜香交织纠缠在一起，令她竟有些眩晕，似乎有什么柔软的东西，在心底氤氲滋长，渐渐迷蒙……

司马子如眼神越发深邃，声音更是低沉了几分："英娥，我——"

"司马大人！原来您在这里！"小黄门突如其来的声音忽然打断了他的话，"将军有令，让您立刻前去商议要事。"

司马子如似是有些无奈，放低了声音："英娥，明日我去找你，我有很重要的话要对你说。你等着我，好吗？”

看英娥下意识地点了点头，他才赶紧跟着小黄门离开。

英娥怔怔地站在树下，神思依然有些混沌恍惚，心底仿佛有一缕若有若无的细弦，被轻轻地拨动，荡起一阵阵涟漪，某种微妙的情感也随之缓缓蔓延开来……过往和子如相处的一幕幕如画卷般逐渐浮现于脑海中。童年时的相识、少年时的相伴、千里迢迢的相送……点点滴滴，都像珍珠一样在记忆里散发着温润的光泽，弥足珍贵。

原来，在最好的时光里，陪伴在她身边的人，一直是他。

风徐徐吹起，粉色的花瓣簌簌落下，如落雨般将她包围。似有若无的香味弥漫在空气中，她伸手接住缤纷的落花，低头轻嗅，唇边漾起淡淡笑意，原本混沌的神思仿佛也豁然清明。

她尔朱英娥，什么时候也变得这么优柔寡断了？她怎么忘了阿娘曾说过的话，难过时就要哭，开心时就要笑，不管是难过还是开心，只要听从自己内心的想法就好，不用隐瞒也不用遮掩。

唯心而已。

不管现在她对子如到底是什么感觉，只要追随着自己的心就对了。

想到这里，她释然一笑，随意潇洒地将花瓣往空中一抛，一甩袖子大步往前走去。

明日，这家伙到底有什么话想要对自己说，她忽然有些期待了。

英娥离开不久，两位年轻的锦衣男子从不远处的树后走了出来，正是之前在楼阁上的元子攸和李彧。

李彧凉凉一笑：“没想到，这司马子如胆子还真是不小，居然打上了尔朱荣女儿的主意。”

元子攸冷冷凝视着英娥远去的方向，双目沉沉如夜，深不见底，只有目光尽头散发着寒意。一股细密的疼痛正在侵蚀着他的理智，胸口被无法宣泄的闷胀堵滞，令他几乎喘不过气，蓦然涌起了连自己也惊讶的念头，为什么陪她看尽天下繁花的人不是他……这一个念头骤然出现，让他更是心乱如麻。

“陛下，若是再不下决心，您的护身符可就要跑了。”李彧面色微敛，“那时，我们就没有任何可以牵制尔朱荣的东西了。”

元子攸沉默了许久，面色虽然难窥喜怒，心里却一片缭乱。他仿佛听见自己心里有一个声音在说：快啊，快下决心娶她，再迟疑的话，她就永远不会属于你了……同时又好像有另一个声音在小心地辩解：不要，不要娶她，她是无辜的，不要再把她拉入这污浊的深潭之中……

元子攸忽然捂住自己的头，露出了痛苦纠结的神色。

“陛下！你这是怎么了？”李彧连忙扶住他，紧张地问道。

“朕没事……朕只是想一个人静一会儿。”元子攸摇了摇头，转过身一步一步离去。

李彧微眯起眼，注视着皇帝有些踉跄的背影，眸色渐渐加深，嘴角却微微弯起。在刚才短短一瞬间，他好像窥探到了这位年轻帝王内心的隐秘世界。

原来，那不只是恨，那是夹杂着爱的恨。

潋滟的湖水边，元修探手入湖，然后提起手，晶莹的湖水顺着他白皙若瓷的手指轻轻滴落，在阳光下泛出了剔透明润的光泽。他挑眉斜看正在一旁替高太妃采摘鲜花的元明月，发出一声轻笑。

“难不成看上那汉家儿了？”

元明月面色平静地看他一眼，大方承认道：“怎么？就许阿兄对尔朱太妃有好感，不许妹妹喜欢司马子如？”

元修目光微闪，嘻嘻一笑：“我可是再现实不过的人，一旦没可能，哪怕再有好感，也不会多浪费时间。英娥是很不错，但对我而言不过是镜中花罢了。”

元明月微微笑了笑：“可妾身与你不同，就算是镜中花，我也偏要打碎镜子取出来看上一看。”她顿了顿，继续道，“更何况，比起尔朱太妃，司马大人在身份上自由多了。”

元修目光流转如潋滟水波，透着一股与生俱来的魅惑，却又凉薄无比：“只可惜，这位司马大人的心好像只在尔朱太妃身上。”

元明月摘着花的手微一顿，随后她淡笑道：“倒是听说过，司马大人和尔朱太妃是一起长大的，互有情谊也是正常，人的情感有太多种，有时就连自己也未必能分辨清楚。”

元修似笑非笑地看她一眼，顺手捡了块石子扔向湖面。只见一圈圈涟漪自内而外在水面荡开，就像是命运的旋涡，不停地扩散衍生，直至吞噬所有。

司马子如到了偏殿时，只见众人面色肃穆，显然是收到了什么不利的消息。他用疑问的目光飞快看了高欢一眼，高欢皱着眉对他几不可见地微动了一下唇。司马子如辨出那是“葛荣”两字，心里立刻就明白过来，果然只听尔朱荣沉沉开口道：“前段时间葛荣老贼趁我大魏之乱已经占了沧州，如今率着大军暂驻相州城，之后就会朝洛阳而来。一旦打到洛阳，大魏危矣。为今之计，只有我们主动出兵迎头相击，才有一胜的机会。”

“据说那葛荣军队有百万之众，虽说这数字不实，但二三十万必定是有的，双方兵力悬殊，我们只能智取，不能正面强攻。”司马子如不慌不忙地说道。

尔朱荣点点头：“我有意亲自领兵前往和葛荣一战，平息叛乱。”

高欢上前一步，面露忧色：“目前大魏内忧仍在，时局不稳，皇上和我们之间仍有极深的芥蒂，一旦将军离开，朝廷变数极大。”

元天穆也赞成高欢所言：“将军，贺六浑说得没错，若君臣不能同心，恐怕外患未除，内局已大乱。”

尔朱荣蹙眉叹了口气：“这因果说到底还是在我。”

“其实我倒有个主意可以缓和和皇帝之间的关系。”慕容绍宗忽然开口道。

尔朱荣眼睛一亮：“当真？说来听听？”

慕容绍宗环视了一圈周围众人各异的表情，最后在司马子如身上停了停，接着说道：“自古以来，联姻总是维系两方利益的最好纽带。皇上身边如今不曾有任何后妃世妇，或许我们可以替皇上分一分忧。”

元天穆笑了起来：“这倒是个好主意，只是这人选……”

司马子如忽然有了一种极为不妙的预感，接下来，就听到慕容绍宗的声音幽幽响起：“如果让将军的女儿嫁与皇帝，那就再好不过了。”

元天穆一怔：“但是将军的女儿只有英娥……”

慕容绍宗目光微闪：“不错，英娥就是最合适的人选。因为，只有她，才配得上皇后之位。”

“不可！”

“不行！”

众人惊诧地循声望去，发现异口同声否定的两人竟然是高欢和司马子如。

第十章 求救

高欢脸色阴沉得几乎能拧出水来，在众人的注目中，他索性走到尔朱荣面前。

“将军，此事万万不可。”他飞快扫了一眼四周，眼神中含着无形的威压，“在座各位心里应该都有数，当今皇上和我们有着弑亲灭族之仇，留着他必定是个后患。只待朝廷政局稳定，这皇帝的位置就该换人了。

元天穆眼中闪过凌厉之色：“贺六浑，你……”

高欢冷冷瞥他一眼：“上党王别误会了。这至尊之位自然还是属于你们元氏一族，在宗室里总还能选出一二位合适的，至少不是那种表面顺服、心里还时时想着报仇的。”

贺拔岳恼道：“贺六浑，你怎知皇上还时时想着报仇？”

高欢眼神利如刀刃，周身散发着寒冽的气息：“你又怎知皇上没有时时想着报仇？”

贺拔岳一时哑口，气呼呼地转过头去。

众人沉默不语，无人提出反驳，显然多数也是认同了高欢所言。这样的深仇搁自己身上，想必也不是说放下就能放下的。

“将军，若到时皇上没了，英娥岂不是又要做一遭寡妇？”高欢的声音里隐约夹杂了一丝苦涩，“将军素来就是重情之人，尤其是对亲人挚友。一旦皇上成了您的女婿，您在行事上难免会有所顾虑，可皇上心里从未放下仇恨，一丝差池都可能酿成大祸，全盘皆输。若是英娥再有了孩子……这事情的发展就更难以控制了。”

尔朱荣果然紧蹙起眉，神情里多了几分凝重。

一旁的元天穆笑了起来：“贺六浑未免多虑了。皇上的性子我再清楚不过，他或许会有什么小动作，但都不会成气候。只要我们牢牢掌控住他，他就像笼子里的老虎，根本玩不出什么花样。”他又看了看尔朱荣，“若是英娥嫁与皇上为后，如今有将军撑腰，自然和之前不同，她尽可享尽尊荣，将来的孩子亦可继承皇位。到时，这未来的天子至尊身上可是有一半尔朱氏的血脉。”

元天穆不愧是尔朱荣的知己兄长，一下子就说中了最让尔朱荣难以拒绝的地方。

尔朱荣眼睛明显一亮，果然心动。有他护着，英娥在宫里尽可以横着走，将来再护她的孩子登上帝位……虽然他做不了皇帝，但流着他尔朱氏血脉的亲外孙依然可以君临天下，千秋万代！

司马子如看着尔朱荣的神色，心底微微一沉，而同样了解尔朱荣的高欢亦是脸色微变。他正想要反驳，但见司马子如已经上前开了口。

“我想问下将军，这样的尊荣，真的是英娥想要的吗？”

尔朱荣一怔：“遵业，你想说什么？”

司马子如微微一笑：“我曾经问过英娥，之后有什么打算。她告诉我，等时局稳定后想要走遍天下看看这大好河山。其实对于英娥来说，她需要的不是无上尊荣，不是夫君宠爱，而是最为可贵的自由。她的自由，不是被困于小小的一方天地之中。”他顿了顿道，“或许在你们看来，英娥是最合适的联姻人选，可你们不要忘记她现在新寡的身份是为何而来，她已经为了大业牺牲过一次，难道还要她将余生都牺牲？难道我们的大业要靠一个女人牺牲才得以成？男人与男人之间的事，就不该再让女人做出牺牲！”

“说得好！”尔朱兆在一旁用力拍了拍掌，大声重复了一遍他的话，“男人和男人之间的事，就不该再让女人做出牺牲！你们不害臊，老子可臊得慌！”

房间里一片沉寂，在场几位赞成让英娥联姻的大男人脸上都有些热。

贺拔岳讪讪道：“这又何谈是牺牲，多少贵女对这皇后之位梦寐已求，再说还有将军护着……”

“就算有将军护着，可将军护得了一时，护得了一世吗？”高欢皱着眉打断了他的话。

“好了！”尔朱荣抬起头来，眼角有些湿润，“联姻这件事我会再考虑一下。不过无论如何，我身为一个父亲，已亏欠女儿许多。除非英娥点头，我不会勉强她做任何不想做的事！”

司马子如和高欢视线在半空中交接了一瞬，在彼此眼中看到了隐藏的担忧。

这件事，恐怕不会这么轻易过去。

众人纷纷告退之际，只听尔朱荣忽然出声道："遵业，你先留下。"

司马子如心里微动，竟隐约猜到了尔朱荣留下他的原因。

英娥离开皇宫时，已是黄昏时分。夕阳斜照，余晖尽染，就连树旁的枝叶上也带上了温暖的金红色。

等在宫外马车旁的侍女殷勤地迎上前来，英娥正要和她说话，瞥见不远处一位中年男子满面愁容地站在宫门外，似是被契胡守卫所拦。他看起来心急万分，哀求到最后竟被重重推倒在地上，狼狈不堪，那些契胡守卫却哈哈大笑。

英娥心里陡生怒气："那是何人？"

侍女小声道："那是长社伯王琼，他的正室夫人是皇上的姨母，嫡长子王遵业和皇上关系十分亲密，但……都在河阴之变中被害了……奴婢刚才听来，似是皇上召他入宫……"

英娥一怔，瞬间恍惚——也是叫遵业吗？

"那为何不让他进宫？"

侍女面色有些尴尬，犹豫了一下才道："守宫门的都是契胡士兵，他们丝毫未将皇上放在眼里，因此对那些求见皇上的洛阳贵族世家也以折辱他们为乐……"

"简直岂有此理！"英娥竖起眉，当下快步走到宫门前，那些契胡士兵一见她倒是恭敬了不少。

"连皇上召见的人也敢拦，谁给你们这个胆子！"英娥冷冷扫了他们一眼，"一会儿都去各领二十军棍，若是谁没去，我自会向父亲禀告，到时恐怕就不止二十军棍了。"

士兵们虽有不忿，但慑于尔朱荣的威势也不敢反驳。

长社伯朝她微微颔首，立刻就朝宫里走去。

英娥这才折转，准备上马车前她朝天边看了一眼，夕阳已经落下了一半，当它完全消失之时，黑暗就会笼罩整个人间。

就在这时，她忽听有人在后面喊道："尔朱淑仪，请留步！"

英娥回过头，只见一年轻官服男子正匆匆朝这边走来。待英娥看清他的面容时不觉一愣，那不是东平郡公李彧吗？自在河阴屠戮中逃过一劫，如今他也算得上是最受皇上信任的人了。她可是记得此人一直和自己不对盘，想到当初在秀容亲手杀死了他的弟弟，英娥的面色更是微微发沉。

但见李彧走到她身前，恭恭敬敬对她行了一礼，语气艰涩道：“淑仪，吾有一事相求。”

英娥更是惊讶，心里也更多了几分警惕，

“何事？”

李彧压低了声音：“此事和陛下有关。”

英娥心头一跳，思索了一下还是随他走到了一僻静之处。

还不等英娥开口相问，李彧突然扑通一声跪在了她面前，伏首就拜。

英娥吓了一跳：“东平郡公，你这是要干吗，有话好好说！”

李彧抬起头来，目中已是发红：“淑仪，如今能救皇上一命的人，只有您了！”

·

而与此同时，尔朱荣也对单独留下的司马子如说了自己的决定。

“在葛荣攻入洛阳之前，邺城是最后一道屏障。遵业，我要你以邺城刺史的身份不日前往邺城，先提前做好防御。”他顿了顿道，“我知道，双方兵力悬殊，城破人亡也是大有可能，若你……”

“将军，遵业自当奉命前往，不负将军所托，城在人在。城亡——”他脑海中飞快闪过英娥的身影，那句“人亦亡”却是怎么也说不出口。他深深一叩首，目光灼灼：“有我司马子如在，城，绝不会亡。”

随着夕阳沉没，天际蔓延开的层层金红色也仿佛被旋涡吞噬一般，很快没了踪影，不留一丝痕迹。

此时巍峨华丽的重重宫阙，如同迟暮的美人卸去了往日的妆容，比平时更多了几分苍凉落寞。

宫门外的英娥在一瞬间的惊愕后，眼神锐利地盯着李彧：“什么叫能救皇上一命的人只有我，你给我说清楚。”

李彧眼神一黯：“刚才你也看到了，就连皇上的亲姨父想进个宫也受尽刁难，皇上如今的处境更是可想而知。”他的声音哽了哽，“经过河阴之变，将军不可能再信任皇上，现在暂立皇上也不过是因为天下不稳、根基未定。一旦时机成熟，皇上必定会被无情弃之，死无葬身之地！”

英娥闻言脸色剧变，她眼前迅速浮现出元子正浑身鲜血哀求着救命、元劭被一箭穿胸而过的惨景，那如同修罗地狱的一幕幕又清晰重现……

父亲不会容下一个对自己心怀仇恨的人。

她深深吸了一口气，尽量让自己的神情看起来平静一些，口中更是反驳道：“或许你将皇上和我爹都想得太过狭隘，这世间没有永远的友人，也没有永远的敌人。为了天下大业和百姓，或许他们都能放下私人恩怨……”

“这根本不可能！”李彧有些失控地打断她的话，“将军能在河阴大开杀戒，又岂会对皇上手下留情！”

英娥脸上也不禁浮起恼意：“既然你都这么认为了，来求我又有何用？”

李彧眼眸中一片漆黑，仿佛有黑云翻涌，他一字一顿道：“只有你嫁给皇上，才能暂保他一命！”

英娥瞳孔骤然一缩，整个人好似僵在了那里，好久才从咬紧的唇齿间发出声音：“东平郡公，你知道你在说什么吗？”

李彧既然已经说出口，索性说开了去：“我也知道这个请求太过强人所难，但实在是别无他法。”他再次伏首深叩，“如今四海不平群敌环伺，若是朝廷再出什么乱子，只怕到最后都守不住这大魏。尽人皆知，将军最是疼爱淑仪，若是皇上成了淑仪的夫婿，有了这一层身份，将军怎么也会有所顾忌。而皇上和淑仪曾经共患难，情分非同一般，因此这最适合的人选非你莫属。若是有淑仪在其中调和，或许会有意料不到的效果，将危机化于无形。”

英娥心底狠狠一沉，若是守不住大魏，最后受苦的都是那些百姓……她心中千回百转，脑中不知怎么又闪过司马子如的笑颜，耳边回响起他的那句话。

等局势稳定下来，我陪你看尽天下的繁花似锦。

英娥紧紧咬着嘴唇，恍惚脱口道：“好不容易脱离了这个深宫囚笼，我又怎能再重蹈覆辙？”

她也不等对方说话，转身欲走，却不料李彧竟不顾疼痛连着跪走了几步，紧拉住她的衣袖，颤声低喊：“淑仪！我倒是有一计！既可救皇上，又无须淑仪长留宫中！”

英娥下意识地停住了脚步。

李彧目光一闪，头还是垂得低低的，嘴角缓缓勾起了微弧。

此时在宫中偏殿一角，元子攸听着姨父的哭诉，放在双膝上的双手紧握成拳，眼中的神色愈来愈冷。姨父和姨母感情甚笃，膝下唯有王遵业一子，如今骤然失去至亲之人，这种锥心的伤痛他感同身受。只可惜如今的他自身难保，就连小小的契胡守卫也敢折辱他的亲人。看着姨父的泪眼，一股悲愤顿时涌上心头。

“朕要亲自处置那几个守卫！”他霍然起身，身为皇帝，对付不了尔朱荣，难道还处置不了几个守卫？

王琼急忙阻止他：“陛下万万不可！况且尔朱淑仪也已经责罚他们了。”

元子攸明显一怔。

“幸好淑仪在宫门外替臣解了围，还责罚了那些守卫。”王琼微叹口气，低低感叹了一句，“倒不像她那个蛮夷爹。”

元子攸面色缓和了几分，李彧的建议再次鬼使神差般浮现在脑中……但很快，他的深蓝色眼眸又慢慢暗淡下来，面上显现出了几分心灰意懒。

自己已经无可避免地身处这黑暗之中，又何必将她一起拉下来呢？但同时仿佛又有另外一个声音在心底不停叫嚣着，如果有那个人陪在身边，那么他就不会再惧怕这里的黑暗了吧……

一旦错过这个机会，他或许就失去了生命中唯一的光。

宽敞的铜驼大道上，一驾青篷马车正不紧不慢地行驶在路中间。马车外表看起来虽然普通，但拉车的两匹骏马通体雪白，没有一根杂毛。

英娥坐在车中的软榻上，微闭双目倚靠在马车壁上，脑中不断回想着刚才李彧所说的话。

以两年为期，悄悄预备几位元氏旁支有身孕的女子，嫡庶不论。到时配合她的假孕生产挑出一位男婴作为继承人。两年期满，元子攸禅位于继承人，另找一处幽静之所隐居。阿爹以为未来皇帝有尔朱氏血脉，自会尽心辅佐。元氏一族不灭，皇帝可以不死，阿爹权倾天下，而她也可以开始新的生活。

这个计划听起来不错，可真要实施起来亦是困难重重。且不说假孕换子可能被人识破，欺瞒阿爹也难免愧疚……人心本就易变，元子攸现在或许只求活下去，那么将来呢？他会不会想要更多？他和阿爹之间的深仇，真的可以随着时间而淡化吗？身为元氏皇族嫡系，他又真的甘心放弃所有吗……

就在英娥胡思乱想之时，一骑人马疾驰而至，到了她的马车旁才放慢速度。马背上的胡装青年英姿勃发，如部落里最锐利的弯刀般闪耀着灼灼耀光，但见他弯腰凑到窗前轻声喊叫起英娥的名字。

英娥蓦地回过神来，立刻掀开帘子：“阿兆，怎么了？什么事？”

尔朱兆先对她暖暖一笑，随即敛了笑容，快速又清晰地压低声音道：“英娥，若是叔父要将你嫁给皇上，你可千万不能答应！”

英娥一惊，心思转了转，反倒冷静下来，试探地问道：“为何不能嫁？因为我的身份吗？”

“当然不是！”尔朱兆在马上挠了挠头发，有些暴躁起来，“难道你这么快又想做寡妇了！”

英娥蓦然抬头，对方眼中涌动着按捺的凌厉杀气，一股寒意瞬时从背后丝丝缕缕地冒了上来。

“阿爹他，一定要这么做吗？”

尔朱兆的声音冷如霜雪：“眼下是为了稳定时局，不得已为之。等时局稳定些再另选个新皇帝，这旧的自然就没什么用处了。”

英娥什么也没再说，只是攥着帘子的手异常僵硬。

夜幕已经降临，所有的光明仿佛都被来自地狱的黑暗吞噬殆尽，压抑得令人窒息。

深夜的明光殿中，年轻的皇帝在辗转反侧中终于沉沉睡去。寝殿一角，一座青铜烛台孤零零地立于案几上，烛火跳跃飘摇，烛油滴落，仿佛流泪。模糊的光影中，一个隐隐晃动的身影悄然走到了窗前，默立几秒后伸手将窗推开了半扇，一股寒沁的冷风顿时涌了进来，驱赶着室内融融的暖意。

男子转过头来，烛光照在他的脸上，正是元子攸的表兄李彧。此时他的面容一半仍笼在浓重的阴影下，明暗难辨，看起来竟格外诡秘。

他神色复杂地朝皇上入寝的方向望了一眼，头也不回地退了出去。

一阵疾风吹过，摇晃的烛火忽然噗一下消失在空气中，偌大的寝殿立时陷入了一片黑暗之中……

一连过了几天，英娥才再次见到司马子如。但见他神情疲惫容色憔悴，双目中亦布满血丝，显见这几晚没有睡好。

“遵业你这是怎么了？长夜漫漫无心睡眠吗？简直就像老了十岁！”英娥关切地将一盏温热的酪浆递了过去，嘴上却依然没留什么情。

司马子如几乎是下意识地抚了一下自己的脸，随即又微微笑了起来，也不说话，只接了那酪浆就喝。一股细细的热流顺着喉咙进入腹部，整个人都变得暖和起来。

英娥蹙着一双秀眉，忍不住埋怨道：“你以为自己还是龙精虎猛的少年郎吗？年纪不小了还逞强！”

听到“龙精虎猛”这几个字，司马子如喝进去的第二口酪浆噗的一声喷了出来。他哭笑不得地看了她一眼，随即像是想起什么，敛了脸色道：“英娥，那日商议时谈起选人和皇上联姻之事，有人提了你，虽最后不了了之，但我看将军已经有所意动。”

英娥沉默一瞬道：“阿兆哥哥已经来找过我，让我千万不要答应。”她顿了顿，似是想试探，“其实我——”

“他说得没错，你不能答应。”司马子如突兀地打断了她的话，“英娥，你不该再被卷入这个旋涡里，你就该像个普通的女郎，快乐简单地生活，远离这一切纷争。”

英娥望进他深邃的黑眸，依稀看到有隐约的光芒在其中闪耀，仿佛阳光的碎片洒满了眼底，清澈而温柔。

英娥的心也随之一暖，她脱口道：“那天你说有话对我说，到底是什么？”

司马子如眼中闪过一抹复杂神色，略略犹豫了一下。此番他前去邺城设防抵御葛荣大军，虽说立下了誓言，但万一他回不来，岂不是让英娥更加伤心？还不如等一切尘埃落定后再说也不迟。

“英娥，其实过些时日我就要去——”

司马子如想告诉英娥不日将去邺城的话还没说完，只见宫里的小黄门匆匆而至，神色紧张地禀告道：“尔朱淑仪，东平郡公请您赶紧入宫探病。”

英娥一惊：“谁生病了？皇上吗？”

小黄门哭丧着脸点头道：“前几日皇上受了凉，谁知吃了几天药不但不见好，反倒越发厉害起来……”

英娥脸色骤变，脑海里不知怎么忽然浮现当初元诩七窍流血惨死的情景，更是脑补了无数个阴谋……

“遵业，我得马上进宫一趟！”英娥匆匆扔下一句话，就直奔着马厩而去。

司马子如注视着她的背影，黑曜石般的眼中掠过一丝黯然，仿佛秋天清晨雾气弥漫的湖面，泛着淡淡的秋寒。

新皇所居住的明光殿中，即使是白昼时也透着一种寂寥暗沉。殿中冷清非常，只有两个年轻的宫女神色惶惶地跪守在床榻前，以随时替昏睡的皇上拭汗喂水。

靠近殿门的一侧，李彧正不停地来回踱步，面上有几分焦灼，不时地还往殿外张望。

就在这时，门外终于传来他一直盼望的声音：“东平郡公，尔朱淑仪前来探望皇上。”

他欣然一喜：“快让淑仪进来。”

话音刚落，英娥就推门而入，李彧立即迎上前去，谁也没发现昏睡中的皇上微微动了一下眼皮。

英娥快步走到床榻前，映入眼帘的是元子攸苍白的面颊，病中的他清减了许多，如瀑长发柔顺地铺陈在枕间，精致美好的容貌中找不出一丝瑕疵。

她也管不了那么多，伸手探了探元子攸的额，只觉指腹触及之处一片火热。

“皇上吃药了吗？太医怎么说？怎么会变成这样？”她回头劈头盖脑地问向李彧。

李彧似是有些难言：“那日一早去请太医，太医们过了午时才到。到了之后倒是写了方子，可喝了几天却丝毫没有改善，反倒越发厉害。除了灌了些羊肉汤这两天基本没有进食，我才冒昧请淑仪过来……”他话中的意思英娥听得明白，其一太医对皇上有所怠慢，晚诊治耽误了病情。其二则是这药喝了没好转，或许有什么问题。

英娥沉下了脸：“这药你拿去悄悄查过了吗？眼下这种情形，应该没人敢明目张胆在药里做手脚。”

李彧点点头，压低声音道：“我留了个心眼，取了药渣去查，确实没发现有什么异样。可皇上一直不好，总归是有别的问题吧。”

英娥一时也有些不解，只好让李彧先将方子给她一份，接着从旁边宫女手里接过帕子，弯下腰小心翼翼地替皇上擦拭额间的汗水。这时只见皇上双手微摆，神情有轻微的扭曲，眉宇间有忍耐的神色，双眉间迷离着隔世般的落寞，口中极轻地发出了痛苦的呻吟……

隐约听来，好像是唤着子正的名字。

英娥心间一颤，一闪神时正好被他抓到手，犹如落水之人抢到了一块救命的浮木，他紧紧抓住不放。

英娥挣脱不开，索性坐在他身侧，神思却好像朝着很远的地方飘了过去。

在树林的重重追杀中，是他，用自己的身体为她挡住了那来势汹汹的利箭。

在宫中遭遇袭击时，是他，和她并肩作战，彼此可以放心地将背交给对方。

在冷宫里劫难度日时，是他，时时伸出援手，多次相救。

在幼年时，还是他，温柔地将食物取给她，还免于她受杖刑……

她缓缓抬手，在眼角摸到了点点湿润，原来，不知不觉，他已经救了她这么多次，这么多次……

“淑仪，淑仪？”李彧一连喊了几声，才将英娥从回忆中拉回来。她微微一窒，急忙接过方子，叠起放入怀里。

李彧目光一闪，面上露出哀戚之色：“淑仪，皇上他是不是……”

“皇上一定会没事的。”英娥迅速打断了他的话，“无论是谁想要他的命，我都不允许。”

说着，英娥起身，疾步离开了明光殿。

李彧面上神情阴晴不定，他踱步走到床榻前，注目着依然昏睡的皇上，眼中闪过一抹柔和之色，低低道：“彦达，再忍忍……就好了……”

英娥一出宫先去了洛阳最好的医馆，将这方子给大夫详查。大夫看了半天，表示此方子可用，只是药性十分温和，见效的时间需要长一些。而当他听到病人喝了羊肉汤后顿时脸色微变，直言这羊肉等物正好冲了药性，若是长久下去，久病不愈，小病亦会成大病。

英娥胸口就像是被塞了一团厚重的棉花，鼓胀得难受，连呼吸透气都开始不畅。她到住处将手里鞭子一扔，就径直朝着尔朱荣的房间走去。谁知半路上却被侍卫拦了下来，并被告知将军正和高欢商议事情。

英娥冷嗤一声，趁着侍卫不注意从后面溜了进去，正打算推门，忽听里面传来高欢的声音。

“将军，皇上这次的病看起来好像不轻。其实这样让他一直病着也好，直到我们不需要他的那天，他就可以名正言顺地消失。”

英娥想到当初还是自己劝元子攸做这个皇帝，已是懊悔不已，若皇帝有什么事，她也成了元凶之一。此时再听到高欢的话，一股焚心之火从胸口咆哮着直蹿到头顶，几乎是刹那之间，她已然做出了这一生最重要的决定。

英娥抬起一脚踹开房门，大咧咧地出现在尔朱荣和高欢面前。

不等两人从惊愕中回过神，英娥冷冷盯着他们，一字一顿道：“我倒要看看，谁敢让我未来的夫君消失！”

尔朱荣和高欢惊愕万分地看着她，一时竟都说不出话来。四周空气仿佛刹那凝固，还是尔朱荣先开口打破了这份令人窒息的沉寂，皱起眉轻斥道：“英娥，别胡闹了。”

英娥却置若罔闻地上前两步，绷着脸一字一顿道：“阿爹，我没胡闹，我要嫁给皇上。”

尔朱荣眼神一下子变得锐利起来，迸射出了慑人的凌厉光芒，可英娥抬起头大胆直视着他的眼睛，丝毫不退缩。

高欢心里一紧，面上却半点不显，轻轻笑了笑道：“皇上救过英娥是不假，但若是英娥要讲什么义气以身报恩，似乎太草率了。”他顿了顿，道，“我可是记得，英娥说过要离这皇宫要多远有多远。”

英娥不由得侧目飞快瞥了高欢一眼，他的眼神仿佛写满了洞悉她内心的犀利和通透，惊得她立刻收回目光，心里暗自腹诽，不愧是师父，居然一眼就看清了她真正的心思。

“师父，我想嫁给皇上，自然是因为我喜欢他。”英娥此时也佩服自己的脸皮够厚，居然能面不改色心不跳地表白，“我是不喜欢皇宫，可现在有阿爹给我撑腰，区区一座皇宫我怕什么，就算我横着走也没人敢多嘴！”

听到这里，尔朱荣眼中闪过一丝笑意，脸色明显缓和了一些，但犹有怀疑：“你什么时候开始喜欢皇上的？只是因为他救过你？”

英娥面色柔和起来，脑海中再次浮现曾经相处的情形：“孤单无助时，是他伸出了援手；患难逃亡时，是他不曾放弃我；生死关头时，是他以身相挡，所以我……”

所以我要拼尽全力保住他的命。

“所以我认定了他就是我的夫君！”

尔朱荣似有所触动，面上若有所思。

高欢感觉到尔朱荣的变化，心下更是焦急，忍不住道：“将军，英娥如今还是先帝的妃子，若嫁给新帝，岂不是违背了伦理？”

英娥忙插嘴道：“师父，我们胡人可没这么多讲究！”

“可是这天下并不是只有胡人……”

“只要男未娶女未嫁，我喜欢他，我就要嫁，就是这么简单！”英娥打断了他的话。

“说得好！”门外传来一声朗笑，只见元天穆大步走了进来。尔朱荣脸上立刻有了笑容：“阿兄，你怎么过来了？”

高欢却目光一闪，垂在身体两侧的双手略紧了紧。

元天穆笑看了看英娥：“怎么？英娥要嫁给皇上吗？我看很般配啊。”他若有若无地扫了高欢一眼，“说起来春秋时期秦穆公把女儿嫁给流亡于晋国的姬圉，后姬圉逃回晋国，秦穆公就让女儿改嫁于姬圉的侄子重耳，最后协助重耳成为春秋霸主，结秦晋之好。此事违背伦理却合乎大义，依然被传为美谈，英娥嫁与皇上亦如是，又有什么可担心的？”

这个例子举得恰到好处，高欢一时竟也无从反驳。他自然清楚元天穆一直想要保住皇上性命，如今英娥这么一闹正合了上党王的心意。

英娥朝元天穆露出感激之色，走到尔朱荣身侧扯了扯他的衣袖，语气中带了几分娇嗔：“阿爹，你女儿要嫁就嫁这天下身份最尊贵的人。”

元天穆笑得更加真切，原本略显生硬寡淡的美貌也仿佛明艳了几分：“这天下也唯有皇后之位才配得上我们英娥，到时再生个儿子，这融合了元氏和尔朱氏血脉的继承人，必能成为流芳百世的一代英主。”

尔朱荣的眼睛瞬间像是燃起霓彩般明亮起来，眼底深处的野心仿佛又重新燃烧，虽然老天让他做不了帝王，但流着他的血脉的外孙一样可以成为天下霸主！

高欢留意着他的神色，心一直沉到了谷底。他无比清楚地意识到，有些事情已经无法改变。

果然，仿佛有一股春风拂至，尔朱荣的眉眼渐渐舒展开来：“好，英娥，阿爹就答应你，让你做这天下最尊贵的女子。”

尔朱氏暂居的府邸门外，司马子如也从马背上一跃而下，将拴在马鞍旁的油纸包拿下来放到鼻端下一闻，不禁莞尔一笑。算算时间，英娥也该从宫里探病回来了，到时她见到这个一定很是欢喜。

刚踏进门，他忽然看到高欢一脸阴郁地朝这个方向走来。和平时的高欢有些不同，此刻的高欢步伐有些僵硬，脸上流露出来的神情，是他从未见过的，有颓唐、失落、纠结……夹杂在一起无从分辨，在两人擦肩而过时高欢更好像完全没有留意到他的存在。

司马子如心里蓦地涌起一种不祥的预感，立刻出声喊了他："贺六浑！"

不料对方还是浑浑噩噩地往前走，直到司马子如拉住他的手腕，他才像是突然灵魂归窍，有些疲惫地应道："遵业？"

"贺六浑你这是怎么了？是不是出了什么事？"

高欢却嘴角一扯笑了起来："是啊，是好事将近……"

司马子如心更加沉："什么好事？"

高欢却只是似笑非笑地看了看他，不发一言地大步离开。

司马子如冷冷地看着高欢的背影，虽面上尚能维持平静，内心却清楚，一种从没有过的恐惧正在心底翻腾，手中的油纸包竟几乎要拿不稳。

迎面走来了满面春风的元天穆，一见他立刻招呼道："遵业，来得正好！将军刚刚答应将英娥嫁给皇上，快来商量一下怎么将这桩亲事办得风风光光。"

一瞬间，万籁俱寂。

司马子如突然什么也听不到了，心里仿佛有什么在扭曲紧绷，正一点一点抽离他的身体，快要让他喘不过气。

手中的油纸包滑落在地上，金黄色的截饼从纸包里跌了出来，裂成碎片。

入夜时分，明光殿的新皇终于悠悠醒转，一睁开眼映入眼帘的就是李彧狂喜的神情。

"陛下，您终于醒了！"

元子攸轻轻点了点头，眉宇间还带着疲惫，脸色更是苍白得没有血色。

李彧弯腰凑到他的身边，声音里带着难以掩饰的雀跃："皇上得快点好起来，这样才能早点迎娶新后入宫。"

元子攸霍然抬头。

李彧的笑容中多了几分得意之色："听说还是尔朱英娥主动向将军求嫁的。只要将她放在身边，陛下可暂保无忧了。"

元子攸指尖微微颤抖了一下，闭目淡淡道："既然事已成定局，那迎娶的事宜就交给你了。"

李彧颔首："臣定当尽心尽力。"

门外传来了小黄门的声音："东平郡公，今日还是给陛下准备羊肉汤吗？"

李彧垂眸浅笑："不必了，想来陛下这几天也喝腻了，换些清爽的粥来吧。"他顿了顿，又起身道，"还是我随你一起过去看看。"

走到门口时，他回头看了一眼皇上，终是忍不住说道："要不是陛下的这场病，可能还不会这么顺利。"

元子攸缓缓合上双眼，脑海里，浮出那晚李彧悄悄来打开窗子的情景，当时闭目入睡的自己，却在他走后蓦然睁开了双眼，并索性掀开了自己的被褥。

仿佛有一条毒蛇从心底最阴暗的角落爬了出来，在那吐着芯子的毒口中，他听到了来自地狱的魔魅之声——不要放她走，不要放开她，将她一同拉入这深渊之中吧。

这样，他就不会孤单了。

这样，他就不会再惧怕黑暗了。

佛说，万物自有定数，不可强求。

可他，偏偏还是要强求，终究是不甘、不舍。

夜未央，月色清浅。

厢房内，英娥听到侍女通报司马子如有事相见，抬手揉了揉疲惫的眉眼，不禁微微叹了口气。刚刚好不容易才劝走非要替她出头的尔朱兆，此刻她真的不知道该如何向司马子如解释……更何况，这所有的人里她最不敢面对的就是司马子如。

可是，既然她已经做出抉择，有些人、有些事，是无法逃避的。

司马子如步入房间时，神情和往常并无不同。他姿态优雅地在软榻上坐下，不客气地给自己斟了一盏茶，才似漫不经心地开了口："英娥，你就没什么话要对我说吗？"

英娥见他一副若无其事状，非但没有松口气，胸口反倒有些莫名发堵。

原来，他对于自己就要嫁给皇上也没什么在意的吗？

"是你先来找我的，难道你没话要对我说吗？"她反问道，明知自己有些任性却无法自控。

他浅浅饮了一口茶，垂下眼眸："好，我先说。恭喜你了，我大魏未来的皇后。"

英娥身子蓦地一僵，心口更是被堵得发闷，伸手去夺他手里的茶盅："恭喜过了，你还是快点回去吧！"

仓促之间她的手没碰到茶盅，却抓到了他的手上。触手一阵温暖光润，英娥下意识地想要缩回手，不料对方猛然反手一扣，迅速捉住她正缩回去的手，牢牢地握住，令她无法挣脱。

两人几乎是猝不及防地掌心贴着掌心，炙热的温度层叠传递，顺着指尖蔓延到身体的每一处，灼得她心头一阵发颤发酸。

英娥本能地又是一挣，不料却令他更加用力地握住她的手，好像一旦松开手，她就会从此消失不见。

感觉到他越来越大的力度、越来越灼热的温度，英娥忍不住惊愕地抬头，正好撞入对方的视线之中。

一瞬间，四目相对。他那双黑眸中平时总会含着淡然的笑意，仿佛能映出雨后的蓝天白云，此时却涌动着层层乌云，堆积的暗沉令人窒息。

“英娥，如果只是为了报恩，大可不必搭上自己的一辈子。或者说，这其中还有我不知道的蹊跷？”

英娥心里暗暗惊讶他敏锐的洞悉力，其实在他一进门的时候，她就有冲动将一切说出口，可想到答应了李彧必须保守这个秘密，到嘴边的话又被她生生咽了下去。

“你就当我是报恩好了。有我在，我爹应该暂时不会对自己的女婿怎么样。”她顿了顿道，“这是我目前能想到的最好的方法。”

“女婿”两个字犹如尖针般刺痛了司马子如的心，他不假思索地脱口道：“保住皇上的命自然还有很多别的办法，为何偏偏要选这一种最蠢的？”

自从得知这个消息后，司马子如心里一直烦躁不堪，更多的是一种快要失去她的惶然，被这样紊乱的情绪不停折磨着的他终于难以维持惯有的冷静，一时失去理智口不择言，可话已然说出口后悔也来不及了。

“司马子如你放手！”英娥显然恼了，“你别忘了，不久之后我就是大魏的皇后——”

“英娥，”司马子如对她的话置若罔闻，借着她的手往自己方向一拉，倒让英娥和他之间的距离更加接近。他眼中微微泛红，一字一句满含心痛，“英娥，英娥，何必要蹚这浑水……”

英娥脸色有些发白，几乎忍不住想要说出真相。可一想到这件事关乎着元子攸的性命，她又不得不强忍下来。

“这浑水里有救了我多次的人，可我回报给他什么？我还力劝他当这个皇帝，他什么也没得到，却失去了至亲好友。我非但没报恩，还狠狠推了他一把。那种内疚和亏欠，看不见，触不到，却时刻扎着我的心。既然他已身处这浑水之中，那么我就陪着他，直到将他从浑水里拉出来。”

司马子如眼中的光亮渐渐暗了下来，紧握着她的手也慢慢松开，但他开口说的话语中还有一丝希冀：“若是你改变了主意……”

英娥猛地用力抽出自己的手，直视着他：“我心如利箭，一旦离弦，就永不回头。”

司马子如怔了一下，眼中的光亮终于全部熄灭。

“好，好一个永不回头！”他忽然笑了起来，起身大步往外走去。

英娥怔怔地望着他的背影，视线渐渐模糊起来，她抬起手，摸到了眼角的湿润。

六月十二，大吉，宜婚嫁，合两姓之好。

这一日，阳光灿烂，霞云绵延伸展，整座洛阳城仿佛一扫之前的颓败之气，被一片温和喜庆的气氛所笼罩。

元氏一族虽是鲜卑人，但自孝文帝以来早已汉化，因此皇室的婚姻聘娶也沿用了汉朝的六礼，包括纳采、问名、纳吉、纳征、请期、亲迎无一遗漏。由城阳王元徽亲领的迎亲队受了尔朱家男人不少刁难，好不容易才将盛装的新皇后催了出来。

今日的英娥身穿绀上皂下的翟衣六服，深领宽袖，衣长曳地，乌黑的鬓发边佩戴着黄金步摇，别有一番韵味，虽有团扇遮面，仍显光丽艳逸，端美绝伦。

离她较近的高欢暗暗攥紧了自己的手，面上却扬出了一抹欣慰的笑容。一旁的尔朱兆虽说刚才已将大半郁气撒在了元徽身上，但真到这一刻还是忍不住红了眼圈。

英娥在团扇遮挡下飞快用余光扫了一眼周围，熟悉的人几乎都在，却唯独少了司马子如。那种酸涩微苦的感情再次在心头泛起，又被她硬生生压了下去。

明明是她做出了那样伤人的决定，明明是她说出了那样决然的话语……

她几不可见地微微摇了一下头，暂时将所有情绪抛诸脑后，启唇露出一抹浅笑，从扇面后看着父亲正一步一步朝自己走来。

就在尔朱荣循礼亲自将她抱上宝辇的刹那，英娥抬头看到他的眼角隐约有淡淡水光，她不禁心头一软，若是她没看错的话，阿爹他……尔朱荣察觉到她的目光，神色有些发僵，但还是用只有她听见的声音道：“若是受了什么委屈，千万别瞒着，阿爹会给你做主。”

英娥鼻子一阵发酸，重重点了点头，含糊地应了一声。

阿爹，我会好好的，我不会后悔现在做出的决定。

宝辇在众多骑兵的守护下沿着御道朝洛阳王宫而去，所过之处，两边皆有民众恭敬跪迎。

直到阊阖门外，英娥才下了宝辇，由众人簇拥着缓步走入在园中搭建的青布庐，和早已等待在那里的元子攸拜了天地。

当英娥的面容在团扇后一点点露出来时，元子攸即使有心理准备，还是深深吸了几口气才冷静下来。在一瞬间，他怀疑自己是在梦中，脑海里蓦地想起曾念过的一首诗，用来形容此时的皇后是再适合不过。

有美一人。

被服纤罗。

妖姿艳丽。

蓊若春华。

红颜韡烨。

云髻嵯峨……

在场观礼的王公贵族们也是反应不一，尤其是那些世家宗妇，看着英娥的目光不禁隐含轻视。这尔朱英娥原是先皇的嫔妃，如今却摇身一变成了新皇的皇后，再怎么合乎大义总不免有人非议，之前更有传言说是尔朱荣硬将女儿抬到了这至尊之位，皇上被迫不得不娶。不过是个缺少教化的蛮夷胡女，如果没有尔朱荣，怎么可能坐上这个母仪天下的位置……

英娥早料到这样的情况，在各种目光的打量下只是低垂着眼不作声。不远处的元修在惊艳过后神色复杂，微抿着唇若有所思。

“你看皇上，莫不是不想行合卺礼吧？”

“难说呢，谁愿意好端端娶个嫁过人的妇人，更何况这还是一国之后。”

听到身后传来幸灾乐祸的小声非议，元修心中莫名有点烦躁，回头凌厉一瞥，吓得对方不敢再作声。元明月饶有趣味地看了他一眼，唇边似笑非笑。

“陛下，接下来该行合卺礼了。”喜娘小心翼翼地在旁提醒道。

元子攸这才好像回过神来，和英娥各用一瓠瓜剖成的两个半瓢分别饮了酒，喜娘如释重负地将两个空瓢扣在一起，并用丝带缠绕在一起，是为连卺以锁，夫妻两人如同此卺从今以后紧紧拴在一起，永不分开。

喜娘正待说一声礼毕，却见元子攸突然取出一把匕首，不等众人反应过来，已经割下自己的一小缕头发。

喜娘吃了一惊，下意识地就要阻止：“陛下，这结发之礼……”

众所周知，新皇后是二嫁，又怎能行结发之礼？

元子攸瞧都没瞧那喜娘一眼，而是将匕首递到英娥面前。英娥也是不解，既然彼此都对这个计划心知肚明，何必要做到这一步呢？但眼下也容不得她拒绝，她只好依葫芦画瓢地割下一小缕额发。

喜娘也是个善于察言观色的，当下笑吟吟地上前将两缕头发分装在两个锦袋里，交换着交给帝后两人。

元子攸将锦袋放入怀里，凝视着面前的少女，执起她的手，低低地一字一顿道：“结发为夫妻，恩爱两不疑。”

众人将皇上的言行看在眼中，对英娥的轻视顿时收敛了不少。英娥也在一瞬间明白过来元子攸为何要这么做,他这是在向所有人宣告自己对皇后的看重……这一举动，想必也会得到父亲的好感。

所有礼成后,元子攸继续在外接受众人的恭贺,英娥则先被送入明光殿的寝殿之中。

殿内早就布置妥当,沉香木雕成的床榻上垂着百子帐,四周悬挂着层层叠叠的幔帐，金色博山炉内燃着幽幽清香，窗下左右各有一支燃得正旺的红烛，居中的曲足案上摆放着晶莹的琥珀玛瑙塔，在烛光照耀下更显剔透。

英娥刚觉得一阵腹饥，就见有两位宫人端着黑漆玳瑁食盒匆匆而入。两人放下器皿后却扑通一声扑到了她的身前，重重跪下磕头。英娥一怔，只见两人徐徐抬起头来，俱是红着眼强忍着泪。

英娥不敢相信地睁大眼睛，惊喜地喊道：“阿素！桃姜！怎么是你们！”

桃姜哽咽道：“淑——不，皇后！感谢佛祖，想不到奴婢们又有机会服侍您了。”

“前些日子陛下下旨将奴婢们调到您身边，奴婢们还以为是做梦……”阿素慌乱地擦拭着眼角的泪花，忙打开食盒，笑道，“皇后，陛下吩咐了，您先吃点垫垫肚子，要是饿着就不好了。”

英娥望了过去，只见食盒里放的正是将炙肥肉、生杂菜和酸酱瓜夹入面饼的胡饭。

她心神微晃，曾经的记忆悄然浮上心头，谁能想到，当初有过施饭之恩的少年会成为她的夫君呢？

虽然仅仅是两年之期的夫君。

窗外风起，忽然只听到桃姜发出一声惊呼，面上露出惊惧之色。

顺着她的目光望去，英娥见到窗下左边那支红烛的火摇晃了几秒后倏忽熄灭，唯剩下右边那支还在燃烧跳跃着。

英娥心里猛地一跳，忽然想到民间流传的一种说法——

左烛尽新郎先亡，右烛尽新娘先亡。

英娥不郁地揉了揉眉心，立刻吩咐道：“快将这红烛重新点上。”

桃姜惨白着脸应了一声，拿火折子的手却抖个不停，阿素不得不从她手里抢过火折子点燃红烛。

看着左边的烛火再次燃烧跳跃，英娥才稍稍放心，也庆幸此刻房内除了她就只有桃姜和阿素两人，但她还是敛色提醒道：“这件事万万不可传入皇上耳中，听到了吗？”

两人连忙点头，正要伺候英娥用食，英娥却伸手扶了扶被钗环步摇压得沉重无比的脑袋，无奈道：“你们还是先帮我拆掉这些吧。”

桃姜和阿素相视一笑，上前跪坐在她身旁，小心翼翼地拆了起来。

英娥这辈子脑袋上也没顶过这么多东西，直到钗环被取下大半还是觉得有点头晕眼花。

“皇后，您再忍忍，还差一点就好了。”桃姜眼明手快地取了一盅茶水递过去，笑道，“您先喝点茶润润喉。”

英娥接过茶水喝了几口，发自内心地感叹道：“看来这做皇后也是个苦差事。”

她的话音刚落，忽见一人步履不稳地推门而入，桃姜和阿素看清来人立刻跪了下来，俯首齐声道：“奴婢见过陛下！吾皇万岁！”

英娥回过头，不觉微微一怔。今日的皇帝和往常格外不同，因饮了酒的关系，他那白瓷玉璧般的脸颊上，隐约浮动着一层淡淡的绯色，更显妍丽俊美华彩溢动。那双眼睛仿佛深秋的海水，蓝得有些发黑，就那样静静地看着她，没有表情，也不发一言。

桃姜和阿素对视一眼，相当识趣地退了下去。

偌大的寝宫内转眼只剩下帝后两人。英娥心里一个激灵，起身想要行礼，不料动作幅度太大，鬓边的那支簪子和幔帐不偏不倚地钩缠在一起，扯得她一阵疼痛，五官几乎都皱在了一起。

“陛下！”她看不见是什么情形，只好开口求援。

元子攸在心里暗暗叹了一口气，快步上前，伸手帮她解了起来。指尖所触之处，她的发丝柔润光滑，比上等的丝帛摸起来手感还要好上许多。缕缕青丝缠绕在他的手指上，带起丝丝麻痒，却让他心神不由得一荡。

因着近在咫尺的距离，英娥清晰地闻到了对方身上淡淡的酒香和熏香夹杂在一起的味道，难得地有了几分局促之意，不禁低下头，正纠结着接下来该说什么，忽然听到对方的声音从头顶传来。

“委屈你了，英娥。”

英娥蓦然抬头，撞入他的视线之中。那深蓝色的眼底似乎涌动着不可言说的情绪，她看不清那究竟是什么，可心底柔软的地方不知怎么偏偏被猛揪了一下，泛起一阵淡淡怜意。

“朕知道你并不喜欢这里，哪怕只有两年，对你来说也必是度日如年。”和她的头发缠斗半天，他终于取下那支簪子，还不忘用手轻柔地拢了拢她的鬓发，语气更是低沉了几分，“英娥，其实……如果只是为了报救命之恩，你大可不必这样做……”

英娥下意识地摇了摇头，毫不避讳地直视着他：“陛下，人生如此漫长，就算日后我们终会渐行渐远，相忘于流年，但现在能陪你走一段路，就是缘分。其实缘分也有很多种，人与人之所以能成为亲人、朋友、夫妻……皆因缘分。你与我，怎么也算得上是共患难的朋友了吧。我们何不珍惜这难得的缘分，共同相伴度过这最艰难的时候呢？”

元子攸目光灼灼地看着她，微苦之中又夹杂一丝微甘的情绪，在心间不停辗转来去。

良久，他唇边终于漾起一丝笑容：“你说得对，英娥，这漫长人生路上，我们能相遇偕行一段路，已是命运最好的安排。”他顿了顿，接着道，“朕会尽快在宗室里找到合适的人选，让你也可以尽快离开这里。”

英娥笑着点头，她将话都说开，心里顿觉轻快不少，但很快又想到一个新的问题。她往床榻上扫了一眼，面色有些尴尬，支吾道：“陛下，那今晚……”

说起来她也不是没和别的男人同床共枕过，但之前是真嫁，而这次……

她的面颊透着薄薄绯红，春天开得最妍丽的桃花也没有这么美的颜色。元子攸看在眼里，眸色渐深，或许是喝了酒的关系，心里竟生出一丝罕见的躁动。他赶紧移开目光，走到床榻前将被褥抱到旁边的软榻上，轻咳一声：“今晚，朕睡这里。”

英娥释然一笑，忽然觉得接下来的两年宫廷生活或许也不是那么难熬。

窗外的月光倾洒在室内，温柔的光辉仿佛为这里覆上了一层薄纱。元子攸的神色中似乎也融进了一丝柔风，冲淡了之前的些许阴郁。

当英娥在第二天的晨光中睁开眼睛时，睡在软榻上的元子攸已不知踪影。她盯着天花板许久，才缓缓反应过来自己又一次嫁人了。

阿素和桃姜早已候在一旁，见英娥醒来便连忙上前伺候。两人分工明确，一人为她净面，一人则为她穿衣。

“陛下一早就去上朝了，还特地吩咐让皇后您多睡一会儿。”桃姜一脸喜色地脱口道，“皇后您这次可算是嫁对人了。”

阿素敛色斥道：“桃姜！胡说什么！”

桃姜脸色顿时一白，这才发现自己说错话了。这次嫁对人，难道上次就是嫁错人？还好皇后并未罚她，只是让她以后说话前要多想想。

桃姜见这件事就算过去了，心情顿时放松不少，倒有闲心说起八卦：“对了，刚才奴婢经过花园，听她们说明月郡主特地去城门相送司马大人了。啧啧，这下有好戏看了。”

英娥听得司马子如的名字，顿时心头一紧：“司马大人要去哪里？”

桃姜有些诧异：“皇后，您不知道吗？司马大人如今可是邺城刺史，今日正好是他前去邺城上任的日子。”

“听说那葛荣的大军不是快到邺城了吗？现在去邺城岂不是送死？”阿素皱了皱眉，目光一转看到英娥的脸色白得吓人，不禁担忧地唤道，“皇后，您怎么了？”

下一秒，她就看到皇后霍然起身，朝着门外走去。

“皇后！”她大惊。

英娥脚步一顿，冷声道：“我要出宫一趟。”

说完，她头也不回地疾步而去。

英娥出了宫门就沿着铜驼大道朝着城外策马疾驰而去，因她心里焦急，一路上不停快马加鞭，终于在半个多时辰后赶到城门，只可惜还是晚了一步。当她急急忙忙冲到城墙上时，映入眼帘的是已经渐行渐远的队伍。那个再熟悉不过的身影，就这样在她的视线里变得越来越小，越来越模糊，直至完全消失……

英娥怔怔地站在原地一动未动，衣裾被那高处的风鼓动着猎猎作响。她的胸口一片空虚茫然，心底仿佛有什么悄然攀爬而上，如同钝齿般不停磨着，看似隐约微弱的疼痛却偏偏深入肺腑，就连呼吸也变得不畅起来。

这是她自己做出的选择，就好像离弦之箭，一旦射出，就再也回不了头。

“英娥，你怎么在这里？你也是来送遵业的吗？”

身后忽然传来一个珍珠般温润的声音。英娥身子一僵，缓缓转过头，只见高欢正一脸担忧地看着她。

或许是因为见到亲近的人，英娥刚刚努力坚强起来的心一下子又软弱下来，她眼角微微泛着红，哽咽着答了一句：“师父，我来晚了……”

高欢很少见她露出这么软弱的一面，不禁心里一紧，忙上前两步安慰道：“英娥你不用太担心，遵业素来计谋出众，这次去邺城也必然会平安回来。”

英娥抬起头看着她，密长的睫毛上泛着淡淡水光：“人家都说好人不长命，遵业他从小就这么狡猾，又总是捉弄我，坏得很呢，所以一定会长命百岁的，对吗？”

高欢哑然失笑，伸手轻轻拍了拍她的头顶：“没错，遵业这坏家伙一定活得比谁都要长。”

经过这么一打岔，英娥的心情也略有好转，目光一扫，正巧见到高欢的腰间系着一个破旧的羊皮钱袋。往常高欢穿的都是胡服，所以看起来不那么显眼，但今日他换了一身青衣汉服，这个钱袋就显得特别格格不入。

英娥多看了几眼，越看越觉得眼熟，忽然像是想起什么，惊讶道：“师父，这不是我很早以前做给你的钱袋吗？这么破了你都还没丢啊！”

高欢微微一笑：“用惯了，就不想换了。”

英娥心里一暖，有些不好意思道：“可是，已经很旧了，做得又这么粗糙……”

高欢难得地露出了促狭的神情：“放心，我不会告诉别人这钱袋出自你的手。这是我们之间的秘密。”

她嫌弃地看了看那个钱袋：“师父，等我有空就再给你做个新的，到时一定要把这个换掉哦。”

高欢笑而不语，指尖轻轻摩挲着钱袋，眼中浮动着浅浅的光。其实，人有时舍不得的不是东西，而是那份心情和念想。就像是他，舍不得的不是这个钱袋，而是关于这个钱袋的回忆，还有那段生命中难以忘怀的和她共度的时光。

下城楼时，英娥看到了正乘坐马车离开这里的元明月。她想起了之前桃姜所说的话，不禁蹙了蹙眉，心里仿佛有什么按捺不住的情绪在翻腾。难道这位明月郡主对司马子如……有什么别的想法不成？

“英娥，你现在身份和以前不同了，还是快些回宫的好，免得招惹不必要的麻烦。”高欢的话将她的神思拉了回来。

英娥应了一声，正要上马，忽见高欢伸手拉住缰绳，似是犹豫了一下才问出口：“英娥，他对你……好吗？”

英娥笑着点了点头：“皇上对我很好，师父你就放心吧。”

高欢神情有些复杂：“那就好。若是受了委屈，千万别瞒着。”他目光一厉，冷冷一笑，“不过，如今也没人敢让你受半分委屈。”

英娥的笑容微微僵住，心里有点发沉。从高欢的语气中，她明显听出了他对元子攸的轻视和不屑，其实，并不仅仅是他，这也是大多数尔朱荣的手下对新皇的态度。

“对了，将军可能不回北秀容了。他打算将你阿娘和弟弟们都接到晋阳去。”高欢忍不住将这消息说了出来，果然见到英娥露出惊喜的笑容。

“真的吗？！晋阳离这里也不是太远，这实在是太好了！我可以出宫去看他们，对对，也可以让他们进宫来……我得想想，给他们准备些什么才好……”

看到她又变得雀跃欢喜元气满满，高欢唇边的笑容也越发温柔。

明光殿里，元子攸正在过目臣子们这几日呈上的折子。大部分折子已经由尔朱荣批注，轮到他这位天子手里也只是走个过场而已。他深深吸了一口气，站起身走到窗边远眺，待心境完全平静下来才开口问道：“皇后呢？”

在门边随侍的小黄门连忙回道：“陛下，皇后一早就出宫去了。到现在还没回呢。”

元子攸目光微凝，窗外的树木随风弄影，在他深邃的眼眸里，投下细碎斑斓的光影，忽明忽灭，令人看不清其中的端倪。

小黄门眼神一闪，小声道：“陛下，皇后一大早就擅自离宫，也实在是太——”

元子攸眼中闪过厌恶之色，厉声打断了他的话：“来人，将这妄议主子的奴婢拖出去杖毙！”

小黄门脸色大变，吓得连声求饶，却还是被侍卫毫不留情地拖了出去。

元子攸回转身，神色不变地吩咐道：“今晚晚膳多准备些截饼和胡羹，皇后最是喜欢这些。”

宫人领命而出，元子攸坐回到软榻上，拿起那被批注过的折子，用力攥紧了手。

窗外淡淡的阳光照射进这里，房间内的一切仿佛都染上一层孱弱无力的光，这层光同样也笼罩着正襟危坐的年轻皇帝，看起来却虚幻不定。

皇宫里多是尔朱荣的耳目，因此皇帝寝宫里发生的这件事很快就传到了尔朱荣的耳中。尔朱荣对皇帝的表现还算满意，便不再多关注他，加紧和手下等人开始商量迁往晋阳的事。这次河阴之变他树敌甚多，因此不便在洛阳久留。但北秀容距离洛阳又实在太远，所以正如高欢对英娥所说，他便打算将家人都接过来，定居离洛阳不算太远的晋阳，以继续控制大魏的朝政。

在一片无边无际的黑暗中，元子攸茫然无助地往前走着，不知何处才是出口……渐渐地，前方终于出现一丝微弱的光亮。他心里一喜，加快脚步朝着光亮的方向走去，只想快些走出这片令人窒息的黑暗。随着光线越来越明亮，眼前的一切也越来越清晰可辨，可映入眼帘的景象令他蓦然停下脚步，心寒若冰。

成堆的尸首、肆意漫流的鲜血、残缺的肢体、破碎的衣料……他的弟弟子正正静静躺在那里，胸口几处致命伤口的鲜血几乎已经流尽，那总是言笑晏晏的俊俏脸上只有一片象征死亡的灰白。

他怔怔站着，想要拔足离开却丝毫动弹不得。不远处，有个人影踉踉跄跄朝这里奔跑过来，待他看清那人的面容的瞬间，一支羽箭自空中呼啸而至，立时将此人射了个对穿！

“不要！兄长！”元子攸低喊着蓦地睁开眼睛，这才发现自己只是做了一场噩梦。

梦已醒，那撕心裂肺的疼痛却从心底源源不断地扩散到全身，他无力地蜷缩起身子，整个人却抖得厉害。

这已经是第几次做同样的噩梦了？

白天他尚可保持冷静，和皇后相敬如宾，甚至若无其事地和尔朱荣等人商议朝政，就连他自己都有种日渐麻木的错觉，可这种失去亲人的痛苦像是蛰伏于心底的凶兽，一旦夜晚降临就赫然现身，用利爪将心脏撕成碎片。

啪嗒，不远处的床榻上传来一声轻响，让他从此刻的魔怔中清醒过来。

他抬头望去，只见熟睡着的英娥翻了个身，原来盖在身上的被褥却掉落在地上。

元子攸下了软榻，缓缓走到床榻前，定定地注视着床上的女子，眼底仿佛闪烁着隐隐的光泽，似有若无，就像他心中对她的爱恨纠结，难以自理。

英娥似乎也在梦魇之中，双眉微蹙，左手似乎想要抓住什么，口中还喃喃嗫嚅着："不要，不要走……"

元子攸眼神微微放软，幽幽叹了一口气，终于还是弯腰拾起被褥，重新盖在她的身上，顺便还掖了掖被角。就在他收回手的时候，英娥却突然抓住他的手，即使在梦中还是紧紧抓着不放。

这次，他清晰地听到了她的呓语。

"不要走，遵业。"

元子攸眼神猛然沉了下去，犹如浸了一层轻寒，但转瞬之间，他又苦涩地笑了起来。她之所以留在宫里，不过是为了报恩而做出的冲动之举罢了，说不定她现在就已经后悔了……说不定等不了两年，她就会逃离他身边了……

此时此刻，他和她虽近在咫尺，却好像隔着怎么也迈不过的沧海桑田。

转眼就到了八月中。尔朱荣率领着手下及胡骑暂时先回了晋阳，而将元天穆和尔朱兆两人留在洛阳控制朝政。元天穆不仅身兼数职，同时担任侍中、录尚书事、京畿大都督兼领军将军等职，朝廷其他的重要职位也皆为尔朱荣心腹，宫中更是布下眼线无数，随时监视皇帝的一举一动。

元子攸对此心知肚明，却也不得不忍耐下来。之前他根基不稳，最能信任的心腹不过是城阳王元徽和表兄李彧。但身为正统的元氏血脉，他还是得到了不少宗室之人的拥护，渐渐也有了自己的亲信。

洛阳城内看起来似乎恢复了往日的平静，但魏国眼下最大的威胁迫在眉睫，葛荣大军正日益逼近邺城。元子攸下旨让离邺城最近的北海王元颢带兵前去增援。河阴之乱时，元颢正驻守边境，因此逃过一劫。除了他，元氏确实也无可用之将。

天气一热，整个军营内不可避免地就会散发出一股股挥之不去的酸臭味，这股子味道对于士兵们来说，早已是家常便饭。但在宇文兄弟的营帐内，却意外地没有任何异味。

宇文洛生看着弟弟边擦拭湿漉漉的长发边走进营帐，不禁微微一笑，左脸颊上笑窝顿现："阿獭，今日又去那河里洗了？"

阿獭极短地应了一声，坐在一侧继续擦拭着头发。

宇文洛生笑意更浓，他这弟弟从小就是极爱干净的，哪怕是出征打仗他也改不了这习性。或许他唯一允许弄脏自己的，就是敌人被斩杀时温热四溅的鲜血。

“再过两日我们就能到达邺城，”宇文洛生顿了顿，继续道，“听说你在葛将军那里称七日之内必定攻下邺城？”

阿獭擦头发的手微微一顿，他的手指纤长洁净，形状优美，看起来倒不似拿惯杀人的剑，而应是作画抚琴之用。

“或许用不了七日。”他的语气冷然中却隐隐透着一份傲气。

“但那邺城如今有司马子如坐镇，想要顺利夺下恐怕不是那么容易。一旦这里时间拖延，待元颢率领的援军一到，胜负就不好说了。”宇文洛生依然谨慎。

听到司马子如的名字，阿獭眼中有了细微波动：“等我攻下邺城，且留他一命。”

宇文洛生笑了起来：“想不到我们阿獭也有了怜才之心。”看到弟弟面色有些不好，他连忙转移话题，“没想到，这魏帝还真娶了尔朱荣的女儿，自己兄弟亲族被杀，还能如此隐忍，看起来也不是个泛泛之辈。魏国之大乱，不久矣。”

阿獭没有作声。

“待一切平定之后，你娶了媳妇生几个孩子，阿兄我也就放心了。”宇文洛生话音刚落，果然意料中看到阿獭垮下了脸，忍不住露出促狭的笑容。

就在这时，帐外有信使急急来报：“北海王元颢带兵投奔了南梁！”

洛阳，太极殿。

殿内灯火通明，一片肃穆。年轻的皇帝头戴九寸通天冠，身披绛纱袍坐于高高的龙椅之上，面无表情地看着下面的文武百官。

葛荣大军近日包围了邺城的消息已经传到洛阳，而北海王元颢的投敌更是令战况雪上加霜。因兹事体大，就连迁守晋阳的尔朱荣也正在连夜赶回洛阳的路上。

“陛下，邺城一旦城破，葛贼即可直指洛阳，到时洛阳岌岌可危。”城阳王元徽上前道，“依臣所见，应立刻派兵增援，死守邺城。”

一旁的尔朱兆不以为然地挑了挑眉：“城阳王，那么朝廷该派遣多少兵力前往增援？”

元徽垂眸，掩下眼中对契胡一族的轻视，毫不犹豫地答道：“葛贼的军队据说有百万众，我们派去增援的朝廷军至少也要有三十万。”

尔朱兆嗤笑一声，不客气地反驳道：“整个大魏如今最多也就三四十万兵力，难不成你的意思是全部派往邺城？”

站在元徽身侧的李彧看了看龙椅上的帝王，附和道：“城阳王言之有理。若是保不住邺城，那么洛阳恐怕也难守了。臣也认为理应派出大军增援，这样一来对葛贼也有威慑之力。”

元子攸冷眼看着众人争论，始终未发一言。他俊目一睃，望向一直沉默不语的元天穆，面色略缓：“大都督，你认为呢？”

元天穆想了想，还是出列道：“陛下，洛阳居三川八关之险，葛荣要攻下洛阳谈何容易？臣担心若是大军北渡黄河支援邺城，胜了倒还好，若是输了，那么洛阳就无兵可守，到那时才是真正将天下拱手相让。因此这出兵人数还需再斟酌，切不可押上全部兵力。”

听到他这么一说，众人都若有所思，有不少人也赞成他的看法。

元徽却依然坚持己见：“大都督你也说了，派出大军毕竟还有赢的可能，但若是派出兵力和葛贼悬殊过大，那就连赢的可能都没有了。”

元天穆冷声打断了他的话：“洛阳和邺城孰重孰轻？不能因为一座城池的得失，影响到整个大局。”

尔朱兆脸上露出了不耐烦的神色，颇为无礼道：“到底派出多少兵力，陛下还是快点决定吧。”

一时之间，双方的提议各有赞成者，相持不下。最终，众人还是将目光投向了高高在上的魏帝——

元子攸面色沉静地扫了一下臣子们，缓声道：“朕将亲驳六戎，以太原王尔朱荣率精甲十万为左军，上党王元天穆总众八万为前军，司徒公杨椿勒兵十万为右军，司徒公穆绍统卒八万为后军，三日后出发驰援邺城。”

他的话音刚落，众人脸色大变，元徽等人已经跪倒在地：“陛下，万万不可！千金之子坐不垂堂，陛下怎可冒险！”

元子攸寒着脸：“朕意已决。”

元徽和李彧面面相觑，正想着该如何阻止皇上，忽听一阵朗声大笑从殿前传来，接着就见一身材高大的男子大步走了进来，正是匆匆赶到洛阳的尔朱荣。但见他肤色白皙如瓷，面容俊秀非凡，举手投足皆有气势，实在让人无法将这绝色美郎君和屠戮两千大臣的恶罗刹联想在一起。

尔朱兆顿时面露喜色，元天穆也是眼底一亮。

元子攸目光闪动，紧攥了一下手才露出淡然的神情：“太原公，你来得正好。朕打算令你率精甲十万——”

尔朱荣上前行了行礼，似是不经意地打断了皇帝的话：“陛下，臣愿意亲自领兵前往邺城，不过，其他人都不必去了。”

元子攸眼眸一沉。

“这区区十万人怎能抵挡葛贼百万大军？太原公未免也太轻敌了吧。”李彧的笑容微微泛凉。

尔朱荣冷哼一声：“朝廷是被葛荣打怕了吧？对付他又何须十万大军？”他说着看向皇上，轻轻一笑，“臣只需自己的契胡骑兵七千即可。”

时间仿佛刹那静止，太极殿内一瞬间变得沉寂无声。

虽已是夏末，但这几天热得反常。空气中翻涌着一阵热浪，偶尔吹拂过的灼风，令人莫名生出焦躁之意。

此时的英娥，更是觉得自己整个心都要烧起来了。她难以置信地望着特地过来传信的尔朱兆，又重复了一遍：“你说什么？阿爹打算只带七千人增援？”

尔朱兆点了点头：“这是将军的决定，皇上也同意了。”他顿了顿，又道，“这七千胡兵皆是精锐，叔父这样做想必有他的用意。”

“可是葛荣不是据称有百万大军吗？就算是这七千人以一当百，兵力相差也太过悬殊了。”英娥着急地转着圈子，“遵业那里不知还能抵挡多少时候……”

尔朱兆按捺住心口涌起的酸涩，安慰道：“遵业平时最是诡计多端，必定不会等死，或许此刻已在回撤……”

英娥摇了摇头，打断了他的话：“你太不了解遵业了，只要阿爹不下撤军的命令，他一定会死守到最后一刻。”她的语气有些哽咽，“汉人不是有句话，君子重然诺。遵业他就是这样的人。”

尔朱兆变了脸色，脱口道：“难道遵业这次真要命丧于此？”

英娥浑身一僵，一想到那样的场面，好像有什么东西正从她的身体深处缓慢而倔强地攀爬而上，一点一点渗入心里，直至充斥胀满整颗心脏……她不得不抓住自己的衣襟，深深地吸气，似乎这样才能缓解那种胸口随时会爆裂开的难受和窒息……

“英娥，你怎么了？”尔朱兆吓了一大跳，忙扶着她坐下来，顺手倒了水给她。

英娥摇了摇头，接过水，勉强道：“我没事。”

几口温水入腹，不但没有丝毫缓解，她心口的火烧得更加强烈了。一心的灼热，一心的挂念，一心的担忧，仿佛有烈火汹涌焚烧着全身，神思却意外地清明，英娥从来没有像现在这样渴望着听从自己的心，不计后果，不想退路，满脑子只剩下一个念头——想见他，想见他，想到他身边！

她深深吸了口气，抬头看着担心不已的尔朱兆：“阿兆哥哥，我需要你帮我一个忙。”

凤舞 缭乱

FENG WU LIAOLUAN

vivibear
作品

下册

江苏凤凰文艺出版社
JIANGSU PHOENIX LITERATURE AND ART PUBLISHING, LTD

第十一章 再遇宇文泰

郁郁葱葱的广阔树林，在夏风的吹拂下不时掀起层层绿色波浪。灼热的阳光透过树叶枝丫的缝隙照射下来，点点斑斓落在地面上，也落在林中正策马疾驰的少年身上。但见少年面上布满了灰痕，发丝凌乱，身上的平民男装更是破旧，此刻就算是亲近之人也未必能认出她就是当今的正宫皇后尔朱英娥。

感觉到身下坐骑开始疲累，英娥定了定神远目眺去，前方一条小溪赫然映入眼帘，她渐渐放慢马速，直到小溪边才勒马停下来。

马儿贪婪地低头饮着水，她也从马鞍那里解下一个牛皮水袋，猛灌了几口水，闭了闭眼，再次睁开，眼中闪耀着淡淡的光泽。

一切比意料中还要顺利。

她先向元子攸提出自己想去永宁寺住上一阵子为这次战事祈福，随后在前往永宁寺的路上，她以肚子不适需要方便为借口，在众护卫的眼皮子底下趁机和尔朱兆安排的人相换。因为自始至终她都戴着帷帽，所以等代替她的人上了马车，居然没有一个人发现皇后已经被调包。

她抬头看了看天空，阳光已不若之前那么强烈，天际的流云不知何时染上了霓霞的金红色，层层叠叠弥漫开来。

在天黑下来之前，最好能赶到下一处驿站。

英娥往水袋里装了些水后，稍稍休息了一阵后再次翻身上马，继续朝着邺城的方向疾驰而去。

洛阳距邺城并不算太远，英娥赶了四五天路总算到邺城的外围。她特地弃了马，混到一群流民之中打探情况。幸好她着了旧男装，脸又被抹得黑脏，倒是丝毫未引起别人的怀疑。果然如她所听闻那般，整座邺城被葛荣的大军围攻，别说是一个大活人，恐怕连一只鸟都难以飞进去。

英娥皱了皱眉，对接下来该怎么做一时也有点迷茫，但心里也不像之前那样火烧火燎了。凭着司马子如的本事，或许撑到援军到来也不是不可能。

“都给老子滚开！”一声叱喝突然打断了英娥的思索，还不等她反应过来，腿上就被重重踹了一下。她抬起头，只见几个士兵正骂骂咧咧地从她身边经过，不时踢踹着蜷缩在一旁的流民们。

“你说那么多城池我们都攻下了，怎么这小小邺城就是久攻不下？这都多少天了！”矮个士兵忍不住抱怨着。

一听到他们提起邺城，英娥立刻竖起耳朵。

另一个高个士兵倒是笑嘻嘻地拍了拍他的肩膀：“怎么老弟，想家里的婆娘了吧。放心放心，这邺城很快就挡不住了。”

矮个士兵似乎有点不明白：“啥意思啊？”

高个士兵面上有几分得意：“你不知道吗？葛将军前几日让人偷偷潜入城内，在不少水井里投了毒。这水源一断，你说他们还能撑多久？”

矮个士兵顿时明白过来，也哈哈大笑起来。

英娥整个身体都僵住了，一股森森寒意从脚底直冲到头顶，迅速蔓延到四肢百骸，仿佛连心脏也在瞬间冻结起来，所有的感觉都消失，只剩下恐慌，连思考的能力也一并失去……

这样炎热的天气，如果缺少水，别说是打仗了，连生存也成了难题。一旦城破，葛荣的军队必然烧杀抢掠，将邺城变成活生生的人间地狱。

她简直不敢想象那样的惨景。

英娥抬头望向那深陷重围的城池，咬紧了唇齿。如今她虽然人在这里，却丝毫帮不上他的忙——不甘心，她真的不甘心……突然，她脑中灵光一闪，蓦地想起很早之前狩猎时高欢曾说过的话，如果遇到狼群的话，就要想尽办法先杀头狼，一旦头狼死了，狼群也就失去了凝聚力。那么人也一样，如果头领没了，说不定就能解邺城之困了……

英娥握紧藏在袖下的匕首，眼神却更加锐利。

人之一生，或许只是倏忽之间，但无论做什么，总有一种叫作责任的东西牵缠在心底。

既然身为一国皇后，那么守护自己的臣民也是一种责任。

尽管只是微薄之力，她却还是想尽力而为，不留遗憾。

好不容易挨到半夜，英娥终于寻到机会，身手利落地击杀了一个独自躲到角落方便的士兵，将他的尸体拖到隐蔽处，又互换了衣裳，神不知鬼不觉地混进军营之中。

和尔朱荣严谨有律的营帐不同，葛荣的军营就乱得多了，不时有人到处走动，还有人大声喧哗。英娥趁乱粗略观察了一下营帐内的分布，发现所谓百万大军确实是言过其实，但一半兵力不是虚言。

阿爹的七千骑兵，真能与之对抗吗？

英娥的神思有一瞬间的恍然，冷不防旁边有人拉住她的衣袖，她一惊，抬头，只见一位提着食盒的士兵正弓着腰单手捧着肚子：“喂喂，你没事吧？正好，帮我个忙把这些夜宵拿到这帐内，哎哟哎哟我不行了……”士兵慌乱地将食盒往她手里一塞，用力将她往右边的青色帐内一推，看也不看一路狂奔而去。

英娥有点蒙，被他推得一个趔趄几乎摔进帐内，幸好她四肢着地的时候双手还紧紧抱着那个食盒。

营帐内一片鸦雀无声。

英娥大窘，保持着四脚着地的姿势，低着头，连大气也不敢出，直到一个温和带着笑意的声音在不远处响起：“没摔伤吧？”

英娥赶紧摇了摇头，用不怎么雅观的姿势爬起来，将食盒放在案几上，余光一转，恰巧看到跪坐在案几前的男子微翘的嘴角和唇边若有若无的笑窝。

“行了，没事就退下吧。”男子的声音温润如玉。

英娥松了一口气，正要退下，忽听旁边一道冷冷的声音传来：“适才太过冒失，出去领罚五杖。”

英娥只觉眼前一黑，一时没忍住抬起头朝那个方向看了过去。

说话的男子相当年轻，面部有着凌厉却不失优美的轮廓，瞳色是极浅的灰色，隐隐带着些睥睨的锋芒，仿佛暗夜中的闪电般令人心悸。此时他的眼神毫无波动地望着她，让她觉得自己不过是一团无足轻重的空气而已。

长得美就可以随便惩罚人吗？还讲不讲理了？说起来她也是受害者好吗……虽然满满一肚子怨念，但英娥也明白这里确实不是一个可以讲理的地方，而且多说只怕会被识破身份，只好忍气吞声按捺住不满，并不忘用可怜巴巴的眼神看了案几前的男子一眼。

比较起来，这位嘴角有笑窝的男子性子似乎还算温和，或许可以从他这里找到突破口。

果然，那笑窝男子如她所愿地开了口：“阿獭，他也不是故意的，这次就算了吧。”

英娥低着头，嘴角微微翘起。

阿獭淡淡道：“阿兄，这些人实在纵容不得。不过既然你开口求情了，我自然也不会再追究。”

宇文洛生微微一笑，看着还戳在那里的英娥：“还不快走？”

英娥这才放心，不由得冲着他咧嘴一笑：“谢渔阳王为小的求情！小的这就退下！”

说着她也没再看旁边的阿獭一眼，急急忙忙退出了营帐，快步走到角落里，才拍了拍自己的胸口嘘出一口气。

真是好险！她没想到刚混进来就遇上重要人物。

若不是听到他们的对话，她还真不知道帐内是何人。幸好，她知道葛荣手下最为得力的一对兄弟是宇文氏的后代，兄长名为宇文洛生，被封为渔阳王，颇有声望。弟弟叫宇文黑獭，应该就是男子口中的阿獭。

这样俊秀的一对人物，却投身于葛荣帐下，实在是可惜。

她驻足片刻，平复心情后才走出去，不料刚迈出腿就有一名面容白皙清秀的士兵拉了她就走，嘴里还唠叨着：“还在这里闲逛什么，将军下令明天一早攻打邺城，快先去好好睡一觉吧！”

英娥停下脚步，瞳孔微缩：“你说什么？明早攻城？”

那士兵一脸兴奋：“是啊！城里的人都几天没喝水了，哪还有力气抵抗！我听说邺城里多的是富户，等咱们攻进城里，那些财物美女可全归我们了！”

英娥一颗心直往下坠，忽然有种拼命瞪大眼睛，结果却只看到一片黑暗的错觉。

营帐内，借着越来越微弱的烛光，宇文洛生打开还冒着热气的食盒，笑看着正若有所思的幼弟：“阿獭，快来吃些蒸饼。最近粮草收紧，军中也只能做这些了。”

阿獭眼中闪过一丝讥诮：“将军都使出那样下三烂的招数了，这邺城明日看来必定是将军的囊中之物了。”

宇文洛生看出弟弟的不满，笑意微凝：“虽说兵不厌诈，但将军此次行事的确太不磊落，说到底，还是将军太过心急了。”他顿了顿道，“镇守邺城的司马子如的确不容小觑。且不说其他，这几天邺城水源被毁，城内却几乎没什么动静，人几天不吃饭还能忍，可几天不喝水……不知这司马子如到底是如何应对的。”

听到这里，阿獭脸上难得有了几分兴味：“阿兄，到时若是我活捉了他，请交由我自行处置。”

宇文洛生点了点头：“这样的人才，杀了未免太可惜。若是为我们所用，那就再好不过了。”

阿獭不置可否地挑了挑眉，从食盒中拿起一块蒸饼咬了两口，似是想到什么，两道秀长的眉微蹙起来。

“怎么了？”宇文洛生很快察觉到他情绪微妙的变化。

阿獭垂眸：“没什么，只是觉得刚才那小兵有点眼熟，好像很早以前在哪里见过。”

宇文洛生笑了笑：“不过是个小兵而已，你吃了这些且去休息。明日还有一场恶战。”

阿獭没再说话，默默地咀嚼着手里的蒸饼。

风吹起帐帘，由外泻进来的月光深深浅浅勾勒着帐内人与物的轮廓，朦胧暗淡，仿佛一幅静止的画卷。

第二天天气一直阴沉沉的，厚重的乌云层层聚集在低空中，压得人喘不过气来。

战鼓擂起，号角低沉，千疮百孔的邺城又迎来野心家新一轮的掠夺。葛荣本以为这次会顺利攻下城池，不料对方的反应让他们大吃一惊。这些守城的士兵非但看不出半分气馁，斗志反倒更加昂扬。

从战争一开始，英娥就找了个死角躲避开，免得冲到前面莫名其妙丢了命。城墙上的魏军众志成城，不断用弓箭、斫刀、长槊等兵器击杀企图攀爬而上的敌人，有的人被一箭射了个对穿，也有被斫刀锋利地扎出脑浆，更多的是浑身鲜血地摔下来的，远远看去，就像是秋日落叶飘坠于树下……

葛荣怒极，下令更多的士兵加入强攻。因葛荣这方人数实在太多，城墙上的魏军也开始有点抵挡不住，伤亡也越来越多，更有自己受了伤便抱住敌人一同从城墙上跳下来同归于尽的……

英娥看得心惊肉跳，突然只听一声沉重的闷响，一个身影重重摔倒在身旁，正是昨晚拉她的那个士兵。只见他白皙的面上正中一箭，污血横流，转眼就气绝，可那双眼睛睁得大大的，怎么也不甘心闭上。

英娥暗暗叹了一口气，伸手合上了他的双眼。

眼看着葛荣的军队渐渐占上风，英娥也不免焦急起来，她抬眼仔细扫视周围的情况，看到葛荣身边聚集着不少士兵，想在这个时候接近他并不太容易。

就在这时，城墙下忽然传来鬼哭狼嚎的惨叫声，原先快要攀爬上城的士兵纷纷跌落下来，在地上失去理智地抱头打滚。

“将军，魏兵将滚烫的水往下浇！”前来报告的士兵吓得声音都变了。

英娥定睛一看，才发现魏兵正在往下浇热水，这水还冒着白烟，一浇到人身上就发出毛骨悚然的嗤一声响，可想而知有多烫人。一瞬间，就像是地狱张开了大口，前赴后继的士兵们不停倒下，凄厉的叫声仿佛传出九霄云外……

英娥心里不知是什么滋味，这办法多半是司马子如那家伙想出来的。这水有毒，不能喝可能用来烫人啊，以毒攻毒，也真是够了。

葛荣的军队如潮水般退了回去，城墙上的魏军都欢呼起来，这时一抹熟悉的蓝色衣角出现在英娥眼中，只是一闪，旋即消失在众人的视线里。

英娥呆了几秒后，心跳得快要蹦出胸腔，心中酸胀难以言喻。虽然看不真切，但她知道，那一定是司马子如。

明明已经那么那么近了，明明她和他之间只相隔一个眼神，可为什么她有种怎么也到不了他身边的惆怅？

英娥下意识地上前几步，一声惨叫突兀地响起，很快就被淹没于其他声音之中。她赫然发现葛荣身边正好没有人，当下也来不及思考，小心翼翼地朝着葛荣的方向摸去。

眼看着离葛荣越来越近，她突然被人一把抓住了手腕。

英娥一惊，抬起头，那双灰色的眼眸冷冷注视着她，他只简短说了一句话：“我想起来了，原来是你。”

周围的风仿佛都因为这个人的出现而蓦然发生变化，飒飒的气流直扑面门而来，刮得脸颊生疼。

英娥眼神微凝，虽然心还在狂跳，神思却意外地清醒。

她以前好像从没见过这位宇文黑獭，为何他会说出这种话？是故意诈她还是真认错了人？

他脸上依然是一片冷漠，那双灰色眼眸如深海般死寂，但如果仔细看，就能看到海底那影影绰绰的暗礁，隐藏着危险的锐利。

“说，你到底是什么人？”

英娥心知不妙，也不和他多话，极快地抽出腰间匕首朝他的手砍了下去。宇文黑獭下意识地一缩手，英娥趁机朝最近的那匹马狂奔而去。宇文黑獭岂容她逃脱，纵前几步一剑挥去欲挡住她的去路，英娥急忙低头闪避，头上的铁盔随着她的动作飞了出去，当一声重重砸在地面上，溅起无数沙尘。

一瞬间，她的一头长发如瀑布般披了下来，随风飞舞着，从逐渐散开的云层间漏出的一道阳光在她周围形成一层隐隐的光晕，令人心生恍然，仿佛眼前的女子只是虚幻的浮光掠影，也许下一瞬间就会消失不见。

周围的士兵们似乎也暂时忘记了正身处恶战，呆愣愣地看着俨然是女儿身的英娥，不知如何反应。宇文黑獭也微微眯起了眸子，淡淡道：“果然是你。”

英娥更是一头雾水，但此时此刻容不得她多想。她转了转眼珠，干脆依样画葫芦大声道："宇文黑獭，我也记得你！那天晚上的事难道你都忘记了吗？你想这样一走了之本女郎可不依！"

她的话就像是一滴冷水落入滚油之中……尽管是身在气氛紧张的战场上，士兵们还是一片哗然，仿佛听到了什么不可说的秘密，面上表情各异，就连宇文黑獭本人也怔了一下，有人忍不住开口小声道："好大胆的小娘子！追郎君都追到这里了！"

宇文黑獭耳力极佳，听到这话神情不由得一僵。说时迟，那时快，英娥趁着他刹那的怔神举起匕首格开了他的长剑，以最为迅捷的速度翻身上马，猛拍了下马臀如闪电般疾驰而去。

这一连串动作几乎是一气呵成，大家看得眼花缭乱，更先入为主地以为是宇文黑獭惹下的风流债，竟无一人想到阻止，眼睁睁看着一人一马就这样突围离开。

宇文黑獭望着英娥远去的背影，非但不怒不恼，反倒哑然失笑，脑中突然浮现很久以前那个少女利落射穿别人喉咙的情景，眼中不禁闪过一抹兴味，嘴角微微勾起："给我追！要活的。"

因着宇文黑獭下的命令，众人在追赶时手脚不免略有束缚，再加上英娥拼了命地策马狂奔，始终差着那么一点距离……眼看着追上她的希望越来越小，为首那小将也发了狠，用斫刀一刀反扎在马臀上，马吃痛登时如发了疯般往前跑，倒是缩小了和英娥之间的距离。英娥回头一看那人已追上来，嘴角一勾，从小在草原上长大的她自然更懂得如何用自己的重心催动马速。

那小将感觉到彼此之间又逐渐拉开距离，不由得恶向胆边生，一时也忘记了宇文黑獭的命令，举起斫刀不管不顾地朝着英娥的后心用尽力气掷了出去——

英娥听着有沉沉金戈声压顶而来，心头猛然一跳，根本来不及多想，就在她侧身闪避的一瞬间，那刀已经扎在马背上。马受惊一个前仰，力道极大，英娥立时就抓不稳缰绳了，幸好她也有防备，抱住脑袋借着这力跌落在地上，滚了几滚才停下来。

地面上草皮坚厚，英娥倒是没什么大碍，只是腿上有些擦伤。

后面追击的士兵们大喜，为首那小将更是凶神恶煞地策马而来，英娥此时倒也无所畏惧，索性抽出匕首，打算拼个鱼死网破。就在她以为今天可能躲不过这一劫时，忽然见一支羽箭撕破冷滞的空气如流星般急速而来，将那为首小将射了个对穿！

紧接着，一骑人马飞驰而至，马上那人一弯腰，竟轻松将英娥一下子拎到了马背上。

英娥扭过头，映入眼帘的是那再熟悉不过的面容，那双茶色眼眸散发着琥珀美酒般清亮幽丽的色泽，正一眨不眨地凝视着自己，那眼神中夹杂了复杂难辨的情绪，有担忧、有后怕、有震惊、有欣喜、有恼怒……

“师父……”她抓住他的衣襟，喃喃唤了一声，这些天来的压力终于到极限，在失去意识前她隐隐听到了高欢的低唤声，心里却无比安定。

有师父在，她就不用再强撑了。

英娥醒来时，发现已身在魏军的营帐内。守在她身边的高欢看到她睁开眼睛先是一喜，随即似是想到什么，又沉下脸：“英娥，身为一国皇后，行事如此莽撞，你考虑过后果没有？若不是我正好出来打探军情……”想到当时的情景，高欢心里不禁又是一阵后怕，那种肝胆俱裂的感觉他不想再经历一次。

英娥自知理亏，索性用起示弱这一招，眨巴着一双大眼睛，可怜兮兮地望着他：“师父，我渴，我饿……”

高欢无奈地叹了口气，更多责备的话到嘴边却怎么也说不出来了，只得起身乖乖去给她倒水：“你先喝点水，等会儿就让他们送点吃的过来。”

英娥接过水大口大口喝了大半，不由得弯了弯眼睛，笑眯眯地看着他：“还是师父最疼我。”

高欢侧过头不去看她：“将军之前已经吩咐了，今晚你就住在这里，明日一早会选出三十名护卫护送你回洛阳。”

英娥笑容一滞，立刻拒绝道：“我不回去！”

“不回去也得回去。”高欢蹙眉道，“如今的情形你也清楚，一场恶战就在眼前，虽然将军已做足准备……”

“阿爹这次真的只带了七千骑兵？”英娥忍不住打断他的话，见高欢点了点头，她露出一脸的难以置信，“这场仗阿爹到底打算怎么打啊？”

高欢却微微一笑，信心十足：“将军乃不世军事天才，纵然只有七千精锐，这场仗也不是没有赢的可能。”

“可是……”英娥正要再说什么，只听有士兵在门外道，“都督，将军请您到中帐议事。”

高欢应了一声：“我这就过去。”他又对英娥道，“你就先在此好好休息……”

“我也去！”英娥立刻拖住高欢的衣袖，“我之前混进了葛荣的军营，我清楚他们到底有多少人！”

高欢神情微凝，沉默了几秒才开口：“那你就随我过去。”

位于军营正中的中帐里，除了留守在洛阳的元天穆，尔朱荣的亲族心腹们几乎都集结于此。贺拔岳、慕容绍宗、侯景、尔朱兆等人虽因日夜兼程而显得疲惫，却无一人面露胆怯担忧之色，每个人的眼睛都明亮璀璨，似乎对即将到来的大战充满期待。

“叔父，您看这葛荣会如何排兵布阵阻止我们进入邺城？”尔朱兆按捺不住问道。

尔朱荣目光锐利地看向前方：“若我没有估错，葛荣一定会向北形成长蛇阵拦截在邺城之前。”

贺拔岳倒吸了一口冷气：“若是葛贼以百万之众布成长蛇阵，想要攻破恐怕也不容易。将军可想到什么妙计？

不等尔朱荣回答，忽听一个清脆婉转如妙音鸟的声音从帐门口传来：“谁说葛荣有百万之众，根本就是虚张声势！”

尔朱兆一听声音大喜，脱口道：“英娥醒了！”

众人循声望去，只见一位穿着葛军服饰的少女大步走了进来，虽然衣衫上尚有污渍和血迹，却无法掩盖她身上散发出的英气，尤其是那双琉璃色的眸子，熠熠澄亮如世上最美丽的绝世宝石，流转光华无限。

众人早已知晓私自离宫的皇后被高欢救回军中的消息，此时见真人出现，面上表情自是各异。

尔朱荣眼神暗了暗，飞快看了一眼她身后的高欢：“你怎么过来了？贺六浑没告诉你，明早让人送你回洛阳吗？一国皇后私自离宫，若是传出去如何是好！”

英娥定了定神，忽然上前几步跪倒在地：“阿爹，这次是我太过任性，但是此刻我出现在这里，不是以一国之后的身份，而纯粹是以魏国一名普通百姓的身份，愿为自己的国家尽一份微薄之力。”

尔朱荣脸上迅速闪过一抹惊讶之色。

“此前我曾混入葛荣军营，根据我的估算，葛荣的兵力在三十万左右，绝不会超过四十万。”

她的话音一落，尔朱兆就欣然道：“好极了！百万之众我们都无所畏惧，何况只有三十万！”

其余众人的面色也有所缓和，看向英娥的眼神多了几分探究。

英娥顿了顿，又道：“葛荣之前派人在城中坏了水源，再加上食物短缺，邺城如今危在旦夕。今日攻城战时我也身在其中，魏军士气犹存，即使在这样的困境下还是苦苦坚守，令我深受震动……”说着她深深俯首，“还请阿爹允许我留在此处，亲见我军如何大败葛荣！”

“说得好！”尔朱兆喊道，“不愧是我们草原上的女儿！何所畏何所惧！”

高欢深深注视着跪在地上的少女，恍然发现原来那个会撒娇的小女孩已成长得如此迅速，他心里有一丝失落、一丝欣慰，但更多的是一股说不清的热焰，灼烧着内心飞扬起点点火光，让他的心跳不由自主地加快……

尔朱荣垂眸，掩住了眼中闪过的一丝骄傲，起身下来扶起英娥："好！我尔朱荣的女儿就该如此！到时回了洛阳，阿爹陪你一起去向陛下请罪！"

英娥鼻子一酸，飞快睃了尔朱兆一眼，见他正对着自己笑成一朵花，小声在尔朱荣耳边道："阿爹不用担心，我和阿兆哥哥已经安排好一切，皇上不会发现的。"

尔朱荣露齿一笑，拍拍她的额头，又转向众人道："蛇有七寸，长蛇阵的七寸就是葛荣中军。贺六浑，你带上部分人马潜入葛军必经之处，在林中以百人为一组，马尾上捆上松枝，各据几处，一旦开战则扬起尘土，擂鼓呐喊造大声势，让他们搞不清我们的兵力，若是他们压上，你们则退；尔朱兆、绍宗，你们二人为前锋，其余众将随我从背后袭击葛荣中军，断他七寸，到时来个里外合击，生擒葛贼！"

众人听得热血沸腾，纷纷领命，尔朱兆更是笑道："对了，叔父，我们不是还有秘密兵器吗？到时必定将葛贼打得落花流水！"

英娥不由得好奇道："是什么兵器啊？"

尔朱兆笑得更加神秘："等明天你就知道了。"

洛阳，明光殿。

殿内的青瓷三足博山炉升起袅袅轻烟，熏得满室暖香流芳。软榻上，年轻的帝王微闭双眼半梦半醒，唇齿间犹带着微醺的气息。黑色长发如软缎般披落一肩，衣襟微敞，白皙如新瓷几近透明的肌肤在一室晕黄色的烛光映照下，仿佛也被染上了一丝淡淡的暖意，不再像平日里那般难以接近。

殿内随侍的宫女看得一阵脸红心跳，忍不住跪在榻前伸手替他擦拭额上沁出的汗，不料对方竟一下子紧握住她的手腕，紧接着呢喃着轻唤了一声："英娥……"

宫女脸上神情微变，犹豫了一瞬还是横下心小声应道："陛下，臣妾在……"话音刚落，她就感觉自己的手腕被抓得更紧。她心跳如擂鼓，另一只手则微颤着轻抚上皇帝的衣襟，纤指指尖划过他胸口肌肤的一瞬间，她的心脏几乎要停止跳动……皇上身边如今除了皇后没有任何妃嫔，若是今晚她能承宠，若是运气再好一些怀上龙胎……她浑身激动得发抖，几乎不敢再想下去。

元子攸并不想醒来。

他一眨不眨地看着梦中的她，生怕错过任何一丝表情。那是和平时完全不同的她。他看着她的双眼秋水流转情意绵绵，看着她的双颊嫣红如三月桃花，看着她嘴角微抿巧笑嫣然……看着看着，他的胸口好像涌起一阵温暖的风，将心底的那些伤痛和迷茫一点一点拂去……看着看着，他终于忍不住上前将她紧紧拥入怀里，急切地低头去寻觅少女柔软的嘴唇——就在他几乎能感觉到她的气息的刹那，眼前的一切幻景蓦然消失无踪……他懊恼失落地睁开眼，映入眼帘的却是宫女那张美艳却又谄媚的笑脸，一个羞怯又激动的声音在他听来却格外刺耳：“今晚，就让奴婢伺候陛下……”

他脑中一个激灵，立时清醒过来，下一秒已经一脚将人踹开，无视那张瞬间变得惨白的俏脸，怒道：“来人！将这大胆犯上的奴婢拖出去杖毙！”

宫女哭喊着被拖了出去，却无法减轻他胸口的郁闷和怒火。梦中他有多期盼，梦醒就有多失望。元子攸心中一片茫然，似乎失去了所有思绪般空空如也。

门外守候的小黄门惊慌失措地进来请罪，他稳了稳心绪，似是漫不经心道：“皇后去永宁寺也有好些天了吧。”

小黄门连忙应道：“之前还传来消息，说是皇后在那里一切都好。”他顿了顿，小心翼翼道，“皇后好像还要在寺里待上一段时间。”

元子攸皱了皱眉，心里莫名烦躁。

小黄门看了看他的脸色，揣测道：“陛下，既是祈福，心诚则灵，皇后已经在寺里祈福这么多天，这份诚心想必佛祖也看到了。不如陛下尽早派人将皇后接回宫吧，这后宫里大小事务也需要皇后打理。”

元子攸面色果然缓和下来，点了点头：“你说得也有道理。”

不等小黄门说话，他就站起身来吩咐道：“传令下去，备车马，朕亲自去永宁寺接回皇后。”

做下决定的瞬间，他的心仿佛也变得柔软起来。

明明知道，这深宫中有些感情是不应该存在的，明明知道，有些感情就是挡住帝王之路的荆棘……可是，他偏偏身不由己……

此时在葛荣的军营中，尔朱荣仅带了七千骑兵前来驰援的消息也令众人难以置信。在短暂的骚动之后，有人已然哈哈大笑起来：“尔朱荣怕是吓傻了吧？这么点人马纯粹就是来找死！”

“可不是嘛！就算我们每人伸出一根手指都能捻死他们了！”

葛荣面上笑容舒展，一口饮尽樽中的烈酒，大声道：“既然尔朱荣存心来找死，那我们就成全他们！”他斜挑着一双浓眉，眼中是毫无掩饰的轻蔑之色，“明日根本就无须其他兵器，只要每人准备一根长绳，待敌人到来时将他们捆起来就行！”

众人哄然而笑，帐内气氛更加热烈，转而开始商议攻破邺城后的各种事宜，谁也没把那区区七千人放在眼里。

宇文洛生和身边的独孤如愿说了几句话，一转头正巧看到宇文黑獭嘴角边隐含着一丝冷笑。

“阿獭，怎么了？”

宇文黑獭垂眸：“将军过于轻敌了。依我的了解，尔朱荣可不是那种明知死局还往里闯的人。”

宇文洛生眼中露出欣慰之色：“阿獭你能保持清醒我很欣慰。其实我也有同感，只是这人数悬殊实在太大，以区区七千对三十万大军，再加上我们百试不殆的长蛇阵，尔朱荣就算有什么计策，逆袭的希望也很渺茫……”

宇文黑獭抬起眼，眼底仿佛有一丝燃烧着的光：“阿兄，我倒是很期待明天的一战。”

宇文洛生拍了拍他的肩：“战场之上刀剑无眼，千万要小心。宇文嫡系如今只剩下你我两人，将来还要靠我们重振宇文家族的辉煌。”

宇文黑獭点了点头，眼神稍稍柔和了几分。

“对了，今天那逃脱的女郎到底是怎么回事？听说是你惹的风流债？”宇文洛生眼中隐隐有几分促狭之色。

宇文黑獭神情微僵，脸上难得出现了一抹尴尬之色：“阿兄你也听别人胡说，我看那女子就是个刺探军情的奸细……若是下次被我逮到，必不会再放过她。”

宇文黑獭眼前忽然浮现那少女在阳光下长发飞舞如梦似幻的一幕，微微一怔，浓长如蝶翼的睫毛低垂，狭长的阴影遮住了眼底的冷霜。

开战的当日天空阴沉灰暗，厚重的云层压得极低极低，在空中缓缓流动，仿佛有浓稠的墨汁随时会滴落下来……

葛荣的排兵布阵果然如尔朱荣所料，整个大军自邺城向北散开为长蛇形，像张开的簸箕般向前推进，连绵竟有四十里之广。而葛荣的中军，也就是整支队伍的指挥，就位于长蛇阵后方一座山坡上。

奉命前去扰乱诱敌的高欢及其手下早已准备就绪，他看了一眼整装待发的人马，留意到有几名骑兵面色焦躁，澄澈的茶色双瞳微微眯起，沉声道：“五百多年前，楚霸王以六万人击败秦军四十万大军一战定江山；四百年前，十几万吴蜀联军赤壁大破曹操八十万大军；一百年前，晋七万北府兵更是在淝水重创前秦百万大军。如今，终于轮到我们来创造新的奇迹。今天，我们就要以七千人马打败葛荣的百万之众！”

高欢的话令众人热血沸腾心潮起伏，趁此乱世立下丰功伟业的野心毫无意外地驱逐了内心偶尔闪现的担忧，众人扬鞭策马大声应和，一时士气大振。

高欢面带笑意地看着众人，只是目光在掠过身侧的一位小兵时笑容微微僵住。但见那小兵还大胆地对他眨了眨眼，露出一抹讨好的笑，正是他的好徒弟英娥。

高欢有些无奈地扯动了一下嘴角，昨晚她软磨硬泡求了半天一同出阵，明知道不该答应她的无理要求，可他最后还是鬼差神使地点了点头。

“记着，随时随地都要跟紧我。”经过她身旁时，他面色淡淡地扔下一句话，英娥一喜，弯了弯眼睛立刻拍马跟上去。

高欢率兵依尔朱荣所言，每百人一处，马尾巴后捆绑松枝后各自散开，擂响战鼓，吹起号角，一时间鼓角争鸣，声浪惊天动地，骏马奔驰时马尾松枝扬起无数烟尘，隐约望去排山倒海般竟似有十数万人马。

葛荣一方本就对七千人这个数字将信将疑，如今被这个阵势所惑，误以为尔朱荣带了大军前来，为了对付高欢的“十数万”诱敌之兵，长蛇阵不得不改变阵形向前压，中军位置出现破绽。而尔朱荣就是趁此机会，带兵绕到长蛇阵后，对中军发起猛烈攻击。

两军正式交战伊始，只见那些精锐骑兵却并不像往常那样使用戟矛刀剑，而是从战马右侧取下粗大的铁棒，冲入敌阵中一通猛砸。铁棒砸下之处，长槊折断，盾牌飞散，铠甲更是如同朽布碎成片片，肢体、头颅更是如切豆腐般碎裂，腾起阵阵血雾。一时间，契胡骑兵犹如从地狱底层冒出地面的罗刹，又像是闯入羊群的恶狼，所到之处血肉横飞脑浆四溅，朵朵艳丽血花绽放，仿佛彼岸花盛开在三途河，每一朵就是一条生命的逝去……

葛荣的军队彻底被这种不合常理的兵器打蒙，仅仅是极短时间内，已有不少人连反应都没有就被砸成肉酱，溃不成军。

宇文洛生和宇文黑獭想要回撤驰援葛荣所在的中军，尔朱荣自然是料到这一步，立刻下令让尔朱兆带两千人马杀乱宇文兄弟的阵形，拖住他们，不让他们有机会回援，又让侯景再率两千人马穿插到葛荣中军后侧，截住葛荣的退路，而他自己的人马则继续正面攻击葛荣，形成三路夹击之势，誓要在最短时间内活捉葛荣。一旦葛荣被擒，他的三十万大军自然也形同被废。

宇文兄弟二人皆多智，见无法及时回援瞬间明白了尔朱荣的计策，宇文洛生不由得感慨：“果真是不世的战将！”

宇文黑獭沉默了几秒，问道：“阿兄，你打算如何？”

如果放弃葛荣，带着剩下的大军逃离，未尝没有东山再起的可能。

宇文洛生看了看他：“阿獭，从小你我就读汉人的圣贤书，事君以忠，何为忠义，君在心中是为忠，舍身相救则为义。就算结果不尽如人意，唯心而行，才能无愧自己。”

宇文黑獭眼中有轻微的波动：“阿兄，无论你做什么，阿獭永远相随。”

宇文洛生欣慰地点了点头，望向葛荣被困的方向，蓦地站起身来。

高欢完成诱敌任务后，也朝着葛荣中军所在的位置疾驰而去。英娥紧随在后，心里的震荡无以形容。空气里弥漫着血腥的味道，每一次呼吸都能闻到浓重的死亡气息，连嘴里也都是苦涩的滋味。周围是凄惨尖锐的嘶杀声，还夹杂着重物击碎皮肤、肉身和骨骼的声音，令英娥的身体不禁微微颤抖起来。

高欢仿佛察觉到她的不适，策马到她身侧道："英娥，若是支撑不了就先回转。在营中等着好消息！"

英娥摇摇头，咬牙道："我要亲眼见到葛荣如何被我阿爹所擒！"

葛荣此时确实正焦头烂额，整个中军差不多都被摧毁，想要回撤却被死死困住，而支援的前方军队也过不来，真正是到了绝境。就在他灰心丧气之时，忽见十几骑人马利用弓箭突袭，用箭雨撕开了契胡骑兵的阵线，杀出一条血路疾驰而来，领头两人正是宇文兄弟。

葛荣大喜，遂在宇文兄弟的掩护下落荒而逃。

高欢和英娥赶到之时，恰巧见到尔朱兆指着某个方向大喊："葛贼就在那里，截住他，千万别让他逃了！"

英娥循声望去，只见几十名敌军骑兵正护着一位戴金色兜鍪的将领策马狂奔，右边有一戴黑色兜鍪不辨面目的小将，竟能在疾驰的骏马上不停反身拉弓射向后面追击的契胡骑兵，又狠又准，但见契胡骑兵一个接一个摔下马……距离逐渐拉开，只听尔朱军这方弓弦爆响，无数箭雨飞扑向葛荣一行，有人落马，也有人当场毙命，但葛荣周围被那小将护得丝毫破绽也无。

英娥一阵气血上涌，忽然催马疾奔追了上去，高欢阻止不及，也赶紧跟了上去。英娥凭借着娴熟的骑术，渐渐接近葛荣等人，这时，对方一箭如流星般射来，英娥一个闪身挂在马身侧，堪堪避过，看得紧随在后的高欢心惊胆战。眼看着双方距离逐渐在射程之内，英娥不减马速，拉起长弓，右手一松弓弦，一支长箭借着马速，仿佛雷电霹雳般朝着葛荣的坐骑射去……

只听叮一声响，英娥射出的箭被那小将的箭撞落在地，英娥却狡黠一笑，从背后箭匣里同时抽出三支长箭，再次拉开弓弦……电光石火之间，三箭分向葛荣的上、中、下三处袭去，小将挡住了两箭，终是没挡住最后一箭，只能眼睁睁看着这支箭狠狠钉入马身上！

疾驰中的骏马猛一吃痛，咆哮着向前摔倒，葛荣也随之跌落在地上……小将勒住马反身护主，回头，英娥雀跃惊喜的面容映入他的眼帘……

小将望着英娥的眼中闪过复杂的神色，再一看身侧的兄长宇文洛生，已然从马上一跃而下，持刀护在葛荣身前。他稳了稳心神，将目光从英娥身上移开，右手轻按住了腰间的匕首。

英娥也是一怔，虽然那兜鍪遮住了小将的大半面容，那双灰色眼睛她却是认得的，除了宇文黑獭再无他人!

葛荣狼狈地起身，却也不失枭雄本色，心知今日在劫难逃，索性拔出刀，高声道："儿郎们，我们和他们拼了！宁可轰轰烈烈死，也不窝窝囊囊生！"

说着他大吼一声就朝着契胡骑兵冲了过去，其余士兵除了宇文兄弟也皆是忠心耿耿之人，知道今日再无退路，俱萌生了与首领同生共死之心，红了眼不管不顾地就冲入敌阵厮杀起来。

这不要命的打法还真让契胡人乱了一瞬，不等高欢开口重新布阵，但见从后方疾驰而出一骑身穿明光铠的悍然大将，大叫一声挥舞着铁棒已然迎头而上："葛贼，今日我侯景就要亲手活捉了你！"

侯景来势凶猛，又天生神力，舞得铁棒乱飞，短短几秒就砸烂了好几人的头颅，葛荣心头一沉，也奋力举刀相抵。两人招招力拼，几乎每招都是两败俱伤的打法，金属兵器在半空中溅出火光，直看得英娥心惊胆战。

就在英娥愣神的瞬间，只见宇文黑獭突然暴起袭向契胡骑兵们，但见他手中匕首银光闪过之处，血光飞溅，对方皆被割喉而死。几乎是一眨眼的工夫，已有五六位契胡骑兵摔下马立时就没了气息。

英娥倒抽一口冷气，不知为何，这样的情景竟好像在哪里见过……

高欢眼神一凛，立刻催马上前，单手举起长槊狠狠向他刺去。宇文黑獭反身闪避，槊尖擦着他的兜鍪而过，高欢一击不成，立刻再次发起攻击，宇文黑獭也迅速从地上捡起一杆长槊相迎，一时之间两人竟不分上下。

那边厢，葛荣终是不敌立功心切的侯景，一个疏忽手中的刀被铁棒砸飞了出去。他呆立当场，浑浊的目光环视了一下周围越来越多的契胡兵，扯唇凄然一笑，眼中泛起一层模糊的泪光。

这一刻，他忽然明白了西楚霸王为何在自刎乌江前说出那句话，原来那是大业未成的遗憾和无法平息的不甘。

今天，轮到他了。

"天亡我也，非战之罪也。"当这句话从口中说出的一瞬，葛荣捡起地上掉落的刀，倒转砍向自己的脖颈——只听当一声，侯景已上前挥舞铁棒击飞了那把刀，接着一脚将他踢倒在地，用铁棒对准了他的头颅，居高临下哈哈一笑道："葛荣，现在还不是你死的时候。来人，将他给我绑起来！"

葛荣求死不成，被阻止的那一瞬已然气竭，颇为麻木地任由契胡人将自己牢牢捆绑了起来，双目紧闭只说了一句："成王败寇，吾但求速死。"

见首领被擒，那些剩下的士兵心生绝望，更是疯了一般拼命反击。英娥见高欢正和宇文黑獭打得难解难分，眼明手快一箭射倒一个欲偷袭高欢的士兵，大声吩咐身侧的契胡骑兵："快快吹响号角，让所有人都知道葛荣已经被生擒！"

很快，胡角声响彻天空，传到了战场的每一处，契胡兵们兴奋非凡，高举兵器喊声震天动地，葛荣的大军却军心大乱，人人面色凄绝，难以相信己方三十万大军真的输给了尔朱荣的七千骑兵……

侯景看着还在打斗的高欢和宇文黑獭，不禁叫嚣道："贺六浑，你也别再费力气了，反正葛荣已经被活捉了，咱们乱箭射死这人不就行了！"

正在和契胡兵缠斗的宇文洛生听在耳中心头一跳，再望过去果然见到已有几名契胡兵拿起弓箭，他亦知大势已去，如果再这样下去，弟弟只怕性命难保……想到这里，他心里已经迅速做出决定，假装失手被擒，并朝着侯景怒斥道："你杀了我吧，我宇文洛生绝不是贪生怕死之人！"

宇文黑獭见兄长被擒，肝胆俱裂，低呼一声："阿兄！"

高欢眼中不禁微光一闪，之前见这小将身手不凡已有几分猜测，没想到竟是宇文洛生的弟弟。

侯景一听自然是大喜，宇文洛生素有威名，在军中的威信不亚于葛荣，若是能生擒宇文兄弟自然也是大功一桩。他大步走了过去，挥手一刀砍在宇文洛生的左臂上，喝道，"宇文黑獭，你再不束手就擒，就别怪我手下不留情！"

宇文黑獭心间一阵刺痛，望了过去，映入眼帘的是阿兄沉着坚定隐含着恳求的眼神。他瞳孔一阵猛缩，忽然就明白了阿兄的用意。

再无任何犹豫，他哐当一声扔下了手中的长槊，伸手摘去了兜鍪，露出了苍白却不失秀美的面容……

高欢冷冷注视着他，心里涌起一种相当奇特的预感，这个有着灰色眼睛的男子，将来一定会成为他人生中最大的麻烦。

"师父！我来捆他！"英娥想起之前被宇文黑獭派人追杀的窘迫，自告奋勇地上前麻利地将他的双手缚住，还打了个无论如何也挣脱不开的结。

宇文黑獭冷哼一声，不屑道："你果然是奸细。"

英娥扬了扬眉，反驳道："什么奸细！本女郎行不更名坐不改姓，尔朱英娥是也！"

宇文黑獭眼中闪过一丝震惊之色，他自然听说过尔朱英娥这个名字，尔朱荣最疼爱的女儿，先嫁元诩为妃，后嫁元子攸为后……难道眼前这个女子真是魏国的皇后？那么她又为何会出现在这里？

他脑中突然一个激灵，蓦地想起了很久之前他和她的第一次见面，不由得垂下眼眸淡淡道："怪不得皇后当初敢在南秀容亲手射死朝廷命官。"

英娥整个人仿佛僵了一下，脸上瞬间变了色："你——什么意思？"

宇文黑獭冷笑了一声："皇后贵人多忘事，此事不提也罢。"

英娥定定地看着他，眼前闪现过他刚才杀死契胡骑兵的情景，渐渐地，又好像和很久以前在南秀容遇到的一位戴黑色幂篱的男子重合在一起，同样的身手，同样的致命伤处……难怪她有种说不出的似曾相识的感觉……在一片混沌乱麻之中，她终于隐约扯出了自己的猜测，但一开口，微颤的声音仍然带着难以置信。

"那个人，是你……"

宇文黑獭目光微闪了一下，面上却依然没什么表情，只是飞快地抬眼看了一下不远处同样被绑住的宇文洛生。宇文洛生面色如常，在视线相交的瞬间还给了弟弟一个少安毋躁的眼神。

英娥心中却思绪翻腾烦躁不已，眼前的人既是敌人，又是曾经的救命恩人，无论如何她都不能眼睁睁看着他死……

一旁的侯景笑嘻嘻地走了过来，弯下腰拍了拍宇文黑獭的脸颊，调侃道："没想到这小子生得还真是俊！"

宇文黑獭性子素来冷傲，哪受过此等侮辱，趁着侯景的手滑过他的唇瓣时张嘴就是狠狠一口！侯景又痛又怒，反手就抽出刀朝他砍去，却在半路上被人硬生生架住——他定睛一看，不由得更是恼怒："为何拦我！"

英娥冷着脸，肃声道："士可杀不可辱，将军已经立下大功，前途无量，更要留意自己的言行。"

侯景一怔，说实话他之前还真没将英娥放在眼前，可不知为何，此时此刻对方身上却隐隐散发着上位者的威仪和气势，让他感受到了一种无形的压力。他虽然没说什么，但明显收起了身上的戾气，冷哼一声转身走开。

将一切都看在眼里的高欢不由得微微挑起了嘴角，不知不觉中，那个总是跟随在他身后的小女孩已经可以和他并肩前行了……

英娥看了看宇文黑獭，但见他面色阴沉得能拧出水来。刚才侯景朝他砍下去时他似乎无动于衷，显然已不惧生死，若不是宇文洛生，他未必会乖乖投降。

"宇文黑獭，"她低低喊了一下他的名字，用只有他听得见的声音说道，"虽然我书读得不多，却也听人说过一句话，尺蠖之屈，以求信也；龙蛇之蛰，以存身也。"她顿了顿，"丈夫之志，能屈能伸。只要你有真本事，自然能在我爹手下一酬壮志。"

宇文黑獭眼中有惊愕一闪而过，随即迅速垂下眼，遮住了眼底所有的情绪。

就在这时，只听有人高声叫了起来："快看，是太原公他们来了！"

英娥一喜，立刻站起身来朝远处望去，果然见一队人马正浩浩荡荡而来，为首的人相貌俊美气势非凡，正是她的阿爹尔朱荣。而在他左侧的那个身影乍映入眼帘，她的心脏就无法控制地狂跳起来——

虽是一身戎装，却丝毫无损他与生俱来的雅致清灵，那般绝代的风华，就算是千眼因陀罗为之再化生万眼也看不够。

"遵业……"她在心里默默念出他的名字，垂放在身侧的双手微微颤抖。

这些天她日夜不安，担心着他的生死，如今他就活生生地出现在面前，她脑中竟有一瞬的眩晕。

纵然再相逢，犹疑在梦中。

几乎是在同时，那人就发现了她的存在，还来不及震惊就策马疾奔而来，接着从马背上一跃而下冲到了她的面前，可想要问什么却忽然一个字也说不出来，只是一眨不眨地望着她，似乎要把她此刻的容颜深深刻入心底那般专注。

他的眼眸里全是她的影子，再无他物。

阴沉沉的天空终于开始下起淅淅沥沥的雨，缓缓冲刷着地上残留的血迹。

隔着细雨，英娥也回望着他，此时此刻，她什么也不想，什么也想不起，恍恍惚惚，只觉得他离自己很近，却又很远。之前对他的种种担忧全在这对望中消失殆尽，胸口骤然胀得很闷，闷得又仿佛带着一种绞动心尖的疼痛，让她也完全说不出话来，只能这样定定看着眼前的男子，两人的目光就这样久久纠缠在一起，仿佛望进了对方的心底，千言万语都蕴含于其中……

高欢在一旁静静看着，唇边的笑容不知何时敛起，眼神暗了暗。

在场众人心思各异，无人留意到在角落，有个身负重伤的士兵挣扎着起身，拉起弓箭对准了英娥。

嗖——利箭带着垂死的力量朝着英娥的后心直射过来，其速度之快，根本让人来不及阻拦。

英娥完全不知后面意外突生，只看到司马子如脸色一变，接着自己的身体被狠狠拽了一下，整个人被护入了一个温暖的怀抱，几乎是同时，她听到了一声令人心惊胆战的利器穿透皮肉骨骼的声音——

"遵业！"尔朱荣和高欢惊惶的声音同时响起。

她睁大眼睛，看着抱着自己的人胸前渐渐渗出鲜血，脑子里一阵轰鸣。那血还在不停蔓延，她几乎看到了鲜血奔涌而出的幻觉……

"遵业！"她低吼一声，眼前一黑，全部意识仿佛在瞬间消失……

洛阳郊外，永宁寺。

皇帝的车辇终于在黄昏时分到了永宁寺门口，因为是微服前来，所以只带了几十位精锐护卫。

当守在皇后精舍外的桃姜和阿素看到皇上亲自驾临，脸色瞬间变得极为难看，对视了一眼，在彼此眼中看到了是祸躲不过的惊骇。

元子攸何其敏锐，立刻发现不对劲，他连问都没问，一下子就推开了房门，只见一位戴着帷帽的女子正端坐于软垫之上，看身形和英娥十分相似，他却一眼就看出了真假。

元子攸一个箭步冲上前，几乎是有些粗鲁地掀开了帷帽，果然看到一张完全不同的面容，整个心瞬间就紧紧揪了起来，怒道："皇后呢？"

那女子是尔朱兆安排的女护卫，见此情形倒也不惊慌，扑通一声跪了下来："陛下，皇后听闻邺城危急，早已赶至那里。"

"什么！她去了这么危险的地方！"元子攸一怔，立刻想到了守卫邺城的人是谁，心底隐忍的怒火仿佛被浇了沸油般升腾起来，焦虑、担心、失落、愤怒等各种情绪交织在一起不停翻滚着，让他几乎无法维持自己的理智……

"来人，将她们全带回去押起来！朕倒要看看皇后回来如何解释！"他深深吸了几口气，才让自己冷静下来，眉梢眼角皆染上层层寒色。

到底是因为她涉险生气，还是因为她为了那个人涉险而生气，连他自己也分不清了。

暗光将他在地面上的影子拉得很长很长，隐隐透出种难言的孤寂和惶然。

窗外的乌云堆叠在天际，厚重得仿佛随时会落下来。风势愈来愈大，吹得云层更是诡谲地翻涌不停。

模糊的视线中，司马子如的胸口不停迸溅开一大朵一大朵血色的花，任凭她如何惊慌失措如何去捂，那滚烫的血液还是无法遏制地从她的指缝间流出来，狠狠撕扯着她的心脏……

"遵业！"

英娥猛地睁开双眼，看到守在身侧的高欢面露惊喜之色，才发现自己做了一场噩梦。但她很快就想起晕过去之前的那一幕，失声问道："遵业呢？遵业他怎么样了？"

高欢露出一抹安慰的笑容："你不用太担心，遵业暂无性命之忧，只是这次伤得确实厉害，需要好好调养一些日子。"

英娥哪里放得下心，立刻下榻要去亲眼瞧瞧司马子如到底伤势如何。高欢也知道她的性子，只得陪着她先去司马子如的营帐。

刚到那里，就见尔朱荣正好从帐内出来。尔朱荣看英娥已然无事眼中也有了几分笑意，吩咐她探望完就早些回去休息。英娥心不在焉地应了就连忙冲进帐去，高欢正要跟进去，忽见尔朱荣对他用眼神示意了一下，心知对方有要事相商，点了点头便随他而去。

帐内燃着几盏蜡烛，在昏黄的烛光下，那人静静躺在榻上，双目紧闭长睫微颤，俊秀无双的脸庞苍白得没有一丝血色，胸口的伤处虽说侥幸偏了心脏位置，却也是凶险至极。

英娥蓦然觉得心口酸胀起来，眼中也泛起了湿意，道不明的复杂情绪在心底翻腾撕缠着……她深深吸了几口气，尽量按捺住起伏不定的心绪，弯下腰想帮他理一下散乱开的衣襟，却看到一块雕刻精巧的白玉挂件从他的脖子间滑了下来。

她定睛一看，觉得有点眼熟，忽然想起这好像是很早以前他从她那里骗去的无数宝贝之一，不禁又觉得有些好笑。曾经的回忆点点滴滴地涌上心头，那些微笑、那些成长、那些玩闹、那些时光留下的痕迹，就像潺潺的流水般在心口淌过，柔软中又带着淡淡的惆怅和微疼……

在她不曾察觉的时候，有些感情悄然转变，在心里一点点发酵、伸展、蔓延……

原来，她比自己想象中还要在意他。

明明已经说出绝情的话，明明不想因为自己牵连到他，明明……可是，所有理由都在听到他有危险时土崩瓦解，唯一想做的就是伸出手紧紧抓住他……看到他为了自己而受伤，她的心，会坠，会伤，会疼得直入骨髓。

喜欢他，喜欢得不得了，压抑已久的感情来得那么急切汹涌，让她一时难以呼吸。

既然如此，她为何还要对他有所隐瞒……

恍然间，她见到他缓缓睁开双眼，惊喜的光芒如烟花般在他眼中一闪而过，但瞬间又像是想起什么暗淡下来，嘴角却扯出一抹漫不经心的弧度。

“皇后难不成是因为担心我才特地赶来邺城的？”他的气息尚有些微弱，口吻带着一种连自己也不相信的自嘲，却又隐隐含着一份奢望和希冀。

就在他等着听到另外的理由时，却惊讶地看到她竟然点了点头，接着，她眼中漾出温暖而明亮的光华，令他心跳快了几分。

“遵业，我有话要对你说。”

夜凉如水，暗黑的天幕中无星无月，唯有涌动的乌云密布。

在尔朱荣的营帐内，一众心腹自然商议起关于如何处置俘虏的事宜。首犯葛荣自然是要押解回洛阳受死，但葛荣手下有不少有才之士，像是颇有声名的宇文兄弟和独孤如愿等人，收为己用似乎是现今最合适的处置。

贺拔岳之前和宇文兄弟的关系素来极好，此时免不了求情：“将军，宇文洛生智慧多计，战场上亦英勇不凡。当初葛荣擒广阳王，破杜洛周，都是他的功劳，若是我们有了他加入，相信更是如虎添翼！”

尔朱荣面上若有所思，却什么也没说。

高欢目光微闪，上前一步道：“这位宇文洛生素有声名，威望甚至在葛荣之上。听说善抚将士，品德出众，仁义大度，更是军中人心所向。”

尔朱荣眼中有不善之色一闪而过，随后他冷笑了一声道：“明明是葛荣的臣子，却偏偏要有这般贤名，我倒看此人必有狼子野心！”

听出他语气中的不善，贺拔岳大惊失色地跪倒在地：“将军！洛生绝不是这种人！”

尔朱荣肃了脸色，眼中有凌厉杀意掠过：“此人自诩有些智谋，博取仁义之名，明显有不臣之心，手下又多拥护之人，不可留也！”

贺拔岳几乎落下泪来苦苦哀求，高欢冷眼看了看他，再次开口道：“将军言之有理。若是留此人在世上，则世上又多一枭雄。”

尔朱荣微微颔首，大声道：“传令下去，立刻绞杀宇文洛生！”

贺拔岳心知无法再挽回，一脸颓废地瘫坐在地上。似是想到什么，他又挣扎着起身开口道：“将军，贺拔与宇文数世交往，既然将军已经下了决心，还请准许我送宇文洛生最后一程，也算是全了兄弟之义。”

关押俘虏的营帐都在西南边，其中宇文兄弟和独孤如愿三人同关一帐，除了帐外有人看守之外，食物和水供应丝毫不缺，也算是受到了善待，也难怪独孤如愿还有心思开玩笑：“好了！现在，我们可真成难兄难弟了。”

宇文黑獭关注地看着宇文洛生手腕上的伤口，明显已经止了血。

“阿兄，你感觉怎么样？”

宇文洛生微微一笑：“已经好多了，我没事。”他顿了顿道，“阿獭，你今年已经十八了吧。”

宇文黑獭不解其意地点了点头。

宇文洛生目光温柔地看着他：“当年孙策十八岁时父亲身死，他却凭借一己之力开创江东。阿兄相信，即使宇文家只剩下你一个人，你也能像孙郎一样成就一番大业。”

宇文黑獭心里涌起一阵没来由的不安：“阿兄，我还有你。”

宇文洛生笑而不答，又看了看独孤如愿：“如愿，你我兄弟多年，若是我有什么不测，你答应我一定要在阿獭身边。”

独孤如愿也敛了笑容：“阿兄，你太多虑了吧……”

他的话还没说完，只见帐帘被掀了起来，贺拔岳的身影出现在帐前，声音微微发颤：“洛生，将军有请。”

帐外皓月当空，帐内暖烛融融。

司马子如静静躺在那里，整个人身上仿佛笼着一层柔和的银色光华。他眼睛一眨不眨地凝视着正说个不停的少女，复杂的情绪将整个心占据得毫无空隙，虽然这些情绪都被掩藏于并无波动的面容之下，黑色眼眸中却渐渐生出一抹燃烧着的光芒……

“其实这个两年之约我也不是故意瞒你的，只是……”英娥顿了顿，“事关陛下生死，我才不敢贸然说出来。但是我们都说好了，只要两年，只要找到合适的旁支继承人，我就可以恢复自由。我和陛下，并没有……”

她支吾着小心翼翼地抬眼望他，可对方的反应完全出乎她的意料，只是漫不经心地点了点头。

这种满不在乎的态度就像一盆冷水兜头泼下，英娥心口一凉，气得拔腿就走，可快走到帐帘处时听见他略带夸张地哎哟叫了一声，又不禁心软，回转过去查看他的伤口。

“受了伤就别乱动好吗！”她因转得急，身子一下子失去平衡，踉跄了几步就往榻上扑去——说时迟那时快，就在她的鼻尖离他的嘴唇只有半寸之时，她硬生生双手撑住了两侧，终于阻住直接摔在他身上的去势……

在这短短一瞬间，两人之间气息清晰可闻，彼此眼底仿佛只剩下对方的影子。

她的心脏突然扑通扑通狂跳起来，下一秒，她见到他眼中露出促狭笑意，接着，就听他几不可闻地轻叹一声，极为自然地仰头轻吻了一下她的唇。

如蝶翼般轻柔拂过的亲吻，挟带着男子清新如青竹的气息。她的脑子里似乎有什么轰然炸开，眼前层层叠叠绽放妍丽荼蘼的花，开得绚丽无比，耀眼铺陈……

英娥僵了一刹才慌乱地后退，不想一下子又跌在地上。她下意识地抬头摸唇，又羞又恼地正打算说些什么掩饰心底的慌乱，不想对方却微微笑了起来，一字一顿道：“英娥，我等你。”

他的声音坚定有力，让人不由自主发自心底地信赖他的话。

英娥怔住，张了张嘴却什么也没说出来。

“无论多久，我都等你。”他眼底闪着狡黠的光，“我是个小气又计较的男人，英娥，这次我替你挡了箭，你把一辈子都赔给我好不好？”

英娥瞪大眼睛，几乎是条件反射地反驳：“什么！做梦！把你赔给我还差不多！”

司马子如顿时笑靥如花：“好！英娥，从小到大我骗了你这么多东西，作为补偿，我就把自己赔给你一辈子，我们就这么说定了！”

英娥愣了愣，这才发现自己入了他的套，心口一堵却又隐约有些说不清的悸动。她慢慢直起身子，忽然有些粗鲁地抓起他的手，冲着他的手背就重重咬了一口！

司马子如的脸扭曲了一下："英娥，你是属狼的吗？！我可是个重伤病人！"

看着那个深深的牙印，英娥弯了弯眼睛，笑容甜润："听好了！这是我给你的烙印。从现在起，你的一辈子就归我了。"

司马子如心口一胀，手微动，迅速穿过她的手指，两人十指交握在一起，密密贴合。

英娥望着他的眼睛，那里似乎有胜过千言万语的情愫游离其中，她看得懂，又看不懂，只知道此时此刻，她和他之间的这一方小小天地，任何人任何事都无法打扰一丝一毫。

也不知过了多久，直到尔朱兆大大咧咧闯进帐来，才打破两人之间的气氛。尔朱兆探视了司马子如的伤情后就迫不及待地说道："叔父对宇文洛生已然动了杀心，他恐怕是活不过今夜了。"

英娥大吃一惊："为何？"

"宇文洛生声名太盛，留着他，将来必是隐患。"司马子如说了这句话后便沉默了。

尔朱兆点头表示赞同："没错！要我说，干脆将那宇文黑獭也一起杀了，免留后患！"

英娥心里一紧："怎么？阿爹要把宇文两兄弟都杀了吗？这不行！"

她站起身就朝着帐外走去。

"这有什么不行！难道要像对付元子攸那样婆婆妈妈的？杀人家兄弟又不杀个干净，留下一个又一个后患！"尔朱兆言辞中对新帝全无恭敬。

"英娥！"司马子如出声拦住了她，"宇文黑獭不会有事的。"他缓了缓气，放低了声音，"宇文黑獭声名不显，再加上贺拔岳求情，将军肯定会留他一命以抚人心。"

说了这么多话，再加上刚才的一番折腾，司马子如也有些吃不消，英娥赶紧查看他的伤口，并不许他再说话，眼睁睁看着他入睡才放下心。

尔朱兆并没留意到英娥和司马子如之间的微妙互动，催促着英娥回去休息。

出了帐，英娥抬头望望天空，漆黑的天幕之上有几颗星子寥落地闪着光。

这时，黑暗中有人快步走来，见到尔朱兆似乎急着想说什么，但眼神在英娥身上停留了一下又有所犹豫。

"说！"尔朱兆有点恼。

"宇文洛生已经被处死，眼下贺拔将军正在为宇文黑獭求情。"

尔朱兆冷哼一声："遵业猜得还真不差！那我们就过去瞧瞧！"

"阿兆哥哥，我随你一起去！"英娥立刻也跟了上去，一同朝着关押宇文黑獭的方向走去。

第十二章 宇文泰

尔朱英娥跟着尔朱兆到了关押宇文黑獭的地方，却被告知宇文黑獭得知兄长的死讯后，主动求见尔朱荣，此时应正在主帐内。

在前往主帐的路上，尔朱兆饶有兴致地感叹道："没想到这厮还颇有几分胆识，倒是合了叔父的喜好，这次说不定他能逃过一劫！"

英娥心下微松，她也深知父亲极为爱才，若是宇文黑獭真有这份胆气，确实会让父亲高看一眼，手下留情。

尔朱兆又转了转眼珠"哎呀他该不是去求饶吧！叔父可是最讨厌贪生怕死之人！"

英娥的脑海里浮现那双灰色的眼睛，下意识地摇了摇头："他不是那种会轻易求饶的人，如果我没猜错，他应该是置之死地而后生。"

尔朱兆不置可否地挑了挑眉，眉宇间兴味更浓，不禁加快了脚步。

两人刚到主帐外，就听得里面传来一个沉稳冷然的声音："末将宇文黑獭，愿意追随大将军，万死不辞。"

尔朱荣的声音也随之响起："你和阿斗泥是生死相交的兄弟，就暂时归在他的帐下吧。"

贺拔岳如释重负地叩谢起来："多谢将军！多谢将军！"

接着厚厚的帘帐被掀开，尔朱荣大步走了出来，看到英娥和尔朱兆却什么也没说，径直离去。

尔朱兆赶紧拉着英娥走进去，只见宇文黑獭和贺拔岳还跪在地上，贺拔岳的额头青紫红肿还流着血，显见是刚才磕头求情所致。宇文黑獭则低着头，垂落在身体两侧的双手骨节出现一瞬的泛白，却又很快恢复原样。

站在一旁的高欢正若有所思地看着两人，目光微微闪动。

似乎察觉到英娥的目光，宇文黑獭蓦地抬头，正好撞入她的视线之中。他灰色的眼眸中涌动着令人无法分辨的情绪，就像是沉在海底的遗骸，在无尽的阴暗与暗潮中，隐藏起周身累累的伤痕。

见两人进来，贺拔岳拉起宇文黑獭，面色不好地朝他们打了个招呼后就匆匆离开。

尔朱兆眼睛晶亮地盯着高欢："贺六浑，那小子刚才说了什么，叔父就这么饶过他了？他没求饶吧？"

高欢并未回答，而是蹙着眉看了英娥一眼："这么晚不好好休息，跑来这里看热闹？

英娥一时语塞，连忙拽了拽尔朱兆的衣袖。

尔朱兆没忍住噗一声笑了出来，再次催促道："贺六浑你就快说吧，他到底有没有求饶？"

高欢扫了他一眼："他非但没求饶，反而一开口就为自己兄长喊冤。"

英娥瞪大眼睛："为何？他不怕激怒我爹吗？"

高欢见她的模样有趣，神色不由得软了几分："将军用有异心这个借口杀了宇文洛生，因此宇文黑獭适才借着为兄长喊冤表明了宇文氏族的忠心，他口舌着实了得，竟令将军心生愧疚之意，就此饶过宇文一族。"

尔朱兆神色明显轻松下来："原来不过是口舌犀利而已，看来留他一条小命也成不了大患。"

高欢没说什么，但一闪而过的神色显然并不认可尔朱兆的看法。

一个人，在相依为命的亲人被杀后在最快时间内冷静下来，主动出击向仇人谋取一丝生机，这份谋略心性岂是普通人所有？

宇文黑獭，绝非池中物。

"咦？这是什么？"尔朱兆突然指着地上一个亮闪闪的东西说道。

英娥定睛一看，原来是块镶了金纹的青玉鹘形佩。

"之前宇文黑獭下跪磕头时我好像见过。"高欢随口应道。

英娥一听，迅速捡起那块青玉鹘形佩："正好我也没事，我去还给他。"

说完她不等两人开口，转身跑出了营帐。

剩下的两人面面相觑，同时露出一抹无可奈何的神色。

今夜几乎见不到月光，唯有几颗星子还在挣扎着释放光明。

宇文黑獭目送着贺拔岳离开，久久站在原地一动不动。因着适才投诚的关系，他已经无须被继续关押，暂时恢复了自由。

抬头望向天空，那深沉的黑仿佛无数泪渍重叠后的颜色，他缓缓闭上眼，眼中却干涸得没有一滴泪水。佛曰大悲无泪，他此刻才真正明白这句偈语的意义。

得知兄长因莫须有的罪名被杀害那一瞬，他的心几乎碎裂成冰，唯一的念头就是给兄长报仇。要不是独孤如愿死死抱住他，恐怕他已经……

想起兄长之前说的那些话，他更是心痛如绞，原来兄长早就预见了自己的命运……为了兄长的遗愿，为了宇文家族，他没有第二条路可以选择。

他深深吸了一口气，平复了紊乱的心绪，手习惯性地向脖颈间摸去，却是一空。他怔了怔，随即露出一抹苦笑，难道连这么一点念想都留不住了吗？

就在这时，一个女子的声音忽然从他身后传来："你是在找这个吗？"

宇文黑獭回转头，树下的身影有些模糊，但他几乎一眼就认出了来人。下一秒，他的目光就被对方手心里发着光的东西吸引住。

"这是你掉的吧？"她抬起头，目光明亮温暖，将手伸到他的眼前。

他冷冷看了她一眼，终是伸手拿起了那块青玉鹗形佩。

他的一头黑发有些凌乱，苍白冰冷的绝丽脸庞掩映在墨黑锦缎般的长发下，雪肤乌发所造成的强烈对比冲击着她的眼睛，令她不由得屏住了呼吸。

"或许，这已经是最好的结果。"她觉得自己的声音有些发涩，"在这个乱世中，我们每个人的命运都不由自己决定。你的、我的、你兄长的，甚至我阿爹的。"

他的眼底似乎有一丝波动。

"这是我十六岁生辰，阿兄亲手为我所刻。"他的语气平淡，仿佛在讲述一件和自己无关的事情，"谢谢你帮我寻回来。"

他转身就往帐内走去。

"宇文黑獭……"她心里有些发堵。

他停住脚步，似是猜测到了她未尽的含意，沉默了一瞬才低低开口道："人生在世如身处荆棘林中，心不动则人不妄动，不动则不伤。我宇文泰既然臣服于将军，自不会再生妄心。"

英娥一愣，原来他的汉名用了泰字，鲜卑契胡多有汉名，师父高欢亦是用鲜卑名贺六浑之贺之意，取汉名欢。

“上次救命之恩还未答谢，若有机会我一定相报。”英娥一字一顿道。

宇文泰脚步稍稍停顿了一下，又继续向前走去，很快就隐入了帐内。

英娥轻叹了一口气，也转身离开。

因着司马子如的伤势，尔朱荣的整支骑兵回程都放慢了速度，英娥则在第二天一早就马不停蹄往回赶，希望能在尔朱荣凯旋前回到永宁寺，然后顺顺利利返宫，就好像什么也不曾发生过。

当英娥好不容易赶到永宁寺时，眼前的情形令她的心顿时凉了半截，不但之前安排的人都没了踪影，连心腹阿素等人也被皇上带回了皇宫。原以为神不知鬼不觉的事情居然因为皇上的心血来潮而被揭穿，让她始料未及。

虽说她和皇上是没有夫妻之实的同伴关系，但毕竟是她先欺瞒了他，为今之计，也只能先回宫请求原谅了。

洛阳，御花园。

秋意渐浓，茂密的龙柏树依然青翠，树下的菊花一丛丛盛开，轻展凝黄长蕊，亭亭傲然跃立枝头。

年轻的皇帝正和新晋中书舍人温子升相谈甚欢，这位温子升才华过人，更被誉为北地三杰之一，已然成为新帝的又一大助力。

“此次大将军凯旋，陛下可准备出城亲迎？”

元子攸微眯了一下眼睛：“朕不但要出城亲迎，还准备用远超周礼的干象辇、大楼辇车、象辇和小楼辇等仪仗相迎。”

温子升微微一笑：“陛下英明。此次迎接尔朱大将军的仪仗如此尊崇，相信是前无古人，后无来者。”

元子攸正要说什么，忽见内侍匆匆而来，在他耳边低声说了几句，他的眼睛明显一亮，随即脸色微变，让温子升退下后他就匆匆往皇后的宣光殿走去。

宣光殿。

镏金香炉里飘着袅袅轻烟，随着烟雾弥漫的，还有一股浓郁芬芳的沉香味，只是这股香味中还夹杂着一股淡淡的苦涩药味。

元子攸皱了皱眉，望向躺在床榻上的年轻女子。但见昔日健康灵动的少女此时却面容蜡黄憔悴，紧闭的双目下还布着淡淡青影，果然是如内侍所说染了微疾。

他心里忽然涌起了一股难以抑制的怒气，在胸腔横冲直撞——想方设法冒着生命危险也要去那里，这么做真的值得吗？

不安、担忧、心疼——复杂纷乱的情绪交织在一起，闷闷地堵在胸口，他想要发泄出来，却怎么也找不到出口……

元子攸怔怔立于床前的身影，映下一处阴影，恰巧将英娥整个身体笼住。

英娥的眼皮动了动，缓缓睁开了眼睛，见到元子攸似乎愣了愣，低唤了一声：“陛下，这次都是我的错，我愿受任何责罚……”说着她挣扎着要下床，元子攸连忙上前按住了她，语气急促道：“你先躺着别乱动！”

英娥转了转眼珠，一双小鹿般的琉璃眼雾蒙蒙地看着他：“陛下，对不起……让你担心了……”

他明明想硬起心肠，明明想过该如何责罚，明明……可这一切都在他对上她的目光的瞬间烟消云散，唯有颤悸难言的心绪弥漫荡漾在胸腔里，整颗心变得柔软无比。

他终是暗叹了一口气，有些无奈道：“以后可不许这么任性了。”他顿了顿，似是低喃道，“若是你有个三长两短，你让我怎么办？”

英娥立刻露出一抹了然的笑容，小声道：“放心吧，陛下，在我们的约定到期前，我一定会好好的。你不用太担心了。”

元子攸眼中飞快地闪过一丝失落，只觉缠在心上的那根线一点一点收紧，一时竟不知该说什么。

英娥见他不再说话，一抬眼见到他正一眨不眨地注视着自己，深邃的眼底荡漾着一种莫名的情绪。

她心头不知为何蓦地一跳，下意识地转开了目光。

房间内忽然变得一片静寂，在彼此沉默了几秒后还是英娥先开了口：“陛下，阿素和桃姜……”

元子攸目光一沉：“身为你的贴身侍女，知情不报，理应责罚，就算是杖毙也不为过。”

英娥的脸色一下子就变了：“陛下！不要！”

她焦急地抹了抹额头上沁出的冷汗，却没意识到被抹的那一处蜡黄色渐渐淡去，露出了原本白皙的肤色。

元子攸目光何等敏锐，立刻就发现了端倪，他不动声色地看了看她，随手端起放在榻旁的药碗，轻轻用勺子搅拌了一下，还亲自试了试温度，才送到她面前，柔声道：“先把这碗药喝了，才有商量的余地。”

看到对方的脸瞬间垮了下来，他忽然觉得心情大好，难得起了孩子心气，硬是将瓷勺送到她嘴边，口吻不失威胁：“不快点好起来，朕可不能赦免那两个奴婢的欺瞒之罪。”

英娥苦着脸，只好捏着鼻子一口一口艰难地将一碗药喝了下去。好不容易喝下最后一口，只听元子攸又吩咐道：“皇后这药至少得喝上七天，你们得盯住了，少喝一天都不行！”

英娥眼前一黑，并未留意到皇帝眼中一闪而过的促狭之色，恼道：“我不喝了！陛下，我累了！我要休息了！”

说完她也不理元子攸，一个转身躺了下来，顺便用被褥将自己裹得紧紧的。

元子攸忍住笑，轻咳了一声：“两天后你父亲就要凯旋至洛阳了，可惜，你这个样子也不能和朕一同出城迎接了。”

英娥一愣，实在忍不住又转过头来：“陛下你要亲自去迎接？”

“对，不但亲自迎接，还要用最尊崇的仪仗……有二十匹骏马驾着的千象辇，有大楼辇车、小楼辇……”元子攸颇为惋惜地看了看她。

“我，我喝药还不行嘛！”她没好气地妥协了。

元子攸微微一笑，示意侍女们多点了几盏烛火，带着暖意的烛光顿时将房间照得更加明亮。

他闭了闭双眼，这样就很好，虽然这些温暖和光他一时抓不住，但至少，就像那个人一样，此时此刻，可以陪伴在他身边。

英娥也没想到，自己还真睡着了。一觉醒来元子攸已经不在，倒是伺候在床榻边的两位熟人让她惊喜不已。

“阿素！桃姜！你们没事太好了！”

阿素和桃姜也都跪了下来，又是喜悦又是后怕。

“当初陛下发现皇后您不见时，奴婢们还以为肯定没命了。没想到陛下只是将奴婢们关了起来，说是将来皇后回来若见不到奴婢们会难过。”桃姜依然伶牙俐齿，“皇后，陛下真的很在意您呢。”

阿素也是连连点头：“您都没看到，陛下不知有多担心您呢。”

不等英娥说话，阿素似是发现了什么，盯着英娥的额头道：“皇后，您这里怎么了？”

英娥伸手一摸，指尖上顿时沾染了不少黄色粉末，她再揽镜一照，立时泄了气：“他居然识破了我的苦肉计！怪不得！”

想到适才他逼着自己喝下一整碗做样子的苦药，英娥更是气不打一处来。她还以为能靠这招蒙混过去呢，想不到竟然是自讨苦吃！唉！

魏永安元年十月三日，叛党首领葛荣被尔朱荣押至洛阳。魏帝及魏后带领众臣于阊阖门亲自以尊崇仪仗相迎，并将葛荣当场于铜驼下斩首示众，一代枭雄从此灰飞烟灭，昔日的霸主雄心亦随风而散。

诸法因缘生，诸法因缘灭。因缘生灭法，佛说皆是空。

是夜，元子攸在明光殿设宴封赏各位功臣。太原王尔朱荣擢升为大丞相，尔朱兆更是被册封为柱国大将军，生擒葛荣的侯景一跃成为定州刺史，司马子如也因坚守邺城有功，特赐了平遥县子的爵位。另外高欢、贺拔岳、元天穆等人也有了相应的官位擢升和大量财物赏赐。

元子攸望着跪在席下的司马子如、尔朱兆和侯景三人，面上虽然不显，心里却有些唏嘘，尔朱荣自己出色且不说，手下又多猛将，有尔朱荣在，大魏平息叛乱一统天下指日可待，可同样，离大魏改朝换代的日子也越来越近了。他这个傀儡皇帝，连自身都难保，又谈何为昔日惨死的兄弟报仇……

坐在他身侧的英娥自然是为父兄欣喜，此刻她的目光忍不住在司马子如身上多停留了一瞬。他的精神看上去还好，双目清亮，但面色依然憔悴苍白，显见这次的受伤折了不少元气。

她又看了看似在出神的元子攸，小声提醒道："陛下，该让他们起身了吧？"

元子攸好像才回过神来，脸上带了一抹上位者惯有的笑容："各位爱卿击溃叛军，为国效力，劳苦功高，请起！"

侯景和司马子如谢恩后先起了身，尔朱兆却依然跪伏于地，一动不动。

侯景性子急，出手推了他一下："阿兆，陛下赐你起身！还不快起来！"

尔朱兆却抬头挑衅地睨了一眼元子攸，又看了一眼尔朱荣，再次伏下了身。他的意思再明白不过，除了尔朱荣的命令，他谁的命令也不听，哪怕是当今天子。

周围一下子安静下来，空气里涌动着一种尴尬的气氛。元子攸深深吸了一口气，将冲上心头的怒火硬生生压了下去，不再去看他。

英娥又是恼怒又是担心，这个没分寸的家伙，这种场合明目张胆给皇上没脸，简直狂妄得过分了。

她转了转眼珠，忽然想起幼时的一桩趣事，顿时计上心头。

尔朱荣虽喜侄子的忠心，但也明白不能再僵持下去，正要开口，却听英娥脸色古怪地蓦然开口："阿兆！我刚才看到有只茶婆虫爬到你的袍下了！"

一听"茶婆虫"这几个字，适才还得意扬扬的尔朱兆顿时变了脸色，几乎是火烧火燎般从地上一蹦而起，上蹿下跳，毫无仪态地拍打着袍子，口中还叫道："哪里？在哪里？"

众人难以置信地看着这一幕，实在无法将英勇善战的将军形象和这个害怕虫子的人联系在一起，就连元子攸也是怔了怔，随即忍不住露出促狭的笑。

“呃，原来是我看错了。”英娥轻飘飘地又扔出一句话，“既然你已经起身了，就回到席位上好好享用美酒佳肴吧。”

尔朱兆此时也知道是受了英娥的捉弄，虽是大失面子，却又舍不得对英娥生气，再加上尔朱荣给了他一个警告的眼神，他只得悻悻回到自己的席位上。

英娥抿嘴一笑，尔朱兆自小天不怕地不怕，最怕的就是这种茶婆虫，果然现在还是如此。

元子攸看了看英娥，目光无意间更柔和了几分。他自然知道她这么做是为了维护他的威严，一股说不清的淡淡甜意在心头缭绕而起，鼻子竟微微发酸。为了掩饰自己短暂的失态，他连忙转移话题，故作兴趣盎然地相询于司马子如：“遵业，听闻当时邺城城内大多水源被下了毒，你是想了什么办法解决的？”

司马子如微微一笑：“回陛下，邺城内富户无数，家内多备有冰窖藏冰，臣下令他们捐出冰来，再化冰为水，总算是支撑到大将军援军赶至。”

元子攸眼睛一亮：“果然好计策！”他再看司马子如，更多了几分欣赏之色。

英娥低头饮酒，心里有些莫名的得意和雀跃。

殿内气氛渐渐缓和，筵席之间羽觞齐响，歌舞绮罗，一派融融。

喝到畅怀处，尔朱荣更是离开席位，拉起尔朱兆及一众契胡侍卫，高唱胡乐《回波乐》，双脚踏地起舞，英娥乍闻乡音，也是心潮澎湃不能自已，索性也下场和父兄一同跳了起来，欢声笑语不绝。

洛阳这边的鲜卑贵族受汉化影响较深，见此情形心里不免暗暗鄙夷，可看到元子攸居然也亲自击节助兴，不得不都有所收敛。

一曲舞罢，尔朱荣示意众人退下，英娥也回到了自己的席位上。只见尔朱荣上前几步，忽然跪了下来：“陛下，臣在河阴铸成大错，每每想起，心中万分愧疚。”

元子攸一怔，随即面色白了一白：“此事也不能全怪大将军。”他举起酒盏走到尔朱荣面前，“今日既然你提起此事，那么朕也和你说个明白。大将军诛杀胡氏拨乱反正，为先帝复仇忠义之心可鉴，扶持朕为帝全心辅佐，四海平叛立下不世功勋，功过早已相抵！今日大将军饮了这盏酒，从此你我君臣一心，再不相疑！”

说着他将酒一饮而尽。

尔朱荣面上动容，激动道：“臣自当平尽叛乱，以报陛下宽宥之恩！”

一时间君臣似乎前嫌尽释，英娥在欣慰的同时却又觉得有些不真实。这么多条人命，杀亲之仇，锥心之痛，陛下真的可以说放下就放下吗？还有父亲，又真的可以收敛野心一心辅佐皇帝吗？

或许是心情大好的关系，尔朱荣连饮不少酒，饶是酒量再好，也不免有些醉醺醺的。他挣扎着起身还要再饮，还是元子攸出言道：“大将军醉得不轻，不如先到偏殿去歇息一阵，待缓过来再和朕共饮。”

元天穆笑了笑：“多谢陛下好意，只是天色已晚——”

“天穆！扶我下去歇息！一会儿我还要再回来喝个痛快！”尔朱荣却打断了他的话。

元天穆犹豫了一下，再想起之前皇帝所说的话，也稍稍放下了戒备之心：“好！我这就扶你过去。”

元子攸看着尔朱荣跌跌撞撞离开的背影，眼中闪过一抹深沉的暗色。

明光殿内依然灯火通明歌舞升平，大多数官员已喝得东倒西歪，就连元子攸脸上也显现出几分醉意，似是有些不胜酒力。

英娥面露关切之色，小声道：“陛下要不要也去休息一下？要不然就干脆结束筵席，让大家各自回去？”

元子攸摇摇头，温声道：“难得今日这么高兴，就让他们喝个尽兴吧。”他垂眸避过她的目光，“朕出去吹吹风醒醒酒，一会儿就回来。”

说着他便站起身，在内侍的陪同下离开大殿。众人见皇帝离开，倒也不以为意，唯有司马子如和温子升多看了两眼，温子升沉吟片刻，放下酒盏也跟了出去。

元子攸一出明光殿，城阳王元徽就神色凝重地迎了上来：“陛下，按照您的吩咐，尔朱荣已经在偏殿歇下。他的侍卫们俱烂醉如泥，已被臣安置在其他地方。

元子攸沉了沉脸色：“大都督呢？可还在尔朱荣身边？”

元徽摇摇头：“臣说有事要和他商量，已经让他在茅茨堂里等着了。臣准备这就过去。”

元子攸唇边勾起一抹冷笑：“这么说来，现在尔朱荣孤身一人了？”

元徽应了一声，眼中露出犹豫之色：“陛下，难道您真想对尔朱荣——”

元子攸眼神一暗打断了他的话，有凌厉的杀意在脸上一闪而过：“机不可失，时不再来。”

他刚才在席间所说的那一番话不过是为了让尔朱荣等人放松警惕，没想到尔朱荣还真如此大胆地敢在宫里留宿……既然如此，他为何要放过这么好的机会？

待元徽回过神，看到皇帝已径直朝着尔朱荣所宿的偏殿走去。他微叹了一口气，也急忙赶往茅茨堂，先将元天穆稳住再说。

明光殿里的烛火忽明忽灭，闪烁不停，映得墙上的长长身影也不住摇晃，看起来颇为狰狞。元子攸侧头瞥了眼自己的影子，目光微微闪了一下，又收回视线，一步一步走向床榻。

但见榻上的男子容颜如玉，风姿绝丽，双目紧闭时密长的睫毛随着呼吸轻微颤动，此等相貌竟然让人无法将他和契胡蛮夷联系在一起，更不似叱咤风云以七千人大胜三十万大军的将军统帅。

元子攸静静看着这张容颜，眼底却泛起泪光，脑海里浮现一幕幕幼时和兄长、幺弟玩耍时的情景。当年父王身死母亲自尽后，唯有他和兄弟们相依为命。兄长的谆谆教诲、幼弟的乖巧懂事，桩桩往事历历在目，永难忘怀。他本以为他登上皇位是苦尽甘来，没想到倒成了至亲的催命符。

回忆仿佛粗糙的沙砾，硌得眼睛疼痛无比，泪水流个不停。

他眼睛微微泛红，亮出了藏在袖中的短刀，杀机顿现。而榻上的尔朱荣却依然闭目酣睡，对即将到来的危险浑然不觉。

突然，窗外一阵冷风吹来，左侧的烛火倏然熄灭，紧接着殿门传来吱呀一声响，元子攸心中一凛，立即收起短刀。

待停息了片刻，见并无异状，元子攸才微松口气。他缓缓抽出短刀，正琢磨着该往哪里下手时，却又见尔朱荣突然哈哈笑了起来，大叫了一声："英娥！好英娥！"

元子攸大吃一惊，手一抖那短刀差点掉落在地，还好他为人也算冷静，屏住呼吸等了一会儿才发现尔朱荣不过是在说梦话。

只是那个名字入了耳中，他竟然犹疑起来。若是英娥知道他杀了她的阿爹，一定会伤心欲绝……她抛却名声，抛却自由，一心一意地保护他，若是他这么做了，又怎么对得起她的一番苦心……

元子攸心潮起伏，思绪万千，一时怔在了那里。

此时在明光殿，司马子如见皇帝久久未回，再一想到尔朱荣正在偏殿休息，不由得蹙起了眉。他飞快地环视了一圈周围，发现除了皇帝外，连皇帝的近臣元徽和温子升都不见踪影。

司马子如心里猛地一个激灵，忽然觉得不妙。

看了看坐于上首的英娥，他蓦地计上心头。

众人在醉意醺然间，意外地看到司马子如端着酒盏踉踉跄跄走到皇后面前，语无伦次道："皇后，来，臣也敬您一杯！"

英娥正纳闷司马子如的举动，忽然又见他脚下一个趔趄，竟直直扑倒在她的案几上，顿时引起众人的一阵哄笑。秀仪雅姿的司马大人如此出糗，好像还从未有过。

"遵业，你怎么——"英娥刚问出口，忽见司马子如用只有她听见的声音小声说了几个字："速，去，偏，殿。"

英娥的脸一下子失去了血色，她几乎立刻就明白司马子如的示警。一种令人窒息的眩晕感猛烈袭来，让她觉得自己的整个身体带着刺骨的冰冷，在不住下坠。

她霍然站起身，尽量保持平静道："本宫身子有些不适，先回去了。众位爱卿不必拘束，继续享用美酒就好。"

说完她就匆匆往外走去。

英娥出了殿门，朝着偏殿飞奔而去。冰冷的空气紧紧包裹着她，不断涌入她的喉咙里，擦得生疼，心脏在剧烈跳动着，她不敢多想，也不敢多琢磨那四个字的真正含义，只想快一些，再快一些到阿爹身边……

而在偏殿内的元子攸也终于摒弃脑中的杂念，兄弟们惨死的情景仿佛幻化为冷硬的荆棘，深深刺进了他的心脏，让他再次举起短刀——就在这千钧一发之时，有个身影极快地闪了进来，紧紧拦住元子攸，低声道："陛下！万万不可！"

元子攸先是一惊，随即发现是温子升才松了口气。

"为何不可！他始终是我魏国大患！"元子攸的声音听起来有些哽咽。

"陛下切勿冲动！如今尔朱荣刚立下大功，如果暴毙于此，陛下如何应对？再者魏国周边依然威胁重重，若是杀了尔朱荣，岂不是自损己力？况且，就算杀了他，还有元天穆、尔朱兆等忠心之人，更有大量契胡士兵守在宫外，到时只怕陛下自身难保……"

英娥从没觉得从明光殿到偏殿的路是如此之长，仿佛一直没有尽头。每一步都像是走在荆棘之上，足尖生生发疼，心里似乎有个小小的声音一直在重复叫嚣着——不可能，这不可能……

匆匆赶到偏殿门外时，英娥立刻发现了不对劲。周围安静得过分，连守卫们也不见踪影，她心里蓦地一沉，一种不祥的预感立时席卷了她的全身。一瞬间，她心乱如麻，若是皇上真的对阿爹做了什么……

就在这时，殿内忽然传来尔朱荣的一声呓语："英娥！"

英娥浑身一抖，当下再不犹豫，砰的一声大力将门撞开！

殿内烛光昏暗，原本背对着门口的元子攸立于榻前弯下腰似是要做什么，此刻听到撞门声，正满面惊愕地转过头来，看到英娥的瞬间显然怔了一怔。

英娥也不看他，径直冲到榻前，看到阿爹好好躺在那里才松了一口气。

"英娥，这是怎么了？"元子攸低声问道。

英娥眼中闪过一丝戒备和审视："陛下，你不是去吹风醒酒吗？为何会在这里？"

元子攸微微一笑，将手一扬："朕忽然想起将军在此休息，有点不放心就过来一瞧，见这里连被褥也没有，正打算将朕的披风给他盖上，免得将军染上风寒。"

英娥这才看到他的手上果然拿着一件披风，再看他一脸平静，丝毫异样神情也无，倒隐约有几分被怀疑的无奈，她心中紧绷的弦也不禁放松下来——看来自己和遵业都想多了……若是皇上真想对父亲不利，就算她赶到也来不及了。

英娥心里有些许歉意，脸上也同时显现出来，就在她斟酌着该怎么解释时，额头上忽然一凉，他的指尖轻轻摁在了上面，借着力道抬起了她的脸。她抬眼望去，映入眼帘的是一双幽远深蓝的眼眸。

"人说关心则乱，朕知道你是担心你爹，不过朕之前也说了，从此君臣一心，再不相疑。"他压低音量，用只有她听见的声音道，"朕还记得我们的两年之约，待一切尘埃落定朕也能及时抽身。"

英娥点了点头，因心情轻松下来脸上也有了笑意："刚才在门外忽然听见阿爹叫我的名字，我还真吓了一跳。"她看了看沉睡中的尔朱荣，眨了眨眼，"原来只是在说梦话啊……"

元子攸眼中也有了促狭的笑意："其实你爹刚才还说了关于你的其他梦话。"

英娥瞪大眼睛："哎？什么——"

元子攸淡淡道："好像是你小时候……"

"我小时候怎么了？"英娥急切地问道。

见将她的胃口高高吊起，元子攸才不慌不忙地道："这是……秘密。"

英娥险些被自己的口水呛到："陛下，你存心耍我呀！"说着，她有些恼怒地夺过他手里的披风，小心翼翼地替尔朱荣盖上。

不知为何，元子攸忽然觉得无比庆幸，幸好刚才听从了温子升的劝告，及时收手，否则，后果不堪设想。

对付尔朱荣的事，可以徐徐图之。

如果能有她一直陪伴在身边，或许终有一天所有的仇恨都会慢慢淡去……如果余生有她，去哪里都是人间桃源。

他目光灼灼地看着她，将她的一颦一笑和嗔怒的样子皆收入眼底，眼底无形的火焰，也是燃在心口的炙热。

"英娥……"他胸口一阵血气翻腾，忍不住轻唤了一声她的名字。

就在这时，忽然有几人急匆匆闯了进来，为首的正是元天穆，另有几名身高体壮的契胡士兵紧紧跟随。见到元子攸的一瞬，元天穆显然脸色一变，再看到英娥也在一旁，高悬的心才算是回复原位。

适才和元徽说了一会儿，他忽然觉察出对方似乎是在拖延时间，再想到尔朱荣正睡在偏殿，当即吓出一身冷汗，忙不迭地带人赶了过来。

转念间，他已经恢复常色，笑了笑道："原来陛下和皇后都在这里。将军醉得不轻，臣还是先带他回去吧。"

元子攸犹豫了一下道："只是将军睡得正沉，勉强叫醒怕是有伤身体。"

元天穆笑道："若是陛下允许，臣就令人连着这张床一同抬走，待明日再还回来，可行？"

元子攸心里咯噔一下，直直望入对方眼底，仿佛要将他的心思看个清楚明白。

元天穆面不改色地迎上他的目光，表情看不出半分端倪。

还是英娥打破了暂时的静滞："大都督，这倒是个好主意！不过你可千万小心点，别让我爹摔下来了。"

元天穆哈哈一笑："陛下皇后放心就是！不过大将军皮粗肉厚，就算摔下来也没什么关系！"

说着他挥了挥手，随他前来的几位契胡兵还真抬起了那张沉甸甸的床，将睡得正沉的尔朱荣搬离了偏殿。几乎是一眨眼的工夫，连人带床都没了影。

英娥和元子攸面面相觑，倒是同时笑了起来。

一出殿门，元天穆就敛了笑容，令契胡兵直接将床抬至宫门，又亲自将尔朱荣塞进了等候的马车里。

经过一阵折腾，尔朱荣缓缓醒转，只觉头痛欲裂，睁眼看到元天穆的身影，心下一松，勉强支撑着身子问道："天穆，我这是在哪里？"

元天穆沉着脸，将刚才的情形一说，尔朱荣却不以为然道："这鲜卑小儿怎敢杀我！天穆你也太多虑了。"

元天穆脸色更加难看："汉人有语，君子不立危墙之下，千金之子坐不垂堂，防患于未然总是好的。人心易变，谁也料不到会发生什么。"

尔朱荣倒是笑了起来，伸手拍了拍他的肩膀："知道我读书少，还尽说些文绉绉的话。行了，我以后再也不在宫里留宿了。"

元天穆定定地望着他："你我是生死相随的好兄弟，若你有个好歹，我也不会独活，所以，为了我，你也要更珍惜自己的命。"

尔朱荣一怔，俊美的脸上微有动容，似是有些嫌弃地转开头，低低应了一声："知道了。"

暗夜静谧，薄云飘过天际，明月半掩，也遮住了殿内两人此刻的神情。

第十三章 指婚

秋去冬来，倏忽春至。经历了一个漫长的冬日，如今的洛阳终于迎来春暖花开时。尔朱荣早已经带着一众契胡骑兵回了晋阳，平日里就由留在洛阳的录尚书事元天穆处理大小政事。自从那晚过后，尔朱荣果然再也不曾在宫里留宿过。

录尚书事这个官职素来由公卿权重者任之，位比宰相，不仅帮皇帝管所有的文书事务，更有批阅奏折的权力。汉时权臣霍光、曹魏时的司马懿皆担任过此官衔。因此，每日元天穆都是将批阅过的奏折给元子攸过目一下而已，彻底架空了君王的权力，只是元子攸并无怨恨不满，相反还对元天穆多次加恩，以示恩宠。除此之外，尔朱荣还派了两名亲信武卫将军奚毅和中书舍人朱瑞，分别监视皇帝的一举一动，随时上报。元子攸明知他们是尔朱荣的眼线，依然对他们厚加赏遇，一视同仁。

慢慢地，就连最初对元子攸防备心甚重的元天穆也放松警惕，对这位傀儡天子也多了几分客气。毕竟按辈分来说，他还是皇帝的叔父。

这一日又是阳光明媚的好天气，英娥用完晨食便在阿素的陪同下来华林园散步。初春的风乍寒还暖，园中一片绿意盎然，生机勃勃，柳絮在空中四下飘散飞舞，绵延成一片纯白娇软。

阳光仿佛细细碎碎的晶石，洒落在地上，泛着亮闪闪的光。

英娥一时起了孩子心性，低着头追逐着地上那些光斑一个一个踩过去……阿素看得直乐，一抬头恰巧看到有个修长身影冲着这个方向走来，她正要开口提醒，不料一眨眼的工夫，皇后已经撞了上去——

英娥揉揉撞痛的鼻子抬起头来，在看清那张面容时，所有的恼意顿时飞到了九霄云外，眼中难掩惊喜："遵业，你来啦！"

司马子如本就是汉室皇族之后，加之风华气度皆佳，举止谈吐优雅，颇受宗室世家欢迎，因此经常被尔朱荣派往洛阳传达旨意，成了尔朱荣远程操纵天子的联络使者。司马子如每次也将事情办得极为完满、称职。

阳光下，司马子如周身仿若笼着一层金色光晕，眉目似墨画，唇畔微笑似春日初染的新绿，浅淡虚幻宛如水墨画，令人不禁想起《诗经》里所言：有匪君子，如金如锡，如圭如璧。

此时，他定定望着她，目光中温情流转，连绵不绝。算起来也有两个月没见她了，虽然知道她在宫里尚算安稳，但对他来说，每一天思念她的日子都是度日如年。压抑许久的情愫裹挟着惆怅，从心底缓缓涌出。有那么一瞬间，他恨不能就此抛下所有，不顾一切地和眼前人携手离去，从此看尽天下江河、处处风光。

英娥也眼睛一眨不眨地看着他，只觉得对方的目光仿佛柔韧的蚕丝将她的心也缠了起来，虽然只是短短一刹那的对视，却有胜过千言万语的情愫游离在他们之间。

不远处，年轻的帝王正站在树下，冷眼看着这一幕。

女子眼中欢悦的笑意让他感到一阵轻微的眩晕，有些酸涩又好像空空无着落，还有细细密密的疼痛——那不是给自己的。

他的皇后，曾为了那个男人千里单骑赴战场……一思及此，他忽然觉得温暖的阳光也变得冰冷无比。

也仅仅是一瞬间，英娥和司马子如又恢复常色。两人虽心意相通，但毕竟在旁人眼里有君臣之别，尤其在宫里，更是要格外谨慎行事。

司马子如敛了所有情意，行了一礼，寒暄起来："皇后可还安好？"

英娥也点了点头："我好得很，阿爹还有师父他们都好吗？"

司马子如笑了笑："一切都好。对了，将军已派人将北乡公主接到晋阳，估计半月后就能到了。"

"真的？阿娘要来了！这真是太好了！"自英娥离开草原入宫后，就不曾再见过母亲，乍闻此消息自是欣喜不已。

元子攸眼神一暗，正要走出去，却见有一娇俏人影朝这边匆匆而来，口中还低唤着："司马大人，司马大人，您在这里真是太好了！"

但见来人面容绝美，莹白的脸颊因走得太快而染上了淡淡红晕，一缕长发不知何时沿着额边落下，行走间流露出一股娇柔媚丽的神态，正是明月郡主。

她似是才看到英娥，忙行了礼：“皇后，原来您也在这里。”说着她又转向司马子如，将手里的东西递了过去，“大人，这是您掉落的吧？”

她的手心里放着一个针线粗粝的旧羊皮钱袋。

英娥目光一闪，这不是自己很早以前给子如做的吗？原来这么多年，他一直带在身边。一时间，她心绪起伏辗转，竟不知说些什么。

司马子如一惊后立刻抢过那个羊皮钱袋，连忙藏入怀里，飞快看了英娥一眼后才道：“多谢郡主。只是，郡主怎么知道这是我的？”

元明月微微一笑：“之前在宫门前大人和我相聊甚欢，之后您着急进去，我正好在后面就见到这个从您身上掉下来，所以想着赶紧给送过来。”

“相聊甚欢”这几个字让英娥眯了眯眼睛，心里涌起一种莫名不爽。

“怎么？原来司马大人和明月郡主这么谈得来吗？”一个温润的声音从不远处传来，接着就见年轻的皇帝缓步走来，容光清冽，犹如明月生辉。

众人忙躬身行礼。

元子攸让他们平身后，目光在司马子如身上停留了片刻，笑道：“朱门九重门九闺，愿逐明月入君怀。入君怀，结君佩，怨君恨君恃君爱……我这位侄女才貌无双，就连南梁也有人作诗赞之。”说着他又看向英娥，“朕看遵业迟迟未娶，而明月也是寡居单身，两人无论相貌还是才情都十分相配，既然他们说得来，不如就由朕给他们指婚如何？”

元子攸轻轻一句话，却像是炸雷般响在英娥耳边。她的脑中有一瞬间的空白，随之齐齐涌上的，不知是焦灼还是愤怒，哽在喉间令她呼吸不畅。

司马子如静静站在那里，神色坦然，黑若曜石的眼睛不见一丝波澜，上前淡淡道：“多谢陛下的好意，只是臣早前让高人算过八字，这几年会有一场大劫。高人千叮万嘱在劫数破解前万万不可考虑终身大事。”他挑了挑眉，嘴角弯弯，“臣可是贪生怕死的人，所以只能和明月郡主失之交臂了，臣在此祝郡主早日觅得佳婿，共享白头。”

元明月的脸色瞬间变得苍白了一些，她迅速低头垂眸，掩去了所有神色，似是并不太过在意。

倒是英娥之前还满腹郁闷，此刻却不由得有些想笑，能面不改色地在皇帝面前胡说八道的也独有司马子如一人了。

元子攸面露惋惜：“原来如此，朕听你们两人相谈甚欢，本还想促成一段好姻缘。实在可惜了。”

英娥听得“相谈甚欢”几个字，又觉得有些刺耳，嘴角的笑容也凝了凝。

司马子如极快地扫了她一眼，微微敛了神色：“陛下，早先在宫门前，郡主只是上前相询一些汉书典籍，臣也不过是略为解答，实在谈不上相谈甚欢。这话若是传开，臣倒是没什么，只怕到时连累郡主的名声就不好了。”

他的声音温润明亮如珍珠，优雅亲切又有礼，听起来全然无可挑剔。

元明月忍不住抬眼望了一眼司马子如，只见他的眼眸仿佛午夜时分的天空，遥不可及，有着常人难以接近的冷漠。

她心头蓦地一凉，忙低下头不再看他。

英娥的眼中闪过愉悦的光彩，她压抑住心潮的起伏，开口道：“好了，司马大人还要赶回晋阳，就不要耽误时间了。明月郡主才貌无双，本宫也会多留意，一定为你找位贴心佳婿。司马大人的话，你不要放在心里。”

元明月一听，得体地行礼道谢：“多谢皇后厚爱。佛经有云，缘来则去，缘聚则散，缘起则生，缘落则灭，万法缘生，皆系缘分。人与人之间亦是，有缘则合，无缘也不强求。”

她这话说得极好，就连司马子如眼中的冷意也少了几分。

英娥怔了怔，不知为何，如此洒脱的明月郡主反倒让她隐隐不安。她有种奇妙的预感，这件事还没有结束。

元子攸凝视着面前的人，有一些烦躁阴暗的黑色物质如海潮般卷上他的胸口，渐渐收紧，堵得他透不过气来。

“既然如此，朕刚才所说的就此作罢吧。”他微微一笑如明月皎皎，极为自然地握住了英娥的手，口吻亲昵道，“英娥，我们先回去，我还有事要与你说。”

元明月敏锐地发觉皇帝对皇后说话时自称用的竟然是我，而不是朕，不由得目光微闪。

司马子如的眼神瞬间冷凝，明知他们只是假夫妻而已，他心里那股酸涩却挥之不去。

英娥也有些意外元子攸的举动，下意识地想缩回手，却被对方牢牢地握住不放。她颇为惊讶地看了一眼皇帝，他的眼神很平静，却又带着一股说不出的阴沉，仿佛有暗潮在眼底蛰伏。

她在心里微叹了口气，又悄悄瞥了司马子如一眼，他的侧脸映入她的眼帘，微微紧绷的线条昭示着他此刻压抑的不悦。

英娥心微沉，留意到元明月的眼神还停留在她身上时，不得不扬起一抹笑容：“陛下，那我们就快些回去吧，我等不及想听呢。”

元子攸的目光落在地面上，两人相近的影子也紧紧交在一起，像是怎样都无法分离。他心脏骤然一软，拉着英娥走得更快了一些。

司马子如站在那里，望着两人携手而去的背影，面上神色丝毫未显，指尖却握得有些发白。

初春的风徐徐吹来，拂面而过的依然是阵阵寒意。

元明月若有所思地看了看他，抿唇不语，忽而一笑，转身离去。

一走出华林园，英娥便面色淡淡地挣脱了元子攸的手："陛下，臣妾觉得有些累，就先回去休息了。"

"英娥，你在为刚才的事生气吗？朕也只是一番好意……"元子攸蹙起眉。

"臣妾哪敢生陛下的气，臣妾是真的有点乏了。"英娥的声音里透着一丝少见的疏离，令元子攸感到一阵心慌，但心慌过后就被一股委屈和愤慨充斥胸臆。

"朕好歹也是个皇帝，难道连给臣子赐婚的权力都没有了？"他的脸颊因愤怒而涨得通红，"还是说，在你和你阿爹眼里，朕就是个什么也不能做的傀儡？你和他们一样，也从心底里看不起朕！"

他下意识地避过了司马子如这个名字，有些事，挑明了或许更加没有退路。

英娥本已朝前走了几步，但听到他的话又停下脚步，转过头道："陛下，我们契胡男女，结亲素来讲个情投意合，就算是我阿爹，也不能乱点鸳鸯谱。别说是司马子如，换了别人，我也一样不赞成陛下这样做。"她顿了顿，终于还是又添了一句，"陛下，若是连自己都看不起自己，那就真的没有人看得起你。"

说着她也不等元子攸回答，就自顾自地朝着宣光殿走去。

元子攸怔怔站在那里，看着她的影子在阳光下越拉越长最后消失在黑暗的阴影里，而他的影子依然在原地一动不动。

原来，她和他的影子就算有一瞬间的交集，也只是向着相反的方向延伸，消失。

黄昏时分，天际隐约浮现阴霾，似乎预示着不久之后就会有风雨来临。

淡淡的夕阳余晖落入明光殿一角，年轻的皇帝静静跪坐于古琴旁，面无表情地拨着琴弦，错落的琴音中萦绕着一种挥之不去的怅然，就如他此时的心情。

铮一声轻响，琴弦蓦然崩断，他的指尖瞬间流出殷红的血珠，衬着白皙如瓷的肤色，更显惊心突兀。

皇帝本人却好像恍然不觉，怔怔坐在那里，在浅金色的光晕下犹如雕塑丝毫未动，直到内侍通传东平郡公李彧在殿外候着时才回过神来。

李彧一脸喜色地走了进来，上前行了行礼。

元子攸有些心不在焉地看了他一眼："子文这个时候过来有何事？"

李彧下意识地朝四周张望了一下，凑过来压低了声音："陛下，臣终于找到了合适的人选。”

元子攸脸上微有动容：“当真？”

李彧点了点头：“是旁支一位郎君的外室，正巧有了两个月身孕。已经请高人看过，这一胎必定是男胎。臣已经将她妥善安置，绝不会出什么差池。”

元子攸脸色缓和了几分，思索了几秒道：“那么，也是时候将皇后有了身孕的消息传出去了。”

“臣这就去办。”李彧顿了顿，抬头看了看元子攸，似是犹豫了一会儿才开口道，“陛下，您真打算待孩子出生后就退位吗？”

“不然呢？那日没能当机立断杀了尔朱荣，将来也不会再有机会。”元子攸微合双眼，“朕只希望到时尔朱荣能看在幼帝是他外孙的情分上，尽力辅佐，将大魏好好延续下去。而朕能留下一条命，就已经是最幸运的结局。”

李彧眼中闪动着不甘：“陛下！难道您就这样认命吗？如今您已经不再是当初的孤家寡人，不仅有城阳王、温子升等宗室良臣为您谋划，就连尔朱荣派来监视您的奚将军也成了我们的人，不争一争又怎知结局？再说了，还有皇后在您手里，到时也可为我们所用——”

“好了！朕自有主意。”元子攸飞快打断了他的话。

李彧目光沉沉地看着他：“陛下，您不会是对那蛮夷女动了心吧！您可别忘了，她是您的仇人之女！”

元子攸也沉了脸，语气中透着森冷：“朕一直记得，无须你提醒！”说完之后他深深吸了口气，让自己冷静下来，语气也缓和了几分，“子文你别忘了，如今宫内外都被尔朱荣所控制，光是洛阳城中驻守的几千契胡兵就能将我们撕成碎片，想要除掉他难于登天！更何况，眼下四海未平，更有邢杲和万俟丑奴之流来势汹汹，唯一能扫平这些叛民的也只有尔朱荣。”

李彧脸上露出一抹颓丧：“臣也是为了陛下才不甘……”

元子攸眼中浮现温和之色：“朕知道，子文，你也是朕在这世上所留不多的亲人了。无论如何，我们都要先好好活下去，只有活下去，才有更多可能。”

李彧的喉结滚动了几下，声音有些哽咽：“陛下……”

元子攸轻轻拍了拍他的肩，却什么也不再说。

李彧似又想起了什么，睁着微红的双眼道：“陛下，看这天气又快要下雨了，您可要留意之前的旧伤。”

元子攸被他一提醒，才想起自己背后的旧伤口，当初因救治得有些晚，再加上伤后疲于逃避追杀，因此恢复得并不是太好。每到天气频变时就会复发，尤其沾不得冷水。

他微微眯起眼，眼中似乎有什么一闪而过。

片刻之后，李彧也起身离开。在走出殿门前他突然停住脚步："陛下，不管您有没有对那个女人动心，她终究是要离开您的。守住本心，才能免受伤害。"

元子攸冷漠地望着他的背影消失在视线里，手指用力地捏紧了案几前的香炉，似乎被烫到也没有察觉，只是垂眸一瞬又抬头道："来人，给朕备冷水。"

入夜时，天空果然下起了雨，淅淅沥沥惹人心烦。

英娥虽心情不好，却化郁闷为食量，一口气喝了好几碗胡羹，又吃了大半匣子胡炮肉，撑得躺在榻上不想动弹。

脑中闪过今日皇帝为元明月和司马子如说和的情景，英娥不由得一阵烦躁涌上心头，可随即想起司马子如以胡诌的理由拒婚，又觉得心口甜丝丝……一时恼一时喜，一时忧一时怅，倒是让随侍的阿素和桃姜面面相觑。

就在这时，皇帝身边的内侍脸色惊惶地匆匆而来，忙不迭禀告："皇后，皇上旧伤复发，看起来不太好。"

英娥自然也知道元子攸的这个旧伤，当下一惊，立刻就下榻随内侍而去。

明光殿中的烛火忽明忽暗，皇帝神色恹恹地躺在榻上，面色带着不正常的潮红，双目仿佛也失去了往日的光彩，眼神微散，透着一股疲惫。在见到英娥进来的一瞬间，他的眼底才好似有火光跳跃了一瞬，但又很快暗淡下去。

英娥见他这个样子不禁又心软了几分，上前伸手探了探他的额头，忧心道："怎么还有些烫？药喝了吗？"

内侍急忙答："回皇后，已经喝了药。

英娥点点头："你们先下去，皇上这里有本宫就行了。"

待众人退下之后，英娥拿着丝帕替元子攸擦拭着额上的汗，低声道："怎么这次特别厉害呢？宫里的这些太医也真是无用，不然下次我们招贴告示，民间倒是有不少能人异士呢。"

元子攸目光幽深地看着她："英娥，你还在生我的气吗？"

英娥有些无奈地看着他："我不和病人生气。"

元子攸脑中虽有些昏沉沉，心头却是一松，甚至还有点庆幸和喜悦。虽说身体遭了点罪，可毕竟还是让她心软了……"

英娥又将他扶坐起身，再令人将温水送进来，亲手绞了巾子替他擦拭背上的汗。元子攸初时还有些拘束，倒是英娥一派磊落令他也安下心来。刚撩起衣服，当那曲折蜿蜒的伤口暴露在她的视线中那一瞬，英娥不由得倒抽一口冷气，三处狰狞伤口张牙舞爪占据了他的后背，可见当时所受的伤是多么惨烈。

那是为了她受的伤。

英娥一时心潮翻涌，酸涩难当，忍不住转过身去不忍再看。就在转身的一瞬间，她却被人从背后紧紧抱住，急促温热的气息呼在她的后颈上，令她全身一僵。

“陛下——”她惊愕地开口，声音里带着困惑。

没有回答的声音，她腰上的手却收得更紧。

这一刻，他什么也不想说，什么也不愿想，只想紧紧感受着她的温暖，想要抛开虚伪的掩饰，想要挣脱痛苦的压抑，想要忘掉所谓的责任，想要任性不顾一切地留住她……只要有她在身边，他就算是被困在这个牢笼里久一些，再久一些，又有什么关系呢？

“英娥，不要再生我的气……你不喜欢的事，我不做就是了。”他喃喃低语。

英娥安慰似的拍了拍他的手：“好了，怎么跟个孩子似的，你可是大魏的皇帝。我不是说了吗，我不生气了。快放手，我去给你倒些水来。”

他不舍地慢慢放开双手，头却愈加昏沉起来，索性闭上了双眼。

英娥拿水过来，见他已经沉沉睡去，不觉失笑。替他盖好了被褥后，她又叮嘱了内侍几句，这才离开明光殿。

忽闪的烛光下，元子攸俊秀的面容上浮现出一丝淡淡的笑意，似是做了个极好的梦。

晋阳。

暮色深沉，位于城西的太原公府外契胡士兵林立，府内正中就是议事大厅，莲花形飞檐下一排雕刻精美的直棂窗，透出朦胧的烛火之光。

尔朱荣坐于上首，一双俊目不动声色地望着自己的心腹们，缓缓开口道：“大家应该都收到了消息，邢杲近日已经攻占了济南郡，相信朝廷很快就会有平叛的旨意下来。另外燕州这边也是起义不断，务必速战速决尽快解决这个麻烦。我打算亲自去平定燕州之乱，贺六浑、遵业都跟着我，天穆、阿兆和阿斗泥去剿灭邢杲那厮。”他顿了顿，目光朝站于门右侧的宇文泰身上迅速一扫又收了回来，垂眸道，“绍宗他们就留在晋阳，阿泰走一趟洛阳，替我盯着宫里的动静。”

被他点到名的几人立刻点头领命。宇文泰自投诚之后一直不受重用，最初给予他的官职也远比独孤如愿等其他投诚者低不少，难得他始终不曾有任何抱怨，只管专心做好自己的分内事，对其他人的求助更是有求必应，这才真正入了尔朱荣的眼，不但将他召于议事厅内旁听，也开始慢慢任用他。

高欢上前禀告：“明公，南梁那里传来消息，梁帝授命陈庆之为彪勇将军，准备带兵送元颢北还洛阳。”

尔朱荣不以为然地嗤笑一声："北还？难不成那萧衍还想拥元颢为帝？这胳膊也伸得忒长了吧。"

高欢微微一笑："梁帝的旨意确实就是让陈庆之护送元颢复国为帝。"

啪！尔朱兆忍不住重重拍着案几站起身来："这陈庆之到底是什么人，我听都没听过！叔父，就让侄子去会会那小子，侄子必要他们有来无回！"

坐在他身旁的司马子如给了他一个少安毋躁的眼神，开口问道："不知这陈庆之带了多少人马？"

高欢的脸色似乎有些奇怪，他似是迟疑了一下才答道："听说一共就带了七千人马。"

四周有一瞬间的寂静，接着就爆发出一阵哄笑。

"七千人马北伐中原，简直痴人做梦！"一向沉稳的慕容绍宗也露出了难以置信的表情。

其余人更是一脸听到了天大笑话的神色。

"进入我们魏国就必定经过荥城，那里地势险要，更有丘大千将军屯兵七万，相信那里就是陈庆之他们的绝命之地。"贺拔岳一脸自信地说道。

尔朱兆更是嗤笑连连："我看也未必，那皇帝可能只是派点兵马敷衍一下元颢而已，到时一拍两散各自逃命就是。"

听他这么一说，大家笑得更加厉害。

唯有司马子如轻蹙着眉，若有所思地看着众人，恍然间只觉得眼前场景似曾相识。

尔朱兆扯了一下他的衣袖："遵业，怎么了？"

司马子如淡淡道："我只是想起，当初明公也是只用七千人就打败了葛荣三十万大军。"

话音刚落，众人的笑声仿佛被生生截断，四周又是一瞬的寂静。有几人下意识地就望向了一直沉默不语的宇文泰。

宇文泰抬头坦然迎向众人的目光："以少胜多之所以为人津津乐道，就是因为发生的概率太小。并不是每位将领都有指挥七千人战胜三十万人的卓越才能。不过我们还是要谨慎行事，眼下应该详细打探下关于陈庆之的所有消息，以策万全。"

司马子如抬眼看了他一下，再想到短短时间内他就融入这里，心里倒是对他高看了几分。

"阿泰多虑了。"尔朱荣笑着摆摆手，又看向众人，"一切就按照之前的议程来。我们兵分两路平叛，至于元颢那里，就不必多管了。阿斗泥说得对，他们肯定止步于丘大千镇守的荥城。"

见尔朱荣表了态，司马子如也就不再多言，收回目光时正好对上了宇文泰的视线，彼此眼底同时飞快闪过一抹极淡的担忧。

就在这时，有侍卫匆匆来报："明公！从洛阳传来的消息，皇后有了两个月身孕！"

又是一阵短暂的寂静。

尔朱荣脸上交替着露出了愕然、怔怔、狂喜和担忧夹杂的复杂情绪，最后还是哈哈大笑起来："好！好！来人！拿酒来，今晚我要和各位兄弟一醉方休！"

众人也纷纷出声恭喜，尽挑那些吉祥的话儿猛说，尔朱荣更是笑得合不拢嘴。

司马子如因知道怀孕的真相，所以还算平静，只是心里那股涩意还是轻轻翻腾着。

尔朱兆却愣了好久，反常地一句话都没有，将手中的酒一饮而尽。

高欢心中有一瞬间的怅然若失，仿佛一直珍惜呵护的东西正离自己远去。原来时光走得那么快那么快，仅仅是一眨眼的工夫，那个总喜欢缠着他的小女孩已经要做母亲了……她就要为别的男人孕育子嗣了……

他的手无意识地按在了腰间的牛皮钱袋上，那奇特又粗粝的手感，让他莫名想起以前共度的那些时光、那些点滴、那些不知不觉已经渗入心底的感情……

司马子如打眼望去，发现他正兀自出神，俊雅的面容上浮着一层薄霜，强抑着一股萧瑟之意。

尔朱荣豪气干云，难抑心头的欣喜："正好英娥的阿娘过几天也到了，等过些时候让她阿娘去晋阳探望她。"

"这个孩子来得及时。"慕容绍宗笑了笑道，"这是个有尔朱氏血统的孩子。"

尔朱荣重重点了点头："喝完酒，大家回去各自准备，过几天就出发。"他顿了顿，眼睛灼灼发亮，"我要为我的外孙打下这大好江山！"

暖暖的日光透过雕花窗棂映照在宣光殿内的一角，在明暗光线的交界之处，一位年轻女子穿着宽袖大衣慵懒地半倚在紫檀虎皮软榻之上，手执书卷美目微合，面露淡淡困乏之色。绵长柔软的黑发如瀑布般披落下来，恰巧遮住了她的半边面颊。

"皇后，太原公夫人一行已经进宫了。按照您之前的吩咐，阿素姐姐很快就会将夫人她们带到这里。"

当听到殿外侍女的传话时，英娥蓦地睁开双目，难掩面上狂喜之色，身手敏捷地从软榻上一跃而下想去亲自迎接母亲，被阿素及时制止了这种危险行为。对方一脸肃然地盯着她，语气里夹杂着一股浓浓的郁气："皇后，这都是第几回了？您千万得记住，您如今可是有身孕的人！"

英娥低下头看了看自己微隆的腹部，脸上飞快闪过一丝心虚。装孕妇也装了有一阵子，可她时不时还是将其忘到了脑后。

“好好！我不再乱动就是。我这不也是太想阿娘了嘛。”英娥话音刚落，一位身着一品朝服的贵妇缓步走了进来，但见她肤色白得通透晶莹，风姿绰约又不失优雅，乌黑的发鬓边簪着一支南珠金凤步摇，随着贵妇的脚步移动却几乎纹丝不晃，更显她气度雍容大方——正是太原公夫人，北乡公主元玥。

看着这张熟悉的面容，英娥竭力睁大眼睛，一股酸涩之意急速涌上心头，又被她生生压了下去。

她多想，像小时候那样飞扑进阿娘的怀抱，把脑袋埋在那个温暖的怀抱里汲取只属于阿娘的香气。

她多想，坐在阿娘的膝盖上，搂紧那颀长的脖子撒娇索要生辰礼物。

她多想，拉着阿娘柔软的手，将自己的烦恼尽情倾诉。

她又多想，悄悄凑到阿娘的耳旁，告诉她自己心里有了一个喜欢的人……

只可惜，此时此刻，这一切都已成为妄想。

她轻轻咬了咬嘴唇，忽然二话不说就朝元玥行了一个晚辈对长辈的礼。元玥虽未语眼圈已然一红，快步上前，扶住还未行完全礼的她，低声道：“皇后，不可如此任性。”

英娥语有哽咽，喃喃道：“阿娘，你终于来看英娥了。”

元玥心中一酸，拉着她上上下下看了个仔细，露出一抹欣慰的笑容：“看上去气色还好。”她的目光定定落在了英娥的腹部上，语气似惆怅似喜悦，“我的小英娥，终于也要做阿娘了。”

英娥脑中瞬间清醒片刻，更是一阵莫名心虚：“阿娘，这孩子保不保得住还要另说……”

“胡说什么！”元玥赶紧轻啐了一口，忍不住抬手戳了一下英娥的额头，“有你这么诅咒自己孩子的吗？！”她的目光在英娥身上打了个转，压低了声音又问道，“英娥，皇上对你好吗？”

英娥尽量让自己笑得更甜一些：“陛下对我很好。”

元玥这才放下心，面带笑容地和英娥讨论起孩子生下来之后的事。就在英娥疲于招架之时，忽听殿外传来皇上驾到的声音，母女两人极快地对视一眼后，就见一高挑人影快步走了进来，俊秀的面上带着三分笑，眉眼间多了几分清朗温润，仪态风雅宛如明月，及时伸手扶住正要行礼的元玥，反倒如市井百姓家女婿般给元玥行了一礼，轻唤了一声：“岳母大人。”

英娥心里一动，望向元子攸的目光更加柔和。

元玥面色微变：“陛下，折杀臣妇了。”

元子攸眉眼弯弯：“没有太原公夫人，又哪来的如此合朕心意的皇后？朕行这一礼作为感谢你也受得起。夫人有何心愿，不妨一说，只要朕办得到，就一定让你心想事成。”

元玥微敛了笑，望向元子攸的目光带了几分恳切，甚至恳求：“希望陛下能一直好好待英娥，这就是臣妇最大的心愿。”

元子攸怔了怔，嘴角慢慢漾开了淡淡的笑意，忽然拉起英娥的手，紧紧握在手心，一字一顿道：“既然执起这双手，朕就没打算放开过。”

元玥先是有些吃惊，随即眼中闪过笑意。

英娥有些局促，但在亲娘面前也不敢收回手，只好赶紧转移话题：“陛下今天看起来心情不错，是不是前方有了捷报？”

谁也没有料到，那位喜欢穿白衣的梁国将军陈庆之仅带着七千人马，竟然在一天之内连拔三城，接着先后攻克了荥城、睢阳等城池，渐渐逼近洛阳，一旦对方攻下荥阳与虎牢两处重要城池关口，那么洛阳危矣。

这位压根就没被魏国人放在眼里的将军如黑马般横空出世，一战闻名。民间已有童谣悄悄流传开来——名师大将莫自牢，千军万马避白袍。

因最得力的将领尚在其他地方辗转作战平叛，来不及赶至洛阳相救，之前元子攸还忧心忡忡，这些天一直和众臣商议如何守城一事。

元子攸脸上果然露出笑容：“皇后素来聪慧。朕刚接到消息，上党王和尔朱小将军已经破邢杲于济南，如今正带着二十万大军急行南下增援，到时和驻守荥阳的七万羽林军形成围攻之势，必定很快就解除洛阳的危机。”他顿了顿，眼波微转望向元玥，“明日朕打算派人前往永宁寺祈愿，为大魏也为英娥腹中孩子。不知岳母是否愿意一同随行？”

元玥心中顿觉妥帖，忙点了点头：“陛下，这可真是太好了。臣妇也愿一同前往。”

元子攸笑了笑，又似是想到什么略一愣神：“那陈庆之原本不过是梁帝的书童，竟能有此番造化。若有机会，朕也很想亲自与他会一会。”

半个月后的一个清晨，元子攸如往常那样上朝时，从荥阳传来的急报如一桶滚油倒入了冰水之中——

在元天穆和尔朱兆的二十万大军赶到荥阳之前，陈庆之阵前巧语鼓动士气，七千将士抱着置之死地而后生的心态竟然在最短时间内攻下了荥阳。待到元天穆援兵围城，陈庆之根本没想守城，而是亲自率领三千精骑背城而战，竟以三千人大破二十万魏军，元天穆与尔朱兆不得不暂时退避。

眼前，唯一能挡住这位不世军事奇才的只有地势险要的虎牢关了。镇守在那里的是尔朱荣的另一位爱将尔朱世隆。

事情以不可思议的速度失控发展着。

转眼间，陈庆之的七千人马离洛阳只有一步之遥了。

就在洛阳城岌岌可危之际，朝廷的官员也明显分为两派，一派是以金紫光禄大夫温子升为首，坚持要皇帝镇守洛阳以定民心，等待援军到来；另一派则是以东平郡公李彧为首，力劝皇帝尽快离开洛阳暂避，正所谓留得青山在，不怕没柴烧。

是走还是留，一时之间元子攸也难以决断。

洛阳城东面有一条洛水，洛水附近设有四里专门安置远道而来的外来人，其中最大的慕义里中有一座并不起眼的府邸。府邸简洁清静，无花无水，唯有一些常绿植株点缀其中，行走在府中的也只有三两老仆。

靠近南侧的厢房内，烛火在微风中摇曳。跪坐于案几前的年轻男子低头看着摊放在案几上的舆图，绝丽面容在墨色长发下若隐若现，正是奉命留守在洛阳的宇文泰。

他目光略有波动，冷声道："陈庆之这一路势如破竹，再加上手上有元颢这个最好的借口，洛阳被攻下是迟早的事。"他顿了顿，又道，"更何况，朝中拥护元颢为主的人其实并不少。"

箕踞在他对面的俊俏少年若有所思地点了点头："我明白了叔父，比起元颢，这些人更不愿接受一位被尔朱荣，呃，被太原公视为傀儡的皇帝。"

宇文泰抬头看了看他，嘴角微露笑意。这是他长兄邵惠公之子宇文护，字萨保，今年十五，前不久才来洛阳投靠他。长兄早逝，却有子如此，也算是不幸中之大幸了。

"你说得没错，这就是当初'河阴之乱'后带来的影响。当初太原公如此杀戮，几乎所有汉臣都将他恨之入骨，即使是慑于威严不得不暂时屈服，却绝不会真心投效，一旦有更适合的上位者出现，最先倒戈的就是他们。"

宇文护似又有些不解："既然洛阳必定沦陷，为何叔父不向元颢示好，求得先机？"

宇文泰并不答话，而是站起身来，望着窗外的明月静静出神，半晌才说了一句："即使元颢能入洛为帝，也不过是昙花一现而已。"

宇文护面上更是困惑："侄儿不明白，这元颢为何坐不稳皇位？陈庆之七千兵马就能所向披靡，若是梁皇再派遣更多人马，岂不是能将魏国收入囊中？"

"梁皇一心向佛供佛无度，根本没有收复北方的雄心壮志。从他给陈庆之的兵马数量就能看出，不过是浑水摸鱼的心态，赢了最好，输了也不心疼，这种心态下，自然就不会再多投入。一旦没有了梁国的后续兵马支持，就算陈庆之再是绝世奇才，也不是太原公的对手了。"宇文泰回过头来，"所以，洛阳会失守，但也只是短暂失守。短不过几个月，长不过一年，必然又会回到太原公的掌控之中。"

宇文护睁大眼睛看着他，眼中是毫不掩饰的钦慕和佩服。幼时他也见过这位叔父，那时只觉得他冷傲凌厉难以接近，就连靠近他说句话都心有戚戚。如今叔父却沉稳成熟了不少，周身的冷硬棱角似乎也在慢慢变得平滑。

“萨保，你有何想法？”宇文泰眼中带了几分鼓励之色。。

“如果像叔父所说，我觉得应该先劝皇上离开洛阳，待元颢自乱阵脚太原公收拾残局后再返洛阳也不迟。”

宇文泰略带赞许地微微颔首：“三十六计走为上，适当避让不是胆怯，而是避免不必要的牺牲，在保全自己实力的情形下等待时机反败为胜。”

宇文护迟疑了一下：“那么叔父接下来打算怎么做？只怕皇上未必同意离开洛阳……”

宇文泰正要说话，忽见一老仆颇为敏捷地走了进来，行了一礼后道：“禀告宇文统军，从探子那里传来的消息，镇守洛阳的安丰王悄悄派人与元颢有所联系。”

宇文泰面色冷然地挑了挑眉：“这个消息来得正是时候。萨保，给我备马，我要立刻进宫一趟。”

“叔父，您能劝服皇上吗？”

“在进宫前，我会先去拜访东平郡公。有这个消息，再加上东平郡公对皇上的影响力……如果我没估错，皇上今晚多半就会离开洛阳。”

是夜，丑寅交替之时，一辆普通青布马车在十几骑人马的掩护下悄悄出了皇宫北门，向着洛阳城外疾驰而去。为首的正是宇文泰和东平郡公李彧。

车帐内，元子攸和英娥已换了常服相对而坐，元子攸俊秀的脸上有几分灰白丧气，双手握拳置于膝上，指尖绷紧，显然是心有不甘。

“英娥，朕竟如此无用……”他咬着牙说了这句话，便侧过头不再作声。

英娥目光温和地看着他，伸出手将他握成拳的手指一根一根掰了开来：“陛下，不用太自责，我没读过多少书，也不懂什么大道理，但小时候打架不就是我打不过你，就先走开，以后找机会再打回来吗？打仗其实也是一样啊，刚才宇文统军那句话怎么说来着——与时屈伸，柔从若蒲苇，非慑怯也……”说到这里，她犯难地抓了抓头发，“太拗口了，后面我忘了……”

元子攸倒是轻笑出声，低低地一字一顿接了下去：“刚强猛毅，靡所不信，非骄暴也。以义变应，知当曲直故也。”

“对对对，就是这个意思！”英娥笑容灿烂，“能屈能伸才是真英雄！”

元子攸抬眼定定看着她，忽然反手牢牢握住她的手，像是用力汲取着她的温暖，低语道："幸好……幸好有你在我身边……"

天边突然传来一声惊雷，接着几道耀眼银光仿若利剑般劈开了黑沉沉的天际，少顷，大雨就伴着隆隆雷声而下，变化之快令人措手不及。

"陛下，雨下得太大，前方有一农庄，不若我们先去避下雨？"宇文泰策马行到马车一侧高声道。

在得到皇上的同意后，整支队伍停了下来。宇文泰前去敲门，敲了十几下，才见一位农夫打扮的大叔缓缓打开了木门。见到眼前这一幕，他虽然有些吃惊，但在宇文泰的解释下还是将一行人带到了农庄里。

"那就请诸位客人暂且在此歇脚，正好厨房里还有些胡饼和羊肉酪粥，我这就去给各位端过来垫垫饥……"大叔话说到一半，突然眼睛一眨不眨地盯住了穿着男装的英娥，面露震惊之色。

元子攸面露不悦，正要出言相斥，却见那大叔蓦地上前几步，竟然扑通一下跪倒在英娥面前，激动地开口："小郎君！是你！真的是你！"

宇文泰的目光在那大叔脸上停顿了一瞬，突然像是想起什么，脸色微变。

英娥一怔，面上显出些许困惑之色，犹疑地问道："这位大叔，你见过我吗？"

"小郎君，您是贵人多忘事啊，"大叔抬起头热切地望着她，"不知您还记得在南秀容发生的事吗？要不是小郎君，恐怕我们都活不了！"

英娥闻言心头一跳，定睛瞧了那大叔几秒，尘封已久的记忆开始被缓缓唤醒——在她怀里咽下最后一口气的小女孩、挣扎着说宁做太平犬不做乱世人的垂死妇人，还有被她一箭穿喉而死的朝廷官员……虽然已经过去很久，但此刻想起来仿佛还能感受到初次杀人的那种紧张彷徨、茫然无措……要不是有那个人在，她还真不知该如何收场。

想到这里，她下意识地看了旁边的宇文泰一眼，两人的视线在半空中有一瞬的交错，又很快各自移开。

大叔见她沉默不语，忍不住又提醒道："小郎君当初杀了那官爷可是让人解气得很哪！我到现在还记得那精彩绝伦的一箭——"

"好了，你不是说给我们准备吃食吗？"宇文泰突然冷冷出声打断了他的话。大叔一愣，想说什么，不料正好对上对方的眼睛，但见那双深灰色眼眸里一片平静，却幽深得仿佛地底深渊，散发着森寒的阴冷之意。大叔顿时吓得一哆嗦，咽了咽口水不敢再说下去，支吾着小声道："好，好，我这就去准备。"

元子攸若有所思地看了眼英娥，眼中飞快闪过一丝忧虑。

大叔刚退了几步，却见有人快步走上前，拦住他的去路。当英娥看清拦路的人是李彧时，不知为何却有种松了一口气的感觉。

“你刚才说的可是真的，这位小郎君曾在南秀容射死一位官爷？”李彧脸色铁青，灼灼目光中蕴了几分惊怒。

大叔终于感到有点不对劲，神情有些慌乱地连声否认：“我不知道，我什么都不知道，我认错人了！”

李彧脸上浮现出狠戾的神色，他上前抓住大叔的衣襟，一扫往日斯文，恶狠狠道：“你给我说清楚！到底是不是他射死了一位官爷！”

元子攸蹙了蹙眉，似是不耐地开口：“子文，既然他认错了人，你又何必咄咄逼人？”

此时的李彧却好像对元子攸的话置若罔闻，失控地猛摇着那位大叔，面目狰狞地低吼道：“快说！快说！你给我说清楚！”

大叔被摇得直翻白眼，压根发不出声音。

李彧气急败坏地紧紧掐住他的喉咙，嘶声威胁道：“若是还不说，那就去死吧！”

他的话音刚落，宇文泰突然拔出剑，冷冷地说了一句：“既然如此，不若我就帮帮你。”说着他剑锋一转，竟是朝着那大叔心口位置直刺过去。他出手极其凌厉，显然就是为了取对方的命。

英娥大惊，想也不想就抽出腰间匕首竭力架住了他的剑，手顿时被震得一抖，险些拿不住匕首。

宇文泰静静看着她，用只有她才能听到的声音低声道：“我早说过，妇人之仁只会害死你自己。这个麻烦，我替你解决，就当还你人情。”

英娥心里微微一动，却涩然一笑：“该来的终归会来，很多事情冥冥之中已有注定。我，不想逃避。”

他没有回答，注视着她的深灰色眼眸看起来格外深邃，而且透着种说不清道不明的意味。慢慢地，他放下手中的剑，退到了一旁。

“如果你想让他说话，是不是应该松开手？”英娥语气平静地对李彧说道。

李彧这才留意到那大叔面孔憋得通红，就快要喘不过气来，手下意识松了开来。大叔撕心裂肺地咳了一阵，才断断续续答道：“是，就是这个小郎君杀了位官爷，还是一箭穿喉，所以当时我记得很清楚。”

李彧转头看向英娥，眼中密布血丝，像只受了伤的兽类，随时都能扑上来咬死她。

元子攸移动脚步挡在英娥面前：“子文，你冷静一些，光凭此人之言切勿武断——”

“是我。”英娥淡淡打断了他的话，“杀死你弟弟的人，是我。我很抱歉伤了他的性命，但是我并不后悔当时那样做。”

李彧目光如刀地盯着英娥，英娥亦平静回视。

在相互对峙了十几秒后，李彧突然爆发出孤狼般的哀号：“为什么？为什么？为什么？”

“那官爷纵犬杀人，又滥杀无辜，连小女孩都不放过，这位小郎君所行也是侠义之事！杀人者，也被人杀，不是吗？”那大叔斗胆回了几句。

李彧脸色更加难看，咬牙切齿道：“她杀了我弟弟，是不是也应该杀人偿命？”元子攸面色一沉，扯住了他的衣袖，连推带搡将他拖到旁边的房间，顺手重重关上了门。

一进门，李彧的眼泪就流了下来，他哽咽道：“陛下，那是臣唯一的弟弟，臣答应过早逝的母亲，一定会好好照顾他……”

元子攸叹了口气：“你的心情朕很理解，只是英娥当时也不知那是你的弟弟，这件事，错的不是人，而是这世道啊。”他顿了顿，语气更加温和，“朕会加倍补偿你和李家，李越追封爵位，爵位由他的后代世袭，你看如何？”

李彧抹了一下眼泪，恨恨低声道：“臣其他什么也不要，只要她偿命！反正这宫里让人神不知鬼不觉的死法没有一千，也有八百！”

“朕不会让你伤害她。”元子攸的声音骤然冷了下来。

李彧抬头望去，昏暗的光线里，依稀可见年轻皇帝秀美的面部轮廓。

他浑身一颤：“陛下，难道您……真的对她……不不！且不说她是仇人之女，在这深宫里真心是最不该存在的错误，那会是您帝王之路上乱生的杂草！应该连根拔起才对！臣，臣不会就这么算了的！”

元子攸冷冷看了他一眼，忽然抽出剑迅速割下了自己的一长缕头发，扔在他的面前，又利落地在手臂上重重一割，竟生生剜下一块肉，顿时血流不止。

李彧整个人都傻在那里，愣了几秒才发出一声尖叫：“陛下！”

听到尖叫的众人推门进来，看到这样一幕，顿时都吓了一跳。英娥一个箭步冲上前，急忙扯下布帛帮元子攸包扎伤口，急切道：“这是怎么了？到底发生什么事了？”

元子攸却未答她，而是牢牢盯着李彧，一字一顿道：“古有孟德公割发代首，佛经里有佛陀割肉代鸽偿命。朕和英娥夫妻一体，她所有的过失，都由朕来弥补和偿还！”

英娥心中大震，一时间神思有些恍惚。元子攸的这些话如乱麻般纠结在她的脑海里，和他平日里相处的点点滴滴、他的一言一行，包括那些从不为她留意的细节，都一一浮现，似乎有什么被她忽视的东西就要呼之欲出……

皇帝带着轻骑趁夜离开洛阳的消息很快就传到了燕州。

是夜，天际云破月来，银白月色如雪光般笼罩在魏军的营地上。在其中一座最为宽敞的军帐内，主将尔朱荣沉着脸不耐地在帐内来回踱步，蓦然抬头，锐利的目光如利剑射向前来传信的士卒："皇后确是跟着皇上离开洛阳了？"

传信的士卒连连点头："千真万确！皇上离开时的确带着皇后，据说还有东平郡公和宇文统军等人。"

尔朱荣目光微凝，眼中闪过一抹不可捉摸的神色，意有所指地说了一句："阿泰离开得倒是时候。"

"将军，难道我们就这样将洛阳拱手相让吗？"侯景不服气地叫道。

尔朱荣面颊微微扭曲了一下，恨声道："是我小看这陈庆之了。想不到连天穆和阿兆都栽在了他的手里。"他顿了顿，目光缓缓掠过众爱将，"燕州这里很快就会结束，三天后我们立刻赶回洛阳，和天穆会合后集结人马再战！魏国失去的每一座城池，我都要一一收回！"

众人群情激昂纷纷应之，唯有高欢和司马子如极快地对视了一眼。

"将军，或许可以先等上一等。"高欢待众人安静下来后开了口。

他的话音刚落，与他素来不对盘的贺拔岳已然嗤笑反对："贺六浑，你这是什么意思？虽说帝后逃离了洛阳，可毕竟还未完全脱离险境，若是我们延缓了战机，这后果由谁来负责？"

高欢淡淡看了贺拔岳一眼，不慌不忙道："诸位请听我一言。如今洛阳失守在即，再过几日待元颢进了洛阳称帝后，和南梁的矛盾自然会加深。梁国到现在也没派增兵，可见并不是有心而为，我们可以派人混进去煽风点火激化矛盾，待他们彼此无法信任如同一盘散沙时，我们正好趁机反击。"

贺拔岳正想说什么，只见司马子如也附和道："臣也赞同贺六浑的看法。人的贪欲是无止境的，元颢原也不过是想借助梁国之力赌上一把，却没想到这一赌竟然登上了至尊之位。人在极位，自然会得陇望蜀，原先帮助他的梁人反而会变成他竭力想要摆脱的桎梏。因此，不可化解的矛盾必然产生，这也是我们一击而中的最好机会。"

高欢和司马子如在军中地位历来举足轻重，因此他们两人同时这么说，其他人倒也不再反驳。

尔朱荣若有所思地点了点头："好！那我们就再等上一等。"他目光一转，落在了那传信人身上，"让洛阳的所有契胡骑兵尽快撤回晋阳，保护好阿玥，不可有失！"

"将军，臣还有一事请求。"司马子如突然又开了口，"帝后此次撤离匆忙，所带的护卫并不算太多，不若让臣领一支人马先去接应帝后，以策万全。"

尔朱荣立刻应允，笑道："还是遵业想得最为周到！"

高欢抬头，眼神复杂地看了看司马子如，用只有他能听到的声音低低道："那么，她就拜托你了。"

司马子如没有说话，只是微微颔首，接着就转身大步离开。

在元子攸一行逃离至长子县时，传来了虎牢关被攻破的消息。驻守洛阳的安丰王元延明亲自带领文武百官，依礼备了法驾相迎新皇元颢入洛。新皇改元孝基，大赦天下，以陈庆之为侍中、车骑大将军，增邑万户。

身为献文帝拓跋弘之孙，因有着高贵正统的血脉，元颢进入洛阳几乎毫无阻碍。不但皇宫里侍卫宫女一切如故，文武百官更是对他寄予厚望，盼望这位不再是傀儡的新皇能重振朝纲，恢复宗室世家昔日荣光。

自此，陈庆之仅用七千人马，在短短时间内共攻下三十二城，大战四十七场，一路杀到洛阳，所战皆胜，缔造了一个几乎是空前绝后的传奇。

初登极位的元颢提拔了不少以前的故旧之交，连身边的近侍们都被授予了举足轻重的官职。这其中大多能力平庸，虽引起了宗室们的不满，但还是暂时被掩盖在了一片似是而非的升平景象之下。

夜色下的明光殿里，元颢清秀瘦削的脸上微露疲意，仅着里衣侧卧在榻上，任由内侍阿翟替他捏肩松骨。

“陛下，这几天您每晚在太极殿设宴款待百官，也是累坏了吧。”阿翟善于察言观色，因此也最得元颢欢心，竟被封了个散骑常侍的三品官。

元颢低低应了一声，似是昏昏欲睡。

阿翟目光微转，试探地问道：“陛下，那位……您就任由他离开了吗？”

元颢眼皮抖动了一下。

“微臣也是怕有什么后患……万一那尔朱荣再借着他的名义卷土重来……”阿翟小心翼翼地说道。

“杞人忧天！”元颢睁开眼睛，轻叱道，“既然长乐已经弃宗室百官遁离，又有什么脸再回来？你也看到了，当初也是这些宗室亲自前来接驾，朕可不是长乐那无用傀儡，只受契胡人摆布！朕是天命所归！”他嘴角微挑，语气里多了几分得意，“更何况，我们还有白衣将军在，又有什么可担心的。”说着他又低念了一遍那句“千军万马避白袍”后，索性哈哈大笑起来。

阿翟连连称是，眼神却沉了下来，眼里闪过一抹狠戾之色。

位于长子县郊外的长秋寺原是宦官刘腾所建，寺庙周围青竹环绕，殿前有一潭碧波荡漾的池水，寺内有一座三层佛塔，架木为之，塔体秀美端庄，虽不及永宁寺高逾千尺的九层佛塔那般奢华雄伟，却也是别有一番特色。

这座寺庙的风格极为低调，和刘腾一贯的浮华作风大相径庭，若不是英娥以前听母亲提起过几次，怕是也压根想不到和众人来这里暂避。她更没想到这一避，转眼就过去了大半个月。

自元颢入洛为帝以来，陆陆续续有各种消息从洛阳传来，其中新帝任人唯亲滥授官职引起宗室不满的事自然也未能被瞒住……对于元子攸来说，这无疑是个相当有利的消息。磨难使人成长，如今的他倒是比之前更沉稳了，似乎无论何种消息听在耳里也只是付诸一笑，令人看不出半分端倪。

而英娥在元子攸受伤后变得沉默不少，平日里也多在自己的厢房内待着，只有在每天黄昏夕阳将落之时，才会离开房间登到佛塔最高一层安安静静眺望远方，将大脑里的一切烦恼完完全全放空，这是她感觉最为轻松的短暂时光。

今天自然也不例外。

当她如往常般轻盈地踏上最后一级楼梯时，才发现她的专属位置已经被人占了。认出那个再熟悉不过的身影，她下意识地想要转身离开，不料就在她心念极快一转间，那人已经转过头来，对着她微微一笑，口吻中难得带了几分促狭："皇后这是在故意躲朕吗？"

他俊秀的面庞在金红色的夕阳余晖下呈现出一种半透明的晶莹剔透，仿佛被蒙上了一层极为柔和的光芒。

英娥干笑了几声，僵着原来的姿势："怎么会呢，我又没做亏心事，躲你干吗？"

她飞快收回目光，耳边却不知为何又回响起之前他说的那句话。

"古有孟德公割发代首，佛经里有佛陀割肉代鸽偿命。朕和英娥夫妻一体，她所有的过失，都由朕来弥补和偿还！"

因为他的这句话，李彧当即下跪发誓再不追究这件事，并保证绝不让皇后的名声受到任何折损。自那天过后，她和元子攸之间的相处似乎有了些微妙变化，不复以往的轻松自在。毕竟，连一向对感情不算敏感的她也察觉到了他的心思……这种变化让她有些困惑，也有些烦躁，她不知该有什么样的反应才算是最妥当。

"过来，英娥。"他眼神柔和地看着她，笑容也很温和，好像在竭力表示他对她而言是完全无害的。

英娥正在暗自纠结，一时没听清他说的话。

元子攸微叹一口气，索性走到她的面前，双手扶住她的肩，将她的身子轻轻扳了过来，语气里透着一股无奈："陪我说会儿话，好吗？"

英娥一抬头，正好看到隐藏于他眉宇间的深深疲惫，不禁心一软，那些拒绝的话又被自己生生咽了下去。她点了点头，朝前走了几步，换了个舒适点的姿势半倚在塔的木栏前，似是随意地问了一句：“陛下怎么也在这里看风景？”说着她的目光往他手臂上悄悄瞟了一眼，忍不住又出声道，“你的伤，好些了吗？”

元子攸嘴角一扬，特意幅度较大地动了动手臂：“你看！已经没事了！”他似乎用力大了些，手臂一下子甩到木栏杆上，顿时痛得低呼一声。英娥心一急，也顾不了那么多，立刻拉起他的手检查他的伤口，恼道：“你也不是小孩子了，怎么这么不小心！这只手你还要不要了？”

她的手带着少女的纤薄，温暖中有着毫不掩饰的关怀，是自然流露的一片纯粹情意。

元子攸眼底闪过笑意，又极快地垂下眼眸，神情微带沮丧，甚至还有一丝罕见的委屈：“我还以为你再也不管我的死活了呢。”

“我是这样没义气的人吗？你这次受伤也是为了我，我怎么可能不管你，我只是，我……其实我……”她绞尽脑汁在想着最合适的表达方式。

“英娥，不要变。”他忽然突兀地打断她的话，说了一句没头没脑的话。

英娥目露不解之色。

他神色复杂地瞧着她，那双蓝色琉璃般的眼中流淌着几不可见的困惑挣扎，又似乎蕴含着千言万语，最终都化为一抹隐藏起所有心思的笑容。

“答应我，英娥，将来无论发生什么事，都不要改变你和我之间的情谊。”

在他充满期待的目光下，英娥缓缓点了点头：“陛下，我们曾经同生死共患难，有些情谊是任何人也代替不了的。在我心里，永远视你为最好的朋友。”

元子攸的表情僵了僵，但他还是露出了微笑：“好，就这么说定了。”

英娥这才觉得胸口舒缓下来，大大松了一口气，抬头望向远处。在夕阳余晖的吞噬下，天地仿佛被笼罩在一片静谧又柔软的金光之中。

短暂静默后，元子攸忽然又开了口，这次他的声音明显冷肃了许多：“今晨有一名侍卫从我们站的这个地方掉下跌断脖子而死。”他顿了顿，“我去看了一下他的尸体，却发现他是被人掐死的。”

英娥吓了一跳：“难道随行的人里有别人的钉子混了进来？如果是那样就危险了。可是我不太明白，为什么要杀一位小小的侍卫呢？”

元子攸皱了皱眉：“我倒是怀疑，不知他是否看到了什么不该看到的东西。”

空气中不知何时弥漫开一股奇怪的味道，还不等英娥辨认出什么，却看到几股袅袅白烟从底下随风盘旋而上……

元子攸摸了摸鼻尖，似乎闻出了什么味道，脸色顿时一变：“不好！是火油的味道！”

他的话音刚落，英娥将头探出楼外，正巧看到最下面一层的佛塔已经着火……

趁着火势还不算大，元子攸当机立断带着英娥冲下楼去。谁知刚到二楼，浓烟和灼热已然迎面袭来——英娥心里暗叫一声糟糕，透过烟雾四下张望，依稀见到供奉物品的案几上摆放着一瓶新开的栀子花。她也顾不得那么多，猫着腰疾步扑上前，一面小声念着得罪得罪，一面将花从瓶中拽了出来，随即迅速从袖中扯出一条丝帕，将白瓷瓶的水都倒在丝帕上后一分为二，用其中一半捂住自己的口鼻，又将另一半递给了元子攸，示意他照做。

元子攸毫不怀疑地将湿透的丝帕捂在口鼻间，果然发现窒息的感觉有所缓解。他飞快走到梯口往下观望，想看看有没有可能冲下一楼，却被一股直扑上来的热浪生生逼退了两步。

莫非今天他们要毙命于此？

不知为何，这个念头蓦然生出，他心里竟然没有丝毫惊慌，甚至还有一种能和她同生共死也算是命运厚待的满足。

想到这里，他忍不住回头望了一眼脸色苍白捂住口鼻的英娥，心口不由得猛地一紧。他立刻意识到这个想法的卑劣，他凭什么要她陪自己一起死呢？所谓同生共死，若是能选择同生，谁又甘心选择同死？

一定有办法的，一定还有办法从这里逃脱。

靠自己的力量从这里逃脱希望渺茫，但必定有人会留意到这里着火。如果下面有接应，从二楼跳下去，说不定还有存活的机会。

元子攸下了决心，拉住英娥的手就打算先退到栏杆处。不料就在这个时候，从楼下的浓烟中突然冲上来一人，但见他浑身湿淋淋地往下直淌水，衣裳和皮肤有几处已经被灼伤，手上、脸上被燎起了好几个火泡，就连头发也被燎走了少许，模样极为狼狈。

在看清他的面容的刹那，英娥吃了一惊，怎么会是他？

“臣救驾来迟。”宇文泰语速极快，“请速随臣离开。”

“先救皇后。”元子攸反应过来后立刻斩钉截铁地说道。

宇文泰只迟疑了一瞬，点了点头就去拉英娥。就在他指尖碰到英娥的一瞬间，英娥身形一转，瞬间到了元子攸身后，接着手起掌落，朝元子攸的后颈劈了过去，元子攸连反应的时间都没有就晕了过去。

“阿泰，时间紧迫，快带陛下离开！”

宇文泰在最初的惊愕后很快平静下来，有些难以置信地看着她，神色复杂：“皇后……”

“快！再不走来不及了！”英娥心急如焚地推了他们一把。

宇文泰默默咬了咬牙，抱起昏迷中的皇帝，一个转身就冲进了浓烟之中。说来也算是运气好，他们刚踉踉跄跄冲出佛塔，第一层就完全被大火吞没。

英娥眼看着火舌已经卷上二楼，灼烧的热气伴随着呛鼻的浓烟也让人几乎睁不开眼睛，她不得不快步朝尚未被波及的三层跑去。

一上三层，她三步并作两步跑到栏杆处，拿开浸湿的丝帕呼吸了几口新鲜空气，看到底下已经聚集好几人，正围住被救出来的皇上查看他是否受伤。几乎没人留意到她的存在，倒是李彧抬头看了她一眼，却又很快移开目光，似是全然不在意她的生死。

英娥心中苦笑了一下，李彧不落井下石就不错了，难道还指望他找人救她不成？

她目光一转，惊讶地看到宇文泰拿了水往自己身上一淋，想再次往里闯，却被越来越大的火势挡了回去。见此情形，宇文泰也不再强求，抬头望着她的眼神中带着某种残酷的冷静和微微的悲悯。

眨眼的工夫，灼热的火舌已然近在咫尺，英娥清楚，自己想要全身而退几乎不可能，唯一活命的机会就是——

“英娥，跳下来！”清朗透亮的声音仿若阳光般穿透黑暗，带着光的明亮落入了她的耳中。

英娥怔了怔，还以为自己出现了幻听。

随着一阵急促的马蹄声响，声音的主人也随之出现在众人的视线中，英娥几乎不敢相信自己的眼睛。周围仿佛一下子变成空旷的山谷，她只听到耳边嗡嗡轰鸣，大脑里瞬间一片空白。

“遵业……”她喃喃唤了一声，眼睛酸涩难当，似乎有什么湿润的东西就要涌出来。

原来，自己从来不是孤单一人。只要停下脚步，那个人就在她看得见的地方。

司马子如纵身下马，几步就冲到佛塔之下，再次唤道：“英娥，跳下来！”

英娥有点犹豫，毕竟这里离地面有三层这么高，摔死倒也罢了，最怕摔个半死不活。可这个选择又是唯一能活下去的机会。

“遵业，我……”

看着还有些迷茫的她，他微笑着伸出双手。

“英娥，我一定会接住你。”

四目相对，望进彼此眼底的是不同的心绪，她的忐忑，他的坚定。他的目光温暖澄澈，就像是冬日里的旭日，温暖却不刺眼，在她渐渐模糊的视野中，映照着他伫立的身影。

前路生死未卜，身后烈焰不停吞噬着一切……可因为这个人的存在，她莫名感到无比安心。

深深吸了一口气，她闭上眼睛朝着他的方向纵身一跃。

昏迷中的元子攸像是有了什么感知般突然睁开双眼，意识尚未完全清醒的他猝不及防地看到了英娥纵身跃下的这一幕，当即只觉心胆欲裂，大脑变得一片空白，噩梦般的画面强烈冲击着视线，让他紧张得连呼吸都要忘记。他想冲过去接住她，双腿却绵软得没有一丝力气，他的唇闭闭合合，终于嘶哑着喉咙竭力发出了凄厉的声音：“不！”

英娥根本没听见元子攸说什么，她耳边只有风呼呼吹过的声音，整个身子都失去重心，直直地往下坠去……

司马子如全神贯注地盯着她下落的方向，迅速移动脚步调整着自己的位置。几乎就是一眨眼的工夫，英娥离地面只有咫尺之遥。说时迟那时快，司马子如已估算出最准确的距离，退后两步以便有适当缓冲，双手伸出稳稳地接住了她。由于一股巨大的冲力，两人一起摔倒在地上，一连滚了好几圈才停下来。

司马子如顾不得自己周身疼痛，连忙查看她是否受伤。之前落地时他用自己的身体护住她，因此她除了轻微擦伤外，大体无碍。见她无事，他眼中露出了难以言喻的欣喜和不自知的浓情，再也克制不住心底涌动的情潮，紧紧抱住了她，像是抱住失而复得的珍宝，仿佛只有这样才能确认她是完好无损的。

“看，英娥，我说了我一定会接住你。”他微笑着看着她。

英娥眼睛一眨不眨地看着面前的人，他的模样看起来颇为狼狈，头发上沾着尘土，面上有污渍伤痕，和平时的丰神俊朗大相径庭，可不知为何，此时此刻，所有的惊惧惶恐和紧张都在他的笑容中化为乌有。

周围一切仿佛瞬间消失，天地之间只剩下她和他。

莫名地，她恍然想起了一句不知从哪里看来的话。

水中月是天上月，眼前人是心上人。

不远处，元子攸怔怔地看着两人，凝结的呼吸像是在胸口压了一块大石，让他有种心脏快要裂开的痛楚，他忽然有种无比心悸的预感。

或许……他很快就要失去她了……

站在他身侧的李彧也抬头注视着得救的英娥，眼中闪过一抹戾色，但转瞬又换上了焦虑的神情。

“皇后还怀有身孕，胡太医，快替皇后把把脉，看看胎儿是否有伤。”

元子攸面色微变，他竟然险些忘记了这件事！

“快，胡太医，赶快去看看皇后如何！”

给宇文泰清理完伤口的胡太医连忙应了一声，匆匆过去。元子攸也推开李彧，踉跄着脚步比胡太医更快一步冲到了英娥身边。

早在李彧说话的时候，英娥脑中蓦然一个激灵，她竟然忘了，自己如今的身份是一国之母，还不是她能任性表露真实情感的时候。

就在英娥失神的瞬间，元子攸已经将她从司马子如手里夺了过来，两人有一刹那的对视，当目光相接时，彼此都感到了存在于两人之间的极为微妙的敌意。

“英娥，你感觉怎么样？哪里不舒服？哪里疼？”元子攸焦急地看向胡太医，还不快替皇后看看！

胡太医替英娥一搭脉，极快地和李彧交换了个眼神，开口道：“陛下，皇后腹中胎儿并无大碍，只是受了惊需好生休息。”

英娥目光微闪，自从她假孕后，一直是由这位胡太医看诊，没想到这次逃离洛阳元子攸还记得带上他。

李彧在一旁笑了起来：“感谢上天保佑！看来皇后这一胎福泽深厚，必定是下一任天命所归的真命天子！”

众人在微怔后也纷纷附和。元子攸也微微松了口气，庆幸自己出走时没有忘记胡太医。

“胡太医，你也帮遵业看看，他为了救我，受伤也不轻呢。”英娥出声提醒道。

元子攸眼神微冷。

被她一说，司马子如才忽然感到从左手臂上传来一阵剧痛。

胡太医上前检查一番，面露难色：“司马大人的左手臂怕是折了，应该是刚才接住坠落下来的皇后承力过猛。”

英娥顿时失色：“胡太医，你不要管我了，快替他医治！我要他尽快好起来！”

“皇后，眼下我们处境艰难，目前也只能用夹板和药膏暂时对付一下，微臣出来时带的伤药不多，恐怕以后大人这只手不能提重物，每逢阴雨天气也会疼痛难忍。”胡太医叹息着摇了摇头，“这只手怕是要废了。”

英娥顿时急红了眼：“不行，遵业的手不能废。胡太医，你能再想想办法吗？”

胡太医摇了摇头：“这只手伤得太厉害了。”

英娥感到一阵尖锐的刺痛瞬间穿过心脏，身体轻微颤抖起来。她从未如此憎恨过自己，如果不是为了她，他又怎么会失去这么重要的东西……

“英娥，不要在意。”司马子如微微笑着，“用不了左手，我还有右手。就算没了双手，我还有这里。”他开玩笑地指了指自己的脑袋，“不是吗？”

看着对方依然云淡风轻的笑容，她忽然有种绝望的欢喜和忧伤的温暖。

因为，他笑得那么美、那么从容、那么柔和。

让她想狠狠大哭。

元子攸的目光落在司马子如身上，许是想到了他是救下英娥的人，眼内几不可见的敌意已然消失殆尽，眼神变得柔和不少。

“胡太医，一定要竭尽全力。”他郑重其事地吩咐着，又转头相询站在一旁的宇文泰，“阿泰，这究竟是怎么回事？进佛塔前你看到了什么？”

宇文泰先示意不远处的侍从抬上一具尸体后，不慌不忙地答道：“回陛下，臣赶到时正好见到有两人在塔底放火，与他们交手时对方死了一个，跑了一个。”

若不是当时他急着救人，另外一个也绝对没有逃跑的机会。

众人的目光不约而同地落在这具尸体上，但见死者面容普通，衣着也和一般平民无异，但既然能在宇文泰手里逃脱，这两人绝非泛泛之辈。

还在敷药的司马子如抬头道：“阿泰，你在他身上搜搜，如果背后有指使者，那么多半有能证明他们身份的东西。”

宇文泰闻言弯腰在尸体上摸索起来，找了一阵却并无收获。

司马子如眼角微微一弯，目光落在了尸体的鞋子上。不约而同地，宇文泰似乎也想到了这一点，伸手往尸体的鞋子里探去，果然从鞋底摸出一枚不起眼的令牌。

元子攸一瞬间就冷了脸色，如果他没看错，这是驻守皇宫的虎贲军所持的令牌。

李彧同样也看在眼里，脸上闪过惊诧之色，蹙着眉道：“难道是元颢？”

元子攸面色更加冷凝：“这两人或许只是先来打探情况，见朕和皇后在佛塔之上，索性趁机放了火。若朕和皇后被烧死在佛塔中，别人看来也不过是场天灾而已，再让有心人渲染一下，更让天下百姓以为朕登基为皇帝就是违背了天命，因此才遭此下场。到时新帝的皇位也就坐得更加安稳。”

众人听了自是心中一凛，皇帝的这种猜测并不是不可能。

司马子如却不太赞同这种看法，想了想还是开口道：“陛下，元颢此人素来自视甚高，性子甚为高傲，他出手的可能性微乎其微，依臣看来，倒多像是宦人所为。”

元子攸深深看了他一眼，沉吟着点了点头：“遵业所言也有道理。且先不论是谁所为，若这两人只是打探消息，想必接下来还有后着。”

宇文泰上前一步，朗声道：“陛下，若这两人只是打探消息，必定还有数量不少的同伙藏匿于附近。请允许臣带一队人马前去搜查，定让他们有来无回。”

元子攸看到他身上的伤，眼中不由得多了几分关切，可突然间不知想起了什么，神色又变得冷厉起来。

为了缓和略显沉寂的气氛，李彧舒展眉眼笑了起来，亲切地拍了拍宇文泰的肩：“今日宇文统军可是立下救驾之功，这件事交给你皇上是再放心不过。”

元子攸这才缓缓点了点头，淡淡道：“宇文统军，你先过来，朕还有事吩咐你去做。”

宇文泰快步走到元子攸身边，只听他的声音幽幽响起：“宇文统军，今日你虽有救驾之功，却是功过相抵，明白吗？”

宇文泰微怔，立刻明白皇上这是对他之前没有先救皇后表示不满。他心中暗惊，意识到自己似乎低估了尔朱荣之女在皇帝心中的地位。

他垂下眼睑：“臣明白。臣自当以皇上马首是瞻，绝无二心。”

元子攸嘴角隐约扬出一抹笑，示意宇文泰附耳过去，低声吩咐了几句。宇文泰目光微动，轻轻颔首。

“好了，你身上也有伤，索性先休息一晚，明天一早再出发，如何？”元子攸忽然提高音量，让在场所有人都能听见地吩咐道。

宇文泰应道：“多谢陛下体恤，臣遵命。臣这就回去休息了。”

说完他干脆利落地转身就走。

元子攸轻嘘出一口气，再转头时发现英娥正凝神看着胡太医为司马子如的手臂上夹板，口中焦急道：“小心，胡太医，小心一些！”

元子攸觉得眼前的一幕说不出地刺眼，怀疑要不是她顾忌着自己的身份，或许忍不住就会扑上前去。他深深吸了口气，牵起英娥的手，温言道：“皇后今日受了伤，需回去静心休养。”他顿了顿，又道，“胡太医，遵业就交给你了。无论付出多大代价，都要保住他的手。”

英娥抬头，看到司马子如给了她一个安心的眼神，她咬了咬唇，想再说些什么，却蓦地被元子攸拦腰抱了起来。

“陛下！”她一惊，下意识地想要挣脱他。不料他双手极为用力，她根本无法挣脱，那一双幽蓝的眼眸静静看着她，隐隐约约好似有什么难以抑制的情绪在眸底不停翻滚。他一个字也没说出口，可是他的眼神在提醒她如今的身份。

英娥一下子清醒过来，不再挣扎，静静地迎向他的目光。

待两人的身影消失在众人面前时，有人忍不住促狭地开了口：“陛下和皇后还真是恩爱啊……”

他话还没说完，就被李彧的一声重咳生生打断，其余人也不敢再多说什么。

司马子如眼中仿佛有什么一闪而过，但只一瞬就被迅速低垂的眼帘遮住，再也看不清楚。

踏进厢房，元子攸却丝毫没有松手的意思，直到走至软榻前才将英娥放下来。

阳光在他脸上投下半边光明，在另一半的暗影下，他那俊秀非常的面庞，似乎掺杂着某种苦涩又阴郁的气息。

“英娥，告诉我，为何刚才宁可让自己处于险境也要救我？”

听到这句突兀的问话，英娥愕然地抬眼望进对方的眼底，元子攸眼眸深邃暗沉，看不出任何情绪，却隐约令她感到莫名不安。

“我……”她迟疑了一下，“我没想过为什么。”

他眼中仿佛有什么闪亮了一下，缓缓低下头，两人的距离几乎近在咫尺，他温暖的气息环绕在她的脸侧，宛如情人之间的低喃响起：“英娥，你没想过为什么，会不会是因为你心里，其实也早就有了……”

“陛下，你是一国之君，若是有什么好歹，岂不是天下更乱？”她急促地打断了他的话，“之所以没想过为什么，那是因为作为大魏子民，救君王是天经地义，作为生死患难的朋友，救对方更是理所当然！”

他眼中掠过一抹深深的失落，想忽略弥漫胸腔的苦涩，竟脱口道：“那若是司马子如呢？”

英娥一怔，但眼中闪过的柔软已被元子攸捕捉在眼里，他心下更是酸涩发沉。

“我自然也会救他。”她垂下眼眸，很快遮住眼中流露出的心疼和内疚，“但好像每次他被我连累更多一些。”

元子攸定定望着她，女孩眼中一闪而过的心疼让他感到有些堵心，还有疼痛和酸楚——那样的心疼并不是给他的。

在某一瞬间，他真的有种冲动将她紧紧禁锢于自己怀中，热烈地亲吻她，狠狠地惩罚她，想和她亲密一些，更亲密一些……让她明白她是属于他一个人的，告诉她不许关心除了他之外的其他男人……

如果，如果她是他真正的妻子……

想到这里，元子攸的理智刹那间回笼，他差点忘了，如果不是为了帮他，她又怎么会嫁给自己？两年之约很快就要到期，“继承人”诞生的那一刻，就是她离开自己的倒计时开始。

或许，在这之前，他还可以尽力一试。

“还是在担心遵业吗？”他的声音轻柔得不可思议，甚至露出一个忧郁温和的笑容，“我会让胡太医悉心照料他。若有一天能回洛阳，我必会召集天下名医和奇人异士，相信总有人能治好遵业的手。”

英娥抬眼看向他，眼里隐约有层朦胧雾气：“真的可以治好他吗？”

元子攸缓缓伸出手，轻轻按在她的手上，温热的手心令人感到一阵莫名的安心。

“英娥，要相信，这个世上是有奇迹的。”

英娥眼角有些湿润，她重重点了点头：“陛下，你说得对，这个世上一定有奇迹。”

元子攸似是不经意地替她捋了捋头发："好了，别胡思乱想了。好好休息，身体快些恢复才能亲自去探望他。"

看到英娥并未抗拒自己的接触，脸上似乎还有几分感激之色，他不觉微微一笑，英娥她，果然就是吃软不吃硬的性子。

或许是心情略有放松的关系，英娥也闭上眼睛昏昏沉沉睡了过去。

也不知过了多久，一觉醒来时，天已经全黑了，英娥迷迷糊糊感到手上有些异样，低头望去，才发现自己的手被一只骨骼纤美的手牢牢握住。她沿着手往上望去，映入眼帘的竟是元子攸疲惫不堪的俊秀面容。但见他用另一只手托着下颌，双目微闭，睫毛随着呼吸轻微颤动，整个人呈现出一种少见的脆弱。

英娥心里微惊，动了动手，对方立刻惊醒过来，看到她脸上顿时露出喜色，忙不迭地问道："英娥，你现在觉得怎么样？饿不饿？渴不渴？"

英娥眼神微闪："陛下，你一直待在这里吗？"

元子攸笑了笑："不守在这里我怎么能放心，朕这就让人去拿点吃的来。"

英娥正想问司马子如的伤势，只听门外忽然传来宇文泰的声音："陛下，人已经抓到了。"

元子攸眼神陡然凌厉了几分："进来！"

宇文泰匆匆走了进来，行礼后不慌不忙道："禀陛下，臣照陛下所说，果然发现有人鬼鬼祟祟在暗处飞鸽传书，于是一举擒下此人。据此人招供，他有位表兄叫作阿翟，是元颢手下一名颇为得宠的宦人，派出虎贲卫的人正是这位阿翟。也正因为如此，对方才能得知我们的路线及住处。而之前有人被杀也是因为正好撞见他将我们的信息传到了洛阳。"

英娥脑海里立时浮现刚才元子攸在宇文泰耳边嘱咐的画面，这才恍然大悟。这招引蛇出洞果然高明！

元子攸冷冷一笑："他还招了些什么？"

宇文泰道："除了他们两人，另还有约三十位虎贲卫正藏匿于附近，打算半夜偷袭此处，诛杀陛下一行。"

元子攸眉梢微挑，露出几许讥笑："宇文统军，接下来就看你的了。"

宇文泰弯了弯嘴角："就请陛下静待臣的好消息。"

宇文泰果然不负众望，在凌晨时分带回了将那三十余虎贲卫杀得片甲不留的好消息，元子攸听闻之后圣心大悦，许诺待回了洛阳再行封赏。

在不久之后，这个消息也如长了翅膀般传到洛阳。

洛阳，皇宫一隅。

从装饰华美的房中突然传来一阵瓷器碎裂的声音，打破了原有的静谧。

一身华服面白眉细的宦人顾不得指尖被瓷片割伤，竟又取起案几上的另一只花瓶狠狠往地上砸去，只听哗啦一声脆响，价值不菲的前朝花瓶也在一瞬间变成了垃圾。

“阿翟大人，阿翟大人，息怒啊。”在旁伺候的两位宦人胆战心惊地劝道。

阿翟恼道：“让我如何息怒！这三十虎贲卫也算是我精挑出来的，竟然一下子让人都给灭了！”

其中一位眉目清秀的宦人试探着问道：“大人，要不然，再多派一些人去？”

阿翟顺手拿起茶盏就对着那人的前额砸了过去：“蠢货！既然知道住处暴露，他们难道还会继续住在那里？肯定早就换住处了！再说了，光凭元子攸手下那些人，根本就不是虎贲卫的对手，一定有人帮他们！”他不甘地咬了咬牙，“如果没猜错，我表弟多半也遭遇不测了。”

那人也不敢擦拭额上流下的血迹，惴惴道：“大人，那眼下该怎么办？”

“还能怎么办！对方如今实力如何我们根本不清楚，也只能暂时按兵不动了！”

阿翟怒气未消地坐下来喝了半盏水，又似是想起什么：“听说最近朝堂上又有官员对皇上不满了？皇上还是太过仁慈，要我说，就该杀了他们的头，抄了他们的家！看他们谁还敢多事！”他顿了顿，又皱起眉，“皇上人呢？还和那些宫女厮混在一起？”

自从元颢认为自己是天授帝命后，骄怠渐生，连日来耽于酒色，夜夜笙歌。阿翟身为内侍，对自己君主喜好美色的性子自是再清楚不过。当初成为这洛阳皇宫的主人后，元颢还极为遗憾未能见到那位美人皇后一面。

两位宦人面面相觑，最后还是那位清秀的宦人开口答道：“陛下正带着各位王公大臣畅游北宫华林园，稍后会在明光殿设宴款待，以尽欢乐。”

阿翟冷哼了一声：“皇上还以为这是太平盛世了吗？一不留神小心满盘皆输。”

两位宦人吓了一跳，阿翟看也没再看他们一眼，一甩袖子出了房门。

此刻，华林园中微风习习，浓翠淡绿层层交叠，姹紫嫣红花团锦簇，最妙的是碧澄宁静的一池湖水，小荷已露尖尖角，偶尔还可见飞鸟在菖蒲下稍作栖息。

为首的新皇元颢正面有得色地听着几位心腹大臣吹嘘这里的景致，眉眼表情更柔和。

在湖边站了一会儿，只见安丰王元延明风风火火走了进来。这次元颢顺利进入洛阳，守城的元延明自是功不可没。

元颢眼睛一亮：“爱卿，你总算是来了。来来来，你我君臣同乐，可别扫了诸位大臣的兴致。”

元延明却面色微沉地扫了众人一眼，微挑着眉，眼中赫然有冷嘲之色。

“大臣？昔日高祖宴游，身边是彭城、中山、杨延庆等素有才能之名臣，而如今陛下身边尽是籍籍无名之辈，或是陛下的旧人，又或是善于阿谀奉承，怎担当得起大臣之名？”

说完，元延明难掩眼中失望，朝元颢行礼后竟拂袖而去。

华林园中一片沉寂，元颢和其余大臣又是尴尬又是恼怒，却又无法反驳。毕竟元延明说的也是事实，元颢自上位以后提拔的多是旧人和近侍，而这些人又以庸碌无能居多。

对元颢失望的又岂止元延明一人，随着时间的推移，洛阳的王公贵族们对日夜纵酒取乐不问国事的新皇越来越失望。而白袍将军陈庆之所带的七千南朝兵士也沉浸于洛阳的繁华之中乐不思蜀，并倚仗着己方立下的功劳横行市里，也令得魏国百姓们心怀不满。

这种种变化对于元子攸一方来说，却是再好不过的消息。

经过胡太医一段时间的用心治疗，司马子如手臂骨折伤势渐有好转，只是当初太医的担心也不可避免，他的左手大不如从前了。

如往常一样，英娥在元子攸的陪同下前来探视司马子如的伤势进展，元子攸的存在自然让她和子如的相处更显拘束，可皇帝以关心臣子的名义相随，却也令她无从拒绝。

司马子如见到两人同时进来，眼神微黯，但很快又扬起笑容，淡淡道：“陛下、皇后。”

英娥看他精神尚好，心中稍稍松口气，只是目光落在他的左手上时，心头又是一绞。

“果然如遵业所说，洛阳那里不曾再派人过来了。”元子攸微微一笑道。

当初他曾想过离开这座寺院，司马子如却很肯定对方摸不清己方实力，定不会轻易再派人来，让大家安心继续住在这里。没承想，还真如他所料。

元子攸看他的眼神也多了几分说不清道不明的复杂之色。

“期待越高，失望越大，如今元颢的位子已摇摇欲坠。之前臣已将消息传给大将军，相信近几日大将军就可率军抵达这里。到时再拥陛下挥师反攻，相信必定能夺回洛阳。”司马子如一脸平静道。

元子攸颔首：“有大将军亲自勤王，那陈庆之也未必是对手。”他顿了顿，忽然问道，“有一事朕倒是有些疑惑，遵业当初如何知道我们就在长秋寺？”

司马子如极快地看了一眼英娥：“以前在北秀容时，北乡公主曾和我们提起过刘腾所建的这座长秋寺，臣也只是抱着试试看的心理前来。”

英娥一怔，再次想起母亲聊起长秋寺的那天晚上，她和他并排躺在草地上望着星星所说的一段话。

“这座长秋寺地理位置极佳，若是洛阳这边有什么差池，倒是王公贵族暂避的好去处……”

当初她建议元子攸前来这座寺庙暂避，也是因为想起了这段话。

一时间，她突然有些恍惚，一些朦胧、遥远的思绪从心底最深处渐渐浮现，如云雾般无声将她包围，一些或清晰或模糊的回忆令她感到心里酸胀微涩……

就在这时，有侍从跌跌撞撞地冲到了房门外，声音因兴奋激动而语不成调：“陛，陛下！大将军他们已经到寺门外了！”

英娥愣了几秒后，蓦地站起身来，恍若一阵疾风般冲了出去。因动作太过迅猛，连案几上的香炉都被她的衣袖扫落在地，撒了一地香灰。

司马子如目送她的身影消失在视线里，一转头，正看见元子攸怔怔望着门外，面上神情复杂难辨，似憎非憎，似喜非喜，眉宇之间轻绕着一种奇特的怅然。

元子攸似是察觉到司马子如的目光，冲着他极快地露出一抹笑容：“朕也去亲自迎迎大将军。”

说完，他便起身急急离开。

司马子如望着凌乱不堪的地面，目中似有些无奈，忽而垂眸低低一笑。

英娥几乎是以最快速度冲到了寺门外，一眼就见到了为首驻马而立的那位白面将军，无论是他那强健修长的身体，还是蕴含着无形威压的秀目，都散发着纯粹男性的强悍与锐利。

“阿爹！”英娥欢叫一声，径直就冲着那个方向飞奔而去。

尔朱荣看清来人时，原本还保持着冷肃的面容瞬间变得柔和，仿佛连月光都能融化。他不假思索地飞身下马，微笑着张开双手，准确无误地接住了那如雏鸟投怀的女孩。

“阿爹……你终于来了。”英娥靠在那再熟悉不过的胸膛里，听到从那里传来的强劲有力的心跳声，如幼时般发出一声满足的轻叹。

尔朱荣心中漫过一阵难言的酸涩，满腹的心疼最终化为一句：“英娥，你受苦了。”

当初在北秀容的英娥是何等恣意何等潇洒，又何尝吃过这样的苦。

英娥摇摇头，声音带了几分哽咽：“阿爹，女儿不过是受些奔波躲藏之苦，这天下百姓受的却是家破人亡颠沛流离之苦，只盼阿爹有朝一日平尽四方叛乱，还万民一个太平世。”

“英娥……”尔朱荣顿觉胸口被堵得慌，暗生歉疚，大掌忍不住在她的头顶轻轻摩挲了几下，“若是当初阿爹早些让你在北秀容嫁了人……”

“阿爹，既然选定了这条路，我就会一直走下去。”英娥大胆打断了他的话，一字一顿道，“尔朱家的儿女，从不言悔。”

尔朱荣欣慰地点了点头，目光落在她的腹部，又急切问道：“我的外孙还好吗？”

英娥眼中极快地闪过一丝局促之色，忙道：“阿爹放心，这孩子好得很。”

尔朱荣稍松一口气，目光幽深地看着她，用只有她听见的声音沉声道："那就好。这江山可都是为了我那外孙打的。"

英娥心头微震，对父亲生出几分内疚。若是他将来知道自己一心扶持的外孙根本没有尔朱氏的血统，该有多失望？

第一次，她对自己当初做的决定开始有了动摇。

在英娥没留意到的方向，高欢手握缰绳，一直静静地注视着她，将她的一言一行收入眼底。

她的眼中隐有泪光，眼神却坚韧又执着。

透过她的眼睛，他仿佛看到之前和她一起度过的遥远时光。

如今的她，和那个缠着他要和他学习箭术的小女孩，和那个甜甜朝他撒娇的小姑娘，还有那个拉着他一起捉弄别人的小惹事鬼，已经多么不同。

如今的她，不知不觉中，越来越有一国之后的风仪……

他感觉自己的呼吸变得更加柔软，他的心跳却更像催醉人心的絮语。眼中的冷冽不知何时全然消失，透出一种云破月出的昭然。

"英娥……"他忍不住轻唤了一声她的名字，那两个再普通不过的字同时在舌尖碾过时，却有几分淡淡的甘甜回味。

英娥循声望去，看到他时面露毫不掩饰的惊喜，亲热地叫了一声："师父！"

高欢微微一笑："你们果然在这里，遵业那家伙还真不是瞎猜的。"

听到司马子如的名字，英娥面上的笑容滞了一滞。

高欢是何等敏锐之人，立刻察觉到不对。他和司马子如素来关系亲近，见英娥这个反应心里不由得一沉。

长秋寺的某间敞亮厢房内，浮尘在透过窗棂的阳光照射下飘动，气氛有些沉闷。

元子攸的目光在坐于下首的臣子们身上一一扫过，最后停留在了司马子如身上，眼中闪过一丝诧异，他张口问道："遵业，你不是还受着伤吗，怎么不好好休息？"

司马子如弯了弯唇："陛下，臣只是手受了伤，这里——"他顿了顿，指了指自己的脑袋，"这里却是好好的，说不定还能发挥一下作用。"

尔朱荣和高欢同时笑了起来，原先得知他伤势时的担心也被冲淡不少。一个人受了伤并不可怕，最可怕的是自己放弃自己。而司马子如显然不是这样的人，所以，就算他的左手就此废了，将来未尝没有大造化。

"陛下，臣来时路上探得消息，那元颢和陈庆之之间似乎也心生隔阂互相猜忌，据说元颢还向南梁上表，说是河北河南尽在他掌握之中，让南梁不要轻易加兵入魏。"尔朱荣淡淡说道。

元子攸蹙起眉："难道南梁真没有更多野心？"

"陛下，这次南梁还真没有派兵乘胜追击。"高欢看了一眼司马子如，"或许正如遵业所言，那萧衍潜心向佛，无心朝政，更无将我大魏收入版图的野心。"

司马子如点了点头："如今下至平民，上至王公贵族都对这位新皇不满，正是我们回洛阳的好时候。"

李彧犹疑道："但城中还有陈庆之和他的七千人马……"

之前陈庆之的神话战绩还历历在目，难免有些人对他颇为忌惮，李彧自然也不例外。

被他这么一说，也有人打起了退堂鼓，附和道："陛下，不若我们再等等，等局势更加明朗一些再做决定也不迟。"

不等元子攸回答，忽闻一个声音朗朗响起："陈庆之的七千人马，现在大可不必忌惮。"

众人循声望去，只见开口的是一直沉默不语的宇文泰。

司马子如定定看了他几眼，高欢则不自觉地微蹙起了眉。

"宇文统军，这是为何？"李彧惊讶问道。

宇文泰一脸平静："当初这七千南朝士兵奉命而来，心无旁骛，一鼓作气攻入洛阳，而如今他们立下大功，沉浸于洛阳的繁华之中乐不思蜀，更仗着自己的功劳横行市里，比之从前，他们心中多了贪欲，再无当初的一鼓作气。士气一旦涣散，再恢复恐怕是难上加难。"

尔朱荣眼中闪过赞赏之色："阿泰所言有理。再过几日天穆和阿兆就会来此会合，到时我们就一举杀回洛阳！"

三日后，早已收到消息的元天穆和尔朱兆也率着剩余兵力赶到了长子县。尔朱荣即刻向各地发布了勤王令，竟然在短短十天之内就集结了大量兵力，包括粮草等后勤补给也陆续到位。待一切就绪之后，尔朱荣当机立断，以拥立元子攸的名义再次杀回洛阳。

一路上尔朱荣的大军势如破竹，连连攻克了河内等城，渐渐逼近洛阳，在黄河边与陈庆之的军队对峙。

尔朱荣征集了不少附近渔家的船只，在三天内十一次尝试强渡黄河，却因黄河险峻，每次都被陈庆之击退，将士更是死伤不少。凭借黄河天险的阻隔，陈庆之暂时阻挡住了尔朱大军的攻势。

天幕低垂，云朵翻卷，黄河之水天上来的磅礴气势伴随着汹涌的涛声令人不觉想起前朝的一首诗：览百川之洪壮兮，莫尚美于黄河。潜昆仑之峻极兮，出积石之嵯峨。

此刻的尔朱荣却无心欣赏这大自然的鬼斧神工，他注视着不时随着奔腾汹涌的黄河水漂流而去的将士尸体，狠狠拧起了双眉，眼中的光亮渐渐暗淡，眼神沉寂而深邃，垂放在身体两侧的手紧紧握起，又缓缓放下。

携披风而至的英娥停下了脚步，担忧地望向自己的阿爹。但见他俊美的面庞上仿佛笼了一层冰霜，眼睑下浮现出一层青黑，显见是这些天没有睡好。

英娥不由得觉得有些心疼，世人都只看见这个男人高高在上权势无双，可他所付出的辛苦和代价，无人明白理解。

“阿爹，这里风大，加件衣裳吧。”英娥上前，轻轻替他披上披风。

尔朱荣望向她的目光柔和了几分：“怎么不好好在房内休息？你现在怀着身子，更要小心。”

英娥笑容微滞，对欺瞒父亲之事更是歉疚。

就在这时，贺拔岳匆匆而来，面上难掩焦虑：“将军，我们所有的渡河船只都已经被毁了！这下子可如何是好？”

尔朱荣皱眉：“那就再去征集！就算出再高价钱也要从渔民手里买来！”

贺拔岳面露难色：“将军，远近渔民的船只都被我们收来了，眼下我们已经无船可收。”

尔朱荣的眉蹙得更紧。自他领兵作战以来，未尝败绩，难不成这白袍军真是他命中的克星？

“将军，没有船我们根本就过不了黄河，不如暂行北撤，再做打算？”贺拔岳试探着相劝道。

微凉的水汽溅在尔朱荣的脸上，仿佛蒙上了一层透明的面具，令他的表情看起来更为冷硬。

“简直胡扯！我们都已经到了这里，北撤岂不是让天下人看笑话！老子就算游，也要游过去！”紧随在后的尔朱兆恰好听到这句话，顿时暴跳如雷。

尔朱荣眼中闪过一抹不甘：“我就不信没有船攻不下洛阳。性子再坚韧的人，也必有弱点，同样，再难攻的险峻，也一定有它的缺陷之处。”

“将军说得没错，就算没有船，我们也一样能渡过黄河。”一个清朗的声音从身后传来，尔朱荣回头一看，只见司马子如和高欢正结伴缓步而来。

贺拔岳素来和高欢不睦，因此对司马子如自然也不假颜色，冷哼道：“难不成真要游过去？”

司马子如微微一笑：“将军，我和贺六浑这几天仔细查看了舆图，发现另一处硖石渡口水势较为平缓，地势也不如此处险峻，且守此渡口之人是太子元冠受。元颢仅此　了，若是能生擒太子，对方军心自然大乱。”

“但是我们现在无船可用，又该如何渡河？”贺拔岳显然觉得这个主意不着调。

高欢微扬嘴角："将军何不向周围百姓征收木材，制造木筏？"

尔朱荣眼睛一亮："你们的意思是以木筏渡河？"他略一沉思，又道，"不过既然守将是元冠受，元颢必定将最强兵力集结于此。"

司马子如不慌不忙地笑道："将军，若是大量制作木筏，沿着黄河排列开来，俱做出渡河的架势，对方必然摸不清我们打算攻哪个渡口，只能在黄河各处分散驻防。到时我们在其他处佯攻，而集结精锐兵力猛攻硖石，必破之。只要元颢的朝廷军溃败，陈庆之的七千白袍军自然也不会恋战了。"

尔朱荣拊掌大笑："果然好计谋！传令下去，立刻征调木材赶造木筏！"

十余日后，尔朱荣依计行事，趁着夜色将竹筏在黄河沿岸排开，果然令对方手忙脚乱。尔朱荣令贺拔岳、尔朱兆等人渡河偷袭硖石对付元冠受，自己则在渡河后带着宇文泰、高欢等人直奔陈庆之而去。

子夜时分，当太子元冠受尚在寝帐中酣睡时忽闻敌军突袭，惊慌下仓促应战，被尔朱兆亲手擒获。

陈庆之见尔朱荣已经顺利渡河，元颢军队溃败，心知大势已去。他的七千人马早就不复初时斗志，如今失去了黄河天险这道屏障，他和他的军队都不再是尔朱荣大军的对手。作为一军主帅，他立下决定，带着所有人马撤退，直往南梁而去。

尔朱荣自不会放过他，带着宇文泰等人一路猛追，一路上曾被白袍军占据的地方纷纷向尔朱荣投诚，当初失去的魏国各城一座座又被收了回来。当追至嵩高河时，陈庆之的军队已经开始渡河，眼看着他们就要顺利撤离回到南梁，这一次好运却不再站在他们一方。

尔朱荣正打算渡河追击时，宇文泰突然拦住了他，直指河中央道："将军，你看！"

众人齐齐望去，只见河水忽然暴涨，霎时就将渡河的士兵们冲得七零八落，梁兵多不善水性，只能无望地呼号哀叫，却难逃被汹涌河水吞没的噩运。

看着曾经所向披靡的白袍军在水中绝望挣扎，痛苦哀号，众人无不在心中感慨诸行无常。

宇文泰微叹一口气，低低诵起无量佛经之临终接引愿："我作佛时，十方众生，闻我名号，系念我国，发菩提心，坚固不退。植众德本，至心回向，欲生极乐，无不遂者……"

陈庆之的七千士兵在嵩高河冰冷的河水中全军覆灭，他本人倒是命大逃过一劫，不得不假扮僧侣只身一人辗转回到了南梁。

白袍军战无不胜的神话，于短短几个月后在尔朱荣手里彻底终结。

永安二年七月二十，元子攸携皇后及近臣重返洛阳皇宫，诸位元颢的降臣惊惶接驾并痛哭谢罪，元子攸好言相慰，并未降罪他们，并声称先前附从元颢的各位朝廷及地方官员，只要迷途知返，一概免罪。之后他又在筵席上大肆封赏，其中尔朱荣更是被加封为天柱大将军，增加食邑至二十万户。

至于元颢这位连皇位都没坐热的短命皇帝，在太子元冠受被擒时就心知不妙，连夜带着数百骑人马往南梁奔逃，不料几天之后，他的首级却被送到了洛阳。

洛阳，明光殿。

将目光从木匣中那颗依然睁着双眼的首级上收回，元子攸面无表情地摆了摆手，一位内侍立刻上前拿了木匣退下。

“早知今日，何必当初。”元子攸微叹了一口气，“元颢是被何人所杀？”

立于身侧的李彧上前一步：“听说是被他最信任的内侍阿翟所杀，这首级也是阿翟呈上来的，想必是企图以此作为投名状。”

元子攸眼中闪过一抹厌恶之色：“背主之人，又有何颜面苟活于世？”

李彧目光微动：“陛下，臣明白该怎么做了。”

元子攸微微颔首，沉默了一瞬后又开口道：“他——已经离开洛阳了？”

李彧自然清楚这个“他”是何人，忙答道：“回陛下，自昨日收到葛荣旧部韩楼在幽平二州揭竿而起的消息后，天柱将军就连夜赶回了晋阳，待稍作休整后就会前往幽平平叛。”

元子攸站起身来，在墙前所挂的舆图前驻足，目光在那些标了红色的地方一一扫过，从幽州、平州、泾州直到灵州……

“无可否认，在战场上，他的确是位天才。”元子攸神色复杂地感叹了一句，对于尔朱荣，他自己也有些迷茫，明明尔朱荣是自己的仇人，可在心里最隐秘的某个角落，却难以启齿地崇拜着那个人，仰望着那个人，甚至希望自己也能成为那样的人。

李彧眼神暗了暗：“有天柱将军在，收复这些城池是迟早的事。只是如今尚有这些事情牵扯着他，待有一日真正天下无贼，这世上就没有能制衡他的东西了。”

元子攸一怔，眼底泛起转瞬即逝的浅痕。

“对了，陛下，您打算怎么处置元冠受？”李彧试探地问道。

元子攸想了想道：“朕记得元冠受尚未满十二？不若先囚禁起来……”

他的话还未说完，忽见侍卫匆匆前来禀告：“陛下，上党王奉了天柱将军之令，已将元冠受诛杀。”

元子攸脸色微变，沉声道：“朕知道了。”

待侍卫离开，李彧看了看元子攸阴冷的面色，低声道：“陛下仁慈，还想着留元氏族人一命，尔朱荣却恨不得能杀之后快。臣真是担心……担心……”他做出一副惶恐状，不敢再说下去。

元子攸不耐烦地皱眉："担心什么？"

李彧压低了声音："臣担心陛下按计划离开这里之后，终有一天元氏族人会被尔朱荣以各种理由诛杀殆尽，孝文帝一脉从此绝嗣啊。"

元子攸心头巨震，一时无语，仓促间拿起案几上的水喝了一口，明明是带着温度的水直流到了胸口，却透着一股凉意。

李彧不再言语，垂下眼睑掩去了眼中的一丝冷光。

房间里的空气似乎变得干涩，令人有些呼吸不畅。元子攸深吸了口气，对李彧扔下了一句"朕出去走走"就抬足往门外走去。

时正值夏末，放眼望去，宫中各处植木繁盛绿意盎然，深深浅浅的绿色交错在一起，为这沉闷的皇宫平添了几分生机。

元子攸怀着满腹心事漫无目的地在宫中走了一阵，最后还是不由自主地在宣光殿前停了下来。他抬头望了望匾牌，用眼神制止了宫人们的通报，直接走了进去。

金色阳光透过窗棂照了进来，落在正侧卧于软榻上看书的女子身上。她的肌肤在阳光下折射出半透明的质感，下颌秀气又小巧，和颀长纤细的脖颈形成了一个极为美好的弧度。似是看到了什么有趣的地方，她忽而抿嘴笑了起来，密长的睫毛一阵颤动，让人忍不住想要伸手触摸。

在看到她的刹那，他心中的郁闷仿佛霎时驱尽，眼前的女孩就像清晨的第一缕阳光，把世间所有的魑魅魍魉照得无所遁形。

元子攸驻足门边，静静地看了许久。

英娥起初还沉浸在书的内容中，完全没留意到周围有什么异样，直到无意中抬头才赫然发现不远处站着一个大活人，更别提这大活人还是天下至尊。

英娥赶紧放下书，正要下榻行礼，却被元子攸上前伸手拦住。

"你我夫妻之间何必多礼。"元子攸微微一笑，随手拿起那本书，极快地扫了一眼书名，微诧道，"郦道元的《水经注》？想不到英娥还喜欢看这种书？"他的目中流转过一抹促狭之色，"我怎么记得英娥可是个不爱看书的。"

英娥难得面露赧色："这里有几篇游记写得极生动。其他书我压根看不进去，也就这本书能安下心看上几页。"

元子攸目光更加温柔："那可有什么得趣处？不如与我一同分享？"

英娥一听顿时来了精神，从他手里拿过书，翻到其中一页，用指尖指着那几行字道："陛下，你看这里——书中写了，自三峡七百里之间，两边是连绵高山，春天时，碧绿的水倒映着各种景物的影子，山峰上长了许多形状古怪的高树，山峰之间有悬泉瀑布飞流冲荡……”

她和他靠得极近，呼吸吐气间，一股淡淡的香味飘在他的鼻翼旁，如纠缠不断的丝线，轻轻牵扯着他的意识，恍惚间，令他不知身在何处，至于她到底说了什么，他却是一个字也不曾听进去。

直到她一脸向往地抬头看他：“陛下，你说，真有这么美的地方吗？”

她的眼瞳清澄透彻，闪动着明亮的光华，令他一下子清醒过来。

“我父皇年轻时也曾游历过三峡，据他所说，那里的景致的确美不胜收。”元子攸顿了顿，那句“日后我也可以陪你去”在舌尖上转了转，正待说出口时，却听她兴奋地脱口道：“太好了！那我可要告诉遵业，等将来出了宫，第一个地方就去那里！”

元子攸听到那个名字的瞬间，心一下子就沉了下来，唇边绽放着的笑容僵了僵，很快消失不见。

话说出口英娥也觉得有点不妥，想说些什么转移话题，一时却又不知该说什么。

两人沉默了几秒，房间内有短暂的寂静。

倒是元子攸很快恢复常色，目光落在她隆起的腹部上，压低声音道：“对了，那边一切顺利，果然是个男胎，孩子在胎里也很健康。”他顿了顿，“只是接下来的日子，要更辛苦你了。”

英娥面带笑容地摇摇头：“只要想到我们很快能重新开始自由生活，再辛苦也值得了。”她说着有些好奇地望向元子攸，“陛下，等退位出宫后你有什么打算吗？”

元子攸目中似露出几分迷惘：“说实话我也不知道。”他的笑中带有几分苦涩，“或者，一位主动退位的皇帝也未必能让天柱将军安心。”

英娥面色一凝，急忙否认他的想法：“不会的，有我在，谁也伤害不了你。到时我会向爹禀明，你我夫妇无心政事，只想携手看遍天下。阿爹素来疼我，绝不会狠心让我成为寡妇。那个流着元氏族血的孩子，也一定会平安长大。这天下，最终还是属于你们元氏一族的。”

元子攸怔怔看着她，脑中忽然响起之前李彧说的话：“臣担心陛下按计划离开这里之后，终有一天元氏族人会被尔朱荣以各种理由诛杀殆尽，孝文帝一脉从此绝嗣啊……”

他告诉自己应该相信英娥，可在内心最深处，他不敢孤注一掷，他怕一旦输了，就会失去得彻彻底底。

是夜，明光殿。

元子攸缓缓睁开眼睛，目光所及之处是一片伸手不见五指的黑暗。霎时间，有几道朦胧光亮穿透黑暗射进来，将这里映照得有几分虚幻。

不远处，一高一矮两个身影正结伴朝这里走来，借着淡淡的光晕，元子攸看清了两人的面容，鼻子一酸，眼中险些落下泪来。

“大哥、三弟……”他喃喃唤了一声。

那两人却对他的呼唤置若罔闻，笑着从他身边走过，似乎还在谈论什么趣事。

元子攸心里一急，想拔足去追，脚踝却忽然被一条藤蔓缠住，紧接着，更多的藤蔓爬上了他的身体，越来越长，越来越多，将他全身紧紧束缚住，令他动弹不得。

“大哥！三弟！”他大声嘶吼起来，“是我！不要走！不要走！”

那两个身影像是听到了他的大喊，真的停住了脚步。不等元子攸缓过气来，只见两人缓缓转身，原本清秀的面颊上不知何时已流下殷红血泪，在惨淡的光线下更显狰狞。

“彦达，我们死得好不甘，要记得给我们报仇啊……”

“二哥，你已经忘记我们的仇了吧……”

两人叹着气转身离去，全然不顾身后元子攸声嘶力竭的挽留……

元子攸从噩梦中惊醒时才发现自己正身处明光殿的寝床上，听着自己还未平复的剧烈心跳，泪水不知不觉就从眼中流了出来，恍如尖锐的针刺进他的心里。

那些破碎而遥远的回忆，瞬时胀满了他的胸腔。

他真的几乎忘记了。

他的大哥，再也无法像以前那样指点他的课业。

他的三弟，再也不能躲在他的书房里捉弄他。

他们只有过去，永远不会再有将来。

他活着，不再仅仅是为了自己。

死去的人固然令人伤心，可活着的人，要背负更多更沉重的责任和痛苦，抛弃了一切过往，亦看不到未来。

第十四章 打压

仅仅用了一个月时间，尔朱荣就击灭葛荣旧部韩楼的起义军，收复幽平二州。在稍作休整后又率军前往关中地区镇压万俟丑奴的起义军，并用巧计大获全胜，于阵中生擒了业已称帝的万俟丑奴，余下部将见大势已去，无不四下奔溃而逃。

日下西山，残阳如血，仿佛为铁甲如林的尔朱大军营帐蒙上了一层瑰丽的轻纱，缓和了几分原有的森冷肃穆。

一身铠甲的男子默然立于风中，容貌俊美目光冷厉，右手所执的长剑闪着雪亮光影，在夕阳余晖的照射下好像正在慢慢飘出鲜血的味道。若是没亲眼见过他的人，必想不到威名赫赫的契胡汉子尔朱荣竟是如此风华出众的美男子。

这时，一位身量高挑的青年将军疾步走到他身后，茶色眼眸微转，开口道："大将军，万俟丑奴部将万俟道洛战败后率众西走，投靠了略阳义军首领王庆云。"他顿了顿，继续道，"据说那王庆云很快就要在水洛城自立为帝。"

尔朱荣冷笑一声："又是一个连屁股都没坐稳就妄想称帝的蠢货？难道万俟丑奴的教训还不够？"

青年将军脸上闪过一抹微妙的神色。想当初他高欢也是力劝尔朱荣称过帝的，要不是众人力保，恐怕他已凶多吉少。

不等高欢说话，尔朱荣似是也想起来了，咧唇自嘲一笑：“幸好那时金人不曾铸成，也算是上天帮了我一把。”

高欢微微一笑，直视着他的背影，大胆道：“大将军如今对那位置，真没有半分心思？”

在一瞬间的沉寂之后，尔朱荣缓缓转过身，锐利的目光落在高欢身上。

“贺六浑，你我是同生共死的兄弟，我也不妨和你直说，我已下定决心，为我的外孙扫平一切阻碍，尽心尽力辅佐他。”

风簌簌地吹落了树上的叶片，在夕阳余晖下，如染了血的枯蝶般飞舞在两人之间。

在听到“外孙”这个词时，高欢不否认自己的心脏像是被什么猛扎了一下，眼前蓦然浮现少女如云开雾散的明亮笑容。

他扯唇一笑：“大将军平定关中指日可待，这乱世总算是要结束了。天下无贼，这是送给未来太子最好的出生大礼。”

尔朱荣大喜，哈哈笑道：“贺六浑你说得不错，这份大礼送给英娥母子是再适合不过了！”

高欢笑容微敛，试探道：“那么大将军会如何处置皇上？莫非打算等太子一出生就——”他的话虽没说完，但表达的意思再明白不过。

尔朱荣沉吟了片刻，却摇了摇头：“英娥千方百计想保住他的性命，我并不想让她伤心，既然她喜欢，那暂且由他做一个傀儡皇帝就是。”

高欢微微蹙眉：“只怕皇上并非甘心。”

尔朱荣像是听到了什么笑话般嗤笑道：“不甘心，他又能如何？只要他安分守己，我看在英娥的分上自然可以让他得个善终。若是他想耍什么花招，那就别怪我心狠。”他扬了扬眉，“我们英娥就算再死一次丈夫照样能风光大嫁。”

高欢心头蓦然一跳，似有什么念头从脑中一闪而过。

“或许大将军也可借机试探一二。”他建议道。

尔朱荣微微颔首：“我会让那鲜卑小儿知道，离开了我，他什么也不是。”

高欢不再说话，抬头举目远眺，妖艳的霞光映红了远处的天际，像极了鲜血染成的颜色，就连空气中仿佛都弥漫开一股若有若无的血腥味。不知为何，他心中忽然有一种不安的预感。

洛阳，明光殿，夜。

烛火微燃，香炉浮烟，魏帝元子攸伏于案几前，细细阅览当日的部分奏折。他的目光专注而幽深，在袅袅烛光的映照下更显面容俊秀不凡，只是眼底的青痕显示着他近日来睡眠不佳，经常为噩梦所扰。

“陛下，天色不早，还是早些休息吧。”身边内侍面露怜悯之色，这偌大的宫里谁都知道，皇帝不过是个空架子而已，所有的政务全由上党王元天穆全权定夺。皇帝就连看奏折的权力都是众臣力争得来，但看的都是元天穆批阅过的奏折。

元子攸并未应声，又自案头拿起了一份奏折。这段时日的奏折都是大同小异，无不是称颂尔朱荣立下不世奇功，一统大魏指日可待。他心情复杂地打开奏折，发现竟是吏部尚书李神俊的辞呈。

之前尔朱荣直接选派了一位故去部下的独生子为曲阳县令，但此人据说连字也识不得几个，根本不具备为官的资格，因此李神俊上奏否决了尔朱荣的提议，并改派了他人。不料尔朱荣大怒，压根不理会吏部的决定，还是派了这个人到曲阳走马上任。

元子攸本来隐隐还对李神俊抱有几分期望，毕竟他也是西凉武昭王李暠之孙，没想到他干脆就撂了挑子。

元子攸皱着眉翻开了下一份奏折，看清内容后心往下沉。这竟然是一份让尔朱世隆兼任吏部尚书一职的奏折，并得到了元天穆的同意。

竟是如此迫不及待！

他微合上双眼，心绪一阵波动，将来元氏的孩子即位，一手遮天的依然是尔朱氏的人。就算尔朱荣尚有舐犊之心爱护幼帝，那么等尔朱荣过世后呢？到了那时，那些羽翼已然丰满的尔朱族人是否甘心屈居人下？

“陛下？”内侍又善意地提醒道。

元子攸忽然站起身来，压了压烦躁的心绪：“朕去看看皇后。”

夜凉如水，一轮皎洁弯月遥挂天际，空气里弥漫着若有若无的花香，偶尔从草间传来几声虫鸣。

元子攸到了宣光殿后，特意屏退了周围的内侍宫女，悄然踏进了皇后的寝殿。

殿内一角烛火不知何时已经熄灭，月色透过雕花窗棂照射进来，将这里晕染得一片朦胧。

被夜风吹起的一角幔帐下，榻上女子的美丽面容若隐若现，伴随着绵长细微的呼吸声，显见酣睡正甜。她的长发散开，恍如漫天的星光，刹那间充满了他的眼帘。

不知是梦到了什么，她忽然伸手想要抓住什么，双手一挥舞结果将自己盖着的被褥推了开去。

元子攸眼中微露笑意，想将她的被褥拉回来，不料往前跨步时被榻下的绣履绊了一下，身子一时失去平衡堪堪跌在了她的榻前。

他霍然一抬头，她微微颤动的密长睫毛几乎近在咫尺。她美好的气息，如甜蜜的芬芳瞬间就蛊惑了他的神志。

鬼使神差般，他低下了头，毫不犹豫地吻上了她的眼睛。感觉到那颤抖细软的睫毛一丝丝轻抚过嘴唇，他的心脏不禁阵阵悸动……

直到风吹击窗棂发出响声，才让他蓦然清醒过来。

他爱她。

他对自己的心思再清楚不过。

可是，如今的他不过是个无法掌握自己命运的傀儡而已，当"他爱她"这句话中的他字已经不复完整之时，他又该用什么去爱她？他又有什么资格要求她回应自己的爱？

就算要真正拥有她，那也应该是他真正做回完整的自己之时。

他抬头望向窗外，正对着那轮弯月。

月色如此明亮，他觉得眼睛有些刺痛，闭上双眼，缓缓握紧双手。

自李神俊辞官之后，尔朱荣对元子攸的表现并不甚满意，于是有了再一次试探，授意驻洛阳的元天穆安排几位亲信担任河南诸州的刺史。

当初处理元颢之事时，元子攸曾听从元徽和李彧等人的建议伺机在河南提拔不少帝党，而尔朱荣的势力主要分布于河东、河西，所以并未留意到河南诸地。但如果现在按尔朱荣所说行事，那么河南诸州也必将由尔朱荣一手遮天，元子攸这边再无半分力量。

因此元子攸手下诸位亲信竭力反对，元子攸本人也毫不犹豫地拒绝了尔朱荣的要求。

这日在朝上议事完毕后，除了元子攸的亲信们尚未离开，上党王元天穆也破天荒留了下来，并继续劝说皇帝同意尔朱荣的要求。

再一次被元子攸拒绝后，元天穆也终于失去耐心，俊雅的面容上再无半分笑容。

"陛下，天柱将军立下不世奇功，他来安排天下官员，就算是陛下也不该违背他的心意。如今不过是举荐数人为州官，为何陛下不允？"

这话明摆着充满威胁——这天下是尔朱荣打的，你不过就是一傀儡皇帝，怎么敢拒绝他？就算是他要做皇帝，你也得乖乖让位。

元子攸面色一下子沉了下来，内心仿佛被屈辱和愤怒胀满，随时会爆裂开来。

他下意识地直起背，目光锐利冰冷地射向元天穆，也是在一瞬间，他忽然清楚意识到，原来，他体内来自鲜卑先祖的骄傲是与生俱来的，融于骨血，不可分离。

从未有过的冲动在胸中汹涌奔流，让他在瞬间忘记所有的后果。

"上党王，请转告天柱将军。他若不欲为人臣，就将朕一并替代；如若他还有臣子之节，就绝无代天下百官之理！"

元天穆面露惊愕之色，显然没料到皇帝会有这样强硬的回复。他似是不认识元子攸般定定看了他几眼，冷冷抛下一句"陛下切莫后悔"后甩袖离开。

明光殿内陷入一片令人窒息的沉寂之中，过了半晌，倒是元子攸自嘲一笑先开了口："或许身为傀儡，实在不该说这样的话。"他沉默了一瞬，嘴角笑容带了几分苦涩，"看来朕这傀儡皇帝也快做到头了。"

元徽正要说什么，却被李彧打断了："陛下，既然觉得尔朱荣可能再容不下你，那么为何我们不先下手为强？"

元子攸浑身一震，抬眼望去，只见对方的眼神看似平静，眼底却暗暗涌动着汹涌的混浊。

站于李彧身旁的元徽眼睛蓦然一亮，张望了一下四周，又迅速走到殿门前推上了门。

李彧上前一步，压低声音道："陛下也看到如今的情形了，这天下都被尔朱荣掌握在手里，但除了尔朱荣，其余尔朱氏之人如尔朱兆、尔朱世隆等皆为有勇无谋之辈，若是能一击得中，首恶既除，尔朱荣手下一定会混乱不堪，到时就是我们夺回大权的好机会。到时陛下下旨赦其乱党，他们自不会再生乱。"

元徽颔首："陛下，李侍中言之有理，兵书上也讲究先发制人，尔朱荣必然想不到我们如此大胆，对我们也必不会设防，更方便我们行事。"

元子攸蹙眉，沉吟片刻才道："诸位爱卿难道忘记了当初王允设计刺杀董卓之后，又被董卓的凉州兵团反袭之事？"

"陛下，我们正可以从此事吸取教训。"元徽低声道，"当初王允杀死董卓之后，既不赦免凉州兵团，又不出兵讨伐，生生错过了最佳的解决时机。若陛下事成后立刻下旨赦免尔朱荣乱党，他们自不会再生乱。"

元子攸有所意动，垂眸道："要除掉他并不是件容易的事。"

李彧极为赞成元徽所言，扬了扬眉："陛下，眼下就有个绝好的机会。"

元子攸目光一闪："什么？"

"皇后不日即将生产，尔朱荣爱女心切，必会进宫探望，我们何不趁此机会——"

"不行！"元子攸下意识地出言否决，深深吸了一口气，"此事关系重大，让朕再好好考虑一下。"

元子攸的回复传到水洛城时，正逢尔朱荣设计生擒了万俟丑奴和王庆云。至此，经过连年征伐，关西终于平定，北方基本统一。尔朱荣将宇文泰擢升为征西将军，让他随同贺拔岳暂留关中管理当地事务，自己则押着贼首率大军赶回洛阳。而比他更早到达洛阳的，是一份再做试探的奏折。

前两次的试探让尔朱荣颇为不满，这让他有种莫名的焦灼，仿佛原本在自己掌握中的东西就快要失控，因此这次试探堪称在朝野中投下了一枚巨石。

洛阳，明光殿一隅。

元子攸一脸肃容端坐于上首，几位亲信则分列两边，侍中李彧面色铁青地开了口：“陛下，尔朱荣上奏称参军许周劝他取九锡，而被他所阻，分明就是暗示陛下应主动赐予他九锡之礼！可他明明知道，这九锡之礼代表着什么！”

众人静默不语。

九锡之礼，即天子赐予功勋格外卓著的大臣九种器物之礼节，按尔朱荣的功劳得此九锡也是理所当然。只是前朝被授予九锡之礼的几位重臣，如王莽、曹操、司马昭等几乎后来都篡位谋逆，尔朱荣既然暗示九锡，想必是不再满足天柱大将军一职，他的心思，昭然若揭。

元子攸左手轻按着那卷奏折，骨节微微发白。

“陛下！”元徽和李彧对视了一眼后上前道，“陛下不能再犹豫了！一旦尔朱荣决定动手，陛下和臣等都将死无葬身之地！眼下只有占得先机才有一线生机，甚至扭转乾坤！”

其余众位亲信如元罗、温子升、邢子才等人纷纷跪下宣誓效忠，包括尔朱荣派来监视他的武卫将军奚毅也信誓旦旦：“只要陛下下定决心，臣等赴汤蹈火在所不辞！”

元子攸只觉得胸口一阵热流直涌而上，几乎要脱口同意，可就在这一瞬间，英娥的面容在脑中一闪而过，令他如鲠在喉，动了动嘴唇却什么也没说出口。

元徽见他依然犹豫不决，脑子一热忽然噔噔噔走到他面前，竟然一把拉起他，拖着他就往外走。

元子攸脑子一片浑噩，居然也就这样跟着元徽走。而其余几人似是怔在当场，还未反应过来，唯有李彧在低头的瞬间略略弯了弯唇。

风在耳边呼呼而过，元子攸双手僵硬地拉紧缰绳，麻木地随着元徽策马狂奔……穿过云龙门，穿过铜驼大街，径直朝着洛阳城北而去。

也不知疾驰了多久，元徽终于在一处地方停了下来。元子攸抬头，顿时浑身一震，原来不知不觉他竟然到了先祖们安息的帝陵前。但见巨大的石碑掩映于郁郁绿树之下，一派肃穆庄严，偶有几声鸟鸣响起，令此处的静谧更显突兀。

元徽解下马鞍上的皮袋子，打开盖子自己先喝了一口，又递给了元子攸。元子攸仰头灌了几口，呛得连连咳嗽几声，脱口道：“是酒？”

元徽扬眉：“我鲜卑男儿，本就该在草原上过着打马喝酒的日子，怎么，如今一点烈酒陛下就无法消受了？”

元子攸面色微沉：“自然不是！”

元徽走到陵前伸手抚摸着那些石碑，叹了一口气道：“当年我们的先祖太武皇帝从漠北草原开始，征服楼兰诸国，跨过万里大江，无论是匈奴人、柔然人、高车人、契丹人都在他的马蹄下颤抖臣服，是他结束了十六国战乱，是他一统北方开创不世基业，就算他的敌人都对他敬畏有加，称他英图武略，事驾前古，虽冒顿之鸷勇，檀石之骁强，亦不能及也！”

元子攸忽觉头部一阵眩晕，心底像是有什么燃烧起来。

元徽眼睛渐渐湿润起来：“可如今我们这些太武皇帝的后人，却不得不屈居他人之下，甘为傀儡，百年之后也愧对先祖……”

听着元徽的声音，元子攸眼前竟渐渐模糊起来，不知是否他的幻觉，竟依稀见到似有相熟的高挑身影从石碑后飘然而出，丰神俊朗一如从前。

“父王！”他失声叫道，几乎扑到了石碑前，想要伸手抓住父亲的衣袖，可就在绵软的衣料在手心拂过时，那身影便消失得无影无踪。他竭力阻止，却只哗啦一声撕下一小幅衣角。

他无力地跪倒在地，喃喃道：“父王他一定是对朕失望了……朕丢了祖宗的基业，连血肉至亲的仇都报不了，朕只是个无用的傀儡……”

“陛下！”元徽的声音仿佛利剑般划破层层空气，直刺入他的耳中，“陛下做傀儡就够了，难道陛下希望一代又一代的元氏子孙都沦为傀儡？难道陛下要眼睁睁看着我鲜卑男儿再无翻身之日？”

元子攸心中巨震，蓦然清醒了几分，再定睛一看手里的衣角，更是大惊，这正是他父王元勰生前最为喜爱的一件衣服。

他闭了闭眼睛，再睁开时眼底一片猩红：“死犹须为，况不必死！昔日高贵乡公曹髦不甘司马昭宰割，拼命力搏死得轰轰烈烈，而常道乡公曹奂却甘为司马家族的傀儡，活得窝窝囊囊毫无尊严。”他一字一顿道，“朕宁为高贵乡公死，不为常道乡公生！”

元徽激动点头：“陛下果然不愧我元氏子孙！既如此，事不宜迟，我等立刻回宫，共商大计！”

“等一下！”元子攸忽然想到什么，“在除去尔朱荣前，尔等务必答应朕一个条件。”

洛阳城南宣阳门附近一处府邸后院之中，翠竹亭亭，青松绕园，连枝交映。温暖的晨光透过枝叶缝隙斑驳洒落，将坐于树下的两人面貌照得无比清晰，正是元子攸的两位亲信城阳王元徽与东平郡公李彧。

许是在自己家中的关系，李彧今日穿的是宽衣大袖的白色常服，配上略显松垮的束发，倒比平时多了几分不羁。

元徽看着他微微笑了笑，将手中装水的皮袋子搁在案几上：“皇上终于下定决心要除去尔朱荣，东平郡公特地为陛下准备的这个果然有效，陛下深信自己所见的就是他父亲的灵体，还大声唤父王……”

李彧得意一笑：“这水中的迷药来自柔然国，只需饮上几滴就会让人分不清现实与幻境。对了，那假扮元勰的侍卫已经妥善处置了？”

元徽点点头：“昨晚就安排他离开了洛阳。”他顿了顿，又道，“不过陛下还提出了一个条件。”

李彧挑了挑眉，露出了询问的神情。

“陛下说，尔朱英娥的皇后之位不可变，且唯有她的孩子才能成为继承人。”

空气中有一瞬间的凝滞，很快又被李彧的冷笑声打破。

“我们陛下还真是位深情专一之人，竟对仇人之女如此维护偏袒。”

元徽则露出为难之色：“按说如果陛下只诛首恶而赦免其他尔朱氏人，那么尔朱英娥继续作为后宫摆设也不是不可，只是这继承人，万万不能是尔朱英娥所出。”

“没错，若是有了一个拥有尔朱血统的继承人，那些尔朱族人又会蠢蠢欲动。”李彧凝目注视着不远处摇晃的光影，“暂且就先答应皇上，待除了尔朱荣再另想方法。”

“也只有如此了。”元徽眉宇间涌动着略带兴奋的神采，“那么我先去其他大人府上，待探明情形后再共商大事。”

李彧连忙起身拱手相送：“那就有劳城阳王了。”

目送着元徽匆匆离去，李彧眼中闪过一抹阴戾的暗光，嘴角的笑容显出几分残酷之意，喃喃道：“不除了尔朱荣，又怎么动得了他的女儿？阿越，你的仇阿兄很快就能帮你报了……”

风吹过竹林传来飒飒声响，仿佛摇碎了一场又一场梦。

李彧闭上眼睛，对即将到来的摧枯拉朽般的命运，充满了期待。

不久之后，留守洛阳的司马子如奉命进宫带来了尔朱荣会于半个月后抵达洛阳，并将进宫探望女儿的消息。

华林园中，英娥一脸惊喜地抬头望向多日不见的司马子如：“遵业，是真的吗？半个月后我就能见到阿爹了？”

司马子如点点头，温雅的笑容下却暗藏着一抹担忧。经过上次九锡之礼的试探，尔朱荣如今对元子攸极为不满，他隐约有些担心英娥和元子攸的计划生变。想到这里，他的目光不觉落在了英娥高高隆起的腹部上，他忍不住脱口道：“这些天一定不好受吧。我记得往年夏日你可是最怕热了。”

英娥脸上有些赧然，低声道：“肚子上就像穿了一件棉衣，当然不好受啦！”她又像是安慰自己道，“不过再过一个多月我就能解脱啦，你答应过我的事可不能忘记哦。”说到这里她又忽然想到什么，笑容凝了凝，目光落在他的手上，涩涩道，“只是现在你……”

司马子如挑起了眉梢：“怎么，开始嫌弃我了？”

“当然不是！”她急忙否决，“只是……只要你跟着我阿爹，就算手上有伤也总有个前程，可若是为了我离开，将来……我怕你将来后悔……”

“英娥，”司马子如飞快打断了她的话，眼神陡然温柔起来，“即使我废了一只手，一样能带你看遍天下。”

英娥怔了怔，笑容再次绽放，重重应了一声。

司马子如的眼神变得更加深邃，面对着自己或许从少年时就已经心动的人，只要一伸手就能轻抚她的面颊，将她拥入怀里，可是此时此刻，他什么也不能做，什么也无法说，短短不到两尺的距离，恍如难以跨越的万丈深渊……

英娥仿佛猜到了他的心思，忽然眨了眨眼，轻轻拍了一下自己的胸口。

司马子如一下子就明白了她的意思，发自肺腑地笑了起来。

无论身在何处，她的心，还有他的心，永远没有任何距离。

或许是连日来秘密商议对付尔朱荣之事耗去大量心力，元子攸今晨起来就一直觉得昏昏沉沉。本想在榻上多休息一阵，但当听得司马子如进了宫，又得知英娥正在华林园中散步时，他心里莫名一阵焦躁，不等司马子如来觐见，就强撑着下榻往华林园走去。

在园中茂密的绿荫之下，他几乎一眼就见到了那两人。

天空仿佛水洗过一般湛蓝，和煦的阳光照耀着大地，悦耳的鸟鸣声此起彼伏。

女孩全神贯注地望着对面的男子，秀丽的面庞，像面对太阳的向阳花般焕发着耀眼的光彩。

阳光似乎在她的面颊上笼上一层温柔的光晕，深褐色发丝随着微风轻轻摇曳。

而与她四目相交的年轻男子清俊挺拔，蓝色的袍袖在风中飘扬，就像是夏日里翩然的蝶，黑如曜石的眼眸如初升的明月。

元子攸定定地看着这一幕，双脚微微发僵。一滴冰凉露水忽然从头顶的树叶上滑落，正好滴落在他的眼中，刺得他眼瞳生疼。

他的脑海里，忽然响起很久很久以前她劝他登皇位时曾说的话：只有自己变得强大，才能保护那些想要保护的人。

同样，只有变得强大，才能真正得到想要的人。

他深深吸了一口气，大步从树后走了出来，面上的笑容亲切却又带着距离，那是帝王该有的笑容。

司马子如眼尖，一眼就见到他，不慌不忙地行了礼。

“陛下，臣这次进宫是要向您禀告，大将军半月后就会到达洛阳，届时还将进宫探望皇后。”

元子攸面上表情不变：“那真是太好了，到时朕必在宫中设宴，为大将军一行接风洗尘。”

说着他便不再多说，而是转向英娥，扬眉笑道：“怀了身子是要走走，那边芙蓉开得不错，我陪你去看看。”

司马子如眼眸低垂：“那么臣先告退了。”

待到司马子如的身影消失，英娥飞快看了元子攸一眼，却没说什么。之前父亲提出的九锡之礼她自然也有所听闻，这令她感到一阵莫名的不安。阿爹明知九锡之礼的真正含义，为何这样迫不及待提出？

“陛下……其实阿爹他……”

“英娥，你不必多说了。”元子攸转过头，嘴角噙着一丝苦笑，“这天下本就是大将军打下的，朕实在不该拒绝他的，可是，朕毕竟是一国之君，即使是一个无用的傀儡，也有自己的尊严啊。”

他双目微微泛红，似在强忍着什么。

英娥微叹了口气，元子攸身为宗室贵胄，心气自然比一般人高，因为骄傲，所以也脆弱。

她伸出手，轻轻拍了拍他，唇边漾起恬淡暖笑：“陛下，一切都会好起来的。”

对着她安慰的目光，元子攸突然一阵心虚，慌忙低下了头。这个女孩是如此温暖如此美好，他却在暗地里谋划着如何杀死她深爱的父亲。

他双手轻颤，被心头的愧疚压得快要喘不过气来。

“陛下，你怎么了？哪里不舒服吗？”英娥察觉到他的反常。

元子攸不敢面对她关切的眼神，摇了摇头，闭上了双眼。

司马子如走到宫外时，正好见到有两辆马车停在宫门外，城阳王元徽和另外一名官员下了车，与他打过招呼后就匆匆入了宫。

司马子如蹙眉，相询守在宫外的侍卫，得知连日来元子攸的亲信们频频入宫，似是在商议什么事。司马子如顿时起了警觉之心，吩咐侍卫继续留意，并让身边侍从去这些官员府邸附近打探消息。

自从探知元子攸的亲信官员私下里也在频繁接触时，司马子如似乎感受到了一种不同寻常的危险。他不敢有丝毫耽误，立刻将自己的怀疑飞鸽传书给了即将到达洛阳的尔朱荣。

尔朱荣虽然对元子攸有所不满，但压根没想过对方敢对自己动手。因此在收到司马子如的传信时，他只是嗤笑一声，将帖子扔在了一旁，还将此事当成笑话对身边随行的高欢和尔朱兆说道："遵业实在是杞人忧天，这天底下谁敢生杀我的念头！"

高欢却想得更多一些："遵业素来聪慧，如果他察觉到了什么，我们还是应该谨慎些的好。"

尔朱兆更是不以为然，大笑道："给那傀儡皇帝一百个胆子，他也不敢有谋害叔父之心！再说了，京师军队尽在我们掌握之中，那些兔子般的朝臣又能翻出什么花样？"

尔朱荣显然认同侄子的话，因此这次他根本没将此事放在心上，并让元天穆带大军先回了晋阳，自己则和长子尔朱菩提及尔朱兆等人只带了五千精兵就直接前往洛阳。

在尔朱荣踏入洛阳城前夜，明光殿里就被一种紧张凝固的气氛所笼罩。

对于这次暗杀，其实众人也没有十足把握，除了武卫将军奚毅手下的禁军外，还能派上用场的，唯有光禄寺的诸校尉和李彧挑选的百余名勇士。

"陛下，别犹豫了。不妨待设宴款待尔朱荣时，我等埋伏人手于侧殿，趁其不备将他乱刀斩杀！"有人忍不住提议道。

"万万不可！"城阳王元徽立刻否决，"如今元天穆尚在晋阳，他和尔朱荣兄弟情深，手下更有七万虎贲军，若是他挥师洛阳，我们根本无力抗衡。"

李彧眯了眯眼，笑得有几分阴沉："那就请皇上下诏，借封赏的名义将他急召入宫中，索性将他们一同除去，免留后患！"

说完他望向上首的元子攸，用目光询问他的意见。

元子攸双手紧紧握在两侧，哑声道："可是你们想过没有，即使这两人都死在宫中，仅凭尔朱荣那五千精骑，也照样能将洛阳闹得天翻地覆。"

"陛下，待大事成了，可令武卫将军将手下禁军抽调出一部分，用来控制洛阳和河桥，以阻挡河北诸州的反扑。"李彧侃侃而谈，"只要能僵持一段时间，其间陛下再以爵位厚禄许之，相信拉拢那些人并不是难事。"

"还有赦令……"元徽提醒道。

"对对，这赦令到时由温大人亲笔书写是再合适不过了。"

"那么就先由臣等去迎接尔朱荣，让他在永宁寺中先休息几日。陛下可等元天穆来了后再设宴款待他们……"

此起彼伏的声音在耳边响着，元子攸却忽然觉得脑中有一瞬间的空白，眼前再次闪过英娥的恬淡笑容，仿佛又听到她温柔安慰自己的那句：陛下，一切都会好起来的。

他感到心脏胀得难受，难受得好像随时会碎裂开来。他伸手紧紧按住自己的胸口，深深吸气，竭力想要抵御这莫名的难受。

“陛下宁为高贵乡公死，不为常道乡公生，臣等也愿生死相随！”李彧高亢的声音让元子攸蓦然清醒过来。

他明白，自己已经没有回头路了。

刚到晋阳的元天穆收到皇帝的急诏后，倒也并无怀疑，立刻日夜兼程赶往洛阳。

尔朱荣和元天穆进宫那天，天空阴沉沉的，被一望无际的深灰色所笼罩，天地之间仿佛也成了混沌一片。

尔朱荣进了宫并未先去觐见皇帝，而是带着尔朱菩提和尔朱兆直接去了宣光殿。

英娥许久未见亲人，这一下子可是惊喜非凡，兴奋地摸着尔朱菩提的脑袋道：“阿爹，你看！小不点都已经这么高了！”

尔朱荣哈哈大笑：“是不小了，等这次回晋阳就给他找个媳妇！”

尔朱菩提已是面容清俊的少年，一下子就红了脸，连着白皙的脖颈都透出一片绯色。

英娥笑看了眼正在一旁幸灾乐祸的尔朱兆，面带促狭道：“要我说，这次也该给阿兆哥哥找个媳妇，好好管管他。”

尔朱兆的笑容瞬间冰裂，他重重咳了两声，一脸不耐道：“老子一个人最是轻松自在，女人什么的最麻烦了。”

话还没说完，他的后脑勺就挨了尔朱荣一记敲打：“都快做舅舅了还这么不着调！英娥既然发话了，那就今年娶媳妇，明年必须给我添个侄孙！”

尔朱兆哀叫一声：“叔父，就算养猪也没这么快下崽啊！”

在场众人顿时哄堂大笑，英娥更是险些笑岔了气。

尔朱兆目光温柔地掠过英娥的笑容，渐渐下移，飞快在她隆起的腹部停了一瞬，有异样复杂的神色在眼中一闪而过。那孩子拥有的一半尔朱氏血统令他期待，可另一半元氏血统让他感到厌憎。

“阿姐，还有一个月我的小外甥就该出来了吧。”尔朱菩提眼睛亮晶晶地看着她，“阿娘可是准备了不少好东西呢。”

英娥将手搁在自己的腹部上，笑容变得有些不自然，只是虚应了两声。

“你阿娘会一直待在洛阳，待你生产完了再回去。”尔朱荣坐在床榻前，爱怜地替她顺了顺头发，“到时你也不用太紧张，有阿爹在，一切都会顺顺利利的。”

英娥抬起头望向他，忽然发现，原来阿爹一头浓密棕发中已经掺杂了不少白色发丝，俊美的面孔上也多了好几道深纹……原来不知不觉，阿爹也在渐渐变老……

她心中蓦地涌起一阵酸涩之意，忍不住像小时候那样将脑袋依偎在他的胸前，那熟悉有力的心跳让她莫名有些想哭。

“阿爹……”她的声音有些哽咽。

尔朱荣见她这样不禁有点慌了神，大手轻拍着她的背：“是阿爹不好，让你受了不少苦。阿爹保证，从今以后这天底下再也没人敢欺负你了。”

就在这时，门外传来内侍的声音：“大将军，宴席已经准备好，还请大将军等前往明光殿。”

此时在府邸中的司马子如却面色沉沉地听着手下侍从的发现，之前他曾亲自前往城外迎接尔朱荣一行，并再次提出警醒，不料却惹得尔朱荣极为不快，斥令他留守府邸暂时无须进宫。

“今日光禄寺被抽调了人手？”司马子如眼中闪着锐利如刀的神色，“可知那些人被调往哪里？是否被调往宫中？”

侍从摇了摇头：“这个小的不知，不过光禄卿鲁安确是进了宫参加筵席。”

司马子如略一思索，脸色更是不好：“不行，得让将军他们尽快离开！”说着他低声吩咐了几句，那侍从点点头，立刻转身离开。

司马子如看他离开，微叹一口气，想了想，也抬脚向外走去。

明光殿内，烛火通明，觥筹交错，来自龟兹的葡萄美酒被盛放在夜光杯中，在光影下透着如鲜血般的殷红颜色。

位于上首的年轻帝王面带微笑，举杯相敬，言语亲切，将尔朱荣等人的功绩着实夸了一番。尔朱荣见他如此识相，也就暂且按捺住之前的不满，顺着皇上的意思认下了这不世奇功。没有他平叛四海一统关中，这皇帝的位子岂能坐得如此安稳？而元徽、李彧等天子近臣也殷勤劝酒，极尽赞美之词。

看着眼前一派其乐融融的景象，皇帝的眉宇间有暗色一闪而过。他极快地朝东侧方向看了一眼，在视线看不到的地方，仿佛有什么困兽静静蛰伏在那里，危险而不可测。

他再清楚不过，那里埋伏着几十个携带兵刃的卫士，只待他掷下酒杯，那些人就会从东阶冲进殿来。

想着即将到来的那一刻，他不由自主地紧紧握住了酒杯，生怕一时紧张坏了大事。

李彧抬头望来，和他的视线在半空中有了一个微妙的相交，又各自若无其事地移开。

尔朱荣等人却似浑然不觉危险就要来临，依然兴致高涨地喝着酒，谈论着皇后腹中的孩子。此时的尔朱荣面色绯红，摒去了战场上的凌厉杀气，眉目间赫然都是即将成为外祖父的欣喜雀跃。

酒过三巡，就在众人酒酣耳热之时，李彧蓦地对上首的元子攸使了个微妙的眼神。

元子攸身体顿时一僵，他知道这是对方在提醒自己。

“陛下！”尔朱荣持着酒盏忽然站起身来，晃晃悠悠走到了元子攸面前，“臣想起有一事，不问不快。”

元子攸垂下眼眸：“何事？”

尔朱荣直直望着他：“臣听到传言说是陛下打算杀我，陛下你说，臣该相信吗？”

他的话音刚落，整座大殿顿时陷入死一般的沉寂。

元子攸的心一下子就悬到了嗓子眼，狂跳不止，一瞬间他竟有掷出酒杯的冲动。他深深吸了几口气，尽量保持着面上神色不变，不动声色地打量着对方的神情。但见尔朱荣嘴角微挑，秀眉高扬，俨然带着几分挑衅之态。

他的心又陡然一松，看来对方根本就不信这个所谓的传言。

“大将军，”元子攸好整以暇地也勾了勾嘴角，“朕也听到传言说你要造反，你说，朕该相信吗？”

尔朱荣定定看了他一会儿，突然哈哈大笑起来，回到位子上高举起酒盏：“此种无稽之谈，又如何坏得了你我君臣之谊。陛下，臣再敬你一杯！”

说着他将杯中酒一饮而尽，元子攸也笑了笑，单手拈起酒杯转了转，那酒杯似乎随时可能从他手中滑落——

就在这时，从殿外传来内侍惊讶的声音：“皇后！您怎么过来了？”

元子攸心里一个激灵，手里的酒杯差点掉下去，一抬头，只见大腹便便的尔朱英娥在侍女的搀扶下已经走了进来。

尔朱荣显然也吃了一惊，酒也醒了几分，忙上前扶住英娥，语气中带了责怪：“你身子这么重了，怎么不好好在寝殿里歇着，万一磕着跌着怎么办？”

英娥用眼神安慰了父亲，又冲着元子攸嫣然一笑：“陛下，臣妾来此只想以水代酒亲手敬阿爹一杯，还望恩准。”

元子攸脑中一片混乱，英娥的声音在他听来仿佛成了嗡嗡一片。他不知道为何她会突然在这个时候出现，是她察觉到了什么，还是……

尔朱荣本就喝得不少，听了倒没多想，只是宠溺地笑道：“都快做娘的人了，还这么孩子气。”

英娥微扬手，手心正对着尔朱荣身边的元天穆。元天穆无意中扫过她的手心时，“速离”这两个字赫然映入眼帘，他蓦地一惊，敏锐的目光利剑般射向英娥，英娥见他已经看到，便合起手心，几不可见地微微颔首。

元天穆心里瞬时起了惊涛骇浪，但他素来是沉稳的性子，笑了笑扶住尔朱荣："大将军，我倒是想起来了，你不是还有件要事未办吗？可别耽误了。"

不等尔朱荣反应过来，他便用一个凌厉眼神暂时阻止了他说话，又笑对皇帝道："陛下，实在是失礼，臣等要先告辞了。"

这世上若是还有让尔朱荣乖乖听话的人，唯有被他视为兄长的元天穆一人。因此尔朱荣虽不明白为何元天穆要这么做，还是闭上嘴不再多问，任由他将自己往门口拉。而其余人见此情形，也跟着纷纷退席。

元徽等天子近臣自是大急，拼命向上首的元子攸示意，一旦他们踏出明光殿，那么今天所有的布局都功亏一篑，更可怕的是万一尔朱荣起了疑心，到时他们全活不了！

元子攸却犹如老僧入定，迟迟没有掷下手中的酒杯，眼看着尔朱荣一行人就要走出明光殿——

"殿下！"李彧情急之下低喊了一声，又慌忙掩饰道，"大将军说走就走，也太不把陛下放在眼里了！"

英娥回头望向元子攸，只见他神色淡淡，令人琢磨不透。她想起刚才司马子如让人传进来的口信，心里更是发紧。她明明告诉自己皇帝不可能做些什么，可遵业的直觉让她感到莫名不安。相较之下，她还是选择了自己最信任的人。

她眼睛一眨不眨地盯着皇帝的面容，接着，看到他慢慢露出了柔和的笑容，轻轻放下酒杯，斜斜地倚靠在铺着皮毛的坐榻上，目送着尔朱荣等人的身影越来越远——直至他们完全离开明光殿。

英娥心里不觉暗暗松了一口气，若是元子攸真有什么行动，哪会因为她一个小小女子而终止？她也是抱着若有什么异动就出其不意先制住皇帝的心思才来这里的。看来这真的是一场误会，遵业他或许是思虑太过了。

"英娥，朕送你回去。"元子攸站起身来，走到她身边拉起她的手，笑若三月春风，"走吧。"

英娥莞尔一笑，也随着他走了出去。

待两人的背影消失在视线里，李彧恨恨地捶了一下案几："我看陛下是被这尔朱胡女迷了心窍！"

其余几人也面露惋惜之色，同时又不免忐忑。

待尔朱荣出得宫来，得知匆匆离开的原委后，不免觉得英娥与元天穆两人皆杞人忧天。在他眼里，元子攸不过是个逆来顺受不敢反抗的傀儡而已，怎么可能做出这样胆大妄为的事。元天穆虽然也认为元子攸和兔子般柔顺的群臣翻不出花样，但他为人素来谨慎，因此和尔朱荣暂且未再进宫，打算等处理完洛阳的事务后就回晋阳。

元子攸的这些亲信等了又等，在听说尔朱荣他们要回晋阳时更是心急如焚，纷纷前往明光殿面谏。

“陛下，上次我们已经错失良机，这次若是放虎归山，恐怕再无任何机会了！一旦尔朱荣起了疑心，对陛下、对臣等都是灭顶之灾！”李彧蹙着眉先开了口。他自是清楚那日计划中断是因为尔朱英娥的出现，心中不禁有些懊恼，看来自己还是低估那个女人在元子攸心中的地位了。

“陛下，开弓没有回头箭，尔朱荣必须除去。”元徽脸上闪过忧虑之色，“上次尚不知为何尔朱荣等中途离开，但宫中毕竟还有不少他的耳目，万一让他知晓我们的计划，恐怕……我等死不足惜，只怕我们先祖所创下的这份基业也会毁于一旦……”

其他几位亲信也同时望向御案，等待皇帝做出最后的决定。

元子攸有一瞬间的恍惚，那日英娥的突然到来的确让他慌了神。当时他唯一的念头就是千万不能让英娥目睹一切，因此明知就要错过良机却始终无法狠心扔下那个酒杯。

但是——现在已经没有时间让他继续犹豫了。

他的祖先从广阔草原披荆斩棘而来，逐鹿华夏，主宰中原大地，后更有孝文帝摒弃旧俗大力革新开创盛世，从而成为堂堂正正的华夏正统，他万万不能将这江山拱手相让。想要阻止尔朱荣，唯有设伏诛杀一条路。

想到这里，他轻轻摇了摇头，摒弃所有杂念，肃声道：“那么依众卿之见，可有什么好计策能让尔朱荣再度入宫？”

李彧眯了眯眼睛，嘴角勾起一抹阴狠的笑：“陛下，臣倒是有一计。不如就说皇后早产生下一子，那尔朱荣爱女心切，必然会进宫探望。”

众人听了顿时眼睛一亮，倒是温子升犹疑道：“皇后突然早产，不知那尔朱荣是否会怀疑？”

李彧面色沉静：“妇人早产也是常事，再说关心则乱，尔朱荣一定会中计。”说着他冲上座的元子攸笑了笑，“陛下，您觉得如何？”

元子攸深吸一口气，闭上眼睛又缓缓睁开，眼瞳幽深得仿佛见不到底的黑洞，透着令人心悸的冷。

“就依爱卿所言。”

话说出口的一瞬间，他感到心脏突然狠狠一抽。

“那么该由何人去宣召尔朱荣？”温子升凝神道，“此事不容有一点差错，一旦引起尔朱荣怀疑，所有安排都将前功尽弃。”

“这个人选远在天边近在眼前。”李彧笑着看向元徽，“城阳王素来亲和，最是善于应变，尔朱荣等人对他印象一直不错。再来他是宗室亲王，为陛下亲眷，由他来通报皇子降生是再适合不过的。”

元徽在一愣之后倒也欣然领命。

元子攸扫过众亲信，沉声道：“这次以皇后早产为饵，实是险而又险的最后一搏。至于皇后那里，朕自会派人守着，在事成之前不许有任何消息透露到她面前！”

待这次事情过后，他一定会百倍千倍地补偿她！这个尊贵的位置只属于她，将来的继承人也只能由她所出！

一连下了好几天的雨，洛阳终于迎来晴朗的天气。

当司马子如一边咳嗽着一边走进尚书省朝堂时，立刻有人殷勤开口道：“左丞大人，看您身体抱恙，怎么不告假在府中歇息？”

身兼尚书左丞和金紫光禄大夫的司马子如不但是尔朱荣的亲信，也为元子攸所赏识，因此对下属和同僚的巴结也是司空见惯。

司马子如客气地寒暄了几句，便走到了内间。

他抬头望了望窗外，今日天空湛蓝如琉璃，只是离地面似乎很近，莫名透着一种极为压抑的压迫感，正如他此刻的心情。

此时和他关系最为亲密的高欢尚留在晋阳，无人可再劝尔朱荣。光禄寺的校尉和郎将频频调动必然事出有因，上次尔朱荣等人全身而退，反倒让英娥也不再有怀疑。可他总觉得，前方仿佛有个张大了口的陷阱，正在等着他们一步一步走进……不过幸好元天穆尚有警觉，只要他们不再进宫尽快回晋阳，元子攸就奈何他们不得。

至于英娥，他从来没像此刻这般希望尽快带她远离这个旋涡。他之所以带病也来尚书省坐班，不过是因为这里最靠近皇宫，有什么消息也能最快知晓。

就在这时，他身边的侍从匆匆入内，附在他耳边说了几句：“大人，城阳王刚才出了宫，似是往永宁寺而去。”

司马子如心头微跳，如今尔朱荣等人正暂居于永宁寺，难道城阳王是冲着尔朱荣去的？

“你继续去盯着，若是有什么异动再来告诉我。”

侍从匆匆离去，司马子如凝目注视前方，细小微尘在明亮的光线中毫无方向地浮浮沉沉，来去无处，无所依附。

究竟何时，他才能堂堂正正站在她面前，为她挡去人生中所有的狂风暴雨？

与皇宫相隔并不太远的永宁寺中，尔朱荣与元天穆正坐在绿树成荫的庭院里相谈，树叶独有的清香淡淡弥漫在空气中，细碎的光斑在枝叶缝隙中跳跃个不停。

“这都已经去了许久了，阿兆他们怎么还没回来？”尔朱荣抬头看看天色，面上有些急躁。

之前“元颢之乱”时，北乡长公主回到了晋阳，如今英娥产子在即，身为母亲的长公主自然是放心不下，在尔朱荣表弟尔朱世隆的护送下再入洛阳，今天正好是到达的日子，因此一大早尔朱兆就前去城门相迎。

元天穆望了一眼义弟俊美的面容，眼眸微垂：“天宝你这急躁性子何时能改？耐心等着就是了。”

尔朱荣讪讪一笑，似是想到什么，露齿一笑又道：“你我好久不曾握槊，不如趁现在来一局？”

元天穆双眉微扬，含笑道：“这握槊你好像一直是输多赢少吧？”

尔朱荣不服气道：“这次我绝对不会再输！”

两人言笑晏晏间，忽闻有人来报，城阳王有急事求见。

两人对视了一眼，目中各有狐疑之色，这城阳王历来是皇帝那边的亲信，如今跑来这里又是为何？

不多时，元徽笑容满面地走了进来，那笑容绚烂至极，胜过天边朝霞，显见是发生了什么极为值得高兴的事。

但见他径直走到尔朱荣身边，忽然大胆伸手摘下尔朱荣所戴的胡帽，竟按着胡人习俗托帽欢快盘旋跳起了敕勒舞，让两人一时摸不着头脑。

待跳了一阵，元徽才恭恭敬敬双手将胡帽奉还，喜不自胜道：“皇上大喜！大将军大喜！皇后于卯时分娩诞下皇子！”

尔朱荣险些跳起来，一脸难以置信，大声道：“什么？英娥她诞下皇子了？这么快！她怎么样？还好吗？小皇子可健康？”

这一连串的询问令元徽怔了怔，他很快又笑道：“大将军放心，皇后和小皇子母子均安。陛下大喜过望，特意派老臣来请大将军和太宰入宫，商量立储之事！”

尔朱荣这才放下心来，重重舒了一口气：“没事就好，没事就好。”他迫不及待地站起身来，笑逐颜开，“既如此，我这就进宫去探望他们母子。”

元徽眼中闪过一抹几不可见的笑意，伸手做出请的手势：“那就请两位大人随老臣进宫吧。”

尔朱荣点了点头，正要说话，忽听元天穆冷冷说了声：“等一下。”

元徽心里一紧，抬头望向元天穆，但见他俊容冷冽，目光牢牢锁定自己，似要看出什么端倪来。

“如果我没记错，皇后还有一个月才生产吧，怎么提早生产了呢？”

尔朱荣听元天穆这么一说，狂喜也被冲淡了几分，敛了笑容：“城阳王，这是怎么一回事？”

几乎是一瞬间，尔朱荣又恢复成那位铁血沙场杀戮无数的契胡战神，这种无所不在的威慑力令元徽双腿发软，心神猛震。

不过元徽毕竟是服侍过三朝天子之臣，当初也曾深得胡太后之欢心，因此尽管内心惊惧不已，面上却丝毫未显，不慌不忙道：“实不相瞒，皇后昨夜突然发动，倒是费了番周折才产下小皇子。不过幸好皇后和小皇子俱是有福之人，所以才有惊无险，相信将来必然后福无尽。”

见他面色如常应对毫无破绽，再加上妇人早产也不是奇事，元天穆倒信了几分，尔朱荣更是面露心疼之色，叹气道：“英娥这次可受了不少苦。”

“皇后若能早些见到亲人，必然心情更加愉悦，身子也会好转得更快。”元徽适时地又推了一把。

“对对，你说得没错。”尔朱荣再无迟疑，拔腿欲走。

元天穆心内仍然存疑：“天宝，长公主很快就到，不如等长公主来了再一同进宫？”

尔朱荣摇了摇头：“我等不及了。要不天穆你先留下，待阿玥来了陪她一同进宫？”

元徽心里咯噔一声，若是将元天穆留下，必然是一大后患。他正思索该如何劝说对方一同进宫时，却听元天穆冷声道：“你到哪里，我自然是陪你去的。”

尔朱荣面上神情柔和了几分，两人目光对视了一瞬，露出了极为默契的笑容。

“对了，将菩提也叫上，让他也见见他的外甥！”

元徽微笑着低头，掩去了眼底的阴冷。尔朱荣的嫡长子随行，或许算得上是意外之喜。

此时的明光殿，被一种紧张又压抑的气氛所笼罩。

墨黑的发，衬得元子攸俊秀的面容一片莹白如雪，眼底下有明显的青影，秀美的蓝色双眸暗淡无光，唯有双唇呈现出一种不正常的殷红，紧紧地抿成一条线。

“一切都准备就绪了吗？”他的声音里透着一股深重的疲惫感。

李彧上前道：“陛下放心，宫中埋伏已经布置妥当。光禄寺诸校尉郎将随光禄寺卿鲁安埋伏于明光殿东面，杨侃则率几十名勇士伏于明光殿南阶，到时即可截断入殿之人的后路，让尔朱荣他们有来无回！”

元子攸目光越过前方，落在没有焦点的某处：“皇后那里也都安排妥当了？”

李彧目光一闪："回陛下，宣光殿周围已经派侍从驻守，没有陛下命令无人能进出。"他顿了顿，补充道，"另外，殿内的人也已经安排妥当了。"

元子攸颔首，语气坚定了几分："无论发生什么，都不可伤到皇后一分一毫。违者斩！"

李彧面颊轻微抽动了一下，却还是恭恭敬敬地应下。

殿内有短暂的沉寂。殿下的人神情各异，担心、紧张、激动、兴奋交杂在一起，对每个人来说，这都是一场孤注一掷的豪赌，赌上的是身家性命。

元子攸沉默了一瞬又道："昨夜朕一直辗转难眠，直到凌晨才勉强入睡，后来得一梦，梦见朕持刀将自己的左手十指全割了下来，却感觉不到丝毫疼痛。朕被此梦惊醒后，就再也无法入睡了。"他微叹了一口气，"不知此梦究竟是凶是吉？"

李彧一惊，和温子升极快对视了一眼，只见温子升忽然面露喜色跪倒在地，高声道："恭喜陛下，此梦乃吉兆无疑！"

元子攸挑了挑眉："爱卿如何解？"

"陛下可听过蝮蛇螫手，壮士断腕？若将尔朱氏一族比作剧毒蝮蛇，陛下自断手指，等同壮士断腕，从此割去毒患再无大忧。这实在是吉兆啊。"

李彧连连点头："言之有理！言之有理！陛下，不如让温大人赶紧写下赦令，先行离开，在尔朱荣进宫的同时就在宫外宣告赦免尔朱氏其他族人，这样一来，那些尔朱残党是否瓦解不说，元天穆的虎贲军是绝不会向天子举起屠刀的。"

众人因为此梦信心更足，面上俱露出了笑容。

元子攸低下头，透过衣裳下摆仿佛看到了自己藏于御案之下的利刃。他不但丝毫未感到轻松，反而觉得身体里似紧绷着一根弦，拉扯着他所有的血脉神经。

这一刻，他无比清醒地知道自己正站在悬崖边上，无论结局是否粉身碎骨，他都不能回头。

英娥从用早膳开始就觉得有点不对劲。

寝殿内异常地安静，就连窗外清浅的风、轻薄的阳光，都安静到极点，却透着一种令人不安的气息。

侍女桃姜似乎有什么瞒着自己，神情僵硬欲言又止，直到她询问了几遍才支支吾吾答道："皇后，殿外今日不知为何多了很多侍卫，还不让我们随意进出。"

英娥早已不是当初那个无忧单纯的草原少女，一听此言蓦然心生警觉，再立刻联想起之前司马子如的提醒，心不由得直往下坠。

难道遵业的怀疑是真的？皇上真的要对父亲动手？

她攥紧了手中的瓷盏，为着心中不祥的预感和猜测，只觉五脏六腑似乎都要焚烧起来。

“皇后，先把这酪浆喝了吧，一会儿凉了就不好了。”

桃姜的声音将英娥的神思拉回了几分，她深深吸了几口气，一气喝光了瓷盏中的酪浆，强迫自己冷静下来后又开口问道：“今日我阿爹他们可有进宫？”

桃姜摇摇头：“奴婢不知。”

英娥心里更加焦虑，她索性站起身直接朝着殿门口走去。桃姜和阿素对视了一眼，难掩目中忧色，急急忙忙跟了上去。

英娥尚未走出殿门，就被一位身披软甲的侍卫首领拦住去路：“皇后，皇上有旨，没有他的允许谁也不能离开这里。”

英娥冷笑一声：“好大的胆子，连本宫也要拦吗？”

侍卫首领垂眸，态度恭敬无可挑剔：“请皇后恕罪。还请皇后在殿内好好歇息。”

英娥迅速扫视了一下四周，只见果然如桃姜所言，殿外至少安排了几十位侍卫，且看起来个个功夫不差。

英娥面上露出无奈神色，就在转身欲回殿内的瞬间，电光石火般伸手抽出侍卫首领腰间的佩剑，手腕一抖，直直刺了过去——

侍卫首领大吃一惊，往侧面一闪，身前亮出了空隙，英娥趁机抢位上前。其余侍卫见状，也变了脸色急忙围上来，但谁也不敢直接和皇后交锋，只好挡在前面不让她过去。

英娥将心一横，正打算将剑横在自己颈前以此相挟时，忽然只觉眼前一阵发黑，整个脑袋竟不合时宜地眩晕起来……

就在她摇摇欲坠快要倒下去的瞬间，身后的桃姜及时接住了她，却侧过头，不敢和她对视。

英娥心里猛地一个激灵，不知为何突然想到刚才的那盏酪浆，难以置信地死盯着桃姜：“你……”

桃姜双目微红眼角含泪，哽咽道：“对不起，皇后，皇上说了，这样做是为了您好……您就好好睡上一觉，等您醒来一切都会好的……”

英娥心下大怒，用尽力气推开了她，忽然横过剑在自己手臂上狠狠划了一下，殷红的血顿时流了出来，吓得桃姜等人惊呼起来。

英娥倒是被疼痛激得清醒几分，摇摇晃晃地站起身来，嘴角浮起的笑容看起来带着几分邪肆和野气。

“现在，你们还让不让开？”

此时，温子升手捧着自己起草的赦令出了明光殿，准备一旦事成就昭告天下。内容无非尔朱荣和元天穆两人虽立下大功却有篡权之野心，故予以诛杀，而其余人等皆不问罪。

就在温子升心绪起伏往前走时，迎面却赫然走来尔朱荣和元天穆一行人。他心下一惊，想要躲避却已然来不及，只得硬着头皮朝着尔朱荣走去，躬身行礼。

尔朱荣淡淡扫了他一眼，目光落在他手中，随口问道："温侍郎手中拿的是什么？"

话音刚落，随行的元徽面颊猛烈抽动了一下，心中暗叫不好。若是让尔朱荣看到这赦令上的内容，他们都逃不过一死！

就在短短一瞬间，温子升已经想好该如何应答，决定赌上一赌。他态度恭敬地答了一句："回大将军，是刚拟好的赦令。"

元徽的整颗心都仿佛坠入冰窖，眼前只有两个大字：完了！

果然，元天穆蹙眉，目光中多了几分凌厉："赦令？什么赦令？"

温子升没有丝毫惊惶之色，脸上甚至还微带笑意："皇后诞下皇子，自应该大赦天下，以此为小皇子祈福。"

尔朱荣心中大悦，连连颔首："不错，我的小外孙福泽深厚，世上无人能及！"

因前朝也有此旧例，元天穆也就没有怀疑，再加上尔朱荣急着想看女儿和小外孙，当元徽不失时机地催促时，尔朱荣再没多看温子升一眼，大步向明光殿行去。

元徽目送着一行人走进明光殿后，拔腿飞奔至南阶通知了杨侃等人。

元子攸从未觉得等待的时间这么漫长。在听到内侍高声禀告尔朱荣前来觐见时，他整个身体一僵，一股彻骨的寒冷仿佛瞬间冻结了全身的血液，他的心一下子就提到了喉咙口！

"陛下！您的脸色变了。"李彧小声地提醒了一句。

元子攸看了看他，将手边的一盏酒一股脑儿灌了下去，冰冷的酒入腹，却似烈火般灼烧起来，也给他添了更多胆气。

他的祖先比草原上的狼更凶狠、更残忍，他元子攸血脉中的狼性也终有复苏的那一刻！

尔朱荣踏进明光殿时，还未觉察出什么异样。他神情愉悦地望向上首，行了行礼还未说话，一旁的尔朱菩提忍不住笑道："恭喜皇上姐夫，我阿姐给您生了个大胖小子！"

元子攸眼神微暗，却也笑了笑："英娥她辛苦了。"

"姐夫，我的外甥长什么样？像您多还是像我阿姐？我迫不及待想去看看了！"尔朱菩提性子活跃，还特地上前几步走到他的御座前，睁着亮晶晶的眼睛好奇地问道。

元子攸有意无意地避过他的目光："英娥还在昏睡，不若大将军先在这里稍坐片刻再随朕一同过去？"

尔朱荣刚应了一声好，只见元徽忽然快步走进殿，径直到了元子攸面前跪下去，声音清晰又短促："陛下，时辰已到！"

话音刚落，尔朱荣等人还未反应过来，从皇帝的御座两边突然拥出几十位手持利刃的郎将，直冲着他们而去。与此同时，明光殿外也响起震天的喊杀声，杨侃带着数十位暗训多日的勇士也如猛虎般闯了进去。刹那间，明光殿中刀光剑影，血光四溅，尔朱菩提所站的位置正好在最前面，其余众人根本来不及上前施救，只能眼睁睁看着杨侃的利刃以迅雷不及掩耳之势朝着那少年的胸口刺了下去！

在另一侧，好不容易摆脱侍卫的英娥疯狂地朝着明光殿跑去，心里有个声音一遍又一遍地在说着：不可能，这不是真的，这只是场误会……可是，一股剧烈的钻心痛楚突然让她差点无法呼吸，她从未如此害怕，那是好像就要失去什么重要东西的恐惧和绝望……

臣子进殿觐见皇帝，历来身上是不允许携带任何兵刃的。因此今日除了享有特权的尔朱荣本人以外，其余人皆是手无兵刃。而尔朱荣一向不把元子攸放在眼里，根本没预料会遭遇埋伏，自然是被打了个措手不及。

一眨眼的工夫，尔朱荣的手下亲族已经被对方的将士连斩十余名，有的人还没反应过来，身上就被戳成了血窟窿，有的人被砍得脖子和头颅仅剩一层薄皮相连，有的被捅得肚破肠流，还有人更是被乱刀斩成了肉泥……但昔日的契胡勇士也不是泛泛之辈，回过神后倒也凭着一股勇猛赤手空拳扑倒对方几个，夺了兵器对砍起来。一时间，殿上鲜血横流，残肢断臂散落一地，空气中充斥着浓浓的血腥味，双方竭尽全力拼杀，扭曲的面容和交织着兴奋与绝望的呐喊，将这里生生变成了修罗炼狱。

说时迟那时快，当杨侃的利刃朝着尔朱菩提刺下的瞬间，尔朱荣手疾眼快将拔出的匕首掷了出去，只听当一声响，杨侃用尽全力的这一刀竟然被挡了开来，还被逼退几步。趁着这稍纵即逝的空当，距离尔朱菩提最近的车骑将军尔朱阳想也不想就飞身扑到世子面前，如一堵厚墙般牢牢将世子护在身后。

杨侃调整气息，再度恶狠狠地挥刀砍来。尔朱阳手里没有兵器抵挡，只能以身体挡之，眼睁睁看着利刃当胸而过，刃尖直从背后透出来，鲜血瞬间染红了全身。

尔朱荣和元天穆欲上前，只可惜被众多将士团团围住，一时无法脱身。杨侃一声令下，众多郎将凶神恶煞地直冲尔朱菩提而去。尔朱菩提不过十四五岁，眼看着尔朱阳为护自己身死已然心中大震，面对如狼似虎杀红了眼的郎将们，他手中没有任何抵挡之物，根本就不是那些人的对手，仅仅几个回合，身上就中了十几刀，刀刀砍在要害处，只见他喉咙咯咯作响，连一个字都没说出来就倒在了地上。在断气之前，他睁大眼睛望向端坐于御案之后的皇帝，眼中有愤怒、怨恨，更多的是不解。

那个他称作姐夫的男人面无表情地看着眼前这场厮杀，仿佛再多的杀戮和鲜血也难以让他眼中起一丝波澜。

亲眼见到长子身死，尔朱荣心神大乱目眦欲裂，挥刀砍翻挡在身前的几人，欲冲到前面，不料光禄寺卿鲁安蹿身扑过来，死死抱住他的腰，将他扑倒在地。尔朱荣反手就一刀刺入鲁安的脖子，可鲁安两只手如铁桶般勒住他的腰，死也不放。其余众人一见他空门大开，纷纷挥刀刺来！就在千钧一发之时，元天穆如一阵风般冲上前来，发了狂般挥舞着利刃独战众人，俨然是一副同归于尽的架势。不停有刀刃砍在他身上，鲜血如飞舞的红叶般飞溅，昔日俊朗的面容早已遍布血污，再也看不出半分宗室世家贵公子的模样。

尔朱荣趁此机会砍断了鲁安的双手，终于从束缚中挣脱。元天穆看了他一眼，心刚略微一松，忽然斜刺里突如其来的一刀插进了他的胸膛。他呼吸一窒，立刻通身冰凉，也就在这短短的几个呼吸间，十几把斫刀几乎同时砍在他身上。他的身子剧烈摇晃了几下，终是倒在了地上。

尔朱荣悲痛欲绝，发出如野兽受伤的呐喊，不顾一切地冲到元天穆面前，俯身抱起了他，笨拙地用衣袖抹去他脸上的血污。

天穆他，和自己这个契胡粗人不同，他是出身高贵的天之骄子，最是喜欢洁净。

与此同时，剩下的契胡人也急忙挡在尔朱荣身前。

尔朱荣不停地擦着，忽然，他的手被握住，抬眼望去，元天穆正温和地凝视着他，曾经相处的点点滴滴回忆在目光触及的瞬间席卷而来，在胸腔中裂成无数尖锐碎片分崩离析……

元天穆口中不停冒出鲜血，声音微弱却执着："天宝，记得，来世……还做兄弟……"

尔朱荣埋下头，悲凉的泪水从他的眼眶中缓缓落下，滑过倔强的嘴角，滴落在衣襟上……

护在身前的契胡人一个又一个倒下，尔朱荣忽然抬头看向元子攸，眼中燃起熊熊怒火。他抡起身边的铜烛台一下子扫倒了围在前面的几人，径直冲着元子攸掠去，因他暴起速度极快，还没等众人反应过来，他和元子攸之间已然仅一案之隔。

尔朱荣冷然注视着眼前年轻的天子，锐利如刀的视线仿佛要将他身上的皮肉一寸寸割裂，凌厉嗜血的杀气，不断向元子攸逼近。

"狗杂碎……要死大家一起死！"尔朱荣咬牙切齿骂着粗话，恨不能将元子攸碎尸万段。杨侃等人已冲上来护驾，留给他的时间不多了。尔朱荣扔了手中的烛台，索性猛扑过来，打算活活扼死这个他一手扶持起来的傀儡。

元子攸此时却异乎寻常地冷静，就在尔朱荣扑过来前胸空门大开的瞬间，他极快地抽出御案下的利刃，果断坚决地朝着对方的心脏位置猛刺了下去！

尔朱荣忽然觉得胸口一阵冰冷，身子僵硬得无法控制。他动作缓慢地低下头，看到一股浓热的黏稠鲜血，正从胸口的黑洞里汩汩流出，这一幕似乎带着不真实的虚幻感……他难以置信地瞪大了眼睛，这个一直被他踩在脚下的懦弱天子，这个他一向瞧不上眼、轻视甚至可以随意侮辱的男人，有一天，竟然敢亲手用利刃刺透他的心脏……

周围的时间仿佛变得越来越慢，这一生的不同片段飞速地在脑中倒退：连年的征战平叛位极人臣、河阴之乱时的无情屠戮、与众兄弟围着篝火畅谈天下大计、在北秀容草原上与族人们的狩猎时光、与阿玥的相知相爱相守、长女英娥出生时的欣喜若狂……画面最终定格在年幼时和父亲在天池边的那一刻。

彼时天高云淡，四周青山连绵，碧波荡漾，一阵箫鼓之声从天边传来，父亲高兴地告诉他，这是大大的吉兆，据说凡能听到此声者均能位至公辅，尽享荣华。他当时便在心里暗暗发誓，将来必要立下一番大业，才不负这天池吉兆……

尔朱荣再度睁开眼睛，遥远的天空似乎渐渐暗了下来，那低坠的云层仿佛随时要堕下来，遮蔽世间一切。

他感觉有无数的手经过自己的身体，将生命之线一层层剥离。

接着，一切好像都消失了，整个世界被黑暗所笼罩。

这一生，他夺去过无数人的生命和光明，可是第一次，他看到了自己的黑暗。

一切凡夫，轮回生死，故有所见。菩萨永断一切生死，是故菩萨名无所得。

时间仿佛在这一刻凝固，整座大殿内一片死寂，无论是冲上来护驾的杨侃等人，或是正在拼死抵抗的尔朱族人，都像是中了巫蛊一般，直勾勾地盯着倒在御案前的尔朱荣，脚好似都钉在地面上纹丝未动。

谁也不敢相信，此刻一动不动伏尸殿中的人就是昔日那位令人闻风丧胆的战神，曾以七千人对三十万大军生擒葛荣、大败陈庆之灭元颢重夺洛阳，短短几年间更是戮除邢杲，翦灭韩娄、丑奴，剿灭各地叛乱一统关中……一代枭雄，人生竟如此仓促落幕。

眼看着他犹睁着一双眼睛，众人更是心生畏惧，还是李彧上前几步伸手去探尔朱荣的鼻息，接着便面露喜色，大声道："陛下，贼臣已经伏诛！"

仅剩下的几位尔朱族人顿时失魂落魄，大悲之下竟都当场自绝殉主。

杨侃扑通一声跪倒，朗声道："贼臣既已伏诛，还请陛下亲掌朝政，还天下清明！"说着他伏拜于地，高呼万岁。

其余众人也纷纷跪倒在地，齐呼万岁。

元子攸缓缓起身，一步一步走到尔朱荣身边，弯下腰伸手轻轻合上了那双未闭上的眼睛。他敛目看着那再熟悉不过的面容，心中复杂难辨，明明应该是恨着这个人的，可是，为什么此刻他并未感到如释重负的轻松和大仇得报的满足呢？

是这个人杀了自己的兄弟亲族，是这个人轻慢蔑视自己，是这个人将自己当成傀儡捏在手心，可是，也是这个人连年征战四处平叛保住了魏国的平安……他微叹口气，只觉胸口跳动的地方，正被一股难言的酸涩占据，还有……那个他不敢面对的人……

“皇后！”一声突兀的惊叫突然让元子攸身体猛地一震，他僵硬地转过身，当那个跑得气喘吁吁云鬓纷乱衣衫带血的女子出现在视线中时，他只觉得身体深处传来一声响，似乎一直以来紧绷的什么东西，终于断了。

英娥伸手扶了扶身边的门，才没有让自己剧烈颤抖的身体摔倒在地。五雷轰顶的感觉也不过如此，眼前的修罗地狱仿佛都化为一抹血红，不断流动扩大，令她感觉天旋地转。

她神情麻木地往前走，一步、一步……每一步都像是生生踩在元子攸的心口上。在某个瞬间，他竟然有种要命的冲动，想要跪在她面前求她原谅，请求她不要离开自己。

他看着她跪倒在尔朱荣的尸体前，看着她的泪水从眼睛里流出来，一切仿佛都变成冰冷尖锐的东西狠狠刺进他的心里……

英娥伸出手，轻柔地抚过父亲尚有余温的面颊，心里仿佛有什么在扭曲绞紧，痛得她喘不过气来。

从幼时、儿时，到少年时，和阿爹在一起的点点回忆历历在目，是谁将她抱在手中疼爱宠溺，是谁耐心地一遍遍教会她骑马，是谁在母亲责罚她时偷偷送来好吃的，是谁……

回忆如沙石，令人落泪不止。

“英娥，我……”元子攸忍不住轻唤了一声她的名字，却见她霍然抬头，仇恨的神色撕碎了眼中彻骨的冰寒，原本柔软清脆的声音凄恻又尖锐：“元子攸，我要你死。”

话音刚落，她突然以迅雷不及掩耳之势拔出插在父亲胸口的利刃，用尽全力朝着一旁的元子攸当胸刺了过去！

元子攸怔在那里，见利刃袭来竟不躲不避，似是打算生受这一刀。

众人当即惊呼出声，还是离元子攸最近的李彧扑过来推了他一把，他身子偏了偏，这一刀正好扎在肩膀上，鲜血四溅，深可见骨。

元子攸似乎并未感觉到丝毫疼痛，嘴边竟还露出一丝苦涩的笑。如果这样能让她稍微好受一点，就算再挨上百刀千刀又如何？

李彧顿时变了脸色，怒视英娥，斥道：“大胆尔朱氏，竟然当庭刺杀皇上，来人，将她押进大牢！”

英娥眼底有轻嘲一闪而过，目光落在不远处的尔朱菩提的尸体上，瞳孔又是猛地一缩，随即垂眸，指尖微微颤抖。

几位身强力壮的侍卫立刻上前准备抓住她。

“住手！”元子攸厉声喝道，捂住伤口站起身来，“皇后身怀有孕，谁敢伤她，就是伤朕的子嗣！”

李彧脸色更是难看，忍不住脱口道：“陛下，皇后的身孕明明——”

“李彧！你给朕住口！”元子攸飞快打断了他的话，吩咐道，“来人，带皇后回寝宫好好养胎！”

除了李彧和元徽外，皇后假孕之事，杨侃、鲁安等人并不知晓。元子攸想象得到，若是这假孕一事传开来，作为尔朱荣的女儿，英娥性命更是堪忧。

英娥抬眸，冷冷一笑：“元子攸，到如今你还要自欺欺人吗？我这身孕——”英娥想当场揭穿自己假怀孕之事，却偏偏在这个时候浑身冒虚汗，眩晕得几乎睁不开眼，之前的药效被她用自残的方式生生压住，如今受了这么大的刺激，再加上刚才的刺杀用尽力气，此时此刻却再也支撑不下去，终于眼前一黑晕了过去。

元子攸不顾肩伤，匆匆扔下一句“速请太医”后就抱着英娥匆匆入了后方寝殿。

李彧脸上有戾色一闪而过，喃喃道：“陛下，留下此女你一定会后悔的！”

仿佛在黑暗漫长的甬道里走了许久许久，没有出口，也没有光，英娥只听见自己仓皇的脚步声在无边的压抑中孤独回响……好不容易走到终点，当推开门的刹那，却发现门的那一边是无底的深渊——

英娥悚然从噩梦中惊醒，在发了一会儿呆后突然挣扎起身，不慎从床榻上滚落下来。她颓然伏倒在地上，似是在瞬间失去所有生命力，如同生机勃勃的花朵被折去了枝茎……

殿门外传来低低细碎的声音，似是有内侍要送东西进来，正和守在殿外的侍卫交谈。

英娥全然没有在意，依然保持着跌倒在地的姿势，好似整个人凝固在了空气中，从指尖到嘴唇，全是惨白色的，看起来就像是一尊没有生命气息的石雕——直到那匆匆进来的内侍弯下腰来，熟悉的声音传入耳中的一瞬，她才全身一震，缓缓抬起头来，眼底似有一簇微弱光亮燃起，嘶哑的声音里带着难以置信：“遵业……”

司马子如凝视着她的面容，如此苍白、虚幻，却又那么令人心疼。不知是从何时起，这个小小的人儿在他心里开始生根，发芽，渐渐枝叶繁茂，根须缠绕着他的心脏，连着他的血肉，但凡有丝毫受伤，于他就是锥心刺骨的痛。

“英娥……对不起，我还是来晚了。”他轻轻握住她的手，心里一片懊恼。收到尔朱荣等人入宫的消息时，他已经知道事情不妙，一边让人迅速前去城外知会尔朱兆，一边乔装入宫打探情况，好不容易趁这个空当才混进来。

英娥双目失神地看着他，喉咙里突然发出一声含混的哀号，就像是人在极度绝望时心碎的声音："遵业，我没有爹了。"

司马子如只觉得自己的心脏被狠狠拉扯着，无声蔓延出血的味道，在即将撕裂的边缘，又开始急剧地收缩，仿佛被一双大手用力绞着，将里面的心头血一点一点挤干……

他从未觉得自己是如此无能为力，此时此刻除了抱紧她，竟再不知说些什么做些什么了。

"英娥，我带你离开这里。"他强迫自己尽快冷静下来，如今宫中大乱，未必没有机会带她离开。只要她离开这里，在时间的治愈下，总有一天会忘记伤痛。

英娥却像是突然想起什么，神色惊慌道："遵业，那其他人呢？阿兆哥哥他们呢？他们现在在哪里？"

司马子如温声道："阿兆他们一早就去接北乡公主了。我已经让人去传信，希望来得及。"

英娥瞪大眼睛，眼底闪过惊恐之色："你说什么！我阿娘今天到洛阳？不行不行！阿兆哥哥的性子我再清楚不过，若是知道我阿爹被害，定然会冲进宫拼个你死我活！"她猛地抓住司马子如的手，"遵业，我求你，现在就出宫去，立刻让我娘和阿兆哥哥他们先离开洛阳！"

司马子如定定地看着她，却没有说话。尔朱兆那里倒是尚有五千契胡骑兵，只是如今尔朱荣和元天穆一死，朝廷的七万虎贲卫皆归天子，若是硬碰硬结果并不好说。

"遵业，答应我！我已经没了爹，不能再没有娘了！"英娥双目灼灼地望着他，被那样的眼神注视着，他根本无法说出拒绝的话。

"好，英娥，你等着我。"司马子如缓缓点头，一字一顿道，"当初元颢不到三个月就被赶出洛阳，我也和你保证，三个月内必定让元子攸付出同样的代价。"

英娥咬紧了嘴唇，正要说什么，忽听殿外传来侍卫的声音："陛下！"

英娥心中一惊，下意识望向司马子如，只见对方不慌不忙地指了指床榻边的红漆食盒。她立刻明白过来，随手拿起食盒朝他的方向狠狠一掷，大声道："给我滚出去！我什么也不吃！

元子攸进殿时正好看到英娥发怒的这一幕，那"内侍"低着头吓得不轻，慌手慌脚地伏地收拾着散落的东西。

"先下去！"元子攸皱了皱眉，那"内侍"也顾不得继续收拾，急急忙忙退了下去。

司马子如走出寝殿时，迎面吹来一阵冷厉的风。

风吹得他的衣裳猎猎作响，他闭上眼睛在风中站了一会儿，再睁开眼睛时，又恢复了以往的冷静睿智，大步向前走去。

元子攸快步走到英娥面前，下意识地伸手想去扶她起身，却被她闪身避开。他的手悬在半空中，滞了几秒才缓缓收回来。他肩膀上的伤已经被包扎妥当，只是隐约还有血迹渗出。

他动了动嘴唇想说些什么，可在这个时候，任何语言都是苍白无力的。

房间陷入一片死寂。在沉默片刻后，只见英娥缓缓转过头来，似乎准备对他说些什么。他心中顿时涌起一阵狂喜，只要她还愿意对他说话，就算是世上最伤人的话他也能忍受。

“我好后悔。”她定定看着他，声音仿佛来自很遥远的地方，“后悔为什么当初不让阿爹一刀杀了你。”

她说的每一个字，都像是最锋利的尖刀，又狠又快地直插入他的心口，伤处的疼痛缓慢地蔓延开来，直至五脏六腑，甚至每一寸骨、每一条血脉，无一不痛不欲生。

他苦笑着扯了一下嘴角，原来还是高估自己了。

深深吸了几口气，他轻轻拍了拍手，只见一位宫女抱着个襁褓走了进来，襁褓里初生的婴儿睡得正香。他亲手抱过婴儿，轻轻放在床榻上，低声道：“英娥，这就是你早产生下的孩子，我明日就会下诏封他为太子。你是太子的生母，就没人敢伤害你，更没人敢将你从皇后之位上拉下去。”

英娥愣了一下，随即冷冷笑了起来：“原来我现在已经要倚靠一个小婴儿才能苟延残喘了。”

“不！英娥，”他急切地想要辩解，“有我在，谁也不能伤害你。”

英娥突然咯咯笑了起来，笑得无比凄厉，笑得双肩颤抖，笑得几乎停不下来，仿佛听到了世界上最可笑的事情。

她的笑声就像鞭子一样抽打着他，他微微颤抖着，似是终于无法承受，步履踉跄地夺门而出。

英娥这才止了笑声，襁褓里的婴儿不知何时已经醒了过来，无邪纯真的双眼雾蒙蒙地看着她这个方向。她胸口堵得几乎无法呼吸，喉咙突然一阵痉挛，噗地喷出一口血，鲜艳的血花落在月白色的织锦软缎上，衬出一种冷冷的凄艳感。

之前司马子如派去的人找到尔朱兆时，他们已经接了北乡公主到永宁寺。尔朱兆和他叔父一样，根本不曾将元子攸放在眼里，因此只是一笑置之，言语间还不忘嘲笑司马子如一番。

倒是北乡公主元玥和尔朱荣做了这么多年的夫妻，此时似有感应，当下便催促尔朱兆带人走一趟。不料就在尔朱兆点了几十人准备进宫时，只听朝廷虎贲卫从大街上疾驰而过，厉喝的声音重重撞击着每个人的耳膜。

“贼臣尔朱荣、元天穆已伏诛！城中百姓不许在外逗留，立刻各自回家，违者以尔朱叛党论处！”

众人大惊失色，面面相觑，还以为是自己的耳朵出了毛病。尔朱兆更是勃然大怒，面颊轻微抽搐着：“看老子不亲手打死这些造谣的狗杂碎！”

说着他提着刀就往门外冲去，北乡公主面色苍白地攥紧了手，心里就像是失去什么般无所依靠。

尔朱兆刚冲到门口，迎面正好遇到匆匆赶至的司马子如，司马子如一把拉住他，不由分说地将他拖了回去。北乡公主看到司马子如的一瞬间，面色顿时变得惨白，仿佛用尽力气才从唇齿间挤出要问的话：“将军他……是不是真的出意外了？”

“婶婶！这根本就是他们胡说八道！”尔朱兆一脸愤愤。

司马子如眼神一黯：“公主，将军和元太宰他们都已经不在了。”

北乡公主证实噩耗，险些晕倒，幸好她性子素来坚韧，强撑着又问道：“到底是怎么回事，你和我说清楚！还有英娥呢？英娥她怎么样了？”

司马子如这才将宫里所发生的事情告知。

尔朱兆已然按捺不住，面目扭曲，双眼赤红，大叫道：“狗皇帝！老子要杀进皇宫，给叔父报仇！”他一呼之下，亦有不少人响应。一时间，群情激愤，除了贺拔胜和尔朱世隆等人外，其余人皆摩拳擦掌，似是准备大杀一场。

“都给我住手！”北乡公主忍痛厉喝，她在最快的时间里已经冷静下来，如今高欢尚在晋阳，宇文泰更是驻守关中，身边唯有护送她前来的贺拔胜、尔朱世隆及原来留在洛阳的尔朱兆及司马子如，所有的兵力加起来不超过六千。

“遵业，宫内现在情形如何？”她将目光落在了司马子如身上，恍然间想起许久许久以前，初次见到这位少年的情景。不知为何，她对他有种莫名的信任，有他在，就算是再大的劫难，一定也会安然度过。

司马子如自然明白公主问这话的意思，想了想答道：“其实也不是全然没有机会。虽说朝廷有七万虎贲军，但皇帝身边亲信元徽、李彧皆是文臣，一时之间很难将虎贲军完全收服，若是我们用这五千契胡骑兵趁现在冲击皇宫，未必没有胜算。”

尔朱兆眼睛一亮，立刻看向尔朱世隆——尔朱荣在进宫前将五千精骑的指挥权交给了这位从弟。

尔朱世隆面色有些勉强，支吾道：“可万一这七万虎贲军都倒戈了，那我们岂不是有去无回？”

一旁的贺拔岳也附和道：“不错，还是谨慎些好。而且皇上办下了这么大的事，难道就没后着？说不定正等着我们自投罗网呢！”

他这么一说，不少人也开始动摇。

司马子如冷冷扫了贺拔胜一眼，他知道贺拔兄弟都是信奉君臣之道，认为向天子举刀是大逆不道。

“要我说，不如先派些人将公主送出洛阳，其他人趁皇宫松懈混乱时一搏，说不定还能立下大功。”司马子如挑了挑眉，“不然，覆巢之下，焉有完卵？”

尔朱兆连连点头：“遵业说得最合老子心意！”

就在众人又摇摆之时，忽然有人急急忙忙冲了进来，面带兴奋道：“原来城阳王已经发布皇上的赦令了，除了大将军和元太宰，其余人——”他灼热的目光在触上北乡公主的冰冷视线时蓦然一僵，讪讪道，“其余人等皆不问罪。”

“大家也听到了，皇上已经赦免在座诸位，但如果我们现在去攻打皇宫，自然是犯下了不赦的死罪。”贺拔胜不失时机地提醒道，“若是宫里有什么埋伏，相信皇上很愿意以此借口除掉我们这些将军的旧部。”

他的话音刚落，尔朱世隆已然下了决定：“事不宜迟，我们先离开洛阳！”

“小叔父！”尔朱兆不满地瞪他。

“好了，就这么决定了。”尔朱世隆望向北乡公主，眼中带着一丝恳求，“嫂子，留得青山在，不怕没柴烧。”

“不能走！走了英娥怎么办！他们不会放过英娥的！”尔朱兆眼中充斥着猩红的血丝，“你们不去，老子一个人去！”

司马子如环视一下周围，显见人心浮动，不禁在心里微叹，人心不齐，即使攻击皇宫胜算也不会大。

“阿兆，英娥暂时不会有危险。”北乡公主闭上眼，仿佛这样就能稍稍缓解心口的疼痛，“那就先离开洛阳，再做打算。”

是夜，尔朱世隆等人率精骑焚烧洛阳西门而出，一路向河阴奔去。在离开洛阳之前，司马子如朝城中望了最后一眼，天际是一片模糊的黑暗，星光寥落暗淡，但无论再怎么黑暗的夜晚，总会等到黎明的来临。

很快，他就会再次回到这里。

尔朱世隆一行人到达河阴稍事休整后，便收到了元子攸派武卫将军奚毅守住北中城引桥，阻止他们南下的消息。恰恰在此时，原本随军而行的贺拔胜居然悄悄折回洛阳向元子攸投诚，此举更是令军中人心涣散。尔朱世隆素来性子软弱，仓促之下决定先逃回北方老家去。尔朱兆还一心念着尽快给叔父报仇雪恨，自是反对退避千里。一时间，叔侄互不相让，连北乡公主也无计可施，到最后众人期待的目光都不约而同地落在了司马子如身上。

司马子如也没有藏着掖着，开口相劝道："各位，请听我一言。如今军中人心不稳，若是一直向北逃亡，只会更打击士气，最终令队伍分崩离析，信心尽失，难以东山再起。"

"遵业你可有什么好主意？"尔朱兆眼神灼热地盯着他，仿佛此刻他就是自己最心爱的美人。

司马子如不慌不忙道："现在宫中混乱，奚毅守北中城的人数必定不会太多。不如我们就折转打他们个措手不及，杀奚毅振军心，占据北中城，另立新帝！如此一来，我们声威不减，待召集河北诸州各军会合之后，便可集结兵力夺回洛阳！"

尔朱兆听了猛拍大腿："顶呱呱的好主意！这样一来那狗皇帝一定坐立难安了！还有奚毅这叛贼，老子一定要亲手宰了他祭奠我叔父！"他急切地望向北乡公主，"婶婶，叔父生前也一向看重遵业，您也觉得这主意很好是吗？"

北乡公主眼底仿佛有什么一闪而过，看着司马子如的眼神更加深邃了几分，她轻轻颔首："如果什么也不做就这样逃离，受到天下人的轻慢不说，前来投靠我们的人也会越来越少。如今乱世，唯强而已，示弱的一方永远只能被踩在脚下！我们就算离开，也要威风地离开！"

公主的话，又激活了将士们的一腔热血。身为男儿，谁也不愿那么窝囊地离开！

见群情激奋，尔朱世隆即便心里再不乐意，也只得点头附和："既然如此，那我们就商量一下怎么攻下这河桥和北中城。"他顿了顿，道，"至于大嫂……"

"公主自然是先回北秀容。"司马子如面色沉静地打断他的话，"接下来一切就交给我们吧。"

北乡公主微微变色，淡淡道："我是走是留，不需要别人来决定。"

"您必须走。"司马子如走到她面前，目光如穿过枝条的阳光，和煦又坚定，莫名就驱散了北乡公主心中的不安。

"因为我答应了英娥，一定要她的阿娘平平安安回去。"

他的语调轻柔和缓，那么平静又理所当然。

北乡公主瞳仁猛地一缩，喉咙有些发紧，眼睛酸涩到发痛，却一滴眼泪也流不出来，只是用力点了点头："我会等着你们的好消息。"

司马子如微微笑了笑，眼里依然一片平静无波，只是眼底有一抹疼痛迅速隐去。

英娥，只要他想起她还在那个地方，心脏深处的疼痛就无法停止——那是用尖锐的针硬生生缝合伤口时，丝线从血肉中穿过的疼痛。

兵贵神速。尔朱世隆和尔朱兆第二天就带领五千契胡兵趁着夜色行至北中城，出其不意偷袭了守在河桥的千余名守军，杀了他们个措手不及。尔朱兆亲自挥刀杀了奚毅，斩下他的头颅祭奠尔朱荣，军中士气立时大振。要不是元子攸那边有个叫作李苗的官员自告奋勇用火烧河桥的计策逼退契胡兵，尔朱兆的铁骑说不定已经攻入洛阳城。

在司马子如的劝说下，尔朱兆等人暂据北中城，另立了长广王元晔为新帝，并发檄文昭告河北诸州起兵南下，为尔朱荣讨回公道。

洛阳城。

断断续续下了几天的小雨终于止了，接踵而来的却是一阵连着一阵的怪风。风卷动树枝狂乱地晃动，树叶间摩擦发出的簌簌声响，听起来就像是呜咽的哭泣声。

明光殿内依然灯火通明，御案上堆放着厚厚一沓奏折。坐于御案后的元子攸神情憔悴，面色苍白得仿若透明，目光落在一份打开的奏折上，眼底闪过一抹怒色。

"陛下，那尔朱兆另立了长广王为天子，简直是大逆不道！臣以为应先将长广王的家人关押起来。"李彧在一旁建议。

元子攸揉了揉太阳穴，冷声道："不过又是个傀儡而已，一旦失去利用价值，他的下场只会更惨。"他顿了顿，又道，"还有，听说那虎贲军首领将你赶出营了？既然如此，就交由城阳王去处理与虎贲军相关的事。"

李彧脸色有些发僵，沉默了一瞬道："陛下，近来的这些折子您都看了吧？尔朱家族依然如此猖狂，那尔朱英娥又如何能留？这些折子十有八九可都是上奏请您留子去母的。"

元子攸目光低垂，仿佛在注视空气中看不见的东西。他的蓝色眼眸仿佛吸收了暗夜的颜色，呈现出极深极深的黑。

"那么依你看，朕该怎么做？"

李彧见他脸色尚平静，不禁大胆道："其实臣认为不若先处置尔朱英娥以平民心，这个所谓的太子先留着，等陛下将来有了亲生子再解决也不迟——啊！"

他话还没说完，迎面忽然飞来一卷奏折，狠狠砸在了他的鼻梁上，登时鲜血直流。李彧捂住鼻子，震惊地看着皇帝一步一步朝自己走来，缓缓弯下腰，阴冷的杀气扑面而来，令他几乎窒息。他不禁抓紧自己的喉咙，全身颤抖大口呼吸，从未感到皇帝有如此可怕的一面。

"这些折子都是你怂恿的吧。朕说过，不要打她的主意。这是朕的——底线。"

此时的晋阳，高欢手中的瓷杯砰地掉在地上，转了几转撞到案脚碎成了三四片。

他瞪着前来传信的兵士，茶色眼眸中满是难以置信："你说什么？大将军和元太宰已经被皇上诛杀了？！"

寝房内的烛光摇晃不定，投射在高欢身上，呈现出一种奇异的色调。他的整张脸都隐没在暗沉阴影之下，模糊了神色和情绪。

倒是一旁的侯景眼睛异常明亮："贺六浑，这可是再好不过的机会！"

高欢缓缓抬头，融融烛光下俊美无双的脸上浮起阴霾，狭长的茶色眸里隐约有令人难以察觉的痛意。

他在得知噩耗的一瞬间，心里竟然一片空虚茫然，就像是失去了所有思绪空荡无所依，和那个契胡男人之间的种种回忆如潮水般涌上心头，有志同道合的喜悦，有笑谈理想的畅怀，有战场上酣畅淋漓的配合协战，也有因谗言险些命丧他手的生死危机……因着是在鲜卑文化下长大的汉人，他曾经也为自己到底是胡人还是汉人烦恼，是尔朱荣，笑拍着他的肩膀："贺六浑，你看我身边的这些人，慕容绍宗是鲜卑人，侯景是契胡人，独孤如愿是匈奴人，怀文是突厥人，司马子如是汉人……无论胡人还是汉人，只要天下统一，就都是一家人了……"

"贺六浑，你倒是听见我说的没有？"侯景按捺不住兴奋的神色，"现在大将军和太宰都过世了，剩下的那些人，尔朱兆有勇无谋，尔朱世隆胆小怕事，其他尔朱族人也都是泛泛之辈，能替代将军者，唯你一人！"

高欢的姐夫尉景也赞成地点了点头："贺六浑你是否还记得，有一次大将军曾问身边的人，将来有谁能代替他，继承他的大业？其余人都猜测是尔朱菩提和尔朱兆，大将军却说尔朱兆最多能带三千兵，将来能统领大军的，必定是贺六浑。"

高欢微眯起眼，他不仅记得这件事，也记得自己探听来的消息，尔朱荣还曾告诫过他的儿子，将来要么推高欢做军中主人，要么就杀了他，反正别妄想笼络他。

当初听了尔朱荣的话后，他十分担心自己会惹来杀身之祸。可不知为何，尔朱荣却一直没对他下手……或许是因为尔朱荣根本没预料到会横死……

"贺六浑，我们就按兵不动，等尔朱氏他们和朝廷斗个两败俱伤，我们再去收拾残局岂不是更好？"侯景目光灼灼地看着高欢，眉宇间跳跃着显而易见的野心。

"是啊，若我们现在前去攻打洛阳，兵力上有所损失不说，君臣有别，那元子攸再怎么说也是天下公认的君王，尔朱兆虽师出有名，但终究是以下犯上。"尉景年长高欢许多，考虑得自然更多。

此时的高欢早已不复当初劝尔朱荣称帝时的冲动，在不停的征战中他也迅速成长。若是以前他会考虑如果失败会付出何等代价，如今他却要考虑若是成功，他还会失去什么？诚如姐夫所言，就算他们助尔朱兆夺回洛阳，恐怕也要背负谋逆造反的恶名，名誉对于他想要成就霸业的野心是何等要紧。

但是——

生下太子的英娥现在明显是众矢之的，在宫中更是危机重重，随时有性命之忧。元子攸那家伙根本就护不住她！

只要英娥在宫里多待一天，就多一分危险。

他必须去洛阳，刻不容缓！

“我已经决定了，先尽快和尔朱兆会合，再攻洛阳！”

侯景吃了一惊，立刻跳了起来：“贺六浑！”

高欢目光流转，眼底光彩璀璨，仿佛划破一室昏暗：“你们听我说，现在我的实力还太弱，并不是得罪尔朱兆的时机。而且，尔朱兆那里还有一份隐藏的宝藏，他虽视若敝屣，于我而言却是争夺天下必不可少的助力。”

侯景和尉景面面相觑，直到高欢轻启薄唇轻吐出两个字，两人似乎恍然大悟，面露钦佩之色，同时大笑起来。

高欢低垂下眼，心里仿佛有什么正在翻涌——这个天下，他要，人，他也要救！

月未央。

凉薄的月色从夜空洒落，如轻雾般笼在洛阳皇宫上方，宫道两侧，树影随风摇晃，似乎随时会有魑魅魍魉突然从那里跳出来。

元子攸独自步履踉跄地穿过树影，直至走到宣光殿前才停下脚步。

浓烈的酒气扑面而来，守在宫门前的宫女显然吓了一跳，欲入内通报却被元子攸阻止，只能一脸担忧地看着年轻天子脚步不稳地闯了进去。

踏进寝宫的瞬间，元子攸似乎清醒了几分，放轻了声音慢慢地挪到床榻边。

一阵风起，幔帐被吹开一角，朝思暮想却又不敢相见的人就这样出现在眼前。

她睡得并不太好，头歪成一个有些诡异的角度，四肢蜷缩在一起，紧紧抱着软褥，似乎在寻求什么安慰。她面上没有什么血色，即使在睡梦中，秀眉还是轻拧着，发白的嘴唇紧紧抿着，繁密纤长的睫毛在眼下投射下一圈淡淡阴影。

仅仅是这样看着，他心中就绞痛难忍，同时，又有万千柔情齐齐涌动。

忽然，她似是梦到了什么可怕的事，眉毛拧得更紧，嘴唇轻轻动了动……就在他控制不住想要伸手揽住她时，忽然，两个字如雷击般传入他耳中。

“遵业……”

他的脸色渐渐暗沉下来，不知是不是喝了酒的关系，一股烦躁的火似在心头灼烧，让他几乎无法忍耐这个名字——

英娥是突然惊醒的。她迷蒙着双眼抬头，看到有人站在床榻前，修长的身影遮住了她面前的光亮。她再定睛一看，那人衣服上绣着的龙纹，正张牙舞爪地瞪着她，让她莫名有一种奇怪的惶恐感。

“英娥……有我在，谁也不敢伤害你。”他压低了声音咕哝着这一句，坐在了床榻边。借着窗外的月光，他看到对方那双美丽的琉璃眼带着冰冷的讥嘲和轻鄙睥睨着他，嘴角勾着冷漠的弧度，仿佛他所说的一切不过是天大的笑话。

他硬生生按捺下去的心火又腾地烧了起来，下一秒，他的指尖已经落在她的脸颊上，就在她扭头躲避的刹那，他用另一只手捏住了她的下颌，声音微微发颤，语气焦灼：“不要这样，不要用这样的眼神看我！”

她眼中的鄙视更不加掩饰，声音仿若千年寒冰，她一字一顿道，“别，碰，我。”

她的眼神和话语猛烈刺激着他，让他的心脏仿佛被刺穿般疼痛。看着她拒人于千里之外的冷酷神情，他心里忽然生出一股疯狂的欲望，他想碰她，哪怕只碰一下。

在意识纷乱的瞬间，他蓦地将她扑倒在床榻上，身体压了下去，映入眼帘的是她惊愕的眼神。他目中似燃着火，听到自己的声音低沉暗哑地响起：

“朕碰自己的皇后，是天经地义！”

他颤抖着伸出手，轻轻遮住了她的双眼，不假思索地低下头覆上了她的唇。在触碰到那温暖的柔软的瞬间，他浑身战栗，大脑一片空白。曾经在史书上看过的那些关于褒姒、妲己的记载涌上心头，这一刻，他只愿忘记一切，沉沦其中不复苏醒……直到嘴角传来一阵刺痛，他才蓦然清醒过来，映入眼帘的是对方鄙夷的眼神。

这样的眼神令他心口猛地收缩，一种说不清的羞恼直冲天灵，又顺着血液朝四肢百骸涌去，让他全身绷得紧紧的。

看着那苍白如冬梅的嘴唇，他心底的欲望却在不停升腾，他用残留着血的唇，再一次强硬地印上了她的唇，一股淡淡的血腥气，瞬间在两人的唇齿间蔓延，一点一点渗透。他的双手也微颤着自她胸口摸索而下，尽管明知她的抗拒，可处在失控中的他无法控制，也无法自持。

就算要永堕修罗地狱，他也不想放手！

砰！

他只觉得小腹上被重踹了一下，接着，整个人从床榻上跌了下来。这一脚正踹在身体最为柔软的地方，他顿时跪倒在地，捂住连五脏六腑都好像被踢散的小腹，真切感受到了那一脚下的杀意。

他缓缓抬起头望过去，她眼中似乎有什么在燃烧，依然美得惊心动魄。那明亮到几乎能灼伤别人的眼睛，就像是悬挂在天际最亮的那颗星，那样遥不可及。哪怕他竭尽全力地伸出手去，却还是无法触及半分。

“英娥，我知道你恨我……”

"恨你吗？"英娥面无表情地看着他，嘴角扯起一丝凉凉的笑意，"与其说恨你，我更可怜你。至今为止，你的人生都不过是个笑话。到最后，所有你在意的人，终将一个一个离你而去。"

他瞳孔骤然一缩，她眼中一闪即逝的怜悯仿佛利刃，狠狠刺入了他最软弱的地方。

他双目通红地冲上前，紧紧抓住她的手腕，难以自持地咬上了她半裸的肩膀，牙齿嵌入那光滑的肌肤中狠狠合拢，仿佛只有这样才能宣泄他内心的痛苦。

对方的力量如此歇斯底里，让英娥几乎无力反抗。她只觉得自己的骨头就快要被捏碎，肩膀上传来的疼痛忽轻忽重，就像他此刻狂乱的心情。

忽然，一滴灼热的液体滴落在皮肤上……她下意识地抬头，分明见到了他蓝色眼眸中越来越多的泪光，不同于他噬咬的动作，每一点泪光都那么柔软，那么弱小，那么楚楚可怜，仿佛正在哭泣着哀求她，不要离开他，不要留下他一个人，不要抛弃他，不要，不要，不要……

她定定地凝视了几秒，缓缓闭上双眼，眼角也极慢极慢地流下了一滴泪。

元子攸蓦然感受到她仿佛失去全部力气般不再抵抗，想睁大眼看个清楚，才发现自己眼前一片模糊。

他终于意识过来原来是自己在哭。他整个人仿佛被定在原地，听着从自己喉咙里逸出来的哽咽，感受着温热的液体在脸上肆意横流——这一刻，他终于感觉到心底深处的一丝后悔。

他霍然起身，什么也没说，跌跌撞撞地冲了出去。

冲到殿外的一瞬间，带着凉意的风迎面而来，令他顿时清醒几分。当意识到自己刚才做了些什么时，他颓丧地倚着墙根坐了下去，修长的手指插入发丝间用力抓紧，一声极度压抑的呜咽从喉咙里破碎地逸出，幽幽回荡在冷冷的空气中。

英娥睁开眼，就见阿素慌里慌张地冲了进来，声音里带着哭腔："皇后，您没事吧？"

英娥神情淡漠地摇了摇头，整了整自己的衣裳，低声道："我吩咐你做的事都办妥了吗？"

阿素心里一个激灵："已经照着皇后的吩咐，布置妥当。"

英娥的眼瞳仿佛深不见底："阿素，现在你是我唯一可以信任的人了。"

阿素连连点头："奴婢只听皇后的。"

英娥攥紧了手，嘴唇咬得不见丝毫血色。

镇守在关陇一带的贺拔岳和宇文泰，不但收到了尔朱荣身死的消息，同时传来的还有贺拔胜投向元子攸的传闻。

关陇的月光，比起京城，更多了几分苍凉。刺史府一抹修长身影临窗而立，浅浅月色倾落在他的面颊上，更显容貌秀美脱俗，只是眉目间明显的冷峻让这张俊颜多了几分生人莫近的漠然。

“阿泰，这下子天下要大乱了！”一旁的贺拔岳看着这个年轻人，脸上布满了难以遮掩的担忧，“还有阿兄他……唉！”

宇文泰望着窗外的月色，冷声道：“他这次实在糊涂。当初董卓被诛时不过仅有凉州一地，若是王允及时颁发赦令的确有挽回的希望。但如今的形势，尔朱兆尚有并州等地的势力，尔朱仲远、尔朱天光等分别占据东南道、东北道及关内，势力几乎遍布天下，这些人都有资格继承尔朱荣的势力，又怎么可能凭着一纸赦令就向皇帝投诚？”

“阿泰你的意思是皇帝必定会输？”贺拔岳眼中闪过复杂的神色。

宇文泰点了点头：“一旦尔朱兆集结完兵力，必然反攻洛阳，到那时皇帝完全没有招架之力。

贺拔岳急得直搓手：“这可怎么办？”

“不如你修书一封给他，让他——”宇文泰思索了一下，“尔朱兆那里是回不去了，不如转投尔朱天光，同在关中也有交情，尔朱天光应该不会放过笼络你们的机会。”

贺拔岳对宇文泰亦是言听计从：“好，不，明日我还是带人亲自去一趟！你就好好待在这里！”

宇文泰目光柔和了几分：“阿兄放心。”

贺拔岳做了决定，心情也轻松几分，似是想到什么，又语带唏嘘道：“英娥这孩子也算是我看着长大的，命也真是不好，头一任丈夫被生母毒死，第二任丈夫又杀了自己的爹，也不知道她受不受得住……”

宇文泰微微敛目，脑海中浮现一张清晰的秀丽面容，嘴角勾起一抹轻弧。如果是她，就算身陷绝境，也一定会如凤凰涅槃重生。

不知不觉中时令已入冬。十一月，一心想要复仇的尔朱兆集结了来自河北诸州的兵力，连同高欢一路猛攻南下，气势汹汹直扑洛阳而来。

连着下了好些天的冷雨，今日的洛阳总算迎来了晴朗的天气。

阿素抱着刚喂好奶的小太子走进寝宫时，看到皇后正倚在窗前面色淡淡地眺望着远方。朝阳透过窗棂照射进来，在她秀美的侧面上镀了一层暖金色的光泽。那种从内而外散发出来的美，让她想到了碧天夕阳下的茫茫雪原，湛蓝苍穹掩映下的霜花玉树，令人不由自主屏住呼吸，哪怕是呼吸稍重一些就会破坏这份美。

就在此刻，小太子适时地打了一个响亮的饱嗝，原本倚在窗前的皇后差一点跳起来，刚喝到嘴里的一口酪浆也喷了出来。

阿素忽然有些想笑，相较之前那好似没有灵魂的空壳娃娃，她更加喜欢这个日渐恢复本性的真实女人。

“宏儿也吃得太饱了吧，快让我抱抱。”英娥转过身时目光柔和了几分。

阿素小心翼翼地将小太子递了过去，英娥顿时露出笑容，将他搂在怀里不放手。这一阵子养下来，她对这孩子也有了些感情。于她而言，孩子那澄澈如水晶的目光、纯真无邪的笑容无疑就像是黑暗中最亮的一抹光，令她的心情也平复不少。

“皇后，听说尔朱兆的大军已经快打到洛阳了。洛阳城里可是人心惶惶呢。”阿素环视了一下周围，压低声音道。

英娥微敛笑容：“皇上最近呢？就快兵临城下，他也该找那些臣子商量商量了。”

阿素目光闪动：“奴婢听说连李侍中和温大人都被摒除在外，很多大事就只有皇上和城阳王两人商量。其他官员想见皇上，城阳王也总是百般阻挠。”

英娥露出嘲讽一笑：“果然如此。

阿素眼中难掩得色：“还是皇后的办法好，让那些宫人故意在元徽面前猛夸李彧和温子升等人，每次元徽的脸色可是相当难看呢。”

英娥秀眉微挑，冷色渐浓：“元徽素来寡恩少义，嫉贤妒能，心眼子比针尖还小。他根本容不下别人多占功劳，有他在，如今李彧和温子升那些能臣的好处可是用不上了。”

“皇后……”阿素将声音压得更低，“无论您有什么决定，奴婢都会跟随您。”她顿了顿，又道，“还有桃姜，那日听陛下的话给您下了药确实该罚，可她也是护主心切，生怕您被卷入其中……”

“好了，”英娥语气平静地打断了她的话，“我不听理由，只看结果。回宣光殿是不可能了，不过，我也不会为难她。这样的世道，只要能平平安安活下去已是万幸了。”

阿素轻叹口气，点头应声。

英娥垂首望向已经睡着的孩子，缓缓闭眼。不知为何，这些天她每晚的睡梦中，总会出现一些零碎的记忆片段——那些彼此的信任，那些患难与共，那些生死逃亡……或许，大婚之日那灭了的红烛就是她和他走到如今这个地步的预兆。

她再睁开双眼时，眼中多了几分坚定和冷然。

前尘往事都已经随风而去，她对他，不会再有半分手下留情。

太行山的丹谷要塞被尔朱兆一行打下后，洛阳城只剩下了黄河天险可守。偏偏在元子攸打算亲自领兵前往时，元徽再三拦阻，声称黄河水深且宽，之前又烧毁了河桥，如今这天险根本无人能轻渡，让元子攸留在洛阳稳定局势。出于对皇叔的信任，元子攸没有听从其他臣子的更多建议，选择了驻守京城。

当尔朱兆等人抵达黄河边时，发现几乎无人驻守时惊喜过望，再一看，往日巨浪滔天的黄河，竟然水浅得堪堪到马膝盖处。众人啧啧称奇时更觉得这次攻打洛阳是奉天意而为。

尔朱兆仰天大笑："看到了吗？连老天也要灭了元氏！"

高欢和司马子如对视一眼，眼底也有惊喜，无论是什么原因，这样的天命所归信念自然是最能振奋士气的。

"事不宜迟，我们干脆一鼓作气渡过黄河，直接杀进宫里！"尔朱兆挥舞着马鞭，迫不及待地欲冲进河里。

"将军等一下！"司马子如出声阻止，"我昨晚夜观天象，明后日洛阳这里会有暴风沙尘，正好是我们入城时的最好掩护。"

尔朱兆对司马子如倒是听从的，当即点了点头："那好，明日一早我们渡河。"

高欢目中略有讥色："原本还要忌惮那七万虎贲军几分，多亏城阳王舍不得花那么多薪饷，干脆将其解散，倒是节约了朝廷的开支。"

"尔朱将军，到时攻下洛阳城，也别忘了记城阳王一功！"有人扯着嗓子喊道，顿时惹得众人哄然大笑。

司马子如若有所思地望着河面，尽管竭力压抑着自己的心情，但眼中还是忍不住酸涩起来。

终于，他离洛阳那么近了，近得已经触手可及。

高欢留意到他的异样，凑到他身边出声道："遵业，在想什么？"

"三个月。"司马子如微微一笑，"我答应她，三个月内必定让元子攸付出同样的代价。看来不会食言了，不然那家伙发起脾气来可没人受得住。"

高欢定定望着他的背影，沉默了片刻，最后抬起手安慰似的拍了拍对方的肩，转身走开。

抬头时阳光射入眼中，隐隐有些刺目，司马子如闭上眼睛，忽然觉得有种突如其来不明所以的惆怅。

他不想、不愿，也绝对不允许他的小姑娘再受一点苦了。

凛冽朔风猎猎作响，带着萧瑟的寒意在半空中呼啸而过。

尔朱兆带领着麾下大军一鼓作气渡过了黄河，出其不意地兵临洛阳城下。守兵因为元徽平时的克扣早就心怀不满，一看尔朱兆大军逼近，根本无心恋战，不是逃跑就是向尔朱兆投诚，结果尔朱兆几乎不费一兵一卒就顺利进入了洛阳城。

就在尔朱大军渐渐接近皇宫之时，突然狂风大作，卷起漫天黄尘，灰沉沉一片，几乎遮住了半边天空。

守在皇宫外的侍卫们视线被黄沙所蔽，十步之内，难辨人影，只隐隐看到烟尘中有马影幢幢，眨眼的工夫却又辨不清去向。还没等他们反应过来，尔朱兆的军队已经冲到他们面前，跨马挥刀间，血光飞溅，好多人连声音都没发出就稀里糊涂丢了性命。有些反应敏捷的慌忙张弓引箭，可在这呼啸的狂风之下，弓箭根本无法发挥作用，射到一半就纷纷被吹落在地。也有些忠于朝廷的侍卫拼死抵抗，但又如何是身经百战的契胡骑兵的对手？没几个来回就被凶悍的契胡人生生砍了头颅……

转眼间，朝廷的侍卫们连连溃败，四下逃散，尔朱兆的人马没费什么力气就闯进了皇宫。宫内顿时乱作一团，惶恐不安的宦人侍女们吓得到处躲藏，惊叫声、求饶声、抽泣声、号哭声此起彼伏……

此时的明光殿内却寂静得令人窒息。年轻的皇帝一动不动地坐于御案后，手里竟还拿着一卷奏折正在查阅。他眼中一片平静，如同冰山倒映着蓝天的颜色，没有一丝温度。

砰！殿门忽然被人大力撞开，带着十几个侍卫的李彧和温子升等人大步走了进来，急切道：“陛下！请快随臣等从华林园小门离开这里！再不走就来不及了！”

元子攸放下奏折，目光扫视了下面一遍，没看到自己最为信赖的那个人，立刻开口问道：“城阳王人呢？”

李彧面色有些尴尬又有些恼火：“陛下还问那人做什么？他本来待在尚书省，听得尔朱氏闯入，竟然私自提了十多匹御马，和他自己的亲信们急急忙忙逃出宫去了！”

元子攸一听之下只觉如同置身冰窖，冷得他全身轻颤无法呼吸。他怎么也没想到，当生死危机来临之时，第一个放弃自己的居然是城阳王。

多日来的相伴、志同道合的目标、整晚的秉烛夜谈……他以为，他与城阳王，是宗亲，是君臣，也是知己，是可以交托一切的挚友。

元子攸似是失去所有力气般跌坐在地上，接着他极轻极轻地笑了，蓝眸里流转着一层显而易见的颓然，嘴角弯起的弧度形成一种淡淡的悲哀。

“是朕所信非人，所信非人……”他喃喃地念着这一句，显见受打击不小。

“陛下，时间不多了，快些随臣走吧！那城阳王弃主而逃，将来也不会有什么好结果！”李彧也顾不得君臣之别，上前拽着元子攸的衣袖就往外走。元子攸还没从城阳王的背叛中回过神来，浑噩地跟着李彧出了明光殿。

朝华林园走了几步，元子攸蓦地想到什么，瞬间清醒过来，开口道：“朕要带上皇后一起走！”

李彧脸色一变，忙劝道：“陛下！闯宫的是尔朱氏的人，他们绝对不会伤害皇后的！倒是您，万一被抓住就性命难保了！”

“朕的皇后，只能跟朕一起走。”元子攸说完也不再理他，沉着脸快步朝着宣光殿的方向走去。

李彧握紧双拳，脸上闪过一抹恼怒，在原地站了几秒还是匆匆跟了上去。

昔日祥和繁华的皇宫内院眨眼已成修罗地狱。尔朱兆原就是为了复仇而来，对皇宫里的一切人和物都憎厌至极，因此在司马子如和高欢前去寻找英娥之际，便下令大肆杀戮宫人抢掠财物。一时间，浓重的血腥气弥漫在空气中，久久消散不去。

英娥在宣光殿中很快也听到了尔朱兆攻进来的消息，她立刻吩咐阿素带好小太子趁乱从偏僻的永巷先离开，并将自己贴身的狼牙挂坠交给了她。

“拿着，万一遇上契胡兵，这个一定能保住你们的性命。”

“皇后，您不走吗？”阿素一边擦拭着眼泪一边接过挂坠。

英娥摇了摇头，看到小太子眼睛乌溜溜地望着自己，目光不禁柔和了几分。只是很快，她眼底似被阴霾所覆，令人怎么也看不真切。

她还有事没做，现在还不是离开的时候。

见英娥不肯离开，阿素只好带着小太子在几位侍卫的护送下悄悄往永巷行去。

英娥站起身，理了理有些凌乱的长发，正打算往殿外走去，忽听外面传来急促不稳的脚步声，接着就见元子攸径直冲了进来——两人视线交接的一瞬间，暮光下的他像是被定了身，站在那里，脸部轮廓更是柔和得仿佛能将她融化，眼睛的颜色也明显变了，由天空那种明净的蓝色变成了暗夜大海那种波涛暗涌的深蓝，似有千言万语百般情绪挣扎其中。

“英娥，跟我一起走。”他朝她伸出手，又朝她踏出一步。

他没有犹豫，不管他背负了多么深重的罪孽，这一次他要靠近她，要带她离开这个地方。亏欠她的一切，他愿意用一生来偿还。

突然的静默仿佛让时间停滞下来，在接下来的沉默中，殿内寂静得似乎只剩下两人深深浅浅的呼吸声。

英娥冷冷地看着他，眼底有戒备一闪而过，很快又闪现出他所熟悉的讥讽。

“如果我不走，这次你打算怎么做？再下药吗？”

他眼睛一眨不眨地盯着她，蓝色的眼底流转着太多伤感，复杂的情感交缠纠结。忽然，这位年轻的皇帝竟然屈下身子极慢极慢地跪了下来，膝盖如同溶入铁块沉重地抵在地上，整个人仿若石像般僵硬而笔直。

“求你，英娥。”

英娥震惊地倒退了两步，还以为自己眼前出现了不应有的幻觉。

她从没想过，这位内心骄傲的君王竟然会做出这样出乎意料的举动。

她不知该如何形容此刻的感受，内心一阵纷乱，还有说不清的哀伤和酸楚……可就在刹那间，父亲和亲弟身死时的那一幕，如厚重的冰雪，迅速落入她的胸口，令她的心再度变得冰冷，甚至更加坚硬。

她目光意味不明地轻扫过元子攸，檀口轻启，吐出了两个字："走吧。"

虽然尔朱兆的契胡兵还未冲击这里，但远处的各种惊叫惨呼声却不断传来，刺得人耳膜微微疼痛。英娥面色微微发白，心里担忧阿素和小太子是否能顺利从永巷逃离。

在十几名侍卫的护送下，英娥跟随着元子攸匆匆赶到了华林园，一路上倒是没遇见契胡兵。但见华林园西面那里果然有一扇小门，李彧等人已经备好马正焦急地等在那里。

一见到英娥，李彧面色微沉，但还是按捺住心头的厌憎，快步迎上前来："陛下，事不宜迟，我们赶紧离开这里！"

说着他牵了两匹马过来："陛下，您和皇后就各骑一匹，这些都是上好的御马，普通的马是追不上的。"

元子攸几乎没有丝毫犹豫地摇头："皇后和朕共乘一骑即可。"

"可是陛下……"

"好了，就这么决定了。"元子攸打断了他的话，伸手想扶英娥上马。英娥侧身闪避，根本无须借助他的帮助一跃上了马背，动作娴熟流畅，一看就是骑惯了马的。元子攸目光微动，似有无奈之色一闪而过，接着也利落地翻身上马，坐在了英娥身后。

"英娥，坐稳了。"他的声音如檀香雾气般低沉响起，这样近在咫尺的距离，几乎能感受到对方的体温透过衣料传来。英娥用力咬住下唇，指尖攥得发白，努力抗拒着身后那种不适的压迫感。

元子攸感觉到了她身体的紧绷，但也仅此而已。见她并没有挣扎也没有反抗，他惊讶之余又隐约有种隐秘的喜悦。难道她真的是心甘情愿跟自己走？那么，如果这次能逃离洛阳，他和她，是不是——还有重新开始的机会？

元子攸挥动鞭子策马向前疾驰，心里却怎么也无法平静。

在某个瞬间，他忘记了自己还身陷险境，忘记了在皇宫内杀气腾腾的契胡人，忘记了与尔朱氏的那些恩怨情仇……一颗心在胸腔里剧烈跳动着，他默默向佛祖起誓，如果一切可以重来，他一定会好好珍惜这个机会，用自己的全部包括生命来保护她，不再让她受一点伤害……

就在这个时候，一声尖锐的呼哨打破了他所有的幻想，还没等他反应过来，他们所乘的马就硬生生停了下来，险些将他甩下马去。紧接着，他清楚看到坐在身前的英娥将手指放在唇边，再次发出了和之前差不多的呼哨声，那马一听，竟然转身往回奔驰而去。

元子攸全身僵硬如石，整颗心在刹那间跌入地狱深处，冰冷碎裂。

李彧惊惧的叫喊声仿佛已经隔了很远很远，元子攸耳中几乎听不到声音，眼前渐渐模糊，五官感知和所有意志仿佛也在瞬间消失……心里只剩下一个微弱却又倔强的声音。

既然她想要自己死，那么就如她所愿好了。

对于自小在草原马背上长大的英娥来说，用这一招驾驭马匹那是再擅长不过，这也是她同意跟随元子攸前来的原因。

有她在，他无处可逃。

就算他硬要跳下马，也非摔个半死不可。

元子攸的护卫们急忙追赶，无奈元子攸的那匹坐骑速度奇快，他们只能眼睁睁看着那马冲进了华林园。李彧铁青着脸低声咒骂着，恨不得一箭射死英娥这个罪魁祸首，可元子攸挡在身后，一不小心就会误伤，情急之下，他将箭瞄准那匹马，嗖地一箭射了出去。

这一箭倒是正中马的后腿，只听马儿一声长长嘶鸣，有些癫狂地往前奔驰，因着速度太快，连英娥都拉不住它，最后竟连人带马一起冲进了园中的湖水——

这一幕正好落入刚进华林园的司马子如和高欢眼中。司马子如翻身下马，几乎是不假思索地奔到湖边跳了下去。高欢也是脸色发白，紧跟着下马赶了过去。

碧色湖水浮光回旋，映出年轻皇帝苍白的脸，他紧闭着双眼，身体正慢慢向下沉去。

英娥在水中睁开眼，下意识地伸手拉住对方的衣袖阻止他继续下沉，就在电光石火的一瞬间，他忽然睁开眼睛，用力抓住她的手，将她扯到了自己面前，紧接着他的另一只手就放在了她的脖颈上——英娥心里一凉，丝毫不怀疑对方想要杀死自己。

隔着荡漾的水波，元子攸看着她的面容，胸口仿佛有炽热熔岩燃烧，混沌的思绪，好像海潮翻卷浮沉，荡去所有理智。

他低下头，唇缓缓覆了上去。

无论之后会变得怎么样，他只想紧紧抓住这一刻。哪怕一切都会湮灭，他心中也要永远拥有这一刻的记忆。

她是他的因，她是他的果。她是他的缘，她是他的孽。

呼吸瞬间被夺，湖水不断往耳中灌去，英娥太过震惊忘记挣扎，思维也开始混乱。

在被抱紧不断下坠的过程中，她仿佛能看到一串串透明的水泡如珍珠般浮动，深绿色的水草摇曳着柔软的身姿。他的指尖滑过她的面颊，穿过她缠绕的发丝，唇覆在了她的唇上，那是他与她最后的亲密。

这亲密不因欲而生，不因欲而灭，仿若人生只如初见的第一眼。

就在英娥以为自己要和他葬身于此时，忽然身体被一股大力拉开去，接着有人将她冰冷的身体紧紧拥在怀里，奋力朝上游去……对方的体温穿过衣衫，暖暖熨在她的脸侧，耳边似乎还听到了极快的心跳。不知为何，慌乱的心渐渐安定下来，这种熟悉的安心感，仿佛早已在她记忆中沉淀……

英娥被人从湖中拉出来的那一瞬，就像是一株湿漉漉的水仙破水而出。一个嘶哑憔悴的声音宛若梦呓般不断在耳边轻唤着她的名字，让她不得不费力睁开眼睛——映入眼帘的是再熟悉不过的焦灼面孔，那双比曜石还要黑的眼睛里布满血丝，隐隐有水光……

她动了动嘴唇，发出轻若蚊蚋的声音："我还……没死呢。"

他似乎怔了怔，接着又挑了挑好看的眉，淡淡道："我知道。祸害遗千年嘛。"

她皱着眉瞪大了眼睛，似是在想该怎么反驳过去。两人默默对视了几秒后，忽然同时朝对方露出似曾相识的笑容。

那是能将所有阴霾一扫而空的笑容。

他的面容一下子变得如此柔和，仿佛连月光也能融化。

他的呼吸轻缓似吹绿江南岸的春风，他发上的水珠不断落在她的脸颊上，他的眼神灼热欣喜紧紧地将她环绕，就像拥抱着他最珍贵的所有。

"英娥，以后，有我陪着你。"

她努力忍住酸涩睁大眼睛，可眼角的泪，还是一下子流了下来。

他心疼地微叹了口气，伸出手替她拭去滚滚落下的泪珠。

高欢吩咐士兵将元子攸也救上来后，转过身正好看到这一幕。他知道有司马子如在，英娥一定会没事。在松一口气的同时，酸涩、烦躁、焦虑，还有一丝极为复杂的嫉妒，将他的整颗心占得满满当当的。

不知何时起，他对她的情愫如野草般悄然生长，拔不掉毁不去，不知不觉随着时光的流淌早已根深蒂固郁结成荫。

他深吸一口气，将这些情绪全深埋在平静的面容之下，只有茶色眼眸中那一抹微光，才稍微透露出他内心的不平静。调整完情绪后，他快步走到两人身边，面带关切提醒道："如今天气寒冷，你们俩先将湿衣服换了。"

英娥见到他眼睛顿时一亮："师父！"

高欢面色柔和地点了点头。

司马子如似乎也才回过神来，面露内疚之色，连忙扶起英娥："那我先带英娥去宫里找衣服，这里就交给兄长你了。"

"等一下，"高欢说着解下自己的大氅，轻轻披在英娥身上，"快去吧。"

英娥走了几步，回头又望了一眼躺在那里昏迷不醒的元子攸，欲言又止。高欢看出她的心思，低声道："他没事，要不是你，我们还活捉不了他。"

英娥扭过头不再看那人，胡乱点了一下头，正要离开，忽听一阵女子的惨叫响起，接着一阵凌乱的脚步声由远及近纷至沓来。

还不等英娥反应过来，就见几个衣不蔽体的宫女惊慌失措地朝这个方向逃来，随即十几个身高马大的契胡兵大笑着追了过来，最先的几人将落后的女子扑倒在地，竟不管不顾地撕扯起她们的衣衫。

英娥在惊愕过后勃然大怒，也顾不得自己湿衣在身，从一旁的马背侧抽出鞭子，大步走过去，朝着那些正在施暴的契胡兵狠狠抽了过去！

契胡兵吃痛跳起，正要抽刀反抗，忽然看到站在英娥身侧的高欢和司马子如，再定睛一看英娥的面孔，顿时大惊失色，从宫女身上连滚带爬地摔了下来。

“这到底是怎么回事？谁允许你们任意欺辱这些宫女？”司马子如冷声问道。

契胡兵们面面相觑，还是为首那个梗着脖子大声道：“是尔朱将军允许我们这么干的！”

英娥一愣，更是恼怒，高高举起鞭子：“胡说八道！阿兆哥哥怎会下这么下作的命令！”

“是真的！尔朱将军说了，凡宫中女子除皇后外，别说是宫女了，就算是前朝太妃、公主皆可随意欺辱！”

司马子如和高欢对视了一眼，倒是对契胡兵的话深信不疑。尔朱兆的心早被复仇蒙蔽，他对这害死他叔父的皇宫更是深恶痛绝，自然不会放过宫里的那些人。

司马子如轻蹙了蹙眉，尔朱兆在宫中大开杀戒也罢了，自古成王败寇也是在所难免，但连女人也不放过未免失于下乘，将来也必会成为群臣抨击的把柄。这是自尔朱荣过世后第一次，他对尔朱氏的未来产生了怀疑。

英娥简直不敢相信自己的耳朵：“你胡说！我要当面找他问清楚！”

说着她毫不迟疑地大步向前走去，司马子如迅速拉住她，语气急促：“不管怎么样，先去换了衣裳！”

英娥固执地甩开他的手：“遵业，你别拦我！没时间了！我衣服不换最多生场病，可若是再晚些阻止，这些无辜女子的性命都保不住！”

司马子如定定地凝视她几秒，眼中仿佛有什么光一闪而过，紧接着握住了她的手腕：“我们一起去。”

他的手修长而优雅，温暖中透着毫不掩饰的关怀，丝毫没有保留地将他的心意传递给她。

英娥心中一暖，又看了眼那些瑟瑟发抖的女子，大声道：“谁要是再敢动她们一下，一律斩之！”

为首那契胡兵颇不服气：“可这是尔朱将军的命令！凭什么——”

他的话戛然而止，僵硬地低下头，看着鲜血从自己胸口涌了出来……他艰难地抬起头，一柄还滴着血的剑映入他的眼帘，再往上，就是高欢冷然的面容……

“违抗皇后命令者，死。”

他的声音依然平静，却让听者不寒而栗，纵然是那些野蛮胆大的契胡人，也被高欢的凌厉手段所慑，不得不收敛几分。

英娥目露赞赏之色，朝着高欢做了个手势，不愧是师父！

两人刚出华林园，就恰巧遇上杀红了眼的尔朱兆等人。漫漫黄沙下，昔日的契胡少年浑身蒸腾着凛冽杀气，似要将这里的一切毁灭殆尽！那双赤红的眼，唯有在见到英娥的瞬间褪去了疯狂和杀意，多了几分柔软怜惜。

“英娥！你没事太好了！快到阿兆哥哥这里来！”尔朱兆弯下腰欲拉她上马，忽然发现她全身湿透，脸色顿时一沉：“怎么全身都湿透了？”

“先别说这些。”英娥将手一指，“阿兆哥哥，他们可以随意欺辱宫中女子真是你下的命令吗？”

尔朱兆面颊轻轻抽搐了一下，倒是立刻承认了：“叔父和菩提惨死在这里，这宫里的人都该死！我要她们受尽屈辱地死去！”

啪！他面上蓦然一痛，英娥手里的马鞭已然抽了上去。

“阿兆哥哥，你忘了吗？当初我们在草原上打猎，连怀了孕的母鹿你都不忍心杀，现在怎么变得这么残忍！你要给我阿爹报仇，我感谢你！杀人也好，抢掠也好，我都不拦你！可你拿侮辱妇人给我爹报仇，我怕我爹臊得活过来揍你！祸不及妇孺，阿兆哥哥，别让我瞧不起你！”

尔朱兆的眼泪哗地流了下来，他垂下头，哽咽道：“他们害死了叔父，他们都该死，全部该死！”

英娥叹了口气，走上前轻扯了扯他的衣角，恳求道：“收回命令，好吗？”

尔朱兆低低应了一声，又用衣袖胡乱抹了一把眼泪：“我听英娥的就是。”

英娥这才松了口气，回头望了一眼司马子如，对方正含笑看着她。就在这时，不远处一阵骚乱声起，夹杂着婴孩的哇哇哭声和女子几近崩溃的哭求声。

英娥心里咯噔一声，立刻就想到了带着小太子离开的阿素。果然，只见几位契胡兵抱着婴孩快步走了过来，而被其他士兵拦住正在大哭的女子正是阿素。

“将军，这宫女带着小太子正准备从永巷离开，恰巧被我们抓个正着。不过她身上有契胡酋长的信物，我们也不知该如何处置，还请将军定夺！”

“阿兆哥哥，这是我的孩子！”英娥咬牙冲过去想接过婴孩，不料那契胡兵手疾眼快地先将孩子递给了尔朱兆。

阿素见到英娥，用力挣脱士兵扑倒在地：“皇后，是奴婢无用！是奴婢无用！没能带小太子离开！奴婢罪该万死！”

英娥冲着她摇了摇头，又望向尔朱兆，努力挤出一丝笑容："阿兆哥哥，他还很小很小，他什么也不知道，他是我十月怀胎好不容易才生下来的……把他还给我，好吗？"

尔朱兆听到英娥的话，心里微微一动，低头注视着手中的婴孩，婴孩懵懂地睁开双眼，那是元氏家族特有的蓝色眼眸，如蓝琉璃般透明澄澈，看上去倒是更像他的父亲元子攸。

尔朱兆眼神一暗，幽深如潭，中有旋流，深不见底。

"英娥，这个孩子——留不得。"

尔朱兆的语调仿佛一把尖锐的冰锥，就这样狠狠凿了过来，英娥原本就没有血色的面孔变得更加苍白。

"阿兆哥哥，他只是个小婴孩……他什么也不懂的……求你留他一命好吗？"她摇着头，眼中露出恳求之色。

尔朱兆看着那婴孩的眼中掠过一抹厌憎之色，他难掩面上戾色，恶声恶气道："元子攸那狗贼杀了我叔父，今日我就杀了他的孩子！省得将来这世上又多一个祸害！"

英娥定定看了尔朱兆一会儿，心里涌动着说不出的哀伤。仇恨已经让她的兄长失去理智，若是她现在说这孩子不是元子攸的，恐怕他也不会相信。

被尔朱兆单手抱着的婴孩似乎听到了英娥的声音，朝着她胡乱摆动着双手咿呀咿呀地叫了起来。

虽然只是短短相处，英娥和这孩子也有了几分感情，此刻见到孩子正在找自己更是心急如焚。就在她打算上前硬抢时，忽然一声凄厉的声音突兀响起。

"将军！那孩子也是皇后十月怀胎生下的亲骨肉啊！还望将军饶他一命！"阿素挣扎着扑倒在地，死命地磕着头，殷红的血很快就从她的额间流了下来。

尔朱兆明显一怔，似乎才意识到这孩子体内也流着尔朱氏的血，神情顿时变得有些古怪。孩子没有得到朝夕相伴的母亲的回应，小嘴一撇就哇地哭了起来。

熟悉的哭声入耳，英娥心里顿时一阵绞痛，她定了定心神，一步一步走到尔朱兆的坐骑前，柔声道："不哭了，是阿娘啊，阿娘在这里呢……"

说来也是怪，听到英娥的声音，孩子真止住了哭，含住自己的手指开始东张西望。尔朱兆嫌弃地看了他一眼，一想到这也是英娥的孩子，心里却也有些异样的感觉。

留意到尔朱兆的神色缓和下来，英娥心口微微一松，又试探着开口道："阿兆哥哥，论起来你也是他的亲舅舅呢。他可乖了，每晚都睡得很香，很少哭闹，你看，他这么小年纪就知道心疼娘了呢……"英娥低低的声音似乎带了一股特别的感染力，令尔朱兆目中戾色渐渐减少，他紧紧抿着唇，心里也是纠结起伏不定。

对元子攸的恨，对英娥的怜爱，截然不同的两种情感仿佛生生将他分成了两半，令他不知该如何做出抉择。

一旁的高欢见状，也想出言相劝，却被司马子如扯了一下衣袖。他初初有些不解，在看到司马子如的眼神后蓦地反应过来——此时此刻能让尔朱兆改变心意的唯有英娥一人。

“阿兆哥哥……”英娥的眼中流转着浅浅波光，她朝着尔朱兆伸出双手，“把他还给我，好吗？”

对上她的视线的刹那，尔朱兆似乎听到自己的心跳清晰可闻，脑中忽然浮现两人从幼年到少年时相处的点点滴滴。

当她向叔父求情轻责犯错的他时，当她趁着众人不备偷拿点心给他吃时，当她缠着要和他一同比试时，当她和他一同捉弄司马子如却又每次被反杀时，当她累极将脑袋靠在他肩上熟睡流口水时……

心里仿佛有种柔软的情愫，渐渐蔓延开来。

虽然时光越来越远，那些回忆却清晰如往昔，色彩依然鲜亮。

只要能让英娥快乐，这孩子留还是不留又有什么关系呢？毕竟，这是英娥的孩子，不是吗？

尔朱兆霍然想通之后觉得心情舒畅了许多，再看手中的这个娃娃也顺眼了几分。他微微欠身，正准备将孩子递还给英娥时，变故陡生！只见尔朱兆的坐骑蓦然受惊扬起后腿，重重一颠，尔朱兆身体顿时失去平衡，所抱的婴孩更因为这突如其来的冲力一下子脱手飞了出去！

英娥大惊失色，飞身过去想要接住孩子，却堪堪差了那么一点，只能眼睁睁看着孩子擦着她的指尖摔落在地上！

一声沉闷的着地声过后，孩子连哭都没哭一下就没了声，一缕鲜红的血迹从他幼嫩的嘴角缓缓流了下来。

英娥瞳孔猛缩，似是不敢相信眼前这一幕，全身颤抖着挪不动一步。最后还是司马子如上前探了一下孩子的呼吸，脸色微微一变朝英娥轻轻摇了摇头。

英娥颓然地倒退两步，神色恍惚。

尔朱兆也是脸色泛白，隐约有些懊恼和后悔，急忙下马来，慌乱地想要解释：“英娥，我……我……”

他的话还未说完，忽见英娥伸手捂住胸口，面露痛苦之色，紧接着一大口瘀血从她口中喷了出来，凄艳的血点如红叶般溅洒在她的胸前，无比触目惊心。

他茫然地看着她闭上眼整个身子直挺挺往后仰倒，在倒地前一瞬司马子如及时扶住了她。

“英娥，英娥！”司马子如在她耳边急切地唤着她的名字，而她只是紧闭着双眼，没有任何反应。

第十五章 危机又起

今年的第一场雪姗姗来迟，洁白的雪从天际飘飘撒落，纷飞如蝶，带着一种扫净尘嚣的清冷。

晋阳刺史府的一处厢房外，手提食盒的司马子如轻唤了几声后推门而入，看到一身素衣的英娥正静静坐在窗前，双膝并拢，两手交叠在膝盖上，轻轻托住下巴，睁大眼睛，似乎出神地在想着什么，就连有人进来也完全没有留意到。

司马子如微叹了一口气，自上次亲眼见到小太子摔死在眼前之后，虽说吐出瘀血于身体无大碍，这两个多月来她日常发呆的时间明显增多，即使如今离开洛阳回到晋阳还是没有太大改善。

“英娥，快来吃点东西，我可是听说今天你连朝食都没用。”他露出一抹笑容，将手里精致的食盒端了过去。

英娥似乎才回过神来，精神恹恹地摇了摇头：“我没有胃口。”

司马子如微微一笑：“没有胃口？那我可就独自享用了。”说着他打开红漆食盒，一股诱人的甜香味飘散了出来。

英娥忍不住吸了吸鼻子，眼睛明显一亮，这个香味……好熟悉……那是她小时候最喜欢的香味……

她正寻思着，一块雪白的截饼递到了她的唇边，几乎是下意识的反应，她张嘴咬了一口。

“这好像我以前吃过的截饼！”她的眉目间有了几分神采，又有几分怀念几分遗憾，“我记得有个叫乾罗的小哥做这个最是拿手，是我吃过的最好吃的！那时在北秀容还经常让他做给我们吃呢，可惜自离开北秀容后就再没吃到过了。

司马子如的笑容更加深邃：“你若喜欢，可以天天让乾罗做。”

英娥抬眼，目中闪过一丝惊讶：“天天让乾罗做？你的意思——”

“这些都是乾罗亲手做的。”司马子如目光柔和地注视着她，璀璨的眸子里全是她的倒影，“是我看你一直没好好吃饭，所以才传信到北秀容将他请过来的。”他顿了顿，眼中是毫不掩饰的担忧心疼，还夹杂着一丝浓浓的恳求，“英娥，答应我，要把这些都吃掉好不好？”

他的声音、他的眼神，如同三月的春风，虽轻柔，却在不经意间，执着地拂进她的心房，一点一点浸透心底……她的胸口莫名觉得酸胀起来，连带眼底也泛起了微微的潮湿。她只得低下头，拿了截饼就往嘴里塞，大口大口地吞咽下去。

真是令人无比怀念的滋味。

看她狼吞虎咽吃了许多，司马子如这才稍稍放心。

她连吃了好几张截饼，休息了一阵才有些迟疑地开口问道：“洛阳那里的情形如何了？还有皇上他……那个人打算怎么处置他？”

司马子如心知她对尔朱兆尚有心结，如今连名字也不愿叫，只是用“那个人”代替。

“英娥，上次的事情其实也是意外，当时将军身后的那位契胡兵为了给自己死去的兄弟报仇，故意用石子惊了马，才造成这样的后果，将军已经将他斩立决……”

“我知道，遵业，可我就是过不了心里的这道坎。”英娥打断他的话，“我感谢他为我爹报仇，可是就算要报仇，也不能没有底线。正所谓盗亦有道，报仇也有报仇的原则。滥杀无辜、侮辱妇人，这些和禽兽之行又有何异？”

司马子如伸手替她擦去唇边的一点碎屑：“自你父亲过世后，纥豆陵步蕃和六镇那里就蠢蠢欲动，听说很快就会挥军南下直逼晋阳，将军应该也收到了消息，不日就会带着皇帝回晋阳，共商对策。”

英娥垂眸：“没有我阿爹，天下一定会再次大乱。”她眸中掠过冷色，“皇上他，实在太心急了。”

“如今他身为阶下囚，相信也并不好过，”司马子如语气中带着安慰，“另外除了他，其余参与杀害你父亲的人都没几个有好下场。城阳王被人出卖谋杀，尸体送到了将军那里请赏。李彧倒是侥幸逃过一死，但是他的亲父被将军派人于州馆杀死，还有参与此事的杨侃，更是被下令族诛，一门数百人只逃脱他儿子一个，而光禄卿鲁安等人也在将军进攻洛阳时身死……”

英娥咬了咬嘴唇：“是我这个做女儿的没用。”

司马子如轻轻握住她冰凉的指尖：“怎么没用了，要不是你驭马折回，将军又怎么能生擒皇帝？”

回想起当时在水中的那一幕，英娥一瞬间有些恍惚，几乎是喃喃脱口而出：“那他会死吗？”

司马子如没有回答，只是眼神幽深地看着她。

她蓦地明白过来，脸色白了白，心里五味杂陈。为何都到了这时候，她竟然还在意着杀父仇人的生死？

其余参与杀害她父亲的人都已惨死，而亲手将刀插入她父亲胸口的皇帝，自然没有存活的任何理由。

空气仿佛一下子沉寂下来，英娥一时也不知该说什么，就在她想着转移话题时，忽然门外侍卫的声音打破了这份寂静。

“大人，不好了！纥豆陵步蕃和破六韩部在河西反了！”

司马子如似乎一点也不意外，点了点头又和英娥说道：“我到贺六浑兄那里去商量一下，你先好好休息。”

待他缓步走出去，英娥很快又睁开眼睛，却无论如何也睡不着了。

司马子如踏进高欢的房间，只见对方早已摆酒相候，似是料到了他一定会过来。司马子如微微勾了勾唇，坐于案前，伸手自己取了酒先喝了半盏，才悠悠问道：“阿兄，纥豆陵步蕃和破六韩部反了，你可有什么打算？”

高欢并未立即回答，不慌不忙地喝了几口酒后才开口道：“遵业，你我兄弟一场，我问你，你是否看好这尔朱氏？”

司马子如霍然抬头，两人视线在半空中相交，持续了半分钟后，还是司马子如先收回目光，缓缓道：“这世上再无第二个尔朱荣。”

如今掌权的尔朱族人中，尔朱世隆辈分高，但生性懦弱没有主见；尔朱兆倒是有勇有实力，但他的性子越来越暴戾，之前在皇宫里的所作所为已经让他失了人心，也失去了贵族和世家的支持。至于尔朱天光、尔朱天照等子侄，皆是有勇无谋，无论是尔朱氏家族中谁掌大业，大魏的衰败甚至灭亡都无可避免。

“大将军生前那样夸过我，尔朱氏必定也十分忌惮我。待一切尘埃落定，相信他们下一个要对付的就是我了。”高欢挑了挑眉，嘴角扯出一抹冷笑，“毕竟，在大将军心中，能继承他大业的是我贺六浑啊。”

司马子如眯了眯眼，似是随意道：“既然如此，阿兄大可袖手旁观，待尔朱兆和叛军打个两败俱伤再坐享其成也不是不可。”

高欢哈哈笑了起来：“坐山观虎斗固然有趣，但如今天下都是尔朱家的势力，我现在还势单力薄。更重要的是，破六韩手下的二十多万六镇军民可是一笔极大的宝藏，只可惜尔朱兆将这宝藏当垃圾罢了。想要变废为宝，就先要帮尔朱兆灭了这把火才行。不过，同样是帮忙，锦上添花和雪中送炭差别就大了。”他顿了顿道，“遵业，对我这个回答你可满意？”

司马子如淡淡一笑：“若是你选择袖手旁观目光如此短浅，那就不是你了。”

“你啊！连我也耍。”高欢似是有点无奈，嘴角的笑容却不曾褪下，他突然又想起什么，忙问道，“对了，英娥好些没有？那乾罗的截饼以前英娥可是最喜欢的。”

司马子如笑着点头：“吃了不少。”

“幸好你想到了这个办法，开始恢复胃口就好。”高欢也露出释然的神情。

“如今对于我而言，什么大业、什么前程都不再重要，接下来的人生只想好好照顾她。”司马子如的笑容如海棠般惑人，语气中的嫌弃偏偏带着满足，“就让那家伙赖上我一辈子算了。”

看着司马子如眉梢间流露的在意，高欢心里被一种奇怪涩然的感觉生生堵住，那股涩气在胸口横冲直撞，却怎么也找不到出口。

“阿兄，我打算先和英娥定亲……”

“你可别忘了，英娥还要为她爹守孝，现在并不是谈婚论嫁的时候。”高欢面色沉静地打断了他的话，眼神比平时多了几分锐利。

这话好似一桶冷水浇到司马子如头上，他蓦然清醒过来：“是我忘形了，多谢阿兄提醒。”

“等英娥出了孝再说吧。”高欢轻轻拍了拍他的肩，眼底闪过转瞬即逝的浅痕。

司马子如点了点头，不再言语。

窗外，飞雪如鹅毛，洋洋洒洒交织于天地之间，寒风呼啸而来，卷起地上的雪不停翻涌，遮住了半边天空，迷乱了人的眼，也迷乱了人心。

不久之后，尔朱兆匆忙回到晋阳，将元子攸关押于城中三级佛寺之后，随即立刻带兵前往河西镇压纥豆陵步蕃。为了加快速度，他只带了最为精锐的尔朱部落精骑，其余的兵马皆被他留在了洛阳。

尔朱兆本以为此行必能轻松解决掉这些麻烦，不料因为轻敌的关系，他率领的精骑和陵步蕃的军队连打了几次竟屡屡落败，最后更是被逼得往南避行。就在尔朱兆最困窘的时候，一直持观望态度的高欢终于率兵和尔朱兆会师，他们一个足智多谋，一个英勇善战，可谓珠联璧合，在石鼓山一带打得对方落败而逃，陵步蕃本人也被阵前斩首。

同样是救火，若是刚有点火苗便急急忙忙帮灭了火，主人或许只是说几句不痛不痒的感谢话或者再送点小礼物，可若是等到火势危急之时再出手相救，濒临绝境的主人自然是感激涕零。高欢选择在这个时候出手无异于雪中送炭，尔朱兆感激之余更是和他结为异姓兄弟，发誓必生死同心。

回到晋阳之后，尔朱兆夜夜在自己的颍川王府内设宴款待高欢等人，通宵达旦饮酒畅谈。在一次觥筹交错之中，醉眼迷离的尔朱兆听到身边的贺拔允等人谈论起六镇流民之事，忍不住向他颇为信任的高欢倒起了苦水。

“这些流民就像是火星子，时不时地炸上一场，杀又杀不完，收也收复不了，贺六浑，到底该拿他们怎么办？”

这些在尔朱兆眼中视如敝屣的流民却是高欢现在最想要的宝藏。他的心顿时跳快了几拍，面上却丝毫不显，他慢条斯理地建议道：“不如选个心腹之人来担当这些流民的首领，如果再反，就处分首领，那么这身为首领的人必然尽心尽力约束那些流民。”

尔朱兆顿时眼睛一亮，猛地一拍案桌：“好主意！好主意！”说完他又皱起了眉，“可是该选谁来做这个首领呢？”

高欢不慌不忙地拿起酒盏喝起酒来，明显并不打算回答这个问题。刚才他已经点到为止，说得再多只能引起别人怀疑。至于谁是最适合开口的人，他微微扬眉，目光似是不经意地在身旁的贺拔允身上停留了一瞬。

那贺拔允收到高欢的暗示，立刻站起身来：“贺六浑在六镇长大，对那里再熟悉不过，让他来做这个首领最为合适。”

还不等尔朱兆反应过来，高欢忽然反手就是一拳，正好打在贺拔允的左脸上，贺拔允顿时嘴角鲜血横流。他擦了擦嘴，吐了口唾沫，竟生生吐出一颗门牙。

高欢横眉冷对，肃言道：“如今天下大事都在于颍川王的决断，阿鞠泥这样僭越妄言，理应杀之！”

不远处的司马子如垂下眼帘，掩去了目中的轻笑。与一直和高欢不对盘的贺拔岳不同，贺拔允很是看好高欢，所以很早就向高欢投了诚，因此由他来开这个口最是恰当。

尔朱兆听在耳中，心里也不免有些飘飘然。叔父的时代已经过去了，现在也该轮到他当家做主了。尔朱家族一统天下，是叔父未完成的遗志，想必也是英娥的愿望。

他摆了摆手：“算了算了，其实阿鞠泥说得也没错，这些流民交给贺六浑你是最合适的。”

身边亦有人提醒：“大王，慕容将军尚未回晋阳，是否等他回来再议？”

自尔朱荣过世后，慕容绍宗就投奔了尔朱兆，也很快得到尔朱兆的信任。

尔朱兆倒是犹豫了一下，只见司马子如起身举杯道：“大王，解决六镇之乱，事不宜迟，在下也主动请缨，愿随同贺六浑一同尽快前往六镇，为大王分忧。”

尔朱兆大喜：“有遵业你在，我自然是更加放心了。好！就这么说定了！”

司马子如和高欢飞快对视一眼，各自在对方眼里看到了同样的信息——必须在慕容绍宗回晋阳之前出发去六镇。

司马子如将杯中酒一饮而尽，冰冷的液体流入腹腔中，却灼热非凡。

如果能以此为借口带英娥暂离这里的纷争，或许是目前最好的选择了。

晋阳刺史府中，细雪纷飞不停，几株寒梅迎风绽放，红白花瓣，金丝娇蕊，在银白色的月色下更显玲珑剔透。

在阿素的劝说下，英娥趁着月色尚好，也来到了庭院里。空气里弥漫着幽幽梅香，令人的心情也不觉舒畅几分。

“皇后，这几枝梅花开得正好，不如奴婢采了回去？”阿素经过几个月的调养之后，额上的伤已经好了许多，再也不曾提起关于小太子的任何事情，只管尽心照顾英娥。

英娥摇了摇头，伸手攀住一枝红梅轻轻嗅了嗅，忽听有几道细细的女声从一墙之外传了过来。

“听说皇后就住在这里休养？你说如果她不是姓尔朱，恐怕也和那皇帝一起被关在佛寺中了吧。”

阿素担忧地看了看英娥，正打算出声让那些侍女闭嘴，却被英娥阻止了。

只听那侍女继续说道：“你们不知道吧，我阿兄正好守着那佛寺，他回来和我们说那皇帝可是惨得很呢，不但终日被铁链锁着腿脚，这寒冬腊月连件避寒的衣裳都没有，甚至想要块头巾取暖都被拒绝呢。”

另一位侍女啧啧道：“皇帝做到这份上也是够可怜了。”

咔嗒一声，英娥手里的那枝红梅从中断裂开来，落在了地上，映着皑皑白雪，仿若血一般鲜丽绝艳。

“皇后？”阿素见她脸色苍白，自然知道症结所在。

英娥闭了闭眼：“他怎么说也是一国之君，就算有血海深仇，也不该如此折辱。”

阿素叹了口气：“恕奴婢多嘴，一日夫妻百日恩，皇后若是还挂念着一点情分，就让皇上临死前也过得体面一些吧。”

“我和皇上情分早已尽，”英娥眸色一凉，“但王爷这么做，只会让朝廷和世家贵族对他更加反感，对我们整个尔朱氏族的声名也极为不利，所以我必须劝阻他。”

“英娥说得没错。”一个熟悉的清朗声音从院门边传了过来。英娥抬头望去，只见年轻男子沐浴在浅浅月华之下，眉目俊秀怡然，容泽白皙清润，整个人仿佛在夜幕中被一面柔和的发光网所笼罩。

英娥只觉得心里的郁气仿佛也渐渐飞散而去，眼睛比平时亮了几分。

“遵业，这么晚你怎么过来了？”

司马子如微笑着一步一步走到她面前，身上淡淡的酒气扑面而来：“英娥，我来带你离开这里。”

自从小太子死后，英娥和尔朱兆之间就有了隔阂，两人也已经好久没有见面。能在这个时候离开晋阳，离开尔朱兆，对英娥来说无疑是求之不得的事，更何况还是和司马子如一同前往。所以当司马子如的这句话传入耳中时，她明显怔了怔，密长的睫毛掀起一帘流光，定定看着他，像是在确认他所说的话。

司马子如不由得心里一软，伸手轻轻拨了拨她额前的碎发：“颍川王这次将六镇的一切事务都交给了贺六浑。为免节外生枝，我们最好在慕容绍宗回来前离开。”他顿了顿道，“六镇如今一片混乱，重新整顿也需要时间，这次我们可能会在那里待得久一些，少则几月，多则一两年。”

英娥眼中光彩更加明亮，语气也轻快了几分：“我们和师父一起去？那真是太好了！师娘和阿惠他们也会去吗？我已经好久没见他们了！”

司马子如无奈地叹了口气，眼中隐着笑意：“见到我无精打采，听到师父就跳了起来。你别忘了，我的心眼可是很小很小的。”

英娥眨了眨眼，语气中带了几分促狭：“难不成比针眼还小吗？”

司马子如眼中笑意更盛，忽然轻轻握住了她的手，略带强硬地将她的掌心放在自己的胸口上，压低了声音道：“那不如你来摸摸，是不是比针眼还小？”

温暖的体温透过衣襟传到手心，英娥的面颊一下子热了起来，她想要抽回手，不料却被他握得更紧。他缓缓低下头，淡淡的气息在她耳边萦绕。

“英娥，我的心眼真的很小很小，小得只能容下一个你。”

英娥没有说话，指尖却紧紧抓住了他的衣襟，心里仿佛有一股氤氲之气冉冉升起，轻柔地弥漫开来。

“以后我所有的宝贝，无论是赏的买的顺的还是骗的，都交给你来保管。”他目光温柔地看着她，笑容中略带戏谑，“对于一个视财如命的男人来说，这可是最大的诚意了。”

英娥立刻想起小时候被他用各种方法骗去的古董宝贝，原先的旖旎气氛顿时荡然无存。她重重哼了一声，没好气道：“你的那些宝贝，怕有一大半是我的吧！”

他忍着笑，揉了揉她的头发：“放心，我和我的那些宝贝，都是你的。”

英娥翻了翻眼皮：“我只要宝贝就好，没听过买猪肉还硬要搭一副排骨的。”

司马子如忍俊不禁哈哈笑出了声，英娥也忍不住抿起了唇。

至少，至少，他还是比排骨好看很多的。

就在两人相视而笑之时，英娥忽然想起之前那些侍女的碎语，心情一下子又低落下来。

“英娥，怎么了？”司马子如立刻察觉到她情绪上的微妙变化。

她咬了咬唇：“遵业，你告诉我，他们打算怎么处置陛下？”

司马子如似乎并不意外她提起这件事，静默了几秒后才答：“颍川王对他恨之入骨，打算这几天就将他枭首示众。”

英娥只觉得胸口一痛，抬起眼直直看着他，发出的声音带着自己从未听过的干涩：“遵业，我想见他最后一面。”

司马子如看着她的目光有几分复杂几分思量：“你放心，我会安排好，让你和他见上最后一面。”

在两天后的一个晚上，英娥终于等来司马子如的马车，在幽幽夜色中朝着关押元子攸的三级佛寺驶去。车轮轧着地面发出的声音，在一片寂静中听起来格外清冷。

在司马子如的安排下，她下了马车后便一路畅通无阻地来到了寺中。

通往上层的斑驳木制楼梯多年未修缮，每走一步就发出极为难听的咯吱声。她走得极慢极慢，似乎要费尽力气才能走完最后一级木梯。

迎面映入眼帘的是一扇虚掩的门，门内微弱的烛光轻轻跳动，将坐在窗前那人的投影拉得忽长忽短，忽而扭曲忽而摇晃，异常诡异。

英娥的目光缓缓向上移去——只见那人衣衫单薄，微微发着抖，却咬着牙忍耐着。他抬头迎着窗外的月光，白皙如玉的面颊上被镀了一层浅银光泽，恍若冬日里的冰雕。即使在如此落魄的情形下，他也不失与生俱来的优雅和最后的骄傲。

不知怎么，她忽然想起曾听司马子如说过的《诗经》里的一句话：有匪君子，如圭如璧。

然则——美玉最是易碎。

深深吸了口气，她轻轻推开了房门。

元子攸听到动静，却根本没有回头，语气淡淡：“尔朱兆，你今日还准备如何羞辱我？”

半天没有听到回音，他不禁有些惊讶，回过头看到英娥的一瞬如遭雷击，脑中一片空白，原先恍惚的目光剧烈震颤，手脚僵硬无法动弹，甚至连声音也发不出来。

在梦中出现过无数次的身影正静静站在门外，整个人在朦胧的光线下，空灵单薄得仿佛随时会消失一般。

“英娥，不要走！”

他脸上忽然露出慌乱的神色，猛地站起身想去拉她，不料左脚一个踉跄，全身立时失去平衡就这样重重摔在了地上。

英娥这才看到他的左脚脚踝上拴着一条不粗不细的铁链，她的心脏猛地一抽，顿时酸涩难当。他曾是高高在上的一代天子，怎么能沦落到这般凄凉境地？纵使他是自己的杀父仇人，也不该遭受这样的折辱。

她快步过去，伸手扶起了他，触手所及之处，他的皮肤比飘零的雪花还要冰冷。

两人四目相对，看到那双蓝色的眼睛如水晶般发着光，那些破碎又清晰的回忆瞬间胀满她的胸腔。

洛阳宫里初见，他和善可亲，替她涂抹伤口时那手指的温暖依然清晰。

被困冷宫面临危境，他给予她珍贵的信任，共同联手助她脱离困境。

被追兵逼得几入绝境，是他用自己的身体护住了她，那三支血淋淋的长箭险些要了他的命。那个深夜，那双深蓝眼眸中明亮得恍如能灼伤万物的地狱之火，她牢牢烙刻在心间。

他们曾彼此信任彼此慰藉，携手进退生死与共，可为何所有的记忆和情感，会在之后的岁月里变成人生的穿肠毒药？

“英娥，这一定是我在做梦，对吗？”元子攸苍白的面颊上涌起的潮红好似火焰在燃烧，他拖动着锁着铁链的脚，想要更靠近她一些，喃喃道，“能在临死前再做一场有你的梦，我已经知足了。”

他寂寥的面容，在这半明半暗的光线下更显孤凄。她的心几乎压抑得要爆开——他的命运又何尝是掌握在自己手中？他的一生是如此无奈，他对自己的宿命是那么无能为力。他的人生即将落幕，却从没拥有过自己的精彩。

“彦达……”她轻轻唤着他的名字，语调却意外地平静，“其实佛祖早就给这红尘历苦的人安排好了因果，人的一生就是一场很长很长的梦。一场梦结束，又会开始另一场梦。这一世如果不是好梦，那么下辈子，一定会是场美好的梦。”

元子攸身形一震，一种仿佛能震颤人心的悸动漫过了他的眼。他动了动嘴唇，竟没再发出声音，只是眼睛里多了几分光亮。

英娥解下身上的貂皮斗篷替他披上，又从怀里拿出一个精巧的瓷瓶，放在他面前。

“一国之君，无论何时都不能失去尊严，包括死亡。”

元子攸的目光落在了那个瓷瓶上，他几乎立刻就明白那里装的是什么。他抬眼，平静地凝视着她，眼底波光微澜，似乎想将她此时的面容深深刻在脑中。他的嘴角弯成了一个极为美丽的弧度，那是他送给她最后的微笑。

英娥的眼睛酸胀疼痛，却并没有泪流下。她蓦然起身，脚步踉跄地向门外走去。就在她转身的瞬间，忽听身后传来低沉破碎的声音：“对不起，英娥，对不起……”

英娥的脚步停顿了一瞬，片刻后她却还是快步走了出去。

她忽然想起那个和他一起逃离洛阳的夜晚，他的鲜血不停从伤口涌出，他神志涣散，让她一个人先走，她心急如焚，担心他就这么咽了气，对着他不顾一切地大喊：

元子攸，我要你活下去！我不许你死！

命运兜兜转转，如今，竟也是她，亲手将他送上黄泉路。

英娥一路脚步虚浮，推开了前去扶她的司马子如，沿着斑驳的楼梯一步一步往下走去……她现在只想远离这个地方，越快越好！

元子攸目送着她的身影彻底消失在自己的视线中，这才捡起那个瓷瓶，正要拔去塞子，却见又有一人走了进来。

看清来人时，他有些惊讶，但面上很快又恢复常色，淡淡道：“原来是遵业。英娥刚走，你还不赶紧送她回去？”

司马子如点了点头：“我自是要送英娥的。不过在这之前我有件事想要告诉你。”他顿了顿道，“还记得当初大将军金像未铸成之事吗？”

元子攸眉宇间掠过一丝不解：“当然记得，若是金像铸成，恐怕我那个时候就已经死了。不过天意如此，尔朱荣也无话可说。”

司马子如沉默了几秒，道：“金像未成并非天意，而是人为。”

元子攸何等聪明，瞳孔猛地一缩：“你说的这个人是——英娥？”

司马子如嗤笑了一声，什么也没再说，转身就走。

元子攸怔了片刻，忽然低低笑了起来，笑声越来越响，越来越尖锐，直到他的眼角流出眼泪。

原来人生最绝望的不是一直遇不见，而是遇见了，却从来没有得到，最后彻底失去。

若是时光可以倒流，他愿重回和她初遇的那一刻，陪她看花开花落，对她许下永远不变的誓言。

空瓷瓶砰一声掉在地上，顿时摔成白色碎片。

因缘和合，虚妄有生。因缘别离，虚妄名灭。

子夜时分，天空忽然下起了倾盆大雨，透明的雨点拍打着窗棂，发出噼里啪啦的嘈杂声，有不少雨水沿着窗子的缝隙漏了进来，转眼打湿了地面。案几上的烛火被风吹得摇摇晃晃，仿佛随时会熄灭。

英娥起身走到窗前，正要将窗子合拢一些，忽听阿素仓皇的声音在门外响起："皇后，皇后！"

英娥心头一跳："何事？"

"从三级佛寺传来消息，皇上，皇上已经薨了……"

英娥闭了闭眼，声音显得有些暗哑："我知道了。"

"听说……皇上临终还留下了一首绝命诗。"阿素的声音含着一丝悲怆。

英娥沉默了一会儿，还是幽幽问道："何诗？"

阿素低低的声音在雨夜中听起来却格外清晰，每一个字都沉甸甸地落在了英娥的心口。

权去生道促，忧来死路长。
怀恨出国门，含悲入鬼乡。
隧门一时闭，幽庭岂复光。
思鸟吟青松，哀风吹白杨。
昔来闻死苦，何言身自当。

案几上的烛火挣扎着跳动了几下，终于还是灭了。

英娥怔怔地站在窗前，被吹来的雨打湿了衣裳似乎也没有察觉。她只是想起了那晚洞房夜，左边红烛摇晃了几秒后倏忽熄灭，唯留右边那支还在燃烧。

左烛尽新郎先亡，右烛尽新娘先亡。

元子攸，来生，莫再投于帝王家。

晋阳，颍川王府。

房间里弥漫着一股浓烈的酒味，颍川王尔朱兆斜着身子倚靠在织锦软缎上，手持着倒满酒的酒觞，一腿略略弯曲，一腿却颇为不羁地搁在紫檀案几上。与洛阳的世家贵族公子不同，尔朱兆就像是草原上的鹰隼，无论是棱角分明的俊颜、线条分明的唇，或是高大健朗的体魄，无不充满男性的锐利与强悍。可此时，他的目光有些茫然地注视着不断跳跃的烛火，眉宇间透着显而易见的忧伤和担心。

"英娥他们走了有几天了？"他忽然开口问道。

在一旁随侍的心腹内侍小心翼翼道："回王爷，好像走了有十多天了。"

尔朱兆蹙着双眉，脑海里浮现那日英娥临走前唤他王爷时冷淡的态度，整颗心又不由得纠结在一起，又酸又痛。

“她叫我王爷，英娥她叫我王爷，她竟然不再叫我阿兆哥哥了……”他喃喃重复着，一脚将搁腿的紫檀案几踢出去老远。

内侍看着这样的尔朱兆，心里不免也有些唏嘘。天不怕地不怕的颍川王杀人灭门毫不眨眼，对着自己的妹妹偏偏无计可施。那晚明明是皇后送了毒药让元子攸自尽而亡，王爷知道后不但没有半句责怪，反而对外宣称是自己将元子攸勒死，就怕皇后担上弑君杀夫的罪名。

“王爷既然不舍得皇后，又为何同意她离开呢？”内侍犹豫了一下，还是忍不住说道。

尔朱兆握紧手中的酒觞，沉默了半晌道：“英娥她还在怪我，不如就让她随贺六浑和遵业一起离开，或许过些时候，她渐渐淡忘这件事，就会原谅我了。”

“王爷，再怎么说您也是她的兄长，这血缘亲情又哪能断得了。想必等皇后想明白了，很快就会和王爷和好如初。”内侍低声劝道。

尔朱兆素来是情绪化的人，情绪来得快去得也快，被内侍一劝觉得很是在理，精神顿时为之一振，哈哈笑了起来：“没错！老子和英娥可是从小一起长大的好兄妹，咱们之间的情谊又岂是寻常人能比的！”

内侍松了一口气：“王爷，夜色不早了，还是早些休息吧。”

尔朱兆正欲点头，只听门外传来侍卫的声音：“王爷，慕容大人前来求见！”听到这个名字，尔朱兆顿时酒醒了几分，喜道：“是绍宗回来了，快让他进来！”

他的话音刚落，一位身材修长挺拔的男子就推开房门大步走了进来。但见他肤色白皙如玉，面容俊秀似画，果然不负慕容家满门美人的血统。只是这位美人微沉着脸，似乎心情极为不悦。

“绍宗……”

“王爷，贺六浑此人放不得！”他一开口就打断了尔朱兆的话。

尔朱兆脸上的笑容微微滞了一下。

“王爷，如今四方纷扰，人心各异，贺六浑素有雄才野心，若让他去了六镇，只怕是放虎归山，再难以驾驭！”

尔朱兆露出不以为然的神色，用肯定的语气道：“我和贺六浑已经结拜为兄弟，他是不会背叛我的。”

慕容绍宗气得脸都变了色，简直想将尔朱兆的脑袋用力晃一晃：“王爷，在权力面前，亲兄弟都自相残杀，更何况是结拜兄弟！”

尔朱兆有些不耐烦道：“贺六浑不是那样的人，是绍宗你多虑了。”

“王爷！”慕容绍宗也恼了，上前一步，“您可记得大将军生前曾说过什么？他说过您最多只能领三千军，以后能代替他的，唯有贺六浑一人！”

这话显然戳到了尔朱兆的死穴，他怔了怔，脸色果然也绷了起来，不免犹疑道：“那现在应该怎么办？”

“当然是王爷您亲自带兵将贺六浑追回来！”慕容绍宗毫不犹豫地说道。

尔朱兆苦恼地挠了挠头：“可是他们已经离开好些天了，而且这好端端的老子也没借口让他们回来啊！要不然在别人眼里，老子不是成出尔反尔的小人了！”

慕容绍宗背对着他，观望着墙上的舆图，幽幽道：“按路程算，再过十来天，他们就能到太行山附近了。正好，我有些朋友在那里行商。”

尔朱兆一脸疑惑，不明所以。

慕容绍宗忽而一笑：“既然王爷需要一个借口，那么，我们就制造一个让贺六浑无法辩驳的借口好了。”

尔朱兆霍然抬头，却见对方细长优美的眼中露出了一抹意味不明的笑。

高欢一行越过太行山到达漳河边时，已是二十多天以后。

夕阳落在胡树林的尽头，玫瑰色的余晖染上叶梢，为这萧瑟的傍晚平添了几分暖意。不远处，已经解冻的漳河静静流淌，还有一些没有完全融化的冰块随流漂远，恍如水晶折射出浅金色的光。

一身黑衣的英娥在河边驻马而立，沉默地注视着那流动的江水，眼中隐隐浮现和她年纪不符的迷离怆然。

“我们现在离洛阳已经越来越远了。”司马子如策马行至她身旁，“过了这漳河很快就能到六镇了。”

英娥低低应了一声，却没再说话。

司马子如侧脸看了她一眼：“英娥，你可知关于这漳河的传说？”

英娥不禁有些好奇：“什么传说？”

“传说很久很久以前，这里本来只是个小水潭，结果有个女子受了委屈，就坐在潭前不停哭，哭得这潭水噌噌往上涨，越涨越多，到最后居然成了一条河，人们就将它称为涨河，因为音同，所以也被叫作漳河。”

“你是说，这条河是一个女人哭出来的？”英娥瞪大了眼睛，“你蒙谁呢！”

“当然了，不然为何有泪流成河这个词呢？”他的嘴角有促狭笑意一闪而过，“世间万物，无奇不有。你不知道、没见过并不代表这奇迹不存在。”

“这怎么可能……”英娥见他一脸振振有词的模样，下意识少了几分底气，小声道，“难道不是你胡扯吗？”

司马子如笑吟吟地看着她："没错，就是胡扯。不过，好像有人就快信了。"

英娥沉默了几秒，随即挥手一鞭子甩了过去。司马子如娴熟无比地侧身躲过，笑而不语。

"遵业，你又在捉弄英娥了。"不远处的高欢回过头来，看着英娥的眼中隐有笑意。

"师父，遵业欺负我，帮我！"英娥急忙寻求援军。

"好，到时就罚他把你的坐骑好好洗刷一遍。"

"好主意，我得让我的马在泥坑里先打几个滚！"

三人说笑了一阵后，英娥的情绪明显好了许多。

"这一路过来倒是顺利得很。"高欢的目光落在了队伍的最后，"还多了三百多匹好马，也算是意外收获。"

司马子如点了点头："只是在太行山，那卖马人将马匹以如此低价贱卖给我们，总觉得有些蹊跷。"

"你呀，就是因为想得太多，所以才老得快！"英娥不失时机地报复了一把。

司马子如微微一笑，倒是高欢心里有些不是滋味，虽然自己正处于一个男人最具有魅力的年纪，但和英娥相比……他压住了心头的烦躁，立刻转移话题："遵业，你看我们是不是让大家在此休整一个时辰，吃些干粮再过桥渡河？"

司马子如抬头观望天色，摇了摇头："不行，就快要下大雨了，我们必须尽快渡河，越快越好！"

听了司马子如的话，高欢立刻让众人动身过桥。当一行人走到桥中间时，忽闻远处传来一阵凌乱急促的马蹄声。

高欢神色一凛，大声喝道："快！速速过桥！"

远处的马蹄声转眼间近在咫尺，在漫天飞尘中，人影隐现，为首之人更是一马当先，纵马朝河边疾驰而来，但见他身材高大眉目英挺，满身疲惫也遮挡不住他周身散发的野性彪悍之气——正是颍川王尔朱兆，紧随在他身后的则是慕容绍宗。

见尔朱兆来势汹汹，高欢自然知道不妙，急忙让众人加紧过桥。他深知此时若是折返让两方人马正面对上，事态将更加难以控制。

司马子如抬头，但见云层越来越低，渐大的风势吹得积云层层翻涌。

他心念微动，或许，这会是一场及时雨。

眼看着尔朱兆的人马离河岸越来越近，英娥眉心微凝，掉转马头欲往回走。她刚行了一步，就被一旁的司马子如扯住衣袖。

"英娥，你要做什么？"

英娥回答得也是干脆利落："我先去拖住他。"

司马子如皱了皱眉，正要说话，却被英娥堵了回来。

“别婆婆妈妈了，先过了桥再说！”英娥垂眸看着他拉着自己衣袖的手，眼中飞快闪过一抹柔色，“放心吧，他是我的阿兄，绝对不会伤害我的。”

说着她用力将自己的衣袖从他手心里拽离，策马往桥尾走去。

在桥首的高欢看到英娥的举动，立刻猜到一二，心里一急冲着司马子如喊道：“遵业，快拦住她！”

司马子如凝视着英娥的背影，墨色的眼眸，如映着月影的湖水，微微摇曳。

“让她去吧。”

尔朱兆带人追到桥头，看到高欢一行已经过去大半，顿时火冒三丈，当即大骂起来：“贺六浑，你给老子回来！”骂了几句，见高欢没有丝毫反应，他更是气急败坏，正要下令让众骑兵过桥继续追，不料刚踏上桥面，一骑人马就倏忽而至，挡住他的去路。尔朱兆正要发怒，定睛看清来人那明媚的面容时，刚才还被怒气充斥的眼眸就如春风化雪般融化了。

“英娥，你——”

“不知王爷千里迢迢追来所为何事？”她语气冷淡地打断了他的话。

听到“王爷”两字，尔朱兆只觉心口好似被重重捶了一拳，眼圈竟一下子红了起来，语气莫名有些委屈：“英娥，你从来没有对我生过这么长时间的气……”

对方却只是淡淡看着他，那种陌生的眼神，就像是在看一个完全不认识的人。

尔朱兆心头的委屈愈加强烈，胸口仿佛有种火炙的感觉往上蹿。他双眼有些模糊，眼前的冷淡女子似乎也渐渐幻化为只有七八岁的模样，如琉璃般明澈又如小狐狸般调皮狡猾的女孩，总是笑嘻嘻地跟着他，不停地喊：阿兆哥哥，阿兆哥哥……

他的声音嘶哑了几分：“英娥，你到底要和我闹到几时？我们之间连话都不能好好说了吗？”

英娥目中波光微动，似是想起幼时的情景，神色也有些恍惚。但这只是一晃而过，她很快又硬起心肠，扭过头：“王爷还没说究竟为何来此。”

尔朱兆瞬间气血上涌，双目灼灼地盯着她，一时竟忘记了此行的目的。还是慕容绍宗忍不住在一旁出声提醒之后，他才发现高欢的人都已经陆续过了桥。尔朱兆虽然性子野了些，却并不笨，立刻明白了英娥拦在这里的目的，心中更凉了几分。

“英娥！”

他一声大叫之后，原本就黑压压的云层像是承受不了重量般压了下来，闪电在天边闪烁，忽明忽暗，少顷，豆大的雨点便铺天盖地倾盆而下。

在雨点刚落下没几滴时，就见司马子如已经策马冲了过来，眼明手快地用自己的大氅将英娥整个人罩了起来。

英娥一怔，撩起大氅抬头望去，那人正满眼缱绻爱怜地看着她，一开口声音却又带了几分促狭：“变成落汤鸡会很丑哦。”

英娥心底千绪迭起，神思微微荡漾，夹杂着一丝淡淡的甜。

她唇边浮现一抹狡黠的笑，忽然低头捂住自己的腹部，皱眉抿唇，似是有些疼痛。司马子如面上有担忧之色一闪而过，立刻勒住马头凑了过来：“这又是怎么了？哪里不舒服？”

话音刚落，他眼前忽然一黑，原来英娥扬手将另一半大氅盖在了他的头上。

在黑暗中，他忽而笑了起来。

小小的空间里，两人近在咫尺，彼此的呼吸清晰可闻。虽然谁也没有开口，却有一种胜过千言万语的情愫弥漫在两人之间。

此时此刻此地，仿佛远离一切尘世喧嚣，两人在这小小的空间里自成一片天地。

站在对岸的高欢静静注视着两人相近的身影，心底仿佛滋生出一根名为嫉妒的藤蔓，缓缓攀爬缠绕……

雨势越来越大，漳河水也几乎以肉眼能见的速度暴涨，将原本失修的木桥冲得摇摇欲坠，忽听有人惊叫道：“桥垮了！”

在木桥被冲垮的一瞬间，反应极快的司马子如已经护着英娥冲下了桥，在一棵枝叶繁茂的大树下暂时停歇。

幸好这场暴雨来得快，去得也快。待雨停云歇之时，漳河水也渐渐退去，再度恢复平静。高欢并未离开，反倒令人就地扎营，对尔朱兆隔水遥拜，朗声道：“王爷到底所为何事？”

尔朱兆想起此行的目的，飞快看了一眼慕容绍宗，朝着高欢怒喝道：“贺六浑，你在太行山强行以低价抢了三百良驹，可有此事？”

高欢心里咯噔一下，立刻明白原来是有人给自己设了套。以尔朱兆的性子绝想不出这样的法子，那么肯定是他身边的人支的着儿。

果然慕容绍宗一招手，一个随行的矮小男子被人带到了队伍前，正是当日将马贱卖给高欢他们的贩子。

“要不是这人来传信，我们都不知道贺六浑你竟如此大胆，根本就不把王爷放在眼里。”慕容绍宗冷声道。

只听那贩子带着哭腔道：“那马本是要进献给王爷的，可小的说了还是被他们强行低价抢了。”

英娥怒道：“胡说，那日你将马卖给我们可不是这么说的！你说，是谁指使你这样做的，我非割了他的舌头不可！背后偷偷摸摸，可不是大丈夫所为！”

尔朱兆下意识地闭上了嘴，心里其实已经有些后悔听从慕容绍宗的话。但就这样让高欢带人离开，他又有些说不出的堵心。

司马子如留意着他的神色，开口道：“王爷，贺六浑自得王爷之令前往六镇，这一路丝毫不敢怠慢，日夜兼程，生怕负了王爷所托。无奈人弱马瘦，一路难行，贺六浑生怕辜负王爷嘱托，在半路上见此人贱卖马匹，这才咬牙买下。他并不知这是要送给王爷的马，若是知道，按他的性子只会直接向王爷借马暂用，哪用得着这等不入流的手段。”

尔朱兆脸色忽红忽青，更觉尴尬。

对岸的高欢索性拔下腰间的长剑，哽咽大声道：“贺六浑只怕耽误了赶路无法和王爷交代，因此才仓促买下这些马。今日若王爷要取我性命，简直易如反掌。贺六浑人微言轻，死不足惜，只担心六镇军民再次叛离，于王爷的大业平添许多麻烦，我实在是死难瞑目。”说到此处，高欢似是难以控制自己的情绪，泪如泉涌。

英娥也有些愕然，显然没想到师父还有演技如此出众的一面。司马子如眼中闪过淡淡笑意。

尔朱兆更是从未见过高欢这个样子，一时有些傻眼，听高欢言语间又是委屈又是无奈，更有以他为尊的态度，对高欢原来的不满顿时去了大半。他本就是性情中人，想法也简单粗暴，这样的高欢，处处为他着想，又怎么可能背叛他呢。

因此他不顾慕容绍宗的阻拦，大声回道：“贺六浑，我根本就没想要取你性命。你我可是结拜的兄弟！我今日就以此河发誓，绝不命令手下过河。你要是不信，我一人一骑过去就是了！”

高欢的哽咽声滞了滞，他似乎也没料到会有这样的发展。还不等他劝说婉拒，尔朱兆已经将马背上的东西取下，跃马纵入漳河之中，还不忘回头道：“英娥、遵业，你们也一起！”

英娥和司马子如相视一眼，便也照着他的样子纵马入水，幸好现在漳河水退，几人扶着马倒是顺利蹚过漳河，到了河对岸。

高欢将尔朱兆迎进帐内，一番行礼后又道：“王爷，你我已经结义为兄弟，却遭小人挑拨，险些兵戎相见，若真到了这一步，岂不愧煞朗朗天地！”

尔朱兆心中震动，眼圈发红，索性解下自己的佩刀递给高欢：“贺六浑，你要觉得我不够兄弟，干脆就用这刀砍了老子的头！老子绝无怨言！”

高欢接过刀，双手微微颤抖，接着就将刀掷于地上，再度哽咽道：“自从大将军过世，贺六浑何所倚靠，唯愿王爷千岁万岁！”

尔朱兆听得心头一跳。这世上又有谁能被称为万岁？高欢这话里的意思再明显不过了。

这一番唱念做打下来，尔朱兆从晋阳带来的腾腾杀气渐渐化为乌有。两人更是杀了白马再度宣誓，永证和好。

尔朱兆当晚更是喝得大醉，留宿在高欢营中。而高欢回到自己帐中时已是夜深，直到此刻他高悬的心才算是放了下来。

他疲惫地揉了揉眉角，只觉头也晕得厉害。

“大人，要不要小的吩咐他们去生火做个醒酒汤？”一旁的心腹侍从小心翼翼道。

高欢摇了摇头，看了看欲言又止的侍从：“怎么，有话要说？”

侍从一咬牙，压低声音道：“大人，如今尔朱兆正独身一人在此，正是杀他的绝好机会！”

高欢眉心一跳。

“大人这次是逃过一劫，若是下次尔朱兆再动了杀心，那又该当如何？还不如先下手为强！”

高欢沉默了几秒，表面看起来虽依然平静，内心却翻腾不已。

就在这时，门外传来英娥的声音：“师父，你在吗？你若是还没歇着我可进去啦。”

高欢按捺住纷乱的心情：“是英娥啊，快进来。”

话音刚落，只见英娥端着一碗汤水脚步轻盈地走了进来，笑道：“师父，你今天喝了不少酒吧，我特地生火熬了点醒酒汤给你，快点趁热喝了！”

高欢心口涌起一股暖意，更有淡淡的喜悦：“到底是长大了，懂事了。”

英娥眨了眨眼：“我从小就很懂事，不然师父怎么会这么疼我？”

高欢不禁笑起来，意味深长地看着她：“你知道师父最疼你就好。”他顿了顿道，“时间不早了，你也快点去歇了吧。”

英娥放下汤碗，翻了翻眼皮：“这不那边帐里还躺着一个嘛。那家伙老以为自己酒量好，其实才没有呢！好了好了，等他明天赶紧回去，咱们就能离开这里了。”

高欢的眼神暗了暗，看来他还是低估了尔朱兆在英娥心目中的地位。或许这血缘亲情，是无论发生什么都无法割舍断开的。

待英娥离开之后，侍从忍不住道：“大人……”

“此事万万不可。”高欢断然否决，“此时杀了他是易如反掌，但一旦动手，就是和整个尔朱家族为敌，我们实力尚弱，一不小心就会满盘皆输，倒不如留着他，让尔朱家族互相牵制，以便我们渔翁得利。”

侍从连连点头：“还是大人有远见！”

高欢微微笑了笑，目光复杂地落在腰畔那个旧钱袋上。那些借口是不假，但他更清楚，若是杀了尔朱兆，他的小姑娘永远不会原谅他。

高欢一行到了六镇后，发现那里的情形比想象的还要糟糕。由于一直天灾不断，当地田地几乎颗粒无收，镇民饥饿潦倒，甚至到了抓田鼠充饥的地步。高欢和司马子如等人商量之后，当即决定带着这些人迁往相对富足且汉人较多的河北一带，经过一路跋涉，最终在信都住了下来。

时光似流水奔流不止，待安置完这十几万人，一切事务也渐渐走上正轨时，转眼冬去春来，很快就到了来年夏天。这期间，各路豪杰如高敖曹兄弟、李元忠以及当年的故交等纷纷闻名前来投奔，就连朝廷也封了高欢为渤海王，征召他入朝。但高欢怎么可能再让自己置身险境，索性采用拖字诀，领了封赏谢了朝廷，就是打死也不去洛阳。

山高皇帝远，朝廷对他也是无可奈何，只得继续用怀柔拉拢策略，先后又封他为东道大行台及翼州刺史。与此同时，洛阳朝廷里也是一片混乱。留守洛阳的尔朱世隆擅自废去了尔朱兆所立的长广王元晔，改立广陵王元恭为帝。尔朱兆闻之大怒，差点就要从晋阳直接举兵攻进洛阳，虽说最后被慕容绍宗等人劝了下来，但尔朱氏之间的裂痕已不可避免。

信都，渤海王府。

晌午的天空蓝而高远，天气难得晴朗，充沛的阳光透过繁茂的枝叶，投射在后院波光粼粼的湖面上，泛起层层金色光芒。

湖边的年轻女子正聚精会神地执着鱼竿，琉璃色的双眼一眨不眨地盯着湖面上的浮标。阳光落在她美丽的侧脸上，抿紧的唇线带着柔软的弧度，嘴角那一点点笑意泄露了些许俏皮气息。

坐在她左首的少年十来岁，容貌和高欢有七八成相似，一双茶色眼眸流转生辉，可见将来长成之后是何等绝代风华。此时他正弯着腰殷勤地拿着布巾子给她拭着额角的汗，笑嘻嘻道："英娥姐姐，我看你是怎么都钓不上来的。"

英娥给了他一个白眼："阿惠，你居然看不起姐姐我？"

这位小字阿惠的美少年正是高欢和娄昭君的嫡长子高澄，他自小就和英娥亲，因此虽然隔了几年时光才再次见面，两人之间的感情却有增无减。

高澄眨眼一笑："英娥姐姐可听过庄子《齐物论》里的一段话？毛嫱，丽姬，人之所美也，鱼见之深入，鸟见之高飞，麋鹿见之决骤，四者孰知天下之正色哉？这湖里的鱼见到英娥姐姐的美貌，都自卑地沉到了水底，又怎么能被你钓上来呢？"

英娥怔了怔，忽然哈哈笑了起来，下意识如小时候般伸出左手捏了一下他的面颊："你这孩子，小小年纪就这么能胡诌，将来不知多少女子要被你哄得晕头转向。"

高澄脸颊上难得微微红了一下，嘟哝了一句：“我不是孩子了。”

英娥的笑容更加灿烂，她想了想又道：“不过，我书念得不多，这鱼也沉了鸟也飞了鹿也跑了，听上去怎么都像是被吓的……不像是个美人，倒更像是个丑八怪呢！”

这下轮到高澄笑出了声。

两人说笑着，并没留意到距离他们几米远的树后，正站着一个五六岁大的小童，他容貌平平，肤色略深，面颊上还有些尘渍，只从那双茶色眼睛才依稀看出几分渤海王的风采。小童偷偷注视着那个方向，想要过去却又不敢踏出一步。

英娥感觉附近好像有什么人正在窥视这里，四下张望时忽然发现湖面的浮标总算动了起来！英娥不由得大喜，赶紧用力拉起鱼竿——不料这次上钩的猎物有点出乎意料地重，她连着拉了几下居然没拉起来，倒是那竿子似乎快要承受不了重量，渐渐弯了过去。她生怕钓竿断了一场空，不得不大叫起来：“阿惠，还愣着干吗？快来帮忙！”

高澄忍着笑伸手拉住鱼竿用力往上一提，那猎物总算被拉出水现了形——竟然是条足足有半人高的大草鱼！

英娥瞪大了眼睛，喃喃道：“我这是把鱼妖精给钓上来了吧。”

大草鱼不停挣扎着，在钓竿收回时终于挣脱钩子，啪的一声摔在了几米开外的岸边。眼看着它又要扭着身子蹦跶回湖里，只见一道小小人影如一阵风般冲了过来，双手紧紧抱住那条大草鱼在地上滚了好几圈才停下来。

英娥赶紧扔下鱼竿跑过去，忙不迭扶起那小人儿，不由得惊讶道：“子进，怎么是你？怎么样？有没有受伤？”

小童却扭过脸，并不回答。

这小童正是高欢的嫡次子高洋。英娥离开北秀容嫁到洛阳时，高洋刚出生不久，再加上小高洋性子较为内向，因此英娥和他自然不如和高澄那么亲密。

高澄一脸嫌弃地走了过来，目光在高洋的面颊上扫了又扫，皱眉道：“本来就丑，现在更不能看了！还不过来！”

高洋放下鱼，倒是乖乖地走了过去。

高澄脸上依然是一副嫌弃死了的神色，手中却已经拿了帕子擦拭高洋脸上的污渍，嘴里却还忍不住叨叨：“你到底是笨还是蠢啊，万一掉进湖里怎么办？要是我高澄的弟弟为了条鱼淹个半死，传出去我不要面子的啊！”

高洋像个鹌鹑似的低垂着头，眼中却隐隐有几分欢喜。

英娥目光灼灼地望着那条大鱼，短短一瞬间心里已经想到了不少于十种吃法，但出于客气还是问了句：“阿惠、子进，你们俩想怎么吃这条鱼？”

高家兄弟毕竟还有些孩子心性，不禁也你一句我一句地讨论起来。澄明的阳光透过树叶的缝隙，照耀着眉飞色舞的年轻女子、微微笑着的少年、眼睛闪亮闪亮的小童，还有那条依然扑腾个不停的大鱼，映着碧水绿树，仿佛构成了一幅恬静平和的画卷。

从不远处走过来的高欢和司马子如正好将这一幕看在眼中，两人对视一眼，在彼此眼底看到了同样的欣慰。

高澄眼尖，早就看到了他们，笑着打起招呼："父王、遵业叔叔。"

高欢见自己的两个嫡子和英娥相处甚好，心情格外愉快，笑道："怎么，又缠着你们英娥姐姐了？"

高洋指着那条还在蹦跶的鱼："大鱼！"

高欢和司马子如这才留意到这条鱼的大小，不禁都微微惊讶。

"师父、遵业，我这钓鱼的本事可不是吹来的吧，"英娥笑眯眯地凑过来，脸上明显写着"赶快夸奖我"。

司马子如忍俊不禁："英娥，你打算怎么吃这条鱼？"

"当然是师娘最拿手的蜜纯煎鱼呀！把这鱼切成一块块，再用醋、蜜、盐浸渍半个时辰，再用膏油煎成红色，那简直是人间美味！"英娥的眼睛都比平时亮了几分，可惜现在是夏天，不然用鱼肠做酱，或是将鱼肉做成鲊，都美味得很呢。

高欢看着她的眼神带了几分宠溺："好，晚上就让昭君做给你吃。然后配上缹茄子和蒸藕，再做一些截饼，都是你爱吃的。"

"阿爹只记得英娥姐姐爱吃什么，儿子可要吃醋了。"高澄故意做出的委屈样果然取悦了高欢，挨了一下亲爹的打却还是甘之如饴。

相比较高澄，高洋就沉默得多。他的目光始终停在自己的兄长身上，有钦慕有崇拜有艳羡，也有一些他自己也没察觉到的渴望。

待高欢父子三人拎着大鱼离开后，湖边只剩下了英娥和司马子如两人。在司马子如面前，英娥也不再掩饰自己的情绪，脸上的笑容明显敛了几分。

"遵业，如今我们尔朱一族很不得人心是吗？你也不用瞒着我，我听闻天下人对我们尔朱氏可是咬牙切齿呢。"

司马子如侧过头，就这么眼睛一眨不眨地看着她，从垂落面颊的墨发、小巧的鼻尖、形状优美的唇再到她那两排完全遮住情绪的密长睫毛。

"英娥，我并不打算瞒着你，只是考虑在一个合适的时机告诉你。没错，如今尔朱氏在魏国的统治，可用暴虐来形容。你阿爹过世后，尔朱家族的人就各自占据地盘，尔朱兆所在的晋阳民怨四起，尔朱世隆身为尚书令，朝中大小事只在家中拍板，更胡乱加封授衔，只要行贿数目够大，人人皆为将军——"

“简直荒唐透顶！”英娥竖起眉毛，“这样下去，岂不是要亡国吗？”

司马子如哂笑：“你呀，就是口没遮拦。”

“难道不是吗？尔朱家的这些叔伯，谁又真正为百姓考虑过？”她垂下眼眸，“到最后受苦的不还是大魏的子民吗？若是再这样下去，亡国是迟早的事。”

“所以会有人阻止他们。”

英娥身子微微一震，似是明白了他话中的意思。

空气仿佛在一瞬间凝固，她弯腰捡了石子用尽全力扔进湖里，看着一圈一圈涟漪消失在水中，幽幽道：“遵业，将来师父和我们尔朱氏总有兵戎相见的一天吧？”

司马子如轻轻牵住她的手，声音仿若温润的东珠：“佛曰过去心不可得，现在心不可得，未来心不可得。过去的已经过去，现在也马上要成为过去，未来还没有到来。既然还没到那一天，一切就顺其自然吧。朝代的更迭、命运的无常，并不是我们能够掌控的。”

英娥心绪不宁地点了点头，真到了那一天，身为尔朱氏的她，又该如何选择呢？

此时，远在关中的宇文泰也查到了自己长兄宇文颢唯一在世的儿子宇文护的下落，并派人将他接到了平凉的府中。

刚满十八岁的少年身形挺拔，宛如朝阳般充满活力，爽朗而热烈的性子让人一见便喜欢，那双黑中泛着蓝的漂亮眼睛更是如宝石般晶莹剔透，看容貌和宇文泰倒有几分相像。

宇文泰难得露出了柔软的笑容，伸手拍了拍他的肩道：“萨保，你阿爹给你起的这小字好，多亏菩萨保佑，才让你我叔侄再见面。”

宇文护也笑道：“虽说知道阿叔比我大不了五六岁，可见着真人比我想象的还要年轻。”他顿了顿，朝四周张望了一下，“阿叔，我的堂弟们呢？”

宇文泰的笑容明显凝固了一下，倒是一旁的贺拔岳哈哈大笑起来：“你的堂弟们还不知在什么地方呢，谁叫你阿叔至今还不肯娶妻。”

宇文护显然也有些吃惊，这个年纪尚未成亲的男子确实不多。

宇文泰有些尴尬，又嘱咐宇文护几句后就让他先去休息了。待他一转身，就见贺拔岳一脸肃容地看着他。

“阿泰，你不想娶妻没关系，但一个男人没有子嗣，又何谈什么功业？你听我的话，先收两个妾侍，生几个孩子。”

宇文泰沉默着，半晌才道：“我不着急。”

贺拔岳无奈地看着他，忽然似是想起什么：“那么皇族贵女如何？我看平阳郡王那两个妹妹也不错啊，尤其是郡王的嫡亲妹妹，明摆着对你动了心思。不过论美貌，还是那元明月更胜一筹。”

宇文泰脸上的表情冷了几分，自从上次去寺庙的路上救了那平阳郡王元修及其家眷，那元修的嫡亲妹子就频频随兄长来府上，着实让人头疼。

“这等无聊的事有什么好说的。”宇文泰皱着眉转移了话题，“对了，如今尔朱氏倒行逆施民怨沸腾，阿兄可有什么想法？”

贺拔岳叹了口气：“可惜大将军去得太早。当初他还在时，虽说一手遮天，好歹还镇得住，可现在你看……”

这就好像原来是由一只狮子统治着，手下的狼还算守规矩，其他小动物还有点活路，可狮子一死，豺狼当道，无所顾忌，首当其冲遭殃的就是那些小动物，接着就是更大一些的，逐渐被吞噬干净。不知有多少人盼着救世的英雄尽快出现，救民于水火。

宇文泰看了信不慌不忙地说着，抬眼看向贺拔岳：“阿兄，你看看谁担得起这大任？”

贺拔岳想了想道：“虽说我和贺六浑素来关系不好，但实话实说，他或许真担得起这大任。要不然我那两兄弟怎么都奔他那里去了？对了，就连英娥也跟着他去了信都呢。”

宇文泰怔了几秒，才开口道：“其实阿兄掌控着关中地区的势力，也不是不能担此大任。”

贺拔岳眼睛亮了一下，又很快摇了摇头：“我不行。我还是好好守在这里吧。”

宇文泰也不再多说，望着窗外出神，眼瞳幽远深邃如夜空，有不易被人察觉的轻微失神，如丝缭绕。

入夜的渤海王府里一派热闹，女主人娄昭君虽然身为渤海王妃，却并不为这层身份所束缚，兴之所至依然愿意为夫君、孩子们洗手作羹汤。如今暂住在王府里的英娥和司马子如自然也经常结伴前去蹭吃蹭喝。与其说是美食的诱惑，倒不如说是这种家人一同用餐时的气氛，让英娥仿佛有种回到彼时北秀容的错觉。

那时的她，少年不知愁滋味。

今晚的菜式看得出娄昭君花了些心思，除了英娥钓的那条大鱼做成了蜜纯煎鱼，还有道白焦肉，即将新鲜猪肉用盐、豆豉和水煮熟，捞出后切成片另加葱白、小蒜和豆豉清汁煮成，口感鲜咸，在夏日吃最是开胃。相配的几道素菜，如焦茄子，是将茄子用骨刀破四开，先用沸水焯一遍，再加入香酱、葱白同煮，最后撒上一层椒姜末。蒸藕则最为英娥所爱，做法也较为简单，用蜂蜜灌入藕孔，再用酥油面封住藕孔蒸熟，吃时去掉酥油面，倒了蜂蜜，再将藕削皮切片即可。

菜肴一端上来，偏厅里顿时弥漫开令人食指大动的香味。英娥时而和左侧的高澄说上几句，时而和右侧的司马子如交流一下，倒是忙得不亦乐乎。

高欢有些疲惫地坐在上首，身旁跳跃的烛光在他俊美的脸上投下一片斑驳的光影，令人看不清他的神情。

“英娥，这些都是你爱吃的，你可要多吃点才行。”娄昭君微微笑着，又对下人吩咐道，“今天的鱼不错，王氏喜食鱼，她那里也送上一份。”

英娥下意识地抬头去看坐在对面的一个三四岁的小男童，那是高欢的庶子高浚，他的生母就是那位王氏姬妾。这王氏是个寡妇，据说跟了高欢当月就生下这孩子，所以府中偷偷传这孩子并非高欢亲生。不过娄昭君倒是一直善待他们，吃穿用度上并无丝毫克扣，甚至连高浚的衣衫，有时她都会亲手缝制。

除了王氏之外，高欢亦有穆氏、韩氏等几位姬妾，平日里用餐时她们是不出现的。

“有了师娘这么好的女人，还要纳什么姬妾，身在福中不知福。”英娥小声道。不等司马子如说话，高澄倒先开了口：“这世上的女子各有各的美，自然是多多益善，男人多纳点姬妾又算什么？不过我听人说妻不如妾，妾不如偷，这偷的滋味才是最好——哎呀！”

“去去去！黄毛小儿胡说些什么！我耳朵要长针眼了！”英娥拿起截饼塞进了他的嘴里，“离我远点！”

高澄被噎得翻了个白眼，连连咳了几声。

司马子如忍俊不禁，不忘落井下石：“将来阿惠必定是位风流人物，说不得还能留名于青史。”说着，他将剔除了鱼刺的鱼肉放入英娥面前的碟子中，低声道，“别光顾着说，快把这些都吃了。”

英娥应了一声，回给他一个灿烂的笑容，放心地大口吃起来。

虽然她还在孝期里，但按照契胡人的传统，百日素食后即可开始沾荤腥，因此英娥之前确实饿瘦了一圈，看到荤腥连眼睛都绿了。

高欢将几人的互动收入眼底，深邃的茶色眼眸中带着点摸不清的东西。在他那些清晰又遥远的回忆中，似乎也有相似的情景——小小少女亲昵地靠在他身边，等着他小心翼翼将鱼刺剔净，再放心地大口吃下去……

到底是从什么时候开始，他连这样照顾她的权利都完全失去了呢？

他握着酒盏的手猛地紧了紧。

就在这个时候，门外忽然传来侍女焦急的声音：“王爷，韩姬身体抱恙，今天一日都没吃东西了，奴婢求王爷过去看看。”

偏厅里的气氛似乎滞了滞，众人不约而同地望向高欢。

这位韩姬是高欢小时邻居韩轨的妹妹，也是高欢情窦初开时的初恋。当初年少的高欢向韩家求亲，却被韩母嫌穷拒绝，将韩氏另嫁他人。如今韩氏新寡，转而投奔高欢，因有着少年时的情分，再加上亲兄韩轨也算高欢的心腹，这位美人平日里就最擅用不入流的法子争宠，有时甚至不把娄昭君放在眼里。

高欢轻蹙了蹙眉："既然抱恙，为何不请府医？"

那侍女进得门来，怯怯看了娄昭君一眼，嗫嚅道："奴婢怎么也找不到王妃，没有王妃的允许，奴婢……"

"你这是什么意思？"高澄的脸一下子沉了下来。这婢女话里话外怎么听都是母亲故意不请府医的意思。

侍女似是吓了一跳，扑通一声跪了下来，哀求道："王爷，还请去看看韩夫人吧，夫人可是一直念着王爷呢，说不定看到王爷病也会好得快一些……"她顿了顿，眉梢眼角流露几许难掩的得意之色，"夫人说年少时，每每她生病，王爷都会哄上半天呢……"

娄昭君眼神黯了黯，但还是露出雍容得体的笑："王爷，不然您还是先去看看韩氏……"

"我倒不知道，王爷什么时候成灵丹妙药了？"英娥拿起酒盏站起身来，摇摇晃晃走到高欢面前，眼睛一眨不眨地盯着他，语气中多了几分促狭之意，"看来王爷将来若改行行医，必定堪比华佗、扁鹊。来看病的人，不管是头疼脚疼腰疼肚子疼，只要就这样看着王爷，保证百病皆消！"

高澄扑哧一下已经笑了出来，讽笑道："英娥姐姐虽说的是醉话，却也没错。我阿爹既非府医也不是灵丹妙药，去了又有何用？"

娄昭君看了看高欢的面色，微微一笑："要不还是妾带府医亲自过去一趟吧。"

高欢面色平静地点了点头："也好。辛苦王妃了。"

娄昭君离开后，小高浚也犯了困，由奶嬷嬷抱了回去。高澄则因为最近读的书籍需要司马子如解惑，便请他去了书房，高洋自然紧跟兄长而去。一转眼，偌大的偏厅里只剩下了高欢和英娥两人。

"好了，别装醉了，难道我还不知道你的酒量吗？"高欢瞥了她一眼。

英娥讪笑，随即又理直气壮道："我这不也是看不过眼嘛。韩氏就仗着你宠她，老给师娘使绊子，硌硬人。这次我看八成又是在装病，你要是去了，她以后对师娘就更无礼了！"

高欢轻叹了口气："英娥，你不懂。"

"我怎么不懂了，我也嫁过两次人了！"英娥不服气地反驳道，"总之，我不许你因为她迁怒师娘！"

高欢无奈："我怎么会是那么糊涂的人。"

"难说啊，美色当前，色欲熏心，一时糊涂也是有的。"

高欢愣了一下，忽而笑出了声："英娥啊，你还什么都敢说。"

英娥转了转眼珠，笑道："师父，好了，咱们不说这个了。我敬你啊！"说着她顺手将杯里的酒一口喝了大半。

高欢似是想到什么，起身道："英娥你等等，我有样东西要给你。"

英娥看着他往内室走去，便换了舒服的姿势倚在食案旁。

大约过了小半盏茶工夫，当高欢拿着一个小匣子从内室出来时，看到倚着食案的英娥已经睡着了。

她手里的酒盏微微倾斜着，里面残留的一点酒已经流尽。

高欢怔了怔，抬足走过去，弯腰蹲在她面前，默默地凝视着她睡着的脸。他沉沉的眼神，仿佛让人联想起某些深刻幽暗的梦境。

在烛光的映照下，这张美丽的脸出奇安静，神色温柔而放松，没有丝毫戒备。光润的额头上覆着几缕发丝，秀长的眉毛轻微蹙着，浓密的睫毛在眼下投下两片极淡的阴影，仿佛随时会翩翩起舞的蝶翼。

他心底忽然有种忧伤和欢喜夹杂着轻柔地晕染开来，欢喜的是她对他自然流露的亲昵，忧伤的是那种亲昵……并不是他最想要的。

人有时想要看清自己心灵深处的东西也不是很容易，因为最深的欲望往往隐藏在心底最黑暗的地方。

仿佛是受了某种蛊惑，他缓缓伸出手，擦过她微凉的面颊，想抚平那微皱的眉心。

月色一点一点从窗棂处溢进来，风吹起殿内的帷幔，空气里弥漫着夏夜里的草木味道。

他的指尖轻抚着她的眉心，她依然沉浸在梦里，一动不动，没有拒绝，没有反抗，竟让他恍然有种恋人般的温情。

心口上，仿佛开出了一朵绝艳妩媚的花。

门外，正从韩氏那里回来的娄昭君看着这一幕，眼中有惊愕一闪而过。夜晚的风，凉凉吹过她的面颊，一种说不出的奇怪感觉好似藤蔓盘旋着爬上她的胸口。

在信都的时光如白驹过隙，高欢趁此机会缮甲厉兵，兵马渐壮，从六镇过来的这十几万镇兵在高欢手下已初具规模。在招纳人才上，高欢倒是如尔朱荣般不拘一格，因此也招揽了不少来自汉家的儿郎，其中以高敖曹兄弟最是出众。

而与此同时，尔朱家族变本加厉地胡作非为，生杀予夺之事皆任由性起。当初尔朱荣掌控朝政时，虽说他自己为所欲为，却绝不允许其他族人作乱。当时的尔朱族人慑于他的威严，自然还算老实，可如今唯一能镇住他们的人不在了，尔朱族人也都撕下伪装的面皮，肆意妄为。无论是世家贵族，还是平民走卒，都对尔朱家族愈加痛恨。

星星之火，一旦点燃，即可燎原。

午后和煦的风，夹杂着草木的清香，淡淡弥漫在渤海王府的空气里。阳光明媚，零落的叶子星星点点漂浮在后院的湖面上，荡起层层涟漪。

英娥独自坐在岸边，手持匕首低头削着一把已具雏形的木制弓箭，这是她打算过几日送给小高洋的生日礼物。不知是不是因为有点心不在焉的关系，她的手微微抖了一下，刀尖顺着手背就划出了一道浅浅的血痕。

“英娥姐姐！”少年人清越的声音从不远处传来。

英娥抬起头，只见高澄一脸兴奋地快步走到她面前，伸手就来拉她：“英娥姐姐，知道我发现了什么吗？你快跟我来！”

高澄自小聪慧过人，和高欢谈论起时事政务更是丝丝入扣，也就只有和英娥在一起时才恢复些许少年爱玩乐的本性。

英娥不想扫他的兴，当下也就跟着他一直到了外院的一处偏僻角落。这里平时几乎没人经过，除了几棵树和一些盆景外别无他物。

看到英娥露出困惑的表情，高澄冲她眨了眨眼，弯腰搬开其中一个盆景，接着驾轻就熟地掀开铺地的青砖，只见一条密道入口赫然出现在他们面前！

英娥不禁睁大了眼睛，一脸的难以置信。

高澄得意扬唇：“怎么样？要不是因为我找玉佩找到这里，哪能有这么有趣的发现！”说着他挑了挑眉，“有兴趣和我一探究竟吗？”

英娥犹豫了一瞬，到底还是按捺不住好奇心，点了点头：“去就去！”

密道里一片漆黑，空气里弥漫着一股陈旧的泥土气息。幸好高澄带了火折子，两人便小心翼翼地在昏暗的甬道里往前行，大约走了半盏茶工夫，还真让他们发现另外一个出口。

怀着未知的兴奋，高澄迫不及待地从出口探出半个身子，朝外张望——当眼前的景象映入眼帘时，他脸色蓦然一变，连忙缩了回来，并不忘将出口恢复原状。

“怎么了阿惠？这么紧张？到底是什么地方？”英娥见他这种反应，不由得也想探身出去看看。

高澄赶紧拉住她，神色有些古怪：“那是我父王的书房！”他皱了皱眉，“凭我父王的性子，一定早知道这里有密道，咱们还是先离开吧。”

英娥正要说话，忽听头顶上方响起一阵轻重不一的脚步声，显然有好几个人走了进来，接着果然有人的声音响了起来：“王爷，如今尔朱氏倒行逆施，不得人心，其暴虐程度更是决东海之波，流恶难尽，这可正是我们起兵的大好时机啊！”

他的每一个字都清晰地传入英娥的耳中，她想忽略胸口那种弥漫的苦涩，却发现非但难以控制，就连指尖也轻微颤抖起来。

虽然远在信都，她却几乎每天都能听到关于族人作恶的传闻。其实她自己心里再清楚不过，这乱世中，高欢和尔朱氏之间将来必有恶战，只是没想到这一天还是来得这么快。她明知无可避免，亲耳听到还是难免心如刀绞。

英娥不是不知道，再任由自己族人这样恣意妄为下去，大魏危在旦夕，大魏的子民更是将处于水深火热之中；她不是不知道，她的师父，有胆略有气魄有智慧，更是难得的治国济世之才……但若让她眼睁睁看着双方相争，无论哪一方落败的后果，都是她不愿，也不敢想象的。

成王败寇，胜利的这方固然功成名就，失败的那方，却难逃全盘覆灭的命运。

"如今局势其实已经明朗，除了王爷，另有能力角逐魏国势力的也唯有尔朱氏。虽说尔朱氏实力最占优势，但他们目光短浅，既不懂笼络贵族世家、汉人大族，又令百姓怨声载道，仅仅靠他们自己，根本就长久不了。"又有人出声道，"王爷眼下有十几万镇兵，另有前来投靠的各路英豪，加上人心所向，未尝没有一搏的机会。"

接着又有几位幕僚陆续开口，都是建议高欢趁这个时机起兵。

高澄借着微弱的火折子看到英娥低垂着头，苍白的脸上透着一种罕见的脆弱。

"英娥姐姐，你不必担心，父王不会让任何人伤害你的。"他低声安慰了一句。

英娥扯了扯嘴角，扬起一道僵硬的弧度。

不知过了多久，随着一阵纷乱的脚步声远去，头顶上方似乎陷入一片沉寂之中。高澄揉了揉站得酸痛的双腿，正打算拉着英娥一同离开，忽听高欢的声音闷闷地隔着夹层传来："遵业，刚才你为什么一直不说话？"

回答他的却是一阵长久的沉默。在等了好一会儿后，高欢似是叹了口气，无奈道："我知道，是因为英娥对不对？"

英娥乍听到自己的名字，心头蓦地一跳，不禁竖起双耳，想要听得更清楚一些。

"走到这一步，英娥心里一定万分纠结，毕竟她身上也流着尔朱氏的血。但若是任由尔朱氏这样下去，魏国覆灭是迟早的事。天道有常，我们所要做的就是顺应天命，力挽狂澜，否则国之不存，又何谈给英娥安宁的生活？"高欢顿了顿，看了看对方的面色道，"何况，除了尔朱兆，尔朱家族的那些人又可曾疼惜过英娥？你难道不怕将来这些人又将英娥嫁给其他傀儡皇帝？"

英娥听在耳中，暗暗握紧手指，默默抗拒着某种莫名窒息的压迫感。

"王爷，你说的这些我都明白。尔朱氏暴虐，天下鼎沸，已亡无日矣。新旧更替，这必然是大势所趋。只是……”司马子如的声音似乎带着几分疲惫，仿佛雾霭般低沉笼罩，“只是，我实在心疼左右为难的她……”

“遵业……”高欢下意识地唤了一声他的名字，却一时又不知该说什么。

“王爷，我有一事相求。”司马子如的声音平静无波，“若王爷觉得遵业还有些用，遵业自当为王爷出谋划策，只是待起兵那日，我想带英娥离开这里。”他的眉宇间染了几分温柔之色，“她曾和我说起过想去江南瞧瞧。待将来阿兄大业已成，我们自然也会回来探望你。”

“司马子如，你说什么胡话！”高欢腾地站起身来，因动作过急将面前的书案也撞到了一边，“遵业，难道你要放弃这里的一切不成？凭你的才能，将来必然能封侯拜相，为朝廷重用……若是离开，你就什么都没有了！我知道你对英娥的情义，但你是不是把她看得太过脆弱了？她比你想象的要坚强得多，这之前她已经经历这么多……”

“正因为她已经经历这么多，我不舍得她再受伤！难道因为她比别人坚强，就要她继续承受痛苦和伤害吗？”司马子如有些粗暴地打断了他的话，“就算什么都没有了，我也不觉得可惜。因为在我心里，没有什么比她更重要了。”

英娥咬紧了嘴唇，周围仿佛一下子变成空旷的山谷，他的声音带着阵阵嗡鸣声，不停回响在自己耳边。她伸手轻轻捂住胸口，仿佛有微露在心间荡漾开来，苦涩夹杂着感动，却有一丝淡淡的快乐弥漫其中，眼中渐酸，慢慢模糊不清……

接下来的话她没有再听下去，而是转身朝着入口快步离去。高澄收起了脸上的复杂神色，也急急忙忙跟了上去。

是夜。月色如水。

位于渤海王府东边厢房内，青铜博山香炉内燃着旃檀，烟雾弥漫间，乳白色的淡香在空气中冉冉飘散。银色的月光透过窗棂流入室内，铺开一地朦胧如霜的银白。

帷帐被风吹得微微飘动，烛火明明灭灭，将室内对案相坐的两人映得眉目如画。

“英娥，今天怎么想到找我喝酒了？”司马子如目光柔和地望着对面的女子，嘴角浮起促狭之色，“无事献殷勤，我看肯定没什么好事。”

不知是不是他的错觉，英娥的眼神似乎比往常深邃了几分，但几乎是一瞬间，她已经恢复狡黠的笑颜，琉璃色的眼眸里波光闪烁，目光转了几转，含着明显的戏谑：“那么遵业哥哥，你倒是猜猜，我想对你做什么坏事呢？”

她特意在“坏事”两字上加重了语气，听上去竟似带着几分不易为人察觉的蛊惑。

好像已经有很久没听她叫遵业哥哥了……乍听到这个称呼，司马子如一瞬间有些失神，而那“坏事”两字更是让他心头一颤。他抬起眼，正好对上她的眼神。就在目光相交的刹那，他发现自己难以转移视线，只能被她的目光牢牢牵引，无法移动半分，甚至还有些口干舌燥、喉咙发紧。

静谧的气氛中，两人的目光轻柔缠绕，在空气中熨烫出不一样的温度。

忽然，她身形一动，竟越过食案凑到他面前，伸手过来拂开他额前凌乱的发丝，轻柔地沿着他的面部轮廓缓慢游移，从额角、眼睛、鼻梁、嘴唇直到下颌，一直到了脖颈间，只停顿一刹又要继续往下滑时，指尖却被他一把攥住。

“英娥，你到底想做什么？”他的呼吸明显有些急促。

她微微一笑，将身子更凑近一些，温热的气息从他的脸侧擦过，落在绵软的耳郭上，带来一阵轻痒。

司马子如清楚无比地听到了自己越来越快的心跳声，明明还没喝多少酒，整个人却已经开始昏沉。

酒不醉人人已醉。

“我想要喂你喝酒啊，遵业哥哥……”她嫣然一笑，另一手持起酒盏，一扬手全倒入自己口中。不等司马子如反应过来，她已经低下头，有些霸道地吻上了他的唇。

如玫瑰花瓣般柔软的嘴唇相触的一瞬，司马子如脑中仿佛有什么轰然炸开，还带着她的体温的酒水从唇齿间直落入肺腑，灼烧着他的心脏，也灼烧着他的大脑。就像是寒冬里最炽烈的炭火炙烤，而在这一波一波令人头晕目眩的热度中，似乎又夹杂着如蜜糖般的甘美，不知不觉让人沉溺其中，无心反抗……

当这个吻被一声不合时宜的轻嗝打断时，英娥又羞又窘，似乎也意识到了自己的孟浪，刚拉开距离，却被他一把拽回怀里。

“我不管你到底想要做什么，英娥，是你先招惹我的。”

“遵业哥哥，我……”她的后半段话被他尽数用唇堵了回去。

她闭上眼睛，默默在心里说完了后半句——我想要好好记住你啊，遵业哥哥。

浅银色的月光勾勒着两人的轮廓，仿佛笼上了一层朦胧的迷雾，彼此的影子交叠在一起，无法分开。

一朝天明，司马子如从睡梦中醒来时还觉得头晕脑涨的。他躺在床榻上没有起身，缓缓抬起手，轻抚上自己的嘴角，似还在回味昨晚的甘甜。

虽说她后来什么也没喝就离开了，但在自己的记忆中，这好像还是她第一次这么主动……

“不好了，遵业叔叔！”只见一向冷静的高澄焦急地闯了进来，将手中的一封信递给司马子如，“今早我想找英娥姐姐一同去用朝食，不料房里人影也没有，只有这封给你的信！你快看看，到底是怎么回事？”

司马子如沉默地接过那封信，看到自己的名字脑中一蒙，竟莫名有些慌乱。

当他看清里面的内容时，眼睛蓦然暗淡下来，心里仿佛被锤子狠狠砸了进去，痛得无法呼吸。

“到底是怎么回事？发生什么了？”高澄的脸色都变了。

司马子如合上眼睛努力深深吸了口气，身体的每个地方都像是被细微而尖锐的刺痛折磨着。

“她走了。”

“走了？走到哪里去了？”

“不知道。”

高澄似是突然想到什么，瞪大眼睛脱口道：“难道是因为昨天听到的话？”

“听到了什么话？你倒是给我说清楚。”高欢几乎同时大步走了进来，眼中带着焦灼和担心，伸手就去拿司马子如手中的信，“英娥走了？这到底是怎么回事？”

司马子如双眼牢牢盯着高澄，眼底隐隐有血丝：“阿惠，你们到底听到了什么？”

高欢飞快地看完了信，眉心微跳，也立刻将目光投向了嫡长子。

在两人咄咄的逼问下，高澄自然不敢有所隐瞒，将发现密道及在密道里偷听的事一股脑儿坦白了。

高欢脸色一沉，眉毛拧得更紧了。倒是司马子如似是明白了什么，立刻起身开始收拾东西。

“遵业，你要去找她？”高欢的目光锐利如剑，隐约已有几分上位者的气势，“这偌大的地方，你一个人找起来恐怕有些不方便，我这就派人四处去搜寻她的下落。就算她已经出城，也必然要追回来。”

司马子如丝毫没有停下手里的动作，置若罔闻地继续将一些钱物塞进包袱：“我大概猜到她可能会去哪里了。如果没猜错，她多半是往江南去了。我这就去找她。”

高欢眼中似乎有不可捉摸的神色一闪而过，在这一刻他忽然也有种放下一切去将英娥追回来的冲动，可这个念头刚冒出来，又被他生生压了下去。

身为信都的主人和这十几万镇兵的带领者，他，哪里也不能去。

就在司马子如踏出房门的一瞬间，他忍不住又开了口，语气里有他自己也未曾察觉的恳求：“遵业，把她带回来。”

司马子如的脚步顿了顿：“如果她不想回来，那么我跟她走。”

“遵业！你可想清楚了！”高欢的语气不由得急促起来，“也许我们很快就能让这个世间改天换地，你、我，我们都会在青史上留名，永远不被时光遗忘，不被历史的长河湮灭。难道你就不想亲眼见证吗？当初在北秀容时，我们曾在星空下畅谈如何改变这个国家，难道这些你都忘了吗？”

司马子如转过头，微微笑了笑，淡淡道：“这个世间若没有了她，变成怎样都和我无关。”

望着他的背影毫不留恋地远去，高澄若有所思地摇了摇头，语气有着不符合他年纪的老成：“遵业叔叔这样喜欢一个女人，实在是有点辛苦。”

高欢冷冷看他一眼，转身也出了房门。

此时，英娥早已男扮女装出了城，正一路南下往徐州去。

待过了渭水之后，风景和北地渐有不同。天气和煦暖人，蓝天清透如琉璃，绵延不绝的苍翠青岚在两边的坡地上缓缓起伏。如斯美景却无法令英娥开怀，因为这一路上触目所及之处，流离失所的百姓比比皆是，就算是再美的风景也难以遮掩路旁堆积的遍野饿殍。

这一日，英娥正在镇上的一家客栈用餐歇息，忽听店外哭声四起，凄惨无比。店里所有人包括店主闻声都不约而同低下了头，浑身战栗，竟连抬头看上一眼也不敢。英娥心中有些纳闷，起身走到门口朝外望去，只见不远处一大家子男女老少被士兵驱赶着跌跌撞撞往前走，看起来像是犯了什么事，个个镣铐加身，面色苍白惊恐涕泪交加，甚至还有尚在襁褓中啼哭不休的婴儿……

待这群人逐渐远去，客栈里的人才大着胆子窃窃私语，更有人对英娥道：“小兄弟，你是外地来的吧，胆子可真不小！”

英娥趁机问道：“这几位兄台，小弟确是初来乍到，不知这一家子到底犯的是什么事？”

几人面面相觑，却谁也不敢吱声。众人沉默了好一阵后，倒是角落里一个喝得醉醺醺的男子重重拍了一下食案：“什么犯事，那些都是再老实不过的老百姓！”

英娥看向他：“那官府为何要抓他们？”

那男子冷笑几声：“还不是尔朱仲远这蛮贼！富商地主都抢光了，接着就掘地三尺搜刮老百姓！凡是家里有点家产的，就被诬陷谋反，全族男子无论年纪大小全投河淹死，女子若是年轻些稍有美色的，都逃不过他的毒手！

英娥只觉得心底腾地冒起一丛火，烧得她简直无法理智思考，甚至声音都变得有些尖锐，几乎是从齿缝里硬生生挤出来的：“他竟然这样胡作非为……”

“听说连他手下的将军妻女有点美色的，也全逃不过呢，何况是这些手无寸铁的老百姓！”

“是啊，刚才那户人家好像是镇上开点心铺子的，孙媳妇刚生了个大胖小子，正打算办满月酒，没想到被那恶贼盯上了……”

“可怜啊，听说那家的女儿也要定亲了，看来是凶多吉少了……”

英娥心中怒火高涨，再也听不下去，大步走到客栈门口牵了马就朝前疾驰而去。还没等她追到湖边，凄绝的哀号声、求饶声就络绎不绝地传来。

被拴成一串的男人们犹如落水的饺子般，在水中挣扎哀叫，好些已经沉入水底，只余一串串气泡浮上水面，很快消失得无影无踪。女人们则跪在那些士兵前，流着眼泪苦苦哀求，却被对方无情踹开，年老些的几位立时倒地不起，口吐鲜血。

其中身形最为高大的那士兵高高举起了还在啼哭的婴儿，大笑着作势要将他扔下去——

英娥看得目眦欲裂，正要弯弓搭箭射那士兵，忽见一位圆脸少女从跪地的女子中冲了出来，对准那士兵的小腿就是狠狠一口！士兵惨叫地跳脚，随即恼羞成怒，抽出腰间的环首刀就朝着那少女的头顶砍了下去！

眼看着少女就要被生劈成两半，说时迟那时快，只见一支飞矢如流星般射向那士兵的环首刀，但听当的一声，那刀竟生生被箭矢撞开去！

士兵大吃一惊，抬头望去——身着青色胡服的年轻俊秀男子驻马而立，面色皎皎如明月，神情却狠厉冷酷，周身散发着喷薄而出的怒意和戾气。男子手持弯弓，脚踏黑色马靴，银钉腰带上挂着弓袋和箭囊，黑白相间的箭羽半露在外，显然和之前射落环首刀的箭一模一样。

士兵在一瞬的惊艳和震惊后，又瞪目怒喝道：“来人，将这胆大妄为的小子给我抓起来！”

四五个身高体壮的士兵也顾不上继续虐杀那些犯人，纷纷围了上来。倒地的圆脸姑娘趁机起身，扑向被摔落在地的婴孩，伸手去探了探孩子的鼻息后却哇的一声大哭起来。

英娥眼神一黯，持着弓箭的手蓦地紧了紧。

“臭小子！倒是长了副好皮囊。”为首那士兵看着英娥的目光带上了几分猥琐之色，“得罪了老子，老子让你知道什么是生不如死！”说着他又一声大喝，“给我抓起来！要活的！”

士兵们正欲上前，只见那胡服少年不慌不忙地从箭囊里取出五支羽箭，竟同时引于弓弦之上，稳稳地瞄准了他们。

为首士兵先是一惊，随即似是看到什么可笑至极的事般哈哈大笑起来，不料笑声还未停下，只见那五支羽箭迅捷无比地穿过布满光影尘埃的空气，带着凌厉的杀气迎面而来，沉闷无声却又准确有力地钻入皮肤血肉之中……

在几声惨呼过后，他瞪大眼睛难以置信地看着眼前这一幕，内心充满了惊恐。

仅仅是一眨眼的工夫，手下几名士兵的右手臂皆被箭矢穿透，鲜血淋漓不止，显见这手多半是废了……

他顿时目眦欲裂，正欲开口大骂，却见那少年又面无表情地再次搭弓引箭，这一次对准的方向正是——自己。

他心头一凉，莫名地感到一种由衷的惧意。

“都给我回去！”他扯紧缰绳，又不甘地看了英娥一眼，“有种你给老子等着！”

说着，不等英娥回应他就掉转马头匆匆离开，其余几位受伤的兵士也赶紧忍痛跟了上去。

目睹他们一行很快消失在自己的视线中，英娥这才将弓箭放回去，对那正将婴孩就地掩埋的圆脸少女温声道：“此地不宜久留，你快带着剩下的家人离开吧。”

不想那少女却扑通一下跪在她面前：“公子，我们这一房是庶出，在家中素来是低贱如泥的存在。父亲早亡，母亲在生弟弟时过世，如今唯一的弟弟也没了，只求公子收留，小女子愿为奴为婢追随公子！”

英娥这下才正眼打量了一下那少女，但见她十六七岁的样子，容貌清丽，一双眼睛倒和自己有几分相似。

“追随我？”英娥唇边的笑隐约有些苦涩，声音低得似乎只有自己才能听到，“我也不知道自己该何去何从了。”

当初离开信都时她未尝没抱着一丝侥幸，或许亲耳听到的关于族人的暴虐行事未必是真，或许那些传闻都是夸大其词，可如今亲眼所见的一切好像给了她当头一棒——这些百姓何止是生活在水深火热之中，他们所处的简直就是看不见天日的黑暗……而造成这一切的人，就是和她体内流着相同宗族之血的尔朱氏人……这让她情何以堪！

天边突然响起的一声闷雷将她的神思拉了回来，她抬头循声望去，只见之前还艳阳高照的天气转眼间就变了脸，风起云涌，天色一下子暗了下来。

“糟了，看来要下暴雨了。”她下意识地拉紧缰绳，环顾四周，除了河流并无任何遮挡。

“公子，你看，那里的天色还有光亮，一直朝那里去或许就能避过这场雨了。”少女指着一个方向出声道。

英娥扭头望去，只见在层层翻涌的乌云之外，那个方向果然隐现一方明亮的蓝天。

那正是回信都的必经之路。

她心神蓦地一动，无论是再黑暗的地方，都会有光亮的存在。只要光亮越来越多，黑暗就会越来越少……而她，只要心无旁骛地朝着有光亮的地方走不就好了……

或许，要做出一个选择也不是太难。

圆脸少女跪伏在地上，娇小的身子微微颤抖。当听到马蹄声响起时她的心立时沉了下去，可就在下一秒，她的身子突然悬空而起，被人稳稳地拎上了马背，对方的声音在她耳边低低响起：“那么，就跟着我朝着有光亮的地方去吧！”

少女的心狂跳不止，眼角流下了滚烫的泪水。

在策马疾驰了一个多时辰后，英娥终于逃离了那片雨区。本想趁着天没黑继续前行，可正在骑行的她突然感觉小腹一阵熟悉的抽痛传来，顿时暗叫糟糕，怎么忘了她每月的癸水就是差不多这个时候来的……

无奈之下，她只好先在附近寻了一座荒废的破庙暂作休息。在交谈中，英娥得知少女名叫鱼阿女，见此女之前咬人颇有几分狠气，倒是对她有些好感。

“阿女，喝些水吧。”英娥将水袋子递了过去，话刚说完她的小腹又是一阵闷痛。

“公子，你面色不太好，你没事吧？”阿女担心地看着她。

英娥强笑着摇了摇头。

阿女喝了几口水，犹豫了一下忍不住问道：“公子，我们接着要去哪里？”

英娥不着痕迹地按了按自己的腹部：“你听过信都的渤海王吗？”

听到这个名字，阿女顿时眼睛一亮：“听过，我听家里的叔伯们说起过，他治军严明，每每带军经过百姓的田地时都下马而行，而且也善待我们汉人，据说他麾下最英勇的将军就是出自汉人呢。”她顿了顿，神色黯然，“若是我们住在信都，也不会遭此大劫……”

英娥正要说话，忽听庙门外响起一声凄厉的马嘶，接着就听到一阵凌乱的马蹄声逐渐远去……

英娥脸色一变，以最快的速度冲了出去，却见自己的坐骑已经挣脱绳子飞驰而去。她心里不免有些懊恼，这匹马和自己素来亲密，怎么说跑就跑了？

她走近一看，地上居然还有一条被踏死的蛇。

“原来是被蛇咬了……”英娥轻轻蹙眉，可自己的盘缠也在马身上没有取下，现在的她可说是身无分文了。

而这里离信都还有很远很远的距离。

“公子，这可怎么办？”阿女顿时急了，“这里前不着村后不着店，没了马难不成要靠走吗？”

英娥看着她焦急的面色，却不知为何起了顽心：“不用担心，我们就守在路边好了，马自然会有。”

阿女一时没反应过来，脱口道："守在路边做什么？"

英娥这才慢悠悠道："当然守在路边拦路打劫啊，待有骑马的人过来了，公子我一箭射他下来不就成了？"

阿女吃惊地瞪圆了眼睛，在看到英娥眼中一闪而过的促狭笑意时才反应过来，不好意思道："公子，你可把奴婢吓了一跳。"

英娥展颜一笑："好了，既来之则安之，幸好我们还有水和食物，索性在这里好好睡上一夜，明天再另想办法。"

她的笑容让阿女的心也安定下来，两人回到庙中，吃了些东西便歇息下来。临睡前，阿女还在庙门处做了些浅显机关，若有人进来就会发出声响。

也不知道迷迷糊糊睡了多久，英娥被一阵剧烈的腹痛折磨醒来。她抬头望向庙外，天边已经呈现出淡淡的瓷青色，天似乎就要亮了。她再朝一旁看去，阿女似乎还在睡梦中，只是皱着眉睡得不太安宁，眼珠在眼皮下转了又转，竟睁了开来。

她刚叫了一声公子，英娥便示意她噤声，似乎在仔细倾听着什么，美丽的脸上多了几分凝重。

"有马蹄声正朝这个方向奔来。"她顿了顿又道，"不多，应该有三匹，快到了。"

说着她将弓箭拿在手上，冷声道："不用怕，对付区区几人我还应付得来。"

阿女看着她的眼睛更亮了几分。

不多时，马蹄声果然在庙门前停了下来。

阿女紧张地注视着庙门，咬了咬牙道："公子，若不是良善之辈，我们就抢了他们的好了！"

英娥虽是全心戒备着庙外的情形，一听这话也不禁笑出声来："好，若是来者不善，本公子自然让他们有去无回！"

"你要让谁有去无回？"门外忽然响起一个再熟悉不过的声音，清朗的音调中隐带着一丝笑意。

英娥手中的弓箭砰然落地，她的身体仿佛被施了法术般一动也不能动，视线就像是黏在那个正缓缓走进来的人身上，怎么也移不开。

那人目光温柔地看着她，眼底的淡淡清辉，仿佛星辰穿透无垠的黑暗，将她的世界照得一片光明璀璨。

"英娥，跟我回家了。"他弯唇浅笑。

她怔怔看着他，眼泪一下子就涌了出来。

天蒙蒙亮时，一辆青篷马车朝着信都的方向疾驰而去。驾马的年轻男子面色沉静地正视着前方，时不时留意着车厢里的动静，黝黑双目中仿佛蕴含着晨曦，嘴角微带的一抹笑意如吹绿江南岸的和风，一身玄色胡服更是映得他容颜如玉绝丽无双。

马车后方，一匹枣红色骏马则不远不近地跟着，不离左右。

车厢里，阿女还没从震撼中回过神来，此刻正神色复杂地看着侧睡在一旁的英娥，脑中乱作一团。

任她想破脑袋也想不到，这位俊秀的少年公子竟然就是高高在上的前皇后，而那位驾车的司马郎君和前皇后显然关系匪浅。虽然她还不曾定过亲，但直觉这两人就像是戏折子上所演的一对璧人。

就在她胡思乱想之时，英娥缓缓半睁开了眼睛，眼中还残留着迷蒙之色，似乎一时还没完全清醒过来，看起来像只懵懂的小兽，和之前恶狠狠放箭伤人时的冷酷模样判若两人。

阿女的目光不觉柔和下来，虽然这位前皇后身上也流着尔朱氏的血，可她和那些尔朱氏族的人，是完全不同的。

“皇后，您要喝点水吗？那位司马郎君吩咐了奴婢一直在小暖炉上热着水。”阿女殷切地问道。

英娥摇了摇头：“我已经不是皇后了，你叫我女郎即可。”

“英娥，你醒了？前面不远处有个驿站，一会儿我将马车停在那里给你买些热的吃食。”司马子如的声音从车外传来，显然是听到了她的动静。

英娥应了一声，接过阿女递过的瓷盏喝了几口水便靠在车上，脑海中又回忆起昨晚司马子如奇迹般出现在她面前的一幕。

她没有想到，他竟然放下一切来找她。

她没有想到，他能猜到她会越过长江朝南边去。

她没有想到，他会在半路上遇到自己的坐骑，寻迹找到自己。

她更没想到，他甚至记住了她不方便的日子，特地备好了马车和该用的东西……

想到这里，她面上不禁微微一热，心里却变得更加柔软，整个人就像是泡在冒着热气的温泉水中，从内而外都是暖洋洋的。

不多时，马车就停了下来。很快司马子如捧着几个热腾腾的食盒上了马车，在他的示意下，阿女也是识趣，立刻拿了一个食盒下了马车。

“英娥，好些了吗？想不到这个小小驿站居然也有牢丸卖，你快趁热吃了。我记得在信都这些日子你每次出门都得吃上不少。”他边说边顺手将一个软垫放在她身后，让她可以坐得舒服一些。

英娥一听立刻有了食欲，牢丸的外皮由面皮和肉汁混合而成，馅则是羊肉、牛肉及葱姜豆豉等调制而成，然后在竹笼中蒸熟，前段时间她一直百吃不腻。

看她一口气吃了大半，司马子如眼底的担忧之色也褪去不少。

“遵业，你还没告诉我你是怎么猜到我会来这里的？”她咬着丸子问道。

“你离开之后，我想你多半会先去找族人，亲眼看看那些传闻是否真实。尔朱兆那里你暂时是不会去的，那么一直想去江南的你多半会往南走，而这里又属于你堂叔尔朱仲远的管辖范围，因此我就寻着这条路来，若不是这么巧正好看到你的坐骑，或许还需费些时间才能找到你。”他顿了顿，眼皮微抬，“英娥，你想好了，真的决定回信都吗？”

英娥点了点头，面上隐有怅然，随即又坚定了几分：“遵业，还记得很早以前我对你说过的话吗？我不懂什么大道理，我只希望母亲不再失去自己的孩子，夫妻不再生死相离，老人可以有子送终，稚儿能无忧无虑地成长，大家，都能好好地生活下去。这一切，唯有乱世的终结，才能实现。曾经我以为那个人会是我阿爹或是……先帝，我也曾天真地以为阿爹过世后尔朱一族能担负起这重任，可是如今我亲眼看到了，再任由他们这样继续下去，只会将这世间变成修罗地狱，必须有人来制止这一切。”

“英娥……”司马子如轻叹了一声。

“而想要结束乱世，让大家好好活下去，就一定要付出血与泪的代价。我们尔朱氏既然不是天命选定之人，浪费了这千载难逢的机遇，那么就该认命退场，继续拦在路上下场只会更惨。我记得老子还是孔子好像说过什么天下者天下人之天下什么的……”

司马子如静静看着她，眼中透出笑意：“不是老子也不是孔子。孟子有云，天下者天下人之天下，非一人之天下，惟有德者居之。”

英娥有些讪讪：“你知道我书念得不多嘛，记个大概也不错啦。”

司马子如笑了笑，轻轻握住了她的手：“好，我明白了。不过英娥你要记住，你去哪里，我就去哪里，再也不许抛下我了。我的心眼实在太小，会记仇的。”

看着他略带幽怨的眼神，英娥忍不住扑哧一笑，伸长脖子极快地在他唇上啄了一下：“这下，你不会记仇了吧。”

司马子如怔了怔，黑曜石般的眸子里好似荡起了一层醉人的涟漪。

过了半个多月，司马子如一行遇上了高欢派来找寻英娥的手下，又日夜兼程赶了几天路终于回到了信都。高欢知道英娥回来自是欣喜不已，但心里还是恼着她说走就走，因此见了她也只是神色淡淡，之后更是再没有露过面。

英娥晚饭也没吃，直接就去了书房，求高欢一见。高欢听闻她来找自己，心早就软了大半，面上的冷漠再难假装下去。

不料英娥一见他就扑通一声重重跪倒在地，高欢又是惊愕又是心疼，忙伸手去拉她，轻斥道："英娥，你这是做什么，快起来！"

英娥跪地不起，抬起一双湿漉漉的眼看着他："师父，我知道这次离开太过任性，惹师父生气实在是不该。但是经过此行我也不再左右为难，这乱世需要有人来改天换地，而这个人除了师父没有他人！"

高欢心中大震，同时又有种隐秘的喜悦涌入心头："英娥……你不会怪我和你的族人兵戎相见吗？"

英娥点点头，眼中隐有泪光："但我只求待一切平定之后，师父能饶颍川王一命！

高欢神色不明地伸出手轻轻抚过她的发顶："英娥，我答应你。但是你也要答应我，以后不许再这样跪下来求我……"

英娥立时展颜一笑，连忙站起身夸张揉膝盖："好痛好痛，要知道师父这么好说话，我就不这么用力跪啦……"

高欢露出无奈的神色："好了，还没用夕食是吗？今晚就在这里和我一起用吧。"

英娥兴高采烈地扬了扬眉，流利地报出了一大堆菜名……高欢忍不住揉了揉眉心，忽然觉得留下她一起用晚饭可能是个错误。

待两人用完了夕食，明月已升起。英娥告辞回去休息，高欢则保持难得的愉悦心情，在书房等着亲信们的到来，共同商议要事。

该是他让这世间改天换地的时候了。

在商议如何起兵事宜时，高欢的姐夫尉景提出了一个令众人略感头疼的问题——这些六镇人如今在信都待了不少时间，生活平和，怕是消磨了斗志。再加上尔朱氏兵强马壮，虽说人心不再，可瘦死的骆驼比马大，实力尚存。六镇的军民心里未必愿反，一旦人心不齐，输赢的结果就难说了。

在一番争论之后，只见一直没有作声的司马子如开口道："王爷，人只有当怀必死之心时，才会众志成城背水而战，如今王爷要做的，只需将所有六镇人逼到绝境之中即可。"

"遵业倒是点醒了我，"高欢微微一笑，"若想将他们逼至绝境，却也是不难。"

高欢让亲信伪造了并州军令，声称尔朱兆立刻要从镇民中征兵万余人，前去讨伐并州一代的贼民。这个消息对于生活在信都的六镇镇民来说无异于晴天霹雳。这些受尽苦难的镇民，刚刚在高欢的带领下过上温饱平和的生活，可现在又突然要亲人分离再入狼窝，心中对尔朱氏的愤恨惊惧难以用语言形容。

当迅速征集了万余人后，侯景等人在高欢的安排下又假意苦苦哀求，令被征入伍的镇民有十天时间和亲人做最后的安排和告别。就是这十天时间，足以让镇民们被分别的痛苦和未知的恐惧折磨到崩溃，心中的悲愤和仇恨也升至极限，只需一点小小的火花就可以完全引爆。

转眼就到了十天后出发的日子，入伍镇民的家眷们拖老带小前来为亲人送行，因心知这一分别恐怕再无相见之日，大家再也无法忍住哀戚之情，有父子相对掩面而泣，有兄弟相拥哀恸落泪，有夫妻执手相看泪眼，一时间涕泪横流，哭声震天。

一同前来送行的高欢亲信们纵然了解真相，也面露不忍，泪湿衣襟。英娥对高欢的计谋自然也是知晓的，但看到这么多镇民对此信以为真并为此悲恸欲绝，心中未免也有些难过。

就在这时，只听有人大声叫了起来：“高王来了！高王来了！”

但见全身戎装的渤海王高欢从人群后策马缓缓而来，风吹起他玄色的披风和黑色的长发，茶色的眼眸仿佛湖中寒月般，含着化不开的忧伤。

他出现的一瞬间，身后辽远广阔的蓝天也似乎黯然失色了。

众人停止哭泣，所有人的目光都集中在他身上，更有伤心欲绝的母亲跪倒在地，哀求高欢能再宽限几天。

高欢眼圈倏地就红了，哽咽道：“是我带着你们从六镇来到了这里，早就情同家人，今日见到此情此景，我贺六浑于心何忍！”说着他忍不住流下泪来，“可是朝廷命令不可违，眼下你们去或是不去都是死路，这该怎么办啊！”

被他这么一说，众人更是群情激愤，忽然有人大喊道：“反正都是死，那就干脆反了！”

这话犹如一点火光，一下子就点燃了众人内心压抑到极点的仇恨，一时，只听此起彼伏支持造反的声音接连响起，并纷纷推举高王为首领。

高欢还不忘以退为进，提醒道：“造反是灭族大罪，你们可要想好了。”

众人哪里肯听，现场群情激愤，更有不少人干脆跪倒在地恳求高欢担当首领。

高欢这才不得不开口道：“要我来当这个首领可以，但军中铁令如山，不得欺汉儿，不得犯军令，若违反军令，生杀予夺由本王执掌！”

他的声音沉静和缓，却偏偏有种莫名的震慑力。

“非高王不可！”在短暂的沉默之后，人群中爆发出了雷鸣般的呼喊声，在山谷间久久回荡不止。

司马子如眼中流露出些许赞赏之色，逼反他人不过是下下策，因为说不定对方何时就会倒戈相向。而让别人逼反自己才是上上之策，因为是对方主动，必然会死心塌地。

英娥神色复杂地望向高欢，一种难以言喻的心情充溢着胸腔，耳边传来的都是镇民们山呼海啸般的拥护高喝声。

阳光从树枝间落下，将他整个人笼在耀眼的光晕里，让人再也无法直视。

尔朱氏收到信都起兵的消息，起初并未重视，后来见情形不妙才准备联合出兵讨伐，其中以尔朱兆和尔朱世隆兵力最为强大。高欢又巧施反间计，成功瓦解了尔朱兆和尔朱世隆的联盟。

之后高欢将目标对准了魏国重城邺城，不料因邺城刺史顽固抵抗久攻不下，幸好采用了司马子如提出的妙计，掘通地道进邺城，每挖一段，便立上一根木头柱子，待挖得差不多了就烧了柱子，因失去柱子的支撑，邺城里一下子就塌陷了大半。待刺史发现，为时已晚。

为了夺回至关重要的邺城，尔朱大军几乎倾巢而出，尔朱天光、尔朱兆、尔朱仲远的军队齐齐集结于邺城，足有二十万之多，高欢却不过几万士兵而已，双方兵力悬殊。

在很早以前，六镇人曾在葛荣带领下惨败于尔朱兆的七千骑兵，而如今他们又要面对尔朱氏，只不过这次的首领由葛荣变成了高欢。

在大多数人认为应该死守邺城时，高欢却反其道而行之。他将守城的任务交给司马子如后，率兵至邺城外的韩陵山安营扎寨，准备主动出击，甚至下令将归路全部堵死，所有的人都被逼上绝路，除了背水一战，再没有第二个选择。

一场决定双方生死的命运之战，无可避免。

关中平凉宇文泰府中，用来安置客人的西侧房的雕花窗棂下，一位容色绝艳的年轻女子凭窗而坐，面色平静地眺望着窗外开得娇艳无比的一树繁花，似乎外界发生的一切都和她毫无关系，倒是房中另一位美貌女子脸上隐约显露焦虑，咬着红润的下唇开口道：“明月，那宇文泰每次对我视而不见，该如何是好？我看他这个年纪尚未娶妻，莫非他更喜欢……男子？”

元明月嫣然一笑：“妙容姐姐，虽说他尚未娶妻，但侍妾也不是没有。我倒是听说其中有位侍妾已经怀上身子了。”

元妙容看着她动人的笑容，眼中闪过一丝羡慕，脱口道：“若我有堂妹你的一半容色，或许就没有这样的烦恼了。”

元明月垂下眼眸，脑海中闪过那位风华绝艳的男子冷淡的面容，说话的声音带了几分怅然：“那也未必。”

元妙容并未留意到明月的异样，似是突然想到什么，先是一喜，随即又失望地叹了口气：“皇帝虽说被架空，下旨赐婚的权力还是有的。只可惜当今圣上和我们都不亲近，不然下道旨意就好了，得不到他的心，得到他的人也是好的。”

元明月嘴角含着笑，眼神却沉沉不明：“那，若是换个与我们最是亲近的皇上呢？

比如——你的那位嫡亲皇兄，我的好堂兄。”

元妙容心头猛地一跳，下意识地摇头：“这怎么可能，当今圣上可是尔朱世隆亲自选出来的，哪能说换就换？”

元明月笑得更加妩媚：“以前是不可能，现在可不是有机会了？”

元妙容目光微闪，压低了声音：“你是说渤海王起兵？可孰赢孰输还不知道呢。要我说，还是尔朱氏兵力雄厚，胜算更大。”

元明月弯了弯唇，朱唇轻启：“尔朱氏败局已定。”

开战的这一日，天蓝得透亮，连一缕白云的踪影都无，仿佛一块光滑明润的蓝色琉璃，没有边际地延展到目力极限。

蓝天下的韩陵山谷，此刻正是高欢与尔朱氏两军对阵之地。但见两方士兵黑压压一片延伸开去，静默无声肃穆森然，一股恣肆肃杀之气扑面而来。

领军的尔朱兆早就按捺不住，单骑策马行至队伍最前方，破口大骂道：“贺六浑你这背信弃义的浑蛋！当初你我结为兄弟时对天发誓绝不背叛，结果呢！你现在居然掉转头来打老子了！你说你对得起老子吗？！”

曾被人戏称为北秀容之花的尔朱兆模样俊朗自不必说，说话时眼睛中闪着桀骜的光芒，仿佛明亮的火焰灼灼夺目。

他的话音刚落，一位白马骑士便从队伍后策马而出，银色的明光铠在阳光下散射出令人无法直视的耀眼光华——正是渤海王高欢。

尔朱兆的眼神一下子变得复杂起来。当初在叔父身边时，他就知道此人绝非泛泛之辈，曾有过羡慕，有过嫉妒，有过不甘，但更多的是欣赏和钦佩。因此在两人结拜为兄弟之后，他还有过难以名状的激动和窃喜。所以他明明已经追到了渭水旁，仍心存希冀放走了对方……

可偏偏是这个人，背弃了他的信任，也偏偏是这个人，带走了他的英娥。

回想起英娥那决然而去的身影，他的胸口蓦地胀得发痛，对眼前男子的愤怒恼恨更深了几分。

高欢面色平静地看着他，英娥跪在他面前恳求的情景在脑中一闪而过。他也不直接回答尔朱兆之前的叱问，而是反斥了尔朱兆亲手绞死先皇元子攸一事。先帝之死其中曲折外人自然不清楚，更想不到会和皇后有关，都以为是尔朱兆下的手。诚然，若没有英娥插手，尔朱兆也只会让元子攸死得更难堪，但不管怎么说，在天地君父为伦常的汉家文化影响下，尔朱兆亲手弑杀天子的行为无异令世人诟病。

尔朱兆想了半天，才理直气壮地回了一句：“元子攸杀了我叔父，我杀了他是为叔父报仇！天经地义！”

高欢正等着他这句呢，当即大义凛然道：“君要臣死，臣不得不死。以臣杀君，以下犯上，天道不容。尔朱兆，今日你我义绝于此！”

尔朱兆这暴性子哪经得起这么挑衅，当即怒发冲冠提枪冲了过来：“贺六浑！废话少说！看老子今天不活捉了你！”

一时间，长槊与弯刀铿锵互击，尖锐箭矢呼啸而过，铺天盖地而来，沉闷的兵刃入血肉声与凄厉的嘶吼仿佛令土地都为之颤抖起来！

此次布阵，高欢自己坐镇中军，右军由从弟高岳率领，左军则交给了汉人高敖曹。这左军领军人选还是司马子如推荐的，与高欢的选择不谋而合。不少鲜卑将领对一个汉人独自统率左军颇有微词，但碍于高欢的威势也只好按捺住不满。

大战开始没多久，尔朱兆便率骑兵集中冲击高欢坐镇的中军，因其速度奇快，再加上轮番换马不停射箭，攻势迅猛如骤雨急降，显见是暂时处于上风。但高欢的中军里多是六镇鲜卑镇民，也是彪悍擅斗，持着斫刀迎面冲杀上去，专砍契胡骑兵的坐骑马腿，但见血肉纷飞人仰马翻，虽暂处于下风却不至于全盘崩溃。

高欢见情形不妙，立刻改变阵形，令高岳的右军分为两股，一股冲击尔朱兆的前军，一股则包抄尔朱兆的后军，形成首尾相困之势。

狰狞扭曲的面容、血色铮铮的刀剑、歇斯底里的号叫……整座韩陵山谷都被这种惨烈原始的血腥气息所笼罩……

和尔朱兆联军而来押后的尔朱天光、尔朱仲远等人却在这种紧要关头勒兵不前，冷眼旁观，没有一点上前支援的意思。高欢之前所用的反间计到底还是起到了效用，尔朱氏兄弟各怀心思，未必没有抱着鹬蚌相争渔翁得利的私心。可这一点私心，几乎就成为勒他们的催命符。

就在两军继续胶着之时，高敖曹带着一千汉军忽然冲进了尔朱兆的中军，不顾一切地和契胡兵们近身战作一团，手持长槊就是一顿乱刺，见人刺人，见马刺马。契胡人最为擅长的是引弓射箭，高敖曹的贴身肉搏显然让他们猝不及防，一时间队伍大乱，溃不成军。

尔朱兆虽为人勇猛，但领军能力正如尔朱荣所说的最多三千，因此首尾难顾，在高欢的三军夹击中终是溃败，尔朱兆不得不领军西奔。车骑大将军贺拔胜之前在收到兄弟的劝说信时已心有动摇，如今一看尔朱兆败局已定，索性扔了军旗奔向高欢阵前投降。而尔朱氏其他人见贺拔胜投降，吓得肝胆俱裂，知道再无胜算，也纷纷朝着洛阳方向仓促逃走。

高欢驻马而立，冷冷望着四下奔逃的尔朱骑兵。呼喊喧闹哀叫声充斥着双耳，沙尘滚滚中尔朱氏族的旗帜几被踏成齑粉……他的神色依然平静无波，抿紧的唇线连一丝情绪变化也不泄露，唯有那双茶色眼眸亮如星辰。

尔朱兆溃败的消息传到渤海王府的时候，阿女正在给英娥梳发，英娥因忧心战局，情绪一直不高，时时留意着通报到王府中的最新军情。

身边的侍女们包括阿女在听到这个消息时都兴奋不已，英娥却清晰地看到镜子中自己的琉璃双眸流露出难言的苦涩。

阿女善解人意地带人离开，门扉缓缓合上那一刻，偌大的房间里骤然安静下来。英娥全身的力气仿佛被抽空一般，疲惫地卧倒在了地上。

尔朱家，终于，还是走到了这一步。

韩陵之战之后，各地的官吏百姓纷纷响应，奋起推翻契胡人的统治，尔朱氏的强大势力转眼间土崩瓦解。

收到尔朱天光正在撤逃回关中的路上的消息，身在平凉的贺拔岳急召了亲信宇文泰及侯莫陈悦等人商议该如何对付这位昔日的关中统治者。

“如今各地都随高王反了尔朱氏，我们自然也不能落后于他人。索性由末将带人守在尔朱天光回城必经的路上，一举收拾了这些残兵。”侯莫陈悦的言语间不经意流露出对高欢的欣赏。

贺拔岳点了点头，显然是赞成侯莫陈悦的建议。他的两个弟弟都投身于高欢阵营，身为兄长的他，也要有些作为才是。

又有人忙不迭提议道：“将军，留在长安的都是尔朱天光的人，不如我们现在趁机派军队冲入长安，杀了这些契胡人！”

这个提议得到了不少人的支持，但也有人持反对的态度：“不可不可，万一我们没拦住尔朱天光……在兵力上始终是我们吃亏……”

坐在右下角的宇文泰似乎并未留意他们在议论什么，紧抿着薄唇，面色沉静地望着窗外，聚精会神地看着细微的尘土在空气中回旋飞扬。

贺拔岳的目光落在了他身上，眼中有着他自己不曾察觉的期待：“阿泰，你觉得呢？”

宇文泰抬眼看向他：“我倒是觉得，尔朱天光多半是回不了关中了。”

众人悚然一惊，倒是贺拔岳眼中精光一闪：“你是说他会死在半路上？”

宇文泰眉梢微微上挑了几分，俊美的五官在夕阳映照下晕染开柔暗的阴影：“将军是否记得尔朱天光身边备受重用的那位斛斯椿？”

“自然记得，听说他和元氏皇族还有亲缘关系。”贺拔岳对他印象并不好，皱眉道，“不过一小人罢了。”

宇文泰点头："没错，他性子佞巧，为人阴狠，寡情少义，最擅长的本事就是投机。如今尔朱氏已现败势，他必然要给自己找条新出路，而最好的投名状无疑是尔朱天光，甚至尔朱家所有人的性命。"

侯莫陈悦露出将信将疑的神色："阿泰，你就这么肯定？他一个人有这么大的能耐？他可是连我手下的兵都打不过！"

宇文泰眼中散发出冷冽的光，隐隐含着无形的威压："不要轻看一个小人的能耐，他倚仗的不是武力，而是人们难以填满的私欲。"

此刻在宇文泰府中的西偏房内，夕阳的余晖缓缓浸润着房间，将这里映照得一片金黄。空气里弥漫着熏香的幽香，令人昏昏欲睡。

元明月伏坐于案前，正斟酌着该如何收笔。她低着头，黑色长发丝缎般流过她的芙蓉面，小小的金色耳环衬着她白得几乎透明的耳垂肌肤，更显熠熠生辉。

"妹妹果然料事如神，这尔朱氏看来是气数已尽！"元妙容一脸欣喜地推门而进，"说不定，我们很快就能回洛阳了。"

元明月不置可否，又将之前所写的内容浏览了一遍，这才放心收起笔，低声道："也是将这封信送出去的时候了。"

元妙容有些好奇："明月你这是在给谁写信？"

元明月抿唇一笑："你也认识的，我那位快出了五服的表亲。"

"你是说那个斛斯椿？"元妙容顿时面露不屑，"当初第一眼看到他时我就不喜欢，那眼神，讨厌得很。也亏得你把他认作亲戚，还对他那么亲切客气，把他乐得都不知道自己姓什么了。幸好他后来跟着尔朱天光回了长安，不然我可忍不下去了。"

"宁得罪君子，莫得罪小人。这话你没听过吗？"元明月微微笑了笑，"再说，堂兄能不能坐上那个位置，说不定还要倚仗此人。"

"我可是听说这人主子换得勤，不是个牢靠的。"

"主子换得勤，却还能讨得每一任主子的欢心，这就是他的本事。"

元妙容似是想到了什么，不由得心情变得大好，打趣道："明月你说的话何时又出过错？看人的眼光更是准之又准。那我就等着皇兄坐上那个位置，然后请他为我赐婚！"

元明月伸手轻掐了一下她的面颊："你呀，不知羞！"

元妙容嘻嘻一笑："那明月你呢？你可有中意的人？到时一并让皇兄赐婚就是。"

元明月怔了怔，司马子如纤长清俊的身影在脑中一闪而过，她不禁微微失神，脸上露出薄雾般迷蒙不清的神情，脱口道："那个人心里可是有别人的呢。"

"那又如何？先抢来就是。"元妙容不以为然道，"得不到心先得到人也是好的。

我也看得出，阿泰并不喜欢我，但那有什么关系，我喜欢他不就好了。”

元明月扑哧轻笑出声：“你说话可越来越不着调了。”

元妙容将胸一挺，笑道：“待我阿兄坐上那个位置，我可就是公主了，我有什么不能说！”说完她也忍不住笑着靠在了元明月的肩上。

元明月伸出手缓缓顺着妙容的长发，细白的指尖在乌黑的发丝间显得有些冷漠。

窗外，玫瑰色的落霞洒在半空中，像极了大片大片盛开的芙蓉花，随风摇曳。

半个月后，这位叫斛斯椿的臣子凭一己之力，联合了尔朱天光的其他手下，先是生擒了尔朱天光和尔朱度律，接着又施计诱擒了尔朱世隆等人。除了尔朱兆仓皇逃归北秀容外，其余的尔朱家族重要人物几乎是一网成擒，成为斛斯椿为投靠高欢而献上的最佳投名状，并如预料般得到了高欢的重用。

而贺拔岳收到尔朱天光被擒的消息后，则立刻亲自率兵袭击长安，将城中的契胡人屠杀殆尽，并自代关西大行台，并分封宇文泰为行台左丞领府司马。

短短时间内，曾经不可一世的尔朱家族竟灰飞烟灭。

正如前人书中所言——骄者难久，宛如风中之尘。盛者必衰，恰似春夜幻梦。

由半开的雕花窗棂泄进的月光，浅浅地勾勒着窗台上一盆垂枝渐败的秋菊，风起，晃晃悠悠飘落下来的花瓣更显秋寒露重，让人心里也不禁隐生瑟瑟寒意。

英娥仅着一件薄薄的绿色衫裙，抱着双膝神色颓废地坐在窗棂下发呆，看上去就像是夜幕下一片浓重的阴影。

司马子如踏进房间，映入眼帘的就是这一幕。他轻叹了口气，心口微微抽紧。

前几天，高欢下令将关押许久的尔朱世隆、尔朱天光等人斩于东市。这几位尔朱家的人和英娥平时的关系虽然淡薄，他们的死却昭示着尔朱家族的陨落，曾经的辉煌荣华，至此都化为了残烟。她的父亲，大酋长尔朱荣为了自己家族所有的付出转眼就成了乌有。

司马子如抓起身边的一条软毯走到她面前，将她整个人牢牢裹了起来。她没有丝毫挣扎，却也没有任何回应。

“英娥，王爷答应了你的请求，将尔朱世隆等人的尸身全部安葬于偏郊的云居寺，这样他们死后也能享用人间香火，想来再轮回必定一世平安。”

英娥似乎并没有听进去，只是漫不经心地应了一声。这种完全打不起精神的样子，让司马子如的心像是被什么狠狠剜了一下。

他皱了皱眉，黑曜石般的眼眸里似是酝酿着难言的心疼，沉吟不语地望着她。

英娥避过他的目光，侧过身子，将背部朝向司马子如的方向，显然是不想再多说什么。

就在她以为司马子如很快要离开之时，身体忽然腾空而起。

只是惊慌了那么一刹那，她就立即放松下来，因为知道抱着她的人是司马子如，所以才安心地将自己托付给他。

因为信任，所以依赖。

因为依赖，所以没有收起自己最颓废的一面也无所谓。

她轻轻将脑袋靠在他的胸前，闭上眼睛，默默汲取着他身上的温度，即使只有短短几秒的路程，但只要在他身边，她就莫名地感到心安。

司马子如动作轻柔地将她放在床榻上，轻轻将薄毯盖上，又伸手探向她的额头，没有发现异常热度才微微松了口气。

“不许再折腾自己的身体，听到了吗？”他好看的秀眉微微上挑，“不然我可是会罚你的。”说着他正打算去给她倒些热水，不料一转身衣角却被人拉住了。司马子如有些惊讶地转过身，只见英娥正睁大双眼看着自己，眼中有担忧，有疑问，有忐忑，有害怕……

他一下子就明白过来她想问什么。

“王爷已经决定了。”他似是斟酌着该如何用词更加委婉，不复往日的伶俐口齿，“入了冬就会发兵北秀容。”看到英娥的面色白了几分，他又急忙道，“不过你放心，王爷也说了，只要尔朱兆投降，就会留他一命。”

英娥的脸色却更加苍白，她一下子从床榻上跳了起来：“那若是阿兆哥哥誓死抵抗呢？不，我得现在去见他！”

她一阵旋风般冲了出去，因此没有看到，司马子如露出的温柔得近乎苦涩的表情。

王府东边的书房里还透着光亮。

高欢揉了揉疲倦的眼角，端起右手边的茶盏喝了几口。已经失去温度的茶水乍然入喉，倒是让他精神为之一振。

自从回到信都后，高欢就不曾睡过一个好觉。其实连他自己也觉得犹在梦中，一切都是那样难以置信。这胜利来得如此迅猛，权倾一时的尔朱家族竟然就这么灰飞烟灭了。

这个帝国，即将掌控在他的手中。

他的目光落在案几上的舆图上，修长如玉的手指轻轻摩挲过去，直到北秀容的位置才停了下来。

那是他和尔朱荣初识的地方。彼时，他们都心怀着改变这个世界的梦想。那个人几乎就要做到了，仅仅差一步就要做到了，只可惜……

北秀容之战是无可避免的，他绝不会给自己留下任何隐患。至于尔朱兆……他的确无法将他和尔朱天光等人等同看待，除了年少时共处的情谊外，他也不能拒绝英娥的请求。

想到这里，他的指尖微微缩紧。自他下了斩杀尔朱氏等人的命令后，这几天一直不知怎么面对她，就算是听闻她进食极少精神极差也不敢与她相见。他唯有寄希望于司马子如，但愿能让她的心情稍微舒展一些。

就在这时，忽听有个熟悉的女声从门外传来："王爷，英娥前来求见。"

高欢的心猛地一跳，脑中还未来得及转动，他已不受控制地出了声："快进来！"

英娥进门后直冲到他面前，又是扑通一声跪了下来，低头快语道："听闻王爷入冬后打算出兵北秀容，英娥愿随军前往招降颍川王！"

高欢眸色深了深，嘴唇抿紧："英娥，你先起来。"

英娥摇头，将身体伏得更低了些："王爷不答应，我就不起来。"

"英娥，你忘了我说过的话吗？再也不要跪在我面前。"高欢起身走到她身前，一伸手硬是将她拉了起来，神色似又有些无奈，"难道你就这么不相信我吗？"

英娥咬了咬唇："我并不是不信你，我只是……你也知道颍川王的性子，历来是吃软不吃硬，有我在，应该更能劝服他……"

"这一路上的艰苦是你难以想象的，你受得了吗？"

"当然！"

两人大眼对小眼对视了一会儿后，还是高欢先败下阵来，不得不妥协。

"好，你也去。不过我也有个条件，你好好照顾自己的身体，若是生了病就立刻派人送你回来。"

英娥的眼睛仿佛亮起了神采，她毫不犹豫道："好，就这么说定了！待出兵那日，王爷别忘了叫我！"

高欢弯了弯嘴角，想起她适才的称呼，笑容又凝在了唇边。自尔朱家族的人被斩首之后，她就不曾再叫过他一声师父。

"那王爷你早些休息，我先回去了。"英娥放下心中大石，连脚步也轻快了一些。

"等一下。"高欢将自己的大氅披在她身上，"快些回去休息，若是你生了病，说不定我会改变主意。"

他的话音刚落，就见英娥一阵风般再度消失。

当英娥的身影消失在视线里之后，高欢嘴角的笑容慢慢僵硬起来。

他为自己心底那蠢蠢欲动的隐秘情感而纠结，明明知道绝无可能，可那份日渐加深的情感仿佛牢牢种在了他的心底，任他怎么挣扎也挣脱不开。

或许，他也从不曾真正用力挣扎过。

天空中布满了阴霾，云层缓慢移动着，狂风夹杂着沁凉寒冷的雪花扑面而来，吹得人睁不开眼睛。就在这样的天气里，一支人数不少的军队正挣扎前行在秀容川的山谷之间，马蹄踩入积雪时溅起的一阵阵雪末子，被风一吹瞬间四散开来。

为首的戎装男子勒马停了下来，俊美的面容在如此极寒的天气下更显冷峻，正是渤海王高欢。但见他四顾留意了一下周围的环境，面色沉静如雪，唯有当目光落在司马子如身侧的一位士兵身上时，神色才有一丝旁人难以察觉的波动。

那士兵似是留意到他的目光，悄悄抬起脸，露出被冻得通红的双颊，飞快对他抿了抿唇。

高欢胸口微震，心里不是没有一丝后悔的。这样恶劣的天气，就算是男人也未必抗得住，更何况英娥一个年轻女郎？当初他实在是不该心软应允她的。不知是不是他的错觉，这些日子她的面颊好像又瘦了些……强按捺住心头的惦念，高欢正要收回目光时，却看到英娥往手上哈了几口热气，冻到发僵的指尖白得几乎透明。就在她放下手的瞬间，一旁的司马子如突然极快地将她的手紧握在自己手里，因着大氅的遮挡，几乎无人能发现他们两人的小动作。

高欢目光微微一闪，心口仿佛被什么堵了一下，转过头去，大声道："天色也不早了，今晚就在此安营扎寨！"

营地里燃起的篝火驱逐了少许寒意，高欢令人支起大锅烧起了热汤，热腾腾的汤水就着炒熟的粟米及高粱等谷物吞下肚去，众人早已冻僵的肠胃才得到了舒缓。

正中烛光明亮的军帐内，待和亲信们商议完诸事后，高欢将司马子如单独留了下来。

"遵业，你和窦泰带上五百精锐骑兵，明早先行出发，偷袭尔朱兆的营帐。"

司马子如眼中闪过微诧的神色："王爷是想速战速决？"

高欢点点头："眼看新年就要到来，紧张了这么长时间的契胡人多半会借此机会苦中作乐一番，暂时忘却烦恼。我们趁此时机偷袭他们的阵营，必能杀他们一个措手不及，击溃他们的心志。"

司马子如不得不承认，在这种恶劣的天气下，这的确是最好的选择。只是——窦泰是前几年才投入到高欢军中的，还娶了高欢正妻娄昭君的妹妹为妻，也算是高欢的连襟，自投军以来，每战必为前锋，勇不可当。这次偷袭仅仅窦泰一人领军就完全胜任，不知为何要将他也加上。

在司马子如垂眸思索时，高欢的目光正带着一种审视的意味看着他。其实他自己也不明白为什么非要司马子如一同前往，或许在自己的潜意识里，是不是希望借此让英娥和他之间起隔阂？

想到这里，高欢不禁有些唾弃自己的幼稚，忍不住道："遵业，若是你另有打算——"

"遵业愿随同窦泰前往。"司马子如抬起头，双眼亮若星辰，"不过我有个请求，请王爷允许英娥一同前往。"

高欢眼神深了几分，那种堵心的感觉再次涌上心头，沉默了几秒后他才开口道："也好。"

此时位于秀容川内的尔朱兆残军，正如高欢所料，因着新年即将到来，忙着杀牛摆酒，希望借此一扫军中颓败气氛。

尔朱兆大口灌着酒，举目远眺，心中满是悲凉。

当年魏主入主中原之时，尔朱部落的祖先尔朱羽健曾立下军功，因此才得以受封秀容川的水草丰美之地，之后更是因为尔朱荣酋长，令北秀容的名字，连同尔朱氏的威名闻名天下。

可如今，尔朱家族几乎不复存在，仅剩下他还在苟延残喘。

他从来不曾后悔对元子攸的绝情，纵然是背负上了弑君的罪名。这是他唯一能为叔父做的，只是可惜，他无法再为叔父做更多事，包括好好照顾英娥。

不过念着旧时情谊，高欢也会好好护着他的小徒弟吧。

尔朱兆胡思乱想了一阵，在难言的苦闷中，因着酒的作用很快便沉沉睡去。

也不知过了多久，直到天边的第一缕阳光照射入营帐时，他才惺忪着半睁开了眼。

突然，帐外传来极为嘈杂的声音，接着就见一名侍卫几乎是连滚带爬地冲进了营帐，惊慌失措道："王，王爷！不好了！渤海王的骑兵——"

尔朱兆心猛地直往下坠，不等侍卫说完就迅速穿衣着甲提着刀冲了出去。

外面的雪早已经停了。

映入他眼帘的是一排排身穿明光铠的精锐骑兵，闪亮的铁甲和兵刃在阳光下反射着耀眼的银色光芒，恍如神兵天降。

他目光微转，看到一个熟悉的身影，不禁心口一热，眼眶微湿。

英娥……

他在心里念出她的名字，身子不受控制地颤抖，眼神恍惚迷离。

这些日子以来他差不多每晚都会梦到小时候的事情，梦中有多欢喜，醒来时就有多寂寞。如今她就在面前，他脑中阵阵眩晕，怀疑是在梦中。

"颍川王，如今你大势已去，为了族人和你自己考虑，还是归顺高王吧。"司马子如淡淡开了口，似是意有所指，"难道你不想为在意的人留着这条命？"

尔朱兆下意识地朝英娥望去，看到她期待的眼神时一瞬间确实有所动摇。

“尔朱兆，还不速速投降，高王自会饶你一命！”窦泰也是个急脾气，提刀指着他大声道。

尔朱兆绷紧了脸，只觉得心口的血急速回流，紧紧握住了手中的刀。

“阿兆哥哥……”英娥突然策马上前几步，含着泪唤着他，“活下来好吗？”

他多久不曾听到她叫自己阿兆哥哥了？

他眼中迅速涌起水雾，几乎有种立刻冲到她身边，紧紧拥住她的冲动。可也是在这刹那间，他忽然想通了很多事。

他是尔朱荣的侄子，是英娥最亲密的兄长，也是尔朱氏最后的希望。

即使投降，高欢也会处处提防他，而英娥的性子必然会因为护他和高欢产生矛盾，只有他彻底从这世上消失，高欢才不会再有任何顾忌，全心全意庇护着英娥。

从容赴死，才是他最合适的归宿。

他嗤笑了一声：“想要老子投降，简直是做梦！要么胜，要么死！”说着他再无犹豫，提刀直冲着窦泰杀了过来。

两军很快混战起来，英娥心急如焚，想冲到尔朱兆身边，却因面前兵马阻隔，迟迟无法靠近。

契胡士兵们昨夜都喝了不少酒，本就精神不济，再加上被高欢军的偷袭所震慑，只坚持了一会儿便无心恋战，纷纷四下逃散。尔朱兆一看败局已定，便掉转马头欲走。

“阿兆哥哥，不要走！”英娥大喊着，面颊因焦急涨得通红。

尔朱兆留恋的目光在她身上停留了一瞬，最后决然望了她一眼便纵马蹿入深岭之中。一直追随在他身边的慕容绍宗也急急跟了上去。

英娥大急，立刻催马追了上去。

窦泰皱着眉看着司马子如：“你不拦住她？若是她有个闪失高王饶不了你我！”

司马子如眼神深邃地看着前方：“我不拦她，有些事，要放手让她自己去决定。”

尔朱兆直入深岭，也不知疾驰了多久，但见前面悬崖阻断，荒岭再无路。他回头一看，跟随在自己身后的人竟只有慕容绍宗和苍头陈山提两人了。

他苦笑了一下：“绍宗，我真后悔那时没听你的话，放虎归山。”说着他将刀反转递给了陈山提，笑道，“你们跟着我许久，最后不想却是这般收场，今日就斩了我的头去，贺六浑应该会喜欢这份礼物。”

陈山提接过刀，很快将刀重重扔在地上，流泪道：“在下随着王爷闯荡天下，这天子的皇宫也住过了，宫女嫔妃的滋味也尝过了，这辈子也没什么好遗憾了。请让在下先下去为王爷探路吧！”

说着他竟二话不说纵身跳下悬崖。

尔朱兆双目通红，解下了衣带挂在树上："好，好，老子这就来。"

"王爷，为何不留得青山在？"慕容绍宗眼泛泪光，"若是您也这么走了，让在下如何对九泉之下的大将军交代？"

尔朱兆沉默了一瞬，道："这是我们尔朱氏最后的尊严。"他顿了顿，"绍宗你答应我，待我死后帮我收尸，让英娥……不要太难过了。"

"尔朱兆！谁允许你死了！"一声变了调的厉喝突然从他们身后传来，尔朱兆回首望去，只见英娥已气急败坏地策马追了上来。

尔朱兆在心底微叹了口气后，看着英娥下马朝自己飞奔而来，像小时候那样伸出双手，将她抱了个满怀。

"阿兆哥哥，跟我走。我去和王爷说，将来我们就住在北秀容，哪里也不去。"英娥抬起头急切地看着他。

尔朱兆低头凝视着她，眼中流动着令人心痛的温柔。

他的脑海里忽然浮现第一次看到英娥的情景，那正是草原上万物生长的春日时光。

他被叔父温暖的大手拉着，走进了他们的房间。他还记得，空气里弥漫着甜甜的奶香。

"阿兆，这是叔父和婶婶的长女英娥，将来你可要好好保护她哦。"叔父的笑容里是他从未见过的满足和幸福。

他有些别扭地抬头望去，看到那婴儿正在婶婶的怀抱里睡得香甜。那粉妆玉琢的模样比他见过的小羔羊崽还可爱。他忍不住伸手去戳戳她柔嫩的面颊，不料她突然睁开了眼睛，倒是将他吓得倒退了两步。

耳边传来了叔父和婶婶的笑声。

那一天，小小年纪的尔朱兆被人托付了一生的重任。

"再见，英娥，要好好活下去哦。"

这句话传入耳中的瞬间，英娥忽然感觉后颈传来一阵闷痛，接着眼前一黑就失去了知觉。

第十六章 尔朱覆灭

也不知过了多久，在一片昏昏沉沉中，英娥隐约听到有似曾相识的声音轻唤着自己的名字，那声音听起来是那么温柔，仿佛微风吹拂过灰蓝色的海洋。

她竭力想睁开眼睛，却怎么也掀不起眼皮。

忽然，又有另一道声音传来，如利刃般直刺入她的心脏。

“再见，英娥，要好好活下去哦。”

失去意识前发生的一切如画卷般在脑中回放展开，回想起说那句话的人，她蓦然心神剧震，竟一下子睁开了双眼。

映入眼帘的是司马子如担忧的脸，在看到她醒来的瞬间，他的神色有些复杂，那欲言又止的模样令她感到一阵莫名的恐惧心慌。

她腾地坐起身来，声音里带着一丝罕见的忐忑：“我阿兆哥哥呢？他是不是被俘了？”

司马子如静静凝视着她，眼神明显黯淡下去，眼底交织着心疼、歉意，以及如潮水般喷涌而出的悲悯。

英娥忽然有种极不祥的预感，身体蓦地僵住了，心口一阵紧缩，眼前迅速蒙上一层雾气，呼吸仿佛也在瞬间凝结。

“英娥，阿兆他……已经往生了。”他缓缓地，用沉重的语调低声说出了口。

她胸口猛地一窒，剧烈的疼痛如流水般从那里浸出，她硬生生收回了眼中的泪意，怎么也没哭出来。

“不可能。师父答应我了一定会留下他的命。师父绝不会食言的！阿兆哥哥他——”

“他是自缢而亡。”司马子如的话让她的声音戛然而止，她瞪大了双眼，几乎是气急败坏地吼出了一句：“你胡说！”

接着她跃身而起，朝着帐外冲了出去。

司马子如叹了一口气，却没有立即追出去，过了片刻，才缓缓起身。

天空还是阴沉沉的，细细碎碎地飘起了零星雪花。尽管将尔朱兆的残兵一举消灭，营帐里的士兵们却并不似往常那样喝酒庆祝，相反，不知是不是天气的原因，反而有一种沉闷的气氛弥漫其中。

英娥凭着一口心气冲到主帐附近，可偏偏到了这里她却不敢再上前。仿佛一旦她踏进那帐里，所有的希冀和侥幸都会被残酷的现实打个粉碎。

就在这时，一个修长的身影挑开厚帘走了出来，正是高欢。他前行几步又停下了脚步，微微低头仿佛在思索什么，昏暗的天色和簌簌而下的雪花让她看不清他的脸，也无法看到他此刻的表情，但那微微垮下的肩隐约昭示着他此刻的颓废和孤寂。

英娥僵硬地挪动着脚往前走了几步，高欢蓦然抬头，目光显然闪躲了一下，问话的声音也显得有些生硬。

“英娥，你醒了？还有哪里不舒服吗？”

英娥压根没心思回答，直视着他的眼睛，一字一顿道：“你答应过我，一定会留下阿兆哥哥的命，对不对？”

高欢脸上浮现苦涩的神色：“英娥，我——”

不等他将话说完，忽然从内帐传来慕容绍宗轻诵的《药师琉璃光如来本愿功德经》。

“愿我来世得菩提时，令诸有情，出魔罥网，解脱一切外道缠缚；若堕种种恶见稠林，皆当引摄，置于正见，渐令修习，诸菩萨行，速证无上正等菩提……”

英娥脸色瞬间变得惨白，心下大痛，一把推开高欢，径直闯进了帐内。

帐内的烛火半明半暗地轻晃着，慕容绍宗正跪坐在一旁低声诵经，他的身旁，摆放着尔朱兆早已冷去的尸身，俊朗的眉眼依然栩栩如生，白皙的脖颈上果然有一道明显的紫色勒印。

英娥扑通一声跪倒在他面前，全身难以自制地颤抖着，失声痛哭起来。

阿兆哥哥，她就只能这样眼睁睁看着他的生命消失……

那年两人的嬉戏玩闹声好像还缭绕在耳边，那年在草原上烤鱼的香味好像还存留在衣襟上……可是那个和她玩闹烤鱼的人，那个事事护着她的人，怎么就去得那么远了，再也留不住也看不到。

从牙牙学语起，他就一直陪伴在自己身边。

她恼了，他哄她；她跌跤了，他心疼；她耍赖了，他宠溺；她欺负别人，他纵容；她要什么他给什么，就算是天边的月亮，他也愿意上九天摘下来……

他的笑脸温暖明澈，仿佛全世界的黑暗都无法接近，他就是草原上最明媚的阳光。

可是她又做了些什么呢？

在他最纠结迷茫的时候，在他最需要有人陪伴的时候，她离开了他，毫不犹豫地放弃了他……

"阿兆哥哥……对不起……"她泪如雨下，喃喃道，"为什么，为什么……"

为什么就这样决然离开？

为什么连几句话都不愿和她多说？

为什么分离来得如此仓促？

"因为他从这个世上消失之后，人们就会渐渐将尔朱氏淡忘，身为大将军之女的你也会拥有属于自己的平静生活。"慕容绍宗忽然停了念经，突兀地开口道，"这是他自己的选择，切莫迁怒渤海王。"

英娥抬头泪眼蒙眬地看向慕容绍宗，隐隐看到了一张平静无波的俊美面容。

"所以，听他的话，要好好活下去。"慕容绍宗声音淡淡的，又低低加了一句，"我亦然。"

不多时，高欢和司马子如一同走进帐内，慕容绍宗立刻起身行了礼，倒是英娥始终一动不动。

高欢眼底掠过一抹忧色："我已经命人寻回了颍川王的金带金甲，待穿戴好之后将他厚葬于北秀容。"他顿了顿，又道，"英娥，你若是怪我……"

英娥抬起头，虽眼圈还泛着红，眼神却明澈，声音平缓有力："王爷已经做得很好了，英娥很感谢你。这是阿兆哥哥自己的选择，我尊重他的选择。或许对于落败之将来说，这已是最好的选择。"

高欢眼中明显闪过惊讶之色，但很快被淡淡的惊喜代替。

尽管她还是不肯叫他师父，但这种态度已经比他想象的好太多了。要知道进帐之前她还满腹恨意……到底是什么改变了她的态度？他探究的目光下意识地落在慕容绍宗身上，沉吟几秒道："绍宗，以后还是跟着本王吧。"

慕容绍宗立刻拜倒跪谢，脸上适时地带上了一抹恰到好处的感激。

司马子如在一旁沉默着，心口绞痛难忍。

他的英娥比他想象的更加成熟了，她终于再不是当初那随心所欲的小女孩。可这成长所付出的代价，对于她来说，实在是太残忍、太沉重。

他不能让她再失去重要的人和东西了。

高欢再次率着大军立于洛阳城下时，心中也是澎湃起伏，思绪万千。想当初，他出身被流放的军户之家，起于卑微，挣扎于乱世，旁人的冷眼轻视皆是家常便饭，甚至还因不懂规矩在上司面前坐下吃饭而被毒打……但即使是在那样的环境中，他依然心怀志向与梦想，预见天下即将大乱后顺势而起，倾尽家产以结交朋友，依附不同的枭雄，清帝侧，伐葛荣，翦灭尔朱氏……如今，大魏天下终于尽在他的掌握之中……

只是眼下，还有件迫在眉睫的事需要解决——此时尚在位的皇帝元恭，就像是一块烫手山芋，若处置不当便极易落人口舌。

众人也就此事纷纷出谋划策，先是亲信孙腾推荐安定王元朗，欲取而代之，但元朗身上的皇室血脉并不纯粹，立他为帝显然会招致其他皇族世家的不满。

接着又有在洛阳的贵族臣子们力挺继续由元恭当这个皇帝，做生不如做熟嘛，毕竟彼此也已经君臣共事好一阵子。

高欢在议事时听到众人多倾向于后者建议，倒也是心动了一下。元恭此人也是颇有个性，做皇帝前曾装聋作哑好几年，一直深藏不露，为人处世的确有几分才能。将来若借用他的名义号召天下群雄，或许也比较有说服力。

高欢尚在犹豫，忽然，有道响亮的声音传入他的耳中：“王爷，皇上神采高明，但恐日后难制，还望王爷慎重考虑。”高欢循声望去，见正是在诛灭尔朱氏中立下大功的斛斯椿，当下神色和缓。

而高敖曹等人听了斛斯椿的这句话，深觉有理，也立刻附和起来：“斛大人说得没错，王爷找个傀儡也比他强，不然此等心机深沉之人为帝，哪天害了我们都不知道！”

高欢眼神微敛，似是在思虑。他习惯性地想征求司马子如的建议，抬眼望去时才想起这几日司马子如一直陪伴着英娥。

想到英娥，他的眼神又微微一黯，虽说她看起来已经和往常无异，面对他时那种挥之不去的淡淡疏离却始终存在。

也不知道，到底什么时候他才能再听到她叫自己一声师父……

就在拥帝废帝的双方继续僵持不下之时，只听斛斯椿上前一步，轻轻一笑再次开了口：“诸位大人请别忘了，广陵王可是由叛乱的胡人所立，若是继续由他来做天子，那么高王的队伍怎么称得上是义师呢？”他索性连皇上也不叫，直接用上了元恭即位前的封号。

斛斯椿此话一出，殿内顿时陷入一片死寂。是啊，就算当今皇帝再怎么合适，但单凭他是由尔朱世隆所立就已经出局了。

众人想到此处，不由得也高看斛斯椿几分。看来此人能得高欢的宠，也不仅仅是献上尔朱氏诸人的缘由。

高欢注视着斛斯椿的眼神也更加深邃，恍如见不到底的深潭，声音里带了几分决断："既如此，就先将广陵王关押于崇训佛寺，另择新主。"他顿了顿，环视下首的官员们又开口问道，"你们倒是说说，由谁来做这个皇帝最为合适？"

众官员窃窃私语，倒是推举了几名元氏皇族，却又被他人一一否定。

高欢不由得蹙起了眉。

斛斯椿看着高欢的神色越来越沉郁，脑中浮现前些日子收到的那封来自远房表亲的信，不由得弯了弯嘴角："王爷，我倒是有一合适的人选。"

众人的目光再次集中在他身上，不得不承认，今日，这曾为人不齿的斛斯椿实在是大出风头。

高欢似乎对他的答案也颇为期待："哦？倒是说来听听。"

"平阳郡王元修。"他飞快说出了这个人名，又道，"郡王血脉纯正高贵，乃孝文帝之孙，广平武穆王之子，年少时性子颇为洒脱风流，近年来为人低调，恐怕没有比他更合适的人选了。"

他说完之后，世家官员们倒是无一反对，似乎都默认了这个人选。高欢面上也露出笑意："好极了，那就择日请平阳郡王入洛阳即位为帝！"

众人立刻齐声高呼高王英明，瞧架势倒是他更显帝王之气。

斛斯椿低头时笑容隐现，心中暗道：明月郡主，这下子可如你的意了。不，待再见时，郡主也就成公主了。

不久之后，高欢便废尔朱氏所立天子，改立武穆王第三子元修为帝，并派出精兵若干前往平凉亲自护送元修入洛阳。

前往洛阳的一条官道上，一辆外表低调的马车在高大骑兵们的簇拥下正缓缓行进，嗒嗒的马蹄声踏破了清晨的寂静，空气中弥漫着春花的气息，随着微凉的风飞舞而过。

宽敞富丽的车厢里，一位眉目秀丽的年轻男子，斜斜倚靠在雪白的皮毛软垫上，懒洋洋地往嘴里放着宇文泰为他准备好的肉脯干，这是他在关中几年最为喜爱的小食。

马车的另一侧，两位姿态优雅面容美丽的年轻女眷则含笑注视着这位被选中的新皇元修，其中一位略年长，姿容却如皎皎明月的女子先开了口："恭喜阿兄，不，恭喜皇上，终于守得云开见月明。"

元修脸上非但没有一丝喜色，反而扯起嘴角苦笑了一下："明月，他们为何偏偏选中了我？”

元明月和身旁的元妙容对视了一眼，同样兴奋的光芒在她们眼底一闪而过。

“阿兄何必妄自菲薄，阿兄是孝文帝之孙，这纯正的贵胄血脉谁又能及您？由您来做这个皇帝自然是当之无愧！”

元妙容连连点头：“明月说得没错，论血脉纯正，谁又能及上你我兄妹。”

元修微叹了一口气：“难道你们都忘了之前先帝们的下场了吗？”

元明月嫣然一笑：“皇上不必担心，渤海王可不是那些野蛮的胡人，纵然他怀有野心，既拥立了您为帝，他自然也要有所顾忌，才能堵上悠悠之口。”

元修冷笑一声：“待到将来他不需要我这个傀儡了，恐怕我的下场比先帝还要惨。”

“那可不一定呢。”元明月眉毛轻扬，“皇上不是最善于藏拙吗？待到了洛阳皇宫，皇上明里继续以风流本性示人，暗地里可结交忠于元氏之臣，还有这宇文泰，皇上和他也算结下几分情谊，自当好好拉拢，到时候鹿死谁手还不知道呢。”

元修心中诧异，看着她的目光中带了几分审视，没想到明月还有如此见解。

元明月微微扬唇：“妹妹只想为阿兄分忧，皇上好了，我们做妹妹的自然也就好了。”

元妙容早已按捺不住，拉住元修的衣角，撒娇道：“阿兄，到时你可要为我和阿泰赐婚。”

元修心念飞转，将亲妹妹嫁给宇文泰，倒不失为拉拢宇文泰的好方法，因此也只是抬手轻轻敲了一下她的额头：“一个女儿家说这些羞不羞，阿兄自会好好考虑。”

元妙容顿时笑靥如花。

一阵轻柔的春风挟带着花香吹进了车厢里，清淡悠长，蜿蜒入心。

“听说那尔朱荣之女姿容过人，先后嫁了两代帝王的女子，我倒是想亲眼见见呢。”元妙容忽然好奇地开口道，“阿兄、阿姐，你们不是都见过吗？到底她有传说中那么美吗？”

元修刚拿起的茶盏微微一滞，元明月看了他一眼，笑道：“自然是美的。听说自尔朱兆谋害先帝后她便一直跟着高欢了。不过这次高欢回洛阳，想必她也会一同回来。”

不止英娥，还有那个她一直心心念念的汉家儿郎。

元修微微合眼，脑中浮现很久以前，那个少女冷静为自己夫君除箭时的一幕。

即使她的手上身上沾满了鲜血，模样明明是吓人的，更没有那些世家美人的风流温婉，可被烛光映着的侧脸似乎笼着一层暖金色的光芒，晕染变换出一种静谧神圣的美丽，令人不由得屏住呼吸，生怕呼吸重了就会破坏这份美。

他一瞬间有些恍惚，脑海里闪过很多念头，又好像什么都没想。

不知为什么，想到即将以天子的身份见到那个人，他心里竟隐隐有些说不清的期待。

元明月留意到他的轻微异常，若有所思地看着他，嘴角缓缓露出一抹不为人察觉的笑容。

元修入洛阳登基以后，即以高欢为大丞相、天柱大将军及太师。司马子如为大行台尚书，高敖曹和高昂兄弟分别为司徒及司空。在尔朱兆一战立下大功的高欢连襟窦泰则为御史中尉，高欢长子高澄亦被封为侍中及开府仪同三司，几乎个个身居要职，高欢更将亲侄女过继，嫁与元修为后，牢牢掌控住了洛阳的朝政。

在外人看来，这无异于又是一个尔朱荣。

至于原先的废帝元恭，以及孙腾推荐过的安定王元朗，皆被一杯鸩酒了结了性命。一旦失去皇帝这个位置，就连想要如普通人那般苟延残喘都成了一种奢望。

不过这位初登大宝的新天子，似乎对朝政并不太关心，入宫才没多久，位子还没坐稳，倒是封了不少嫔妃美人，一下子让这后宫变得热闹非凡。除此之外，新天子也颇热衷于搜罗各种珍奇猛兽，为此还特意在华林园旁边修建了一座珍兽园。

英娥出孝除服的那日收到了来自宫中由元熙皇后亲手书写的请柬，原来是西域进贡了一头纯白无瑕的雪狼，皇上大喜视为吉兆，因此在宫中设下宴席，召请王公贵族携带家眷一同前往。

其实自开春以来，宫里大小宴席已经举办了多次，英娥之前因尚在孝期内无须理会，但这次——是难以推托了。

此时正是春意盎然的时节，莺啼鸟鸣声络绎不绝。华林园正中那株多年的桃花开得正灿烂，犹如日暮时分绚丽的云霞。微风拂过，吹拂起片片桃色花瓣，如粉蝶般纷纷飘落于潋滟的湖面之上，美不胜收。

再度踏入皇宫的英娥见到此情此景，心里却如秋千般怅然荡起又荡落，就连那飘零的落花仿佛都带了几分宿命的落寞与冷漠。

这个地方承载着她的过往、她最美好的年华，还有所有的回忆。点点滴滴的记忆凌乱地铺陈在心底，无从收拾，也从来不曾掩埋，即使随着时间的流逝这些记忆会渐渐模糊，但那种失去重要的人的痛苦、信任被辜负的悲哀，都已经成为心底的一根刺，永远无法消除。

她曾拥有的一切，瞬间倾覆在命运的掌间。

侍女阿女暗暗惊叹了皇宫的华贵之后，目光正好落在英娥的面容上，微微怔神，都说她的模样和这位前皇后有几分相像，但依她自己看来，却是鱼目和珍珠之别呢。

就在她想得出神的时候，忽然不远处的一阵女子笑声将她的神思拉了回来。

她惊讶地抬头望去，只见几位姿容出色的华服女子结伴而来，能在这里出现的，显见必定出身贵重。

此时华林园中并没什么人，那几位女子立刻留意到了英娥。为首的容长脸美人眼中闪过一丝惊艳，随即嘴角勾起一抹笑意，带着众人款款走了过来。

“大胆，见到几位公主也不跪下行礼！”宫女大声对着英娥呵斥道。自尔朱兆大肆屠戮皇宫之后，宫里几乎都换了新人，因此多数人并不认识英娥，只当她是普通外臣妇。

英娥还未出声，倒是阿女按捺不住，恼道：“你才是胆大包天！知道你在和谁说话吗？该行礼的是你们！”

宫女似是听到了天大的笑话：“我不知道你们是哪里来的闲杂人等，不过我可以告诉你，这几位是妙容公主、安德公主和元安公主，其中妙容公主可是皇上嫡亲的妹妹！”

阿女也没想到这几位来头这么大，不过一愣后立刻反驳道：“公主又如何，我主子身份尊贵无比，是堂堂前皇后！”

众女子一惊，为首的妙容公主更是连看了英娥几眼，脱口道：“原来连嫁两位帝王的女子就是你啊。”

她口吻中的轻佻之意令阿女更是愤怒，正要驳斥什么，只听英娥淡淡道：“阿女，我们也该过去了。”

元妙容眼神一暗，面上骤然带了几分羞恼之色。从刚才她们出现为止，这尔朱英娥始终未正眼瞧她们一下，显然根本就没将她和几位堂姐妹放在眼里。她知道兄长这个便宜皇帝来得莫名其妙，可不管怎么说，她的体内流的可是元氏高贵的血液，哪里是尔朱英娥一契胡女子可比的！

“等一等！”身旁的安德公主看出她的心思，一心想要讨好这位堂姐，脑子一发晕竟然拦在了英娥面前，笑吟吟道，“皇后，不，我是该叫一声前皇后还是前前皇后？百闻不如一见，皇后果然姿容过人，也难怪能侍奉两朝帝王，说不定过些日子我们又要多一位嫂嫂——”

啪！

不等她说完，早已怒火万丈的阿女控制不住地上前给了她一巴掌。

众人顿时傻眼，安德公主更是被打蒙了，呆了好几秒后才凄厉地喊叫起来：“你，你一个贱奴竟然敢打本公主！来人，给本公主狠狠打！打死她！”

随行的宫女侍卫们面面相觑，毕竟面前的这位前皇后也是得罪不起的，最后还是之前那名宫女见英娥依然无动于衷的模样，大着胆子上前举起手朝着阿女的脸扇了下去——这一下她用上了十足狠劲！

阿女自知打了公主难逃惩罚，索性站在原地不动，眼看着这掌就要扇到阿女的脸上，只见一道凌厉银光闪过，在众人根本没看清的一瞬间，只听到那宫女已经惨叫起来。

众人吓了一跳，齐齐望去，只见那宫女的掌心竟然被一支银簪穿透，鲜血霎时就汩汩冒了出来。

英娥从容不迫地收回手扶了扶头发，目光冷冷地扫了她们一眼："我的人，你们动不起。"

在场诸人呆立当场，却无人敢发出声音，唯有那受了伤的宫女如小兽般凄声呜咽，偶尔看向英娥的目光中充满了怨恨。

英娥似是不胜其扰，皱了皱眉，正要说话，只听安德公主又大叫起来："妙容姐姐，这契胡蛮女如此折辱你我，难道就这么算了？您可是当今皇上嫡亲的妹妹啊！"

元妙容沉着脸："那你还想如何？"她原本只是想给这位前皇后一个下马威，没想到对方一出手就这么狠辣。

"自然是禀告陛下，让陛下将这打人的丫头凌迟处死！"安德公主捂着红肿的半边脸，眼神有些癫狂，"我堂堂公主绝对不能被白打了！"

英娥极轻地冷哼一声，懒得再理这些人，转身欲走。阿女也急忙跟了上去。

"拦住她，给本宫拦住她！"安德公主气急败坏地吼道，妙容公主则暗暗给了那些侍卫一个眼色，侍卫们只好硬着头皮上前，将英娥和阿女团团围了起来。

安德公主脸上这才泛起一抹得意的笑容："这下本宫看你往哪里逃！"

妙容公主嘴角微勾，又软声道："其实我也不愿得罪您，只是宫里有宫里的规矩，请您明鉴，只要留下这打人的侍女即可。"

一旁的元安公主露出几分忐忑之色，不时地往后张望，期待着之前因有事暂离的明月公主能早些出现在这里。

阿女见到这个阵势，心里也不免有些紧张，小声道："主子，这下我们该怎么办？"

英娥微微一笑，弯腰从地上捡起一根树枝，在手上掂了掂："从现在开始由一数到二十，我们就可以走了。"

她的声音足以令在场所有人听个清清楚楚，安德公主霎时气白了脸，怒斥道："还不赶紧将那丫头拿下！"

她的话音刚落，忽然听见不远处饱含恐惧的惊叫声乍起，接着又有纷乱的脚步声纷至沓来，隐隐还夹杂着"护驾"之类的声音。

英娥面色微凝，心知有事发生。

还不等众人反应过来，忽见一头体形巨大的白狼如闪电般蹿了出来，它全身中了好几支箭，却并非伤到要害之处，通身如雪般洁白的毛皮已是血迹斑斑。紧追其后的侍卫们神色惶惶，射出的箭倒十有八九射偏了。

英娥心里咯噔一下，莫非这就是西域进贡的雪狼？

那雪狼也是狡诈，竟朝着花丛旁的安德公主扑了过去，在距她一拳的地方又堪堪停了下来，似是随时准备扑上去。因距离太近，又有花丛遮挡，侍卫们怕伤着公主，一时也不知如何是好。

安德公主瞪大了眼睛，完全发不出声音，喉咙里咯咯作响，显见已惊惧到极点。僵持了一会儿后，雪狼失去耐心，纵身跃起张开獠牙，安德公主倒是很干脆地双眼一翻晕了过去。

说时迟那时快，英娥忽然伸手夺过身旁侍卫的弓箭，云袖轻甩，娴熟无比地张弓引箭，只见一支羽箭如流星般飞射而出，仿佛长了眼睛以极其刁钻的角度穿透了雪狼的喉咙！

众人不约而同地望了过来，只见阳光自澄澈遥远的碧空倾泻而下，在素颜如雪的女子身上镀下一抹金色，她的发丝不羁地四散飞扬，一双琉璃眸仿佛初升明月，照亮了所有人的眼睛，整个人耀眼到让人不敢直视。

这一幕也落入随后赶到的元修和高欢、司马子如等人眼中。

元修眼睛一眨不眨地凝视着她，似是要将她此刻的美都印入心底。眼前的这一幕仿佛和很久以前的那一幕重合在一起，他胸口涌起了轻如羽毛的触感，有一种隐秘的欲望正在蠢蠢欲动。昔时的少女如天空的星辰那样遥不可及，即使他想伸出手，也无法触及半分，可如今他似乎已经拥有了只要竭力伸出手，或许就能触碰她的可能。

高欢眼中也闪过明显的骄傲之色，这可是他一手调教出来的最得意的徒弟，在那样的情形下，她的判断力、速度、反应、协调完美，这干脆利落的一箭令他简直想喝彩！

司马子如的目光则是迅速掠过她的全身，见她并未受任何伤他才微微松了一口气，心情比在场任何人都要复杂……

“好！好！”元修大笑着开口，“殿下今日救驾有功，朕要重重赏赐！”

元子攸薨后，尔朱氏和高欢双方一直处于战乱之中，因此英娥也未正式被封为太后，旁人皆以殿下相称。

“陛下，不如就趁今日，将殿下尊为皇太后，赐予尊贵封号，您看如何？”一直站在元修身后的元明月微笑着说道。

“不妥！”元修和高欢几乎是同时开口拒绝，高欢锐利如刃的目光直射向提出建议的元明月，元明月垂下眼帘，眼中却闪过一丝兴味。

司马子如的眼神暗了暗，在听到那句话的瞬间他的确有种坦承愿娶英娥为妻的冲动，但他也即刻清醒，眼下并不是最好的时机。且英娥之前两任夫君都是帝王，再嫁之人除非强大到天下人不敢发声，否则很有可能尚在萌芽时期就被扼杀，他绝对不能允许这种后果发生！

“阳平郡公，听说您和殿下也是一同长大，情谊匪浅，不知对此您有何看法？”元明月对着司马子如露出得体雍容又不失娇媚的笑容。

司马子如淡淡扫了她一眼："我们这里的任何人，都无法替殿下做出决定。因为无论是何种选择，只有殿下本人才能决定。至于臣，只会尊重殿下的选择。"

英娥薄薄的唇边慢慢扬起一抹笑容，那一瞬间，就像透过乌云的阳光，散发出温暖的光芒。

她上前两步："陛下，我自由自在惯了，这样就已经很好。如果陛下愿意赏赐，不如多多建造一些如信义坊那样的地方，让更多失去亲人的孩子得到庇护，感念圣恩。"

高欢眼中漾起欣慰的笑意："殿下此议甚好。"

他一开口，其他人自然也是纷纷附和，夸赞英娥心怀仁慈。

元修也点了点头："好，那朕即刻下旨，着人办妥此事。"

众人又是一番不要钱的称颂。

就在此时，安德公主迷迷糊糊地睁开眼睛，一眼看到了元修，顿时不管不顾地哭喊起来，指着英娥道："陛下，陛下给臣妹做主啊！那蛮女的丫头竟然对臣妹动手，还请陛下杖毙那丫头！"

元修皱了皱眉，眼中闪过一抹厌恶之色。

高欢冷冷笑了笑："刚才若不是殿下出手相救，怕是安德公主早就没命了吧。"他顿了顿，连看都没看元修一眼，"安德公主对殿下出言不逊，理应贬为庶人，至于手下这些奴婢，全部杖毙。"

安德公主一下子白了脸，颤抖着看向元修。

元修虽憎厌堂妹的不识趣，可也没想要处置得这般不近人情，但高欢既然说出了口，他根本无从辩驳。

收起眼中一闪而过的不满，他立刻做出决定："就按大丞相所说的……处置吧。"

高欢满意地看了他一眼，环视一下周围，冷声道："若再有人对殿下不敬，别怪本丞相手下无情！"

看到众人没有任何异议，他又笑了起来："好了，不要因为这件小事扫了陛下的兴致。"说着他做出个请的姿势，"陛下，还请随臣移步明光殿。"

前一刻他还令众人战战兢兢，后一刻他的笑容却如阵阵拂面暖风，令人感到轻松愉悦，让每一个人都感到自己被重视，这就是高欢的魅力。

英娥适时地走开几步，让众人先行。元明月扶着安德公主朝着另一方向走去，若有所思地望了元修一眼，又看了看高欢，眼中微起波澜，嘴角轻轻勾起。

待众人离开之后，偌大的华林园内只剩下了英娥、阿女和司马子如三人。

阿女颇为识趣地退到一侧。

"你怎么还留在这里？"英娥眼中带上了几分促狭笑意。

司马子如微微一笑："自然是有重要的事没做。"

他缓步走到她面前，凝视着她的眼睛，唇间的温暖吹拂在她的额头，在一瞬间，她有种周围一切都消失的错觉，这个世界仿佛只剩下她和他，所有的一切，都在他温柔的笑容中逐渐放大。

她的心怦怦跳了起来，重要的事……还没做……难道他想亲……可是……这里是皇宫……不行……

直到他绕到她身后，拆开她乱掉的发髻，以指代梳梳起她的头发，她的胡思乱想才终止。

"这就是重要的事？"

"当然了，不然你以为呢？"他笑吟吟道，"顶着一头鸟窝乱发，可是有失殿下的风仪哦。"

"不过是掉下几丝头发，哪有鸟窝那么夸张嘛！"

"好了，别乱动。不然可要梳歪了。"

"梳不好可是要受罚的！"

他笑得更加柔和："无论殿下罚什么，臣都甘之如饴。"他的声音在她耳边如风吹过，带着淡淡的暧昧和若有若无的诱惑，"只是不知道，殿下打算怎么罚臣呢？"

英娥的脸一下子热了起来，她冷哼了一声不再搭理他。

清风徐来，吹来清浅草叶花香，司马子如小心地替她绾着发髻，黑曜石般的眸子里微微荡起了轻柔的涟漪。

月色透过天穹洒落在皇宫内院，铺开一地如雪霜的银白。

明光殿内的烛火在夜风里明明灭灭，映得位于上座的年轻帝王神色阴暗不明。在他的下首，跪坐着一位身材瘦削的中年男子，正是最近颇受高欢赏识的斛斯椿。

"陛下，今日安德公主之举虽然莽撞，但也不至于受此重惩，大丞相显然是没将陛下放在眼里。"斛斯椿揣摩着元修的神色，小心地开了口。

元修轻轻转了转手中的酒盏，哂笑一下："当初朕被推上这位子时就知道，做傀儡的滋味并不好受。"他微叹了口气，"若可以选择，朕宁愿过以往那样的生活。"

斛斯椿蹙眉："陛下，难道您忘了先帝们的命运吗？一旦您不想再坐这个位子，那么等待您的只有死路一条。"

元修扯开一抹苦笑："朕何尝不知，如今已成骑虎之势，进退两难。"

"陛下，退是退不了，可若是想要进，未必没有可能。"斛斯椿嘴角勾起一抹笑意，"如今尔朱覆灭，正是元氏宗室绝处逢生重整山河的最佳机会，其中必有许多对大丞相的独断专行心有不甘者，如南阳王元宝炬、沛郡王元欣、赵郡王元谌等，都是陛下可以拉拢的对象。”

元修眼中有光亮一闪而过，随即又暗淡下来：“但仅仅倚靠他们也是不够的。高欢手下能者诸多，又岂是朕能相比的。

“陛下，当今天下，唯一还能与高欢相抗衡者，唯有关西的贺拔岳及宇文泰。”斛斯椿唇边笑意更深，“那贺拔岳之前和高欢素来不合，如今也不过是迫于情势不得不低头，而宇文泰之兄是死于尔朱荣之手，对尔朱氏及高欢也不会太过忠心。若是陛下和他们结盟，必定事半功倍。”

元修若有所思地望着跳跃的烛火，神色难辨。

就在这时，宫门被轻轻推开，一位姿色出众气度雍容的女子缓缓走了进来，一袭浅黄色的宫装将她衬得如天上明月一般皎皎出尘。

看到女子突兀地出现在这里，元修和斛斯椿却面色如常，斛斯椿起身行礼，低唤了一声：“明月公主。”

元明月微微一笑：“斛大人是本宫的表亲，无须多礼。”

元修望了元明月一眼，开口道：“明月，你觉得贺拔岳为人如何？”

元修显然是在征求明月的意见，由此可见，他对这位堂妹的信任已经远超过心腹亲信。

元明月施施然坐了下来：“陛下，我们也在关西和他们相处了一阵子。贺拔岳骁勇过人，但智谋不足，我倒是更看好他手下的宇文泰，此人生性坚忍冷静，将来必成大器。”

“那依公主之见……”斛斯椿眼中多了几分兴味。

“贺拔岳那里陛下自然是要笼络，至于宇文泰，妙容姐姐一直对他怀有情愫，如今男未婚女未嫁，陛下正好为他们两人赐一门好姻缘。待那宇文泰成了陛下的妹婿，这关系自然就非比寻常了。”

“公主果然聪慧！这下就将宇文泰拉到了我们的阵营之中。”斛斯椿赞赏地看着元明月，只可惜她不是男儿身。

元修似还有些犹豫不决，元明月起身跪坐到御案前，伸手为他倒了盏胡椒酒，这种由干姜、胡椒、安石榴汁及黄酒所酿制的酒入口辛辣，后劲十足，是元修登基后最常喝的酒。

“陛下，您身上也流着拓跋氏的血，难道就这样甘心为傀儡？妹妹知道您素来喜欢自由自在的生活，可只有立于权力的顶峰，您才能真正随心所欲地活着，您想要的任何东西、任何人都唾手可得。只有拥有强大的权力，才能拥有真正的自由。”

元修有些惊讶地望向元明月，她的眼眸如深海般涌动，仿佛有无底的旋涡将他的所有神志吸入……

隐隐约约，他眼前又浮现英娥射穿雪狼喉咙的惊艳一幕……若是能将那样的美人占为己有……

“陛下，明月公主所言甚是。”斛斯椿的声音将元修生生从旋涡里拉了出来。

元修似是下了决心般点了点头：“既如此，朕就将贺拔岳的兄长贺拔胜提为荆州刺史，同关西正好成掎角之势。为表朕之真心，朕还要亲取自己的心前血同密信一同送给贺拔岳，愿与他共结兄弟之义！”

三人又一同商议了好久，元明月和斛斯椿才告退离开明光殿。

夜空中明月依然高悬，皎洁如玉钩。月色下的明月公主身上仿佛多了几分冷清之色，完全不似平时笑意盈盈亲和力十足的样子。

“斛大人，您既然决定站在陛下身边，那就再不可有二心了。”她侧过身，淡淡地说了一句。

斛斯椿面上泛起苦笑，想起了之前尔朱仲远的两位得力亲信前来投降高欢，并将仲远家人下落告知，不料高欢将他们一顿痛骂后将两人就地斩首。那几句斥语传入他的耳中，却令他冷汗涔涔寝食难安，每每面对高欢时，那几句话都会清晰无比地刺入心底——事天子则不忠，事仲远则不信，犬马尚知饲之者，汝曾犬马之不如！

若以忠信决定人之生死，那么出卖尔朱天光、又诱擒尔朱世隆等人的他足以被千刀万剐了。

即便高欢如今对他还算亲近，可这话如同悬在头顶的剑，不知何时就会落下来。

与其成天提心吊胆，还不如另找他人，先下手为强。

“公主放心，臣和陛下是同坐一船的，绝不会再有二心。”

元明月盯了他几秒，这才点了点头：“斛大人可要记住自己的话，将来还有数不清的尊荣等着您。”

斛斯椿扯开嘴角，心里突然有点好奇，忍不住脱口道：“明月公主如此妙人，真不知将来什么样的郎君才配得上您。”

元明月敛了笑意，抬头望向夜空中的明月。明月旁一颗璀璨流星飞速滑过，迅速隐没于黑暗的天幕之中。

她莞尔一笑，没有什么挡得住明月的光辉，那些挡路的星辰，终将消失殆尽。

与此同时，在洛阳的大丞相府，司马子如推开了高欢书房的门，面色平静地迎向对方的目光：“丞相，在下愿辞去大行台尚书之职，带英娥离开这里。”

春日里的晚风有几分冷清，就像此刻的月色。供佛的紫檀案几上，青釉莲瓣瓶中的白色素心兰淡雅的香味随风弥漫开来，渐渐融进清凉的空气之中。

高欢霍然抬头，只见他秀丽的眉目间光影闪烁，看上去竟有种难以名状的陌生感。

“遵业，你知道自己在说什么吗？”他拧起了眉。

司马子如只是静静看着他，那双黝黑的眸子看起来比白天更深邃，而且，还透着种说不清的意味。

高欢有些烦躁地揉了揉自己的眼睑：“遵业，如今正是我最需要你的时候。”他顿了顿，又道，“你我自从在北秀容相识以来，历经种种依然情谊深厚，无论在出谋划策或是领兵作战上，你都是我最亲密的伙伴。我本想过些日子回晋阳，将这里的一切交给你……”

“如今时局已渐渐稳定，其实有没有在下都没什么关系了，丞相的大业已指日可待。”司马子如缓缓开口，“英娥继续待在这里，恐怕会有更多人利用她。”

“司马子如，现在还不是你退的时候！”高欢眼中闪过一抹恼色，“你怕英娥受伤害，我和你一样！但是你别忘了，只有足够强大，才能保护想要保护的人！你带英娥离开？你打算去哪里？南有梁国，北有蠕蠕异族，司马子如，我简直无法相信这是你说出的话！你的睿智，你的聪慧呢？全都没了？你怕别人利用她，打她的主意，那好，我就将她送到个清静没人敢打扰的地方如何？”

司马子如抬眸，眼中似乎有什么一闪而过，俯首道：“那就请丞相暂且将英娥送到西郊的轻云寺休养一段时间吧，至于那些来自皇宫及世家的请帖，我想丞相一定有办法阻止。”

高欢一怔，恍然醒悟过来，又好气又好笑道：“好啊！遵业你这心眼都耍到我这里了！”

司马子如弯了弯唇：“那，就这么说定了。”

高欢叹了一口气：“你放心吧，我绝对不允许有人打英娥的主意。其实你的建议也未尝不可，让英娥暂离这里的纷争。且轻云寺那里风景秀丽，以温泉出名，顺便也可让她好好调养。”

司马子如微微一笑：“多谢丞相。”

“你别再说什么离开的话了。”高欢冷下脸，“你明知我离不开你！”

司马子如轻笑起来，目光中多了一抹促狭：“丞相这话可是会让人误会哦。”

“你啊！”高欢脸上闪过无可奈何之色，“既然来了，正好我也有事和你商议。”

司马子如点了点头。

“河西那不长眼的流民首领纥豆陵伊利，屡屡拒绝我们的拉拢，我打算过些日子亲自征讨河西，震慑那些不听话的人。”高欢挑了挑眉。

“丞相亲自出征？”司马子如凝目，“若是有什么闪失，好不容易稳定下来的局面又会大乱，还是派别人去更好一些。”

“这件事以后再说也罢。”高欢立刻转移了话题，“对了，遵业你也知道，因为战乱的关系，百姓流离失所，很多被当地豪强控制，成为他们的奴隶或是私兵。这些豪强不上税也不上报奴隶数目，实在是一大隐患。”

司马子如笑了笑：“不瞒丞相，我也仔细考虑过这件事的解决之道。其实，两个字，括户即可。”

“括户？”

“就是派人前去检查户籍，将隐瞒不报和逃亡人口搜括出来，将他们遣送还乡或是就地入籍，而那些欺瞒不报的豪强，则皆以大辟之刑，没收其家产。这样一来，百姓回到故土恢复耕种，自然可以缴税给朝廷，而那些被充公的财产也可给朝廷提供军资，私兵则可以提供兵源。”

高欢连连点头：“不错！实在是一举两得，不，一举多得的办法。”

司马子如又从怀里取出一卷册子：“丞相，这些都是在下对于其他政务的一些建议，还请过目。”

高欢连忙接了过来，细细翻看起来，眉目越来越舒展，不禁道：“有遵业在我身边，实在是一大幸事。”

司马子如面色平静从容：“为丞相效力，才是遵业之幸。”

天下皆乱，又如何能独善其身，更何况带她一同逃离？

唯有权倾朝野之日，才能真正将她护于羽翼之下。

“丞相不妨再看看，这私盐泛滥亦有解决之道……”

待两人商议完诸事后，天已经蒙蒙亮。司马子如匆匆告别，高欢起身走到庭院之中，默然凝视着那化不开的夜色。夜晚的风，还带着几分料峭的寒意，他却恍然不觉，任由思绪如蔓草般延长。

子如是他不可或缺的左膀右臂，将来待长子阿惠理政，子如更是不二的辅政重臣。

由他来保护英娥，其实是最合适的人选。

只是……一旦想到要将她交给别人，哪怕那个人是自己最信任的人，高欢心底就仿佛有了一道细细的裂缝，理智和情感不停在其中纠缠，难分上下。

他，实在是，舍不得。

四周的声音似乎都安静下来，万籁俱寂，寂静得让他莫名感到寂寞。

虽说夏日还没到来，但零落的蝉声已隐约可闻。有灰色的飞鸟掠过碧色长空，挟带着细碎的鸣叫声。

元明月如往常那样前往觐见皇上时，正好看到一群官员从明光殿匆匆走了出来，他们之间的对话也随着风声飘入她耳中。

“这括户之策实在是好极，也唯有尚书大人才想得出这样的点子。”

“不止呢，你看尚书大人今日上奏的关于解决私盐泛滥的折子，索性关闭盐市，允许民间私盐卖于官府，只收取少量盐税，这样双方都获了利，自然就平衡了官府和私人在盐务上的矛盾……”

几人热烈地讨论着远去，元明月静立在树下，嘴角微漾笑意。

“公主，这司马尚书还真是厉害呢。”身边的贴身宫女最是明白自己主子的心思，“也只有这样的郎君才配得上公主。”

明月抿了抿唇，正欲往前走，忽见一风华绝色的官服男子正缓步走出来，阳光从浓绿的树荫中倾泻而下，镀了他一身金黄，微带暖意的俊秀容颜如清风明月般美好，令人想起在月光下摇曳的青青翠竹，不由自主地迷恋，清醒地看着自己越陷越深无能为力。

“尚书大人。”元明月上前几步，露出了优雅娇媚的笑容。

司马子如脚步一顿，面色如常地行了礼：“公主。”

元明月笑容不变：“我也从皇兄那里看过你关于括户的建议，却有几点不同见解，不知尚书大人可有时间听我一言？”

司马子如微微一笑，眼中却没有丝毫笑意，有着难以融入的疏离冷淡：“公主大才，相信陛下会很期待听到您的不同见解。恕臣还有急事，先告退了。”

说完他又行一礼，匆匆离去。

“公主，这尚书大人也太不识趣了！”宫女在一旁愤愤道。

元明月却淡淡一笑，抬头伸手轻轻摩挲着就近枝头上开得正艳的桃花。

“时候也不早了，我们这就去见陛下吧。”

桃花树旁姣美的丽影缓步离开，地面上却多了几片被揉碎的花瓣，零落成泥。

正据守关中的贺拔岳收到了天子的密信和心前血，急召心腹宇文泰前来商议。之前高欢就任大丞相后也曾下过一道诏令，任命贺拔岳为翼州刺史，并让他立刻前来洛阳。贺拔岳接到任命后，一时惧于高欢之威，打算前往洛阳之际幸好被宇文泰一语点醒——一旦去了洛阳，就是将关中拱手相让。此言如醍醐灌顶，这才令贺拔岳如梦初醒，赶紧找个理由推拒了高欢。

如今天子主动示好，贺拔岳自然还是最为重视宇文泰的看法。

即使是贺拔岳妻妾也无法靠近的书房内，桌案上的黑釉瓷熏炉飘着苏合香的香味，窗外繁茂枝叶的晕淡绿荫透过雕花窗棂，流入室内。

坐于上首的贺拔岳抬起头，望向推门而入的宇文泰。昔日以冷酷示人的男子如今多了几分沉稳内敛，曾经锐利的棱角也被小心隐藏，柔和的唇线让人有种亲和的错觉，唯有那双幽暗沉静的灰眸，隐约间含着无形的威压，深不见底。

贺拔岳叹了一口气：“阿泰，现今天子与高王相争，我们夹在中间，稍有不慎就是灭族之祸，你看到底是哪一方的胜算大些？”

宇文泰坐在他的下首，娴熟地打开熏炉，换去了即将燃尽的苏合香。

“阿兄，我们自当乘时而动，不可急着做出选择。”

“可是天子割了心前血给我，还要和我结为兄弟，其诚心可鉴。”贺拔岳犹豫道，“而且你也知道，我素来和高欢不合……”

宇文泰看了他一眼，面色平静道：“阿兄可曾听过三国时姜维屯田避祸的典故？我们也可效仿一二。”说着他从怀里拿出一卷舆图，徐徐展开，“阿兄不如以牧马养兵为借口，北上高平，既可以统领关陇河西各州，又远离洛阳，就连那些游牧的戎狄人也可收服军中，到时阿兄实力大增，自可同高欢一争天下！”

贺拔岳听得热血沸腾：“不错！若能收拢陇西各州，到时鹿死谁手，谁又能知！”

宇文泰点点头：“阿兄要尽快出发，至于我，则要稍晚一步和阿兄在高平会合。”

“为何？”贺拔岳吃惊地问道。

宇文泰嘴角泛起一抹凉凉的笑意：“我要亲自去一趟洛阳，感谢陛下的赐婚旨意。”

贺拔岳这才想起皇上将自己的嫡妹元妙容赐婚给了宇文泰，再想到以前这位公主对宇文泰的纠缠，不禁面露担忧之色。

“阿兄放心，此番我前去，正好一探陛下诚意，再探高欢之虚实。另我宇文家儿郎因战乱四散流离，不少被卖入富户世家，我也想趁此机会搜寻他们的下落，若是可造之才，将来亦可选入中军帐内。至于这赐婚，”宇文泰眼中闪过讥讽之色，“不过一正室之位罢了。若是她安分一些，我自然会给她该有的尊荣。”

贺拔岳笑了笑，似是忽然想起什么：“对了，你那位姚氏姬妾就快生了吧？听说是男胎怀象，准备起个什么名字？”

众人皆知宇文泰素来不好女色，身边连个姬妾都没有。还是自己实在看不过眼，硬将那位姚氏女子送给他，这才让宇文泰在二十七高龄时终于有了自己的庶长子。

宇文泰摇了摇头：“尚未想好。要不然阿兄帮忙起一个吧。”

贺拔岳想了想道：“毓，长也，稚也。这既然是你的长子，就叫宇文毓吧。另郁毓也有盛多之意，阿兄希望将来你子嗣昌盛，多多益善。”

宇文泰唇边有笑意一闪而过：“多谢阿兄赐名。”他顿了顿，“这次我只身进京，阿护就拜托阿兄照顾了。”

贺拔岳点头：“这是自然。”他忍不住又道，“我看比起你自己的子嗣，你对阿护这才叫一个上心。”

宇文泰敛目微笑：“阿护自然是好的。”

千里之外的洛阳，城中铜驼大街接连大市的铜驼陌，正是一天中游人最多的时分。此处南临洛水，绿竹猗猗，红桃夭夭，莺鸣燕柳，景色分外怡人。许多商贩就在街边售卖着来自各地的物品，更显得这里熙熙攘攘热闹非凡。

好不容易才出来闲逛的英娥兴致勃勃地看着货架上的商品，不时好奇地拿起来端详，还煞有介事地和摊贩们交流。而跟在她身后的司马子如双手已经拎了不少装好的货品，耐心十足地等着英娥点头示意，然后娴熟无比地拿出钱袋付好铢币。

路人不时侧目，年轻的女郎们纷纷露出艳羡之色。

“遵业，快看，这是什么？”英娥目光一瞥，正好看到饰物中夹杂的一支银簪，簪子造型简洁，只在末端镶了几粒黑红相间如珍珠般的饰品，显得格外别致。

司马子如看了眼，不由得一笑：“这是相思子，多生于南方，我以前见过做成手串的，做成簪子倒也特别。不过这相思子有毒，最好还是别戴了。”

“我又不吃下去，偶尔戴几次应该没关系吧。”英娥拿着簪子爱不释手，舍不得放下。

商贩也急忙解释道：“这位郎君，这些相思子我们用冰块反复冷冻再融化，其中的毒性几乎已经没有了。您的夫人可以放心佩戴！”

英娥听到“夫人”两字，脸一下子晕染上了淡淡的红晕，心里就像是一枚蘸了蜜的小针轻轻扎着，酸酸的，刺刺的，却又有微微的甘甜。

司马子如似是无奈地叹了口气：“既然夫人喜欢，那为夫也只好买了。”他特意咬紧了“夫人”二字，眼中流转着浓得化不开的温暖柔情。在看到英娥给了他一个白眼后，他差点没绷住笑出来。

接过了簪子，他殷切地小心替她插在发髻之上，接着微微低头，用只有她听得见的声音轻声道：“南有相思木，含情复同心。只愿你我同心，此生不负。”

英娥抬起头，目光正好撞进他的眼底。那泓深黑的眼波里光华流转，仿佛已经蔓延了无数前世今生，那里有不可抗拒的召唤、沉默的期待，以及宿命的归处。

“此生不负。”她小声又坚定地回了一句。

他脸上的笑容越发明显。

不远处的几位年轻女郎忍不住窃窃私语，这女郎真是好福气啊，郎君如此好颜色，还这么纵着她。

女郎们身后不知何时已出现一位身穿常服戴着帷帽的年轻女子，无人识得这就是颇受圣宠的明月公主。

她静静站在人群后，将这里的一切收入眼中，原本就白皙的面容上瞬间又多了一层透明霜雪。

“公主，我们也该回宫了。”她身边的贴身宫女小声提醒道。

元明月侧过脸，冷冽的发丝滑过面颊时，她蓦然感到了一丝凉意。

“走吧。”她转过身，径直往相反的方向走去，再没扭头看上一眼。

而那边厢的英娥完全没留意到明月的存在，伸手从货架上又挑出一枚男子的青玉发簪，莞尔一笑："不是有句话叫礼尚往来吗？这个我送你。"

司马子如低笑："我们这算是交换了定情信物吗？"

英娥正要说话，忽见丞相府的侍卫神色惊惶地寻了过来，目光落在她身上时显然亮了亮，接着几乎冲到了她面前，下一秒她仿佛听到他的声音带着哭腔和嗡嗡的轰鸣，清晰地传到了她的耳中："殿下、尚书大人，不好了！大丞相在宫中觐见皇上时忽然就晕倒了，发了高热昏迷不醒！"

啪嗒！她手里的青玉发簪倏地落在石板地上，摔成了两截。

"丞相目前人在何处？"司马子如敛色问道。

"丞相突发疾病昏迷，太医说了不能随意移动，以免加重病情，如今还在宫中。"

"遵业，我们现在就进宫。"英娥回过神来，径直往前走去。

司马子如赶紧也跟了上去，在离去前回头望了一眼被摔成两截的青玉簪子，不知为何，心里突然涌起一种前所未有的不安。

天空辽远明澈，微微带着点浅蓝，映衬着缓缓移动的流云，令人望之心怡。清晨的草原新绿上笼着一层白茫茫的雾气，风中吹来了草叶的馨香和阳光的暖意。

高欢有些茫然地望着远方，眼前一阵恍惚，一时不知自己身在何处。

嗖！突如其来的弓弦声刺破了这片静谧，只见一支羽箭如流星般朝着天空直射而去，伴随着半空中传来的鸟的哀鸣声，一双中箭的雀鸟应声坠落在地。

"师父！这次是一箭双雀！你要怎么奖我？"一个清灵明快的声音忽然从不远处传来，令他的心猛地一跳，不由自主地转过身去。

他睁大眼睛，一眨不眨地看着那个拎着雀鸟朝自己飞奔而来的少女，她的长发随风恣意飞扬，带着阳光的明亮色彩如飞燕般由远及近……

眼看着她就要撞上自己，他没有避开，只是伸开双臂，就像是等待一个期盼已久的梦，轻轻地、温柔地将她抱在了怀中……

那是他和她之间从未有过的亲近距离。他的手触摸到她如上等的绢帛般光滑的发丝；他的胸膛，清晰感觉到她的身体是如此温暖柔软；他的眼中，映出的是她恍如春花盛开般绚烂至极的笑容。这一切，都诱惑着他内心深处的渴望和蠢蠢欲动……

他想要抱得更紧一些，他想要更亲近她一些，他想要……

他想要的，还有更多更多。

几乎就在一瞬间，抱在怀里的少女却突然如一阵轻烟般消失不见，他难以置信地看着空空如也的双手，心急如焚地叫起了她的名字——

"英娥！"

高欢蓦地睁开双眼，额上已覆了一层薄薄冷汗。他动了动干涩的嘴唇，正要唤人，却看到有个身影似小猫般蜷在床榻边，脑袋还随着呼吸如小鸡啄米般一点一点，看上去颇为滑稽。

他的瞳孔猛地一缩，心弦仿佛被什么重重拨动了一下，他简直不敢相信刚才还在梦中的人儿竟然真的出现在自己眼前。

在淡淡的晨曦下，她就像一片春天的绿叶，散发着清爽明媚的气息。她的黑发紊乱地散落在额头上，半遮住了她的面容。

他垂下眼睑，凝神注视着她的面容，缓缓伸出手，温柔地拨开她额前的发丝。

和梦中的触感一模一样，不，更柔软，更细腻。

英娥，他的英娥。

似是感觉到什么，再加上英娥原本就睡得不沉，很快就睁开眼睛醒了过来。

看到已经清醒过来的高欢，英娥难掩欣喜，一骨碌就起了身："师父，你好些了吗？现在感觉怎么样？昨天你突然发病，快把我们吓死了！"说着她伸手过来探他的前额，面上笑容更加明显，"好像不那么热了。要不要喝水？要不要吃些什么？我立刻让人去叫太医！"

英娥欲到门外叫人，谁知刚转过身，手却被人紧紧拉住。她有些诧异地回过头来，只见上方的幔帐在高欢的脸上投下一片阴影，令人看不清他的表情。

"师父？"

"英娥，你，终于又叫我师父了。"他的声音低沉中带着轻微的沙哑，"我以为再也听不见你那样叫我了。"

英娥的目光落在被他握住的手腕上，脸上有局促的神色一闪而过，她小声道："就算我不叫你，你也是我的师父啊。"

他似是发现自己的一时冲动，忙放开她的手，轻咳了一声道："我不过是旧疾发作而已，无须再叫太医了。"

"那怎么行！我听侍从说了，你每晚看奏折都看到大半夜。拜托你师父，爱惜一下自己的身体好吗？！"她的眉宇间闪过一抹恼色，站起身来，"我去让人请太医过来，再顺便让他们拿些热水过来。你老老实实躺着别动！"

说完她便疾步走了出去。

就在她离开的一瞬间，一个如鬼魅般的人影闪进来跪倒在地，正是高欢安排在自己身边的暗卫。

"主公，您总算醒了，属下们都很担心。"

高欢揉了揉眉眼："旧疾复发而已，只不过这次有些来势汹汹。"他顿了顿，"对了，英娥什么时候来的？"

"昨日听到您昏迷的消息之后，殿下和司马尚书急急进宫探望。因太医说了您在昏迷中不便移动，最好留在宫中，再加上陛下也是极力挽留，属下等也只能悄悄守护在您身侧。殿下不知我们的存在，不放心主公在宫中独自留宿，便让司马尚书先回去，自己则一直待在这里。”

听到这里，高欢不由得心口一软，接着又听到那暗卫说道：“殿下差不多整夜未睡照顾着主公，替您喂水擦汗，到凌晨时才勉强打了个瞌睡。”

高欢沉默不语，但他清楚地感觉到，深埋在心底的种子，正在急速发芽、抽长、结蕊，须臾间便开出了花，芬芳的香气，和血液一同在全身流淌……

门外传来脚步声，暗卫一个闪身从窗口跃了出去。

殿门吱呀一声被推开，英娥端着一盆热水快步走了进来，见到高欢果然还乖乖躺在床上，不由得莞尔一笑。

高欢将这笑容收入眼底，不知为何忽然想起了宿敌梁帝萧衍曾写过的一首诗：

朝日照绮窗，
光风动纨罗。
巧笑蒨两犀，
美目扬双蛾。

“太医很快就会过来，师父，我先替你擦擦脸。”英娥走到床榻边，娴熟地弯腰用软巾子轻轻擦拭着他额上的冷汗。

因她靠近自己，高欢的气息有些不稳，身体明明有些冷，脑中却好似翻滚着灼灼岩浆，胸口似乎有一簇火焰正在燃烧，神思也越来越混沌，但还是挣扎着开口道：“英娥，昨晚辛苦你了。”

“师父，你说这话就是见外了。你是我的师父，也是我在这世上仅剩不多的亲人了，照顾你一下也是应该的。”英娥轻挑了挑眉，“再说了，师娘带阿惠离开前也特地嘱咐过我，要多多当心你的身体，不然等她从六镇娘家探亲回来，我怎么和她交代呢。”

听到英娥提到自己的妻子，高欢突然间好像被冷水泼了一头一脸，在最快时间里冷静下来。

就在这时，门外又传来内侍的声音：“皇上驾到、明月公主驾到。”

话音刚落，就见元修和元明月在太医的随同下一起走了进来。

英娥是先帝的皇后，身份高贵，自是不必行礼。高欢因病在身，倒是作势欲起，被元修及时地劝阻住了。

太医立刻上前替高欢看诊，室内暂时处于一片静谧之中。

元修进门时目光就落在了英娥身上，这下走近之后更是将她看了个仔细，脑海中不时浮现那日她射杀雪狼时的冷艳风姿，只觉心口一热。

或许是人所处的位置不同，心境也会发生变化。当初他还是一个小小郡公时，对于英娥，尽管有些异样的感觉，却不曾有什么逾矩的想法。可现在他已是一国之君天子之尊，也就不用再太过收敛自己的心思。

高欢如此敏锐之人，自然察觉到元修对英娥的留意，锐利如刃的目光一下子甩了过来，顿时令元修面色微微一白。

在一旁默不作声的元明月目光飞快地在两人身上掠过，嘴角勾起淡淡弧度。

"太医令，到底怎么样？"元修收回目光，故作关心道。

太医令急忙低头答道："回陛下，大丞相这是旧疾复发，依臣看，不但要服药，最好休息一两个月，不宜过于劳累，否则会加重病情。"

高欢皱了皱眉："胡说！哪里有这么严重！再过半个月，我就要亲自率军前往河西教训那纥豆陵伊利，怎能休息一两个月！"

"打仗可以让别人去，你还是先养好身体行吗！"英娥忍不住插嘴道。

元修正要说话，忽然看到元明月对他使了个眼色，顿时想起昨晚这位堂妹曾和他说过的话，不由得开口道："没错，丞相手下能统军打仗者众多。司马尚书文武皆通，智谋出众，曾为骠骑大将军，守邺城更是一战闻名，朕觉得如果让司马尚书领兵前往，必定能大捷而归。"

"不行！"英娥面色微变，已然脱口而出。见众人的目光齐齐射过来，她非但没有遮掩，反倒抬起头迎了上去，声音里带着一丝冷意，"司马子如身为大行台尚书，是大丞相和陛下商议军国大事不可或缺的左臂右膀，如何能轻易离开？陛下也说了，丞相手下能统军打仗者不少，远的需要调动费时费力暂且不说，目前尚在洛阳的司空高乾、侍中孙腾，还有慕容绍宗，哪个不是可独当一面的将才？"

元修听她这么反驳，倒也不恼，笑了笑道："殿下此言也有理。不过殿下可能有所不知，高乾的父亲日前刚刚去世，恐怕接下来要回乡服丧。至于孙腾……"他颇有意味地看了床榻上的高欢一眼，没有说下去

高欢的神色顿时有些难看，他断然拒绝道："孙腾不合适。"

英娥怔了怔，忽然想起前些日子侍女们曾说起的，关于孙腾和两位朝中重臣为了京兆王之女平原公主争风吃醋相互构陷一事，当时高欢大怒之下好像还削了孙腾的官职，如今孙腾应该还被禁足在府中思过。

而慕容绍宗，不管怎么说曾是尔朱兆的忠心下属，如今转投高欢也不过数月，高欢又怎么会放心将兵符交给他？

元修唇边笑意更深："既如此，那这次的人选非司马尚书莫属了。"

高欢有一瞬间的迟疑，其实不是没有其他解决方法的。自他和司马子如在北秀容结识以来，对方一直为他出谋划策，屡屡涉险渡过难关，如今这种时候，身边更是少不了他。可不知为何，一想起刚才英娥焦急阻拦的情形，他的胸口却没来由地一堵，那拒绝的话被他生生咽了回去。

或许，让司马子如和她分开一段时间也好。

“既然皇上已经决定了，臣也无异议。”

英娥心中大急：“可是……”

“殿下，难道你对司马尚书一点信心也没有吗？”元明月盈盈笑着打断了她的话，“我倒是觉得，司马尚书这次必定能凯旋，再立新功。”

英娥冷冽的目光唰地就扫了过去，带了一股明显的煞气，刺得对方眼神缩了一下。但英娥心里也很清楚，元明月说了那样的话，自己不能再争执这件事，不然这话被人添油加醋再传出去，只怕对遵业名声有损。

这时，只听得门外小黄门禀道：“陛下、大丞相，司马尚书求见。”

元明月眼波微漾，下意识地将目光投向门外。只见一位风姿绰约的年轻男子已抬步走了进来，仪态优雅地向众人行过礼之后，敛目道：“陛下，以丞相的身份留宿宫中多有不便，臣前来接大丞相回府。另臣已派人传急信于六镇，请丞相夫人尽早赶回。”

旁人或许没有察觉到什么，但一直留意着他的元明月早在他进门时就发现他第一个看的人正是英娥。两人的对视几乎只有短短一瞬，眉目间细微的变化却默契非常。

她的目光闪了闪，嘴角含着的笑意淡了些。

元修笑了笑：“既如此，那就将丞相送回府中吧。丞相可要好好休养，这出兵的事交给司马尚书就是。”

司马子如似是早料到此事，面上丝毫未显露惊讶之色，坦然道：“臣自不负陛下和丞相所托。”

元修有些惊讶司马子如的反应，脸上的笑容滞了滞，又很快恢复正常。

元明月赶紧上前一步，白皙细腻的手心中放着一个精致的符样，软声道：“这是本宫特地从永宁寺求来的护身符，希望能保佑司马尚书早日得胜归来。”

元修哈哈笑了起来：“司马尚书，我这妹妹可是一大早就去永宁寺求了这个，你还不赶快收下。”

英娥眼中闪过冷意，胸口仿佛被什么堵了个严实，闷闷的，令她有些恼怒有些钝痛。可现在的她，又能以什么身份来代替遵业拒绝？

司马子如微微一笑，不慌不忙道：“多谢公主美意，只不过遵业从小命中带煞，若佩戴护身符，反倒不妥。”

元明月正想再说什么，不料一抬眼就对上了他的视线。他的眼眸仿佛午夜时分的夜幕，有种令人无法接近的冷漠和凌厉感，隐隐竟还夹杂着一丝警告和威胁。

元明月想说的话竟被这眼神生生逼了回去，她不由得咬了咬唇，心有不甘地劝道：“只是，若司马尚书出征不戴这护身符，本宫心中难免不安。”

英娥轻笑出声，眨了眨眼：“难道公主对遵业这次取胜并无信心？我倒是觉得，就算不凭借这些，遵业自然也能凯旋，再立新功。”

英娥将之前元明月的话又原封不动还了回去，元明月心中微恼，面上却挤出得体笑容，动作有些僵硬地收回那个护身符，为自己找了个台阶下：“那么出发前期，本宫会前往永宁寺，为全体将士祈福。”

司马子如鞠了一躬：“公主大义。”

纵然司马子如没有收下那护身符，可自己的心上人时时被人觊觎的感觉还是有些糟糕，英娥心里蓦地涌起一阵烦躁，连带着看这里的人都不太顺眼。

“陛下、几位大人，我有点不舒服，就先告退了。”就在她转身的瞬间，一样东西从她的发髻间掉了下来。

离得最近的元修手疾眼快地捡了起来，见是一支做工简洁的银簪，只在簪的末端镶嵌了几颗黑红相间的饰品。

他目光微凝，唇含笑意，眼中却笑意未达，低低道：“南有相思木，含情复同心。”

话音刚落，元明月飞快瞥了司马子如一眼，敛了眼睑，遮住了自己的神情。而高欢面上神色平静，心脏的位置却像针刺般痛了起来。

英娥心中一急，下意识地伸手去拿。

元修却将手一缩，笑吟吟地看了看英娥道：“小婶婶，这普通的银簪可配不上你，不如朕送你一打新簪子如何？保证支支价值千金，不知小婶婶收不收？”

他这话里明显带着调笑和不敬之意，隐约还有些暧昧。

司马子如目光微沉，高欢更是冷下了脸，正要开口时，却见英娥一脸肃色道：“陛下，既然你叫我一声婶婶，那么作为长者，我也倚老卖老一回。陛下你要送东西给我，这是你的一片孝心，我自然会收下。记得那位孟子不是也说过，唯孝顺长者，可以解忧。我很乐意替陛下分忧！还有，”她伸手飞快夺回那支银簪，稳稳地重新插在了发髻上，莞尔一笑，“长者物，不可自取！”

说着她再也不看任何人一眼，大步流星地向外走去。

元修早就被她的一串长者给绕晕了，半天没反应过来。

高欢也被她那一副倚老卖老的无赖模样逗笑，眼底陡然蹿升一簇小小火苗，只是一刹那，又被迅速低垂的眼帘遮了起来，妥帖隐藏起来。

司马子如更是忍俊不禁，孟子何时说过这样的话了？

英娥神色怏怏地走到宫门前时，等在那里的侍从已然迎了上来，恭恭敬敬道：“殿下，是回寿丘里吗？”

因英娥不愿住在宫里，高欢特意在西城皇室宗亲所住的寿丘里选了一处府邸，洛阳人通常也将寿丘里称为王子里，邻近设有占地八个坊之广的大市，有不少传统商铺酒肆。司马子如和高欢同住在寿丘里，府邸离她也不算太远。

英娥想了想，脑海里不由得又浮现元明月朝司马子如巧笑嫣然的模样，心里一阵发闷。

“我不回去，我要去大市买买买！”

宫内的华林园一隅，亭台前杏花袅袅盛开了一路，远远望去犹如红色云雾。

高欢被司马子如的人带回去之后，元修和元明月因有事相商，便踱步到了此处。

“妹妹果然神机妙算，这次果然连高欢也未反对。”元修按捺不住心头的雀跃先开了口，“朕还以为高欢不会同意让司马子如前往。”

元明月笑了笑：“目前在洛阳的这几位高欢的亲信，高乾恐要服丧，孙腾又出了那种事，慕容绍宗还未能得到高欢的全部信任，除了司马子如也没有更合适的人选了。”

元修神色更加欣悦：“朕本来还在担心若是高欢阻拦或是从其他地方另调人手，那又要费一番周折。”

元明月脑中浮现高欢和英娥相处的情形，微微眯了眯眼，嘴角微勾低低道：“恐怕高欢也希望司马子如不在洛阳一段时间吧。”

元修似有些不解，正要问个明白，又听元明月低声道：“没有司马子如在洛阳，高欢又生了病，正是皇兄您的好机会。您那位皇后在高欢心中的地位，也就是泛泛而已，并无多少助力。”她顿了顿道，“高欢如此重视尔朱英娥，只要皇兄趁此机会将她纳入后宫，自然会对高欢造成掣肘。就像当初的尔朱荣，为了女儿，对先皇可是多有容忍。我们只要趁可以喘气的这段时间扩展实力，自然会有和高欢一搏的实力。”

元修心头蓦地一热：“不过朕还是不太明白，为何非要将司马子如调离？”

元明月垂下眼睑：“司马子如太过聪明，又和尔朱英娥关系甚密，有他在，我们恐怕找不到下手的机会。”

元修面上露出些许犹豫之色。

“皇兄是担心高欢的反应吗？放心，若是尔朱英娥成了您的妃嫔，高欢只会顾忌更多。”元明月随手折下一枝开得正好的杏花，“皇兄既可以抱得美人归，又能令高欢和司马子如都有所顾忌，实在是一举两得。”她嫣然一笑，“你也别瞒着妹妹了，我早看出皇兄对那女人不一般。”

元修的神色瞬间柔软许多，耳边是莺鸟的鸣叫声，面颊上有温柔春风吹拂而过，凉意中卷带着杏花缥缈的清香，如丝线般缠绕蛊惑着心底的那点萌动。

“若是她进了朕的后宫，朕自会好好疼她。只是，她素来不是个柔弱好欺的，只怕……没那么顺利。”

元明月轻轻嗅了一下手中的杏花，淡淡道：“非常时候，自然要用些非常手段。”

元修霍然抬头，神色复杂地望向她。

“怎么，皇兄不舍得了？”元明月嘴角轻漾笑意，“这个机会，稍纵即逝，恐怕没有第二次。”

说着她将那枝杏花举到他面前：“皇兄，这杏花正当时娇艳非凡，然而你可知杏花之色会渐渐变淡，花落时几乎纯白，就像是倾城的美人被岁月侵蚀后的苍白发色？要臣妹说，这开花就要像牡丹，开得漂亮落得漂亮，不要像杏花一样，等待岁月白白流逝后，才以最凄凉的姿态消失。”

元修沉默不语，抬眸望向那一树繁花，过了半晌才沉沉道：“朕明白了。一切就交给妹妹你了。”

春日夜晚，满月如镜，夜色温柔如水。

位于寿丘里的一处府邸内，尔朱英娥正坐在自己房中，看着大堆小堆的东西发呆。她还是低估了自己的本事，没想到不过几个时辰她就能买下这么多东西，其中一半还是她买了也不知做什么用的。

忽然，窗外传来一阵细碎的声音，似是猫儿的轻唤，在寂静的夜中听起来颇为凄惨。她起身走到窗外，刚打开窗，忽然像是想到什么，转身从案几上拿了插花的瓷瓶，将里面的水隔窗一下子泼了出去。

果然听到窗下传来一阵轻笑。

“我就知道是你。”尔朱英娥挑眉，守门的林叔最是厌恶猫狗，绝不会让任何一只猫狗进到府里的。”

“我的小英娥果然越来越聪明了。”司马子如从窗下站起来，笑容在月色下绝艳逼人。

“好好的不从正门进来，非要做这种偷鸡摸狗的事。”英娥没好气地说道。

司马子如微叹口气：“若是我从正门求见，一定会被你拒之门外吧。”他说着打了个喷嚏，“这法子虽不好，可能见到你就算是大病一场也是值得的。”

听到“大病一场”几个字，英娥心头一跳，不由得悄悄抬眼看去，只见他刚才被那一瓷瓶子水淋个正着，头发和衣裳都湿了不少，还滴滴答答往下掉水。如今春夜的风依然寒凉，若是吹上一阵子，可能还真的会生病。

“好了，别废话了，快进来就是。”英娥皱眉道。

她的话音刚落，司马子如就如同雀鸟般从窗口轻盈地跃进来，俨然像是个爬墙翻窗老手。

英娥心中好笑，脸皮也有些绷不住了，将头扭过去，故作冷声道："这么晚来这里有要紧的事没？若是没有就赶紧离开——"

"当然有要紧的事！还是性命攸关的大事！"司马子如飞快地打断了她的话。

英娥见他一脸肃色，心里也是一凛："到底是怎么回事？"

"英娥你看我马上要带军打仗了，可是身上还没有你的护身符，你说这是不是性命攸关的大事？"

英娥先是一怔，随即立刻想起之前元明月想送护身符给司马子如的情景，一股酸涩涌了上来，不由得冷笑一声："我可是听得真真的，遵业从小命中带煞，若佩戴护身符，反倒不妥。"

司马子如哈哈一笑，情不自禁地伸手捏了一下她的鼻梁："英娥这是吃醋了？"

英娥啪的一声打掉他的手："扭过头去，谁吃醋了！"

司马子如笑意更浓："对对，英娥不吃醋，只吃胡椒，怪不得辣得呛人呢！"他伸手轻轻将她的脸扳了过来，低低道，"只有英娥的护身符，才对我有用。"

他的笑容如莲花盛开绚烂不可一世，温柔而炽热的气息带着令人无法抵抗的诱惑。

英娥脸上微微一热，月光映照着她绯红的面颊，渲染出一抹难得的旖旎风情。

"我……才没什么护身符。"

"谁说你没有？"

他静静地看着她，黑色的眸子比白天看起来更加深邃，而且透着种说不清道不明的眷恋意味。

满月不知何时被云层遮挡，没有月光的夜晚将一切变得暧昧不清。两人的距离是如此接近，近在咫尺的气息灼热得令人难以抗拒。

"你有的，英娥。"

仿佛被一种莫名的力量所牵引，英娥看着他眼波荡漾的眸子，不由自主地慢慢踮起了脚，而他也相当配合地弯下腰，正好让她的唇落在自己的额头上。

就在她的唇触碰到自己的额头的刹那，司马子如心口蓦地一颤，眯了眯眼睛，慢慢地换了一口气，努力仰起头试图让她的唇能触碰到他额头以外的地方——眉心、眼睛、面颊，以及微微开启的唇。

她似乎吃了一惊，在触碰到他的嘴唇的瞬间头下意识地往后一仰。司马子如好不容易遇上心上人主动一回，又哪肯错失这个亲密接触的好机会，他难得展露出自己强势的一面，不由分说地揽住她的后颈，将她往自己的方向一带，让彼此的身体更加没有距离。

她只是小小挣扎了一下就放弃反抗，反而将柔软有力的手臂环上他结实的腰，放任自己与他亲密。她的声音也与往常大不相同，带上了几分娇媚，唤着他的名字。

“遵业……遵业……”

司马子如脑中好像突然炸开了锅，他忽然发现自己和那些有着相似劣根性的男人没什么两样，全身心都在感受着独属于她的美好的同时，下腹的灼热也在渐渐蹿升，仿佛有个声音在内心不停叫嚣着，想要和她更亲密一些，再亲密一些……彻彻底底将她变成自己的……

他将她轻轻放在床榻之上，她倒在浅紫色的织锦缎子中，长发披落下来，如锦帛般布满他的视线。

她睁大眼睛，目光温柔，带着某种期许的意味。

他俯下身去，声音微颤地呢喃着她的名字，亲吻上她的眼睫，感觉到那柔密颤抖的睫毛丝丝缕缕拂过嘴唇，更惹得他心猿意马。

或许是无意之中加大了力度，英娥的一声低呼将他即将远去的理智又拉了些许回来，他心里突然一个激灵，自已到底是在做什么？他和英娥尚未成亲，若是这次征战他有个三长两短，那英娥又该怎么办？再说了，他之前可是发过誓，要堂堂正正迎娶英娥为妻。这么多年他都等下来了，难道就等不了这短短一时？

想到这里,他已经完全清醒过来,背对着她坐在床榻上,低低道了一声:“对不起英娥，我也该回去了。”

说着他正要起身，却被她从背后抱住，温热芬芳的气息落在他的后颈上，令他好不容易恢复的理智又开始涣散。

“英娥，怎么了？”

对方没有回答，抱住他的腰的手却收得更紧。

“英娥……”

“留下来。”

“不行，英娥，我们还没成亲……”

她将脸颊轻轻贴在他的背上，像是贪恋他身上的温度那样，低低道：“留下来，只要这样陪着我就好。”

司马子如伸手握住她的双手，慢慢转过身去，昏暗不清的烛光静静流淌过她精致的面颊，那双琉璃眼眸专注地凝视着他，朦胧又深邃的感觉让他微微失了神。

他不由自主地点了点头，声音听起来像是无奈的叹息：“好，我留下来。”

英娥这才笑了起来，将自己的身体往里面缩了缩，让出一半床榻给他。司马子如也翻身躺了上来，将她搂进怀里，什么也没说，只是轻轻地吻着她的发丝。

英娥则闭上了眼睛，嘴角微翘：“遵业，今晚你进了我的房，睡了我的床，就是我的人了。我尔朱英娥保证会对你负责的，负责一辈子。”

司马子如轻笑出声，用指尖轻弹了一下她的面颊：“好啊，若是将来你辜负了我，可别怪我骂你是薄情负心女。”

英娥扑哧一笑，将自己往他怀里又贴近一些，他的怀抱很温暖，就像是冬天落在雪地上的阳光，抱着他就仿佛抱住了太阳。

她只想珍惜和司马子如相处的每一瞬间。

司马子如一侧头吹灭了床榻边的烛灯，房内顿时变得昏暗许多，唯有淡淡月光勾勒几许。

此时此刻，这里远离了尘世的喧嚣浮华、人与人之间的钩心斗角，两人自成一片静谧的小小天地。

离房间外不远处，侍女阿女望着室内灯烛火灭，又迟迟不见司马子如出来，似是想到什么，不由得皱了皱眉，露出复杂担心的神色。她自是知道自家主人和司马尚书的关系非比寻常，只是……

全神贯注留意着英娥房内动静的阿女却并未发现，有个黑影迅速从角落离开，转眼就没了踪影。

不多时，这个黑影就出现于同在寿丘里的丞相府邸里，悄无声音地等候在高欢房外。

房内，烛火微漾，空气中弥漫着一股淡淡的苦涩药味。高欢刚喝下一碗苦得令人发指的药，随侍的侍人立刻颇有眼色地端上一盏温热的酪浆，顺便提了一下门外等候多时的暗卫。

“丞相，驻守在尔朱殿下那里的暗卫有事前来禀告。”

高欢眉心微跳了一下，语气中有自己不曾察觉的焦急：“还不快让他进来！”

暗卫进来后跪倒在地，动了动嘴唇，似是有什么话难以启齿。

高欢心中更是烦躁：“我说了，凡是关于尔朱殿下的事，事无大小都必须向我禀告，还不快说！”

暗卫一咬牙道：“今晚司马尚书留宿在尔朱殿下的府邸中，属下出来时房内的烛火……”

整个房间在暗卫话音落下的一瞬间凝固起来，暗卫惊恐地抬头望去，只见烛火间摇曳着丞相忽明忽暗的身影，然后从丞相身上散发出的冰冷气息却让他感到深入骨髓的寒意，几乎冻结全身的血液。

“都给我出去！”

就在侍从和暗卫战战兢兢退出去时，只听高欢冷冷的声音又传来：“明早派人告诉司马子如，让他在两天之内带兵出发。”

侍从连忙应着退下。

高欢深深吸了一口气，忽然将手里的碗盏狠狠掷了出去。他的面色在烛火的阴影下看不真切，阴沉沉的如同天边浮过的乌云一般。

“今晚司马尚书留宿在尔朱殿下的府邸中，属下出来时房内的烛火已经熄灭……”

这些话好像最锐利的匕首，狠狠地戳进了他的心脏。

窗外的风吹拂而过，微弱的烛火摇晃了几下还是归于沉寂，这四周的黑暗更加令人压抑窒息。

他摸索着解下身上的牛皮钱袋，缓缓举到面颊边，轻轻摩挲着，眼底一片幽暗，隐忍的思恋和难掩的嫉妒纠缠在一起，浓得化不开。

第二天一大早，当英娥睁开眼睛时，发现司马子如不知何时已离开。她闭上眼睛，抱紧了身边的被褥，仿佛还在回味着昨晚的一夜好眠。

她这里才发出动静，就见阿女已经急不可待地推门进来，一脸担忧地将她从上到下端详了一遍。

“阿女，你这是怎么了？”在英娥眼中，阿女一直是个重规矩的，很少有这样反常的举动。

阿女眼底挣扎了一下，还是忍不住道：“殿下，昨晚尚书大人留宿在此……”

英娥的脸一下子热了起来，她有些尴尬地起身披衣道：“我和遵业他，其实……”

不等她将话说完，阿女趁着整理床铺之际又查看了一番，发现并无什么异常，这才松了口气。

英娥看着她别扭的行为，脸顿时变得更红了：“阿女，我们可不是你想的那样，我和他，什么都没发生，他只是陪了我一夜而已……”

阿女看着难得露出窘迫模样的她，不由得一笑：“看来殿下和司马尚书好事将近了。将来若是有了孩子，还请殿下允许奴婢继续照顾小主人……”

话还没说完，她就被英娥掷出的软枕砸了个正着，两人视线一交接，却又不约而同地笑了起来。

司马子如带军离开洛阳一个多月后，早已前往轻云寺暂住的英娥又一次接到来自元熙皇后的请帖。其实自从上次于宫中和几位公主有过不快之后，在高欢的干涉下，无论是世家贵族或是皇宫里的帖子几乎都绝了迹，不敢再随意请她驾临。就算偶尔有几张大胆的帖子成为漏网之鱼，英娥也往往扔在一边置之不理。

今日这张帖子虽是元熙皇后亲手书写，但英娥也打定主意不踏进那皇宫一步。在司马子如回来之前，她会一直住在这轻云寺中，日日为他祈福。更何况，这张帖子来得实在有些晚了，按时间算今天可正好是举行宴会之日。

寺内绿荫间已会偶然传来几声蝉鸣，夕阳的余晖顺着繁茂的枝叶流泻下来，在草地上投下斑驳光影，隐约散发着初夏的味道。

英娥微闭上双眼，脑海里浮现临走前司马子如小心翼翼地扯下一根她的发丝放进贴身的荷包内，告诉她那就是最好的护身符的画面。

她的嘴角不觉微微勾起，唇边漾起一抹狡黠的笑。

她送给他的护身符可不止这一样呢，就不知道那个家伙什么时候能发现了。

“殿下，殿下……”阿女的声音一下子将陷入遐想的英娥拉回现实之中。

英娥望向步履匆匆的阿女，笑了笑道：“怎么了？什么事让我们阿女这么着急？”

阿女疾步走到她身旁，低声道：“殿下，大丞相的侍卫前来求见，说是有要紧事禀告。”

英娥听到“大丞相”几个字，心里咯噔一下，立刻敛了笑意，急道：“还不让他进来！”

不多时，一个侍卫打扮的年轻男子快步走了进来，尚算清秀的面上一片焦灼之色。

英娥认得此人叫秦怀，之前她在高欢身边的确见过他，因此不等他行礼便急不可待地问道：“有什么要紧事？可是大丞相有什么不妥？”

秦怀目露忧色：“听说刚到洛阳的宇文泰今日也会应邀参加宫宴，大丞相想会一会他，便不顾病体未愈去了宫里。殿下您也知道，大丞相很是重视关中那一带，自然也重视从关中而来的宇文泰。可是筵席刚开始，大丞相就有旧疾复发的迹象……”

“什么！那还不赶快请大丞相回府？”英娥烦躁地打断了他的话。

秦怀一脸为难之色：“糟就糟在大丞相并不当回事，而且似乎还颇为欣赏宇文泰，和他多喝了几杯。我等人微言轻，根本劝不了大丞相……”

英娥腾地站起身：“阿女，快！快给我备马，我要立刻进宫一趟。”

阿女连忙应下后又道：“殿下，奴婢随您一起去！”

英娥思索了一下还是点了点头。

秦怀这才似是松了一口气，扑通一声跪下来，感激涕零道：“多谢殿下了！”

夕阳已坠，广阔天地一点一点被黑暗所吞噬。

英娥和阿女一前一后在暮色沉沉中策马疾驰，心不知为什么跳得极为厉害，就像是有什么不祥的事很快就要发生。她伸出右手按在自己的胸口上，希望能让它跳得平稳一些，另一手则暗暗使劲，让马跑得更快。

也不知过了多久，英娥终于远远地看到宫门。她一鼓作气策马疾驰至宫门前，顺手将马交给了守门的侍卫，连阿女也顾不上便匆匆进了宫里。

风里隐约传来琴瑟钟鼓的声音，显然宫宴还在进行。英娥走得极快，被甩在后面的阿女也急急忙忙地追了上来。

“殿下，您也别太担心了，要我说，这皇宫之中谁又敢惹大丞相？”

“不怕一万，只怕万一，你刚才也听秦怀说了，大丞相和宇文泰喝了不少酒，他的酒量可一直不算太好……”

两人的声音渐渐远去，忽然从树后缓步走出一人。月光倾落，他灰色的双眸被明亮柔和的银色光芒笼罩，原本安静无波的眼底泛起了一丝涟漪。

尔朱英娥……有多长时间他不曾见过她了？

想到她刚才说的话，他嘴角微微一勾——大丞相和他喝了不少酒？这可真的有点意思。

英娥走到半路，就遇上有宫女前来告知高欢因饮多了酒，目前正在瑶光阁中休息。英娥心下焦急，让阿女暂且在偏僻处等着她后便匆匆赶到那里。

瑶光阁前守卫的侍卫认得她，自然也未有任何阻拦。

英娥推门而入，一股淡淡的香味传入鼻端，她心里一动，忽然觉得有点不对劲。前些日子娄昭君已经回洛阳，为何那秦怀不直接找师母而是找她？还有师父素来冷静沉稳，又怎么会在这种场合多喝？

她略一迟疑，脚步顿了顿。

这时，床榻上穿着大丞相服的男子忽然坐起身来，背对着她一阵猛吐，竟似是呕出血来！

英娥大惊失色，再也无暇多想，一个箭步冲了过去。不料才到那男子身边，她刚看清那人的面容，心里大叫不好，一捧药粉已兜头而来。她想要捂住口鼻已然来不及，几乎是瞬间便陷入黑暗之中，软软地倒在了地上。

那男子缓缓转过身，看着陷入昏迷的英娥神色复杂。他眉目俊秀，只是眼底微带青痕，正是当今圣上元修。

他站起身来，将英娥抱到床榻上，像欣赏美丽猎物般注视着她，抬手轻轻抚过她垂落的发丝，似是喃喃自语般低声道："跟了朕，你一定不会后悔的。"

他双手撑在她的身体两侧，正要俯下身去，却不知为何双眼一黑便倒了下去。

房间的侧门被推开来，元明月和元妙容结伴走了进来，元妙容神情微妙，元明月却是一切尽在掌握的浅笑。

"来人，将皇上送回他的寝宫。"

两个小黄门迅速走了进来，抬起昏迷的元修悄无声息地离开。

元妙容不解地看着她："明月，我可是越来越不明白了，你到底想要做什么？"

元明月微微一笑，又对剩下的小黄门道："让秦怀再往大丞相府跑一趟。"

"高欢？这怎么又扯到他了？"元妙容更是困惑。

元明月的笑容带着一点淡薄的冷意："我的目的，一直是高欢。司马子如的性子我再清楚不过，就算元修得到尔朱英娥，他也敢把她带走。但如果换成高欢就不一样了，高欢和他的情谊素来深厚，若是让高欢得到尔朱英娥，你说司马子如会是什么反应呢？"她笑意更深，"不管是什么反应，他们的关系肯定会有裂痕。"

元妙容这才恍然大悟："果然是离间妙计！那明月你为何不直接将这计划告诉皇上呢？"

元明月冷笑一声："我那皇兄哪里舍得将佳人拱手相让？所以也唯有对他抱歉一回了。不过，我保证，一旦高欢和司马子如离心，他得到的远比失去的要多。"

元妙容点了点头，又面露好奇之色："可是明月，你就这么肯定高欢会中计？你就这么自信所有人都会掉进你设置的陷阱？"

"他们自然会中计，就算是高欢那样的人物，也难逃我的陷阱。但并不是因为我那并不高明的设计，只是因为他和她都躲不过那四个字。"元明月抬头望向天空。

"什么？"

"关心则乱。一旦心乱，什么都乱了。"

元妙容不再言语，忽然想起之前和未婚夫婿宇文泰的相见，似乎心乱的唯独她一人而已。

位于寿丘里的大丞相府邸内，高欢如往常一样查阅着各地的奏折，面色比起之前已经好了许多。

贴身的侍从奉上酪浆，小心翼翼地问道："大丞相今日在宫中再见宇文泰，觉得此人如何？"

高欢翻阅奏折的手顿了顿："此人若不能为我所用，将来恐怕会成大患。今日我点到为止提早离席，待明后日再邀他来府中一叙。"

侍从沉默了一瞬，似是有话想说，却又好像不知如何开口。高欢也察觉到他的异常，抬眼看了看他："怎么了？有话就说。"他似乎想到什么，神色忽然难看起来，"难道是英娥有事？"说完这句话他已经按捺不住想要起身。

自一个月前英娥入住轻云寺后，他就不再派暗卫前往。因轻云寺声名素来极好，更有不少护院高僧，所以他并不担心她的安全。但凡事或许有万一，短短一瞬间，他对没派人去轻云寺已经后悔不已。

侍从连忙摇头："不，不，只是刚才在宫中奴婢遇到了沈太医令，奴婢知道他前几日特地前去轻云寺替殿下诊了平安脉，便随口一问。他说殿下一切无恙，只是……"

"只是什么？快说！"高欢面上露出了焦急之色。这位沈太医令是高欢的亲信之一，也是知道英娥秘密的人。

"只是因为殿下至今仍然是处子之身，所以每次天癸来时腹痛症状仍未减轻。不过他很快就会制出新的药丸，对遏制殿下的腹痛应该有效……"

他后面说了些什么高欢完全没听清，脑中只不停回旋着侍从刚才的那句话，甚至还来不及做出任何反应。

恰恰此时，门外传来侍卫的声音："大丞相，秦怀求见！"

话音刚落，只见秦怀已惊慌失措地推开门冲了进来，扑通一下跪倒在地："大丞相，属下刚收到消息，殿下离开了轻云寺，急匆匆赶往皇宫，不知是有什么要紧事。”

高欢的眉立时就蹙了起来：“怎么回事？她离开多久了？”

“估摸着现在该到皇宫了。这大晚上的，究竟有什么急事啊，不会是有人故意诳殿下吧？”秦怀面露惶然之色。

高欢听到这，哪里还坐得住，霍然起身道：“备马！我要立刻进宫一趟！”

黑夜像是能将一切吞噬的巨兽，静静蛰伏伺机而动。

高欢在宫门口下了马，也顾不上拴马，急匆匆就冲进了宫里。正当他循着声音赶往举办宴会的地方时，半路上被一位端着酒水的宫女撞了一下，结果大半盏酒水倒在了他的衣裳上。小宫女吓得半死，忙不迭地跪下磕头求饶，全身更是抖个不停。

高欢根本无暇顾及她的失手，立刻追问起英娥的下落。

小宫女吸了吸鼻子，这才磕磕巴巴地答道：“殿下身子有些不适，陛下送她先去瑶光阁稍作休憩了。”

一听到“陛下”两字，高欢眼睛微眯，眼底飞快掠过一抹凌厉的杀意，接着不假思索地快步朝着瑶光阁走去。

皇上对英娥心怀觊觎，他不是没有察觉，只是没想到有他高欢在，那傀儡也敢将手伸得那么长！

高欢离开得太快也太急，所以并没有看到小宫女已然恢复一脸淡然，嘴角微微勾勒出几许得色。

远处的歌舞之声隐约传来，衣角上沾湿的酒水经风一吹，酒味愈浓。高欢脑中不知为何传来阵阵眩晕，就连眼前的景物似乎也多了几分模糊。他感到有点不对劲，但一想到皇上和英娥孤男寡女共处一室，脚下却更快地朝那个方向赶去……

他比谁都清楚，这深宫之中，不需要令人魂牵梦萦的感情，那是最不合时宜的存在，是违背游戏规则的错误，也是一位掌权者通往那个最高位置的路上乱生的杂草。根本就不该存在，就应该毫不留情地连根拔起！

可是，一旦对方是她，他就根本做不到。

瑶光阁门外的侍卫见到他气势汹汹前来，甚是识趣地退让到一边，谁也不敢拦着他。

高欢如一阵疾风般冲了进去，却意外发现房间里并没有皇上的身影。他的目光下意识地落在了床榻之上，看到英娥正闭着双眼静静地躺在那里，身上虽仅穿着中衣，但看起来衣衫并无丝毫凌乱，似乎什么也没发生过。

高欢心里暗松一口气，走到床榻前弯下腰，目光柔和而专注地凝视着她，犹如暖暖春风般从她的额头、眼睛、面颊、脖颈处一一拂过。

她睡得有些沉，秀美绝伦的面颊上透着一种异样的潮红，微微开启的红唇在光线下泛着湿润的光泽，仿佛在诱惑有心人采撷，散发着一种令人无法抵抗的吸引力。

高欢的喉咙动了动，他忍不住伸出手，轻轻触碰了一下她柔软温暖的唇瓣，指尖轻微颤了一下，又缓缓收回手。

他的身体内仿佛有什么东西开始灼烧，脑海里更是翻滚着不该有的杂念。

到底是从什么时候开始，那种单纯的师徒之情渐渐转变为欲罢不能的眷恋和渴望？到底又是从什么时候开始，她的一个眼神、一个表情就能让他心神不安？

是当她射下飞雁对着他灿烂大笑时，或是当她将藏在怀里多时的蜜李子悄悄塞到他嘴里时，还是当她因为全然信任而将小脑袋搁在他肩膀上熟睡的时候……

或许更早一些……其实那些日日相伴的情谊一点一点已然占据了他心里最重要的位置，他却一直不自知……

那些微妙亲密的感情在心里萌发、发酵、膨胀，直至肆无忌惮地蔓延。

他喜欢她，喜欢得心尖发疼。

这种男人对女人的喜欢，瞒得了世人，却骗不过自己。

他情不自禁地更加靠近她，眼看着离她只有咫尺，从她唇齿间溢出的清芳呼吸，痒痒麻麻地挠心，如美酒般迷醉了他的理智。

再也按捺不住心头强抑的相思，他低下头小心翼翼地亲了上去，浅浅的吻仿佛蝶翼般轻盈划过她的唇的那一瞬间，他的神思一片空白，心跳快得仿佛要跳出胸腔，身体的某个地方更是胀得发疼。

噗——窗棂那里忽然传来一声轻响，打破了这里的寂静和一室旖旎。

高欢心里蓦地一个激灵，恋恋不舍地放开英娥，疾步走到窗子前，推开窗户朝外面望了望，又似是不放心，再走出房间吩咐门外的守卫几句，这才又折返回去。

月的光华透过窗棂漏了进来，在房间里投下斑驳的剪影。

理智告诉他，现在他应该立刻带她回去，不要在此逗留。可一转身见到帐中那朦胧的身影，他的视线又变得模糊不清，和她在一起的记忆更是如汹涌的河水般逆流而来。

一直以来，他不敢承认，也不敢坦白对她的心思。

可那蠢蠢欲动又不见光的暧昧思欲偏偏如附骨之疽，牢牢侵占内心，任他百般挣扎也脱不开。

他的目光忽然落在了床榻下的某处，那里似乎有个亮晶晶的东西。他揉了揉眼睛，弯腰捡起那样东西，放到眼前一看，才发现是那支镶嵌着相思子的银簪。

他的手微微一紧，又想起之前司马子如在英娥的闺房待了一整晚的事，心里的那股酸涩愠怒又止不住地满溢出来……尽管他知道只是一场虚惊，可一旦司马子如回到洛阳，两人成亲之时，就是他彻底失去她的时候了。

难道，他真要眼睁睁地看着她再嫁作人妇，投入别的男人怀中？

他不甘心，真的不甘心。

床榻上，英娥翻转身，头侧在一旁，披散下来的长发遮住了半边脸，红唇在黑发的映衬下更易令人想入非非。

高欢目光迷蒙地看着她半掩的面容，衣衫上的酒香味越来越浓郁，在空气中袅袅弥漫，如毒蛇般钻入他的心底，一点一点唤醒他隐藏在内心最阴暗角落里的欲望……

若是让她完完全全成为自己的，那么这世上再也没人可以夺走她了。

这个念头一旦生出，仿若蛊毒般刻入心里，渗进血中。

风乍起，尚在燃烧的微弱烛火渐渐熄灭，仅存的一丝理智也随着光亮的消失而涣散。

沉沉的黑暗，终将一切笼罩。

晨曦渐晓，轻纱般的薄雾在温柔的光照下淡去，伸展到窗棂的凌霄花枝还弥漫着雾散残留的水珠，橘色的花瓣湿润而妍丽，就连花香里似乎也缠绕着水雾的潮湿气息。

房间内一片静谧，唯有点点微尘在浅金色的光线下轻舞飞扬。

铺着浅紫联珠孔雀罗的床榻上，一双男女正沉静而眠，女子微微蜷着身子，男子有力的手臂则紧紧拥着她，两人的发丝相交着混合在一起，分不出彼此。阳光落在那里，每一根发丝都细细泛起金光，仿佛有温存缠绵后的柔媚于发丝间浮光潋滟。

英娥在半梦半醒之间忽然感到胸口仿佛被什么压住，有点喘不过气来。她不自觉地轻蹙起眉，伸手轻揉了一下发疼的脑袋，强撑着睁开依然沉重的眼皮，几乎是在一瞬间就感觉到身边有其他人的存在。

她惊慌失措地从床榻上弹坐起来，睁大眼睛惊恐地望着身边的男人。

男人的半边面容被长发遮挡，但面目轮廓依稀有几分熟悉之感。

她伸出微微发抖的指尖，轻轻撩开遮住男人的头发，那张再熟悉不过的俊美容颜就这样猝不及防地出现在她眼前！

她的身体像是失去所有力气般一下子瘫软下去，浑身剧烈地颤抖起来，手足冰冷僵硬，仿佛已不再属于自己。从未有过的阴冷恐惧如毒蛇般盘旋而上，从皮肤的每一个毛孔渗入体内，渗入血液里，无隙不入！

不会的，一定是哪里搞错了！一定是！

恰在此时，男人睁开那双茶色的眼眸，眼中似乎闪过一抹迷茫，喃喃唤了一声："英娥……"

英娥像是溺水的人抓住一根救命稻草，也顾不得那么多，颤声道："师……师……这到底是怎么回事？我们之间什么事也没有发生对不对？这只是个误会对不对？我，我……"

或许是因为身在这么尴尬的境地，这声"师父"在喉咙里滚了几滚，却怎么也叫不出来。

高欢眼中闪过一抹微光，脸色明显一变，显露出了复杂难辨的神情，最终又被愧疚痛苦所代替。

英娥看着他的表情，一颗心深深沉了下去，眼前的这双茶色眼睛，就像是深海里的旋涡，要将一切全部吸入那无边无际的黑暗之中。

她默不作声地起身穿衣，虽已竭力保持冷静，颤抖着的手指却怎么也扯不紧腰带，就好像全部力气已然消失殆尽。

“英娥……对不起，虽说我们应该是中了别人的算计，但昨晚我确实对你……”

“我什么也不要听！”她迅速打断他的话，“就当我们只是做了一场噩梦好不好？好不好？只要各自回去再睡上一觉，这场噩梦就会醒来。”

说着她似是安慰自己般重重点了点头，转过身朝着房门的方向走去。

“噩梦”这个词传入耳中，高欢心里恍如被针狠狠扎了一下，他旋即起身披上外衣，几步上前拉住她，心疼得发泄不出来，怒气和幽怨压在喉咙里痒得厉害：“英娥，你知道的，这并不是一场梦。”

英娥倏然顿住疾走的步伐，回转身怔怔看着他，朦胧的视线里是男人逆光下的身影，绝丽的茶色双瞳里深深浅浅叠印着一种令人生畏的暗光。

那是她从来不曾见过的高欢。

“师父……”她突然弱弱地喊了一声，面上的神情带着些许哀求、些许迷茫、些许惶恐，“我们就当什么都没发生过好吗？我们——”

她的声音戛然而止，整个人好似僵住那样，目光呆滞地望着床榻上的某一处。高欢顺着她的目光也望了过去，只见浅紫色的联珠孔雀罗上一抹殷红的血迹触目惊心。

英娥步履踉跄地倒退两步，犹如置身冰窖，就连体内的血液也为之凝结。

她知道那意味着什么。

耳膜被自己的急促呼吸声震得发疼，腹部更是痉挛似的绞痛不已……她的大脑完全一片空白，唯一意识到的就是自己不能继续待在这里了。

她必须走，必须离这里远远的！

看着英娥如受惊的小鹿般仓皇离开，高欢静静站在那里一动未动，眼中流露出难言的苦涩，直到那道身影终于消失在自己的视线里。他缓缓伸出指尖抚上自己的唇瓣，仿佛那里还残留着对方的温度，灼热地沁进他心里。

明光殿的一角，阳光尚未照射进来，殿内显得有些幽暗，一旁的错金博山香炉散发着沉郁细腻的香气，如美人的气息丝丝弥漫在空气中。

元修面色不豫地看着跪坐在下首的元明月，低斥道：“元明月，你胆子不小啊，连朕你也敢算计！”

元明月不慌不忙地俯身道：“还请皇兄恕罪。臣妹愿受责罚。”

一旁的元妙容赶紧打圆场道：“皇兄，刚才明月说得也很清楚了，让高欢和司马子如离心可是有百利而无一害！至于尔朱英娥，不过是个女人罢了。皇兄这样的人物，要什么样的美女没有呢？”

元修沉着脸不说话，心里涌起一阵莫名的烦躁。

若是元明月不擅作主张，此刻将英娥拥入怀中的人就是他了。虽说比起美人，这大魏江山的稳固更加重要，他心里自然也明白元明月的这一招更为明智，可那种深切的失落之意始终在心头萦绕不去。

“一切可收拾妥当？不会被高欢查出什么吧？”他蹙起眉，“还有那个秦怀，留着他也是个隐患。”

元明月轻挑蛾眉：“放心吧皇兄。秦怀，还有将掺杂合欢散的酪浆泼洒到高欢衣服上的那个小宫女，以及门外的侍卫，都已经一并处理了。就算高欢要查，也查不出什么来。”

元修似是稍稍放心，又伸手揉了揉依然肿胀疼痛的脑袋，抱怨道：“你那迷香放得也实在太多，朕到现在还头疼得紧。”

元明月莞尔一笑：“臣妹也是怕有万一，这才下手重了些。不过不管怎么样，事成了就好。”

就在这时，有小黄门前来禀告，说是宇文泰已经于半夜悄然离开洛阳。

元修先是一怔，随即想起先前宇文泰对自己的笼络坦然接受，并隐隐表达出了效忠之意，不觉又心情愉悦起来。

一旦除去高欢这个心头大患，这天下还有什么不是唾手可得？

元明月抬眼看着元修的表情，嘴角漾起一抹笑。

“皇兄，这件事，不该让尚在为国效力的司马尚书蒙在鼓里吧？臣妹觉得应该派人传信给司马尚书。”元明月的笑容里带着一股冷然，“另外，大丞相和前皇后共度春宵之事，想必也有更多人有兴趣知道……”

元修想了想，目光意味不明地看了看她：“那就交给你去办吧，明月。”

元明月应了下来：“皇兄放心，不出三日，洛阳城里的人都会知道这件事。”她轻笑一声，“可有的大丞相头疼了。”

元明月踏出明光殿时，抬头望天，天空明亮如镜。

她勾了勾嘴角——司马子如，你准备好迎接即将到来的狂风骤雨了吗？

一轮明月高悬于漆黑的夜幕之上，位于寿丘里的丞相府邸在夜色的映衬下显得格外肃穆，从青灰色墙面流露出的暗沉气息更是令人窒闷得喘不过气来。

苍冷无力的银色月光飘忽钻入一扇半掩的窗扉，淡淡倾在一个凭窗的高大侧影上，几点浅光折转着落在那人沉静的俊颜上，令他那双茶色眼眸看起来尤为剔透。

窗外夜风乍起，他正欲伸手合窗，忽听门外有侍卫前来禀事，冷然的眼神几不可察地跳动了一下。

风尘仆仆的侍从一进门就跪倒在地，急急道："大丞相，属下等一路疾追那宇文泰，可追到潼关已不见他的踪迹。属下亦不敢再追，只能眼睁睁瞧着他逃回关中了。还请大丞相降罪！"

高欢微微蹙眉，自从得知宇文泰连夜离开洛阳之后，他就明白自己犯了一个大错，即刻遣人快马急追，只可惜这潼关以西尚未在他掌控之内，如今放虎归山，恐怕这个宇文泰将来会是个大麻烦。

他抬手轻揉了一下额角，若不是自己因为英娥的事乱了心神，那宇文泰又岂能离开得这么容易？

"这也怪不得你们。起来吧。"高欢摇了摇头，"也是我自己不够果断，早该派人牢牢看住他，不许他离开皇宫一步。"

"大丞相，一旦宇文泰回了关中，再加上贺拔岳，这关中势力日涨，对洛阳可是颇有威胁，大丞相可有什么对策？

高欢抬眼看向窗外，微一思忖道："宇文泰羽翼未成，当务之急须先除掉贺拔岳。待贺拔岳一死，我自可以名正言顺地派人接管关中的势力。"他顿了顿，又道，"只是该如何不着痕迹地除了他，还要好好斟酌。"

"大丞相，何不等司马尚书回来了再行商议？他素来足智多谋，必然能替您想出一个万全之策。"侍从刚脱口说出来，顿觉周身一冷，再抬头看高欢，只见他面色微沉，虽然脸上没什么表情，但从他身上散发出来的气息几乎能让空气凝结。

侍从忽然想起这些天宫中的流言，顿时有些尴尬，很快识趣地退下了。

沉沉夜色隔绝了白昼的喧嚣，窗外的风很大，舞乱了高欢的发，他那俊美无俦的脸上仿佛笼上了一层薄薄的冰霜，修长的双眉紧紧皱起，形状完美的嘴唇也抿成一条直线。

他伸出手有节奏地击了三掌，只见一条人影顿时悄无声息地出现在窗外。

"主公，有何吩咐？"暗卫首领的声音低沉地飘散在空气里。

高欢沉默了一瞬，道："这些天，她……怎么样了？"

"殿下除了去了几趟皇宫寻找侍女阿女外，这些天几乎闭门不出。听说她也派了其他人继续寻找阿女的下落。"暗卫首领低声回道。

高欢脸上闪过一抹古怪的神色，目光微敛，嘴角略微下垂："那件事……查得怎么样了？"

"那晚上曾出现在主公面前的人，无论是谎传消息的秦怀，还是将酪浆洒在您衣服上的宫女，都已经莫名失踪。依属下的经验来看，这些人多半是被灭口了。”暗卫首领顿了顿，道，“想来这主使者和最近散播主公和殿下流言的应是同一伙人。”

高欢冷嗤一声：“能办到这些的，除了宫里那几个人，还能有谁？只是他们已经将证据抹得干干净净，明面上我也不能对他们怎么样。”

暗卫首领语气中多了一份压抑的担忧：“若是到时司马尚书回来后因为殿下和主公您决裂，主公的名声必然有损啊！”

高欢倚在窗前望着苍茫的四周，被浮云遮挡住的月光忽明忽暗，勾勒出他眉宇间的模糊神色。

“好好守着殿下，有什么动静立刻向我禀报。”

暗卫首领应声正要退下，却似是想到什么欲言又止。

“还有什么事？”

暗卫首领犹豫了一下，还是开口道：“主公，这流言传了些时日，恐怕也已经传到夫人耳中……”

高欢的神色显得更加晦暗不明：“我自会对夫人有所交代。”

在暗卫首领退下后不久，高欢静静站了半盏茶工夫，这才走出门朝着娄昭君的住处走去。

他的妻子娄昭君素来大度，不然也不会为他迎进之前几位姬妾，包括他少年时的初恋情人韩姬。她之所以一直没有来问他，也不过是相信他必然会给她一个解释。

只不过这一次，有些不同。

高欢拖着有些沉重的脚步踏进娄昭君的住处时，她正和嫡长子高澄说着什么。高澄今年将近十四，年纪虽轻，却因过人的智慧及上佳的胆略气魄，早已参与军国要务的筹划，更是众人心中不二的高氏继承人人选。

高澄连忙起身行礼，望向父亲的眼中多了几分复杂之色。他如今的年纪身边也有了不少姬妾，自是知道女子的妙处，因此对父亲身边诸多姬妾也相当理解，只是流言对象是他小时候曾亲近的人，这种感觉未免有些怪异。

“阿惠，你先回房吧。”娄昭君让儿子离开后，又令下人将煮好的茶汤送进来。

热气腾腾的绿釉联珠纹茶瓯被送到高欢的案几前，煎好的茶汤色泽明亮，碧绿的茶树生叶在汤中上下浮动，如春花般清爽。透过冉冉升起的白雾，可以看到高欢那绝色无双的容颜上，泛起一丝妍丽的色泽。

娄昭君不由得在心底轻叹了一口气，她的夫君啊，纵然已经过了而立之年，却依然风华不减。当初尚为少女的她打那城墙下经过时，不也是一眼就被站在城墙上的他所吸引了吗？

一眼沉沦，义无反顾。

“昭君，相信你也听到宫里的传言了。这次的事确实是我做错了，虽说我也是中了别人的算计，但或许只要再谨慎一些，就可以避免这件事的发生。英娥更是无辜，当时她完全不知道发生了什么……”高欢也只有面对娄昭君时才有几分难得的窘色。

“大人，事情已经发生了，你接下来打算怎么办？你想好如何面对司马子如，又想好如何处理和英娥之间的关系了吗？”娄昭君语气温和，问出的问题却犀利如刀。

高欢面色微微发白：“遵业自然会恼我，但他素来是个理性的人，给他一些时间，或许他会明白我这样做也是身不由己。至于英娥……”

“大人，你想听听我的看法吗？”娄昭君淡淡问道。

高欢点了点头。

娄昭君轻轻捧起自己面前的茶瓯，轻喝了一口，抿了抿唇才开口道：“我知道这些天你没有见过英娥，不是不想，而是不知如何面对。但与其一直逃避，不如真心面对，唯有坦然面对自己的脆弱，才是最好的解决之道。”她顿了顿，继续，“接下来的一切，应该由英娥自己来决定。如果她愿意跟着你，那就堂堂正正将她迎娶进府，就算是要我将正室之位相让也不是不可。如果她不愿意，那么你也应该尊重她的意愿。”

高欢怔了怔，目光微微闪动：“可是，她已经是我的人了……”

娄昭君定定看着他，平静的目光竟令他莫名有些心虚。

“英娥性子素来强韧，绝不是那种为了这种事就寻死觅活的人。”

高欢的指尖叩着发热的茶瓯，茶色的瞳仁映着碧色汤影缕缕缠绕，脑中思绪万千，过了半晌他才轻叹一口气：“昭君，这次是我对不起你。”

待他起身离开之后，随侍在侧的贴身侍女忍不住道：“夫人，为何不阻止大丞相呢？那位殿下身份高贵，又和大丞相有着打小的情谊，若是进了府再生下一子半女，恐怕将会成为夫人和世子的威胁啊。”

娄昭君放下茶瓯，眼中的神色如灯影般微微晃动：“人的欲望就像是无底洞，若是这次我阻止了，丞相那个欲望的无底洞只会越来越深。与其这样，不如先试着填补上这个洞，等他心愿满足时，这个无底洞也就不足为虑了。”

“夫人思虑果然周全。”侍女不由得赞道，“不知夫人会如何对付那位殿下呢？”

娄昭君沉默了一瞬道：“这次的事英娥身为女子更是无辜，无论她做出什么决定，我都会善待于她。”

第十七章 决定

天色蒙蒙亮时，沐浴着晨曦的洛阳城尚未从睡梦中清醒，东升的旭日已悄然躲进层层绵云之中。空气中弥漫着一股潮湿润泽的气味，笼在薄烟般的雾气世界中，带着几分凉意。一辆青篷马车踏破寂静由轻雾中驶来，缓缓停在寿丘里的一处住宅前。

一位风姿绝丽的男子挑起墨绿织锦的车帘，凝目望向那紧闭的大门，茶色双眸里微光流转神色不明。

枝叶上的露珠被风一吹，簌簌而落，溅在男子挑帘的纤长指尖上。

此刻他的心情就像头顶上方随风飘动的枝叶一般，凌乱又不安。

从马车到大门前，短短一段距离，他却从未觉得如此漫长过。

大门的那一边，靠近东侧的主院里则一片沉寂，偶有鸟雀的鸣叫响起，为这里平添了几分难得的生气。

在光线照不到的床榻上，微微蜷缩着身子的英娥慢慢睁开了双眼，昔日灵动的琉璃眼眸显得有些呆滞，亦失去了往日的光泽。

每天她浑浑噩噩醒来，又浑浑噩噩睡去，竟不知已经过了多少时间。十天？半个月？还是更久一些？

发生这样的事，她不知道该怎么面对子如，又该怎么面对师父……只要一睁开眼睛，闷闷的疼痛就会清楚地从心脏那里传来，先是若有若无，到最后则是铺天盖地席卷而来。

她委屈、痛苦、恐慌……她也想大哭一场，可是眼睛尽管干涩得发疼，泪水却一滴也流不出来。

英娥舔了舔干裂的嘴角，伸手想去拿床榻边的瓷盏，不料手一滑瓷盏掉到了地上。

门外守候的侍女听到动静，连忙问道："殿下，这是怎么了？您可要现在起身？"

当听到英娥有气无力的回答后，侍女才小心翼翼推开门走进去。

房间里显得有些凌乱，案几上的青瓷瓶倒在一旁，水流了个干净，里面插着的花朵早已失去颜色，几件衣裳被随意地扔在地上，一股颓废气息扑面而来。

侍女不由得在心里暗叹了一口气，主子那日自宫里回来后就性子大变，先是将房间里所有的熏香和香炉砸了个干净，接着便过上如行尸走肉般的生活，每日麻木地起床、用餐、洗漱、发呆、倒头睡觉……周而复始，像是对什么都提不起兴趣来。

想到最近传得沸沸扬扬的流言，侍女似乎也揣测到了几分缘由。她只犹豫一瞬，便径直走了过去，脸上同时浮现惯有的笑容。

"殿下，可要先喝点水？"

英娥点点头，忽然听到从门外不远处似乎传来一阵喧嚣的声音。她不耐地皱了皱眉："外面这是怎么了？"

侍女忙走出门去打探了一下，不一会儿又眉眼激动地走了进来："殿下，原来是司马尚书在河西生擒了那纥豆陵伊利，不日就将凯旋！这不，大家都高兴得很呢，所以声响就大了一些，还请殿下恕罪。"

听到这些话的英娥一瞬间睁大了眼睛，露出一副既惊且喜的神情，但很快又被一脸惆怅所代替，一时间她心乱如麻，愁绪纷杂。

"这的确是件大喜事。你先下去，去账房支些银钱赏给大家，就当沾沾喜气。"她说着挥了挥手，示意侍女退下。

当侍女退到门边时，又听到英娥低低问道："阿女她，有消息了吗？"

侍女难过地摇了摇头："奴婢让人都打听过了，那晚阿女进宫之后就再没人见过她。"

英娥面上失望之色一闪而过："继续让人找。我不会让她就这么不明不白地消失。"

待侍女一走，英娥仰天倒在床榻上，心乱如麻。遵业就要回来了……他就要回到洛阳了……

突然像是想到什么，她一下子跳起来，径直冲到了镜子前。

不看还好，一看英娥也被自己吓了一跳。铜镜里映出的女人憔悴不堪，面色苍白，干涩开裂的嘴角隐隐透着几道纹路，如同失去水分的花朵日趋枯萎。

她心里蓦地一个激灵，难道到时她要以这样的形象去见遵业？

不行，绝对不可以！

意识到自己的这个念头后，她又是一怔。尽管发生了那样的事，原来她的内心还是深深渴望着见到遵业……她舍不得，真的舍不得就这样断了和他的姻缘……

恍然间，仿佛想起很早很早以前，她曾和小元诩说过的话。

“陛下，为什么不能哭呢？难过时就要哭，开心时就要笑，不管是难过还是开心，我只听从我内心的想法，不用隐瞒也不用遮掩。对了，我娘说这叫唯心而已。”

我只听从我内心的想法，不用隐瞒也不用遮掩。

唯心而已。

不知何时，天空中云雾已然散开，淡淡的阳光洒进室内仿佛驱走了原有的晦涩和阴霾，暖暖的风也随之探了进来，挟着一阵若有若无的花香，令人精神为之一振。

英娥深深吐出一口气，心里的阴翳终于慢慢退去。与其惧怕黑夜来临，不如直面白昼的阳光。无论经历了多么黑暗的黎明，太阳终究会升起。

并不是完全没有希望的。

活着，不能只是一味逃避痛苦。

终于想通的英娥眼中又恢复些许神采，她揽镜自照，缓缓梳起自己那头如瀑的长发。

“殿下！”门外又传来侍女的声音，“大丞相亲自来看您了。”

英娥手一顿，动作滞了滞，又深吸了一口气：“让大丞相在厅中稍等，我即刻就来。”

刚踏入大门的高欢听了侍女的回禀后，点了点头就进了厅中。他明显感觉到英娥在拉远彼此的距离，若是换了从前，这府中哪一处他不是自由来去？

虽心中酸涩，但因着内心深处那点不为人知的希冀，他还是不动声色地坐了下来。

不多时，就见一个身材窈窕风华无限的女子走进来。他心头蓦地一热，立刻站起身来迎上前去，声音饱含担忧地轻唤她的名字：“英娥……”

英娥一抬头，两人四目相对的一瞬，相对无言的窘境令彼此感到有几分尴尬，一阵微风从两人之间穿过，却吹不散那种淡淡的隔阂。

“英娥，你憔悴了许多……”高欢目光中带了几分心疼，先打破这种窘境。

英娥下意识摸了下自己的面颊，又扯了扯嘴角，端起案几上的茶盏递了过去：“师父，先喝口茶汤吧。”

高欢接过茶盏，目光变得柔软：“对不起，英娥，发生这样的事委屈你了。虽然我之前也有些迷惘，不知该如何面对你，但逃避总不是解决的办法。是我做错了事，我自然要对你负责……”

“不，师父，这也不是你的错，我们也都只是中了别人的计而已。”英娥抬起眼睛，眼神平静温和，“我已经想好了，接下来该怎么做。”

高欢心头一跳，心中不知为何多了几分忐忑和不安。

“英娥，你若是搬到我那里，昭君也绝不会为难你……”

“师父，我根本无意介入你和师母之间。”英娥皱着眉打断了他的话，“既然这是一场被设计的错误，那我们就尽快忘记它，好吗？我不希望因为这个错误影响你和师母之间的感情，更不想因此亵渎我们的师徒之情。”

高欢的心一下子沉入黑暗之中：“那，你打算如何？”

她望向他，目光温润坚定：“遵业就要回来了，我打算和他说清楚这件事。若是他不介意，我就还跟着他；若是他介意，我就回北秀容。”

她的话音刚落，高欢手里的茶盏一个不稳，竟摔了下来，白皙的手背顿时被烫得一片微红。

英娥一惊，下意识想要上前查看，又似是想到什么往后退了一步，小声道：“师父，你没事吧？”

高欢摇了摇头，淡淡扫了眼被烫红的手背，比起被烫伤的手，刚才看到她后退一步时的那种心痛更让他难以忍受。

“既然你已经决定了，那就去做吧。不过英娥，你要记住，无论发生什么事，师父这里永远是你的避风港。”

英娥唇边露出一个温暖真诚的笑容：“谢谢你，师父。”

高欢勉强地回了一笑，转身朝着门外走去。在步出府邸大门的瞬间，他茶色眼眸一厉，如同夜空中极速滑过的闪电，掩藏许久的阴霾终于奔涌而出。

胸口下是一颗被百虫噬咬的心，细细密密的痛楚、无法宣泄的情绪，正一点一点侵蚀着他的理智。

“大丞相！”他的暗卫突然现身，隐在角落里低声唤道。

高欢神色一冷：“不是让你守着那个地方吗？为何擅自前来？”

暗卫面上露出颇为古怪的神色：“那里事情有变，还需大丞相亲自定夺。”说着他凑到高欢身边低语了两句。

高欢神色微微一僵，神情也变得古怪了几分，但还是说了句：“我会亲自过去一趟。”

千里之外，五原河以西的魏军大营之中，渐渐弥漫起烹煮食物的香气。

因之前打了胜仗活捉了流民首领纥豆陵伊利，魏军从上至下人人欢欣鼓舞，就等着收拾完残局后凯旋。

副将看了看站在不远处的主将司马子如，只见他正静静眺望着洛阳的方向，神情温柔，目光深邃遥远，似乎正在思念什么人。风乍起，吹起他天青色的衣角，看起来是那么优雅温和，就像是年代久远带着典雅光泽的美玉。

天空中云霞燃烧似火，余晖落在他身上，仿佛笼上了一层橙金色的光芒。也唯有他这样的男子，才衬得起那妍丽至极的绯霞。

如若身为女子，能被这样的人爱慕，听到他深情的表白，这是何等幸福啊。

副将心里暗暗感叹着，装了一大碗干巴巴的粟饭便走到司马子如面前，说话的口吻中带了几分调侃：“将军，就算是想念心上人，也要先吃点东西吧。”

司马子如倒也不恼，反而微微一笑。

副将更是大胆，试探道：“将军的心上人必然是个倾国倾城的大美人吧？”

司马子如斜斜瞥了他一眼，嘴角隐隐透着喜悦：“待我成亲之时，你自然就会见到了。”

就在这时，一骑人马朝着军营疾驰而来，口中大喊着：“将军！司马将军，洛阳有急信传来！”

司马子如笑意微敛，待那人上前呈上了密信，目光才扫了几眼，他的脸色就蓦地僵住了。

副将只看到他拿着信的双手突然痉挛似的颤抖，甚至连握拳都办不到，脸上更是没有一丝血色，不由得心里大骇，连呼了几声：“将军！司马将军！”

司马子如置若罔闻，只是强撑着又看了一遍那封密信，字字句句，如同最锋利的刀刃深深刺入他的心脏！

那种心脏即将爆裂的痛楚让他几乎无法呼吸！

“将军？”

“这里的事就先交给你了，我要立刻赶回洛阳！”

盛夏的脚步越来越近了，庭院树木上的树叶从原来的浅绿渐渐浸染上浓重的绿色，枝梢头也变得越发浓密起来，犹如翠色大伞遮住了大半阳光。从枝叶缝隙里漏下的点点光斑落在正于树下闭目小憩的英娥身上，随风轻盈地跳跃着。

侍女如往常般端着一盏散发着药味的浅褐色汁液过来，小心翼翼唤道：“殿下，殿下，该服药了。”

英娥懒洋洋地睁开眼睛，皱起眉瞥了那药盏一眼，下意识地抿紧了唇。

自高欢那日离开后，每天都派人送这补药过来，说是能调养她的身子，并让她务必每日都喝，喝足了七天才算完事。

“这都几天了，怎么还没喝完？”她的小脸上露出郁闷的表情。

“殿下，今天已经是第七天了，只要将今天的喝完，您就再也不必继续喝了。”侍女轻轻笑了笑，将手里的东西在她面前晃了晃，“如果殿下怕药苦，奴婢还带了些糖来呢。”

英娥哀叹一声，不得不拿起那个装了苦药的青瓷碗，一边皱着鼻子，一边视死如归地将药一口闷了下去。

侍女在一旁弯了弯唇。

“对了，我的那些东西都收拾好了吗？”似是想到什么，英娥放下空空的药碗，眼睛明显亮了亮。

侍女的神色顿时变得有些异样，吞吞吐吐道：“奴婢已经帮殿下收拾好了。只是殿下，您确定现在就要出发吗？为何不在府中等着司马尚书归来呢？”

英娥沉默了一瞬道：“要不是答应了师父要把七天的药喝完，我早就去找遵业了。”她顿了顿，“对了，你再替我找套男装来，这样路上也方便些。”

侍女应了一声便退了下去。只见她出了庭院后却疾步走到府中的一处偏僻角落，极为娴熟地发出几声鸟叫，不多时，有条人影从树上一跃而下，听那侍女说了几句立刻消失不见。侍女望着那人的背影一闪而逝，默立了一会儿，又微叹了一口气，这才转身离开。

待英娥换好男装，又将一切准备就绪之后，天色却骤然暗沉下来，大片大片的浮云绵延不断，几乎遮住半边天，也将缕缕阳光暂时隐蔽其中。

侍女见天色突变，还上前劝了几句，可英娥丝毫不以为意，还兴致勃勃地在马厩里挑选马匹，最终选了匹棕红色的高头大马。

“阿巧，这府里的事就交给你了。”英娥交代了一些琐事后，便牵上马准备出发。她刚踏出门，忽听不远处传来一个略显喑哑的声音：“你要去哪里？”

英娥怔了怔，抬眼朝着那个方向望去。

因着逆光的关系，她看到那个高大修长的身影朝着自己走近，周身似乎包裹着一层暗色。在微弱的天光之下，他脸部和肩膀的线条却显得越发凌厉。

英娥忽然觉得身上有些发冷，讪讪轻唤了一声：“师父……你怎么在这里？”

高欢一步一步走到她面前，面无表情地看着她却再不发一言。

就在得知她要去找司马子如的那一瞬间，仿佛有种无形的东西牢牢堵在他的胸膛里，胀得直发疼，恍如有一把利刃不停刺割着他的心脏。心底被挑起的愤怒，几欲让他发狂。失望和妒忌，这混杂在一起又难以控制的情绪如同铡刀要将他生生剖开。

英娥看着他那双染了霜的茶色眼眸，抿着嘴唇说不出话来，感觉像是被什么掐住了喉咙，莫名感到一阵心虚。但想到司马子如，她还是小声又坚定地开了口：“我想早些见到遵业。”

高欢纤长的眉尾微微跳动了一下，竭力按捺住心头的涩意：“遵业他们已经在回来的路上，很快就能到达洛阳。你现在身子不比从前，就听师父的话，待在府里等他好吗？”

英娥攥紧马缰，却并没有答应下来，而是难得任性地回了一句：“我想早些见到他。”

她想早些见到他，早些知道他的选择。

一阵风轻轻吹来，几片碧色的树叶打着转飘落在英娥的发上。高欢下意识地想要伸手帮她拿下沾着的树叶，不料英娥竟然下意识将头一偏避开了他的手。

高欢目光一冷，目中霜色更重："英娥，你还在为那天的事——"

"师父，我们不是说好了，那天的事就当没有发生过？请不要再提了好吗？！"英娥飞快打断他的话，脸上浮现淡淡愠色，一扯缰绳就拉着马想走。

高欢的手忽然伸了过来，一把拽住缰绳。

他狭长上挑的茶眸里有让人难以察觉的痛意，声音低沉却充满了不容拒绝的强势："英娥，不许去。"

英娥有些吃惊，随即也有淡淡恼意涌上心头："就算你是我师父，也无权替我做决定。"

说着她用力想将缰绳拉回来，不料双手一用力，她脚下突然一个踉跄，眼前莫名一阵发黑，接着就一阵头晕失去知觉。在沉入黑暗之前，她眼前似乎出现了高欢担心至极的面容。

英娥醒过来的时候已经躺在自己的床榻上了。她只觉得除了头脑昏沉，四肢也仿佛没什么力气。恍惚之中，有人轻轻执起她的手，灼人的温度和沉稳的力量瞬间将她包围。

神志渐渐清明，她慢慢睁开了眼睛。

高欢坐在床榻边握着她的手，带着她从未见过的温柔笑容注视着她。

"英娥，现在你哪里也不能去了。"

这句话刚传入耳中，她挣扎着想要反驳，不料接下来的一句话让她如坠冰窟，整个人僵在了原地。

"刚才太医令来给你诊了脉，你已经有一个月的身孕了。"

风，转瞬又逝。

房间里陷入死一般的沉寂。

英娥紧紧抿着唇说不出话来，甚至无法发出任何一丝声音，感觉就像是被一只冰冷的大手牢牢扼住了喉咙。她盯着高欢的眼神中饱含着惊骇之色，显然是被他刚才的话吓到了。在足足呆了半晌后，她才艰难又迟缓地摇了摇头，声音也带着一丝嘶哑："这……不可能。"

"英娥，这是真的。"高欢的笑容更加温柔如水，"他已经在你腹中一个月了，这是——你和我的孩子。"

英娥竭力想去分辨他的说话声，这些声音仿佛从很远很远的地方传来，每一个字却都如巨石般撞击得她的耳朵疼痛不已。此时此刻她脑中也成了一团乱麻，但残余的清明还是告诉自己，应该做出怎样的选择。

“这个孩子……我不能要。”

就在她说出这句话的瞬间，笑容几乎同时从高欢的脸上消失了。

他柔和的眼神变得凌厉，就像是狮子盯着自己猎物时才有的眼神，声音尚温和，却隐约带了几分强势。

“英娥，或许我有时候真的太纵容你了。”

说着，他不由分说地握住她柔软的手腕，不容她从自己的掌心里挣脱：“之前你说要当成什么都没发生过，我同意了；你说想要等着遵业回来和他说清楚，我也同意了……可你要将这个孩子从这世上活生生抹杀掉，我贺六浑绝对不会允许！”

他茶色的双眸深处仿佛有什么在灼烧，白皙如瓷的额头上隐隐透出青筋，飞挑的双眉隐着吞尽山河的桀骜，自有一番天生的威仪。

英娥一怔，她从未见过这样的高欢。

也是在这一瞬间，她突然意识到如今的高欢早已不仅仅是她的师父，而是掌控着整个大魏、站在权力巅峰的男子，就算是高高在上的天子在他眼中也不过是傀儡一名。

一切都已经不同了。

她已经失去选择是否留下孩子的权利。

高欢见她神色变幻不停，语气不由得又放软了几分：“我的英娥，那是你的孩子，也是我的孩子。他将来会跳会说话，会笑会哭，会叫你阿娘，叫我阿爹……”

“别说了！”英娥神色慌乱，下意识伸手捂住了自己的小腹，心里更是忐忑。这里真的已经有一个小生命存在了吗？可是，这个生命的到来只是个意外，是不被祝福和期待的。如果这个孩子有自己的意愿，说不定他也未必乐意被生下来……

“英娥，”高欢又靠近她一些，语气中带着一种若有若无的蛊惑，“既然这个孩子和你我有缘，我们就不能轻易舍弃他。他是你我一生的责任。就让我们一起看着他出生，再一起将他养大好吗？

英娥的心悚然一惊，脱口道：“不，我和你，不行……”

高欢幽深冰冷的茶眸中闪过一抹暗色：“如果你不愿意和我在一起，我也不强求。不过你也要答应我，先将我的这个孩子生下来，之后……我不会再干涉你的任何选择，也不会有人知道这个孩子和你有关系。那时，就算你要和遵业……”

英娥心里一阵绞痛，有了腹中这个孩子，她和遵业还有什么未来可言？

她缓慢而坚定地摇了摇头：“如果决定生下他，我一定会对自己所做的选择负责。管生不管养，我尔朱英娥做不来那样的事。生而不养，养而不教，那才是对生命的不负责。至于遵业，我都已经给别的男人生孩子了，又有什么资格再让他等着我？”

高欢定定看着她，不知为何，明明听到她答应了，惊喜中却莫名感到一阵怅然。

“过几日我在晋阳的大丞相府邸就要建成了，到时就和我们一起搬过去如何？”

英娥点了点头：“不过，我也有三个条件。”

高欢连忙点头：“只要我能做到，就算是三百个条件也无碍。”

英娥垂下眼睑：“其一，我不住在丞相府里，烦请大人替我在晋阳物色一处安静宅院，以便我安胎和将来教子。其二，我不需要任何名分。这个孩子是你我的第一个，也是最后一个。那夜的错误，一生唯有一次。其三，不管遵业听到我的决定后有什么反应，都不许迁怒他。”

高欢的眼神深邃了几分，难言的情绪，不停灼烧着内心，苦涩的滋味，弥漫了整个胸腔，在几经挣扎下，他还是一字一顿道：“好，我答应你。你且好好休息。”

英娥没有出声，只是失神地望着他的背影，麻木的心底有什么慢慢地紧绷，紧得几乎要喘不过气来。

两天后。

阴霾压抑的沉沉天空下，一名戎装的年轻男子策马疾驰在铜驼大道上，远远望去，眉目如画，俊雅无双，正是大行台尚书司马子如。虽说此刻他面上难掩焦灼神色，那绝代的风华却比侧帽郎独孤信更要夺目几分。

司马子如策马行至寿丘里时，顾不上不间断狂奔十来天已口吐白沫一头倒在地上的马匹，急急忙忙就朝门口行去。

因平日里经常来往，门口的守卫一见是他，立刻识趣地让于一旁。

司马子如越走越快，到最后干脆不顾形象地拔足飞奔起来，直看得府中侍女们目瞪口呆。

虚掩着的东间门之后，英娥正精神恹恹地用竹箸夹起一块截饼，神情淡漠地往嘴里送。

门被砰一声大力撞开。

英娥抬头一看，身子剧烈一震，手里的竹箸啪嗒一声掉了下来。

司马子如一个箭步冲进来，却在离她咫尺之距时生生收住脚步。他的目光灼灼如火，死死地、近乎贪婪地看着她的面容。

英娥原本颓废的脸色变得死寂般灰白，薄唇上最后一抹血色也迅速消失殆尽。

司马子如深深吸了一口气，苍白的面颊上浮现出一阵悸动，动了动唇，发出的声音低沉又破碎，夹杂着浓浓的心疼。

“英娥，你受委屈了。”

英娥的心弦蓦地一阵剧颤。在这之前，她已经无数次想象两人的再相逢，原以为自己早已经变得麻木，可没想到这男人不过轻轻的一句话，就能完全将她贯穿，锥心刺肺。

心底深处明明涌出酸楚不已的冲动，却只能咬紧嘴唇不让自己脆弱的液体流下来。

司马子如的声音不由得更加温软了几分：“不管发生什么，都不是你的错。英娥，我不在乎之前的事，我唯一在乎的只有你是否会留在我身边。只要你还好好地在我视线所及之处，我就心满意足了。从此以后，我不会再让你受一点点委屈。”

英娥抬头，映入眼帘的是他唇边绽放的温柔笑容。往常每每望之心安的笑容，此时此刻却令她心痛如绞。

“可是……我在乎。”

司马子如怔了怔，随即又微微笑了起来：“说出这些泄气话的你可不像我认识的英娥呢。我认识的英娥自信又坚强，清楚自己想要什么，更明白只有自己，才是决定此生幸福与否的关键。所以，她一旦做出决定，必定是要经过深思熟虑的。无论发生什么事，她都不会抛弃自己。唯有不抛弃自己，人生的憾事才会少一些。英娥，我和你，一定不会成为遗憾。若是你心里过不去，我们离开这里就是。我——”

“遵业，我腹中已经有了他的孩子。”英娥面无表情地打断他的话。每一个字从唇齿间说出来时，她感觉掌心就快要被指甲狠狠地刺穿，胃部抽搐痉挛，痛得想要失声尖叫。但她知道，绝对不可以。

空气仿佛瞬间凝结，阳光从窗外透射进来，温暖的气息溢满房间，却始终无法将浸入骨髓的阴冷驱散。

司马子如似乎有些怀疑自己听错了话，直到英娥再次响起的声音如小小冰锥，缓慢地一寸一寸凿进他的脑袋。

“太医令诊过了，大约有一个月，胎象平稳，将来必是个健康的孩子。”

司马子如一动不动地站在那里，恍惚间仿佛有什么正紧紧束缚着自己的身体，就像梦魇一样动弹不得。

好半天他才迟缓地开口：“英娥，或许我们还有别的选择。不管这胎是谁的孩子，我都愿意和你一起抚养……”

“丞相他……又怎么会允许自己的孩子养在别处。”英娥脑中回想起高欢凌厉的眼神，心里骤然一凉，急急再次打断了他，“遵业，我已经决定了，不日就会随丞相前往晋阳。”

“不！”司马子如下意识地摇头，“英娥，这不是你真正的决定！”说着他一反往日的冷静，扯起她的手就往外走，“来，和我一同去见丞相！这件事本来就是个错误，不能这样一直错下去！”

英娥急忙挣扎了一下，却没挣脱他的手，不由得轻斥道：“遵业，你冷静些！”

司马子如转过身，眼睛微红：“你让我怎么能冷静？难道你要为这个孩子牺牲一辈子吗？”

他心头突然涌起一股怒气，从听到那个消息起，他就一直百般忍耐压抑，可此刻，他的理智如同脱缰野马，只想不管不顾放纵心臆的失常！

他手下用力，一下子将她扯到自己的怀里，一手轻捏住她的下颌，不由分说就亲了上去！

温暖柔软的唇，挟着男子清新如春草的气息，一瞬间淹没了她的所有意识，只剩下一线细细的感觉，分外清晰地感受着，缠绵地纠结，由浅入深地啜吻，百般珍惜，万般怜爱，又有不甘、痛苦、恼怒夹杂其中，仿佛一盏混合人间百味的醇酒，将她迷醉，神思不知飘荡去了哪里。

“不要轻易做下这样的决定，好吗？求你了，英娥……”他喃喃的声音将她的神思又蓦地拉了回来。

她恍然间抬眼看到挂在床边的弓箭，不由得推开司马子如，上前取了弓箭下来，又从箭袋里抽出一支黑羽箭，张弓引箭，从容不迫地一箭射过去，叮的一声箭扎在了对面的墙上。

黑色的羽箭颤鸣声还在司马子如耳边嗡嗡作响。她的声音一字一顿清晰无比地传入他的耳中。

“我心如此箭，离弦既发，无返无折。”

司马子如心口一阵剧痛，他动作缓慢地低下头，仿佛看见自己的胸口霍然裂开了一个大洞，黏稠猩红的液体正从那里汩汩流出，那是从心最深处喷涌而出的夺目血光。

“好，如果这是你深思熟虑做出的决定，那么，我会尊重它。”

说完，他转过身，步履不稳地朝着门外走去。从这里到门口的短短一段路，好像已经耗尽了他所有的力气，才踏出门，他就靠着那廊柱缓缓滑下，颓然坐倒在地。

也不知过了多久，司马子如才回到自己的府邸。甫一踏进正厅，就看到一个熟悉的身影正静静站在窗前，如同一幅静默的山水画。

仿佛听见声响，那人缓缓转过身来，脸上明显清瘦了几分，微微皱着眉，茶色的双眸里似酝酿了某些难言的伤痛，一言不发地望着他。

司马子如面无表情地看向他，两人视线相交的一瞬，隐隐有些火光，更有千百种情绪沉浮其中。

不等司马子如开口，高欢突然上前两步，竟然扑通一声干脆利落地跪在他面前，膝盖如同注入了铅块般沉重地抵在地上，整个人恍如一座僵硬的雕像。

“对不起。”

司马子如目光闪动，显然也有些惊诧高欢的这个反应。这句对不起之后所代表的意义，几乎让他心碎欲裂。

他缓缓伸出手，扶住了高欢的双肩：“丞相，快起来吧，这又如何能怪你。”他顿了顿，语气显得有些艰涩，“既然英娥她选择了你，还请丞相好好待她，不要让她受一点委屈。”

高欢悬着的心倏然回归原位，面上却丝毫不显，慢慢起身：“这个是自然。我会竭尽所能，给她最大的尊贵。”

司马子如垂下眼睑：“时间也不早了，丞相也该回府了。”

高欢点了点头，刚朝门口迈了几步，又忍不住回头道：“遵业，你我……还是朋友吗？”

司马子如沉默了一瞬：“遵业自然还会为丞相分忧。”

听到他的回答，高欢眼中闪过失落之色，这话的意思分明就是……不过，遵业还能留在自己身边，这已经是最好的结果了。

高欢离开后不久，司马子如的心腹侍从悄然走进来，在他耳边低低说了几句，又道：“奴婢就只在宫里打探到这些。殿下的侍女阿女如今还失踪，多半是凶多吉少了。”

司马子如沉吟不语。

“尚书大人，难道您就这样放弃了？接下来您打算怎么做？”

司马子如抬眼望他，黝黑的眼瞳深处，有些犀利冰寒的东西。

“放弃？怎么可能？”他冷冷勾了勾唇，“吩咐下去，悄悄向那些宫人打听那晚皇宫里发生的事。来参加宫宴的是哪些人，每个人席间干了什么，又回到了哪里，每个细节我都需要知道！”

大约五个月后，位于晋阳的大丞相府收到了来自关中的最新探报——宇文泰前往夏州担任刺史，镇守统万城。贺拔岳准备出兵征讨尚未归附的灵州刺史曹泥。

这曹泥原就是高欢的人，一直以来给贺拔岳制造了不少麻烦，自然早成了贺拔岳必拔的一枚眼中钉。

高欢将手中的探报轻轻放在案几上，缓缓环视了一遍站在下首的亲信们，目光在司马子如身上几不可见地停顿了一瞬。

几个月来，这位风姿秀雅的汉家儿郎明显消瘦憔悴了许多。尽管他的言谈举止和以前并无太大区别，但高欢也感觉到了横亘在彼此之间的一些东西。有些情谊，恐怕是永远也回不去了。

“丞相，若是我们从北方出兵关中，必经夏州统万城。贺拔岳将宇文泰派去镇守那里，明显就是防范我们。他若是没有异心，又何必做出这样此地无银的调动？丞相，我们也该及早防范才是！”

其中一位亲信出声之后，立刻得到其他众人的附和。

“正是正是，且前些日子皇上还封了贺拔岳为都督雍、华等二十州诸军事及雍州刺史，显然是打算和贺拔岳沆瀣一气，再有贺拔岳之弟贺拔胜任荆州刺史一职，从南梁手中也夺了不少地方，若是放任他们发展下去，恐怕将来就是我们最大的威胁。”

自高欢在晋阳修建了大丞相府后，背倚塞北六镇，手握鲜卑雄兵，操纵着洛阳的朝政，将年轻的皇帝生生变成了傀儡。皇帝自是年轻气盛不甘如此，在元明月的劝说下扩充禁卫军，大封特封贺拔兄弟，拉拢宗亲，还派出亲信结交各地实力派人物，俨然一副欲与晋阳分庭抗礼之势。

高欢微微点了点头，眸中闪过凌厉杀意：“所以贺拔岳此人，不能再留了。一旦他身死，宇文泰尚在夏州鞭长莫及，朝廷这边即可派出我们的人前往关中接手他的势力。”

众人眼睛一亮，顿觉此釜底抽薪的办法甚好。只是对于如何除掉贺拔岳，一时也是众说纷纭，难以决策。

高欢的目光再次落在了司马子如身上，语气中多了几分他自己也未察觉的期待：“遵业，你可有什么想法？”

司马子如仿佛老僧入定般低垂着眼睑，淡淡道：“其实要除掉贺拔岳，倒也不是太难。”他顿了顿，“丞相可还记得侯莫陈悦？”

高欢没有回答，神思有一瞬的恍惚。他几乎可以想象，当那双黝黑如墨的眼睛抬起来时，眸中也仅有淡漠这一种情绪，再没有更多的东西了。

“丞相？”身旁亲信低低唤了他一声。

高欢急忙回神，清了清嗓子道：“侯莫陈悦？自然记得。当初他和贺拔岳同为大将军帐下亲信，一同辅佐尔朱天光征战关中，因此功劳也由他们两人平分。贺拔岳有武川军，陇右数郡则归于他的名下。我记得当初这两人的关系可算是亲如兄弟。”

听到最后一句话，司马子如冷漠的脸上终于露出了一丝讥笑：“丞相说得没错，这两人当初一同进关，官职相当，当初确实亲如兄弟。只是如今，贺拔岳一跃而为关中之主，原本地位相同的好兄弟，转眼却不得不臣服于他的脚下，这种悬殊落差早在侯莫陈悦心里种下了心魔。只要有一个恰当的时机，心魔就会被释放出来。”

高欢略一沉吟：“遵业是想利用侯莫陈悦除掉贺拔岳？”

司马子如点头：“遵业愿亲自前往关中离间，令两人自相屠灭。”

高欢先是一怔，随即又微微笑了起来：“也好，遵业愿意前往，必定事半功半。”

“既如此，遵业就先退下回去准备了。”司马子如只是拱了拱手，转身朝门外走去。

就在他走到门边时，忽见一位侍从气喘吁吁地冲了进来，径直从他身边奔过，直到高欢面前才扑通跪了下来，带着哭腔道：“大丞相，殿下刚才不小心跌了一下，胎象似乎有些不妥！”

司马子如的心咯噔一下，下意识放慢了脚步，还没等他听到更多关于英娥的情况，高欢的身影已如箭一般冲了出去。

司马子如呆立了几秒，终于还是拖着脚步慢慢走了出去。

天空不知何时已经下起雨，他默默行在雨中，任雨水落在自己的发上、面上、衣服上，只觉得心脏一片麻木，好像刚才侍从的那些话将他的心剜去了。

他的视线渐渐一片模糊，慢慢仰起头——一定是雨水流进了眼睛里。

“尚书大人！”门外马车旁等候着的随身侍从大声唤住了他，声音里似乎带着几分激动。

司马子如有些僵硬地抬头看去。

侍从三步并作两步冲到了他身前，竭力按捺着面上的一丝惊喜：“大人，我们的人可能在宫里找到了一些线索。”

司马子如微微眯了眯眼睛，仿佛有什么从眸底迅速一闪而过，适才麻木僵硬的身体也仿佛因为这句话而开始恢复应有的知觉。

“上来。”话音刚落，他身形一闪，已动作敏捷地先上了马车。

侍从怔了怔，忙不迭地也爬了上去，身子都还没坐稳就急着开口道：“尚书大人，咱们安插在宫里的人无意中从一个小宫女口中得知，原来那天晚上这小宫女曾见过阿女和一个男人在一起。”

司马子如淡淡垂下眼睑，掩住了眼中的微诧。

“她可曾看清那男人到底是谁？是宫中之人还是——”

“大人您一定想不到，那男人是武卫将军宇文泰！”侍从激动之余也忘记尊卑之别，迫不及待地打断了司马子如的话，“属下后来也去查了，那晚宇文泰受邀进宫参加宴会，的的确确是在宫里！”

乍听到宇文泰这个人名，司马子如霍然抬头，淡然的面孔上终于起了一丝波澜。

侍从总算将憋了半天的话说出来，心里顿觉舒畅，接下来的交代也流利不少：“那天晚上这小宫女有些内急，经过角门时正好见到落单的阿女和宇文泰两人似乎正在说着什么，接着又匆匆一同离开了。

司马子如沉吟了几秒，道：“她有没有听到什么？”

侍从面露惋惜之色：“这小宫女胆子小，当时离得远，什么也没听清。”

司马子如面色恢复一片沉静如水，心里却是波澜迭起疑云陡生——英娥和阿女平时形影不离，为何在宫中英娥会和阿女分开？对了，若是英娥让阿女在那里暂等呢？之后……英娥见高欢出了事迟迟不来，阿女久等她不来心急想去找，正好遇上了宇文泰？

他越想双眉蹙得越紧，难道阿女的失踪和宇文泰有关？就算无关，见过阿女最后一面的宇文泰或许就是整件事的关键人物。

“尚书大人？”侍从轻唤了他一声。

司马子如目光微微流转了几瞬，深黑的眼眸中隐约似有水纹轻振，折射着深海隐晦的色彩。

“这次去关中，正好找机会前往夏州会他一会。”

侍从看了看他，正要开口再说什么，忽听马车外传来一阵柔和温婉的女子声音：“这不是尚书大人的马车吗？”

司马子如听到这个声音，眸色暗了暗，仍伸手撩起帘子，冲着正款款行至车前的宫装美人行了行礼：“臣见过明月公主。”

元明月原就生得优雅妍丽气韵无双，今日穿着的一袭紫棠色蒲桃文锦的裙裳，更衬得她肤白如雪，在夕阳的余晖下更是灼灼生光，令人移不开眼去。

“路上听说殿下身体不妥的消息，适才见丞相大人匆匆回去，想必是担心得不得了。”元明月面露欣慰之色，“丞相这可是将殿下捧在手心里了，听说在外人面前，丞相对殿下更是毕恭毕敬，每次见殿下必整理衣冠，自称下官呢。”

司马子如指尖微微一紧，一阵如蚁虫噬咬的疼痛忽然传来，分不清是来自身体哪个部位，却又好像每个部位都在疼痛。

元明月所说之事他自然有所耳闻，因着高欢这样的作为，谁也不敢轻看英娥，更不敢将她当作姬妾来看待。

“没想到错有错缘，总算这也成了一桩美事。”元明月眼波微转，嘴角略略上扬，似是意有所指，“有些人、有些事，或许也该放下了。”

司马子如眼中一抹惆怅之色稍纵即逝，面色稍有缓和：“公主所言甚是。”

元明月难得见他对自己和颜悦色，心情顿时大好，当下笑了笑：“皇兄找我还有事，先告辞了。”

元明月离开之后，侍从的神情变得有些古怪，似是想说什么，却欲言又止。

司马子如瞥了他一眼：“想说什么就说吧。”

侍从这才支吾道：“大人，之前您不是说那天晚上的事和明月公主脱不了关系吗？为何还对她，对她……”

司马子如挑了挑眉，露出一丝凉凉的笑意：“要对付她和她身后的皇帝，时候还未到。不过，快了。”

城北的一处府邸内，此刻正被一阵惶惶的气氛所笼罩，若不是有丞相夫人娄昭君赶来坐镇，恐怕这么多下人已经乱作一团。

夕阳隔着窗棂照进了其中一间宽敞的房室，室内万物似是被蒙上一层孱弱无力的血腥。空气中弥漫着淡淡的血的味道，即使点上了清淡的熏香还是挥之不去。

娄昭君担心地望了一眼面色苍白斜倚在榻上的英娥，又眼睛一眨不眨地盯住正给英娥诊脉的年轻僧侣，却没留意到年轻僧侣眼中闪过一丝犹疑和惊诧。

“沙门，如何？殿下的这胎可保得住？”

“应是无碍。”沙门抬起头，犹豫了一下又迟疑着开口，却是问向英娥，“殿下怀这胎时可有什么不适？”

英娥淡淡道：“就是初时有些孕吐，吃不下东西，如今已经好多了。”

沙门想了想，又道：“不知殿下平时都吃些什么？”

英娥望了一眼身边的侍女，侍女立刻上前答道，将英娥平时吃的东西都报了一遍，末了又加了一句：“除了这些，每两天殿下还会喝一次丞相送过来的补药。只是这十来天停了药……”

“是谁让你们停的药！”一个压抑着怒气的声音突然传了过来，紧接着，只见一个高大修长的身影裹挟着一阵劲风走了进来，俊美无双的眉眼带着迫人的锐利，看似优雅温和，却又隐隐透着蓄势待发独属于上位者的气势。

被他的茶色双眸冷冷一扫，侍女吓得浑身一哆嗦，想也不想就跪了下去。

高欢也没再看她一眼，径直走到英娥的床榻边，毫不掩饰脸上的担心：“英娥，怎么样了？还有哪里不舒服？太医令已经在赶来的路上了，不用怕，有师父在，你不会有事的。”

英娥抬起眼，只见对方正满眼心疼地看着她，琉璃般的茶色双眸里全是她的倒影，无视了周围的一切，仿佛此地、此时，他眼中只有她一个。

英娥勉强扯了扯唇：“我……没事。多亏了师……夫人及时赶来。”

高欢的目光落在了娄昭君身上，神色有些复杂：“昭君，辛苦你了。”

娄昭君微微一笑：“妾身为夫郎分忧，自是应当的。大人不必担心，沙门是慧远大师的关门弟子，他说了英娥的胎儿无碍，那就不用担心了。”

高欢眉心一跳，这才正眼看了看那个年轻僧侣：“你是说那位有圣医之称的慧远大师？”

“正是。”娄昭君脸色更加柔和，“忘了和大人说，他的母亲还是妾身的表亲。今日说来也是巧，他正好在府上……”

沙门久闻高欢之名，抬眼的瞬间正好对上高欢望过来的视线，对方眼中沉沉的凌厉之色令他全身顿时如置冰窖。

在一股巨大的无形威压下，沙门的额上竟莫名沁出一层细密的汗珠，接着他就听见对方低沉幽远的声音传来：“哦？”

虽然只有短短一个字，却令沙门心头重重一跳，他立刻垂眸答道：“小僧虽师从慧远大师，但学习医术也不过两三载，技艺不精，还请大人见谅。如今殿下腹中的胎儿应无大碍，若是大人不放心，小僧亦可开出几个安胎的方子。”

高欢清冷的眼神定定看了他几瞬，唇边终于露出一抹几不可见的笑意：“既如此，就有劳沙门师父了。”

娄昭君也起身道：“大人，妾身带沙门去西厢房先将方子写下来。待太医令一同过目后再去按着方子给英娥抓几服药。”说着她又看向英娥，似是想到以往相处的时光，眼神中流露出几分怜惜，“你这孩子……也别想太多了，好好保重身子，将胎安好了，到时给大人生出一个健健康康的儿子。”

英娥轻咬了咬嘴唇，抬起眼望向娄昭君，昔日年轻秀丽的师娘，不知何时眼角边也隐约有了淡淡的纹路，唯一不变的，或许只有嘴角那抹温柔的笑。

她的思绪忽然回到很久以前的北秀容，彼时春色迷离绿草茵茵，她躺在软榻上闭眼小憩，听着师娘和母亲闲话家常，听到师娘大胆又骄傲地对母亲说，当初从城下走过看到了那个守城墙的小兵时一见倾心，当时就决定这个男人一定会成为她的夫郎……她要和这个自己选的男人好好过一辈子……

一时之间，英娥心里充满了愧疚和心酸，她点点头，又微微侧过脸，不敢再多看娄昭君。

在西厢房写完方子后，沙门就和娄昭君告别了，临走前他似是欲言又止，但想了想还是什么都没说。

倒是娄昭君的贴身侍女愤愤不平道：“夫人，难道您没看到吗？丞相的一颗心，如今可都是在那个女人身上。”她又压低了声音，“都嫁过好几次了，还这么招蜂引蝶——”

“容娘！放肆！”娄昭君面色一敛，立刻制止她的话，“殿下岂是你能乱说的？回去到嬷嬷那里领罚！”

容娘有些不甘地应了下来：“奴婢也是为夫人抱不平……”

娄昭君微叹了一口气，转过身看着她：“世人如你一般，只会苛责那些女子，可说到底这始作俑者，不正是那些男子吗？英娥何其无辜，她也不过是身不由己。”

容娘讪讪道：“可若是这次她生下个儿子，岂不是对大公子——”

“只要阿惠不犯大错，大人还没到这么糊涂的地步。”娄昭君淡淡道，“你放心，我也有我的底线。”

容娘也叹了一口气，唏嘘道：“想当初丞相身边只有夫人一人时，是何等恩爱啊。”

娄昭君抬头望了望天空，此时日下西山，残阳如血，她的嘴角微扬起一抹凉凉的笑意：“容娘，这个世上时间是最可怕的恶咒，任何感情都有可能在时间中改变。相爱不敌相守，相守不敌流年。”

那边厢，待娄昭君和沙门离开之后，高欢沉了脸色，吩咐道："殿下的药不可再停，每两天喝上一次。若再发生今天这样的事，你们这些伺候的也无须再苟活了。"

侍女们吓得面色苍白，连连应声。

英娥忍不住道："是我自己叫停的，你别怪她们了。"她顿了顿，面露困惑，"我自问身子也不算太娇弱，怎么现在一停滋补的药，这孩子就保不住了？"

高欢神情微微滞了一下，但随即又眼睛一亮，心里涌起一股难言的欣喜："英娥，其实，你还是很重视这个孩子的，对吗？"

他的内心深处有自己也不曾察觉的希冀之火在跳动——或许有了孩子后，一切都会变得有所不同。"

英娥下意识地将手放在自己的腹部，声音里并未有丝毫波动："既然决定生下这个孩子，自然希望他是健健康康的。"

高欢眼睛一眨不眨地看着眼前的女郎，她的眼眸如琉璃，带着清澄得近乎无情的透明，长长的睫毛颤动时，从那里流转出的不是情意，而是前所未有的冷淡。

或许还夹杂着别的不可言说的原因，他的心不知怎么就慌了一下。

"英娥，我……"

"师父，"她蓦地抬起眼睛，难得又用上了这个称呼，"不如和我说说，当初师娘和你是怎么一见钟情的？接着又是如何倾尽家财支持师父的呢？"

高欢脸上有尴尬之色一闪而过："英娥，你的师娘是个好女人，我心里始终是敬重她的。"他顿了顿，想转移这个话题，只听门外忽然传来侍从有些急促的声音："大丞相，东边那里有些不好了。"

高欢微微变了脸色，俯身又叮嘱英娥几句，这才匆匆走了出去。

英娥将身子靠在软垫上，轻轻嘘出一口气，心里不免也有些疑惑。那侍从所说的东边是什么地方？看样子高欢似乎还挺紧张那里的。好像，以前也有过类似的情景……

高欢一踏出房间，门外侍从立刻迎了上来，面色也有些不好。

高欢蹙了蹙眉："那边又开始闹腾了？"

侍从点了点头："还是请大丞相亲自过去一趟吧。"

高欢不再言语，径直往外走去。侍从揉了揉自己的头发，也赶紧跟了上去。

司马子如得知英娥无碍后，立即着手挑了一些人，扮成商人马队从晋阳出发北上，过了黄河横穿大漠，在一个多月后到达曹泥所控制的灵州。因曹泥是高欢的人，司马子如等人在此地休息了几日，补充食物之后继续骑马逆河西进，费了半月有余终于踏上侯莫陈悦的地盘。

当初同在尔朱荣帐下时，侯莫陈悦和司马子如也算有些交情，因此对于他的突然到访，侯莫陈悦虽然颇为惊讶，却也有几分故友重逢的欣喜，特意设宴招待他们一行。

酒过三巡，在司马子如不经意的诱导下，侯莫陈悦忍不住也吐起了苦水，言语间自然流露出对贺拔岳的不满。

司马子如点头应和："当初君侯和大将军一同入关，地位相当。可如今大将军一跃成为关陇的首领，君侯却不得不屈居人下，实在不可同日而语了。"

侯莫陈悦借着酒意愤愤拍了一下案几："遵业，你倒是说说，我到底哪里不如他了！"

司马子如垂眸不语，默默喝了一口酒。

侯莫陈悦又发了一顿牢骚，接着恹恹道："其实我只要有块地盘能自己当家做主就行，事事受制于人的滋味可不好受！"

司马子如抬眼看了看他："在灵州时我收到消息，大将军似乎准备集结兵力征讨曹泥。待他收复灵州后，关中尚不在他掌控之内的地方好像只有君侯这里了。"

侯莫陈悦浑身陡然一震，酒顿时也醒了几分。司马子如话语中的含意他听明白了，一旦收拾了曹泥，下一个兼并的就是他侯莫陈悦的地盘了。就算他一退再退，恐怕也无法保住自己仅有的这片天地。

但是以他现在的兵力，又如何能和如日中天的贺拔岳对抗？

司马子如嘴角微微扬起一个优美的弧度："想必以大将军的性子，应该也派人传了信，让君侯带人会合，一举收拾曹泥吧。"

侯莫陈悦眉心重重一跳，忽然无奈地笑了起来："果然不愧是司马子如，什么都被你猜到了。大将军确实派人传了信，让我到时带上兵前往高平镇会合。"他顿了顿道，"或者我该找个借口拒绝才是。"

司马子如摇了摇头："我倒认为，这是个千载难逢的好机会。"

"好机会？"侯莫陈悦一时还没反应过来。

司马子如轻晃了晃碗盏中的酪浆，眼中带笑："一艘船，只需要一位掌舵者就足够了。君侯是聪明人，想来不用我再多说了。"

侯莫陈悦的瞳孔猛地缩了缩，他蓦地抬头看向司马子如，只见对方的眼神冷冽幽深平静无澜，倒是让他自己狂跳的心慢慢冷静下来……

一山不容二虎，凭着贺拔岳的野心，自己的地盘迟早保不住。既然明面上不是他的对手，如果找准机会趁其不备下手，也不是没有得手的可能。

他脑中急速运转了几瞬，倒也很快就做出决定，只是面上并未显露出来，伸手持了酒壶就往司马子如的杯盏中倒去："来来，遵业兄，既然来了这里，就不谈这些无趣的事了，你我兄弟不醉不归！"

司马子如举起酒盏，浅浅一笑。

第二天司马子如婉拒了侯莫陈悦让他们多住几日的邀请，将随行之人安排于一处驿站后，便只身连夜赶到了夏州。

位于城中的刺史府里，宇文泰将从贺拔岳那里传来的信件看了一遍，眉间微微蹙起。他的亲信夏州长史于谨侧立一旁，探究地开口问道："大人，主公的回信里说了什么？是不是依然决定先征讨曹泥？"

宇文泰放下信件，轻轻揉了揉眼睛："曹泥所在的灵州地僻人稀，成不了什么大气候，根本不用急在一时。比起他，我倒是更担心那侯莫陈悦，没想到主公还让侯莫陈悦一同征讨曹泥，实在是不妥。"他顿了顿，"只是主公他主意已决，恐怕难以改变了。"

"那大人还打算劝吗？"

宇文泰摇了摇头："我对侯莫陈悦的怀疑也只是一种感觉，并无证据。既然主公已经有了决定，只能多遣些人看顾着了。"

就在这时，门外传来通报声，说是大行台尚书到访。

宇文泰和于谨交换了一个微诧的眼神，于谨立刻起身，亲自去将尚书大人迎进来。

不多时，只见一位年轻男子风尘仆仆地走了进来。

略显苍白的面色丝毫无损他的秀雅风仪，他唇边的笑容依然优雅从容，宛如隐没千年却难掩风华的明珠，光华内敛，温润宁静。

宇文泰眼底有暗芒一闪而过，他揣测着对方的来意，忽然脑海中想到一个人，心头微微一跳，有些怀疑却又有些难以置信。

"尚书大人远道而来，不知有何要事？"

司马子如和他寒暄了几句，不着痕迹地打量了他一番。

这夏州之前可是一片混乱，可宇文泰到任之后，一边抚慰流民，结好少数民族，一边对犯事者毫不留情施以惩治，有的还用上了非常手段，很快就控制住了夏州的局势。

对聪明人也不必拐弯抹角，因此司马子如直接进入正题，将那宫女见到宇文泰和阿女曾在一起的事相告。

宇文泰陡然一惊，倒不是以为有人看到了自己的行踪，而是之前他的怀疑竟然没错，这司马子如前来寻他就是为了那个人。

他思索了一瞬便答道："确有此事。那晚我也在宫中，正遇到阿女欲寻殿下，便陪同她走了一段，之后因我另有他事便匆匆离开了。没想到后来会发生那样的事……"

他略一停顿，话锋一转："不过听说大丞相对殿下甚是敬重，每每见之以下官自称，如今殿下又身怀有孕，或许也算是因祸得福吧。"

司马子如脸上浅笑不变半分，眼中却凛凛透出微寒，犹如秋日染了霜的叶。以他的聪慧，自然听出了对方的言外之意。

宇文泰眼中却是华彩清明，他对司马子如的心思有几分清楚，因此也暗暗叹服他的隐忍。看样子，他虽依然臣服于高欢，心底却从未放弃那个人。

或许，这是个可以利用的契机？

司马子如的目光转了转，忽然落在一旁的架子上，上面搭着一条男子常用的带钩，这条铜鎏金虎头带钩零零落落镶了不少切磨成方形的小绿松石，显得颇为华贵，只是仔细看似乎有处少了一块石头。

他心念微动，又开口道："既然刺史亦不知阿女之下落，那遵业也不再打扰了。"

宇文泰笑了笑："尚书大人来去匆匆，我也就不挽留了。不过，若是将来尚书大人想来关中多住一段时间，我自当开门相迎。"

司马子如也报以一笑，客气了几句后才转身离开。

夜色浓浓，霜染青墙，几颗星子闪烁于天边，悬挂于府邸中庭两侧的灯笼透出暖橙色的光晕。

等待在门外的随从将马牵到司马子如面前，探了探他的脸色道："想来这宇文泰一定不肯说真话吧？大人这趟真是白辛苦了。"

司马子如嘴角轻弯："也不算是白辛苦，我已经想到让他说真话的办法了。"

说着他抬眼望了望头顶的天幕，眼波如流转在山间枝头的秋风，渐渐浸染一层凉意。

"我们先回晋阳去。"

待司马子如一行尚在半路上时，便收到来自洛阳的消息。尔朱殿下早产产下一子，丞相大喜，替孩子起名为湔，并特地请高僧为孩子起了佛名般若，意为智慧。

晋阳，城西的偏邸。

天空呈现出一片明亮空旷的琉璃蓝色，阳光透过萧瑟的枝干落在房间里斑驳成影，悬浮于空气中的微尘在光影中上下浮动，仿佛交织成一张细细密密的网。

英娥懒懒倚靠在床榻上，微侧着身子逗弄睡在一旁的男婴。婴儿发出细小娇嫩的声音，扑腾着四肢似乎想要抓住什么，肥肥白白的小手小脚让人看了就想咬上一口。

英娥嘴角微微扬起，又仔细看了看这孩子。孩子尚幼，五官轮廓看不出到底像谁，唯有那双茶色眼眸明显烙上了高氏的印记。

她伸手揉了揉自己的额头，想起那天傍晚喝了一碗酪浆后就腹痛如绞，接着又不知被喂了些什么，整个人都昏昏沉沉的，耳边唯有产婆不停让她用力的催促声，甚至还短暂失去意识……等她清醒过来睁开眼睛时，刚生的孩子已经被一脸喜色的高欢抱在了怀里。

若不是这双和高欢如出一辙的茶色眼眸，她都要怀疑那天生下孩子不过是一场梦。

就在她一晃神的工夫，小婴儿终于抓住她的指尖，用力握得紧紧的。

英娥不禁莞尔，心中柔软了几分，低下头亲吻了一下他的小手。

高欢走到门口时恰巧将这一幕收入眼底，心里涌起一阵欣喜，疾步走到床榻前，柔声道："英娥，身子怎么样了？"

英娥垂眸："已经好多了。多谢丞相关心。"

高欢眼底微微一黯："英娥，你我已为至亲夫妻，如今更是连孩子都有了，在称呼上，其实，你可以随意些，比如——"

英娥面色平静无澜："好的，大人。"

高欢似是有些无奈，目光落在那个男婴身上时才明显一亮，立刻上前抱起了他，蹭蹭他的脸蛋，笑道："五郎，阿爹来看你了，有没有想阿爹？"

婴儿回答他的只有一片咿咿呀呀。

高欢哈哈笑了起来，又和孩子亲热了一阵才道："再过两日就是五郎的双满月之日了，我准备宴请诸位同僚好好庆祝一下，把这满月宴办得热热闹闹的。"

英娥轻蹙眉尖，抬起眼："不过是个孩子，还是不要那么隆重了。"

高欢微眯了一下眼睛望向她，浅金色的阳光将她的发丝染上了一层琥珀色的光泽，看起来又细又软。窗外的树影透过窗棂落在她的脸上、手上、身上，轻轻摇曳，莫名让人觉得痒起来。

高欢的手指突然用力收紧，生生克制住了将她搂入怀里的冲动，他只是坐在床沿，身体微微前倾，自然而然拉近了彼此的距离，接着他灼热的气息几乎扑到了她的脖颈边。

"因为，这是英娥你和我的孩子，我要把最好的都给他。"

英娥瞳孔蓦地一缩，却见高欢轻轻放下孩子，似是漫不经心道："前几日遵业已经回了晋阳，两日后的双满月宴，他应该也会赶过来。"

英娥全身一震，眼底似有什么闪了闪，却瞬间变得微弱，很快就完全消失。

两天后的高湝双满月宴上，世家贵族文武官员来了不少，虽说设宴之处并非丞相的大宅，而是偏邸，可冲着高欢的这份宠爱和尊重，世人现在谁又敢将英娥当作普通外室看待？甚至有人暗暗猜测那正妻之位恐怕很快就要换人了。当下，众人更是极尽阿谀赞美，倒有几分将高湝当作嫡长子的架势。

宴席进行到一半时，英娥按照原来的安排亲自抱了高湝准备去外院，让众人看完孩子后就抱回来。

刚迈入外院，英娥就听见从不远处正厅那里隐约传来的觥筹交错声以及笑声，她脚步稍稍停顿了一下，低头看了看正熟睡的高湝，心里滋味莫名。

就在她抬脚欲再行之时，忽闻身后传来一声再熟悉不过的声音："英娥……"

她的脚像是被生生钉在了地面上，怎么也无法移动半分。直到再一声轻唤传来，她才慢慢转过身。

昏暗不清的宫灯烛光，静静流淌过那个人精致俊美的脸颊，那双黑眸正一眨不眨地注视着她，模糊又深邃的感觉让她瞬间失了神。

她和他对望的刹那，时光仿佛停止，可回首好像已是百年。

他嘴角微动，先扯出一抹略显生硬的笑容，唤了她的名字他却又哑然无语，在喉咙间滚了几滚的祝福话语始终说不出口，就连微笑也化作了一缕无迹可寻的叹息。

英娥的目光落在了他的额头上，发现他的额上横卧着一条长长的结了疤的伤痕，只差一点就伤到眼睛，不觉心里一跳，脱口道："这是怎么了？"

司马子如怔了怔，当时得知英娥生下一子后他神志恍惚，结果被石头绊了一跤，正好伤在额上。

"不碍事，是我自己走路没看清，磕的。"他微微一笑，目光落在了襁褓内的孩子身上，细细看了看，淡淡道，"和丞相倒有几分相像，和你，却是完全不像呢。"

英娥勉强笑了笑，不想继续这个话题："遵业是要去宴席那边吗？我想起还有些东西忘了拿……"说着她将孩子给了身边的侍女，吩咐道，"你且先将孩子抱过去，我一会儿就到。"

侍女抱着孩子离开后，英娥转身欲走，却听对方的声音不大不小正好传到自己的耳中："英娥，我心亦如离弦箭，永不折返。"

英娥脑海中突然浮现那噩梦般的一幕，黑色的羽箭颤鸣声仿佛还在自己耳边嗡嗡作响，曾经说过的话一字一顿清晰无比地回响着。

"我心如此箭，离弦既发，无返无折。"

只不过，她的离弦箭是为了断情，他的离弦之箭却是……

心里仿佛有什么东西在一瞬间炸开，她哆嗦着双唇想说什么却说不出，心底最柔软的地方狠狠颤抖着，双膝一软，脚下一个踉跄，直往下栽了过去，幸好一双有力的手及时扶住了她。

她抬起头，映入眼帘的还是那双熟悉的黑眸，她紧咬着嘴唇不敢开口，怕自己一开口，眼泪就会忍不住流下来。

以为可以压制忘却的感情，原来只需要一点小小的引子，便如沸水般难以停歇。平日里以那些理智筑起的高墙，竟如此脆弱不堪一击，分崩离析之时，每一片崩塌的尘土，都在嘲笑她自以为是的坚强。

她重重推开了他，头也不回地朝着内院跑去。

司马子如望着她的背影，眼神恢复了原有的恬静澄远，手心的温度仿佛停留在心底。他静静站了一会儿，这才大步向举办宴会的地方走去。

直到两人都走远了，一个隐在树后的身影才悄然走出，暗淡的月光为他披上了一层惨白的颜色，面颊上落下的沉沉阴影，却藏不住那双茶眸里燃动的火光。

英娥一口气跑回内院后昏昏沉沉睡了一会儿，待再睁开眼睛也不知是何时。她揉了揉微疼的额角，正要开口叫人，却忽然发现有个高大挺拔的身影正静静站在门边，背着手，微微垂首，似是许久不曾改变过姿势。浅色月光在他周身笼着一圈淡淡的光晕，隐晦冷涩，逆光的身影难窥其面色神情。

明明对方什么也没做，英娥却不知为何觉得有些呼吸困难，仿佛有股无形压力低沉笼罩。她直起身子，握了握指尖，不由自主地抗拒着那股窒息的压迫感，忐忑地看着那人迈开脚步一步一步走进来。

距离越来越近，可她看那张熟悉的容颜却愈加模糊。

“宴席已经结束了吗……”她下意识地咽了咽口水，让自己的声音听起来不那么干涩，“今天，我……”

话说到一半，她在看清对方的神情时声音戛然而止。

那双茶色的眼眸中复杂的情绪纠缠错结，仿佛凝结的冰面下涌动着不为人知的暗流，沉浮着心欲的混浊，只需一个小小的缺口就会冲破冰层汹涌奔腾而出。

她的心跳节奏瞬间快了几拍，她几乎是下意识地唤了一声：“师父……”

高欢脚步一顿，停了下来，离她也不过几步之遥。

他没有说话，只是面色沉沉地看着她。一种空虚而纷乱的感觉渐渐攫住他的神思，想到之前看到的那一幕，令他心里感到一阵莫名慌乱，他想要赶快抓点什么在手里，什么都好。

“师父，你是生气我今天没去吗？”英娥勉强露出一抹笑容，“我身子忽然有点不舒服，所以才——”

他忽然上前几步，一把抓紧她的手死命握住，就像是害怕她突然在面前消失。

英娥心里悚然一惊，还不等她反应过来，忽然一股大力袭来，在一阵天旋地转中她发现自己已被推倒在床榻之，映入眼帘的是上方那双熟悉的茶色眼眸，以及从他面颊上散落的长发。

她心跳如擂鼓，微侧过脸避开他的目光：“师父，你这是怎么了……要是喝多了，我让人进来伺候你。”

他忽然弯了弯嘴角：“我不要别人，我只要我的妻子伺候我。”

说完他伸开手臂揽紧了她，当那个温软柔韧的身体被自己拥入怀中时，他心中一阵剧颤，经过无数努力建立起来的克制冷静轰然倒塌……剩下的唯有不可思议的满足。

什么温柔宽容大度，什么君子风度彬彬有礼，从察觉这感情的那一天起，扭曲的欲望便在心底生根，随着时间一天一天发酵侵蚀内心直到无药可医。

此时此刻，他想要抛开虚伪的压抑和掩饰，想要忘掉所谓的顾忌和立场，想要放纵自己不顾一切地去占有她的一切……

一念未灭万孽俱生，人心是最脆弱的东西。

汹涌的感情冲毁堤坝，理智虽一再告诫自己不可以但一切已经失控。他几乎要揉碎她般抱紧她的身体，嘴角几乎已经触碰到她柔软的唇瓣——

“英娥，再给我生个儿子……我把所有的一切都给他……”

话音未落，他还来不及感受到她嘴唇的芬芳，一支冰凉尖锐的东西已经抵在他的喉咙处。

英娥的神情掩藏在背光的阴影里，看不清楚，唯有手上的簪子在烛光下闪着惨白的光芒。

“英娥……”

“我以为我们已经说好了。”英娥的声音冰冷无比，“这个孩子是你我的第一个，也是最后一个。那夜的错误，一生唯有一次。”

他怔怔看着她，似乎完全没有意识到那簪子的存在，明亮的瞳孔被刺痛般猛然收缩，浓重的哀伤似要涌出来，又被他生生抑了回去。

忽然，他的嘴角挑起一丝笑，眼中闪过戾色，他不管不顾地低下头狠狠吻上了她的唇。若不是英娥条件反射收手得快，簪子恐怕就要刺进他的喉咙。饶是如此，锋利的簪尖还是在他的喉咙及下颌处划出一条长长的血口子。

心里的痛楚和唇齿间的甜蜜一同涌动，让他苦不堪言却又甘之如饴。这种从未有过的感觉，比毒药更撕裂心脏，却又比蜜糖更加甜美。

只听当一声响，簪子滑落在地。

一滴鲜艳的血珠子堪堪滴落在英娥身上，沿着锁骨滚落到床榻上。她的肌肤也因着这突如其来的刺激微微抽搐了一下。

就在这时，门外忽然传来侍卫急促的禀告声：“丞相，丞相，从关中传来的急报！”

英娥明显感到对方动作一滞，忽然感觉到唇上的温暖慢慢离去，压在她身上的力量也渐渐减弱。

高欢微支起身子，语气间皆是不耐和恼怒：“什么事？”

“禀告丞相，关中的贺拔岳，没了！”

趁着高欢一愣神的瞬间，英娥抓住机会用力将他推了开去，勉强开口道：“大人，正事要紧，还请速速离去。”

经过侍卫的打岔，高欢的所有理智也在此时全部回笼。他看了看英娥，心里微叹了一口气，转身向门外走去。

就在走到门口时，他又转身，一字一顿道：“在我心里，那夜……从来就不是一个错误。”

时间暂且倒退回半个月前，彼时司马子如尚在回洛阳的路上，侯莫陈悦则应邀来到高平镇和贺拔岳会合，准备一同讨伐灵州刺史曹泥。

阴沉沉的天气已经持续了几天。这天傍晚，天空渐渐下起零星的雪末子，寒风吹来更是阴冷入骨。

侯莫陈悦的军中大帐内因燃着火炉子，倒是一片融融暖意。自侯莫陈悦和贺拔岳会面后，两人欢饮了几日并以蒲博为乐，相处极为融洽。当初贺拔岳邀请侯莫陈悦联合讨伐曹泥时，不少亲信都劝他莫轻信侯莫陈悦，可贺拔岳并不以为然，对侯莫陈悦更是没起一点疑心。如今众人见侯莫陈悦如此安分，倒也去除了大半疑心。因此今晚侯莫陈悦请贺拔岳来自己军中商议军情，贺拔岳也只是带了几十位亲信随从。

此刻，两位将帅在帐内对饮密语，商议接下来的作战计划，为谨慎起见将身边亲信随从暂时都支了出去。贺拔岳的几位心腹如赵贵、杜朔周等人都在帐外静候。

几杯酒下肚之后，侯莫陈悦忽然捂住肚子，皱了皱眉，又有些不好意思道："抱歉，小弟得先去解决一下，即刻就回！"

贺拔岳一笑："鹰奴且去吧。"

侯莫陈悦讪讪一笑，飞也似的冲了出去。在他转身低头的瞬间，一抹暗芒自眼底一闪而过。

此时的帐中只剩下贺拔岳一人。帐外守候的亲信也被人招呼到不远处去烤火，因还在视线范围内，再加上冻得慌，因此众人也没有拒绝。

贺拔岳刚将杯中的酒喝完，忽见有人从后帐闯了进来，但见此人身材高大威猛，手持长刀，气势汹汹而来，正是侯莫陈悦的女婿元洪景。

贺拔岳立刻心知不妙，伸手想去拿身前的兵器，无奈对方动作太过迅猛，已然挥刀砍来！他下意识地用左手一挡，只见血光飞溅，整只左手都被砍飞到了一旁。

贺拔岳受此重创，疾呼道："来人！来人！鹰奴害我！"

贺拔岳的亲信听闻声音，大惊之下欲救人，却被侯莫陈悦的人死死拖住。

而帐内元洪景趁着贺拔岳受伤倒地之机，上前两步用脚重重踏住了他的脸，接着举刀竟将贺拔岳的头活生生斫了下来，揪住头发鲜血淋淋地拎了出来……

书房里，高欢听报信的侍从说到此处时，不禁也面露唏嘘之色，低低道："阿斗泥也算是个人物，没想到最后竟死得这般窝囊。"

侍从揣测着他的心思，笑道："这还多亏了尚书大人的离间计，不用我们费半分力气就解决了贺拔岳。"

高欢神色有些复杂，微微颔首："那阿斗泥手下的那些人呢？"

侍从摇了摇头："侯莫陈悦说杀贺拔岳是奉了朝廷密旨，罪止一人，其余不究。

贺拔岳的手下人心涣散，除了几个忠心的，其余大部分人竟各自奔散了！

高欢蹙了蹙眉："这些人肯定是前往夏州向宇文泰求助了。"他心思一转，又道，"侯莫陈悦那里情形如何？"

侍从面露古怪之色："那侯莫陈悦居然没有乘胜追击收拢贺拔岳的残部，反而吓得退守到水洛城去了。"

高欢嗤笑一声："侯莫陈悦的胆量也到此为止了。他本就不是什么有才略的人，如今假传旨意杀了贺拔岳，恐怕现在还忐忑不安呢。"

侍从上前一步："那丞相，我们接下来该如何做？"

高欢侧脸回眸，清冷如月的眼看着窗外，眼底有一丝浅浅的光泽闪过。

"也该是侯景出马的时候了。"

当晚，时任丞相长史的侯景接到高欢让他招抚贺拔岳残部的命令后，连夜收拾行装，带着数人，疾驰离开晋阳向关中奔去。与此同时，贺拔岳的手下赵贵等人也抵达夏州，将主公遇害之事告知，宇文泰大恸，更明白贺拔岳一死，关中成了众矢之的，于是立刻以讨伐叛贼侯莫陈悦的名义带人朝关中平凉的方向飞驰……

侯景带着人马日夜兼程，几乎以日行两百里之速飞驰，沿途累死累病了无数马匹，终于到达离平凉不过百里的安定。

一行人在路边稍作休息之后正欲出发，忽见一群黑甲骑兵如龙卷风般倏忽而至，拦住了他们的去路，人足足有数百，且执旗者举的是贺拔岳的旗帜。

这时，只见一位黑甲将军缓缓策马而至，俊秀的面上凝着千年寒冰，身上隐隐透着一阵金戈铁马的杀伐之气。

侯景一见此人，顿时心道一声不好！

黑甲将军面色平静地看着他，开口道："关西大行台府领司马、夏州刺史、金紫光禄大夫宇文泰在此，来者所为何事！"

侯景肃着一张脸，面色有些吓人："我是奉了高王之令，前来平凉接手军事防务。"

宇文泰冷笑一声："贺拔公虽亡，宇文泰尚存！侯长史可以向高王复命去了，这里一切有我。"

侯景心有不甘，正要反驳几句，却见宇文泰身后那数百骑士气势汹汹地张弓搭箭，个个凶神恶煞，似是随时会发起攻击。

他虽是武夫，却也颇有头脑，见此情形自然也很快冷静下来，心思瞬间转了几转。如今形势显然已被宇文泰占先，若要硬斗，人数上也吃亏，再说了这关中又是宇文泰他们的地盘，看来这次只能痛失良机了。

他叹了一口气，将那种烦躁怅然的情绪硬是压了下去，沉声道："宇文刺史，其实你不必摆出这种阵势，我不过也是奉命前来罢了。你也应该知道，我们这种做人手下的，就像是别人手里射来射去的箭，落到哪个方向哪由我们说了算。”他顿了顿，微叹一口气，“既然这里有宇文刺史在，想必高王定然也会放心。我亦无话可说，告辞了。”

说完他就带着人迅速离去，没有一丝迟疑。

这时，有一唇红齿白的俊俏戎装青年从侧旁策马行至宇文泰身边，狭长的双眸冷然注视着他们远去的背影，低声道：“叔父，要不要萨保带人亲自去送他们一程？”

他的声音里隐隐带着一股杀意，扬眉眯眼的样子倒是像足了宇文泰。

宇文泰望着飞驰的马蹄扬起的尘埃在空气中慢慢散去，逐渐化为乌有，轻轻摇了摇头：“不必了。”

宇文萨保有些不解，忍不住又压低声音道：“叔父，这侯景是高欢的心腹，为何不趁此机会除了他？”

宇文泰面色淡淡：“现在还不是时候。”

宇文萨保眼中闪过焦灼，张了张嘴，正打算劝上几句，一抬头撞上了宇文泰的视线。只见那双深邃浅灰的眼眸里，仿佛有一股无形却强大的旋风，徘徊在深不见底的悬崖之上缓缓上升，令他感觉自己似乎正站在悬崖边缘，随时会被这阵风刮落崖底，摔个粉身碎骨。

他的心突突跳了几下，他再不继续纠缠这件事，而是立即转移话题：“叔父接下来是打算回平凉吗？”

宇文泰终于露出一抹浅浅笑意，用几乎所有人都能听到的音量朗声道：“没错，先回平凉，再去灭了侯莫陈悦为大都督报仇！”

贺拔岳的残部一听更是热血沸腾感动不已，一时间士气出奇高涨，更是将宇文泰视为救星。

宇文泰微微弯唇，抬头望向天空。天边有微云如羽毛般轻柔地飘浮，藏在云后若隐若现的阳光，为云的边缘染上了少许彤色，看起来就像是微弱的火焰在跳跃。

宇文泰回到平凉后，先是当着众将士的面伏尸痛哭一场，又借机重重惩治了贺拔岳的亲随从骑，同时也收揽了赵贵等原来贺拔岳的亲信。

当初关中平定后，宇文泰就到处搜寻宇文家剩下的孩子，除了最早到平凉的宇文萨保和长兄宇文洛生的儿子多罗、菩提，还有其他几位族人兄弟的孩子。他亲自从其中选出了九个人，悉心培养传授武艺，号称为九郎。

因着众将士的拥护，宇文泰顺理成章地接管了原贺拔岳的一切，也有人暗地里曾偷偷地说，关中的势力，如今都改姓宇文了。

此时的晋阳寒风萧瑟湿冷连绵，倒是丞相别邸花苑里种的几十株红梅暗香袭人，有几枝更是探出墙头，引得经过的路人驻足观赏。

位于偏邸的主房内，镏金铜熏笼里燃着当季的银丝炭，空气里一片春意融融，和外面的天气俨然两个世界。英娥斜倚在床榻边正动作生涩地缝着一件孩子里衣，刚咬了线头，忽见奶嬷嬷抱着小高湝匆匆走了进来，神色焦虑。

英娥的心一下子提了起来：“怎么了？是不是五郎有什么事？”

奶嬷嬷语气里带着一丝惶恐：“殿下，五公子身上好像有些发热。”

英娥心里一个激灵，丢开手里的东西，伸手探了探高湝的额头，脸色微变，不由得提高了音量：“还不快去叫府医来！”

身边的侍女立刻应声飞奔而去。

“殿下，要不要告诉丞相……”奶嬷嬷话还未说完，就见高欢已然疾步走了进来，从她手里抱走高湝，轻轻放在床榻上，沉声道：“赶紧出去打盆温热的水，再拧块巾子来。”

奶嬷嬷怔了怔，回过神急急就跑了出去。

高欢看了看神不守舍的英娥，软声道：“别担心，英娥，孩子有些头疼脑热总是不可避免的。我们的孩子有佛祖保佑，一定不会有事。”

他的眉目间光影闪烁，映衬着清俊无双的脸，几乎能令天下任何一位女子动容，英娥却只是敷衍地唔了一句，连抬眼看他都不曾，眼睛只一眨不眨地盯着高湝。

这种不在乎的态度，让他的心像是被什么狠狠剜了一下。

高欢心里微叹了口气，自从那天他失态以后，英娥一直对他不冷不热的，就连维持往日里的平和都成了一种奢望。

不多时，府医匆匆赶来，诊了高湝的脉象，断定只是因为疲累才导致发热，用些温和的法子让热度降下来就行。

英娥这才稍稍放心，高欢则有些生涩地用巾子绞了热水，轻轻擦拭起孩子裸露在外的皮肤。

见英娥面露疑惑，高欢不禁微微一笑：“阿惠小时候发了热，我也见昭君用过这样的法子，放心吧，有我呢。”

英娥动了动唇：“还是我来吧。”

高欢目光温柔地看向她：“你来我来又有何不同？”

英娥也不再坚持，只是接过巾子绞干了递给他。也不知换了多少回，英娥在昏昏沉沉中忽听到高欢惊喜的声音传入耳中：“好了，这热退下去了！”

英娥欣喜不已，顿时清醒过来，伸手一探高湝的额头，顿时难得地对高欢露出了久违的笑容。

高欢心头一跳，试探地伸出手轻轻握住她的手腕：“我说过，五郎一定会没事的，你信不信我？”

她似乎还沉浸在孩子没事的欣喜中，一时没有反应过来。

高欢舍不得放开她的手，那温热的触感如琴弦般触动着心底最柔软的地方。他竭力忍住这些天来的苦涩，以及深入骨髓的想念，只希望握紧这片刻的幸福。

尽管这幸福颤巍巍捧在手心里，一不小心就会从指缝里漏得无影无踪。

果然，很快英娥反应过来后就挣脱他的手，用一种客气得让他郁闷的态度请他回到自己的丞相府。

高欢看着她淡淡如冬梅的薄唇，心里蓦地生出一股难言的怒气。他忽然俯下身子，用手遮住那双冷然的眼，低头快速用自己的唇在那唇上一扫而过。

不等她做出反应，他就转身大步离去。

英娥想不到他会当着下人们的面做出这样亲密的举动，不禁又羞又恼。就在这时，她听到正给高湝换衣衫的奶嬷嬷发出一声惊讶的轻呼：“殿下，您看五公子身上这是什么？之前还没有呢。”

英娥的目光落在高湝的背上，只见那里不知何时出现一个蝴蝶状的暗红色图案。

英娥目中闪过一抹惊讶之色，伸手轻轻触碰了下那个蝴蝶形图案，不确定地开口道：“难道是胎记？可我记得以前这里什么痕迹都没有的。”

奶嬷嬷眼睛一眨不眨盯着那个图案，点头附和道：“奴婢也觉得好像是这次发热后才出现的。以前小公子的皮肤雪白光滑，可是干净得很呢。”

英娥担心地瞧着睡得正香的孩子，正想着要不要再让府医过来，忽见奶嬷嬷似是想起什么，又有些犹豫着小声道：“殿下，奴婢倒是记起一事。不过，这事不太好开口，实在是怕污了殿下耳朵……”

英娥不以为然道：“不必在意，快说来听听。”

奶嬷嬷这才大着胆子说道：“当年奴婢的阿娘曾给一户贵人夫妇的小少爷当奶嬷嬷，那对夫妇恩爱得很，只是子嗣稀薄，到了中年膝下也只有这么一个儿子。”说到这里她又飞快扫了一眼英娥，见她听得认真便放下心来继续道，“有一天那小少爷的背上不小心沾了酒，结果第二天那里就出现一个青色的圆形胎记。后来让医者来看了，说是在某些特定催化条件下原来隐藏的胎记会出现，而且这种胎记多半来自父母。”

英娥听到这里，眼皮不由得微微跳了几下：“那不是和阿湝的情形很像？后来呢？”

奶嬷嬷不敢接话，面色变得有几分尴尬，嗫嚅着发出声音：“后来那贵人夫妇也特意沾了酒，却发现他们身上并没有这个胎记。到最后，有人发现，发现……”

“发现什么？”英娥催道。

奶嬷嬷一横心道：“后来有人无意中发现，那贵人夫妇身上虽没有胎记，可那郎君的好友身上有着一模一样的胎记……"

英娥不由得啊的一声轻呼："竟有此事？难道那妻子和郎君的好友……"

奶嬷嬷点了点头："殿下猜得没错，原来那妻子和郎君好友已私通多时，小公子正是他们两人所生呢！"说到这里她又连忙摆手道，"殿下，奴婢可不敢将他人和咱们五公子相提并论，只是觉得可能五公子身上也是这种隐藏的胎记……若是有冒犯之处，还请殿下恕罪！"

英娥轻挥了一下手，表示无妨，心里却也有些纳闷，她自己身上可从来不曾有这种胎记，莫非来自高欢？

但是她好像也从来不曾听高欢提起过……

奶嬷嬷发现英娥正兀自出神，便识相地闭上嘴退到一边。

月光自天穹洒了下来，笼在屋内的人身上，仿佛浮游起一层柔和的银芒。英娥陷入回忆的琉璃双眸在月色下犹如一泓清水，将漫漫前尘往事映上了心头。

没过多久，回到平凉整顿完内部军务的宇文泰就下令征讨侯莫陈悦为贺拔岳报仇。侯莫陈悦自从杀了贺拔岳后就终日做起噩梦，几乎每晚梦到没了头颅的贺拔岳每日来问他欲往何处去，因此日日不得安宁精神恍惚，和宇文泰的军队对抗时根本无心恋战，只勉强抵抗了一下便落荒而逃，最后被宇文泰追兵所迫，在荒野中自缢而亡。自此，关中一带就完完全全成了宇文泰的天下。

消息传到洛阳后，原本就对高欢不满的皇帝更是蠢蠢欲动，特地赐给宇文泰一堆封赏和官衔，宇文泰也适时地对洛阳的皇帝表达了自己的忠心。

有了宇文泰的支持，皇帝立刻觉得自己有了底气，不但令心腹斛斯椿接管洛阳的防务，更加强了对河南及潼关以西一带的控制。

晋阳城内，如鹅毛般的大雪已经连着下了好几日，细白的雪花洋洋洒洒于天地之间，将整座都城装扮得银装素裹，仿佛一幅极美的工笔画。

此刻的丞相府内气氛却异常凝重，高欢的几位亲信下属皆聚在书房内，除了从关中赶回的侯景外，司马子如、慕容绍宗和高隆之等人都在其中。

"丞相，咱们根本就是立了个白眼狼做皇帝！你看看如今他迫不及待想要夺权的样子，我看还是干脆将他一刀杀了，另立个傀儡皇帝好了！"前不久被高欢刚认为从弟的高隆之一脸恼色道。

"万万不可。"慕容绍宗立刻开口否决道，"如今皇帝身后有宇文泰的支持，我们不能轻举妄动。那宇文泰杀了侯莫陈悦后，将所有的财物赏赐给将士，自己一分不要，可见颇有远瞻，他要的是整个天下。"他顿了顿，抬眼看向高欢，"依在下看来，当世有此胸怀者，唯有丞相和宇文泰。”

一旁的司马子如也点了点头：“当初尔朱家族落得如此惨淡结局，其中一个原因就是留下了不臣的话柄。若是现在丞相杀了皇帝，宇文泰正好利用舆论掀起风浪。与其这样，我们还不如以静制动。”

慕容绍宗神色复杂地看了司马子如一眼，当初这汉家儿郎和尔朱英娥之间的关系，他作为旁观者也是清楚得很，本以为这两人将终成眷属，却没料到转眼间竟出了那么大的意外。

在其他知情者看来，不过一女子罢了，哪有前程来得重要。他却一直觉得，司马子如可不是那种会随随便便就放弃的性子。

“那你的意思是我们什么也不用做？光等着就行了？”高隆之一脸不服气地开口，眼中闪过一抹明显的讥讽之色。

高欢的嘴角泛起一抹浅淡笑容：“遵业说得没错。我们现在只要等待就好了。”

静静地等待，等待对手先出现破绽，然后一击致命。

待商议完毕众人退出书房后，慕容绍宗忽然走到司马子如身侧，用只有两人才能听到的声音道：“遵业，丞相他……相当疼爱五公子。”

司马子如脚步一顿，淡淡扫他一眼。不知为何，慕容绍宗被这目光拂过，竟觉得心头莫名一凉，但还是咬牙道：“遵业，我知道你的性子，不过作为多年朋友我得和你说一句，有些东西有些人，注定是不属于你的。”

司马子如嘴角微扬，却什么也没说，径直疾步向前走去。

慕容绍宗立在远处，重重叹了口气，也大步追了上去。

经过府中花园时，司马子如远远地看到有两名娇俏丫鬟正采了梅枝往这个方向走来，便往旁边树后一站，想等她们过了再走。

但见那两个丫鬟越走越近，两人的说笑声也断断续续传入他的耳中。

“你知道吗，那边府里五公子的奶嬷嬷回乡了。阿玉那女人，之前和奶嬷嬷的儿子定了亲事后在我们面前耀武扬威的，没想到现在一家人都要滚回乡下了。我一想起来就觉得解气！”

“也不知道发生什么事了，听说这奶嬷嬷还是丞相的远亲，是丞相亲自找来的呢，怎么说撵就撵了？”

“还用说，肯定是得罪了那边那位呗！这府里谁不知道，比起丞相夫人，那边那位才更像是大夫人呢。如今母凭子贵，将来说不定还有更大造化呢。”

“快住口，可别乱说了！这可不是我们下人能议论的！”

“行了行了，反正除了你也没别人听见……”

两人的声音渐渐远去，司马子如从树后走了出来，面上的神色被笼在阴影之中，看不真切。想起之前自己在洛阳皇宫探得的事情，他的面色更是变得讳莫如深。

魏国都城洛阳，在下了几天雪后倒是迎来一个晴好的天气。辽远的天空呈现出淡淡的鸭青色，几缕细云如绵丝般缥缈飘浮，远远望去，如巧手描绘的淡彩锦绣一幅。

明光殿旁侧的偏殿里，银霜炭烧得正旺，屋内温暖如春，随侍的几位宫女面色通红，额上已沁出了些许汗意。

倒是坐于客位上的明月公主面色如霜，眼中秋水微寒地看着正推门而入的皇帝，冷声道："陛下，臣妹听说您在斛斯椿的建议下召集了河南诸州的军队到洛阳集合，可有此事？"

皇帝脸上笑容微凝："不错，朕已经不想再忍下去了。"

元明月听了更是大急："陛下，此举万万不可！"

皇帝不以为意地扯了扯嘴角："明月你放心吧，朕对外宣称是要准备讨伐南梁，而且朕还派人送了贺六浑一封密信，告诉他朕准备趁南伐之机收拾意图不轨的贺拔胜等人。这样一来，那贺六浑必想不到朕其实是准备对付他。"

元明月用一种不可思议的眼神盯着面前的男子，当初她看好元修来坐这个位置，很大一部分原因是他的理智隐忍。可如今呢，不知是不是受了皇宫生活的影响，或是做太久傀儡性子被压抑扭曲，当初他的那点聪明劲儿完全不知去哪里了。

而且自英娥那件事后，她和他之间似乎也多了些说不清的隔阂。

"陛下，您写这样的信给高欢想要麻痹他，您可知高欢是什么人？他最擅长的就是谋略，又岂会轻易上当？"元明月蹙紧了眉，"只怕一个不好被他抓住机会，就会反击陛下您啊。"

皇帝面露不悦："明月，你又何必总是长他人志气。"说着他又似是想到什么，"朕知道你对那司马子如还念念不忘，这样吧，待这次收拾了贺六浑，朕就答应任由你处置那汉家儿，如何？"

元明月面色泛白，蓦地站起身来，声音仿佛淬了寒霜："多谢陛下关心，臣妹先告退了！"

说完她便头也不回地出了偏殿。在她身边随侍的心腹女官见情形不妙，也急急忙忙跟了上去。

"公主，公主息怒！"女官追上了她，试探地小声道，"其实陛下这次难得表现出强硬姿态对抗高欢，也未尝不是一件好事啊。您也不愿见他一直软弱下去吧。"

元明月嗤笑一声，抬头看向屋檐下悬挂着的无数长长短短的冰凌，在阳光下寒光凛凛，看起来锐利无比，就像是一把把被冻结住的匕首。

她踮起脚伸手拗下了一截长冰凌，随手扔在地上，顿时冰凌断成了好几截。

“看到了吗？有些东西看似尖利能伤人，实际上却脆弱得很。”她用脚尖轻踢了一下散落的冰凌，“陛下若是在此时强硬起来，结局有可能如这冰凌一般。为今之计，最合适的就是什么都不做。只可惜……”

女官心里一个激灵，不敢再多言。

一阵寒风拂来，树枝上的积雪簌簌而下，落了树下的主仆俩一身。

“这洛阳……或许住不长了。”元明月垂下眼睑，目光冷淡地望着开始融化的湖面。

宫女怔了怔：“您是这大魏的公主，就算将来发生什么，谁也不敢将您赶出洛阳。”

元明月闭了闭眼，想起那日听闻司马子如进宫的消息，便匆匆赶来想见他一面。

那日他站在尔朱英娥出事的瑶光阁前，身影看起来是那么寂寞消沉。她试图上前去安慰他，可当她走近，那原本如星光流转的黑色眼眸，在看向她的那刻，化为了毫无内容的冷漠。

她按捺住慌乱的心跳，还是怀着侥幸上前说了一句：“云聚必有云散，日出也会有日落。尚书大人也别太伤怀了，虽说世间辛苦，但活着的人还是要继续活着。”

他看着她，忽然嘴角扬起一个极为好看的弧度，恍如雪霁天晴，在某一瞬间，竟让她有种或许自己的心愿可以成真的错觉。只是，下一秒从那人口中说出的话却将她所有的自尊和自信摧毁殆尽。

“你说得没错，世间就算再辛苦，活着的人也要继续活着，因为这世间仍有让我的生命可以发光的东西。仅仅是为了这一点点美好，我还是要好好生活下去，忽视那些令人无比厌憎的丑恶东西。”

在听到这些话的刹那，她全身不由自主地颤抖起来。她无法继续停留在他面前，因为她无比清晰地知道，他口中那些令人厌憎的东西就是自己！

回忆戛然而止，元明月低头看着融化的水面上倒映着的自己的影子，破碎、扭曲，就仿佛她此时此刻的心情。

她紧紧攥住拳，尖锐的指甲深陷入肉，疼痛的感觉清楚地传来。

一旦司马子如确认她是当初这件事的始作俑者，绝对不会放过她。可她偏偏要活下去，哪怕是弯下自己的头颅也要活下去！

几日后，尚在晋阳的高欢果然收到了皇帝的这封密信，他看了信后不由得一笑，知道自己的机会来了。于是他当即回了信给皇帝，表示自己作为大丞相，也应为征伐南梁出力，遂决定亲自率领全部二十万兵马，力援朝廷。

皇帝接到回信，见了高欢这副玩命的架势，不由得也蒙了，一时竟不知如何应对。高欢则趁机再次上表，除了表忠心外还让皇帝尽快除去身边小人斛斯椿。

皇帝这次却铁了心强硬到底，不但没有按照高欢所说的做，相反还坚持以征伐南梁的名义调军。他的心腹中有人建议他去找宇文泰，有人则更倾向于和高欢和解，朝内朝外争论不休。

就在这种混乱的氛围内，高欢忽然下了准备迁都邺城的命令，并禁止所控制的州郡再向洛阳运送粮食，而全部转运至新都邺城。

这一招彻底激怒了皇帝，他不再听取任何人的建议，下诏严厉责骂了高欢甚至还透露出宁愿粉身碎骨一拼的意思。

在停歇了一阵后，高欢还是以忧心皇帝被小人蒙蔽的姿态继续出现，站在道德制高点，集结军队并正大光明地向天下发布动员令，说是自己忠心奉戴主上，现在挥师南下，也不过是为了诛杀皇帝身边的小人。

与此同时，宇文泰也以保护皇帝的名义，在高平镇集结军队，急急朝着洛阳赶来。无奈因行军速度比不上高欢的军队，这次让后者占了先机。

当高欢的军队兵临城下时，皇帝彻底慌了，他没有激勉守城的将士们，而是带着几位公主妹妹，以及南阳王、清河王等人逃离皇宫，并在元明月的建议下向关中投奔宇文泰而去。

高欢也没料到皇帝居然说跑就跑，他并不想重蹈尔朱氏覆辙，留下一个迫害皇帝的罪名，于是连忙派高敖曹出马想把元修追回来。可元修一心以为高欢要杀了自己，日夜兼程惶惶不敢停歇。结果高敖曹一直追到潼关也没追上，眼睁睁看着元修由独孤信和宇文泰的人接应入了关中。

国不可一日无主，高欢和诸位大臣推举了十一岁的元善见为皇帝，改元天平，并将都城从洛阳迁到了邺城。同时高欢又过继了一位旁系高氏女，像上次一样将她嫁给了新皇，再次堂而皇之地成为皇帝的岳丈。

这之后相当长的一段时间，关中的宇文泰并无任何动静，两位各占一方的皇帝倒是相安无事。

高欢趁此机会开始整治腐败不堪的吏治，派人检查各州郡县官吏执法的情况，对于苛暴腐败的官员及时惩戒，对于清廉有能力的官吏则不拘一格地提拔。他也相当重视农桑，下令开凿天平渠以沟通漳水灌溉良田……在种种措施之后，原先动荡不堪的社会终于渐渐进入正轨。

就在这个时候，叛贼刘蠡升自称天子，在云阳蠢蠢欲动，想趁乱招揽更多信众。高欢一怒之下索性亲自领兵前去镇压，短短一个月里就剿灭了这支叛军。不料待他完胜归来后，居然听到自己的嫡长子高澄和他的姬妾郑大车私通的丑闻。

丞相府一间不起眼的幽室内，一灯如豆，光线幽暗昏沉。

端坐于上首的高欢目光如出鞘的利剑般盯着跪在面前的两个侍女，面皮轻微抽动了几下："好大的胆子！你们知道自己在说什么吗？若是让我发现你们诬陷世子，不止你们要死，连你们的家人都保不住！”

侍女战栗着身子将心一横，壮起胆子道：“奴婢等亲眼所见，绝无虚言！丞相若是不信，奴婢宁愿一死——”

说着她突然站起身，冲着旁边的柱子猛撞过去，顿时头破血流断了气。

高欢半眯眼睛，神色晦暗不明。

高澄素来喜好颜色，小小年纪就纳了不少姬妾。郑大车貌美无双，少年人经不起诱惑也不是不可能……一想到儿子偷人居然偷到老子头上了，高欢几乎气得脑袋开始冒烟。

“丞相，这，这是奴婢在郑姬房中捡到的。”另外一个侍女面色苍白地拿出了一枚精致的玉坠。

高欢定睛一看，脸色更是发青，这正是高澄平时不离身的一件挂饰！他再也按捺不住心头之火，大怒道：“来人！先将那孽子杖责一百！谁也不许给他求情！”

高澄被行刑之时，英娥在自己的府中给小高湝换吐了奶的衣裳，正打算让人取来新的衣裳给他换上。小高湝身上的蝴蝶胎记时有时无，英娥也就没再多留意。

她刚耐心哄着孩子睡着，只见侍女慌里慌张地闯了进来，声音还有些结巴：“殿下，殿下，听说丞相令人将世子打了，足足打了有一百棍之多呢！”

“什么！”英娥面露疑惑，“阿惠素来聪慧练达，怎么会惹得丞相如此大怒？”

侍女的面色变得有些古怪，她凑到英娥身旁低声说了几句。英娥听着听着眼睛蓦地睁大，一脸难以置信：“阿惠和郑姬？怎么可能，阿惠才多大啊！”她蹙了蹙眉，“阿惠身子本来就不太好，这一百棍子下去又如何吃得消？不行不行！我得马上去看看！”

英娥匆匆赶到丞相府邸时，高欢尚不在府中。高澄则俯身躺在床榻上，面色苍白紧闭双目不发一语。娄昭君半跪在他身侧，小心翼翼地帮他擦拭着伤口。

英娥看到这一幕不由得又停下脚步，意识到自己跑来这里好像是过于冲动了，正当她转身欲离开之际，娄昭君一抬眼已经看到了她。

“英娥，是来看阿惠的吗？”

高澄听到这个名字，蓦地睁开眼睛，眼中闪过一丝温和的光亮，很快就隐入眼底。

英娥索性走了进去，担忧的目光落在高澄身上：“阿惠，疼不疼？”

“英娥姐姐，疼呢。”高澄难得露出孩子般的委屈神色，“我没有做过，可是阿爹不信我。”

英娥伸出手像小时候般轻轻摸了摸他的头发：“阿惠，我信你的。”

高澄脸上一下子绽开明亮的笑容：“英娥姐姐，听你这么一说我好像都没那么疼了。”

英娥回忆起他小时候总是跟在自己身后玩闹的情景，目光不由得变得更加柔软。接着她安慰了高澄和娄昭君几句，想起自己如今的身份，又觉得有些尴尬，便告辞离开。

娄昭君亲自将她送了出去。

丞相府的花园中一片寂静，星空格外澄澈，薄云在弦月边流淌，点缀着夜空的寂寥。

“妹妹什么时候也搬过来吧，人多，热闹些，阿溆也能和他的哥哥们一起玩耍。”娄昭君忽然开口道。

英娥停下脚步，认真地看着娄昭君。记得第一次见到她时，她姿容清丽举止大方，充满热情，看着高欢的眼睛都是闪闪发光的。可如今她的嘴角、眼角已经暗纹隐现，五官依然清丽却也多了几分沧桑，眼中不再闪闪发光，而是被其他说不清的东西所代替。

她想起那些人曾说过的关于娄昭君和高欢的故事，那个千金官家女郎对城头的穷小子一见钟情，不顾一切委身下嫁。当初她也曾为师父和师娘的故事所感动。可随着时光流逝，师父身边不知不觉已然多了那么多人，甚至还有自己。

“师娘，”英娥心绪起伏不定，忽然低低唤了一声，“你可曾后悔当初嫁给他？”

娄昭君怔了怔，显然没想到她会问出这样的问题。但很快，她唇边便扬起一抹温雅雍容的笑容：“当初我看上他，只是因为我爱他啊。我从来不后悔自己付出的爱。但人活在这个世上，每一个阶段都是不同的。年轻的我可以肆意任性，但随着成长，上有天，下有地，上有父母，下有子女，我存在于世间，存在于家庭里，所以言行举止必须合乎天地社会的规则，心中有天地，肩上有责任，这才是我现在乃至以后存在的意义。从前固然美好，但之后更需要我好好经营。不是吗？”

英娥心头微震，却说不出话来：“师娘……对不起……”

“英娥，我从来不曾怪过你。”娄昭君微叹了一口气，“我们只是有时敌不过命运罢了。”

秋风里的枯叶不可留，落水间的残花难再绽，一切都是命数。

英娥心里涌起一股酸涩，有些哽咽道：“师娘，你和师父，要好好的。有的人，不属于她的东西，她不会要。”

说着她向娄昭君行了一礼，匆匆离去。

娄昭君神色复杂地望着她的背影，月光在她眼底微微晃动。

“夫人，丞相大人为了她，连规矩都不要了，您何必对她这么客气呢？”身边的侍女语气中有几分不甘。

娄昭君面色冷然，明丽的双眸里深深浅浅映着令人看不分明的神色：“你以为这件事就这么过去了吗？你太不了解丞相了，一旦他认定这件事是真的，恐怕不仅仅对阿惠做此惩戒。”

侍女吓了一跳：“夫人，那可怎么办？”

娄昭君倒不似太紧张，反倒扯了扯唇：“或许真要英娥帮忙也说不定了。”

英娥回到自己府中也几乎一夜未眠，倒是小高湝在她怀里睡得正香，似是梦到了什么东西，微微抿起红润的唇，又伸出小猫似的舌头舔了舔。

天色渐渐放亮时，她搂着小高湝渐渐又有了睡意，也不知过了多久，忽然有侍女在门外急促地低唤着："殿下，殿下！"

英娥迷迷糊糊随口道："怎么了？"

她慢慢睁开眼睛，只见太阳已升得老高，柔和的金色光波在房间里轻轻流动着。

侍女的声音再次清晰地传来："殿下，司马尚书来府上了！"

英娥心里一个激灵，所有的瞌睡瞬间消失无踪。她一下子从床榻上坐起来，像是不敢相信地又问一遍："你说什么？司马尚书？"

侍女道："是，尚书看着好像还有急事。"

英娥咬了咬唇，将孩子托给侍女，起身穿了衣裳后便来到偏厅。

清晨的阳光透过窗棂洒了进来，温柔地照拂着俊秀青年的身影，轻腾的烟尘在金色光线中沉浮，将这一幕映衬得如梦似幻。

英娥怔怔站在那里，看着他三两步走到她面前："英娥，今晨商议政务时，丞相告知我们，欲废去高澄世子之位，改立五公子高湝。"

英娥初初以为自己耳朵出了毛病，愣了几秒后不得不又恍惚地问了一遍："你刚才说什么？"

司马子如定定看着她，表情认真到近乎严肃，一字一顿道："丞相欲废去高澄世子之位，改立五公子高湝。"

英娥身子微震，不自觉地倒退了一步，脸色更是变得如雪一般苍白，喃喃道："这怎么可能！怎么可能！那阿惠要怎么办？师娘又怎么办？不行，这是不行的！"

说着她用力摇了摇头，咬牙道："我要去找他！现在就和他说清楚，我的阿湝绝不会要这个世子之位！"

脚下才迈开一步，她就被司马子如迅速扯住衣袖，他那无奈又熟悉的语调同时传了过来："英娥，你又冲动了！"

英娥猛一抬头，映入眼帘的是对方那双漆黑的眼眸，悠远而澄澈，除了她自己的倒影，似乎什么都看不出来。

可不知为什么，看到这双眼睛，她的心就不由自主地安定下来，就如同以前有他在身边时一样。她深深吸了几口气，让自己更加冷静，尽量用平和的语气说道："可是我不能什么也不做，遵业。为了阿湝，我必须做些什么。"

"不是我，而是我们当然得做些什么。"司马子如说到这里忽然收住了声，目光似乎有些游离，接着用只有她能听到的声音低声道，"英娥，你或许也明白，丞相的志向绝不局限于此，他和高家还有更大造化，将来改朝换代也不是不可能。我想先问你一句，英娥，你想为阿洑争一争吗？”

听到最后这句话，英娥明显吓了一跳，慌忙摆手：“不！我从来没想过！”她的眼睛微微发红，低声道，“作为单亲妈妈，将阿洑带到这个世界已非他所愿，我只希望现在他能远离那些纷繁世事，远离那些谋划算计挣扎，平平安安过完这一生。”说着她下意识地拉住司马子如的衣衫，面露焦虑，“帮我，遵业，你一定要帮我！”

司马子如忽然很轻很轻地笑了，嘴角翘起的弧度形成一种淡淡的伤感：“这正是我来找你的目的。”

英娥动了动嘴，空荡荡的心蓦然被填满，胀得全身晕乎乎的，却偏偏一个字也发不出来。突然的静默让时间仿佛也停顿下来。

原来他……还记挂着她……

在一阵难言的沉默过后，还是英娥先开了口：“遵业，我总觉得有些不对劲，阿惠是师父早就选定的继承人，就算有什么错，不是应该先查清才对吗？可师父什么也没查，听了两个侍女的话就给阿惠定了罪，岂不是太草率了吗？这完全不是师父的性子！”

司马子如看着她的目光有些纠结，心里竟莫名冒出一种“你对他的性子倒是熟悉”的念头，但也仅仅是一瞬间，他又很快平稳心绪：“此事确有蹊跷，按理说男人最忌讳的就是内眷不忠，尤其这对象或许还是自己最器重的嫡长子，一时气昏头口不择言也是可能。”他沉默了一下道，“但依我看来，这并不像是冲动之举。”

话传入耳中，英娥的脸色顿时暗了几分：“那我们现在该怎么办？”

司马子如：“我呢，会在那两个婢女身上下手，想办法让她们反口。而你呢，若是丞相什么也没说，就按兵不动；若是丞相来告知你更换世子一事，我想你知道该怎么回答。”

英娥听得眼睛一亮，又有点不确定道：“这样会有用吗？”

司马子如嘴角微露一点笑意：“放心吧，会有用的。”

她有些贪恋地多看了几眼他唇边的笑，忽然又轻轻开口道：“真怀念在北秀容的日子呀。要是大家从来都不曾改变，该有多好。”

司马子如刻意压抑着眼底的暗涌，不由得回想起占有自己大部分记忆、好多好多个不同的英娥。生气的、喜悦的、狡猾的、机灵的、带着笑的、号啕大哭的，记忆中的每一张面孔重叠在一起，丝丝缕缕的色彩凝成了自己全部感情四季的风云雨雪。

他清楚地知道，这辈子自己就只能喜欢她一个人。这样子疼痛的喜欢，这辈子也只会有一次。

“殿下！”这时只见侍女神情复杂地抱着小高洑走了进来，“殿下您看，小公子身上的这个胎记，好像颜色还深了几分。”

英娥赶紧接过高洑，也顾不得司马子如在场，撩开高洑的衣衫，只见那个蝴蝶胎记果然相当醒目。

司马子如的目光落在那个胎记上，眼神微凝，却也没说什么。他看了看英娥，又端详了一下高澈的面容，双眼不觉眯了一下。

“此事丞相可知道？”

英娥点了点头：“师父请了太医令来看过，说不过是胎记而已，并无大碍。只是，”她停顿了一下，才又道，“这个胎记时有时无，我总是觉得有点奇怪。而且这个胎记一出现，我总要加倍小心，怕阿澈生了病。”

司马子如看着她和孩子，心里不由得又涌起一股酸涩，喉咙发干。为了掩饰这种难言的心虚，他急忙道：“这里我也不便久留，若是有什么消息我也会通过其他方式告诉你。”

说完，他不再看英娥一眼，匆匆离开。

英娥一直注视他离开的方向，直到那个单薄清瘦的背影彻底消失在自己的视线里。

是梦吧？

或许真的只是一场有他的梦。

没有月光的夜一切都变得晦暗不清，就仿佛英娥此刻的心情。

她有些僵硬地转过身，目光沉沉地望着面带笑意的高欢，脑中有瞬间的恍惚，只有刚才他说的那句话在不断回响：“英娥，我打算过些日子将阿澈立为世子，你看如何？”

高欢看着英娥发呆的样子，目光变得更加柔和，伸出白皙如骨瓷的手，将她轻轻拥入怀里，嘴唇贴着她耳边的碎发低声道：“我不是说过了吗，我的一切，将来都是你和儿子的。”

英娥的身子震颤了一下，胸口因为气恼而微微起伏——他居然真的说出口了！他到底要将他们母子置于何地！

“阿澈年纪太小，资质平庸，实在不堪世子之位。还请丞相三思而行！”她忍不住语气生硬地回了一句。

高欢嘴角的笑意更深了几分，口气中明显带着几分宠溺：“好，若是你不属意阿澈也没关系，我们将来再生个聪明能干的儿子不就行了？到时我将他带在身边好好教养，必定会是个能继承大业的好孩子。”

英娥心底里嗖地就蹿起一团怒火，在胸腔里横冲直撞，拼命寻求着一个发泄的口子。正好这时高欢微凉的指尖触碰到她的脖颈，她二话不说一使劲将高欢重重推到了地上！高欢猝不及防，摔了个结结实实。自从执掌大权以来，他贺六浑又何尝受过这种羞辱，脸色顿时也有些不好看了。

英娥只是冷眼看着他，面上什么表情也没有。

高欢尴尬地起身，正打算肃起脸对英娥说上几句，却见她倏忽扬眉笑了起来，恍如春日蔷薇霎时绽放，美丽不可方物。

他有多久没见到这样的笑容了……

高欢怔怔地看着，心中思绪起伏，眼中竟莫名酸涩起来。

“好啊，如果你真的在意我和儿子，那么现在就先把夫人送到寺里清修如何？”从英娥樱唇里说出的话让高欢简直不敢相信自己的耳朵。

“什么？你要我把昭君……送走？”他难掩眼中的惊愕。

“怎么？既然要立我的孩子为世子，那么我这做娘的，自然要给他撑腰。将来要继承这一切的孩子，难道不该先正身份吗？”英娥眼中闪过一抹讥诮之色，“原来丞相也不过是说说而已。”

高欢看着她，神色仿佛山间的雾气弥漫而有些许模糊。

这样的英娥，让他感到有点陌生。

“英娥，我不是说说而已。”他闭了下眼，似是做出什么决定地说道，“这嫡妻之位，昭君会让出来——”

话还未说完，他只觉眼前一团黑影袭了过来，忙伸手一挡，只听哗啦一声，一只青瓷花瓶被撞落在地上，霎时碎成无数片。

“你居然真的敢说出这样的话！你居然敢！”英娥扔了一个花瓶似乎意犹未尽，又随手抓了样东西掷过去，“她可是你的结发妻子，结发你懂吗？结发！就连我一个没念多少书的都知道结发为夫妻，恩爱两不疑！”她上前两步，抬起头却不输半分气势，“难道你已经忘记她为你做的一切了吗？那么就让我来提醒你！当初丞相家贫，是夫人散尽嫁妆为你博一个好前途；在怀朔时你因坐下吃饭被杖打卧伤在床，是夫人日夜喂饭喂水，每天亲自为你擦身擦药；在并州时初初一切艰难，是夫人一个千金女郎，不但烧马粪做饭，还自己动手做马靴……这样的恩义，你怎么能忘，你怎么敢忘！连曾经同甘共苦的结发妻子都可以舍弃，将来难道不会为了其他原因舍弃我和孩子吗？贺六浑，你就是浑蛋！”

高欢愣在那里，整个人似乎有些发蒙。他还沉浸在巨大的震撼中，完完全全没想到自己看着长大的孩子会说出这么一番话。

晃动的视线中，英娥离他越来越近。

就在他以为英娥或许会给自己一拳时，却愕然地发现她走到自己面前，干脆利落地扑通一声跪了下来。膝盖磕在地上发出的撞击声令高欢心里猛地一抽，赶紧伸出手想要扶起她。

英娥摇了摇头，坚持跪在他面前，一字一顿道：“要罚就罚我好了，随便怎么罚都行。但是请你再三思而行好吗？那两个婢女的话也未必可信。请你给阿惠一个证明清白的机会好吗？好吗？求求你了师父！”

高欢眼神微暗，深深叹了一口气，终于缓慢地点了点头。

“这件事我现在就交给遵业去查。若是阿惠无错，我就收回原先的话。”

晋阳城尚书大人的府邸中，司马子如正坐于案几一旁，细细察看着下人刚送上的一枚绿松石，嘴角微扬起细小的弧度。

这颗绿松石的形状大小竟和之前宇文泰那条带子上的绿松石如出一辙。

他小心翼翼地将这枚绿松石装进一个小匣子里，像是将其看成极为重要的东西。

就在此时，有丞相府的人前来求见，开门见山地说道：“大人，丞相请您彻查世子之事，务必尽快弄个清楚明白。”

司马子如眼睑低垂：“请丞相放心，遵业当尽力而为。”

不知司马子如用了什么方法，仅仅三日，原先咬定高澄和郑大车有染的两个侍女竟一个畏罪自尽，一个推翻了原先的供词，只说自己因为嫉恨才诬告两人。

高欢看了呈上来的侍女证词，倒是立刻解除了娄昭君和高澄的禁足，并召两人前来。

娄昭君脱下簪环华服，仅着一身素衣，带着高澄一步一叩头，还未行至高欢面前已泪流满面泣不成声。

高欢素来见惯娄昭君隐忍坚强的模样，却是第一次看到自己的妻子竟也有如此软弱的一面，心知这次真是吓到她了，连忙上前扶起妻子，一眼看到了对方手腕上的木镯子。

他一瞬间有些恍惚。

那还是两人成亲之初，她将大半嫁妆为他捐了官，家中经济捉襟见肘，又恰逢她的生辰，他没银钱买礼物，便花一个月时间亲手为她打磨了这只木镯。

当初她收到时欢喜得很，几乎是天天戴着，连睡觉都不肯脱下来，但不知从何时起，再不曾见过这只木镯出现在她的手腕上。再以后他给她买了许多金银玉饰，一直以为这只不值钱的木镯子早就丢了，没想到……

饶是高欢一向冷静自持，此时回想起和娄昭君一起经历的那些苦日子，不由得心潮起伏难以平静，更有说不出的心酸愧疚，喃喃唤了声她的名字后，竟不知再说什么。

高澄见此情形，也跪行到高欢身前，拉住他的衣襟失声痛哭。

“阿爹，不管您做出什么决定，阿惠都没有怨言！只要还能让阿惠随侍在阿爹身边就好！阿惠也会帮阿爹一起照顾阿娘、弟弟们，还有英娥姐姐！”

高欢心头一颤，蓦地想起高澄小时候和英娥玩闹的情景，神情不禁更柔软了几分。

当初这个孩子，也是在他和昭君的殷殷期盼中到来的啊。

他看着面前哭成泪人的两母子，终于轻轻叹了口气，伸手一边牵了一个，下定决心般道：“这世子之位是阿惠你的，永远也不会变。”

高澄的眼皮微微一跳，嘴角明显松了下来，他却更紧地拥住自己的父母，哽咽着小声重复着："阿惠不在乎，真的不在乎……"

不多时，高欢父子和好如初的消息就传遍丞相府。俨然已长成少年模样的二公子高洋神色冷冷地擦拭着手中的箭矢，听着侍从禀告完毕后，不由得露出一抹讥讽的笑。

"我这阿兄，向来做戏做得极好。"他轻笑出声，"想不到为了阿兄，这顶绿帽阿爹也认下了。"

侍从倒是面色微白："二公子，那两个侍女……不知司马子如会否查到什么？"

高洋面貌普通，唯有那双茶色眼眸和高澄如出一辙，目光流转时格外凌厉，倒是吓得那侍从心中一悸："查到什么和我有什么关系？阿兄和那郑大车确有暧昧，两个侍女说的也是实话，我们不过是稍稍推了一把而已。"他顿了顿，眼中闪过转瞬即逝的杀意，"只是没想到阿爹竟然想让尔朱英娥的那个庶子继承一切。"

侍从连连点头，脱口道："幸好丞相交给了司马子如彻查……"说到这里他赶紧捂住嘴，紧张地看了高洋一眼。

高洋倒也没有生气，淡淡道："折腾了半天，现在这个不变的结局确实是最好的。阿兄继续坐这个位子，总比让那个奶娃娃坐来得好。暂且先这样吧，将来的事，还可以再慢慢策划。"

侍从退下时抬头飞快看了高洋一眼，随侍在二公子身边多年，他比任何人都了解自己的主子。虽则主子其貌不扬沉默寡言，对兄弟的嘲笑也只是无视，实则心怀大略聪敏明达，恐怕未来前途不可估量。

司马子如回到府中收到消息时已是黄昏时分，这个结果显然在他的预计之内，因此丝毫不觉得惊讶。

天空呈现出一种淡淡的金蜜色，玫瑰红的晚霞在天边燃烧着，美到令人窒息。

司马子如手持着杯盏站在窗棂前，抬头欣赏着这如云锦般的天空，轻轻饮了一口温热的酪浆。他虽是汉家儿，可在这北地住了多年，早已习惯酪浆的味道。

人也是一样。

他只习惯那个人的陪伴，只习惯和那个人长长久久。

门外传来侍从的声音："尚书大人，有客来访。"

司马子如正欲拒绝，在见到侍从呈上来的物件时却了然一笑，立刻就将来客请了进来。

但见门外有穿着披风之人缓步进入，摘下帷帽，露出了真容——却是才和丞相大人和好如初的娄昭君。

"遵业不必行礼。"娄昭君面带笑容，阻止司马子如的行礼，"这次实在是要多谢你和英娥。"她挥手示意，几位下人抬着箱子大步走了进来，打开箱盖，竟是满箱黄澄澄的黄金。

“这是我们夫妻特地答谢你的一百三十斤黄金，另有五十匹良驹，是世子答谢你的。请你一定要收下才好。”

司马子如微微一笑：“夫人太客气了。为丞相和夫人分忧，也是遵业职责所在。”

娄昭君笑道：“我也知道遵业看不上这些东西，这样，若是日后遵业有所求，只要是我娄昭君能做到的，定当相帮。”

司马子如眉心微跳，望向娄昭君，正好对上她深不可测的眼神，似是意有所指。

“那实在是太好了。”司马子如也坦然对视，“遵业日后定有所求。”

两人目光对视了一瞬，又心照不宣地移开。

“倒是不知遵业如何让那两个侍女反口的？”娄昭君似是有些好奇地问道。

司马子如神色淡淡：“不过就是在一个侍女前干脆利落地杀了另一个，用了杀鸡儆猴这招而已。为了活命，剩下的那个自然就会反口。”

娄昭君点了点头：“杀鸡儆猴，果然是好法子。”她顿了顿，“也多亏遵业提醒我戴上旧物，才让丞相心怀内疚。”

司马子如瞥了娄昭君腕上一眼：“也多亏夫人一直留着这只木镯。丞相再不会有废除世子之心了。”

娄昭君似乎有些恍惚，一些温馨、甜蜜、痛苦的回忆交替从心海最深处浮上来，那总是很冷静平和的脸上出现了这样复杂的神情，竟让人有种残忍的感觉。

“自他的第一个庶子出生后，我就不戴这镯子了。因为从那个时候起我才清醒地意识到，他再也不是属于我一个人的了。”娄昭君声音平淡无波，似是在说一件和自己无关的事，“镯子戴得久了，摘下来真的很痛。”

其实爱一个人久了，想要抽身也是很痛很痛。

当初的伤口会逐渐平复，甚至随着时间的流逝，再看不到伤痕的存在，但是人的心，会记得当时所有的痛楚和失望，只是有的人选择将这些和伤痕一同隐藏起来而已。

司马子如目光微动，却没有说话。

“我也是前不久才知道，丞相在西边的宅子里，似乎住着个他相当重视的人。”她顿了顿，“或许，这个人会和英娥有关。”

司马子如神色一震：“多谢夫人告知！”

“今天我说得太多了，先告辞了。”娄昭君抱歉一笑，温和的面具将她的脸庞再次覆盖起来，她缓慢而坚定地迈开步子，向门外走去，没有半点停留之意。

司马子如神情微沉，吩咐道：“来人，去查查丞相在西边的宅子里到底住着什么人。”

自魏帝元修来到长安之后，初时君臣之间一派和气融融。元修更是将宇文泰视为心腹重臣，盼望能在他的辅佐下重掌大权，做一名实至名归的大魏皇帝。可是很快他就发现自己的愿望不过是一厢情愿，这整个关西早已成为宇文泰的囊中之物，而宇文泰接纳他，不过也是抱着挟天子以令诸侯的目的罢了。

原来自始至终，他还是摆脱不了傀儡皇帝的命运。

当初从洛阳城逃出来时他身边尚有五千人，但短短时间里有一半人又回了高欢掌控的洛阳城，包括和他血脉相连的宗室亲王。如今留在他身边的元氏族人屈指可数，除了一些远亲旁支外，唯有南阳王元宝炬一直没有离开。

或许是太过失望的关系，元修在沉寂一段时间后心性大变，也听不进元明月的任何劝说，索性仗着皇帝的身份随心所欲不守礼法，对政务更是颐指气使，和宇文泰的关系再不复之前的亲密。

长安，夜未央。

位于城中东面的丞相府中，满庭清辉，月影徘徊。

以丞相之位总摄朝政的宇文泰斜斜地坐在铺着丝帛的坐榻上，素日里如鹰般锐利的浅灰色眼瞳里，今日却透着一股疲惫。

盘腿坐在他面前喝着酪浆的是一位英姿勃发的俊美青年，正是宇文泰最为信任的亲侄宇文护。

“叔父，这皇上最近可是越来越过分了！”宇文护扬眉先开了口，眼中带着显而易见的怒气，“整日里和他那几位堂妹公主饮酒作乐不说，还总给您添麻烦。既然他不甘心做这个傀儡皇帝，那我们不如换个人来做！反正高欢那儿也立了新帝，这皇帝的身份如今也没什么用了。”

宇文泰若有所思地看了看他：“那么依你看，谁来做下一任皇帝更合适？”

宇文护心头一喜，明白宇文泰和他想法一致，连忙道：“叔父，我看那南阳王是孝文帝之孙，血统无人有异议，性子也算本分，无功无过，或许是个合适人选。”

宇文泰眼中闪过赞许的笑意：“萨保如今果然有长进了。”他顿了顿又道，“一个不听话的傀儡，确实不该再留了。只是他身份不同常人，若是随随便便杀了他必惹天下人口舌。要将他除掉而不留隐患，还得再好好想一想。”

宇文护正欲说什么，忽听门外有侍从的声音传来：“丞相，有密信从晋阳而来，可要一览？”

宇文护眉心一跳：“晋阳？那不是高欢的地盘吗？叔父，这信还是别——”

宇文泰微微笑了笑，打断他的话，将信拿进来。

侍从进了门，匆匆将信递上。宇文泰看了一眼信封上的字迹，嘴角轻轻扬起了不易为人察觉的弧度。

他刚拆开信，一件小东西突然从里面掉出来，在地上滚了几滚才停下来。

宇文护手疾眼快地捡了起来，原来那是一颗品质极好的绿松石。

“怎么还有这种东西？”宇文护怔了。

宇文泰眼神沉了沉，起身到内室拿了一条带钩出来，只见那条带钩上镶嵌着不少绿松石，但右侧边那里明显掉了一颗。

他接过宇文护手里的那颗绿松石，轻放在空当处，大小尺寸却差不多正合适。

“叔父，这是怎么回事？到底是谁给您来的信？”宇文护面露惊讶之色。

宇文泰拿起信纸，迅速看了一遍，眼底仿佛有什么亮了亮，原本紧抿的嘴唇竟微微上扬起来，轻笑了两声：“没想到，司马尚书是如此痴情之人。”

“是司马子如？”宇文护更加吃惊，“他写了什么？”

宇文泰眯了眯眼，神色仿佛被山间的雾气遮拦而显得有些模糊。

“他给我送来了除掉元修的好办法。”他说着将信纸往宇文护面前一扬。

宇文护迫不及待地拿过信纸，只见上面只写了一句话：“闻诛一夫纣矣，未闻弑君也。”

他不由得一头雾水：“叔父，这是什么？”

宇文泰抬头望向窗外，低声道：“无缘无故杀人有罪，何况是杀皇帝。可是杀有罪的人就不一样，非但无罪反而有功。正如这句话的意思，纣王暴虐，杀了他是替天行道，那么只要天下人说元修不是个好皇帝，杀了也不会有麻烦。”

宇文护恍然大悟：“果然！此话有理！司马子如果然厉害！”

宇文泰眸色深深：“何止厉害，在洞悉人心方面，他简直令人感到可怕，他送这封信的时机把握得太准。”

“可是叔父，司马子如为何要告诉您这个方法？是想借您的手杀了元修？”

宇文泰摇了摇头：“他意不在元修，而是——”他顿了顿，目光落在那颗绿松石上，“他应该不难打听到，英娥出事那天我就戴着这条带钩，因为这条带钩只适用于进宫这样的场合。”

宇文护眼中闪过诧色：“难道这颗绿松石是他在宫里捡到的？万一他胡说呢？”

宇文泰垂下眼眸：“或许是，也或许不是，不过已经不重要了。他已经送上一份大礼，那么礼尚往来，既然他怀疑我知道些什么，就将真相告诉他也无妨。”

宇文护眼神微微晃了晃：“叔父，那么您打算怎么对付元修？”

宇文泰笑了笑：“萨保你可有主意？”

宇文护迟疑了一下，犹豫道：“其实，侄儿还真有一个办法。那元修不是整日和几位堂妹混在一起吗？尤其对那位明月公主更是言听计从，若是一个皇帝好色到连自己的堂妹都染指……那他的名声只怕比商纣王更令人唾弃。”

宇文泰转过身，双目定定看着他，看得宇文护一阵心慌，忍不住道：“叔父，我知道我的主意是荒唐了些，不过……”

这是个极好的借口。宇文泰目色温和地拍了拍他的肩：“成大事者不拘小节，比起过程，我更看重结果。这件事，就交给你去办。”

不知从何时起，长安城内流传起两句歌谣：朱城九门门九开，愿逐明月入君怀。

城中百姓都在私下里议论，这首歌谣暗指皇帝和明月公主有染。这种不合伦理的关系很快一传十，十传百，短短时间内就成了全城皆知之事。

元修原本尚佳的形象在民众心中更是一落千丈，不少关中将领也纷纷向宇文泰表示了不满。皇家的丑事被百姓当成了笑话传唱，国之尊严何在？

宇文泰素来是个喜欢快刀斩乱麻的人，不出手则已，一出手自然是干净利落。

晋阳，尚书府。

秋风伊始吹渐浓，微薄的凉意在傍晚的夕阳中弥漫开。

府中花园一角，杜鹃蔽于树下开得正好，紫红色的花瓣簇拥成锦。司马子如神情淡淡地站在杜鹃旁，听着身后侍从的回禀。

“尚书大人，那宇文泰竟然趁着元修不在，让明月公主的亲兄元宝炬将她骗出来活活给杖毙了！”

司马子如面不改色地勾了勾唇：“宇文泰出手那么快，看来下一个就要轮到皇帝了。”

侍从似乎还有些唏嘘：“可惜那明月公主，难得的美人，这么说没就没了。”

司马子如嘴角泛起冷笑，不再言语。这些日子来，他可一直没忘记英娥那件事的始作俑者。元明月、元修，那些妄图伤害英娥的人，他一个也不会放过。

此时，又有侍从匆匆而入，说是长安有密使奉宇文泰之命前来求见。

司马子如眼睛一亮，旋即快步走了出去。

夜幕降临，天色异常晴朗，繁星在深蓝色的夜幕中织成一面柔和的网。

晋阳城内的丞相偏邸内一片幽静，唯有从东厢房不时传出的婴孩牙牙学语声为这里平添了几分生气。

早已燃起银霜炭的厢房内暖意融融，小高湝正躺在床榻上挥动着手脚和自己的父亲高欢玩耍，还兴奋地发出啊啊的叫声，苹果似的小脸蛋又红又圆，让人忍不住想要咬上一口。

英娥在不远处挑选着给高湝做新衣的布料，偶尔抬眼看到父子俩共享天伦的情景，脸上也难得露出了几分温和之色，甚至微抿的嘴角边还隐约有了笑意。

高欢趁她低头时猛看了几眼，只见顾盼回转间，她的眼角眉梢似乎有无声的柔软蔓延，嘴角浅笑仿佛会发出淡淡的光。

一时间，他有些怔住，颤悸难言的心虚也随即在胸腔内漾开，带来无可言说的心酸和温柔。

若是她——能一直这样对自己笑该有多好。

“英娥，等这里的事情告一段落，我陪你回趟北秀容，好吗？”

英娥的眼皮轻微跳了跳，眼睛莫名感到有些酸涩。她眼前几乎立刻浮现往日秋天的草原，天野苍茫，青草丰沃，牛羊遍地，牧民用清亮的声音高唱着歌谣，伴随着落日踏上回家的路。

只是那些熟悉的场景，已经离自己很远很远了……

她沉默了一会儿才开口道：“不必了，那里已经没有我的亲人了。”

她的母亲北乡公主，自父亲身死后万念俱灰地先回了北秀容，接着就不知去向。

高欢心头一窒，忍不住安慰道：“英娥，北秀容没有你的亲人，可是晋阳，在这里，还有我和你的孩子。我们都是你的亲人。”

英娥抿紧了唇，带着眷恋的目光落在小高湝身上，极轻地低语道：“谢谢。”

虽然只有短短两字，却也让高欢激动不已。他忽然想起前几天收到的关于那个女人的消息，若不是那个女人，此时此刻英娥又怎么可能在他身边？或许从某方面来说，他还应该感谢她才对。

“英娥，元明月她……没了。”他犹豫了一下，还是将这件事说了出来。

英娥正拿着布料的手微微一滞，她先是一怔，随即睁大了眼睛，难以置信道：“你什么意思？元明月死了？她怎么死的？谁敢杀了她？！”

高欢伸手轻轻拍着小高湝的背，语气平静如水：“长安城中盛传她和元修有染，宇文泰为了天子名声，亲自下令杀了她。”

“她和元修有染？！”英娥露出不可思议的神情，“这怎么可能？她和元修的关系是比较亲近，可并不是不合伦理那种吧？而且再怎么说她也是个公主，宇文泰怎么连查也不查就将她给处死了？难道他不怕元修对他起嫌隙？除非……”

英娥突然想到一种可能，背后悚然一凉，不由得倒抽一口冷气。

她直直地盯着高欢，纤秀如烟的眉轻蹙着，却从他的茶色眼眸中看到了她所猜测的可能。

“没错，宇文泰想除了他，另立新帝。”高欢抬了抬眼，“无论元明月是否和元修有染，但凡元修的名声坏了，那么他的品行就不堪为帝。宇文泰这一步果然行得妙。”

“所以，元明月就可以随随便便成为牺牲品了？”英娥扬着眉，眼底隐隐有怒火闪动，“她不该死的。不该为了男人的野心而死！”

高欢将毡毯轻披在已经睡着的高湝身上，神色有些不明：“当初这元明月可是处处针对你——要知道你上次的意外，也和她脱不了干系。”

英娥面色微变，轻侧过脸，低声道：“一码归一码。我也并非良善人，她处处针对我，我亦不会笑脸相迎，若是寻着机会更会回击。但这并不意味着，她可以被这样无辜地牺牲……不可以！”

高欢眼睛一眨不眨地看着她，这就是他所爱的女人啊！就算世间万事千变万化，至少她的内心深处还保留着一片净土。在这片清朗之地，抬起头，依然能看到头顶那漫天遍野的明澈星光。

他的眼底柔情万种，情意浓得几乎化不开。按捺不住心头的情潮涌动，他忽然起身走到她身边，弯下腰将她拥入怀里，不由分说对着她的发丝吻了下去。

英娥一瞬间怔住了。

他的唇很冰冷，却异常温柔，带着一股淡淡的青草气息，这味道，仿佛很遥远，又好像近在咫尺。

他的声音更像是带着一股令人无法抗拒的蛊惑：“我的英娥，我们是不是该给阿溵添个弟弟……”

英娥骤然清醒过来，用力推开了他，为自己刚才没有在第一时间做出反应而感到羞恼万分：“阿溵是我们的第一个孩子，也是最后一个，更是唯一的一个！永远也不会有第二个！现在我请你出去！现在！”

高欢深深地看了她一眼，眼神中似乎蕴含了说不清道不明的千情百绪。就在英娥以为他还要说什么时，他却微叹了口气，转身离开了。

英娥狠咬了下自己的嘴唇，弯下身子将自己的脸贴在熟睡的高溵的脸蛋上，缓缓闭上了眼睛，唯有密长的睫毛还在不停颤动着。

与此同时，晋阳城西郊的一座私宅外，隐入黑暗的司马子如目色沉凝地望着暗色围墙，从他这个方向望去，隐约可见到摇曳的烛光。

门外有两个士兵把守着，不时还有巡逻的士兵来回走动，看起来守卫颇为森严。

身后有人悄然上来压低声音道：“大人，丞相夫人派人来传的话也不知是不是真的，瞧这架势怎么可能让我们有机会进去呢？”

司马子如面色沉静：“丞相夫人既然这么说了，那就一定有办法让我们进去。”他顿了顿，语气简短又干脆，“继续等。”

天上的月亮不知何时躲进了云层后，四周变得更加黑沉。司马子如的心思却格外清明，也许黑暗，反而能让人更加理智思考，也唯有在黑暗之中，才更容易窥见一丝光明。

他想起了前几天那位充当密使来传信的青年宇文护。如果他没记错，宇文护好像是宇文泰最为器重的亲侄。

那个人代传的每一句话、每一个字都牢牢烙刻在他的心里。不知为何得知真相时他没有想象中那么意外和激动，倒有一种果然如此的感觉。

他接下来要做的，就是按照自己的计划一步一步走下去，直到她回到自己身边那一天为止。

他的脑海中又浮现宇文护那双黑中带蓝的眼眸，仿佛有什么危险而不可测的东西，如困兽般，正潜伏在那双眼睛深处。

他冷冷笑了一下，说不定这次宇文泰也是看走眼了呢，错将狰狞的野兽当成了温驯的忠犬。

也不知过了多久，只见巡逻的那队士兵过去后，忽然其中有士兵大叫一声栽倒在地翻来滚去，似是中了邪。这一突发情况令众人顿时傻了眼，就连守门的两个士兵也忍不住过去瞧了瞧。趁着这个极为短暂的空当，早已候在一旁的司马子如一阵风般闪了进去。

进了宅子，司马子如就径直冲着那亮着微弱烛光的房间走去。

门是虚掩的，并没有关紧。从缝隙里可以隐约看到一个瘦弱的女子正背对着门倚靠在软榻上，那背影清瘦至极，几乎能见到嶙峋的骨架。

司马子如当下犹疑起来，高欢怎么可能会养一个这样的外室？但想到娄昭君曾说过这个女人可能和英娥有关，他深吸了口气，缓缓推开了门。

听到声音的女子并没受到惊吓，只是缓缓地回过头来。

司马子如一抬头，正好看到对方憔悴却又熟悉的面容，饶是他冷静自持也不禁吃惊万分，脱口叫了一声女子的名字："阿女！"

长久以来，元修一直将元明月当成唯一可以信任和依赖的人，更是他暗黑压抑的帝王生涯中不可或缺的知己和亲人。

元明月的惨死让他大受刺激，失去了以往应有的自制力。虽然他还不敢和宇文泰公开翻脸，但平时言行间明显流露出对宇文泰的恨意，甚至经常当众拉弓引箭，或是踢翻案子，宣泄着自己心中的愤怒和郁气。

关中诸将看在眼中，只觉皇帝丝毫不以逆伦之事为戒，心中对他更是不齿。有几位性子急躁的将领索性劝说宇文泰干脆换个皇帝，免得将来养虎为患，什么时候被狠狠反咬一口也说不定。

一个品行有失的皇帝，已经失去他作为挡箭牌的价值，这一点宇文泰比谁都明白。

这一日晌午时分，天空下起了纷飞细雪，再过十几日就要入腊月了。

元修面色平和，难得不吵不闹，手捧着酒壶静静站立在梅树下，时不时喝上一口。他的全身都裹在轻软的裘衣中，面带薄红宛若桃花，纤秀的眉间带着极淡的疲惫，微尖的下巴敛在衣领的阴影中，一身似倦非倦的疏离。

“皇上，您还是少喝一些吧，别伤了身子。”身边的小黄门尖着嗓子劝道。

元修冷哼一声，眉尖微挑：“怎么，连你也敢管朕？是不是朕连喝点酒的权力都没有了？”

说着他举壶猛灌了几口酒，因酒入喉太急不由得呛了起来。他伸手捂住自己闷得发胀的胸口，微张开嘴发出咯咯的声音，却什么也吐不出来。

明月惨死的那一幕历历在目，浓艳如红叶的鲜血从她的身下缓缓流出，眼前仿佛被无边无际的血色弥漫……他痛苦地呻吟一声，不甘地闭上了双眼。其实在流言传出时，明月已经感觉到不妙，只是流言流传的速度实在超乎他们的想象，更没想到宇文泰会如此决绝！

神思惘然中，元修举起喝空的酒壶摇了摇，哑声吩咐道：“快！再温一壶酒来！”

小黄门叹了一口气走出房间，不多时便拿了一壶上好的美酒进来。

元修闻得醇厚酒香，不由得嘴角微挑，想也不想就对着壶嘴猛喝了几口——温热的液体从口腔顺着喉咙一直滑到胃里，仿佛着了火般燃烧起来。几乎是一瞬间，热辣疼痛的味道在腹中翻滚着蔓延，好似要将他的五脏六腑都焚毁。

这酒……有问题！

元修意识到这一点时，瞳孔蓦地睁大，脑中瞬间一片空白。

小黄门定定地看着从皇帝嘴角流下来的乌黑血迹，眼中充满惊惧，整个人好像都被吓蒙了。

元修软软地倒在地上蜷缩成一团，隐隐约约，仿佛听到无数鬼魅从地狱深处发出尖锐的冷笑。他清楚意识到，这地狱，或许也是自己的最终归处。

“陛下，奴，奴才这就去找太医！”小黄门总算清醒过来，如炮弹般冲了出去。

看着对方的背影消失在自己的视线里，元修忽地发出一声极轻的嗤笑，伸出衣袖擦了嘴角的乌色血迹，缓缓调了一个躺姿，轻轻呼出一口气后，似乎也没觉得有那么疼痛了。

看着眼前交错落下的雪花，那些记忆，还有记忆中的人如涟漪般渐渐浮上来，最后竟定格在那个冷静拔箭的年轻女子身上。他那黑色的眼瞳里燃起了兴奋的火光，眼睛酸涩到发痛，有太多的泪却一滴也流不出。

纤长的手撑住额头，他不禁发出一声叹息似的沙哑低喃：“小婶子……朕，这辈子最不后悔的事就是救了你和先帝……”

腹中剧痛再次袭来，他的视线开始模糊，意识也逐渐被抽离。他加速呼吸，空气却仍然传不到，仿佛有一双无形的手紧紧扼住了他的喉咙。

恍恍惚惚中，似乎有人慢慢走了过来。

他竭力睁开眼睛，想要看看到底是什么人。蒙眬的视线中是对方逆光下的高大身影，宛如来自地狱的黑无常，张开黑色衣袖降临人间。

他想要看得再仔细一些，却怎么也睁不开眼睛了，疲惫的眼眸缓缓合上，任无边无际的黑暗将自己包围。

这一生，就好像一场戏，有人登台，有人退场。

所有的一切都在幕布落下的瞬间，归于幻灭。

是以因缘，经千百劫，常在生死。

宇文泰神色复杂地看着躺在雪地上已经停止呼吸的元修，眸色深邃神情难辨，就像是阴霾满天时起了风浪的海水，若是仔细瞧，就会令人有一种几乎要坠落溺毙的恐惧。

“召集文武百官，告诉他们皇上驾崩了。”他淡淡地吩咐着，“举国上下服丧三月，嫁娶礼乐一律禁止。”

元修被宇文泰一杯毒酒鸩杀的消息传到晋阳时，正逢腊日祭祀。这是一年中的大祭之日，也是家人团聚之日，就连那些囚犯也得以在这一天和家人相聚，之后依期而返。

英娥恍然想起元修嬉皮笑脸喊自己小婶子的情景，当初和元子攸之间的生死逃亡不由得又浮上心头，一时心潮起伏，发了好一阵呆。

冥冥之中命运就像是操纵着每个凡人的细线，一拉一扯之间，无人预料最终的结局。

斯人已逝，流年却依旧。

高欢进门之后见到的就是英娥伏在案沿上，呆呆望着眼前的灯烛，修长的手指间捏了一根烛扦子，正一点点挑动烛心，全然不知他的到来。

直到他轻咳一声，她才蓦地抬起头，一脸惊讶道：“你怎么来了？今天是家人团聚之日，你——”

“我自然应该和我的家人在一起。”高欢飞快打断她的话，目光落到床榻上刚刚睁开双眼滴溜溜乱转的小高湝身上，嘴角不禁露出温柔笑意。

英娥不着痕迹地打量他几眼，这几日不知高欢心中存了什么心事，好像又在找什么人，一直有点神不守舍的，今天看起来倒是与往常无异。

“元修的事……我已经知道了。”英娥突然说道，“宇文泰野心不小，也许这短暂的平静很快就要被打破了吧？”

高欢抱起高湝，赞许地看了她一眼，点了点头：“在不久的将来，我们和宇文泰必有连番恶战。”不等英娥说话，他又连忙道，“不过你放心，这天下，终将属于我们高氏一族。”

英娥正要说什么，忽听门外有侍从的声音传来：“丞相、殿下，司马尚书前来求见，说是要亲自给丞相一家人送礼。”

听到这个名字，英娥的心微微一颤。高欢脸上也掠过微讶之色，他迟疑了一下才道：“那就先让他在东厅稍等。”

第十八章 真相

高欢让英娥在房间里陪着孩子，自己先去东厅见司马子如。

从房间到东厅的距离并不算远，一路上高欢的心情却是从未有过的不安。司马子如素来行事谨慎，这样贸然前来必定是有缘故的。

突然，他想到了不久前在西城失踪的那个人，不由得面色微凝，嘴角抿得更紧了。

英娥像往常一样想哄得小高湝再次入睡，可不知怎么，小家伙却始终睁着一双大眼睛滴溜溜直转，惹得英娥忍俊不禁，忍不住伸手轻挠了挠他的脚底，顿时乐得小家伙咯咯直笑。

就在此时，一个瘦长的人影倏忽间闯了进来。英娥虽生了孩子，反应却不慢，几乎立刻抓起案台上的铜烛台，不料对方不等她出手，已然扑通一声重重跪倒在地，接着那人哽咽的声音就低低传来："殿下……"

听到这个熟悉的声音，英娥浑身一震，难以置信地脱口道："阿女？"

那穿着侍卫服的人缓缓抬起头来，露出一张瘦脱了形的脸，双目含泪地看着她："是我，殿下……"

英娥又惊又喜，只觉得有一肚子话想问，可一瞬间又好像所有思维停止了运转，张了张嘴，却什么也没问，双足已下意识朝着阿女走去，弯腰扶起她，上下端详着她，哽声道：“阿女，你受苦了。回来就好，回来就好……”

阿女神色有点激动，又有点复杂，似是欲言又止，直到从床榻上传来小高湝的哭声，她才恍然反应过来，神色一变，竟一把推开英娥朝着小高湝直奔过去。

英娥愣了愣，转头去看，只见阿女站在床榻前，怔怔地看着小高湝，已然泪流满面。

英娥按捺住心头生出的怪异感，扯开一抹笑容道：“阿女，你还没见过我的孩子吧？是不是和我长得一点也不像？”

阿女置若罔闻，只眼睛一眨不眨地盯着小高湝，眼泪却越流越凶。

“阿女——”

英娥轻唤了声她的名字，后面的话还没说出口，但见阿女已经伸手抱起高湝，似是抱着这世上最珍贵的宝贝，轻轻将脸贴到孩子的面颊上，泣不成声，声音仿佛带着无穷的悲凉：“孩子，我的孩子……”

阿女的声音虽轻，却好像天边响起的一声惊雷，震得英娥完全回不过神来，大脑瞬间一片混沌。

只听门外响起一个惊怒交加的声音：“胡言乱语！”

高欢几乎是失态地冲了进来，从阿女怀里夺过高湝，将她一脚踹翻在地，并对着身后紧随而至的司马子如怒道：“遵业，将这个得了疯病的女人偷偷带来此处，到底意欲何为？难道这就是你送给阿湝的生辰礼吗？”不等司马子如说话，他又厉声喝道，“来人！将这个疯女人拖出去！”

高欢此时真是悔得肠子都青了，那日阿女从西城失踪他也怀疑过司马子如，接下来却是一片风平浪静，让他渐渐放松警惕，以为阿女只是私自逃了出去，却万万没料到司马子如会选择这个时候出这么一招！要不是听到高湝的哭声他折返回来，事情恐怕更加一发不可收拾！

是他一时疏忽，让司马子如将这隐患给带到了英娥面前！

“等一下！你们，先出去！”英娥缓过神来，喝退了进来的侍卫，上前扶起阿女，定定看着她，目光出乎意料地平和冷静，“阿女，你告诉我，你到底有没有疯？”

阿女以手掩面，发出苦涩嘶哑的声音：“殿下，我是疯了，自从我和我的孩子分离那天起，我就疯了。”

英娥努力消化着她的话，试探着有些艰难地再次开口道：“你的意思是，阿湝是你的孩子？”

阿女目光贪恋地死死盯住高欢怀里的孩子，不发一言。

英娥的心一下子变得冰凉彻骨。

倒是司马子如回了一句：“今日是家人团聚之日，让小公子和亲生母亲见面，对小公子而言正是最好的礼物。”

亲生母亲？这个字眼明显刺激到了英娥，她抬眼望向司马子如，嘴唇止不住地轻抖，颤声道：“阿湘是我十月怀胎生下来的，怎么就变成别人的孩子了？”

“英娥，不要听他胡说！我这就将这两人赶出去！”高欢心疼地拥住了她。

“不！我倒要听听，阿湘怎么就不是我的孩子了！”英娥推开了他，目色微微泛红，“司马子如，就算是你，若是胡言乱语，我，我也绝不轻饶！”

司马子如默然几秒，神色颇为无奈：“那晚在瑶光阁，和丞相共度一夜的不是你，而是——”他的目光落在了阿女身上。

英娥蓦地睁大眼睛，自从发生那件事，她根本不敢再回忆那日的情景，因为每一次回忆都是对她的最大煎熬和折磨。

“怎么……可能？”她失了神，喃喃自语，“那我又是怎么有的身子？我明明是怀了身子……阿湘明明是从我肚子里出来的……”

高欢脸上寒意乍现：“司马子如，住口！你再这样胡说，别怪我不客气！”

司马子如眼中有讥讽之色一闪而过，他坦然对上高欢的视线：“丞相，有一件事我忘记告诉你。其实那日在瑶光阁里，除了英娥、你和阿女，还有第四个人。”

高欢悚然一惊：“你说什么？不可能！”

司马子如神色淡淡道：“那晚宇文泰应邀入宫赴宴，不巧，这第四个人正是他。”

高欢怔在当场，紧抿着嘴唇说不出话来，甚至无法发出声音，感觉就像是被什么掐住了喉咙，只能以一种难以置信的眼神注视着司马子如，试图从他的神情中看出端倪。

这世上怎么会有这样巧合的事情？

不，不可能！司马子如最是诡计多端，他一定是想诈出什么，只要自己露出一点破绽，就会被他穷追猛打。

“遵业，胡说八道也要有个限度。”高欢深吸一口气，竭力让自己冷静下来，“英娥怀孕、生子，这一路走来我们有目共睹。至于那一晚，是我的错，是我对英娥有亏欠。我也知道你一直对此耿耿于怀，但谣言止于智者，希望你能理智一些，现在离开这里，我就当一切都没发生过！”

司马子如却对着英娥微微笑了笑：“英娥，若是你要我现在离开，我就立刻带着阿女离开这里，从此再不打扰你；若是你要听我说完，那我就不走。”

英娥望向司马子如，刚刚他所说的话此刻像一团乱麻般纠结在她的脑中，但不知为什么，她还是想继续听下去。

“说下去。”

“英娥！”高欢脸上再不复往日的冷静。

“师父，我已经是一个孩子的母亲，无论对方说的是真是假，我都有分辨的能力。”她脸上闪现出坚定之色，一字一顿道，“不管真相如何，只要是真实的，哪怕残忍到心碎我也会而对。”

高欢面色灰白，他忽然感到一种前所未有的恐惧。

一种自己就要失去她的恐惧。

在司马子如不急不缓的语调中，时光仿佛倒流，再次回到改变命运的那一刻，回到那一天的洛阳皇宫。

英娥听了秦怀的谎言后，迫不及待地赶到皇宫，被甩在后面的阿女急急忙忙追了上来安慰自己的主子。

“殿下，您也别太担心了，要我说，这皇宫之中谁又敢惹大丞相？”

“不怕一万，只怕万一，你刚才也听秦怀说了，大丞相和宇文泰喝了不少酒，他的酒量可一直不算太好……”

两人的声音渐渐远去，从树后忽然缓步走出一人，正是前来宫中赴宴的宇文泰。月光倾落，他灰色的眼眸被明亮柔和的银色光芒笼罩，原本安静无波的眼底泛起了一丝涟漪。

大丞相和他喝了不少酒？这可真的有点意思。传这种谎话给她的人，显然居心叵测。

宇文泰本想一走了之，倏忽间却回想起曾在脑中反复出现的一幅画面——当日战场上，少女头上的铁盔飞了出去，一头长发如瀑布般披散下来，随风到处飞舞着，从逐渐散开的云层间漏出的一道阳光投射下来，在她周围形成一层隐隐的光晕，令人心生恍惚，仿佛眼前的女子只是虚幻的浮光掠影，也许下一瞬间就会消失不见。

耳边好像传来少女戏谑清亮的声音：“宇文黑獭，我也记得你！那天晚上的事难道你都忘记了吗？你想这样一走了之本女郎可不依！”

想到这里，他的神色不由得柔和了几分，嘴角甚至隐现笑意，只稍稍犹豫了一瞬，他便鬼使神差地跟了上去。当亲眼看着英娥进入瑶光阁时，他立刻觉察出不妙，便折返去找阿女，并让她尽快去瑶光阁，不管用什么理由，也要先将自己的主子接出来。

看着阿女跌跌撞撞离去，他始终放不下心，再次趁人不备悄悄进了瑶光阁后，赫然发现房间的床榻上躺着中了迷药的英娥，而床脚下躺着赶来救主而同样被迷晕的阿女。幸好他反应快，极为迅速地捂住口鼻，才不至于中招。

他正在想着下一步该怎么办，门外果真隐约有了动静。宇文泰情急之下，便将离自己最近的阿女以最快速度顺手拖进内室中，并虚掩上了房门。

如果说高欢的到来令他感到意外，那么高欢之后的所为更令他吃惊，甚至还夹杂着说不清的恼怒。因此在高欢亲吻英娥之时，他终于忍不住出手，以石击窗，诱得高欢暂离，他则趁机将英娥和阿女互换了一下。幸好迷药起了作用，换了人后高欢也分不清楚……这对阿女虽然有些残忍，却也是当时他能想到的最好方法了。

之后接到同伴要离开的暗号，他便将英娥留在内室，匆匆离开。

“这之后发生了什么，想必大丞相心里最是清楚。”司马子如一口气将从宇文泰那里听到的都说了出来，淡淡扫了高欢一眼，目光中带着几分隐忍的凌厉。

高欢俊目中流淌着冷冽之色，就像是冻结的碎冰般寒冷彻骨。

这之后发生了什么——他怎么会不记得？怎么可能不记得！

还记得那个被浅金色阳光笼罩的清晨，当他醒过来误以为身边躺着的是英娥时，虽然有震惊有愧疚，更多的却是一种隐秘的喜悦。

只是他定睛看清那张面容后，心一下子就落到了崖底，失望至极又怒不可遏。

“因此丞相干脆将错就错，再次将英娥和阿女互换，英娥醒来后见到身边装睡的丞相，自然中了计。”司马子如扯了扯唇，“而阿女，或许丞相原本是想除了她，没想到很快被检出了身孕。为了让英娥更加死心塌地地跟着自己，丞相不惜又利用这个孩子撒了一个更大的谎。不仅如此，你还一直囚禁阿女，让他们母子生生分离。”

英娥蓦地抬起眼睛，司马子如说的每一个字，都像是尖利的锥子，缓缓地凿进她的身体里。她的脸色随着他的声音变得一片灰白，唇上最后一抹血色也消失殆尽。

“是你，囚禁了阿女？”她怔怔地盯着高欢，心中一阵绞痛。

高欢的目光缓缓转了过来，迎上她的视线。

跳跃晃动的烛光给房间里带来一片灰蒙的微亮，他和她对视着，视线却模糊不清。

“英娥怀胎十月产子，这也是有目共睹的。”高欢眉尖微挑，并没有正面回答关于阿女的事情。

司马子如微微一笑：“听说前朝曾有妃子服下假孕药，用民间孩子混淆龙种，后失败被诛杀。丞相想要从太医那里拿到这种药也不是难事。”说着他又侧头问道，“英娥，你可还记得当初你产子的经过？”

英娥回忆了一下当初产子的过程，竟发现好似空白一片，心里疑窦顿生：“我好像，不记得了。当时好像晕过去了，之后醒来就稀里糊涂产下了孩子。”

“原来如此。”司马子如露出一脸意料之中的神情。

高欢的神色倒是相当平静：“说了这么多，你却什么证据也拿不出来。若不是看在我们往昔的情分上，必要治你一个胡言乱语的罪。”

司马子如却又是一笑：“丞相，你怎么知道我没证据？”

高欢心头猛跳了几下，眼中闪过一抹意味不明的神色：“好，那就让我看看到底是什么证据。”

司马子如转头吩咐道：“来一碗烈酒。”

苍白的月光若隐若现，整个天空呈现出压抑的暗。

就在司马子如说出那句话后，房间里立时处于一片凝固的沉寂之中，过了片刻倒是英娥开了口：“给他拿碗烈酒，现在！”

她的声音带着几分失态，甚至有些罕见的尖锐，颤抖的语调似是竭力压制着什么，却又偏偏快接近极限。

高欢目色深深地看了一眼英娥，对门口的侍从微微颔首。

“哇！”孩子似是感觉到什么，没缘由地大哭起来。阿女下意识上前一步，却又生生停了下来，心疼地望着哭泣的孩子。

英娥急忙抱起孩子，软声安慰。司马子如刚才说的那些话如杂乱棉絮般塞满她的脑袋，似乎有什么东西要呼之欲出了，一丝阴影蜿蜒着爬上心头，她想要抓住它却又无从下手。

有些事实，有些真相，一定是让人难以接受的。可在内心深处她已然有着小小的侥幸，也许，遵业也会有出错的时候呢？也许，宇文泰说的也未必是真话呢？

这个孩子，明明就是她十月怀胎所生，明明是她的骨中骨肉中肉，怎么说不是就不是了？

司马子如的目光静静落在她的身上，神色无比温柔，却也夹杂着无比的心痛。英娥抬头和他的视线相遇的瞬间，他嘴角微微上扬，明明想给她一个安心的微笑，但终究，这个微笑没有成形。

侍从很快端上一碗粱米酒，这种以白高粱酿成的酒呈乳白色，芬芳酷烈，算是后劲十足的一款宫廷御酒。

司马子如转向阿女，神色又恢复了往常的平静：“可以开始了。”

阿女点了点头，从怀里拿出一块帕子，蘸了点酒，便在自己的手臂上轻轻擦拭起来。随着酒液浸染，那片白皙的肌肤渐渐变色，一点一点变红……到最后竟然隐约现出类似胎记的图形……

当英娥看清那个图形时，只觉得体内传来嘣的一声响，好像一直以来紧绷的东西，瞬间断裂了。

那是一个她熟悉无比的蝴蝶胎记！

她往后退了几步，死死抱紧怀里的孩子。冰冷的空气仿佛从四面八方包围着她，那些冷漠的真相在夜色里纠结成无情的荆棘，深深刺进了她的心脏里。

阿女又扑通跪倒在地，浑身颤抖着，声音锐利又凄恻：“殿下，这个蝴蝶胎记是奴婢家族独一无二的标记。奴婢的祖辈、父辈，包括奴婢自己，几乎人人出生时都带着这么一个胎记。平时不显，除非发高热时或是用烈酒擦拭才会显现！奴婢听司马尚书说了，小公子，小公子他……”

高欢冷冷盯着阿女，茶色眼眸里流淌的寒意如冻结的碎冰般冷彻入骨。

“让我告诉你。”他沉着声音道，“小公子身上无任何胎记。”他说着又看向司马子如，“遵业，时辰已晚，你也可以回去了。”他顿了顿，“只要你现在出了这个门，我就当你不曾来过。”

司马子如淡淡回视他，一时两人之间气流回旋，气息暗涌。

高欢先扭过头，不再看他，目光放在英娥身上神色立时放柔了几分，劝慰道：“英娥，放心吧，这是你和我的孩子，谁也抢不走。”

阿女捂住脸，哀哀地哭泣着，声音里充满了绝望。

英娥低垂着头，神色微茫，就好像自己走进了一座迷宫之中，怎么也找不着出去的路。

直到司马子如熟悉的声音缓缓响起：“人们往往不愿相信真相，因为有些真相太过丑陋，但不管多么丑陋，它也是真实的。是要真实的丑陋还是虚假的安慰，英娥，你比任何人都知道该如何选择。”

他的声音，就像是飘散在山峦之上的轻雾，过了许久才真实起来，飘进她的心里。

她的指尖因握得太紧而微微发白，她看了一眼孩子的面容，又飞快看了一眼跪在那里的阿女。

她对阿女的遭遇一无所知，可偏偏最深的伤害就是伤害了别人却不自知。

若这个孩子真是阿女的……

她那晦暗沉重的心中，仿佛注入一束光线，越来越亮，越来越清晰。

深深吸了几口气，她抱着孩子走到阿女面前，平静地开口：“拿来。”

阿女愣然了一下才反应过来，急忙将手里的帕子给了她。英娥拿起帕子，示意阿女掀开高澈的衣服，一下一下地轻轻擦拭着……很快，小高澈的背上出现一个红色的蝴蝶胎记。

阿女颤抖着将手臂伸了过去，只见一大一小两枚蝴蝶胎记几乎一模一样！

阿女再也控制不住翻涌的悲伤和激动，将高澈紧紧搂入怀里，泣不成声：“阿澈，阿澈，我的孩子……阿娘想你都想疯了……”

高欢整个人如坠深渊，茶瞳内失去了光亮。他将错就错费尽心思设了这么一个卑劣的骗局，原以为此生都会将她留在自己身边，甚至让她渐渐爱上自己，可没想到真相揭开的那一刻是这么坦荡而残忍。

“英娥……”他忍不住低低唤了一声她的名字。

英娥用出奇平静的眼神看了高欢一眼，却是头也不回地朝门外走去。快到门口时她又停下脚步，脸上浮现一抹释然：“遵业，谢谢你。”

她的脚步越来越快，似是很快就会走出他们的视线，走出他们的整个世界。

司马子如垂下眼眸，心里却没有任何真相揭开的轻松。

这一次，或许不止高欢，连他也一并要失去英娥了。

这样也好，她配得上一个更自由的人生。

摇曳的烛火将高欢的影子拉长，将他整个笼在阴影里。

高欢怔怔望着英娥的背影，仿佛听见自己的心在说：快啊！快追上她！错过了这一次，她永远不会原谅你了！

但他只觉得自己的身体好像被紧紧束缚着，如同被梦魇住般动弹不得。他握紧手，指尖深深掐进掌心，却依然无法从自己一手制造的噩梦里醒来。

就在这时，门外忽然有侍从跌跌撞撞地奔来：“报，报！前方传来急报，宇文泰的军队偷袭了华州，还请丞相尽快出兵驰援！”

当高欢亲自率领大军出发驰援之时，英娥已经独自离开晋阳城。这一次，无论是高欢还是司马子如，竟谁也不曾阻拦她的去留。

终于离开了皇宫，离开了那些桎梏枷锁，似乎得到了久违的自由，可她心底好像依然有着深深的羁绊。

对于高欢，她说不清是失望还是可悲，他所带来的最初的温暖已在谎言中毁于一旦。

她与他，只愿此生不见。

对于司马子如，她的心绪更是复杂难辨，明明应该感激他揭穿了这个谎言，可付出的代价是让她失去了极为珍贵的东西，还有那一点点自以为是的温情。原来那个让她收起尖刺逐渐变得柔软的小家伙，那个她以为会用一生守护的孩子，是属于别人的。

英娥驻马而立，回首望了一眼晋阳的方向，叹了口气便朝着城外飞驰而去。

如离弦之箭，不折不返。

高欢的大军沿黄河一路西进，终于到达黄河北岸的风陵渡。黄河的对岸就是潼关，也是宇文泰的军队攻占华州后接下来的目标。

魏军在河岸上排成了长队，河道非常宽，有的地方已经干涸，有的地方则覆盖着一层透明白冰，在阳光下闪着银色的光，交缠着向远方绵延而去。不远处，连绵的山峦起伏，直接天际。

高欢微侧过脸，正好看到身着戎装的窦泰从怀里掏出护身符看了一眼，又小心翼翼地放了回去。

“大都督，可要把这保你平安的护身符藏好喽！”有人出言打趣道。

窦泰一咧嘴：“这是我媳妇特地为我求的，怎么，你们眼红？那也叫你们的媳妇去求一个！”

众人顿时哄然而笑，更有人大声道：“大都督，你若是不回去，你那好媳妇可要做一辈子尼姑了！”

窦泰神色微凝，眼中闪过一抹心疼，将手按在自己的胸口：“我在菩萨面前发了誓，自然是要平安回去的。”

窦泰的正室是娄昭君的妹妹娄黑女，说起来他和高欢也算是连襟。他的父兄皆死于六镇起义中，幸存的他背负着父兄的尸骨前来投靠高欢，逐渐被高欢重用，并将妻妹许配给了他。当初在尔朱兆一役中，他也立下大功。已过而立之年的他身边唯有正妻一人，无任何妾室，夫妇两人感情极好。每次出征前娄黑女必定入寺祈福，此次更是听了高僧的话，入寺剃度，将一头青丝尽数剪去，并发誓夫君回来之日，就是她还俗之时。

思及此，窦泰更是心急如焚，希望速战速决，尽快回到爱妻身边。

“世宁，你就在此休整一日，明日率军过河攻占潼关，务求将宇文泰的军队控制在关内，围而歼之。而我继续带军往北行至蒲津渡口，从那里假装造引桥渡河，用于引诱和牵制宇文泰的主力。至于——”高欢顿了顿，似乎那个名字从嘴里说出来有点艰难，“至于遵业，则按计划前往上洛。一旦上洛为我们控制，必然导致长安西南无险可守，和我们形成南北夹攻长安之势。”

窦泰点了点头：“就依丞相所说！”

高欢忍不住又望向不远处驻马迎河而立的司马子如，一身戎装的他看起来平添了几分英俊明朗，神情较往常并无什么不同，只是眉宇间隐隐藏有心事，就算偶有笑容，笑意也并不达眼底。

高欢正打算收回目光，不防司马子如正巧抬起头，两人的视线不约而同撞在了一起。

“遵业，你觉得如何？”高欢唇边微带笑意。

司马子如神色平静：“在下也无异议。”

看着对方犹如戴了一层面具的面容，高欢没来由地觉得有些烦躁。他忽然想起那日两人眼睁睁看着英娥离开，却谁也没有上前拦住她。之后急报到达，司马子如却突然跪下请战，说是愿随同出征，竭尽全力，若胜了之后唯有一心愿，就是解甲归田，再不问朝政事。

他知道，遵业一定还是想去找她。

想到这里高欢的神情变得有些古怪，眼中飞快闪过一抹极浅的讥诮之色。

遵业不曾死心，他又何尝不是？不然的话他也不会……若是让英娥知道他派了人一直暗地里跟着她，必然会对他更加恼怒。

高欢等人率军离开后的翌日清晨，天气尚好。窦泰骑着马在河岸上飞驰巡视了一阵后，便决定先行过河。他选定过河的这一处尚有水洼分布，衰败的芦苇成片，表面上覆盖着一层薄冰，一眼望去，是一大片空地，看起来利用此处过河是再适合不过。

窦泰望着对岸，脑中一瞬闪过妻子的面容，声音坚定而有力地发出了号令："众将士在此处速速过河！"

窦泰的人马按照指令陆续过河，起先还算顺利，不料就在行至中央时，惊变突生！

原来宇文泰收到消息后早已趁夜色伏兵于前面及两翼的芦苇丛后，只待窦泰人马入瓮便万箭齐发！刹那间，无数箭矢如飞蝗般射了过来，须臾之间，这边无数人马已然中箭。中伏之后窦泰欲令众将士往后退，但后面的骑兵听不见号令不断拥入，使得前面中箭的人根本退不回来。

窦泰只得指挥未受伤的兵士们和对方互射，只见双方箭矢在空中不停对穿碰撞，发出了极为刺耳的撞击声。宇文泰的人马因皮甲较薄，比起窦泰的重甲骑兵更难以抵御箭矢的伤害，因此便重新退回芦苇丛中。

一见有了转机，窦泰手下的骑兵也纷纷纵马追了上去。

可芦苇丛中土质泥泞，更有多处类似沼泽之地，战马冲进去便陷入其中，难以动弹。宇文泰的人马趁此机会从芦苇丛后冲出来，举起长长铁槊对着马上骑兵一顿乱刺！

骑兵们因被困沼泽中，几乎没有回手之力，一时间哀号惨叫迭起，鲜血飞溅，俨然成了人间炼狱！

此刻的风陵渡，之前还晴好的天转眼就变了脸，阴沉沉的仿佛随时要坠下来，凛冽寒风阵阵呼啸，吹在人的面颊上犹如刀割般生疼生疼的。

窦泰的大队骑兵不断陷入沼泽之中，因行动不便几乎任由宇文泰的人持槊砍刺，一时间马尸人尸堆积如山，就算想要折返纵马突围也难以动弹。而后面的骑兵不明情况，还在继续拥入，在一片凄厉的哀鸣号叫声中，无数骑兵命丧于此，纷纷做了槊下亡魂。

窦泰虽说挣扎厮杀出了一条血路，但眼下情形也极为糟糕。鲜血几乎浸满了原本素色的戎服，外罩的盔甲也被鲜血染成了暗红色，身前身后，甲上插了十几支箭矢，幸而并不在要害处，正随着战马的颠簸而上下起伏不停。

窦泰望了望眼前血色弥漫的修罗战场，俊朗的脸上闪过一抹黯然和颓败，他伸手摸了摸自己的胸口，一咬牙策马向东狂奔而去。

在遥远的晋阳，还有等待着他归家的人。

他不能死在这里，绝不能。

之前的一万多人马几乎全军覆没，跟随在他身后脱逃的唯有两三人而已。窦泰急于摆脱紧追其后的宇文泰人马，跑了一段后看到前方不远处明晃晃的一片冰面，想也不想就加快速度冲了过去！

就在马蹄踏上冰面的瞬间，只听一阵咔嗒咔嗒声迅速传来，看似坚固的冰面居然瞬间裂成碎片！

原来这竟和之前一样，不过是沼泽上的一层薄冰，根本难以承受马匹和人的重量，窦泰一时不察，连人带马陷了进去。

眼看着对方追兵将至，窦泰心急如焚，扯紧缰绳想要起来。他座下的战马乃来自西域的宝马，见主人急着出去也嘶鸣着腾蹄欲跃，无奈蹄下皆是软软的淤泥，它根本使不出一点力气，一番挣扎后一人一马反而越陷越深。跟随着他的几名亲随也同样陷入淤泥中，眼见着对方的追兵快到面前，无不面色惨白。

追兵见他们陷入淤泥中，倒也不急着上前，站在近处朝着他们射箭。因着距离近，几乎支支箭矢穿透皮肉，窦泰纵然是武将出身，也难忍着剧烈疼痛，奄奄一息地伏身倒在了马背上。

为首的追兵虽不认识窦泰，目光却极为毒辣，盯在窦泰腰带上的金钉上，悚然一笑："此必为贵人，兄弟们砍下他的头领赏去吧！"

追兵们大喜，纷纷下了马，用戟刺去钩窦泰的腰带，想将他拖上来。

窦泰心知若这样被拖上去必然被生生砍头，不禁惨然一笑，从怀里掏出那已然浸了血的护身符，轻轻地贴在脸上，口中喃喃说了一句："夫人，对不起了。"

他又将护身符小心翼翼地放回怀里，闭眼默念道："阿耨多罗至尊如来，西方世界诸佛诸菩萨，弟子不能再遵守与夫人许下之诺言，死后愿入修罗地狱永无轮回，但求夫人下半生顺遂！"

说完他用尽全力抽出佩刀，横刀自脖颈上抹过，但见殷红鲜血从喉咙处喷薄而出，如红叶般怒放了一天一地。

窦泰的亲随见主子自尽，痛哭了几声也纷纷受死。

对方的追兵费了好大力气终于将窦泰的尸体拖上来，迫不及待地扯去兜鍪，割下了他的头颅。没抢到头颅的人则揭开他的甲胄，将他身上的贵重配饰全部抢走，有人抢到了装着那个护身符的锦囊，以为窦泰至死护着多半是珍贵的物件，不料打开一看除了护身符外只有一缕女人的头发，随手就将它扔到了淤泥里……

三天后的一个夜晚，一骑人马仓皇疾驰至蒲津渡口，马上之人跌跌撞撞冲到了高欢的营帐前，失声大哭，窦泰战死的噩耗犹如一道惊雷响彻众人心间，高欢更是因太过震惊悲恸，失声痛哭后竟一下子晕厥过去。

过了半晌，高欢才缓缓醒转过来。他沉默片刻后便起身离开营帐，贴身的侍从忙匆匆跟了上去。在银白色的月光中，他的头发和衣裳，都呈现出一种奇异的银白色。他的脸隐没在阴影中，令人看不清他此时的神情。

"丞相，还请节哀啊。将士战场亡，对大都督来说，这或许是最安慰的结局了。"身边的贴身侍从担忧道。

高欢抬头望着明月，幽幽道："世宁和我有患难之谊，更是有缘成了连襟。昭君最是疼爱这个妹妹，我不知该如何向她交代……"

他因抬着头，神情在月色中显得清清楚楚，所有的伪装都消失不见，看起来是那么疲倦哀伤。

侍从想寻些话安慰他，却又不知怎么开口。

高欢眼中闪过深深的黯然："宇文泰竟然看穿了我的排兵用意……这次，是我太过自大了……"

夜风猎猎吹来，卷走了人们身上原本就不太充足的温暖，呼吸间皆是冰冷。

"丞相，宇文泰的大军必定会回撤对付我们，是否该尽快撤退？"侍从忐忑开口问道。

高欢皱紧眉心，点了点头，语气中带了无奈和不甘："如今军心涣散，也只能如此了。"他往回走了几步，突然似是想到什么，"遵业也快赶到上洛了吧？"

侍从心里一紧，忙回道："司马尚书所带仅几千轻骑，按说应该快赶到上洛了。"他顿了顿，"若是宇文泰的军队掉转头对付司马尚书，恐怕……难以应付。"

高欢的目光微微一闪，很快就隐入了黑暗之中。

英娥对战场上发生的一切毫不知情，她沿着晋阳一路向南，不知不觉中倒是朝着关中的方向行去。

其实一路以来她总觉得有人跟着自己，这两日这种感觉越来越明显。她不知对方是敌是友，便假装中毒昏迷终是将人给引了出来，并趁其不备将人制住。

"说吧，到底是谁派你跟着我的？"英娥冷冷地扫视着眼前的青年男子，但见他虽面目普通，举手投足却显然是位练家子。

男子见此也不再隐瞒："是丞相派我等一路跟随保护殿下。"

英娥一怔，随即又冷笑了一下："这么说的来，我的一举一动你都禀告给你主子了？"

男子低头："属下职责所在，还望殿下恕罪！"

英娥怒极反笑："那么你就回禀你主子，我这里不需要任何人跟着，再让我发现的话，别怪我不客气！至于你，现在就走！与其跟着我还不如帮你主子打仗去！"

男子神情黯了黯："丞相他……如今亦无暇关注这里了。"

英娥心头蓦地一跳，脱口道："怎么回事？"

男子低低道："属下收到消息，窦大都督被宇文泰设伏，战死于风陵渡，所领一万多人马全军覆没。如今丞相的军队正在撤退途中……"

英娥心急之下，拎住他的衣襟，迫不及待问道："那司马尚书呢？他可一同撤回了？"

男子沉默了一下，低声道："司马尚书领了几千轻骑往上洛而去，丞相传令司马尚书单骑返回，可司马尚书不愿抛下同袍，拒绝了丞相的命令……”

英娥一时也没多想，脱口道：“那就一起撤回来啊！”

男子动了动嘴唇，犹豫了一下还是说道：“据最新传过来的消息，宇文泰的军队正往上洛行去……司马尚书的几千轻骑并非宇文泰的对手……”

“宇文泰的军队正往上洛行去……司马尚书的几千轻骑并非宇文泰的对手……”暗卫的最后那句话不断在耳边回响，声音变得辽远又空茫，一种令人窒息的眩晕感猛烈袭来，英娥只觉得自己好像站在了悬崖的边缘摇摇欲坠，只需一阵风就能将她吹落崖底跌得粉身碎骨。

“殿下，殿下！”暗卫的唤声将她从一片混沌中拉了回来，也让她渐渐神志清明。

英娥冷然看了那暗卫一眼，转身就往外走去，解开拴在木桩上的缰绳，翻身上马，决绝又果断地飞驰而去。

暗卫急急追出来，看到的却是一骑人影飞快消失在苍茫夜色中……

英娥一路朝着上洛的方向策马狂奔，胸口沉重而疼痛，致命的窒闷仿佛掐住了她的喉咙，脑子不停出现的是司马子如满身鲜血倒在地上的幻象，担心、害怕、愤怒、后悔……不同的情绪全部交织在一起，犹如巨石堵在心口，她唯有不断挥动马鞭，让马儿快一些，再快一些！

浓重的夜色中，前方的路几乎辨不清方向，这仿佛不是一条普通的路，而是她追寻着心中至珍的路、一切重来的路、不再有任何逃避的路，未知的黑暗在眼前无边无际蔓延，这之后究竟是毁灭还是重生？

她不知道这无尽的黑暗之路何时终结，但是她知道，这条路一定会把她带到有他的地方。

司马子如收到高欢的命令后，在带着几千轻骑撤离上洛时，终和宇文泰的军队于半路相遇。

一直阴沉沉的天空罕见地绽出了日光，惨淡的光线并不让人感到温暖，相反还有几分冰冷。

司马子如环视自己的士兵，缓缓道：“而今虽敌众我寡，亦难免一战。无论是汉人还是鲜卑人，如今在这里，我们都是至亲的兄弟。本将唯有四个字赐予诸位兄弟，”他顿了顿，语气中带着一种坚定和决然，“活着回去。”

这些轻骑均是从六镇出来的鲜卑人，有些还因为司马子如的汉人身份而对他不以为然，但得知他违抗单骑返回的军令，而选择与大家共生死后，对他自是改观不小。此时一听司马子如之言，更是群情激奋，感动之余众人生出无限豪情，一时士气大振。

宇文泰素来欣赏司马子如，见此情形明知可能性甚小，还是忍不住出言劝降。他深知司马子如最在意的是什么，因此说出来的话也直指人心。

“遵业如此才智，何处不愁施展？长安城，必会让你护她一世平安。”

司马子如微怔了一下，又浅浅一笑：“这样的平安，想必她是不会欢喜的。”

宇文泰身边的小将宇文元宝高声斥道：“不识好歹的小子！叔父，何必和他废话，待侄儿生擒了他就是！那劳什子他想要护着的人，侄儿也一并收了！”

这话顿时惹得众人笑起来。

宇文泰微微皱了皱眉，轻斥道：“住口！”

司马子如却神色如常，从箭筒里抽出两支箭，淡淡道：“小子不急，我这里有两箭相赠。”

说完他引弓连发，两箭一前一后呼啸而去！

宇文元宝只觉头上一沉，箭矢已经穿发而出，将发髻上的头发削飞，还没等他反应过来，下一箭更是如流星般飞至，利落穿喉而过！

他脸上神情又惊又惧，伸手捂住自己的喉咙，晃了晃身体从马上跌了下来。

四周顿时陷入死一般的寂静，宇文泰的脸色也沉了下来，透出几分凌厉之意。

“既如此，那就莫怪我手下无情了！”

“我要他给元宝偿命！”与宇文元宝感情最为深厚的宇文多罗红着眼怒吼道。就在这时，只听忽然传来一个清朗的声音：“有我在，谁敢要司马子如的命！”

众人一惊，齐齐抬眼望去，只见不远处，高欢带着人马正站在那里，整个人都沐浴在淡淡的光晕下，肌肤泛起细碎的光，眉梢眼角轻轻往上挑，勾起的仿佛是草原上永不凋零的盛世繁花。

司马子如显然也有些吃惊，脱口道：“你怎么来了？”

高欢挑了挑眉：“你不肯来，那只有我过来了。怎么说也是十几年的兄弟，就算你真的倒霉死在这里，我好歹也能亲手给你收个尸。”

司马子如什么也没说，只是眼中闪过一抹极清浅的笑意。

两人相视而笑。

高欢一直堵在胸口的东西仿佛在这一刻消失殆尽。不可否认，在听到司马子如遇险的那一瞬，他心底不是没有闪过索性就让他死在那里的念头……但理智回归后他比任何人都要清楚，他的伟业宏图中绝对不能失去司马子如。

在司马子如拒绝单骑返回后，他又是恼怒又是焦急，终于还是做出带一半士兵前来增援的决定。

当侍从问他为何要以身犯险时，他自己的回答尚存耳边：“已经失去很多重要的人的我，不想再失去更多了。”

微弱的阳光渐渐隐没在云层后，天空变得越发灰暗。宇文泰的人马向两翼展开，黑压压的几乎遮住半边天空。鼓声似雷鸣般敲响，千骑涌动，马蹄翻飞，如山崩地裂，弓弦拉扯声和刀剑砍击声响彻天空。

双方鏖战许久，高欢和司马子如这边渐处下风。宇文家九位儿郎，除了被司马子如射死的宇文元宝外，个个善战，犹以小字胡奴的宇文六郎最为凶悍。他和宇文元宝感情也甚深厚，因此更是紧咬司马子如不放。

箭矢纷飞间，司马子如策马寻找空当突围，却见宇文胡奴已然纵马扑来，司马子如举槊迎击，不料彼此撞击力量极大，他所持的长槊竟然被震飞！眼见宇文胡奴一击得中，错马回身，手上迅速搭上了弓箭，司马子如心知不妙，急忙低头一躲，堪堪避过了飞驰而来的箭锋！

宇文胡奴见没射中他，嘴里低低骂了一句，夹紧马镫朝前一冲，再次放箭。谁料他突然又转了方向，索性将箭向司马子如的战马射去！

战马哀号一声，高扬起前蹄，几乎将司马子如甩下了马。趁着司马子如分神之际，宇文胡奴再次持箭对准了他。

周围的一切仿佛静止，唯有听见弓弦回弹时发出的一声脆响，利箭离弦而去，恰似翱翔的飞鸟，掠过黑暗的水面寻找它的猎物。

宇文胡奴瞪大了眼睛，看着带着白色箭羽的箭朝着自己射来，从左眼扑哧一声进去，带着箭杆自后颈穿出，只剩下白色羽毛还在外面轻颤。

尚未射出的弓箭从他的手中掉下，他的身体也随之重重倒在地上。他挣扎着用剩余的那只眼睛望向弓箭射来的方向——

戴着黑色兜鍪的小将驻马而立，因距离太远辨不清面目，唯见一双眼睛明亮若琉璃。铁骑踏泥而起，马鞍两侧的弓袋一起摆动。此时此刻出现在这里的这个人，就像是一轮泛着淡淡温暖的太阳，扫尽世间阴霾，让躲在暗处、见不得光的一切无所遁形。

司马子如原以为自己或许避不过这支箭，瞬间只想到切不可被伤到要害，不料电光石火之间突然峰回路转，宇文胡奴赫然中箭倒地，他自己却分毫未伤。

当他和其他人那样，抬眼望向箭射来的方向时，那位驻马而立的小将如一轮朝阳映入眼帘。

那个刻骨铭心的身影一入目，他的心脏就无法抑制地剧烈震颤起来。

英娥……

他在心里喃喃念出了她的名字，眼前只有她的身影摇晃，思念的狂潮拍打着他的心房，力量大得让他几乎站不住身子，微张开口深深吸气，已然无法抑制心中的激荡！

真的是……英娥吗？真的……不是在做梦吗？

自从她离开晋阳后，他表面上虽然一派平静，实则日夜不安，辗转难眠，无时无刻不对她魂牵梦萦。若不是猜到高欢必定会派人跟随她，想来他连表面的平静也维持不了。

他不后悔说出真相，只是若再让他选择，或许自己会选择一种更加迂回的方式。即使像她那样坚强的女人，直面真相也需要莫大的勇气。他给她时间，也给自己时间。只待这次战争结束，他就抛下一切追随她到海角天涯。

小将的大半面容被兜鍪所遮，那双琉璃妙目却朝他的方向望了过来。

就在两人视线相交的刹那，时光仿佛停止，周遭的一切仿佛不复存在。

微弱的阳光完全隐入云层之后，天空变得越发灰暗，不知不觉间竟飘飘洒洒下起雪来。

洁白的雪花簌簌落下，带着一种超脱尘世的清冷，遮住了一地血腥，也似乎暂时挡住了人间的恶煞之气。

隔着飞雪，英娥眼睛一眨不眨地回望着那个身影。这似远又近的距离，仿佛一念间千世之遥，一念间咫尺之近。

她眼底隐有泪光，嘴角却情不自禁往上扬。那个人，还活生生地站在自己面前，真好啊。之前的种种胡思乱想、担忧惶恐仿佛都在此刻化为乌有。

她的视线渐渐变得模糊，她微仰起头，一定是雪花落在眼里融化了。

就在司马子如身后不远处，高欢一动不动地站在那里。他从没像现在这么清楚意识到，原来有司马子如的地方，她眼里再容不下任何人。

冰冷的雪落在身上，他只觉得心脏处一片麻木，好像自己的心早已经不复存在。

另一端的宇文泰正沉浸于折了两名侄子的心痛之中，非但没认出英娥，还毫不犹豫地提弓一箭射了过来！

英娥反应极快，听见箭风疾来一俯身避了过去，接着一番快速回旋攒射，几乎箭无虚发！待箭射完之后她又自右翼如旋风般冲入宇文泰的队伍之中，司马子如和高欢见此情形脸色一变几乎同时朝她的方向疾驰而去……

场面一时趋于混战，到处是纠缠在一起厮杀的骑兵、步兵，尘土夹杂着碎雪铺天盖地而来，血腥气和浓烈的马臭味呛得人几乎喘不过气来。

英娥以前也跟着父亲上过几次战场，对这种场面并不胆怯，凭着灵巧的身手短短时间内已经撂倒数个士兵。因她适才一箭射杀宇文胡奴实在太干脆利落，众人对她也颇有忌惮。

英娥趁着间隙望向司马子如的方向，忽见一似曾相识的身影正在和他缠斗，她定睛一看，辨得此人正是宇文泰，不由得心下一沉。司马子如虽在北秀容练就了不错的身手，但比起宇文泰，还是差了几分。

但见司马子如的贴身侍从先冲了过去，不料半路上被躲在下面的敌方士兵一戟刺来，戟尖沿着他腹下铁甲的间隙刺进去，深深捅入小腹之中。随着长戟被猛然抽回，肚腹里面的肠子竟然也跟着流了出来！

就在这时，宇文泰寻得司马子如的一个破绽，横刀凌空砍了过去。而在同一时刻，有敌方士兵瞄准了司马子如，一支锐利无比的弩箭也正从另一个方向朝他疾速飞去……

英娥大急，再也来不及多想，当机立断用尽全力扔出手中的剑——只听当一声，宇文泰的刀被剑一震，险些脱手。与此同时，斜刺里一支飞箭袭来，堪堪击落那支袭向司马子如的箭。

英娥转头，却看到不远处手持弓箭的高欢。高欢对她微微颔首，又立刻抵挡新的一轮袭击。他的身份之贵毋庸置疑，若谁能得他首级必能封侯拜爵，因此即使心里清楚他实力非凡，敌方士兵们却仍难敌贪念，前仆后继地围攻上来。

司马子如眼神复杂地看了高欢一眼，又看了看双手空空的英娥，心里一发紧，虚晃一招就朝英娥冲去。宇文泰哪里能让他轻易走脱，迅速一挥手，早已洞悉叔父意思的宇文护立刻上前横刀挡住了司马子如，两人再次缠斗在一起。

宇文泰望了一眼尚在坐骑上的英娥，眼中闪过一抹凌厉杀意，忽然抬手朝着不远处的骑兵们做了个手势。

一排乱箭蓦地从侧面射来，英娥的坐骑一惊，紧接着一支弩箭从坐骑的侧腹部射入，箭杆尽没！坐骑吃痛，横向向左歪倒，重重将她甩了下去！

在摔到地上的一瞬间，英娥只觉左脸颊传来一阵剧痛，可很快，待她侧过身来，发现一把环首刀不知何时已经对准她的胸膛。

她几乎能感觉到冰冷锐利的刀尖。

英娥凝目望去，只见手持环首刀的男子俊眉修目，眼神狠厉，不是宇文泰是谁？

眼看着那刀尖就要刺进她的胸口，高欢离得较远援救不及，司马子如心胆俱裂地大喊了一声："英娥！"

听到这个名字，宇文泰的刀尖立时一顿，他定睛看了看英娥露出的面容，眼中闪过震惊，脱口道："英娥？"

说时迟那时快，趁着宇文护好奇的目光也落在英娥身上的一瞬间，司马子如突然发力重重撞开他，接着就朝着英娥飞扑过去，一个就地滚抱起英娥避开了那把令人窒息的环首刀！

直到这时，司马子如才稍稍松了口气。幸好他及时想起英娥和宇文泰也算有渊源，才故意这么大叫一声，果然宇文泰的反应为他争取到极为宝贵的时间。

他来不及和英娥说些什么，迅速翻身而起，砍落快袭过来的一名士兵。英娥也敏捷地抢过身边尸体的弓箭和箭袋，不断射落马上的骑兵。她箭无虚发，每落地一个，司马子如便补上一刀，两人配合得天衣无缝。

宇文泰灰色的眼眸中涌动着令人无法分辨的情绪，宇文护也看出叔父的轻微不妥，正待说什么，只见宇文泰已然恢复常色。

高欢亦出了一身冷汗，见英娥被司马子如救下时心里的妒忌早已被庆幸代替。

雪，下得越发大了。

双方的厮杀却不曾停止片刻，浓稠暗红的鲜血，在洁白无垠的雪地上如泼墨般绽开……

“大将军，照此下去，恐怕胜负难分……”宇文泰身边的将领忍不住相劝，却被宇文护一下子顶了回去：“万万不可！对方也人疲马乏，再坚持下去孰知谁胜谁负？”

宇文泰抬起头，目光飞快地在一片混乱中寻觅到了英娥的踪影，恍然间竟有种斑驳迷离的漠漠空无之感。他低下头，看到了从胸口掉出的青玉鹦形佩。

忽然之间，他想起了那个失去兄长的夜晚，那个女子走到他面前，目光明亮温暖，将这块青玉鹦形佩交还到了他的手里。

她的话似乎还在自己耳边回响着：“在这个乱世中，我们每个人的命运都不由自己决定。你的、我的、你兄长的，甚至我阿爹的……”

宇文护有些担心地问道：“叔父，你还好吧？”

宇文泰伸手握了握那块青玉鹦形佩，不容旁人置疑的声音从口中传出：“退兵。”

他知道，和高欢之间的争战恐怕要至死方休，但就是这一刻，就在这里，他忽然不想继续下去……

宇文泰的军队撤退速度也相当快，高欢这方反应过来后显然松了口气。这一战双方损失都不小，需要一段时间休养生息才能再度对决。

正如宇文泰所想，高欢也明白双方的争斗不会休止。

雪花纷飞，如万千翩翩飞舞的白蝶，一点，一点，将修罗战场覆盖，仿佛什么也不曾发生过。

英娥望向司马子如，眼眸比星辰还要明亮，眼中似有千言万语。

他亦含笑凝望着她，素日平静无波的面容如此柔和，仿佛连月光都要融化。

她的泪，蓦地流了下来。

再无迟疑，再无犹豫，她拔足径直奔向他。

他用劫后余生的残余力气将她紧紧搂在怀里，拥抱着他最珍贵的所有，无限欢喜。

彼时她和他，身上面上尽是血污，却对着对方绽开最动人的笑容。

那是当时满目疮痍中最美的一幕。

高欢和其他人一起目睹了这一切。他以为自己的心已然麻木，但真正感受到的，却是一种抽筋剔骨般的痛楚，就好像，他身上的某一部分被生生剥离……在这痛楚中，他却清醒过来……原来世上诸人皆由冥冥命运操纵，只消命运手指一动，人生的河流就会荡起波纹，谁也无法预料最后的结局。

朱日光素冰，朝花映白雪。

冬季晴朗的碧空如水青色的琉璃，几缕云丝缥缈，看上去更似氤氲淡彩织锦一般。

位于晋阳的尚书大行台府中，年轻女郎对镜而坐，白衣如雪，长发直垂，面容因阳光的照射笼上了一层特别的光彩。若不是左边面颊上那条长长疤痕太过醒目，毋庸置疑这是一个绝色美人。

门外的郎君静静站在那里，看着女郎面上的伤疤，眼中闪过一抹心痛，快步走了进来。

“英娥，昨晚睡得可好？”他微微一笑，在女郎身边坐了下来，亲昵地侧过身靠近她。

英娥在上次的大战中从马上跌下摔伤了左脸颊，这三个月经过太医悉心治疗虽然好转，却还是留下了消不去的疤痕。

英娥转过脸，露出欣喜的神情：“遵业，你这么早就来了？一想到今天就要和你离开晋阳，我哪里睡得着啊！”

她的笑容明晃晃映入他的视线内，那是发自肺腑、充满喜悦的笑容，那是自她离开北秀容他再未见过的明媚笑容。

从上洛回来后，高欢和他有过一次长谈。

那一次，两个男人，整整谈了一夜。

不久之后，高欢就委任他为南岐州刺史，让他尽快带着英娥离开晋阳。

而今天，就是他带她离开这里重新开始的日子。

这对他和她来说，或许已经是最好的结局。

神思恍惚间，他的指尖已经轻抚上她的面颊，低低说了一句：“对不起，若不是为了救我……”

英娥自然知道他的心结，伸手回握住他的指尖：“难道遵业会因为这道伤疤就不喜欢我了吗？”

司马子如心神微震，忙回道：“怎么会，就算你满脸伤疤，我心中也只有你。”

英娥用力握了一下他的手指，斜睨他一眼：“什么叫满脸伤疤，难道你嫌我一道还不够多？”

司马子如一时语塞。

英娥弯起嘴角：“想不到平日里最是狡猾的遵业也会这样犯傻！”

司马子如忽地回过神来，凑得更近了一些：“只要与你在一起，就算再傻一些又何妨？”

英娥脸上微热，嗔道：“看来是真傻了。”接着她又眨了眨眼，“其实你不用安慰我，就算脸上多了这条伤疤，我还是那个我，并没有改变啊。我还是和以前一样，很爱很爱自己的。”

司马子如忍俊不禁，深深凝视着眼前的女郎。她说得没错，她并没有任何改变，就像以前那样，从不轻易放弃自己。这才是他爱的英娥啊。她依然那么美丽，那么光耀璀璨，吸引着自己如飞蛾般舍身扑去，只为更近距离地感受她的温暖和美好。

他俯下头，用额角轻轻碰了碰她的额角，呢喃道：“你还活着，还在我身边，这就是佛祖对我最大的恩赐。”

两人光润的额头轻触，世间一切仿佛静止，耳边只有风轻轻吹过的声音。他身上的冷雪香、她发间的淡淡清香，以及随风弥漫在空气里的梅香交织纠缠在一起……难以言喻的恍惚和战栗，似乎让两人都眩晕起来……

也不知过了多久，直到门外侍女的声音传来，才打破两人之间的旖旎气氛。

“殿下，马车已经准备好了。您现在就打算出门吗？”

英娥应了一声，面上微怔，神情有些复杂。

“这个时候，或许我不该再去和她见面，可是……”

“既然已经决定了，那就去吧。”司马子如宠溺地揉了揉她的头发，“去吧，英娥，我等着你。”

丞相府中一隅。

清雅华贵的居室内点着铜熏笼，一片暖意融融。阿女如往常般痴痴注视着小高湝的睡颜，嘴角含着笑，心里是从未有过的满足和感激。

这时听得有客来访，她笑容微凝，似是已经料到来者是何人。

但见一位戴着帷帽的年轻女郎缓步走了进来，不等她摘下帷帽，阿女就慌忙跪了下去：“殿下……”

英娥敏捷地扶住她，又摘下自己的帷帽，展颜一笑：“如今你身份已经不同，无须对我行礼。”

阿女眼角有些酸涩：“殿下，我……您永远是我的主人。”

英娥笑了笑，走到床榻前温柔地端详了一会儿小高湝，似是松了一口气：“阿湝有你这个亲阿娘照顾，我也放心了。”她顿了顿，道，“只是，从此以后要你顶着我的身份……委屈你了。”

这也是高欢与司马子如商议之后的法子，由阿女继续以英娥的身份生活下去，阿女和英娥容貌相似，又是高湝的亲生母亲，实在是再合适不过的人选。

阿女眼眶一红，眼角隐有泪意：“殿下这是什么意思？奴婢一介贱民，能陪着自己的孩子长大，就已经感激不尽了。更何况还能以这样高贵的身份护着他，奴婢，奴婢实是不配……”

英娥轻拍了拍她的手：“阿女，今日一别，将来不知何时再见，你和阿湝，可都一定要好好活下去。”

阿女哽咽着点了点头，正要再说什么，忽听一个熟悉的声音从门外传来：“是英娥来了吗？”

英娥心头一震，抬头望去，只见高欢正倚在门边微笑着看她，他的眉梢间带着点疲惫，却丝毫无损周身自然流露的不凡气度，反倒显出几分深不可测的意味。他那茶色的眼眸，如凝结的冰面，没有一丝水波，也吞噬了所有的光线。

阿女一见忙抱着高湝退到内室。

“你不必觉得阿女委屈。”他朝前走了几步，“这世上任何事情，只要心甘情愿，那就无话可说。”他顿了顿道，“这次，我放你离开，亦是心甘情愿。”

英娥动了动嘴唇，却没有说出话来。她莫名觉得眼睛酸胀起来，渐渐泛起百感交集的潮湿。

她呆呆地看着他，和他在一起的回忆在脑中飞快地过了一遍又一遍，说不清道不明的悲伤惆怅不住翻腾……

曾几何时，他曾是她的保护神，也是生命里除了父亲外最重要的男子。到底是为什么，她和他，一步一步走到了今天……

“谢谢你，师父。”她终是缓缓开口，“谢谢你的心甘情愿。”说着她拿起手里的帷帽，“从这里走出去那一刻起，我就不再是尔朱英娥了。师父，保重，好好珍惜身边那些爱你的人。”

她将帷帽往头上一遮，毫不犹豫地快步走了出去。

高欢望着她的背影，无法自抑地胸口一窒，剧烈的疼痛缓缓渗出，虽然很慢很慢，却痛彻心扉。

有种感情，从一开始萌芽，就注定会成为一把双刃剑，会伤害催生它的人，也会刺痛被施受的人。因为这感情太霸道、太强势、太执着，却不能得到两情相悦的结局，最后余下的只有苦和痛。

如果自己再早些明白自己的心意。

如果在她对他完全信任的时候伸手拥住她。

如果能够抛弃一切全心全意地去爱她。

如果……

也许他们就能相恋，也许，她就能陪伴在他身边一生一世。

可惜，没有如果。

“丞相，既然对殿下如此心心念念，为何舍得让她离开呢？”阿女出了内室，走到他身后，有些疑惑地问道。

高欢沉默着，蓦地想起那夜司马子如和他说起的一段话。

秋天来临，寺庙里红叶飞舞，纷纷飘坠地面碾落成泥。于是小沙弥跑去问方丈，师父师父，红叶这么美，为什么会掉呢？

方丈笑了笑，答道，因为冬天快到了，树撑不住那么多叶子，即使那些红叶再美丽，也只好舍去。这不是放弃，而是放下。

这不是放弃，而是放下。

英娥的背影已经消失在视线中，高欢微闭上双眼，深深叹了口气。

走吧，英娥，这是我唯一能给你的。离开这里，到你想要去的地方。曾经折断的双翼，我现在都还给你，愿你可以自由飞翔，不再被任何伤痛束缚。

所有心事，终将湮灭，从此，不再回首今日，这刻心入髓的疼痛。

英娥踏出丞相府的一瞬间，微微嘘了口气。天色如洗，阳光带着炫目的光芒，好得让人情不自禁想要微笑。

司马子如牵着马迎面而来，笑着伸手握住她的手，那样自然，那样坚定，那样温柔，就像是要给她一生一世的安心似的握紧。

英娥嘴角微扬，抬头望向天空，空中有飞鸟掠过，恍如流年呼啸而过。

她反手紧扣住他的手，手指交扣，暖意在彼此之间萦绕，温暖着彼此的灵魂。

不知这温暖到底为何，但都已经不重要了。

因为此时此刻，她的他，就在身边。